Fiódor Dostoiévski

Crime e Castigo

Tradução e notas de
Natália Nunes *e* Oscar Mendes

www.lpm.com.br
L&PM POCKET

Coleção **L&PM** POCKET, vol. 600

Texto de acordo com a nova ortografia.

Título original: *Prestuplenie i nakazanie*

Primeira edição na Coleção **L&PM** POCKET: junho de 2007
Esta reimpressão: setembro de 2025

Tradução e notas: Natália Nunes e Oscar Mendes
Capa: Ivan Pinheiro Machado sobre foto de Dostoiévski © Rue des Archives
Preparação de original: Jó Saldanha
Revisão: Renato Deitos

CIP-Brasil. Catalogação na Fonte
Sindicato Nacional dos Editores de Livros, RJ.

D762c

Dostoiévski, Fiódor, 1821-1881
Crime e castigo / Dostoiévski; tradução de Natália Nunes e Oscar Mendes. – Porto Alegre, RS: L&PM, 2025.
592p : . – (L&PM POCKET ; 600)

Tradução de: *Prestuplenie i nakazanie*
ISBN 978-85-254-1647-6

1. Ficção russa. I. Nunes, Natália. II. Título. III. Série.

07-2355. CDD: 891.73
CDU: 821.161.1-3

Este livro foi publicado originalmente em 1866.

Rua Comendador Coruja, 314, loja 9 – Floresta – 90220-180
Porto Alegre – RS – Brasil / Fone: 51.3225.5777

Pedidos & Depto. Comercial: vendas@lpm.com.br
Fale conosco: info@lpm.com.br
www.lpm.com.br

Impresso no Brasil
Primavera de 2025

Nota Preliminar

Crime e castigo é o primeiro livro da série dos cinco grandes romances da maturidade escritos por Dostoiévski. Não só teve notável repercussão na Rússia, na época da sua publicação, como se tornou universal. Estamos, de fato, perante um autêntico romance, que reúne todas as qualidades para encantar não só o leitor médio como também o leitor de formação filosófica. A sua fabulação é verdadeiramente romanesca, às vezes até de romance policial, não lhe faltando os episódios folhetinescos e caracteristicamente românticos, como as cenas em que o velhaco Lújin acusa a pobre Sônia de ladra, e a de Svidrigáilov tentando ofender a pureza de Dúnia. Mas, por outro lado, o seu tema é de profundo sentido metafísico e envolve um dos mais discutidos pontos da problemática ética humana.

Raskólhnikov, um ex-estudante universitário, rapaz pobre e inteligente, vive à míngua de todos os recursos num cubículo miserável, ruminando um tenebroso plano: assassinar uma velha agiota, para roubá-la e, com o dinheiro, recomeçar então a sua carreira, libertar a mãe e a irmã da miséria e do opróbrio; enfim, praticar uma má ação para, depois, poder praticar muitas boas ações; sacrificar um ser inútil e prejudicial à sociedade para, mais tarde, levar algo de útil, benéfico a essa mesma sociedade.

O rapaz medita longa e febrilmente sobre o plano, que vem a executar assassinando a velha e, além desta, ainda uma irmã sua que surge inesperadamente na casa. Consumado o crime, Raskólhnikov apodera-se, precipitada e indiscriminadamente, de alguns objetos pertencentes à velha e esconde o produto do seu roubo. Devido à sua inteligência e presença de espírito, este crime poderia ser considerado como um "crime perfeito", pois foi executado de tal maneira que não deixou provas concretas e palpáveis.

Uma teoria própria, que surgira no espírito de Raskólhnikov, serviu de justificativa para o seu plano e para o seu ato, e essa teoria era a que lhe dava precisamente "o direito ao crime", a permissão de ultrapassar os limites da ética tradicional e de criar para si mesmo uma nova ética, a ética do super-homem, ao qual era permitido esmagar os homens "inferiores", sacrificar o indivíduo para salvar a sociedade. Mas eis que a consciência do homem forte, que ele julgava ser, treme involuntariamente perante este fato que o espanta: aquela criatura desprezível, a velha agiota, era, apesar de tudo, um ser humano, e o que o rapaz fizera fora derramar o sangue desse ser. Para além da filosofia, atuavam agora a natureza e a realidade espiritual humana. Raskólhnikov julgava-se apenas um cérebro em ação, mas afinal era também um homem dotado de corpo e de nervos, que, além desse cérebro, possuía também uma alma. E, se a razão planejara e aceitara o crime, a carne e a alma não o aceitam, repelem-no, insurgem-se e entram em conflito ardente com essa razão fria, acabando por se lhe imporem. É nesta luta que reside o verdadeiro castigo, a expiação, luta tremenda, cheia de suores e de delírios, de pavor e de febre, travada nas mais profundas camadas vitais da consciência; luta que vai tocar as raízes misteriosas da origem sagrada, talvez divina, da própria humanidade.

O grande problema que Dostoiévski enfrenta aqui, pela primeira vez na sua obra, e de maneira grandiloquente, é o problema da liberdade metafísica do homem: quais os limites dessa liberdade? É legítima a arbitrariedade? É permitido tudo ou não? Raskólhnikov quis ver até onde iam as suas forças e foi para isso, afinal, que matou a velha, e não para roubá-la; ele queria ver se era mais forte do que os códigos misteriosos gravados no coração do homem.

Ao lado da trágica figura do protagonista outras se erguem, das quais as mais impressionantes serão as de Ekatierina Ivánovna e a de Svidrigáilov. A primeira é talvez uma das mulheres mais "reais" de todas as figuras femininas criadas pelo romancista. É também uma "louca" – como todas as heroínas de Dostoiévski. Mas a sua loucura manifesta-se sobre o plano do reles cotidiano, ao passo que a "loucura" da maioria das outras heroínas só é aceitável no plano da transcendência, como é o caso da prostituta-santa desta obra, a delicada e humílima mulher que acompanhará o assassino ao presídio.

Se Raskólhnikov é um pervertido pelo orgulho da razão, que procura ultrapassar os limites do mistério da consciência humana, um herético, como indica o seu nome, que se afastou da "verdadeira crença"; Svidrigáilov, que, aliás, era até quase dispensável na urdidura da fabulação de *Crime e Castigo*, é antes um perverso fundamental, um amoral de constituição inata. As páginas que o escritor dedica à análise da tortura moral de Raskólhnikov são verdadeiramente geniais, mas o mesmo podemos dizer daquelas em que ele descreve a última noite de vida desse espírito "em decomposição". A descrição das sensações e das reminiscências, dos pesadelos e dos delírios que assaltavam essa consciência tenebrosa durante a noite que precede à madrugada em que Svidrigáilov se suicida é algo de uma assombrosa profundidade de penetração psicológica nos sentimentos larvares do inconsciente, e o leitor não deixará de experimentar calafrios, não só perante o poder descritivo, como pela grandeza do gênio dostoievskiano, dotado de autênticos poderes divinatórios.

Na técnica da transposição literária dostoievskiana, Svidrigáilov representa uma daquelas múltiplas facetas que o escritor reconhecia em todo ser humano: é um duplo, um momento de desdobramento. No protagonista do romance há, por assim dizer, um superego raskolhnikoviano, hiperconsciente, hiperlúcido e hipercrítico, e nele fala a razão, para além do instinto e da emoção. Mas nas suas profundidades existe também a instintividade pura, a primitiva malícia vital, não vigiada pela razão nem, portanto, pela ética: essa camada natural, primordial e primitiva está representada em Svidrigáilov, tal, como mais tarde, em *Os irmãos Karamazóv*, Smierdiákov será a caricatura bestial de seus irmãos.

A figura do juiz de instrução, Porfíri Pietróvitch, com todos os diálogos que se travam entre ele e Raskólhnikov, é também digna do epíteto de admirável.

Ninguém deixará de reconhecer em *Crime e castigo* um dos pontos mais altos em que Dostoiévski, tão artisticamente, soube transpor para a literatura o seu complexo de Édipo. O assassino Raskólhnikov é também um duplo do próprio Dostoiévski. O seu caráter sombrio, orgulhoso, a sua insociabilidade, a sua inteligência, tudo isso pertencia ao escritor. O quarto miserável, sem luz e sem ar, o ambiente pesado, sufocante e poeirento do verão petersburguês – tudo isso eram quadros da vida do escritor. E a velha agiota é a réplica do avarento pai de

Dostoiévski, que lhe negava o dinheiro que tão necessário lhe era no princípio da sua carreira e da entrada no mundo social. O drama de Raskólhnikov foi o drama de seu criador. Claro que, na realidade, Dostoiévski não matou o pai, mas teria lhe desejado a morte, teria pensado que mais valia que o velho fosse mais generoso para com ele, que era jovem e tinha uma obra a realizar... Mas, nem só por obras peca o homem, peca também por palavras e pensamentos. Dostoiévski teria pecado em pensamento e, para a sua sensibilidade, isso seria o suficiente para assombrar-lhe a consciência durante toda a vida... até à sua última obra, *Os irmãos Karamazóv*.

Também em *Crime e castigo* se projeta o amor do romancista pela mãe: Raskólhnikov também ama a sua desveladamente.

A autobiografia do escritor está presente em todas as cenas e personagens do romance: Ekatierina Ivánovna, com a sua tísica, a sua fantasia exaltada, a sua megalomania, não é outra senão Maria Dimítrievna, a primeira esposa do escritor. Assim como o marido desta é Marmieládov, alcoólico inveterado. Aliás, a figura do bêbado degradado pelo seu vício, que acaba por beber mais e mais para sentir melhor a própria degradação numa volúpia masoquista do próprio sofrimento, é uma das constantes na obra dostoievskiana. De tal modo que o escritor, nos seus planos primitivos acerca deste romance, chegou até a pensar em intitulá-lo de "Os bêbados".

Certamente que nem só o drama íntimo do escritor, o seu complexo de Édipo, teria servido de fundo à temática e fabulação de *Crime e castigo*. Obra escrita já depois da sua saída do presídio siberiano, certamente que a sua observação de certos criminosos, alguns dos quais permaneciam sem remorsos e tinham praticado os seus crimes "a sangue frio", havia de impressionar o romancista e levá-lo a um aprofundamento da sua análise da consciência e a uma meditação mais ampla sobre o problema do mal e da liberdade metafísica do homem.

*Natália Nunes**

---

* *In* "F. Dostoiévski, Obra completa vol.1", publicado sob licença da Editora Nova Aguilar, 2007.

Crime e Castigo

Primeira Parte

CAPÍTULO I

No começo de julho, uma época extremamente quente, um rapaz saiu de um cubículo alugado, na travessa de S***, e, caminhando devagar, dirigiu-se à ponte de K***.

Discretamente, evitou encontrar-se com a dona da casa na escada. O cubículo em que vivia ficava bem debaixo do telhado de uma casa de cinco andares e parecia mais um armário do que um quarto. A mulher que o alugara para ele, com refeição completa, vivia no andar logo abaixo, e por isso quando o rapaz saía tinha de passar fatalmente diante da porta da cozinha, que estava quase sempre escancarada para o patamar. E todas as vezes que agia assim sentia uma mórbida impressão de covardia, que o envergonhava e o fazia franzir o cenho. Estava zangado com a dona da casa e tinha medo de encontrá-la.

E isso não porque fosse covarde ou tímido, pelo contrário, é que já há algum tempo se encontrava num estado de excitação e nervosismo parecido com o da hipocondria. Estava a tal ponto apegado ao seu quarto e afastado de todos que receava se encontrar com quem quer que fosse, e não somente com a dona da casa.

A pobreza o deprimia, mas há algum tempo até isso deixara de incomodá-lo. Abandonara por completo os seus trabalhos cotidianos e não queria se preocupar com eles. Na realidade, não temia a dona da casa, por mais que ela pudesse tramar contra ele. Agora, ter de parar na escada para escutar todas as tolices daquela mulher, estúpida até o absurdo, que não lhe interessavam absolutamente nada, todos aqueles disparates a respeito do pagamento, aquelas ameaças e lamúrias, e além do mais ter de falar, desculpar-se, mentir; não, preferia se atirar como um gato pela escada abaixo e se deixar cair sozinho, contanto que não visse ninguém. Além disso, dessa vez, o receio de se encontrar com a sua credora acabou por chocar a ele próprio assim que se viu na rua: "Por que, diabos, me preocupo desta maneira e sofro todas estas inquietações por causa de uma bobagem?", pensou, sorrindo estranhamente.

– Hum! Sim, é isso, está tudo ao alcance do homem e tudo vem parar nas suas mãos, só que o medo... Isto é um axioma... É curioso: de que será que as pessoas têm mais medo? O que mais temem é o primeiro caso, a primeira palavra... Mas me parece que já estou falando demais. Afinal, não faço mais nada senão falar. Embora também se pudesse dizer que, se falo, é porque não faço nada. A verdade é que durante este último mês me deu a mania de falar enquanto fico ruminando no meu canto... sobre ninharias. Bem, e afinal, aonde vou? Serei capaz disso? Será isso uma coisa séria? Não, de maneira nenhuma. Divirto-me, mas é à custa da minha imaginação, é uma brincadeira! É isso mesmo, uma brincadeira!

Na rua fazia um calor sufocante, ao qual se juntavam a aridez, os empurrões, a cal por todos os lados, os andaimes, os tijolos, o pó e o mau cheiro peculiar do verão, conhecido de todos os petersburguenses que não possuem uma casa de campo. Tudo isso provocava uma impressão desagradável nos nervos do rapaz, já bastante abalados. Completavam o tom repugnante e o triste colorido do quadro, o cheiro insuportável das tabernas, particularmente numerosas naquele setor da cidade, e os bêbados que se encontravam a cada passo, apesar de ser dia útil. Um sentimento de profundo desgosto se refletiu por um momento nas feições finas de rapaz. Para dizer a verdade, era um rapaz bonito, com magníficos olhos escuros, cabelos castanhos, estatura acima da mediana, magro, de muito boa figura. Mas não tardou que voltasse a mergulhar numa espécie de indiferença profunda e, para sermos mais precisos, num completo alheamento de tudo, de tal maneira que caminhava sem fixar a atenção à sua volta e também sem querer fixá-la. Somente uma ou outra vez murmurava qualquer coisa por entre os dentes, obedecendo ao costume de monologar que há pouco confessara a si mesmo. Agora mesmo teve de reconhecer que, às vezes, os seus pensamentos se confundiam e se sentia fraco; e já era o segundo dia em que não se alimentava.

Estava tão malvestido que outra pessoa, ainda que acostumada à essa aparência, não se atreveria a sair à rua, em pleno dia, com aqueles andrajos. Apesar de que aquele bairro era de tal natureza que ninguém ali reparava no vestuário. A proximidade do Mercado do Feno, a abundância de estabelecimentos conhecidos e sobretudo a população, composta de comerciantes que se aglomeram nessas ruas e ruelas centrais de Petersburgo, impunham às vezes notas tão desconcertantes no panorama geral, que seria estranho alguém se admirar de um encontro fosse ele qual fosse. Mas era tal o maldoso desprezo que já se acumulava no espírito do rapaz que, apesar de toda a sua delicadeza, às vezes muito juvenil, aquilo que menos o preocupava era o pobre vestuário com que andava pelas ruas. Já o mesmo não sucedia quanto à probabilidade de encontrar-se com algum conhecido ou algum antigo camarada, com os quais, geralmente, não gostava de encontrar-se. Eis que de repente um bêbado, que vá lá saber-se por que razão ou motivo ia naquele momento pela rua com uma enorme carroça vazia, puxada por um pequeno cavalo, gritou quando passou: "Ó tu, chapelão alemão!", e gritou-lhe isso a plenos pulmões, ao mesmo tempo em que apontava para ele com a mão... O rapaz parou e segurou o chapéu, nervoso. Um chapéu alto, redondo, à Zimmermann[1], mas já usado e surrado, cheio de buracos e amassados, sem abas e inclinado para o lado mais deformado. Mas não foi a vergonha, e sim outro sentimento, completamente diferente, parecido com medo, que se apoderou dele.[2]

– Eu sabia! – murmurou desgostoso. – Já tinha percebido! Isto é mesmo desagradável! Como uma tolice, o detalhe mais vulgar, pode estragar a melhor das intenções! Sim, o chapeuzinho chama a atenção... Ridículo, e é por isso que todo o mundo o vê. Com estes farrapos, a única coisa que cai bem é um gorro, mesmo velho, e não este espantalho. Ninguém tem um semelhante, vê-se a distância, fica gravado na memória... Sobretudo o fato de ser lembrado é um argumento comprovativo. E o que é necessário, precisamente, é passar despercebido... Pormenores, insignificâncias, é isso o principal... Um detalhe destes pode colocar tudo a perder para sempre...

Tinha andado pouco; sabia até a que distância se encontrava de sua casa: oitocentos e trinta passos, precisamente. Quantas vezes os contou, no tempo em que fazia projetos! Naquele tempo não dava grande importância a esses seus desvarios, apenas se excitava com eles por causa da sua ousadia quimérica mas sedutora. Mas agora, passado um mês, já começava a vê-los de outra maneira, e, apesar dos seus desanimadores monólogos a respeito da sua inércia e indecisão, ia se acostumando, quase sem querer, a considerar aquele sonho

1. Zimmermann, famoso fabricante de chapéus em Petersburgo. (N.E.)

2. Naquele tempo a embriaguez "era um vício crônico na gente pobre", segundo Henri Troyat.

escandaloso como um empreendimento, embora ele próprio não acreditasse nele. Agora ia por ali ensaiando aquele empreendimento, e a sua inquietação aumentava à medida que ia caminhando.

De coração palpitante e tomado por um tremor nervoso, aproximou-se do imenso edifício que de um lado dava para o canal e do outro dava para uma rua. O edifício compunha-se de pequenos apartamentos, e todos os seus inquilinos pertenciam às classes trabalhadoras: alfaiates, serralheiros, cozinheiros, alguns alemães, mulheres de vida irregular, modestos empregados etc. Os que entravam e os que saíam cruzavam-se nas duas portas e nos dois pátios da casa. Havia três ou quatro porteiros. O rapaz ficou muito satisfeito por não ter se encontrado com ninguém, e, logo a seguir, deslizou da porta da direita para a escada, que era escura e estreita, negra, mas ele já conhecia muito bem tudo aquilo e lhe agradava aquele ambiente; naquela escuridão não receava os olhares trocistas. "Se agora tenho tanto medo, como seria, de fato, se eu chegasse a levar a coisa a cabo?" Foi o que pensou involuntariamente quando se viu no quarto andar. Aí encontrou alguns carregadores e soldados que estavam tirando móveis de um apartamento. Sabia que naquele andar vivia uma família alemã, cujo chefe era funcionário público. "Pode ser que esse alemão se mude agora, e que no quarto andar, nesta escada e neste patamar, só fique por algum tempo um apartamento ocupado, o da velha. Isso seria bom... em todo caso..." pensou, e bateu à porta do apartamento da velha. A campainha soou fraca, como se fosse de lata e não de cobre. Nos modestos apartamentos de casas semelhantes, quase todas soam assim. Já tinha esquecido o som daquela campainha e, de súbito, aquele som pareceu recordar-lhe qualquer coisa e trazê-la claramente à sua imaginação... Por isso estremeceu e, dessa vez, sentiu os nervos frouxos. Passado um momento a porta entreabriu-se numa fenda estreita, pela qual a inquilina espreitou o visitante com receio e deixando entrever unicamente os olhos que brilhavam na obscuridade. Mas quando viu tanta gente no patamar, ganhou coragem e abriu a porta. O rapaz entrou para uma sala escura dividida por um tabique, atrás do qual ficava a cozinha exígua. A velhinha estava na sua frente, olhando-o em silêncio e interrogativamente. Era pequenina e seca, de uns sessenta anos, olhos vivos e maliciosos, com um narizinho afilado e a cabeça descoberta. Os cabelos alvos brilhavam, pareciam besuntados com azeite. Trazia um lenço de flanela no pescoço delgado e comprido, parecido com a pata de uma galinha, e nos ombros, apesar do calor, uma pequena estola de pele, gasta e amarelada. A velhota não fazia mais do que tossir e gemer. Talvez o rapaz tivesse fixado nela um olhar especial, porque nos seus olhos tornou a aparecer a antiga expressão de desconfiança.

– Raskólhnikov[3], o estudante; já estive aqui no ano passado – apressou-se a murmurar o rapaz, fazendo uma meia reverência, pois lembrou-se de que era preciso ser mais delicado.

– Já me lembro, *bátiuchka*[4], lembro-me muito bem de quem se trata – disse a velhota respeitosamente, sem afastar o olhar inquisitorial da cara do rapaz tal como antes.

– Pois bem, eu vim de novo aqui para tratar de um assunto, coisa de pouca importância – continuou Raskólhnikov, um pouco contrariado e surpreso com a desconfiança da velha.

"Aliás, pode ser que ela seja sempre assim, e que da outra vez eu não tenha reparado", pensou ele com uma sensação aborrecida.

A velha permanecia calada, como se reconsiderasse, depois afastou-se para um lado e, apontando a porta do quarto, disse, empurrando o visitante para a frente:

– Entre, *bátiuchka*.

O quarto em que o rapaz entrou, forrado de um papel amarelo, com vasos com gerânios e pequenas cortinas de musselina na janela, estava naquele instante iluminado pelo sol poente. "Talvez, depois, também faça sol...", foi a ideia que passou rapidamente pela mente de Raskólhnikov, e ele correu os olhos sobre todo o quarto para ficar conhecendo melhor e gravar na memória a sua disposição.

---

3. Nome forjado de *raskol*, cisão. É evidente o propósito simbolista do autor. Criando esse nome, quer mostrar, através do significado do radical, o homem cindido, atormentado pela contradição, entre as exigências que ele faz à vida, à humanidade e a si mesmo e a capacidade para realizá-las. Em *Crime e castigo* esse simbolismo não tem sentido religioso, embora os termos *raskol* e *raskólhnik* fossem na época habitualmente aplicados à seita religiosa dos Velhos Crentes e aos seus adeptos, cindidos da Igreja Ortodoxa e combatidos pelo Poder Central.

4. Termo russo que significa "meu caro". (N.E.)

Mas nele não havia nada de especial. O mobiliário, muito velho e de madeira amarela, compunha-se apenas de um divã com um grande recosto saliente, de madeira, uma mesa ovalada, colocada em frente do divã, um toucador com o espelho encostado ao tabique, algumas cadeiras também encostadas às paredes, mais uns tantos quadrinhos sem valor, em molduras amarelas, representando senhoras alemãs com passarinhos nas mãos... e pronto. Num canto, diante de uma pequena imagem, ardia uma candeia. Estava tudo muito limpo; tanto os móveis como o soalho estavam encerados e reluzentes. "À custa do trabalho de Lisavieta", pensou o rapaz. Nem um só grão de pó se encontraria em todo o quarto. "É sempre assim na casa de viúvas velhas e más", continuou dizendo para si próprio Raskólhnikov, e lançou um olhar de revés à cortina de algodão barato que escondia a porta de um segundo compartimento, onde ficavam a cama e a cômoda da velha e para onde não tinha ainda conseguido dar nem um só olhar. A casa reduzia-se a esses dois cômodos.

– Então o que deseja? – disse a velha secamente, entrando no quarto e colocando-se diante dele, como antes, para olhá-lo diretamente no rosto.

– Trago uma coisa para empenhar! – e puxou um velho relógio de prata, de algibeira. Tinha uma esfera gravada na tampa e a corrente era de aço.

– Está bem, mas não se esqueça de que o prazo do outro empréstimo já acabou há três dias.

– Eu lhe pagarei em breve os juros do mês, tenha paciência.

– Ora, meu caro, não tenho outro remédio senão ter paciência ou vender aquilo que me entregou.

– Quanto me dá por isto, Alíona Ivánovna?

– O senhor só me traz ninharias, *bátiuchka*; fique sabendo que isso não vale nada. Da outra vez lhe dei dois rublos pelo anel, mas na joalheria há novos por um rublo e meio.

– Dê-me quatro rublos, hei de resgatá-lo depois, porque era do meu pai. Por estes dias terei dinheiro.

– Um rublo e meio, descontando os juros adiantados, e se quiser!

– Um rublo e meio! – exclamou o rapaz.

– Se quiser – e a velhota tornou a lhe entregar o relógio. O rapaz guardou-o e sentiu tal raiva que já se dispunha a ir embora, só que em seguida mudou de opinião, lembrando-se de que não tinha para onde ir e que tinha ido ali por outra razão.

– Pode me dar! – disse bruscamente.

A velhota procurou umas chaves no bolso e depois se dirigiu para o outro quarto, por trás da cortina. O rapaz, que ficara só no meio da sala, pôs-se à escuta, refletindo. Ouviu a velha abrir a cômoda. "Deve ser no gavetão de cima", ele pensou. "Costuma colocar as chaves no bolso da direita... todas no mesmo molho, numa argola de aço... E entre elas há uma maior que as outras, com o palhetão denteado, que não é a da cômoda... Isso quer dizer que também deve haver alguma arca ou cofre... É curioso. Os cofres têm sempre chaves desse tipo.. Mas, enfim, tudo isto... não tem importância..."

A velhota voltou.

– Aqui está, *bátiuchka*; como a um rublo correspondem dez copeques de juros por mês, a um rublo e meio cabem quinze copeques por mês, que eu recebo adiantados. Aos outros dois rublos, que lhe dei da outra vez, correspondem, em relação a esta conta, vinte copeques, que também recebo já. Ao todo são trinta e cinco. De maneira que o seu relógio fica por um rublo e quinze copeques. Aqui está.

– O quê? Então agora é só um rublo e quinze copeques?

– É isso mesmo.

O rapaz não estava para discussões e aceitou o dinheiro. Olhou para a velha, sem pressa de sair dali, como se quisesse dizer ou fazer alguma coisa e nem ele próprio soubesse o quê...

– Alíona Ivánovna, pode ser que dentro de uns dias eu lhe traga outra coisa para empenhar... de prata... uma cigarreira, assim que um amigo meu a devolver – e, como se atrapalhou, calou-se.

– Está bem, depois falaremos, *bátiuchka*.

– Adeus... Mas a senhora vive sozinha? Não tem uma irmã? – perguntou aparentando despreocupação e dirigindo-se para o vestíbulo.

– E o que isso lhe interessa, *bátiuchka*?

– Nada de especial. Perguntei por perguntar. A senhora, depois... Adeus, Alíona Ivánovna!

Raskólhnikov afastou-se dali muito perturbado. E a sua perturbação ia aumentando cada vez mais. Quando desceu a escada parou várias vezes, como se estivesse subitamente preocupado com alguma coisa. E, por fim, já na rua, murmurou:

– Oh, meu Deus! Como tudo isso é repugnante! Ah, sim, sim, eu... não, isto é um absurdo, uma estupidez! – acrescentou resolutamente. – E se eu cometesse um horror desses? De que porcaria é capaz a minha alma! Acima de tudo é suja, brutal, má! E, durante um mês inteiro, eu...

Mas nem com palavras nem com exclamações podia exprimir a sua perturbação. Um sentimento de imensa repugnância, que começara a oprimir e a mortificar o seu espírito desde o momento em que fora ver a velha, tomava agora tamanha proporção e revelava-se tão claramente que não sabia onde se refugiar para fugir de sua tristeza. Caminhava pela calçada como um ébrio, sem reparar nos transeuntes, dando-lhes encontrões e sem saber para onde ia. Quando olhou à sua volta, verificou que estava diante de uma casa de bebidas, na qual se entrava descendo por uma escadinha que conduzia ao subsolo. Dois bêbados passavam pela porta, naquele momento, e saíam para a rua empurrando-se e discutindo. Sem parar para pensar, Raskólhnikov desceu pelas escadas. Até então nunca entrara numa taberna; mas agora tinha a cabeça fora do lugar e, além disso, afligia-o uma sede que o fazia tossir. Tinha vontade de beber uma cerveja gelada. Ainda mais que se sentia esgotado pela sua fraqueza súbita e, enfim, louco de fome. Sentou-se num canto escuro e sujo, à uma mesinha de madeira de tília; pediu cerveja e bebeu com avidez o primeiro copo. Sentiu-se imediatamente aliviado, e seus pensamentos tornaram-se mais claros: "Tudo isso é um absurdo", disse, devaneando, "e não devo me preocupar. É uma simples indisposição física! Um golinho de cerveja, um torrãozinho de açúcar... e o ânimo volta outra vez, as ideias se aclaram e as intenções se firmam. Oh, como tudo isso é opressivo!"

Apesar dessa conclusão desesperante, sentiu-se alegre como se de repente tivesse se libertado de um peso terrível e, afetuosamente, passou os olhos ao redor. Mas até mesmo nesse momento já pressentia levemente que toda aquela suscetibilidade otimista também era doentia.

Àquela hora havia pouca gente na taberna. Atrás daqueles dois bêbados com quem topara na escada, saíra um grupo composto de cinco homens, com uma mulher e um acordeão.

Assim que eles saíram tudo ficou em silêncio e em sossego. Restou só um homem, que ainda não estava completamente bêbado, de aspecto burguês, sentado diante de um copo de cerveja; ficou também o seu gordo companheiro, enorme, de jaqueta comprida e barba grisalha, muito embriagado, meio adormecido, num banco, e que de vez em quando, de repente, como se despertasse, se punha a estalar os dedos, esticando os braços e erguendo o peito, sem se levantar do banco, e cantarolando uma copla, esforçando-se por recordar versinhos como estes:

Acariciando-a durante todo o ano,
acariciando-a durante todo o ano...

Ou, então, quando tinha um pouco mais de lucidez:

Quando atravessei a Podiatchiéskaia,
encontrei a minha amada...

Mas ninguém o acompanhava; o companheiro, silencioso, cada vez que ele parecia despertar mirava-o com olhos hostis e desconfiados. Havia ainda um outro tipo, com aspecto de funcionário público aposentado. Estava sentado sozinho, com um copo a sua frente, e de vez em quando bebia e olhava em volta. Parecia também muito agitado.

CAPÍTULO II

Raskólhnikov não estava acostumado às pessoas e, como já dissemos, evitava todo convívio, sobretudo nos últimos tempos. Mas, agora, uma coisa qualquer o impelia para as pessoas. Algo de novo se passava nele e, ao mesmo tempo, despertava-se nele também uma sede de convívio. Estava cansado de todo aquele mês de tristeza solitária e de sombria expectativa, por isso ansiava respirar outro ambiente, ainda que só por um momento, fosse qual fosse, e, apesar de toda a sujeira do lugar, continuava muito satisfeito na taberna.

O dono do estabelecimento estava em outro ambiente, mas aparecia a todo instante na sala principal; para isso descia uns degraus, o que lhe dava ensejo de mostrar as botas elegantes, muito bem escovadas, debruadas em vermelho. Usava uma jaqueta com um colete terrivelmente ensebado, de pano preto, sem gravata, e toda a sua cara parecia besuntada de azeite, tal como um ferrolho. Atrás do balcão encontrava-se um rapaz, de uns catorze anos, e outro rapazinho que servia quando os fregueses pediam alguma coisa. Havia pepinos, fatias de pão preto e filetes de peixe; tudo isso cheirava muito mal. A atmosfera era tão sufocante que era insuportável ficar ali, e o ar estava a tal ponto impregnado do cheiro de álcool que se poderia quase dizer que, só de respirar naquele ambiente, uma pessoa era capaz de ficar embriagada.

Às vezes acontecem encontros, até com pessoas totalmente desconhecidas, que despertam o nosso interesse logo ao primeiro olhar, assim, de repente, de improviso, antes de se ter trocado uma só palavra. Foi essa a impressão que provocou em Raskólhnikov o cliente que estava sentado sozinho e que tinha o aspecto de funcionário aposentado. O rapaz iria recordar isso depois, algumas vezes e atribuir a isso um pressentimento. Observava de alto a baixo o presumível funcionário, que, por seu lado, também não tirava os olhos dele e percebia-se claramente que desejava iniciar uma conversa. O funcionário olhava para os outros indivíduos na taberna, sem excluir o dono, com o ar de já estar habituado a eles, cheio de tédio e, ao mesmo tempo, com uma ponta de indolência, como quem olha para pessoas de posição e cultura inferiores com as quais não se tem nada a falar. Era um homem dos seus cinquenta anos, troncudo e de estatura mediana, com alguns cabelos no crânio liso, uma cara com pintas amarelas e até esverdeadas devido à bebida, as maçãs do rosto salientes, acima das quais brilhavam olhinhos estreitos e avermelhados e que lançavam olhares cheios de vivacidade. Mas havia nele qualquer coisa de estranho: no seu olhar brilhava também uma espécie de solenidade – de fato, não lhe faltavam ideias nem espírito e, no entanto, ao mesmo tempo deixavam adivinhar uma certa loucura. Usava um velho fraque preto, completamente esfarrapado, com apenas um botão, que ele abotoava com o desejo visível de conservar o decoro. Por baixo do colete de nanquim sobressaía um peitilho cheio de salpicos e de manchas. Tinha o rosto rapado, como os funcionários públicos, mas havia muito que não se barbeava, de maneira que começavam a nascer nas suas faces tufos de pelos rebeldes. Os seus gestos demonstravam também, uma certa gravidade burocrática. Mas naquele momento o nosso homem mostrava-se inquieto, repuxava os cabelos, e segurava às vezes com tristeza a cabeça entre as mãos, fincando os cotovelos esfarrapados sobre a mesa manchada e gordurenta. Finalmente encarou Raskólhnikov e disse com voz firme e rouca:

– Poderia me dar licença, cavalheiro, de me dirigir ao senhor, fazendo-lhe uma pergunta? Porque, embora o seu aspecto não seja bom, a minha experiência me diz que o senhor é um homem de boa educação e que não está habituado a beber. Eu sempre respeitei a educação, quando unida a sentimentos generosos, e, além disso, sou conselheiro titular.[5] O meu apelido é Marmieládov...[6] conselheiro titular. Permita-me que lhe pergunte: também é funcionário público?

– Não, sou estudante – respondeu o rapaz, um pouco admirado tanto por aquele tom oratório como pelo fato de se ver interpelado tão abruptamente. No entanto, apesar da ânsia que havia, pouco sentira de falar com alguém, fosse com quem fosse, assim que lhe dirigiram a primeira palavra tornou a experimentar de súbito a sua hostilidade e irritação habituais diante de qualquer comunicação com gente estranha que tocasse ou mostrasse o desejo de tocar-lhe na personalidade.

– Estudante ou ex-estudante – exclamou o funcionário. – Era isso mesmo o que eu pensava! Tenho muita experiência, meu senhor, muita experiência! – e, com um gesto amplo e grave, levou um dedo à testa. – Com certeza precisava de ser estudante ou pertencer à classe culta. Mas me dê licença – le-

5. Um dos graus do *tchin*, isto é, da escala das funções burocráticas do Estado.

6. Personagem confusa, insegura, com qualidades indefinidas e misturadas, segundo simboliza o seu nome, criado pelo autor a partir do termo *marmielad*. Este revela um caso raro de migração linguística, pois só em português, dentre as línguas românicas, o fruto marmelo é chamado segundo a sua origem latina, dele se derivando o termo marmelada, o qual, expressando a mesma classe de doce, feito porém de outros frutos, se incorporou às outras línguas, e também à russa, provavelmente através do francês e do alemão.

vantou-se do seu lugar, cambaleou, pegou o prato e o copo e foi sentar-se diante do rapaz, embora um pouco de esguelha. Estava embriagado, mas falava com eloquência e desembaraço, somente de vez em quando se atrapalhava um pouco e fazia uma grande embrulhada com as palavras. Dirigia-se a Raskólhnikov com a ânsia de quem já não falava com ninguém há um mês.

– Meu senhor – começou quase com solenidade –, a pobreza não é um pecado, essa é a verdade. Sei também que a embriaguez não é nenhuma virtude. Mas a miséria, meu senhor, a miséria... essa sim, essa é pecado. Na pobreza ainda se conserva a nobreza dos sentimentos inatos; na miséria não há nem nunca houve ninguém que os conserve. A um homem na miséria quase que o correm à paulada; afugentam-no a vassouradas da companhia dos seus semelhantes para que a ofensa seja ainda maior; e é justo, porque na miséria sou eu o primeiro pronto a ofender a mim mesmo. Por isso bebo! Sim, senhor, há um mês que o senhor Liebiesiatnikov[7] bateu na minha mulher, mas eu não sou a minha mulher! Está percebendo? Permita que lhe pergunte, ainda que seja só a título de curiosidade: já lhe aconteceu passar a noite no Nievá[8], nas barcas do feno?

– Não, nunca – respondeu Raskólhnikov. – O que acontece por lá?

– Não. Mas eu sim, há cinco noites.

Encheu o copo, bebeu e ficou pensativo. De fato, tanto na roupa como no cabelo dele, viam-se algumas palhinhas de feno. Era muito provável que nem sequer tivesse tirado a roupa do corpo e que não se lavasse há cinco dias. Sobretudo as suas mãos estavam sujas, gordurentas, avermelhadas, com pintas negras.

Ao que parecia, as suas palavras despertaram a atenção geral, embora não muito viva. Os rapazes atrás do balcão puseram-se a rir. Parecia também que o dono descera do quarto de cima só com a ideia de escutar o engraçado, e, sentado a

---

7. Criando a personagem e o próprio nome dela, Dostoiévski introduziu um neologismo na língua russa, na qual o novo termo *liebiesiátnitchetsvo* passou a ser usado na acepção de adulação, bajulação, o que caracteriza esta personagem.

8. Nievá é o rio que banha Petersburgo, onde havia um local para pernoite de mendigos. (N.E.)

alguma distância, escutava-o com indolência, mas gravemente. Marmieládov era conhecido ali havia muito tempo. E a sua inclinação para discursos devia ter surgido em consequência daquele hábito de entabular conversas frequentemente, na taberna, com desconhecidos. Para alguns beberrões, esse hábito chega a tornar-se uma necessidade, principalmente para aqueles que são maltratados e corridos da própria casa. Por isso, quando estão em companhia de outros bêbados, esforçam-se por se justificar e, se possível, por alcançar também alguma consideração.

– Que espirituoso! – exclamou em voz alta o taberneiro. – Mas por que não vais trabalhar, uma vez que és empregado?

– Por que não trabalho? – repetiu Marmieládov, dirigindo-se exclusivamente a Raskólhnikov, como se fosse ele quem tivesse feito a pergunta. – Por que não trabalho? Mas não me dói a alma ao ver a degradação em que me encontro? Quando, há um mês, o senhor Liebiesiatnikov bateu na minha mulher com as suas próprias mãos, e eu estava deitado no chão por causa da bebedeira, não sofri talvez? Permita-me, rapaz: já lhe aconteceu alguma vez... hum! Bem, pedir dinheiro sem esperança?

– Já me aconteceu, sim; mas como é isso de pedir sem esperança?

– Ora, é pedir sabendo de antemão que não lhe darão. Vejamos: o senhor, por exemplo, sabe de antemão e com toda a segurança que um certo homem, um cidadão bondosíssimo e prestativo, por nada deste mundo lhe dará dinheiro, pois, por que, pergunto eu, lhe daria? Suponhamos também que ele sabe que eu não lhe devolveria. Por compaixão? Mas o senhor Liebiesiatnikov, que está a par das novas ideias, explicou-me, não faz muito, que a compaixão, nos nossos tempos, é proibida pela ciência, e que é assim que se procede na Inglaterra, onde existe a Economia Política. Por que, pergunto eu, daria dinheiro? Mas acontece que, apesar de saber previamente que ele não vai dar, o senhor se põe a caminho e...

– Por que vai lá, então? – acrescentou Raskólhnikov.

– Mas se uma pessoa não vai procurá-lo, a quem é que vai acudir? É forçoso que todos os homens vão aonde podem ir. Porque estamos numa época em que é preciso ir a alguma parte. Quando a minha única filha foi fazer sua carteira de identidade amarela[9], fui eu que a acompanhei – acrescentou,

9. Documento destinado às prostitutas na Rússia antes de 1917. (N.E.)

olhando com certa inquietação para o rapaz. – Não, senhor, não! – apressou-se a dizer tranquilamente, sem reparar que os rapazes do balcão mal podiam conter o riso e que o próprio taberneiro sorria também. – Não! Essas abanadelas de cabeça me deixam na mesma, porque toda a gente já sabe, e tudo quanto é mistério fica às claras, e é com serenidade e não com desprezo que confesso. Seja! *Ecce homo*! Permita-me, o senhor poderia...? Mas não; devo me exprimir de maneira mais categórica e terminante: o senhor poderia, sim, o senhor seria capaz, olhando-me bem de frente, de me dizer que eu não sou um porcalhão?

O rapaz não respondeu nada.

– Bem – prosseguiu o orador com ar grave e até com grande dignidade, esperando outra vez que cessassem as risadas –, bem, admitamos que eu seja um porco e ela, uma senhora. Eu posso parecer um animal, ao passo que Ekatierina Ivánovna, a minha mulher... é uma pessoa bem-educada, filha de um oficial superior. Admitamos que eu sou um velhaco e ela uma mulher de grande coração e cheia de sentimentos generosos. No entanto... oh, se ao menos tivesse pena de mim! Meu senhor, meu senhor, todas as pessoas precisam ter ao menos um lugar onde sintam pena de si! Mas Ekatierina Ivánovna, apesar de ser uma senhora generosa, não é justa... E embora eu compreenda que, quando ela se excede comigo, o faz por compaixão (porque, repito, e não me envergonho, ela se excede comigo), rapaz – reafirmou, com dignidade dobrada, quando acabaram as risadas –, mas, por amor de Deus! Se ela ao menos uma vez... Mas não! Não! Tudo isso são pormenores de que não é preciso falar! Pois mais de uma vez se cumpriu esse meu desejo, não foi uma vez apenas que tiveram pena de mim; mas... esse é um aspecto do meu caráter. Eu sou uma besta!

– O quê?! – observou o taberneiro bocejando.

Marmieládov deu um soco pesado sobre a mesa.

– É o que eu sou! O senhor sabe que até as meias dela eu bebi? Não os sapatos, o que sempre seria mais lógico, mas as meias. Bebi as suas meias! Também bebi a sua gola de pelo de cabra, apesar de ser propriedade dela, pois já a tinha antes de casada; e moramos num buraco gelado, e, neste inverno, ela apanhou uma bronquite e começou a tossir e a cuspir sangue.

Temos três filhos pequenos, e Ekatierina Ivánovna trabalha da manhã à noite, lava, esfrega e trata das crianças, pois foi costumada à limpeza desde pequena, mas está doente do peito e tem propensão para a tísica, sei muito bem disso. Mas então eu não tenho sentimentos? E quanto mais bebo, mais sinto as coisas. É por isso que bebo, porque na bebida encontro o sofrimento... Bebo porque quero sofrer em dobro! – e inclinou a cabeça para a mesa, num gesto de desespero. – Rapaz – continuou, tornando a erguer-se –, leio uma certa tristeza na sua cara. Reparei nisso assim que entrou e foi por isso que lhe dirigi a palavra. Pois ao contar-lhe a história da minha vida, eu não pretendia me apresentar com um aspecto denegrido perante estes tratantes, que, por outro lado, já a conhecem; o que eu queria era encontrar um homem sensível e culto. Fique o senhor sabendo que a minha mulher foi educada num instituto de nobres de um distrito importante e, quando saiu do pensionato, dançou envolta num xale, na presença do governador e das outras personalidades locais, e por isso concederam-lhe uma medalha de ouro e um diploma de honra ao mérito. A medalha... bom, a medalha já vendemos há tempos... Hum! O diploma laudatório ela ainda guarda na arca e não faz muito tempo que o mostrou à dona da casa. E embora ande sempre discutindo com a tal dona da casa, agrada-lhe, no entanto, vangloriar-se perante os outros, falando dos dias felizes do passado. Coisa que eu não lhe censuro, não, senhor, não lhe censuro, porque esses últimos dias felizes ficaram gravados na memória dela e tudo o mais se evaporou. Sim, sim, é uma mulher voluntariosa, orgulhosa e destemida. É ela mesma quem esfrega os soalhos e come pão preto; mas não consente que lhe faltem ao respeito. Por isso não quis suportar as grosserias do senhor Liebiesiatnikov, e quando ele lhe bateu, ela caiu de cama, não tanto pelas pancadas como pela ofensa. Já era viúva quando me casei com ela, e tinha três filhos pequeninos. Casou-se com o primeiro marido, um oficial de infantaria, por amor, e fugiu com ele da casa dos pais. O marido gostava muito dela; mas acabou por endoidecer por causa do jogo das cartas, teve de comparecer perante um conselho de guerra e morreu por causa disso. Nos últimos tempos também tinha dado para bater nela; ela não o tolerava, como pude comprovar depois por referências e por documentos; mas ainda hoje recorda dele com lágrimas nos olhos e me recrimina, comparando-me com ele, e eu fico satisfeito, alegre, porque, com essas censuras, de certo modo considera-se feliz... Bem, pois quando ele morreu, a pobrezinha ficou com três criancinhas num distrito afastado e selvagem, onde eu também morava, por aquele tempo, e estava numa miséria tão desesperada que eu, que tenho visto tanta coisa, nem me sinto com forças para descrevê-la. Todos os parentes a tinham desprezado. E no entanto era orgulhosa... E eu, então, meu senhor, eu, que também estava viúvo e tinha uma filhinha de catorze anos, da minha primeira mulher, propus casamento a ela por não poder contemplar semelhante dor. Vê-se bem até que ponto chegava a sua miséria, quando ela, uma mulher culta e educada e de família distinta, aceitou se casar comigo. Mas aceitou! Chorando e gemendo, e torcendo as mãos... mas o certo é que aceitou! Porque não tinha para onde ir. O senhor pode compreender o que significa não ter para onde ir? Não, o senhor não pode compreender... Durante um ano inteiro eu cumpri as minhas obrigações, nobre e honradamente, e não toquei nisto – e bateu com o dedo na garrafa – porque sou um homem de sentimentos. Mas nem assim pude satisfazê-la; fui demitido, não por causa da aguardente, mas por mudança de pessoal, e foi então que me entreguei à bebida... Já faz um ano que viemos parar, finalmente, depois de muito cansaço e de muitas aflições, nesta magnífica capital, ornamentada com tantos monumentos. E aqui encontrei um emprego... Encontrei-o para tornar a perdê-lo. Compreende? Desta vez perdi-o por minha culpa, porque o demônio me tentou... Vivemos agora num canto, em companhia da dona da casa, Amália Fiódorovna Lippewechsel, e como é que nós vivemos e como pagamos, não sei ao certo. Além de nós moram ali também muitas outras pessoas... Aquilo é um hospício caótico... Hum! Sim... E entretanto a minha filha foi crescendo, aquela que tive do primeiro casamento, e tudo o que a minha filhinha teve de suportar da madrasta, durante todo esse tempo, é coisa de que não quero falar. Pois ainda que Ekatierina Ivánovna seja uma mulher de sentimentos generosos, é orgulhosa e irritável, e perde a paciência com facilidade... Lá isso, é! Bem, mas não falemos nisso! Educação, o senhor já pode imaginar que não recebeu nenhuma. Há quatro anos experimentei ensinar-lhe geografia e história universal; mas como eu mesmo não era muito forte nisso e não tinha tido bons professores, e, além disso, com aqueles livros... Hum! Bem, agora já não existem mais esses livros; e a educação dela ficou por aí. Ficamos em Ciro, rei dos Persas. Depois, quando era já crescida, leu alguns livros de índole romanesca, e há pouco, por intermédio do senhor Liebiesiatnikov, leu com muito interesse um livro de fisiologia, de Lewis... conhece-o? E até nos leu partes dele em voz alta; essa foi toda a sua instrução. Agora, meu senhor, vou fazer-lhe uma pergunta particular. Acha que uma moça pobre, mas honesta, pode ganhar a vida trabalhando? Se for honesta e não possuir aptidões especiais, nem quinze copeques por dia chegará a ganhar, e isso trabalhando sem parar. Mas o conselheiro de Estado Klopstock – Ivan Ivánovitch, o senhor o conhece? – até hoje ainda não lhe pagou pela confecção de meia dúzia de camisas de tecido holandês, e ainda por cima a expulsou de sua casa a pontapés, insultando-a de uma maneira vergonhosa, com o pretexto de que o colarinho de uma das camisas não estava na medida e estava torto. E, entretanto, as crianças passando fome... E Ekatierina Ivánovna torcia as mãos e dava voltas pela casa, e já tinha manchas encarnadas nas faces: isso é próprio da doença e acontece-lhe constantemente. "Estás vendo? Comes e bebes conosco, parasita, e não fazes nada!" Mas que podia eu comer e beber, quando há três dias que as crianças não viam um pedaço de pão? Nessa ocasião, eu estava deitado; bem, queria lá saber! Estava bêbado, e então ouvi minha Sônia (ela não é respondona, e tem uma vozinha tão fraca... é bonita, com uma carinha sempre pálida, fraquinha), dizendo: "Mas, Ekatierina Ivánovna, será possível que me mande fazer isso?". E Dária Frántsovna, mulher maldosa e bem conhecida da polícia, por três vezes já tinha vindo falar com ela, por recomendação da dona da casa. "Que tem isso de especial?" – responde Ekatierina Ivánovna com uma risadinha. "Para que te reservas? Até parece que és muito preciosa!" Mas não a acuse, não a acuso, meu caro senhor; não a acuso. Se estivesse em seu perfeito juízo não teria dito aquilo, foi levada por sentimentos exaltados, por causa da doença e pelo choro dos filhos esfomeados; foi isso; disse mais para ofender do que por pensar verdadeiramente... Porque Ekatierina Ivánovna tem um tal gênio que, assim que os filhos começam a chorar, ainda que seja de fome, bate-lhes logo. E eu bem vi como Sônietchka se levantou, deviam ser sete horas, pôs uma touquinha, o casaco, saiu do quarto e só voltou às nove. Voltou e foi ter com Ekatierina Ivánovna: colocou sobre a mesa, na frente dela, trinta rublos de prata. Não disse sequer uma palavra, pegou o nosso grande manto verde quadriculado (porque temos um cobertor desses, que todos usam), tapou completamente a cabeça e a cara com ele, estendeu-se na cama de frente para a parede e os seus ombros tremiam com arrepios que lhe sacudiam todo o corpo... E eu continuava deitado, como antes, muito sossegado... Foi então, rapaz, que vi Ekatierina Ivánovna, sem dizer uma palavra, se aproximar da caminha de Sônia, e ela passou a noite toda de joelhos, beijando-lhe os pezinhos, e não queria levantar-se, e depois as duas dormiram juntas, abraçadas, as duas... as duas... assim mesmo; e eu... continuava curtindo a bebedeira.

Marmieládov calou-se, como se a voz tivesse lhe faltado. Depois encheu o copo com rapidez, bebeu e limpou a boca.

– Então, meu senhor – continuou, depois de uma pausa –, devido à denúncia de pessoas mal-intencionadas (e para isso contribuiu principalmente Dária Frántsovna, sob o pretexto de que tínhamos lhe faltado ao respeito), a minha filha Sônia Siemiônovna se viu obrigada a usar a identidade amarela e, por essa razão, já não pode continuar vivendo conosco. Porque a senhoria, Amália Fiódorovna, não quis tolerar isso (apesar de, antes, ter se servido de Dária Frántsovna), e o senhor Liebiesiatnikov também não. Hum! Repare: foi por causa de Sônia, aquela história que ele teve com Ekatierina Ivánovna. A princípio era ele quem assediava Sônietchka e então, de repente, encheu-se de melindres. "Como eu, um homem tão distinto, vou viver na companhia desta gente?" Mas Ekatierina Ivánovna não soube como proceder: quis interferir... bom... e atazanou-se... Agora Sônietchka só vem nos ver quando já está escuro, conforta Ekatierina Ivánovna e lhe traz bastante dinheiro... Mora na casa do alfaiate Kapernaúmov, onde alugou um quarto. Kapernaúmov é coxo e gago, e toda a sua numerosa família também é gaga. Até a mulher é gaga... Vivem todos juntos no mesmo quarto, mas Sônia tem um só para ela, separado por um tabique... Hum! Lá isso é verdade... São pessoas muito pobres e todas gagas... sim... Pois bem, na manhã seguinte, assim que me levantei, vesti os meus farrapos... ergui os braços ao céu e dirigi-me para a casa de sua excelência Ivan Afanássievitch. Conhece sua excelência Ivan Afanássievitch? Não? Pois então não conhece uma pessoa de bem! É como cera virgem, cera virgem, perante Deus, e essa cera derrete-se... até se desfaz em lágrimas, depois de ter se dignado a ouvir tudo. "Bem", disse ele, "Marmieládov, uma vez já me causaste uma decepção... Mas tornarei a te admitir sob minha responsabilidade pessoal" – foi assim mesmo que ele disse. – "Lembra-te disso, por amor de Deus, e vai embora!" Beijei os seus pés, em pensamento, pois na realidade ele não teria consentido, porque é funcionário de categoria elevada e homem de ideias novas no que diz respeito a coisas oficiais e a educação: voltei para casa e, quando comuniquei que ia ser reintegrado no serviço e receber outra vez ordenado, que rebuliço!

Marmieládov tornou a ficar muito comovido. Nesse momento entrou um bando de homens embriagados, e à porta ouviu-se o som de um realejo de aluguel e a vozinha infantil, aguda, de um rapazinho de sete anos, que cantava *A Granja*. Estabeleceu-se um rebuliço. O taberneiro e os rapazes receberam os recém-chegados. Sem lhes dar atenção, Marmieládov continuou a sua narrativa. Parecia já completamente embriagado; mas quanto mais bêbado, mais tagarela se tornava. As recordações de seu recente triunfo no serviço pareciam reanimá-lo e fizeram até afluir um certo brilho ao seu rosto. Raskólhnikov escutava com atenção.

– Isto aconteceu há umas cinco semanas. Sim... Quando as duas souberam, Ekatierina Ivánovna e Sônietchka, parecia que tinham aberto o reino de Deus para elas. Antes era só aquilo de "Está ali caído, como uma besta!" Só insultos. Agora andavam nas pontas dos pés e ralhavam com as crianças: "Siemion Zakháritch chegou cansado do trabalho, está descansando. Quietos!". Davam-me café antes de ir para a repartição e aqueciam a nata para o meu pão. Arranjavam nata verdadeira, está ouvindo? E onde elas teriam descoberto aquele uniforme decente por onze rublos e cinquenta copeques? Não consigo compreender! Até botas, gravatas de algodão fino, esplêndidas, uniforme: tudo por onze rublos e cinquenta copeques e em ótimo estado. Levanto-me no primeiro dia de manhã, para ir para a repartição, e o que vejo? Ekatierina Ivánovna tinha preparado dois pratos para o meu desjejum – sopa e carne com rábanos – coisas que até hoje ainda não consegui explicar. Vestidos, não tinha nenhum, nenhum mesmo, e, no entanto, parecia pronta para receber visitas: estava muito bem arrumada, e como se sempre tivesse vestido do bom e do melhor; bem penteada, com uma gola primorosa, mangas compridas, parecia absolutamente outra, e estava rejuvenescida e mais bonita. Foi Sônietchka, a minha querida, quem arranjou o dinheiro. E ela mesma me disse: "É melhor eu não vir vê-lo de dia, é preferível vir assim que escurece, para que ninguém me veja". Está ouvindo, está ouvindo? Depois do almoço, eu fui dormir, coisa que, noutras circunstâncias, Ekatierina Ivánovna não consentiria, como deve calcular. Apenas uma semana antes tivera uma discussão terrível com a senhoria Amália Fiódorovna, mas depois convidou-a para tomar uma xícara de café. Ficaram duas horas juntas conversando em voz baixa: "Sabe? Agora, Siemion Zakháritch está outra vez empregado, ganha um ordenado e fala com sua excelência em pessoa, e sua excelência recebe-o e manda os outros esperarem, e vai de braço dado com Siemion Zakháritch, na frente de todo mundo, até o seu gabinete!" Está ouvindo, está ouvindo? "Não há dúvida", disse, "Siemion Zakháritch, que eu me lembro dos seus serviços, e embora o senhor sofra dessa triste fraqueza, como o senhor promete agora se emendar, e, além disso, como aqui, sem o senhor, as coisas não andam bem (ouça, ouça!), agora", disse, "confio na sua palavra de honra." Mas eu lhe digo a verdade: isso tudo foi ela quem inventou, mas não por falta de juízo nem somente por gabolice. Não, ela mesma acredita nisso tudo e consola-se com a sua imaginação... Meu Deus! E eu não a censuro; não, não a critico! Quando, há seis dias, recebi o meu primeiro ordenado – 23 rublos e 40 copeques – e entreguei todo a ela, chamou-me de "Meu pequenino!" Estávamos os dois sozinhos, compreende? Pois foi assim, como se eu fosse um rapaz jeitoso e um bom maridinho. Bem, depois, ela me deu uma palmadinha na bochecha, dizendo: "Meu pequenino!".

Marmieládov parou, por momentos, e parecia que ia sorrir; mas, de repente, seu queixo começou a tremer. No entanto, dominou-se. Aquele ambiente de taberna, aquele quadro repugnante, cinco noites passadas nas barcas do feno e a garrafa no meio de tudo isso, o amor doentio pela mulher e pela família deixavam admirado o seu ouvinte. Raskólhnikov escutava atentamente, era todo ouvidos, mas com uma sensação de mal-estar. Estava arrependido de ter se metido ali.

– Meu senhor, meu senhor! – exclamou Marmieládov, endireitando-se. – Oh, meu senhor! Talvez tudo isso o faça rir, como aos outros, e eu não faço outra coisa senão importuná-lo com a estupidez de todos esses miseráveis pormenores da minha vida doméstica; mas a mim eles não dão vontade de rir. Porque eu sou capaz de sentir tudo isso... E durante todo aquele dia paradisíaco da minha existência, e durante toda aquela noite, eu mesmo me entreguei a grandes devaneios; que tudo aquilo ia se arranjar, que as crianças teriam roupa, e a ela iria proporcionar tranquilidade, e tiraria a minha única filha da desonra e ela retornaria ao seio da família... E muitas outras coisas, muitas outras coisas! Permita-me, senhor... Pois bem, meu senhor... – de súbito, Marmieládov estremeceu, ergueu a cabeça e ficou olhando fixamente para o seu interlocutor – já no dia seguinte, depois de todas essas ilusões (ou seja, precisamente há cinco dias), à noite, eu, com uma artimanha, como um salteador noturno, tirei a chave da cômoda de Ekaterina Ivánovna, apoderei-me do que restava ainda do meu ordenado... não me lembro bem quanto; mas veja isto, veja bem: levei tudo! Cinco dias fora de casa, eles à minha procura, a carreira perdida e o uniforme em poder de um taberneiro da ponte do Egito, que, em troca dele, me deixou estes farrapos... e acabou-se!

Marmieládov deu mesmo um soco em sua própria testa, rangeu os dentes, fechou os olhos e fincou com força o cotovelo sobre a mesa. Mas passado um minuto, transfigurou-se e, com certa malícia forçada e um autodomínio fingido, olhou para Raskólhnikov, sorriu e continuou falando:

– E hoje estive na casa de Sônia e fui pedir-lhe dinheiro para beber. Ah, ah, ah!

– E ela lhe deu? – perguntou algum dos que entravam, e depois desatou a rir às gargalhadas.

– Olhe, esta meia garrafa foi paga com o dinheiro dela – disse Marmieládov encarando Raskólhnikov. – Deu-me trinta copeques, os últimos, tudo o que tinha, como eu bem vi... Não me disse nada; limitou-se a me olhar em silêncio... De uma maneira como não se olha na Terra, mas além, no lugar onde se tem piedade das pessoas, onde se chora e não se insulta. Apesar de que custa mais ainda quando não nos insultam! Trinta copeques, isso mesmo; que a ela, decerto, devem fazer falta. Não acha, meu caro senhor? Porque veja que ela, agora, tem de andar muito bem arrumada. E essa apresentação custa dinheiro, está percebendo? Compreende? E ela tem de usar brilhantina; e saias engomadas, botinas elegantes, justinhas, para fazer sobressair o pezinho quando é preciso atravessar uma poça no meio da rua. Compreende o senhor, compreende o que significa esse esmero? Pois bem, eu, como vê, gastei esses trinta copeques na bebida. E continuo bebendo! E já estou bêbado! Mas quem é que se preocupa com um tipo como eu? Diga! O senhor tem pena de mim ou não? Diga lá, senhor, tem pena ou não? Ah, ah, ah!

Quis encher de novo o copo, mas já não havia nem uma gota; a meia garrafa estava vazia.

Ouviram-se risadas e também insultos. Riam e injuriavam, os que tinham ouvido e os que não ouviram, só de olhar para a cara do funcionário demitido.

– Ter pena! Por que haviam de ter pena? – exclamou, de repente, Marmieládov, levantando-se de mão estendida, tomado de uma firme exaltação, como se estivesse apenas à espera daquelas palavras. – Mas por que teriam pena de mim? Digam! É assim mesmo. Não há motivo. O que devem fazer é me cravar numa cruz e sem pena de mim! Mas crucifiquem-me depois de me julgarem, e quando tiverem me crucificado, tenham pena de mim. E então eu mesmo irei procurá-lo para sofrer o suplício, pois não é de alegria que eu tenho sede, mas de tristeza e de lágrimas! Imaginas tu, taberneiro, que esta meia garrafa me trouxe a felicidade? Sofrimento, o sofrimento é que eu procurava no fundo dela; tristeza e lágrimas, e encontrei-as, realmente; quanto à piedade, há de ter piedade de nós Aquele que de todos se apiedou e tudo compreendeu; Ele, que é o amigo e também é o juiz. Nesse dia Ele há de aparecer e perguntará: "Onde está essa pobre moça que se vendeu por uma madrasta má e tísica e por umas crianças que lhe não são nada? Onde está essa pobre moça que teve compaixão pelo pai, bêbado inveterado, sem se assustar com o seu embrutecimento?". E depois dirá: "Anda, vem cá! Eu já te perdoei uma vez. Já te perdoei uma vez. Perdoados sejam também agora os teus muitos pecados, porque amaste muito". E perdoará a minha Sônia; há de perdoá-la, eu sei que há de perdoá-la... Foi isso o que senti há pouco no meu coração, quando fui vê-la... E há de julgar a todos e a todos perdoará, tanto aos bons como aos maus, aos prudentes e aos pacíficos... E depois de julgar todos, se inclinará também para nós: "Vinde cá", dirá, "vós outros, também, vós os bêbados, vinde cá, desavergonhados; vinde cá, porcalhões!" E nós nos aproximaremos, sem nos envergonharmos, e nos deteremos. E Ele dirá: "Meus filhos! Imagem bestial é a vossa e tendes a sua marca; mas aproximai-vos também". E intervêm os castos, e intervêm os prudentes: "Senhor! Mas vais admitir estes também?". E Ele dirá:

"Pois eu os admito, ó castos! Aqui os acolho, ó prudentes! Porque nunca um só deles se julgou digno de tal mercê..." E nos estenderá as suas mãos, e nós nos entregaremos nelas e romperemos em pranto e compreenderemos tudo... Então, havemos de compreender tudo! E todos hão de compreender... E Ekatierina Ivánovna também compreenderá... Senhor, venha a nós o vosso reino...

E deixou-se cair sobre um banco, esgotado e sem forças, sem olhar para ninguém, como que longe de tudo o que o rodeava e caído num êxtase profundo. As suas palavras causaram uma certa impressão. Houve silêncio durante um minuto; mas não tardou que se ouvissem os mesmos risos e impropérios de há pouco.

– Já disse a sua sentença!

– Mas que série de bobagens!

– Funcionariozinho!

E etc. etc.

– Vamos embora daqui – disse Marmieládov de repente, levantando a cabeça e encarando Raskólhnikov –, leve-me... à casa de Kossel, ao fundo do pátio. E ali... vamos encontrar com Ekatierina Ivánovna...

Havia muito que Raskólhnikov ansiava por ir embora: e também já pensara em ajudá-lo. Marmieládov parecia ter mais dificuldade em mexer os pés do que a língua, e apoiava-se com força no rapaz. Era preciso percorrer um trajeto de duzentos a trezentos passos. O bêbado sentia cada vez mais medo e mal-estar à medida que ia se aproximando de casa.

– Agora eu já não tenho medo de Ekatierina Ivánovna – murmurava, agitado –, nem tenho medo que ela venha me puxar os cabelos. O que são os cabelos? É um absurdo, isso dos cabelos! Isso mesmo! Até é melhor que os puxe, pois isso não me assusta... Eu... eu tenho medo é do seu olhar. Sim, do seu olhar... e também das manchas vermelhas que aparecem sobre as faces dela... E, além disso, tenho medo da sua respiração... Já viste como respiram os doentes quando estão perturbados? Também tenho medo do choro das crianças. Porque se Sônia não se lembrou de alimentá-los, não sei o que terá sido deles. Não sei! Mas das pancadas eu não tenho medo. Fique o senhor sabendo que essas pancadas não só não me martirizam como até costumam me dar prazer. Não poderia passar sem elas. É o melhor. Que me dê uma boa sova, que descarregue os nervos, é o melhor... Mas já chegamos. É esta a casa de Kossel, o serralheiro, um alemão que enriqueceu... Leve-me.

Entraram no pátio e subiram ao quarto andar. À medida que subiam, a escada tornava-se mais escura. Já era perto das onze horas, e embora nessa época do ano não haja em Petersburgo noite de verdade, ali, no alto da escada, estava muito escuro...

A pequena porta enegrecida que havia ao fim da escada estava aberta. Uma lamparina iluminava um quarto pobríssimo, com uns dez passos de largura, tão pequeno que se via todo do patamar. Ali tudo era desordem e confusão, viam-se, principalmente, várias peças de roupa de criança. No canto do fundo, havia uma cortina cheia de buracos. A cama provavelmente estava oculta atrás dela. Em todo o quarto havia apenas duas cadeiras e um divã esfarrapado e coberto com um oleado em muito mau estado e, à frente dele, uma mesa de cozinha de pinho velha, sem pintura e sem qualquer cobertura. Na ponta da mesa ardia, quase no fim, uma vela de sebo, num castiçal de ferro. Marmieládov tinha um quarto só para si, e que não era um simples canto, mas esse quarto era um corredor. A porta de acesso aos outros quartos ou cubículos em que se dividia o andar de Amália Lippewechsel estava aberta. Ouvia-se barulho, sentia-se dali que havia um grande rebuliço. Riam às gargalhadas. Segundo parecia jogavam baralho e tomavam chá. De quando em quando ouvia-se uma ou outra obscenidade.

Raskólhnikov reconheceu imediatamente Ekatierina Ivánovna. Era uma mulher de aspecto extremamente fraco, fina, bastante alta e bem-feita, com um cabelo castanho ainda muito bonito e, de fato, com as faces muito coradas, como se tivessem duas manchas vermelhas. Andava de um lado para outro, no quarto, de mãos cruzadas sobre o peito, lábios franzidos e respirando de uma maneira especial, entrecortada. Seus olhos brilhavam como se tivesse febre, mas o seu olhar era duro e impassível, e os últimos reflexos daquela luz moribunda, que neles se refletiam, davam uma impressão doentia àquele rosto febril de tuberculosa. A Raskólhnikov ela pareceu ser uma mulher de uns trinta anos e, de fato, não formavam um casal harmonioso, ela e Marmieládov. Não os sentiu entrar, nem reparou neles; parecia absorta, parecia que não via nem ouvia. No quarto a atmosfera era sufocante, mas ela não tinha aberto a janela; da escada vinha um odor pestilento, mas também não fechara a porta que dava para ela. Dos quartos interiores, através das portas abertas, chegava também a fumaça dos cigarros, e ela tossia, mas não fechava a porta.

A caçula, de seis anos, dormia sentada no chão, encolhida e de cabecinha apoiada no divã. Um rapazinho, um pouco mais velho, tremia num canto e chorava. Por certo, acabara de levar uma surra. A menina mais velha, de uns nove anos, alta e de aspecto frágil, com uma camisinha em farrapos e uma capa de tecido com estampas quadriculadas sobre os ombros nus, que provavelmente lhe deram quando tinha menos dois anos, pois nem sequer chegava aos seus joelhos, estava num canto, junto do irmãozinho, a cujo pescoço se abraçava com o seu braço esguio e comprido. Parecia consolá-lo, dizia-lhe qualquer coisa ao ouvido, procurava acalmá-lo por todos os meios para que não voltasse a chorar e, ao mesmo tempo, não desviava da mãe os seus grandes olhos escuros, que pareciam ainda maiores naquela carinha afilada e amedrontada. Sem entrar no quarto, Marmieládov pôs-se de joelhos à porta e empurrou Raskólhnikov para dentro. Quando viu o desconhecido, a mulher ficou parada na sua frente, distraída, mas desperta por um momento da sua meditação e como se perguntasse a si mesma: "O que ele veio fazer aqui?". Naturalmente, acabou por dizer consigo mesma que ele devia estar indo para algum dos outros quartos, pois ali era um corredor. Depois de ter imaginado isso, e sem lhe dar atenção, dirigiu-se à porta de entrada sem intenção de abri-la e, de repente, deu um grito ao ver o marido ali, de joelhos.

– Ah! – exclamou com espanto. – Voltaste! Criminoso! Monstro! Onde está o dinheiro? Que tens aí nos bolsos? Mostra! E o teu ordenado? Que fizeste com o ordenado? Onde estão as moedas? Fala!

E atirou-se sobre ele para revistá-lo. Marmieládov ergueu imediatamente os braços com docilidade e humildade, para facilitar a busca, mas, de dinheiro, nem um copeque.

– Onde está o dinheiro? – gritava. – Oh, meu Deus, gastou tudo em bebida! Doze rublos de prata que eu tinha no baú!

E de repente, furiosa, agarrou-o pelos cabelos e arrastou-o para dentro. O próprio Marmieládov facilitava o seu esforço, deixando-se levar mansamente, de joelhos.

– Isto, para mim, é um prazer! Não me magoa, mas sim dá prazer, meu senhor! – exclamava, enquanto ela o arrastava pelos cabelos e até o fazia bater com a cabeça contra o chão.

A garota que dormia acordou e começou a chorar. O rapazinho que estava no canto não pôde se conter e começou a tremer e a gritar, e agarrou-se na irmã, apavorado, quase como se estivesse sofrendo um ataque. A irmãzinha mais velha tremia, colada à parede, como a folha de uma árvore.

– Foi na bebida! Tudo gasto na bebida! – gritava a pobre mulher, desolada. – E essa roupa também não é dele! Vão morrer de fome, de fome! – e, torcendo as mãos, apontava para as crianças. – Oh, vida malvada. E o senhor, o senhor não tem vergonha? – disse, de repente, encarando Raskólhnikov. – Na taberna! Estava ajudando-o a gastar o dinheiro na taberna! Bebeste também! Fora daqui!

O rapaz apressou-se em desaparecer, sem dizer uma palavra. Entretanto, a porta do fundo estava aberta completamente e alguns curiosos espreitavam por ali. Assomavam caras cínicas e sorridentes, de cigarro ou de cachimbo na boca. Viam-se mulheres com roupões desabotoados, com vestidos de verão indecentes de tão leves e algumas com cartas na mão. Riram às gargalhadas no momento em que Marmieládov, arrastado pelos cabelos, gritou que aquilo, para ele, era um prazer. Começaram a entrar no quarto, até o instante em que se ouviu finalmente um grito de indignação, lançado pela própria Amália

Lippewechsel, que queria restabelecer a ordem em sua casa e, pela centésima vez, amedrontar a pobre mulher com a ameaça terrível de que teria de abandonar o quarto no dia seguinte. Quando ia saindo, Raskólhnikov apressou-se a mexer nos bolsos e encontrou qualquer coisa: umas moedinhas de cobre que restavam do troco de um rublo que dera para pagar na taberna; e deixou-os na janela, sem que percebessem. Depois, já na escada, pensou melhor e sentiu desejo de voltar atrás.

"Mas que tolice eu fiz!", pensou. "Eles têm Sônia e, a mim, esse dinheiro faz falta." Mas depois de considerar que seria impossível recuar, além de que, em última análise, não ia retomar aquele dinheiro, deu um soco no vazio e dirigiu-se para casa. "A Sônia também lhe faz falta para as suas pinturas", continuou, atravessando a rua e sorrindo sarcasticamente. "A apresentação custa dinheiro. Hum! E Sônietchka, coitada, pode muito bem hoje ter uma decepção, porque não deixa de correr também os seus riscos, e a conquista do velo de ouro... não é nada fácil... E pode ser que todos eles se encontrem amanhã em dificuldades, a não ser que, devido a esse meu dinheirinho... Ah, Sônia! Em que ofício te meteram! Eles se aproveitam. E acabam se habituando. Choraram, mas acabarão por se acostumar. Um patife se acostuma a tudo." Ficou pensativo.

– Bem, e se eu tiver dito uma tolice? – exclamou de repente, depois de um momento de reflexão. – Sim, se de fato o homem não for um canalha, em geral, isto é, toda a gente e tudo o mais... são apenas preconceitos, apenas espantalhos para meter medo, não há limite nenhum, e assim é que deve ser...

CAPÍTULO III

No DIA SEGUINTE, já tarde, despertou depois de um sonho agitado, e esse sono não foi suficiente para reparar as suas forças. Acordou mal-humorado, azedo, irritável, e passou com aversão o olhar pelo seu cubículo. Era uma espécie de gaiola de uns seis passos de largura, que tinha um aspecto repugnante com o seu papel amarelado, cheio de pó desprendendo da parede por todos os lados, e com um teto tão baixo que um homem alto mal poderia erguer-se, pois dava a ideia de que iria bater com a cabeça no teto. O mobiliário harmonizava com o ambiente; compunha-se de três cadeiras velhas, desconjuntadas; num canto, uma mesa pintada de várias cores, sobre a qual se viam alguns cadernos e livros que só pelo fato de se encontrarem cheios de pó se poderia deduzir o tempo que ninguém os folheava, e, finalmente, o grande sofá, também desconjuntado, que ocupava uma parede inteira e quase todo o quarto, o qual anteriormente estivera forrado de um tecido de algodão barato, mas que agora estava em farrapos e servia de cama a Raskólhnikov. Deitava-se muitas vezes em cima dele tal como estava, sem se despir, cobrindo-se apenas com o seu velho casaco esfiapado, de estudante, e colocando debaixo da cabeça uma almofada, sob a qual amontoava toda a roupa branca que possuía, limpa ou suja, com o fim de deixá-la mais alta. À frente do sofá havia uma mesinha.

Teria sido difícil chegar a um maior abandono e cair em maior miséria; mas, para Raskólhnikov, no estado de espírito em que se encontrava, aquilo até lhe era aprazível.

Tinha se retirado resolutamente de todo o convívio, vivia como uma tartaruga no seu casco; até a cara da criada, que tinha obrigação de servi-lo e de dar uma olhada em seu quarto de vez em quando, lhe provocava mal-estar e irritação. É o que acontece a alguns maníacos que concentram a sua atenção numa única coisa. Há duas semanas que a senhoria já deixara de fornecer-lhe a comida, e ele não pensara, até então, em pedir uma explicação para ela, mesmo se encontrando em jejum. Em parte, Nastássia, cozinheira e criada única da senhoria, estava contente por aquele hóspede ser daquele jeito; também tinha deixado completamente de arrumar o seu quarto, apenas o varria uma vez por semana, quando lhe apetecia. Era ela quem vinha agora despertá-lo.

– Levanta-te! Por que estás dormindo? – gritou, inclinando-se sobre ele. – Já são dez horas. Trouxe o chá. Queres um pouco de chá? Parece mesmo faminto!

O hóspede abriu os olhos, teve um sobressalto e, por fim, reconheceu Nastássia.

– Esse chá é da senhoria ou não? – perguntou, endireitando-se no divã, devagar e com cara de doente.

– Claro que é da senhoria!

Colocou na sua frente a chaleira, já bastante usada, com as folhas do chá antigo, e ao seu lado pôs dois torrões de açúcar amarelo.

– Nastássia, pega isto, por favor – disse, metendo a mão no bolso (deitava-se assim, vestido) e tirando-a cheia de cobres – e vai comprar um pãozinho pra mim. Vai também à salsicharia e traz um pouco de salsichão do mais barato.

– O pãozinho, trago-o já. Mas, em vez de salsichão, não queres sopa de couve? Está muito boa, é de ontem à noite. Deixamos para ti, mas chegaste muito tarde. Estava tão boa a sopa!

Quando trouxe a sopa e o rapaz começou a tomá-la, Nastássia sentou-se a seu lado no divã e pôs-se a falar pelos cotovelos. Era camponesa e muito tagarela...

– Praskóvia Pávlovna diz que vai queixar-se de ti à polícia – disse.

O rapaz franziu o cenho.

– À polícia? Por quê?

– Porque nem pagas nem vais embora. Creio que é motivo suficiente.

– Ah, a malvada não está satisfeita! – resmungou o rapaz rangendo os dentes. – Não, isso agora não me calha nada bem... É uma idiota! – acrescentou em voz alta. – Irei hoje procurá-la e falar com ela.

– Ela é uma idiota, isto é, como eu também sou, mas tu, que és tão esperto, por que estás aí deitado e nunca ninguém te vê? Antes dizias que ias dar lições a uns rapazinhos, mas agora não fazes nada?

– Faço alguma coisa... – acrescentou Raskólhnikov, secamente e de má vontade.

– Mas o que tu fazes?

– Trabalho...

– Em que é que trabalhas?

– Penso em coisas sérias – respondeu o rapaz, depois de uma pausa.

Nastássia, quando o ouviu, torceu-se de riso. Era dessas que ria à toa, e quando achava graça de qualquer coisa desatava num riso surdo, que lhe sacudia e fazia estremecer todo o corpo, até que sentia náuseas e se controlava.

– E isso dá muito dinheiro, não? – conseguiu dizer finalmente.

– Sem sapatos não se pode dar lições aos rapazes. Embora eu esteja farto disso...

– Não cuspa no prato em que comeste.

– Não pagam nada por essas lições. Que se pode fazer com meia dúzia de copeques? – continuou ele de má vontade e como se respondesse aos seus próprios pensamentos.

– Então querias receber uma grande quantia de uma só vez?

Ele olhou para ela de uma maneira estranha.

– Sim, uma grande quantia, de uma só vez – respondeu com firmeza, depois de uma pausa.

– Mais devagar, assim até me assustas; já estás até com um olhar feroz! Bem, busco o pão ou não?

– Como quiseres.

– Ah, já ia me esquecendo... Ontem, depois que saíste, chegou uma carta para ti.

– Uma carta? Para mim? De quem?

– De quem, não sei. Tive de dar três copeques ao carteiro. Podes me pagar?

– Vai buscá-la... por amor de Deus, vai buscá-la! – exclamou Raskólhnikov, muito comovido. – Meu Deus!

Passado um minuto, a carta apareceu. Não se enganara: era da mãe, vinha do distrito de R***. Até empalideceu, quando a pegou. Há muito tempo que não recebia carta dela, mas agora seu coração também doía.

– Nastássia, vai embora, pelo amor de Deus! Aqui tens os três copeques; mas, por amor de Deus, vai já embora!

A carta tremia nas suas mãos, não queria abri-la, desejava ficar a sós com aquela carta. Assim que Nastássia saiu, levou-a aos lábios e beijou-a, depois ficou durante muito tempo contemplando o endereço no sobrescrito, com aquela letra miúda e um pouco oblíqua que lhe era tão familiar: a letra de sua mãe, que em outros tempos o ensinara a ler e a escrever. Agia com lentidão, parecia até que receava alguma coisa. Até que finalmente abriu o envelope; era uma longa carta, prolixa, abrangia duas folhas de papel, escritas nos dois lados: duas grandes folhas de papel de carta, escritas numa letra compacta.

"Meu querido Rodka", escrevia a mãe, "já faz dois meses que não te escrevo uma carta, e tenho sofrido muito por isso e até passado algumas noites em claro, pensando. Mas com certeza tu não vais me culpar por esse meu involuntário silêncio. Tu bem sabes como eu te amo, tu és o nosso filho único, para mim e para Dúnia, tu és tudo para nós, toda a nossa ilusão, toda a nossa esperança. Quanto me doeu, quando soube que já há uns meses tinhas deixado a universidade, que não contavas com nada certo para te sustentares e que as lições e todos os teus outros recursos tinham se acabado! Que auxílio eu posso te prestar com a minha pensão de cento e vinte rublos por ano? Os quinze rublos que te enviei há quatro meses, como sabes, pedi emprestado ao nosso merceeiro Vassíli Ivánovitch Vakhrúchin, por conta dessa pensão. É um bom homem e era amigo do teu pai. Mas, ao reconhecer-lhe o direito de receber a pensão em meu lugar, tive de esperar até pagar a dívida, o que só agora consegui, de maneira que durante todo este tempo não pude te enviar nada. Mas agora, louvado seja Deus, parece que já poderei continuar a te enviar certas quantias, podemos até nos gabar da sorte, e vou te falar a propósito disso. Em primeiro lugar, poderás adivinhar, querido Rodka, que a tua irmã há um mês e meio vive comigo e não nos tornaremos mais a nos separar? Graças a Deus que se acaba com este tormento! Mas vou contar tudo por ordem, para que fiques sabendo o que se passou e que até agora tínhamos escondido de ti. Quando me escreveste, há dois meses, contaste que tinhas ouvido não sei quem dizer que Dúnia devia sofrer muito com os maus-tratos que lhe davam na casa do senhor Svidrigáilov e me perguntava pormenores acerca disso. Que poderia eu ter te respondido? Se te dissesse a verdade toda, tu com certeza deixarias tudo e, ainda que tivesses de vir a pé, aparecerias aqui em casa, porque eu conheço muito bem o teu caráter e os teus sentimentos, tu não consentirias que ofendessem uma irmã tua. Eu também estava desesperada, mas que havia de fazer? E, apesar de tudo, nessa altura eu ainda não sabia toda a verdade. O pior era que Dúnietchka, que tinha entrado um ano antes naquela casa como governanta, recebera, adiantadamente, nada mais nada menos do que cem rublos, com a condição de serem descontados depois, todos os meses, no ordenado, de maneira que não podia deixar o lugar sem ter pago primeiro a dívida. Ela recebeu essa quantia (agora já posso te explicar tudo, querido Rodka) sobretudo para os enviar sessenta rublos de que necessitavas naquela ocasião e que te mandamos o ano passado. Nós duas te enganamos e te escrevemos dizendo que essa quantia era o que Dúnia tinha economizado;

mas ela não tinha nada e, agora, digo a verdade toda, visto que tudo, inesperadamente, mudou para melhor por vontade de Deus, e para que saibas como Dúnia gosta de ti e como é bondosa. De fato, o senhor Svidrigáilov, no princípio, a tratava com muita grosseria e fazia várias indelicadezas e piadas de mau gosto com ela, à mesa... mas não quero entrar em todos esses desagradáveis pormenores para te poupar sofrimento inútil, pois tudo isso já acabou. Em resumo, apesar da nobre e bondosa conduta de Marfa Pietrovna, a esposa do senhor Svidrigáilov, e de todas as outras pessoas da casa, Dúnietchka sofreria muito, sobretudo quando o senhor Svidrigáilov se encontrava, conforme os seus velhos hábitos de militar, sob a influência do deus Baco. Mas o que se passou, afinal? Imagina que esse maluco há algum tempo já sentia uma grande paixão por Dúnia, mas a escondia sob o disfarce da grosseria e do desdém. Pode ser que ele se envergonhasse e se horrorizasse ao se ver tão cheio de ilusões, na sua idade e condição de pai de família, e por isso se vingasse de Dúnia. E também pode ser que, com essa conduta grosseira e trocista, quisesse apenas disfarçar a verdade perante os outros. Até que finalmente não conseguiu mais se controlar e passou a fazer propostas claras e diretas a Dúnia, prometendo-lhe várias compensações e, ainda mais, deixar tudo e ir viver com ela em outra terra ou, em último caso, no estrangeiro. Podes imaginar o que ela sofreu! Não seria possível abandonar imediatamente o trabalho, não só por causa da dívida que tinha como também por consideração a Marfa Pietrovna, que depois poderia levantar suspeitas, o que daria origem a problemas na família. Sim, e para Dúnietchka isso também teria sido uma grande vergonha, e as coisas não seriam fáceis de enfrentar. Por tudo isso e ainda por outras razões, Dúnia não poderia pensar em abandonar aquela casa horrível senão dali a umas seis semanas. Sabes muito bem como Dúnia é, sabes muito bem como é inteligente e a firmeza de caráter que possui. Dúnietchka é capaz de suportar muitas coisas e de mostrar, até nos piores momentos, toda a grandeza de alma necessária para não perder a sua integridade. Apesar de nos correspondermos com muita frequência, ela nunca me disse uma palavra acerca disso tudo para não me assustar. A ruptura aconteceu inesperadamente. Marfa Pietrovna surpreendeu o marido no momento em que ele assediava Dúnia no jardim e, interpretando tudo ao contrário, culpou-a de tudo, pensando que fora ela quem facilitara aquilo. Deu-se então entre eles uma cena terrível no jardim: Marfa Pietrovna chegou até a bater em Dúnia, não queria ouvir explicações, passou uma hora inteira brigando e, finalmente, mandou Dúnia se encontrar comigo na cidade, numa carroça simples, na qual meteram as suas coisas: a roupa branca, os vestidos, tudo tal como estava, revolvido e misturado. Nesse momento, começou a cair uma chuva torrencial e Dúnia teve de percorrer dezessete verstas, numa carroça descoberta, em companhia de um camponês. Agora me diz, o que eu poderia ter escrito na minha carta, em resposta à tua, recebida dois meses antes, e sobre o que iria falar? Eu mesma estava desesperada, não me atrevia a te contar a verdade, porque te deixaria muito infeliz e num estado de grande nervosismo e desgosto. E o que tu poderias fazer? Correr para a tua perdição? A própria Dúnietchka se oporia a isso, e seria impossível para mim encher uma carta com assuntos insignificantes e vulgaridades, quando tinha a alma transbordante de amargura. Durante um mês inteiro correram boatos pela cidade a propósito desse incidente, e a coisa chegou a tal ponto que eu nem sequer podia ir à igreja com Dúnia, por causa dos olhares de desprezo e dos murmúrios; chegaram até ao atrevimento de fazerem comentários diante de nós de maneira que pudéssemos ouvi-los. Todas as nossas amizades nos abandonaram. Todas deixaram de nos cumprimentar, e vim a saber, de fonte limpa, que os caixeiros e alguns empregados da administração pretendiam nos fazer uma terrível afronta, untando de pez a porta da nossa casa[10], até que a senhoria começou a insistir conosco para que nos mudássemos. A causadora de tudo isso fora Marfa Pietrovna, que conseguira acusar e difamar Dúnia em todas as casas. Ela conhece todo mundo aqui na cidade, e como é muito mexeriqueira e gosta de falar de assuntos da família e, sobretudo, de se queixar do marido, o que não está nada certo, a história se espalhou em pouco tempo, não só na cidade como em todo o distrito. Eu fiquei doente, mas Dúnietchka é mais forte do que eu, e se visses como suportava tudo e como me consolava e me infundia coragem! É um anjo! Mas, graças a Deus miseri-

10. Untar de pez a porta da casa de uma moça significava que ela perdera a virgindade.

cordioso, os nossos tormentos não duraram muito; o senhor Svidrigáilov reconsiderou e arrependeu-se, e, certamente com pena Dúnietchka, apresentou a Marfa Pietrovna provas absolutas e concretas da inocência de Dúnietchka: uma carta que, antes de Marfa Pietrovna surpreendê-los no jardim, Dúnia se vira obrigada a escrever e entregar a ele repudiando explicações supérfluas e os encontros secretos que ele lhe pedia, e que, quando Dúnietchka fora embora, ficara em poder do senhor Svidrigáilov. Nessa carta, ela o recriminava com veemência e com a maior indignação pela vilania da sua conduta em relação a Marfa Pietrovna, lembrava a ele que era casado e pai de família, e, finalmente, como agia mal em mortificar e tornar infeliz uma moça já de si tão infeliz e desprotegida. Enfim, querido Rodka, a carta estava escrita em termos tão dignos e dramáticos, que eu chorava ao lê-la, e ainda hoje não consigo lê-la sem chorar. Além disso, os criados puseram-se igualmente em defesa de Dúnia, que haviam observado e sabiam muito mais do que aquilo que o senhor Svidrigáilov supunha, como acontece sempre. Isso deixou Marfa Pietrovna muito impressionada, de tal maneira que ficou 'outra vez para morrer', como ela mesma nos confessou, mas, em compensação, pôde ver claramente a inocência de Dúnietchka e, no dia seguinte, foi direto à igreja pedir de joelhos à Soberana[11] que lhe desse forças para resistir a essa nova prova e cumprir o seu dever. Depois veio direto da igreja a nossa casa, sem parar em parte alguma, contou-nos tudo, chorou muito e, arrependidíssima, abraçou Dúnia e pediu-lhe que lhe perdoasse. Ainda nessa mesma manhã, sem que ninguém pudesse impedi-la, saiu diretamente da nossa casa e percorreu todas as outras da cidade, e em todos os lugares com as expressões mais lisonjeiras para Dúnietchka, e desfeita em lágrimas, tornou pública a sua inocência e a nobreza dos seus sentimentos e da sua conduta. E, como se isso ainda fosse pouco, mostrou e leu a todos a carta de Dúnietchka para o senhor Svidrigáilov e até deixou que tirassem uma cópia (o que a meu ver era já exagero). E assim, durante alguns dias consecutivos, visitou todas as pessoas da cidade, e como alguns se considerassem ofendidos pela preferência dada a outros, estabeleceu-se um turno, e todo mundo sabia de antemão que tal dia Marfa Pietrovna estaria

11. A Virgem Maria.

em tal lugar para ler a carta, e em cada sessão reuniam-se até os que já a tinham ouvido ler por várias vezes, tanto em sua própria casa como na dos amigos. A meu ver havia nisso muito, muito exagero, mas Marfa Pietrovna é assim. Pelo menos deixou plenamente reabilitado o nome de Dúnietchka, e toda a vergonha do caso veio a recair, como uma mancha inapagável, sobre o marido, visto ser o principal culpado, e por isso eu até sinto pena dele; eles têm tratado com muita severidade esse velho chocho. Começaram imediatamente a convidar Dúnia para dar lições em algumas casas, mas ela se negou. De maneira geral, todos começaram de repente a tratá-la com muito respeito. Tudo isso contribuiu também, de maneira efetiva, para determinar a inesperada circunstância devida à qual todo o nosso destino, pode dizer-se, mudou agora.

"Fica sabendo, querido Rodka, que Dúnia arranjou um noivo e que já lhe deu o sim, o que me apresso a te comunicar. E, embora tenhamos tratado de tudo sem te consultar, espero que não nos censures, nem a mim nem a tua irmã, pois como tu mesmo verás, não podíamos aguardar nem adiar tudo enquanto esperávamos a tua resposta. E tu, de longe, também não podias avaliar as coisas com exatidão. Eis como tudo aconteceu. Ele é o conselheiro da corte, Piotr Pietróvitch Lújin, que deve ser também parente afastado de Marfa Pietrovna, a qual desempenhou um grande papel em tudo isso. Ele começou por fazer-nos saber, por intermédio dela, que tinha muita vontade de nos conhecer; nós o recebemos conforme mandam as regras da educação, o convidamos para tomar café, e no dia seguinte ele nos escreveu uma carta na qual expunha a sua intenção em termos muito delicados, pedindo-nos uma resposta rápida e definitiva. É um homem prático e cheio de ocupações, que está às vésperas de partir para Petersburgo, por isso cada minuto lhe é precioso. É claro que nós, a princípio, ficamos muito desorientadas, pois tudo aconteceu de modo muito rápido e inesperado. Ficamos refletindo durante todo aquele dia. Trata-se de um homem respeitável que ocupa uma boa posição, desempenha duas funções ao mesmo tempo e possui bens. É verdade que tem já 45 anos, mas tem boa apresentação e ainda pode agradar às mulheres, e, além disso, é um homem muito sério e distinto; é apenas um pouco carrancudo e orgulhoso. Mas pode ser que tudo isso seja uma primeira impressão.

E peço-te, querido Rodka, que, quando te encontrares com ele em Petersburgo, o que se dará muito em breve, não o julgues levianamente nem apaixonadamente, como costumas fazer com tudo, se à primeira vista houver nele qualquer coisa que não te agrade. Digo isso apenas por cautela, pois estou convencida de que ele há de te causar boa impressão. Além do que, para conhecer uma pessoa, seja ela quem for, é preciso que sejamos prudentes e discretos, a fim de não incorrermos em erros nem em juízos precipitados, que depois são difíceis de desfazer e retificar. Mas Piotr Pietróvitch, pelo menos segundo muitos indícios, é uma pessoa muito digna. Na sua primeira visita mostrou-nos logo que é um homem sensato, apesar de em muitos pontos partilhar, segundo ele próprio disse, 'das ideias das nossas novíssimas gerações', e é inimigo de todos os preconceitos. Disse ainda mais coisas, porque parece um pouquinho vaidoso e gosta muito que lhe deem atenção, o que, no fim das contas, não é um defeito. Eu, é claro, não entendi muita coisa, mas Dúnia explicou-me que, embora não muito culto, ele é um homem bastante inteligente e, segundo parece, bondoso. Já conheces o caráter da tua irmã, Rodka. É uma moça firme, discreta, resignada e generosa, embora de coração ardente, conforme já observei várias vezes. Não há dúvida de que nem pelo lado dela nem pelo dele existe amor, mas além de ser uma moça inteligente, Dúnia é uma criatura digna e há de considerar como seu dever fazer o marido feliz, e ele, por sua vez, procurará fazer a felicidade da esposa, e, em última análise, até agora não temos grandes motivos para duvidar disso, apesar da precipitação, reconheço, com que esse assunto se resolveu. Além disso, ele é um homem sensato e prudente e, com certeza, há de compreender que a sua felicidade conjugal será tanto mais segura quanto mais feliz ele tornar Dúnietchka. E supondo que existisse alguma desigualdade de caráter, alguns velhos costumes e até algum desacordo nos pensamentos (o que é impossível evitar, até nos casamentos mais felizes), Dúnietchka já me disse, a propósito disso, que confia em si própria, que não me preocupe com isso, e que é capaz de suportar muito, com a condição de que as relações posteriores sejam honestas e justas. O aspecto exterior dele engana muito. No princípio, me parecia um bocadinho seco, mas isso pode ser devido à natureza franca dele, e com certeza que é. Por exemplo: na sua segunda visita, depois de ter obtido o consentimento, disse que mesmo antes de conhecer Dúnia já tinha a intenção de se casar com uma moça honesta mas sem dote e que já tivesse também conhecido a pobreza, porque, conforme nos explicou, o marido não deve sentir-se obrigado perante a mulher, e que é preferível que a mulher considere o marido como um protetor. Acrescento que ele se exprimiu em termos mais delicados e afetuosos do que estes que usei aqui, porque esqueci as suas próprias palavras e apenas retive a ideia, e, além do mais, isso foi dito por ele sem premeditação ou entusiasmo na conversa, e a prova é que depois se esforçou por desculpar-se e suavizar as suas palavras, mas mesmo assim me pareceu um pouco brusco, o que disse logo a Dúnia. Mas Dúnia me respondeu, até com uma ponta de aborrecimento, que 'do dizer ao fazer vai uma grande distância', e com certeza ela deve ter razão. Antes de decidir, Dúnietchka passou uma noite inteira em claro e, julgando que eu já estava dormindo, levantou-se da cama e começou a dar voltas no quarto; por fim, ajoelhou-se e pôs-se a rezar com muito fervor diante da imagem e, na manhã seguinte, me disse que estava decidida. Eu te disse há pouco que Piotr Pietróvitch está para ir a Petersburgo, de um momento para o outro. Tem aí muitos negócios e pensa em abrir um escritório de advocacia. Há algum tempo que se ocupa com diversas demandas e processos, e ainda há alguns dias ganhou uma causa importante. Entre outras coisas, tem de ir agora a Petersburgo porque tem um assunto importante para tratar no Senado. Por isso, querido Rodka, também poderá te ser muito útil em alguma coisa, e eu, de acordo com Dúnia, resolvi que a partir de hoje mesmo deves começar, sem falta, a tua carreira e considerar a tua felicidade garantida. Oh, se isso se realizasse! Seria tão conveniente, tão grandioso que não teríamos outro remédio senão considerá-lo como uma graça que o Todo-Poderoso nos concede. Dúnia não pensa senão nisso. Já nos atrevemos a dizer alguma coisa sobre isso a Piotr Pietróvitch. Ele se exprimiu com muito tato e disse que sem dúvida, já que ele não pode deixar de ter um secretário, seria melhor, naturalmente, pagar um ordenado a um parente do que a um estranho, desde que se mostrasse apto para desempenhar o emprego (pois não, que não seria apto!), mas ao mesmo tempo exprimiu as suas dúvidas sobre se os teus estudos na universidade te deixariam tempo para trabalhar no seu escritório. Dessa vez deixamos a coisa por aí, mas agora Dúnia não pensa senão nisso; há alguns dias que ela anda entusiasmada com o projeto de que tu hás de ser depois o camarada e companheiro de Piotr Pietróvitch nos seus trabalhos de advocacia, ainda mais que tu estudas precisamente na Faculdade de Direito. Eu lhe dou toda a razão e partilho de todas as suas ilusões e projetos, Rodka, pois acho-os muito verossímeis, e apesar da reserva, muito compreensível, que até agora Piotr Pietróvitch tem mantido (pois ainda não te conhece), Dúnia está firmemente convencida de que há de conseguir tudo com a sua influência sobre o futuro marido. É claro que evitamos falar a Piotr Pietróvitch sobre esses novos sonhos para o futuro, e o principal é que venhas a ser seu companheiro. Ele é um homem ajuizado e, com certeza, não acharia graça dessas coisas, poderiam parecer simples devaneios. Seja como for, nem eu nem Dúnia lhe dissemos ainda uma palavra a respeito da nossa firme esperança de que ele vai nos ajudar a arranjar o dinheiro necessário para ti enquanto estiveres na universidade; e não lhe dissemos nada, porque isso, em primeiro lugar, seria coisa para conseguir com o tempo, e ele com certeza nos há de oferecer sem palavras supérfluas (era o que faltava, que ele recusasse isso à Dúnia), tanto mais que tu poderás ser o seu braço-direito no escritório e receber esse auxílio, não como uma dádiva, mas como um ordenado ganho por ti. É assim que Dúnia quer preparar as coisas, e eu estou completamente de acordo com ela. Em segundo lugar, também não lhe falamos porque eu quero que, quando se virem pela primeira vez, se possam tratar de igual para igual. Quando Dúnia falou de ti com entusiasmo, ele respondeu que a princípio uma pessoa tem de ver a outra de perto para poder julgá-la e que, até que te conhecesse, não podia partilhar da opinião de Dúnia a teu respeito. Ouve uma coisa, meu querido Rodka: me parece, a julgar por certas coisas que imagino (que, aliás, não dizem respeito a Piotr Pietróvitch e são antes veleidades pessoais e até talvez próprias da velhice), que talvez fosse melhor eu continuar vivendo sozinha, como vivo agora, do que ir viver com eles quando se casarem. Estou absolutamente convencida de que ele será tão grato e delicado que há de me convidar e propor que não me separe da minha filha, e que se até agora ainda não tocou nesse ponto é porque, como pensa fazê-lo, nem vê necessidade de falar nisso. Já por mais de uma vez tenho observado que os genros não sentem grande simpatia pelas sogras, e eu não quero, de maneira nenhuma, ser um fardo para ninguém, como também quero viver à minha vontade enquanto contar com um pedaço de pão e com filhos como tu e Dúnietchka. Se for possível, irei viver próxima dos dois, porque, Rodka, deixei o melhor de tudo para o fim da carta: fica sabendo, meu querido, que talvez muito em breve tornemos a nos reunir todos outra vez e a nos abraçar depois de uma separação de quase três anos. Já está firmemente resolvido que eu e Dúnia iremos a Petersburgo, embora eu não saiba ainda ao certo a data, mas, seja como for, muito em breve, muito em breve, talvez daqui a uma semana. Tudo depende do que Piotr Pietróvitch resolver; assim que os seus assuntos estiverem resolvidos em Petersburgo, nos comunicará. Por certos motivos ele deseja acelerar o máximo possível a cerimônia do casamento e quer que este se realize ainda este mês, e se não puder ser assim tão rapidamente, que seja logo após Assunção. Oh, como serei feliz quando puder te apertar contra o meu peito! Dúnia está cheia de alegria com a ideia de te ver, e uma vez disse por graça que, só por isso, valia a pena se casar com Piotr Pietróvitch. Meu anjo! Agora, ela não te escreve, mas me encarrega de te dizer que tem muita necessidade de falar contigo, muita mesmo, tanta que não consegue nem pegar a pena, porque em poucas linhas não é possível dizer nada e só conseguimos ficar mais confusos; encarrega-me também de te enviar um abraço muito apertado e muitos beijos. E, apesar de que é possível que nos vejamos daqui a uns dias, vou te enviar dinheiro, o máximo que puder. Agora que todos estão já informados de que Dúnia vai casar com Piotr Pietróvitch, o meu crédito aumentou de repente, e eu sei com certeza que Afanássi Ivánovitch vai me dar uma certa quantia por conta da pensão, até 75 rublos, de maneira que poderei te enviar uns 25 rublos ou até trinta, eu enviaria mais, mas tenho medo das despesas da viagem, e, embora Piotr Pietróvitch seja tão bom que tenha se oferecido para custear todas essas despesas, encarregando-se de enviar as nossas coisas por sua conta, mais a arca grande (pois tem aí alguns amigos), de qualquer maneira é preciso contar com a chegada a Petersburgo, onde só é possível conseguir alguma coisa com dinheiro. Além disso, tratei de tudo pormenorizadamente com Dúnietchka, e sabemos que a viagem vai nos sair cara. Daqui até à estação da estrada de ferro são apenas 900 verstas, mas nós, como se fosse por acaso, já nos comunicamos com um camponês nosso conhecido, que é cocheiro; uma vez aí, eu e Dúnietchka nos acomodaremos muito bem numa carruagem de terceira. Por isso é provável que, em vez de 25, possa te enviar 30 rublos. Mas agora chega; escrevi duas folhas e já não tenho mais espaço; eis toda a nossa história, e quantos acontecimentos não pus eu aqui! Mas agora, meu muito querido Rodka, abraço-te até o nosso próximo encontro e te envio a minha benção de mãe. Ama Dúnia, a tua irmã, Rodka; gosta dela tanto quanto ela gosta de ti, e fica sabendo que ela gosta muitíssimo mais de ti do que de si mesma. Ela é um anjo; e tu, Rodka, tu, para nós, és tudo... Toda a nossa ilusão, toda a nossa esperança. Contanto que sejas feliz, também nós o seremos. Ainda continuas rezando a Deus, Rodka, como antes, e tens fé na bondade do Criador e nosso Protetor? No íntimo tenho medo de que tenhas te contagiado com essa incredulidade que está na moda agora. Se isso aconteceu, eu rezarei por ti. Lembro-me, meu filho, como desde criança, ainda em vida de teu pai, balbuciavas as tuas orações sentado nos meus joelhos e como todos ríamos felizes, então? Adeus, ou melhor... até logo! Um abraço apertado, muito apertado, e muitos beijos.

Tua até à morte,

PULKHIÉRIA RASKÓLHNIKOVA."

Durante quase todo o tempo que Raskólhnikov levou para ler a carta, seu rosto ficou arrasado de lágrimas; mas quando acabou estava pálido, agitado por um tremor nervoso, e um sorriso pesado, irônico, mau lhe assomava aos lábios. Reclinou a cabeça sobre a almofada leve e suja e ficou pensativo, meditando durante muito tempo. O seu coração batia com força e tinha os pensamentos muito agitados. Finalmente sentiu que sufocava naquele quarto amarelo que parecia um armário ou um baú. A sua visão e o seu pensamento ansiavam por espaço. Pegou o chapéu e saiu, mas dessa vez sem receio de se encontrar com alguém na escada; esquecera-se disso. Caminhou em direção a Vassílievski Óstrov, pelo *próspekt*, como se algum assunto urgente o levasse; mas, conforme era seu hábito, caminhava sem reparar no caminho, falando umas vezes em voz baixa outras em voz alta, o que causava grande curiosidade nos transeuntes. Alguns pensavam que estava bêbado.

CAPÍTULO IV

A CARTA DA MÃE deixou-o mortificado. Mas em relação ao principal, ao ponto mais importante, nem por um minuto teve dúvida alguma, nem sequer enquanto lia a carta. O assunto capital ele já tinha resolvido na sua mente, e de um modo definitivo.

"Enquanto eu for vivo, esse casamento não há de se realizar, e esse tal de senhor Lújin[12] que vá para o diabo! Não há dúvidas" murmurava para consigo, sorrindo e festejando de antemão, com altivez, o êxito da sua resolução. "Não, *mamacha*, não Dúnia, a mim vocês duas não enganam! E, além disso, sentem-se culpadas por não terem pedido o meu conselho e terem decido o assunto sem mim! Não faltava mais nada! Elas imaginam que já não é possível desfazer o arranjo; mas vão ver se é possível ou não! O argumento é forte: é um homem ocupado! Esse Piotr Pietróvitch, tão ocupado que não pode se casar senão num trem, para não dizer num vapor. Não, Dúnietchka, eu vejo isso tudo e bem percebo por que tens de falar 'muito' comigo; também sei sobre o que estiveste meditando toda a noite, passeando pelo quarto, e o que pediste à Nossa Senhora de Kazan que a mamãe tem no quarto. Mas a subida ao Calvário custa. Hum! Definitivamente decidida... estás muito satisfeita porque vais casar, Avdótia Românovna, com um homem ativo e prudente, que possui bens (que já possui bens, o que é mais sério e importante), que desempenha duas funções e partilha as convicções das nossas novíssimas gerações (conforme a mamãe escreve) e, segundo parece, é boa pessoa, como a mesma Dúnia pensa. Este 'segundo parece' é o melhor de tudo! E essa Dúnietchka vai casar-se por esse 'segundo parece'! Magnífico! Magnífico!

"No entanto, é curioso: por que a mamãe me escreveu falando das 'nossas novíssimas gerações'? Terá sido simplesmente para me indicar uma característica desse homem ou com alguma outra intenção, a de me tornar simpático esse se-

12. Literalmente, empoçado. De *luja*, poça d'água.

nhor Lújin? Oh, que espertalhonas! Também seria curioso esclarecer outro pormenor: até que ponto as duas foram sinceras entre si, naquele dia e naquela noite a que alude, e ainda depois. Teriam verdadeiramente chegado a pronunciar palavras ou teriam compreendido uma à outra naquele dia e naquela noite unicamente pelo coração e pelo pensamento, de maneira que não chegaram a dizer nada por considerarem desnecessário? Provavelmente foi assim, em parte; da carta se deduz que ele pareceu um pouco brusco com a *mamacha*, e a ingênua da *mamacha* deve ter insinuado a Dúnia os seus comentários. A outra, naturalmente, não gostou de ouvi-los e respondeu com aborrecimento. Não faltava mais nada! Quem não ficaria aborrecido quando o assunto é compreensível sem necessidade de perguntas ingênuas e quando já está resolvido, de maneira que já não há nada a acrescentar! E ela me dizendo: 'Ama Dúnia, Rodka, porque ela te ama mais do que a si própria'. Não será por que sente secretos remorsos por ter obrigado a filha a se sacrificar? 'Tu és a nossa esperança, tu és tudo para nós!' Oh, *mamacha*!"

A cólera apoderava-se dele cada vez com mais intensidade, e, se tivesse encontrado o senhor Lújin naquele momento, poderia tê-lo assassinado.

"Hum! Lá isso é verdade", continuou, seguindo o turbilhão das ideias que se agitavam no seu pensamento, "lá isso é verdade, é preciso 'proceder gradualmente e com tato para se conhecer uma pessoa', mas o senhor Lújin não pode ser mais claro! O mais importante é que é um 'homem prático' e, 'segundo parece', boa pessoa; não dá vontade de rir isso de ele ter se comprometido a custear as despesas da bagagem e da arca grande? Um homem assim não é bondoso? E as duas, a noiva e a mãe, contrataram um camponês e farão um trajeto numa carroça coberta com um toldo (eu já viajei assim). Não! São apenas noventa verstas, e depois, 'nos acomodaremos muito bem numa carruagem de terceira'; mil verstas. Está muito bem, corta-se a capa conforme o pano; que diz sobre isso, senhor Lújin? Olhe que se trata da sua noiva... E o senhor não sabia que a mãe teve de pedir um adiantamento sobre a sua pensão para essa viagem? Não há dúvida de que o senhor tem uma maneira de pensar de comerciante; o senhor considera isso como empresa em que há duas partes que devem participar nos lucros nas mesmas proporções e, portanto, também nos gastos; o pão e o sal juntos, mas o tabaco à parte, conforme diz o provérbio. Só que o homem prático nos enganou um pouquinho. O envio da bagagem custará menos e até é possível que o consiga grátis. Será que nenhuma das duas vê isso, ou não querem ver? O certo é que estão contentes! E pensam que o melhor ainda está para vir! Eis aqui o essencial: que não é a avareza nem a tacanhez o caráter de tudo isso! Será esse o tom que ele vai usar depois do casamento, pode-se prever desde já... E, afinal, por que a *mamacha* se propõe a fazer essas loucuras? Como é que vai se apresentar em Petersburgo? Com três rublos de prata ou duas 'notinhas', como diz essa velhinha? Hum! E com o que pensa então em viver em Petersburgo? Porque ela já deve ter compreendido que não será possível viver com Dúnia depois do casamento, nem sequer no princípio. Esse tipo tão simpático com certeza já deixou escapar alguma coisa, deve ter dado a entender quem é, embora *mamacha* tape os olhos com as duas mãos quando diz: 'Nem também consentiria eu!'. Que será que ela pensa fazer depois, o que espera contando unicamente com cento e vinte rublos de pensão e endividada com Afanássi Ivánovitch? Passará os invernos fazendo toucas e mitenes, cansando os seus olhos velhos. Mas creio que, fazendo tricô, acrescentará apenas vinte rublos por ano aos outros cento e vinte. Isso quer dizer que confia nos sentimentos de gratidão do senhor Lújin. 'Ele mesmo há de me propor, teimará comigo.' Pois sim, pois sim! O que acontece sempre a essas boas almas românticas. Vestem as pessoas com penas de pavão, até o último instante contam com o bem e não com o mal e, ainda que imaginem o reverso da medalha, por nada deste mundo encaram a realidade; só o fato de terem de pensar nisso lhes custa; diante da verdade tapam os olhos com as mãos, até que o homem que imaginaram aparece e é ele mesmo quem lhes abre os olhos. Mas seria curioso saber se esse senhor Lújin tem alguma condecoração; apostaria qualquer coisa em como usa a Santa Anna na lapela quando sai para jantar com personagens oficiais ou com comerciantes. Com certeza que vai colocá-la também no dia do seu casamento. Mas enfim, que vá para o diabo que o carregue!

"Quanto a *mamacha*, Deus tenha dó dela; no fim das contas ela é assim; mas Dúnia? Dúnietchka, minha rica, eu te conheço bem! Eu já tinha vinte anos da última vez que nos vimos, já compreendia o teu caráter. *Mamacha* me diz na carta que 'Dúnietchka é capaz de suportar muito'. Isso eu já sabia. Isso eu já sabia, há meio ano apenas pensara nisso, precisamente nisso: que Dúnietchka tem muita resignação. Se ela pôde suportar o senhor Svidrigáilov e todas as suas consequências é porque, de fato, tem muita resignação. Mas agora ela e *mamacha* imaginam que vai poder suportar também o senhor Lújin, que tem uma teoria acerca da excelência das mulheres retiradas da pobreza e que ficam sujeitas aos seus beneméritos maridos e a expõe assim, logo no primeiro encontro. Bem, suponhamos que ele tenha deixado escapar qualquer coisa, apesar de ser um homem prudente (e até pode ser que não tenha dito nada, embora tivesse tentado explicar-se depois); mas, e Dúnia, e Dúnia? Ela está vendo bem como ele é, e vai viver com um homem assim! Não tem nada mais para comer do que pão amolecido em água, mas não é capaz de vender a sua alma[13] nem de trocar a sua liberdade moral pela comodidade; nem por todo o Schleswig-Holstein a trocaria; muito menos pelo senhor Lújin. Não, Dúnia não é dessa categoria, eu sei, e... não há dúvida de que não deve ter mudado durante este tempo! Que posso dizer? São difíceis de suportar os Svidrigáilovi! Seria duro ter de passar a vida inteira, por duzentos rublos, como preceptora, nas províncias; no entanto eu sei que mais depressa a minha irmã se sujeitaria à vida escrava numa plantação, ou como uma pobre leitora em casa de um alemão do Báltico, do que aviltaria a sua alma e o seu sentido moral numa união com um homem ao qual não respeitasse e com o qual nada tivesse de comum... para sempre e só por interesse pessoal! E ainda que o senhor Lújin fosse feito de ouro puro ou talhado em diamante, mesmo assim ela nunca aceitaria ser a concubina legal do senhor Lújin! Então por que aceita agora? Onde está o enigma? A coisa é clara: pela sua pessoa, para sua comodidade, nem sequer para salvar-se da morte, ela

13. Quer dizer, ficar servo, trocar a ociosidade e a liberdade pela segurança e o trabalho. Na antiga Rússia era expressão comum esta de "almas" para designar os servos. A riqueza dos grandes latifundiários frequentemente era calculada pelo número de "almas" que eles possuíam.

não se venderia; mas em compensação, por outra pessoa, sim, se vende! Vende-se por alguém que ama e respeita! Aí está a explicação de tudo: vende-se pelo irmão e pela mãe! Venderá tudo por ela! Oh, sim, quando é preciso, afogamos até o nosso senso moral, a liberdade, a tranquilidade, até a consciência, tudo, tudo, vendemos tudo por qualquer preço! Adeus vida! Contanto que os nossos entes queridos sejam felizes! Mais ainda pensamos com a nossa casuística particular, fazemos como os jesuítas e, por um momento, nos tranquilizamos... convencemos a nós mesmos de que tem de ser assim, irrevogavelmente, pois é para um fim nobre. Somos assim mesmo, e a coisa é clara como o dia. Evidentemente que se trata de Rodion Románovitch, dele e só dele.

"'Bem, dessa maneira poderei garantir a sua felicidade, pagar a universidade, torná-lo depois ajudante de notário, resolver todo o seu futuro; e até é possível que, com o tempo, ele se torne rico, honrado e respeitado, e até um homem célebre!' E a mãe? Para ela tudo se reduz ao seu Rodka, ao seu admirável Rodka, ao primogênito! Por um primogênito assim, como não sacrificar até uma filha dessas? Oh, doces e injustos corações! Mas o quê? Chegaríamos, inclusive, a nos resignarmos com o destino de Sônietchka! Sônietchka! Sônietchka! Eterna Sônietchka Marmieládova, enquanto o mundo existir! Vocês duas já mediram bem o sacrifício? Será útil? Razoável? Tu sabes, Dúnietchka, que a sorte de Sônietchka com o senhor Lújin não é muito pior do que a tua? 'Amor, ali, não pode haver', escreve *mamacha*. E se não fosse só amor e respeito que não pudesse haver, mas, do contrário, houvesse aversão, desprezo, repugnância... E então? Mas o casar-se assim é o mesmo que manter a apresentação. É assim ou não é? Compreendem, compreendem o que quer dizer essa apresentação? Compreendem que a apresentação *lújinesca* é absolutamente equivalente à apresentação de Sônietchka, e pode até ser que pior e mais vil, porque vocês, as Dúnietchkas, pensam, no fim das contas, numa comodidade supérflua, ao passo que no caso dessa outra tratava-se pura e simplesmente de um momento em que se podia morrer de fome? É cara, sai caro essa apresentação, Dúnietchka! E se depois te falta força e te arrependes? Quantas afrontas, desgostos, maldições e lágrimas escondidas de todos, porque, enfim, tu não és uma Marfa Pietrovna! E o que será da mãe, depois? Ela já está inquieta e sofre. E como será então, quando vir as coisas como elas são? E eu? Sim, o que pensam de mim as duas? Não quero o teu sacrifício, Dúnietchka, não quero, *mamacha*... E isso não vai acontecer enquanto eu viver, não e não! Não consentirei!"

De repente caiu em si e deteve-se.

"Mas como evitar? O que vais fazer para que não se realize? Vais proibir? Com que direito? O que podes prometer a elas, por tua vez, para teres algum direito? Dedicar-lhes todo o teu destino, todo o teu futuro, quando tiveres terminado os teus estudos e conseguido um emprego? Nós bem sabemos o que isso é: castelos na Espanha. Mas e agora? Agora é que seria preciso fazer alguma coisa, compreendes? Mas o que tu fazes agora? Tu as explora também. Elas têm de conseguir o dinheiro por conta da pensão de cem rublos e do crédito que representa a amizade dos Svidrigáilovi e dos Vakhrúchini. Como tu vais defendê-las, futuro milionário, Zeus[14], que dispõe do destino delas? Daqui a dez anos? Mas dentro de dez anos a tua mãe poderia estar cega de fazer tanto tricô, e de tanto chorar, e de passar tanta fome. E a tua irmã? Vamos, é preciso pensar o que poderá ser da tua irmã daqui a dez anos ou durante estes dez anos! Não és capaz de adivinhar?"

Afligia-se e irritava-se com essas perguntas, sentindo também um certo prazer. Aliás, tais perguntas não eram de maneira nenhuma novas, nem repentinas, já eram velhas, dolorosas, antigas. Há algum tempo que já vinham ferindo e corroendo o seu coração. Há muito tempo que já se enraizara e crescera nele toda a tristeza que sentia agora; nos últimos tempos ela se acumulara e se reconcentrara, assumindo a forma de uma horrível, bárbara e fantástica interrogação que torturava o seu coração e a sua alma, reclamando uma resposta urgente. Agora, a carta da mãe viera também feri-lo como um raio. Era evidente que, naquele momento, não se tratava de ficar triste, de sofrer passivamente, fazendo apenas apreciações acerca da insolubilidade daqueles problemas, mas de fazer impreterivelmente alguma coisa, imediatamente, o mais depressa possível. Fosse o que fosse, era preciso tomar uma decisão, ou... "Ou renunciar completamente à vida!", exclamou de repente com raiva. Aceitar o destino docilmente, tal como é, de uma vez

14. Nome grego de Júpiter.

para sempre, e abafar tudo no seu íntimo, renunciando a todo o direito à ação, a viver e a amar!

– Compreende, meu senhor, o senhor compreende o que quer dizer isso de não ter para onde ir? – de repente veio-lhe à memória a pergunta que Marmieládov lhe dirigira na noite anterior. – Porque todo homem precisa ter algum lugar para onde ir!

De repente, estremeceu; um pensamento, o mesmo da noite anterior, tornou a atravessar a sua imaginação. Mas não estremecera pelo fato de ter lhe ocorrido aquela ideia. Porque sabia, pressentia que ela iria infalivelmente lhe ocorrer, e estava à espera dela; além disso, essa ideia não era da noite anterior. Mas havia uma diferença: é que um mês atrás, e até esta noite, era apenas um desvario, ao passo que agora... agora surgia não como um desvario, mas com uma aparência nova, de certo modo ameaçadora e absolutamente desconhecida, e ele mesmo reconhecia isso... O sangue subiu-lhe à cabeça e os seus olhos nublaram-se.

Apressou-se a olhar à sua volta, nem sabia bem à procura de quê. Queria sentar-se e procurava um banco; por isso encaminhou-se para a avenida de K***. Via-se um banco ao longe, a uns cem passos. Dirigiu-se para ele com a máxima rapidez; mas, no caminho, aconteceu uma pequena aventura, que durante uns momentos atraiu toda a sua atenção.

Depois que viu o banco, observou à frente dele, a uns vinte passos, uma mulher que passava, à qual, a princípio, não deu a mínima atenção, como não dava a nenhuma das coisas que lhe passavam pela frente. Quantas vezes lhe acontecera ir para casa, por exemplo, e não se lembrar de maneira nenhuma do caminho que seguira para chegar até lá e pelo qual já estava acostumado a passar! Mas aquela mulher que passava tinha qualquer coisa de estranho, que saltava logo à vista e que, pouco a pouco, foi prendendo a sua atenção... A princípio, contra sua vontade e quase com aborrecimento, e depois, cada vez com mais força. De súbito, sentiu o desejo de averiguar concretamente o que teria aquela mulher de estranho. Em primeiro lugar devia ser muito nova; estava sem chapéu, com aquele calor, sem sombrinha e sem luvas, e movia os braços de maneira um pouco grotesca. Usava um vestidinho de seda, leve; mas era um pouco estranho o seu vestido, com os botões mal fechados, e atrás, na cintura, no lugar onde começa a saia, havia um rasgão; uma tira arrancada pendia, oscilando. Ao redor do pescoço nu tinha um pequeno lenço que caía de um lado. A mulher não caminhava com firmeza, estava curvada e cambaleava para um e outro lado. Até que finalmente aquela visão acabou por atrair toda a atenção de Raskólhnikov. Cruzara com a moça junto do banco, mas, quando ela se aproximou deste, ela se deixou cair numa extremidade, apoiou a cabeça no espaldar e fechou os olhos, dominada por um cansaço visível. Percebeu, logo depois de olhá-la, que ela estava completamente embriagada. Era estranho e monstruoso contemplar aquele espetáculo. Pensou até se aquilo não seria uma ilusão. Tinha na sua frente uma pessoa extraordinariamente jovem, de uns dezessete anos, talvez até quinze... pequenina, de cabelo louro, mas toda afogueada e inchada. Segundo parecia, a moça devia estar desatinada: cruzara as pernas, mostrando-as mais do que convinha, e, avaliando por todos os indícios, nem devia perceber que se encontrava em plena rua.

Raskólhnikov não se sentou, mas também não se decidiu a ir embora; ficou de pé, na frente dela, atônito. Aquela avenida estava sempre deserta, e às duas da tarde e com aquele calor, não passava por ali quase ninguém. No entanto, a um lado, a uns quinze passos, no extremo da avenida, um homem tinha parado, e ele, via-se bem, mostrava a intenção de aproximar-se da moça, sabe-se lá para quê. Provavelmente também a teria visto de longe e a seguira, só que Raskólhnikov se atravessou no seu caminho. Lançava-lhe olhares de raiva, esforçando-se, no entanto, por não chamar-lhe a atenção, e aguardava impacientemente a sua vez, quando aquele incômodo intruso se retirasse. A coisa era compreensível. Aquele cavalheiro devia ter uns trinta anos, era forte, gordo, com uma cara saudável, os lábios rosados, de bigode, e vestia-se com elegância. Raskólhnikov sentia uma indignação enorme; de repente veio-lhe um ímpeto tremendo de ofender de qualquer maneira aquele tipo gordo. Afastou-se da moça num abrir e fechar de olhos e dirigiu-se para ele.

– Ei... o senhor é Svidrigáilov? Que procura neste lugar? – exclamou, fechando as mãos e rindo-se com os lábios franzidos pela cólera.

– Que quer dizer com isso? – Perguntou-lhe seriamente o interpelado, arqueando as sobrancelhas e olhando-o com altivez.

– Que saia daqui já, é o que quero dizer.

– Como te atreves, canalha?

E brandiu a bengala. Raskólhnikov atirou-se contra ele com os punhos erguidos, sem parar para pensar que aquele homem forte podia muito bem enfrentá-lo ou a outro qualquer.

Mas naquele momento sentiu que o seguravam por trás com força; um guarda se interpôs entre eles.

– Basta, súdar[15], não se atreva a lutar num lugar público. O que aconteceu? Como se chama? – perguntou, dirigindo-se com ar severo a Raskólhnikov e reparando no seu traje em farrapos.

Raskólhnikov olhou para ele com atenção. Tinha uma cara honesta de soldado, com bigodes e costeletas grisalhas, e um olhar inteligente.

– Preciso do senhor – disse, pegando-lhe por uma mão. – Eu sou o estudante Raskólhnikov... o que o senhor pode ficar também sabendo. Mas venha comigo que eu vou lhe mostrar uma coisa...

E, puxando o guarda pela mão, levou-o até o banco.

– Veja, ela está completamente embriagada; apareceu há pouco nesta avenida. Quem sabe de onde ela vem ou quem será? Mas não parece uma profissional. O mais provável é que a obrigaram a beber, em algum lugar, e abusaram dela... pela primeira vez... compreende? E depois a colocaram na rua. Repare como o vestido dela está roto, repare como está vestida; deve ter sido vestida à força, não foi ela quem se vestiu, mas sim as mãos de um homem, inábeis. É evidente. E agora repare naquele janota com quem eu me preparava para brigar há pouco; não o conheço, eu o vi agora pela primeira vez; mas, durante o caminho, ele reparou na jovem ébria, desorientada, e agora estava com muita vontade de se aproximar dela e de – no estado em que está – levá-la sabe-se lá para onde. Deve ser isso, acredite que não estou enganando o senhor. Eu bem vi como ele a observou e vinha atrás dela, só que eu me atra-

15. Senhor. Termo arcaico, já de pouco uso na época de Dostoiévski, aqui utilizado com intenção irônica. O vocábulo corriqueiro que corresponde a senhor é *gospodin*.

vessei no seu caminho, mas ele estava à espera que eu fosse embora. Tinha se afastado um pouco e fingia que enrolava um cigarro... Como livrar esta infeliz das mãos dele? Como poderemos levá-la para casa? Que lhe parece?

O guarda compreendeu tudo num instante e reconsiderou. Quanto ao caso do senhor gordo, não havia dúvida de que era aceitável; restava a mulher. O policial inclinou-se para ela, examinando-a mais de perto, e no seu rosto refletiu-se uma sincera piedade.

– Ah, que pena! – exclamou, abanando a cabeça. – Ainda é uma criança. Enganaram-na com certeza. Ouça, menina... – começou, sacudindo-a – pode fazer o favor de nos dizer onde mora?

A moça abriu os olhos cansados e enevoados e ficou olhando estupidamente para os que a interrogavam, enquanto agitava as mãos.

– Ouça – exclamou Raskólhnikov –, pegue – meteu a mão no bolso e tirou vinte copeques, tudo o que achou. – Tome, chame uma carruagem para levá-la para casa. Mas precisamos saber onde ela mora!

– Senhorita, senhorita! – insistiu novamente o guarda, pegando o dinheiro. – Vou buscar uma carruagem e eu mesmo a levarei para casa. Onde mora? Ah! Pode fazer o favor de nos dizer onde mora?

– Deixem-me em paz... Que importunos! – resmungou a moça, tornando a agitar as mãos.

– Ah! Ah! Isso não está certo! Isso é uma vergonha, *báritchnia*, uma vergonha! – e tornou a abanar a cabeça, envergonhado, condoído e apiedado. – Vê? Isto é que é o mais difícil! – acrescentou, dirigindo-se a Raskólhnikov, e tornou a olhar para ele dos pés à cabeça. Era evidente que lhe parecia um pouco estranho: ter dinheiro e estar tão esfarrapado.

– Encontrou-a longe daqui? – perguntou-lhe.

– Já lhe disse, ela estava na minha frente, na avenida, cambaleando. Quando chegou ao banco, deixou-se cair.

– Ah, quanta vergonha se vê hoje no mundo! Senhor! Que desavergonhada, e mais, que bêbada! E com a roupa em farrapos... Ah, e que libertinagem há hoje! Pode ser até que pertença a uma boa família humilde. Agora há moças assim... Mas é que parece uma menina fina – e tornou a inclinar-se para ela.

Talvez ele tivesse uma filha da mesma idade – literalmente, uma menina e delicada – com modos de pessoa bem-educada e atenta aos caprichos da moda.

– O principal – apressou-se a dizer Raskólhnikov – é que esse patife não a leve! Também poderia abusar dela! Bem sabemos o que ele queria; e olhe que o patife não sai dali!

Raskólhnikov falava alto e apontava-o diretamente com a mão.

Ele o ouviu e deu mostras de ficar outra vez encolerizado; mas ponderou o caso e limitou-se a lançar-lhe um olhar de desprezo. Depois do que se afastou outros dez passos e tornou a parar.

– Impedir que a leve é possível – respondeu o guarda, depois de ter pensado. – Se ao menos dissesse onde mora... Menina, menina! – e tornou a inclinar-se.

Então, ela abriu os olhos de repente, olhou-o atentamente, como se começasse a compreender alguma coisa, levantou-se do banco e dirigiu-se outra vez para o mesmo lado de onde tinha vindo.

– Oh, que desavergonhados! – exclamou, agitando ainda os braços. Caminhava com rapidez, mas, como antes, cambaleando um pouco. O dândi começou a andar atrás dela, mas pelo outro lado da rua, sem perdê-la de vista.

– Não se preocupe, nós não a abandonaremos – disse resolutamente o guarda, e pôs-se a caminhar atrás dela. – Ah, até onde chega hoje a libertinagem! – repetiu suspirando.

Naquele mesmo momento Raskólhnikov sentiu qualquer coisa, como se alguém o tivesse picado; num abrir e fechar de olhos deu-se nele uma transformação completa.

– Ouça! – gritou por atrás do policial de bigodes.

Este estacou, virando-se.

– Pare! Qual é o problema? Deixe-a! Que ele se divirta com ela! – e apontava para o janota. – Que lhe importa isso?

O guarda não o compreendia e olhou-o com olhos espantados. Raskólhnikov sorriu.

– Ah! – exclamou o guarda agitando as mãos, e continuou seguindo o janota e a moça, tomando provavelmente Raskólhnikov por louco ou por algo pior.

– Os meus vinte copeques voaram – resmungou Raskólhnikov, que ficara sozinho. – Bem, agora ele vai extorquir dinheiro de outro, deixa a mulher e acabou-se... Mas para que eu me meto a ajudar os outros? E a mim, quem é que ajuda? Tenho eu o direito de ajudar alguém? Que se comam vivos uns aos outros. Quero lá saber! Como me atrevi a dar-lhe esses vinte copeques? Por acaso eram meus?

Apesar dessas palavras estranhas, o certo é que sentia pena. Tornou a sentar-se no banco abandonado. Os seus pensamentos divagavam... E naquele momento era também muito doloroso pensar, fosse no que fosse. Gostaria de esquecer tudo, adormecer e depois começar tudo outra vez...

– Pobre moça! – disse, pousando o olhar na extremidade vazia do banco. – Há de voltar a si e chorar, e depois a mãe ficará sabendo de tudo. A princípio vai bater nela com a mão; depois vai açoitá-la com o chicote, de maneira cruel e humilhante, e acabará por expulsá-la... E se não a expulsar de casa, de qualquer maneira uma Dária Frántsovna qualquer não deixará de farejar a presa, e a pobre moça começará a cambalear por aí. Depois segue-se o hospital (é o que acontece sempre àquelas que viveram honestamente na casa de suas mães, até o dia em que escaparam), e depois irão outra vez para lá... e outra vez para o hospital... a aguardente... a taberna... e outra vez o hospital; passados dois ou três anos estarão doentes, e com dezoito ou dezenove anos de idade será tudo o mais... Por acaso eu não as conheci assim? Mas que me importavam elas? Apesar de que sempre me importavam... Ufa! Dizem que tem de ser assim. Segundo dizem, tem de haver todos os anos uma certa percentagem delas... Diabo! Para que as outras possam ostentar elegância e não as incomodem. Percentagem! Realmente são famosas as palavras que essa gente emprega: são tranquilizadoras, científicas. Está dito: tem de haver essa percentagem e não é permitido falar mais nisso. Se, em vez dessas, empregassem outras palavras... pode ser que fossem inquietantes... E se Dúnietchka vem a cair também dentro dessa percentagem... Se não dentro desta, na outra... Mas aonde eu ia? Coisa estranha. Se saí foi para alguma coisa. Assim que li a carta saí... Era a Vassílievski Óstrov, à casa de Razumíkhin[16], que eu ia agora... agora me lembro. Mas, afinal, o que eu ia fazer lá? E por que me ocorreu precisamente agora a ideia de ir ver Razumíkhin? É curioso.

---

16. Literalmente: ajuizado, sensato. De *razum*, inteligência, juízo, bom-senso.

Ficou admirado consigo. Razumíkhin era um dos seus antigos colegas da universidade. Era estranho que Raskólhnikov, quando estava na universidade, quase não tinha nenhum amigo; afastava-se de todos, não se dava com ninguém e não lhe agradava que o visitassem. Aliás, não tardou também que eles lhe dessem as costas. Não participava de coisa nenhuma, nem das reuniões gerais, nem das discussões, nem dos recreios. Estudava com afinco, sem ter pena de si mesmo, e por isso o respeitavam, mas não lhe tinham amizade. Era muito pobre, extremamente orgulhoso e nada comunicativo; parecia que escondia um mistério qualquer. Na verdade, parecia que encarava alguns dos seus condiscípulos como se fossem crianças, por sobre o ombro, como se estivesse muito acima de todos eles, tanto pela inteligência como pelo saber e pelas ideias, e considerasse as convicções e interesses deles como algo de inferior.

Mas dava-se bem com Razumíkhin, fosse lá pelo que fosse; isto é, não era amigo dele, mas, ao menos, com ele sentia-se mais franco e comunicativo. Aliás, teria sido também difícil agir de outra maneira com Razumíkhin. Era extraordinariamente jovial e expansivo, bom e ingênuo. Embora escondesse profundidade e dignidade, por sob essa simplicidade. Era assim que os seus melhores companheiros o julgavam e todos gostavam dele. Era muito esperto, embora às vezes o tomassem por ingênuo. O seu aspecto exterior era impressionante: alto, seco, sempre mal-barbeado, de cabelo preto. Às vezes ficava um pouco irrequieto e fazia demonstração da sua força. Uma noite em que saíra com os seus camaradas, derrubou um guarda de um metro e oitenta de altura no chão. Era capaz de beber sem medida, mas também era capaz de não beber absolutamente nada; às vezes também excedia-se em gozações, mas era igualmente capaz de passar sem elas. Razumíkhin era notável também por não desanimar por nenhum fiasco nem se preocupar em nenhuma situação difícil. Era capaz de viver num patamar de escada, aguentar todas as angústias da fome e o frio mais intenso. Extremamente pobre, sustentava-se sozinho, fazendo trabalhos que lhe davam algum dinheiro. Conhecia uma infinidade de expedientes aos quais se pode recorrer sempre, claro que pelo trabalho. Mas houve um inverno inteiro durante o qual nem uma só vez acendeu o fogo, e afirmava que tinha passado muito bem, porque com o frio se dorme melhor. Naquela época vira-se obrigado também a deixar a universidade, mas não por muito tempo; e esforçava-se o máximo possível por melhorar a sua situação para poder recomeçar os estudos. Há quatro meses que Raskólhnikov já não o visitava, e Razumíkhin, por seu lado, ignorava onde ele morava. Uma vez, dois meses antes, encontraram-se na rua, mas Raskólhnikov deu-lhe as costas e passou para o outro lado da rua para que não o visse. E Razumíkhin, embora o tivesse visto muito bem, passou ao largo para não incomodar o amigo.

CAPÍTULO V

"De fato, não faz muito tempo que eu pensei em pedir trabalho a Razumíkhin; que me arranjasse lições ou qualquer outra coisa", dizia Raskólhnikov para si próprio, "mas agora, em que ele pode me ajudar? Suponhamos que me arranje aulas, suponhamos até que me dê o seu último copeque, se é que tem algum, para que eu possa comprar umas botas e procurar trabalho, e a fim de me apresentar decentemente nas aulas. Hum! Bem... e então? Mas que vou eu fazer com uns poucos trocados? Será disso, por acaso, que eu preciso agora? É verdadeiramente ridículo isso de ir visitar Razumíkhin."

Aquela pergunta acerca do motivo pelo qual queria agora ver Razumíkhin irritou-o muito mais do que ele próprio pensava; farejava com inquietação algum pensamento mau naquilo que, no fundo, era uma coisa muito simples.

"Tenho de reconhecer que eu queria remediar tudo apelando unicamente para Razumíkhin, e encontrar em Razumíkhin toda a solução", disse para si mesmo, admirado.

Pensava e esfregava a testa e, coisa estranha, inesperadamente, de repente e quase espontaneamente, depois de longa deliberação, uma ideia estranhíssima lhe atravessou a mente.

– Hum! Vou visitar Razumíkhin – murmurou, muito tranquilo, como se tivesse tomado uma decisão definitiva.

– Vou visitar Razumíkhin; irei, está decidido... mas hoje, não; irei noutro dia, depois disso, quando tudo for um fato consumado e tudo tiver tomado um novo rumo...

E, de repente, voltou a si.

– Depois disso! – exclamou, levantando-se do banco, sobressaltado. – Mas isso chegará a acontecer, por acaso? Chegará realmente a acontecer?

Levantou do banco e pôs-se a caminhar, quase correndo; queria voltar atrás, para sua casa; mas voltar para casa pareceu-lhe de súbito terrivelmente aborrecido; ali, naquele canto, naquele horrível cubículo, é que ele meditara durante mais de um mês sobre aquilo; por isso pôs-se a andar sem rumo.

Um calafrio nervoso lhe percorreu o corpo, que parecia febril; sentiu frio também; com todo o calor que fazia, ele tiritava. Como se fosse forçado, quase sem se aperceber disso, como se cedesse a alguma urgente necessidade íntima, começou a olhar para todos os objetos que encontrava no caminho, como se procurasse à força uma distração, mas não conseguia e afundava-se em meditações. Quando, estremecendo, tornava a levantar a cabeça e a olhar à sua volta, esquecia imediatamente o que pensara um momento antes, e até por onde caminhava. Atravessou assim todo o Vassílievski Óstrov, chegou ao Pequeno Nievá, atravessou a ponte e voltou a Óstrov. A princípio, aquele verde e aquela frescura deleitaram os seus olhos cansados, acostumados ao pó da cidade, à cal e às suas casas enormes, tenebrosas e opressivas. Ali não havia nem angústia, nem mau cheiro, nem tabernas. Mas não tardou que também aquelas novas e agradáveis sensações se tornassem doentias e irritantes. Às vezes, parava perto de alguma casa de campo afundada entre o verde; olhava para dentro, contemplava os donos nos terraços e varandas, as mulheres enfeitadas e as crianças que brincavam no jardim. Fixava sobretudo a sua atenção nas flores: era sempre para elas que mais olhava. Encontrava também pequenas carruagens elegantes, cavaleiros e amazonas; seguia-os curiosamente com o olhar e esquecia-se deles antes que tivessem desaparecido da sua vista. Uma vez parou e contou o dinheiro que levava consigo: cerca de trinta copeques. "Vinte que dei ao guarda, três a Nastássia, pela carta... Além disso, ontem, dei quarenta e sete ou cinquenta a Marmieládov", pensou, enquanto, sem saber por que, tornava a contar o seu dinheiro; mas não tardou a esquecer-se do motivo por que o tinha tirado do bolso. Só voltou a se dar conta quando passou em frente a um restaurante, uma espécie de taberna, e sentiu apetite. Quando entrou ali, bebeu um copo de aguardente e meteu na boca um pastel recheado com alguma coisa. Acabou de comê-lo mais adiante. Há muito tempo que não bebia aguardente, e por isso ela fez efeito imediatamente, apesar de ter bebido apenas um copo. De repente sentiu o peso nos pés e também uma grande vontade de dormir. Pôs-se a andar em direção a casa. Mas, quando já estava em Pietróvski Óstrov, deteve-se, tomado de uma inércia imensa, afastou-se do caminho, meteu-se por entre uns arbustos, deixou-se cair sobre a grama e logo adormeceu profundamente.

Num estado doentio os sonhos costumam se distinguir pelo seu extraordinário colorido e clareza e pela estranha semelhança com a realidade. Apresentam-nos às vezes um quadro maravilhoso: o cenário e todo o processo de representação são ao mesmo tempo tão verossímeis e com pormenores tão exatos e inesperados, mas em tão artística harmonia com a totalidade do quadro, que em vão a própria pessoa que sonhou tentaria evocá-los, depois de desperta, ainda que fosse um artista como Púchkin ou Turguéniev. Esses sonhos, sonhos doentios, ficam gravados na memória por muito tempo e produzem uma forte impressão no organismo alterado e enfraquecido do homem.

Foi um sonho estranho o que teve Raskólhnikov. Sonhou com a sua infância na sua aldeia natal. Tinha sete anos e passeava com seu pai, num dia festivo, ao cair da tarde, para além do povoado. O céu estava cinzento, o dia sufocante, e o lugar era exatamente o mesmo que guardava na sua memória; e mais: na sua memória via-o ainda mais apagado do que agora, no sonho. A cidade aberta como a palma de uma mão, em toda periferia, nenhum salgueiro branco; além, muito longe, quase no extremo do horizonte, surge negro o bosque. A alguns passos de distância da última horta da aldeia, há uma taberna, uma grande taberna pela qual sempre sentira antipatia, e até medo, quando passava em frente a ela com seu pai. Ali havia sempre muita gente, vociferavam, riam, diziam impropérios com grande alvoroço, bebiam tão excessiva e imoderadamente e com tanta frequência brigavam! À volta da taberna viam-se sempre uns tipos completamente embriagados e ferozes, que andavam aos tropeções... Quando se encontrava com eles, apertava-se com força contra o pai e tremia todo. Próximo da taberna passava a estrada, que na verdade não era mais do que um atalho, sempre empoeirada, com um pó muito escuro. A estrada fazia uma curva ao longe e a trezentos passos rodeava o cemitério da aldeia pela direita. No meio do cemitério havia uma igreja com a cúpula verde, na qual entrava duas vezes por ano com seu pai e sua mãe, para ouvir a missa, quando faziam o ofício de réquiem pela avó, que falecera havia pouco tempo e a qual não chegara a conhecer. Nesses casos levavam sempre um pastel sobre um prato branco, em cima de um guardanapo, e o pastel era de açúcar, arroz e passas, colocadas em forma de cruz. Gostava daquela igreja e das suas velhas imagens, quase todas sem moldura, e do velho padre com a cabeça sempre a tremer. Junto do túmulo da avó, sobre o qual se estendia uma lápide, estava a pequena sepultura do irmão mais novo, que morrera com seis meses, o qual também não chegara a conhecer e de quem não conseguia se recordar, mas disseram-lhe que tinha um irmãozinho, e, sempre que visitava o cemitério, ele se persignava religiosa e respeitosamente diante da sepultura, fazia uma reverência e a beijava. Agora sonhava que ia com seu pai pela aldeia, pelo caminho do cemitério, e passava diante da taberna; ia pela mão do pai e, cheio de medo, olhava para a taberna. Uma circunstância especial distraiu a sua atenção: parecia que dessa vez estavam celebrando ali alguma paródia: havia uma multidão de burgueses endomingados, de mulheres com os seus maridos e um grupo de pessoas. Estão todos embriagados, entoam canções, e junto da porta da taberna há uma carroça, mas uma carroça estranha. É uma daquelas grandes às quais costumam atrelar grandes cavalos de carga e que são usadas para o transporte de mercadorias e tonéis de vinho. Agradava-lhe sempre contemplar aqueles grandes cavalos de carga, de crinas longas e patas grossas, que caminham tranquilamente, com um passo manso, e que carregam uma autêntica montanha sem mostrar o menor cansaço, como se a carga, em vez de esgotá-los, os aliviasse. Mas agora, coisa estranha, atrelado àquela carroça enorme havia um mísero pangaré, esquálido, pequeno, desses que os camponeses usam, um desses cavalinhos que – ele tinha visto muitas vezes – carregam às vezes grandes fardos de lenha ou feno, e quando o carro se atola, na lama ou nos sulcos, os camponeses batem neles com muita força, muita força, com os chicotes, às vezes até no próprio focinho ou nos olhos; isso lhe provocava uma pena imensa, tão grande que quase lhe vinha lágrimas aos olhos, e a mãe o arrancava da janela. Mas eis que, de repente, houve uma grande confusão: um bando de camponeses embriagados, embriagadíssimos, com blusas vermelhas e azuis e as jaquetas sobre os ombros, saiu gritando, cantando e tocando balalaicas:

– Subam, subam! – grita um deles, ainda novo, com um capote grosso e uma cara gorda, vermelha como um tomate. – Eu levo todos vocês! Subam!

Mas a seguir ouvem-se vozes e exclamações:

– Ele nos vai levar com esse sendeiro!

– Mas tu estás em teu perfeito juízo, Mikolka? Atrelar uma égua tão ordinária a uma carroça destas!

– E esta jumenta já deve ter os seus vinte anos bem puxados, meus amigos! Subam que levo todos vocês! – gritou Mikolka novamente, e o cocheiro, que foi o primeiro a subir, tomou as rédeas na mão e ergueu-se inteiro. – O nosso cavalo baio foi levado por Matviéi – gritou, já na carroça, – e esta eguazinha, meus amigos, só serve para me fazer sofrer, mais valia matá-la, pois nem vale aquilo que come. Mas já disse: subam, que eu já a faço andar! E há de ir depressa! – E, brandindo o chicote, preparou-se para açoitar o pobre animal com prazer.

– Subamos então, vamos! – riam os do grupo. – Já sabem que vamos correr a galope!

– Sim, há pelo menos dez anos que ela não dá uma corridinha.

– Vai dar agora.

– Não tenham pena dela, meus amigos; cada um pegue no seu chicote: preparem-se!

– Bom, então, podem açoitá-la!

Todos sobem para a carroça de Mikolka com risos e gracejos. Eram seis homens e ainda havia lugar para mais. Levavam com eles uma mulher gorda e pintada. Vestia uma camisola de algodão vermelha, com um toucado de contas de vidro, botas pesadas nos pés, e descascava nozes e ria. À sua volta todos riam também, e, de fato, não era para menos. Pensar que aquele pobre animal ia puxar a galope um carro tão pesado! Depois, dois dos moços que iam na carroça brandiram os chicotes para ajudarem Mikolka. Ouve-se um "eia"!, a eguazinha puxa com todas as suas forças, mas não vai a galope; mal consegue se mover a passo, limitando-se a agitar as patas, arranhar o solo e dobrar-se sob os golpes dos três chicotes, que caem sobre ela como uma saraivada. Os risos redobram na carroça e fora dela; mas Mikolka enfurece-se e com violência descarrega golpes terríveis sobre a pobre égua, como se acreditasse de verdade que ela poderia galopar.

– Deixem eu subir também, meus amigos! – grita entre a multidão um rapaz ao qual o espetáculo causa inveja.

– Sobe! Que subam todos! – grita Mikolka. – Ela leva vocês todos! Vou açoitá-la! – Bate e torna a bater, e já não sabe com que há de fustigar o animal.

– *Bátiuchka*, *bátiuchka*! – grita ele para o pai. – *Bátiuchka*, o que ele está fazendo? Está matando a pobre égua, *bátiuchka*!

– Vamos, vamos! – diz o pai. – Estão bêbados, não sabem o que fazem. Imbecis! Vamos embora, não fiques aí olhando! – E procura afastá-lo dali; mas ele se solta da sua mão e, sem perceber o que faz, encaminha-se para o animal. Este já não pode mais; arqueja, para, torna a puxar e está prestes a cair.

– Açoitem-na até que rebente! – grita Mikolka. – Já falta pouco. Esperem!

– Mas tu és cristão ou não és, seu bruto? – grita um velho, dentre o grupo.

– Onde é que se viu isso, um animalzinho como esse puxar um carro deste tamanho? – acrescenta outro.

– Estás matando o bicho! – grita um terceiro.

– Não te incomodes. É minha! Posso fazer dela o que quiser. Subam! Subam todos! Hei de fazer com que parta a galope!

De repente ouve-se uma gargalhada geral que abafa a voz de Mikolka: a pobre égua, sem suportar mais as brutais chicotadas, e embora sem forças, pôs-se a dar coices para o ar. Até os mais velhos não puderam se conter e começaram a rir. De fato, aquela égua, imprestável para qualquer serviço, ainda se punha a dar coices!

Outros rapazes do grupo brandiram também os chicotes e dirigiram-se para o animal para lhe açoitarem as ancas. Correu cada um por um lado.

– No focinho, nos olhos, deem nos olhos! – grita Mikolka.

– Uma canção, meus amigos! – gritou um dos que estavam na carroça, e imediatamente todos lhe fizeram coro. Ouviu-se uma canção indecente, repicou um tambor e todos acompanharam o estribilho com assobios. A mulher descascava nozes e ria.

Ele se dirigiu correndo para o animal, avançou e pode ver como batiam nos olhos do cavalo, nos próprios olhos! Pôs-se a chorar. Sentiu o coração oprimido e as lágrimas saltaram dos seus olhos. Uma das chicotadas roçou a sua cara, mas ele nem a sentiu; erguia as mãos, gritava, voltava-se para o velho de cabelo e barba brancos, que abanava a cabeça, condenando tudo aquilo. Uma mulher pegou-o por uma mão e quis levá-lo, mas ele se escapou e correu de novo para junto do animalzinho, que já estava nas últimas mas recomeçara mais uma vez a escoicear para o ar.

– Ah, diabo! – gritava Mikolka furioso. Então largou o chicote, tornou a agachar-se e tirou do fundo da carroça um pau grosso e comprido, segurou-o pela ponta com as duas mãos e, com todas as suas forças, descarregou sobre a égua.

– Vai matá-la! – gritam à sua volta.

– Assim, acaba matando-a!

– É minha! – gritou Mikolka e, erguendo todo o braço, descarregou uma paulada sobre a égua.

– Dá-lhe, dá-lhe! Por que paraste? – grita uma voz no meio daquela gente.

Mas Mikolka ergueu outra vez o cajado e, com todas as suas forças, deu outro golpe no flanco do infeliz animal, que se inclinou todo para os quartos traseiros, mas deu um safanão e puxou, puxou, com as suas últimas forças, para todos os lados, para arrastar o carro; mas por todos os lados seis chicotes o atacavam, e novamente o pau se ergue e cai pela terceira vez, e depois pela quarta, calculadamente, com toda a força do braço que o brande. Mikolka está furioso por vê-la sucumbir de um só golpe.

– É dura! – gritam à sua volta.

– Vai cair já, sem falta, meus amigos; chegou a sua hora! – exclamou um entusiasta no meio do grupo.

– Com a machadinha, diabo! Acabemos com ela de uma vez! – gritou um terceiro.

– Vai... para o diabo que te carregue! Afastem-se! – gritava Mikolka, furioso; larga o pau, torna a agachar-se na carroça e tira uma alavanca de ferro. – Cuidado! – grita, e, com todas as suas forças, deita outra pancada na sua pobre égua.

O golpe foi certeiro; o animalzinho cambaleia, recua, esforça-se ainda por puxar, mas a alavanca torna a cair sobre o seu dorso, e ele tomba então finalmente por terra, como se tivessem desconjuntado as suas quatro extremidades de uma só vez.

– Até que enfim! – exclamou Mikolka e, fora de si, salta da carroça.

Alguns rapazes, vermelhos e também embriagados, pegam o que encontram à mão: chicotes, paus, a tranca, e lançam-se sobre o animal moribundo. Mikolka está de pé ao seu lado e é em vão que lhe bate com a alavanca no costado.

O pobre animal estende o focinho, respira com dificuldade e morre.

– Trucidou com ela! – gritam no grupo.

– Por que ela não saiu correndo a galope?

– Era minha! – grita Mikolka com o pau na mão e os olhos injetados de sangue. Parece pesaroso por não poder continuar batendo em alguém.

– Sim, mas tu não és cristão – já gritam, no meio do grupo, muitas vozes.

O rapazinho, lívido, parece fora de si. Lançando um grito, abre caminho por entre as pessoas e se aproxima da égua, pega-lhe no focinho morto, ensanguentado, e beija-a nos olhos e nos lábios... Depois, de repente, dá um salto e, arrebatado de furor, lança-se com os pequenos punhos cerrados contra Mikolka. Nesse momento, o pai, que há algum tempo já o procurava, encontra-o finalmente e tira-o do grupo.

– Vamos, vamos! – diz.– Vamos para casa!

– *Bátiuchka*, por que eles mataram o cavalinho? – soluça, e as palavras saem do seu peito opresso transformadas em gritos.

– Estão embriagados, não sabem o que fazem; isso não nos interessa. Vamos! – diz o pai; mas ele sente o peito oprimido. Esforça-se por ganhar coragem, dá um grito e desperta.

Acordou banhado em suor, com os cabelos encharcados, arquejando, e endireitou-se, horrorizado.

– Louvado seja Deus, foi apenas um sonho! – exclamou, sentando-se ao pé de uma árvore e dando um profundo suspiro. – Mas o que é isso? Estarei com febre? Que sonho tão terrível!

Parecia que tinha o corpo todo moído, a alma cheia de dor e trevas. Apoiou os cotovelos sobre os joelhos e segurou a cabeça com ambas as mãos.

– Meu Deus! – exclamou. – E se... e se eu pego de fato na machadinha, abro a cabeça dela e faço saltar os miolos... escorregarei no sangue quente e viscoso; quebrarei a fechadura, roubarei e começarei a tremer, vou me esconder, todo manchado de sangue... com a machadinha... Meu Deus, será possível...?

Tremia como a folha de uma árvore, enquanto dizia isso.

– Mas que me aconteceu? – continuou a dizer, deixando-se cair outra vez, como se estivesse possuído de um assombro profundo. – Eu bem sabia que não seria capaz de... Portanto, por que tenho me atormentado até agora? Ontem, ontem, quando fui fazer aquela... experiência... compreendi perfeitamente que não seria capaz... Mas por que isto agora? Por que estive em dúvida até aqui? Ontem, quando descia a escada, eu mesmo dizia que isto era vil, bárbaro, reles, reles... Quando penso nisto, em pleno dia, fico revoltado e assombrado... Não, não sou capaz, não sou capaz! Suponhamos, suponhamos que não haja alguma dúvida em todos os cálculos, que tudo isto se resolva este mês e se torne claro como o dia, preciso como a aritmética. Meu Deus, pois nem assim conseguiria! Não sirvo para isto, não sirvo! Mas por que então, até agora...

Levantou-se, olhou com espanto à sua volta, como se admirasse estar ali, e encaminhou-se para a ponte de T***. Estava pálido, seus olhos ardiam, o cansaço tomara conta de todos os seus membros. Mas, de repente, começou a respirar com mais facilidade: sentia que já havia afugentado de si tudo o que carregara durante aquele tempo horrível, que há tanto o incomodada, e a sua alma se sentiu leve e satisfeita.

– Senhor – implorava –, mostra-me o meu caminho e eu me libertarei desses malditos... desvarios.

Quando atravessou a ponte, contemplou o Nievá com um olhar suave e o radioso pôr do sol belo e brilhante. Apesar da sua fraqueza, nem sequer sentia cansaço, parecia que o tumor que tinha no coração, que amadurecera durante um mês, rebentara de repente. Liberdade, liberdade! Agora estava livre daquele feitiço, daquele sortilégio, daquela alucinação!

Mais tarde, ao recordar aquele tempo e tudo o que lhe aconteceu durante aqueles dias, detalhe por detalhe, ponto por ponto, traço por traço, havia sempre uma circunstância que o comovia como uma superstição, embora, na realidade, não tivesse nada de extraordinário, mas que lhe surgia sempre como uma antecipação do seu destino.

Era esta: nunca conseguiu compreender nem explicar a si mesmo por que é que, esgotado, magoado, quando teria sido mais conveniente voltar para casa pelo caminho mais breve e direto, o fez pelo Mercado do Feno, pelo qual tinha de andar mais. A volta não era grande, mas completamente desnecessária. Não havia dúvida de que o fato de regressar para casa sem se aperceber das ruas que percorria já lhe acontecera muitas vezes. Mas por que – ele se perguntava sempre – por que aquele encontro tão importante e decisivo para ele e, ao mesmo tempo, altamente casual, no Feno (onde não tinha motivo nenhum para ir), ocorrera então naquela hora, precisamente naquele momento da sua vida, exatamente naquela disposição de espírito e naquelas circunstâncias, nas quais somente o referido fato podia produzir o efeito mais decisivo e definitivo sobre o seu destino? Parecia mesmo que estava ali à sua espera de propósito!

Seriam quase dez horas quando passou pelo Feno. Todos os comerciantes de barracas, os vendedores ambulantes, armazéns e lojas haviam encerrado os seus estabelecimentos, recolhiam e juntavam as suas mercadorias e regressavam às suas casas, bem como os seus fregueses. Em volta das tabernas subterrâneas, nos pátios sujos e hediondos das casas do Mercado do Feno e sobretudo nas tabernas, apinhava-se grande número de mendigos esfarrapados de todo o gênero. Aqueles lugares agradavam-lhe, assim como as ruelas adjacentes, quando vagueava sem rumo pela cidade. Ali, os seus farrapos não atraíam sobre si a atenção desdenhosa de ninguém, e era possível perambular com a cara que quisesse, sem provocar escândalo. Na própria travessa de K* * *, num canto, um comerciante e a mulher vendiam vários artigos em duas mesas: panos, galões, lencinhos de algodão etc. Eles também já voltavam para casa, mas tinham parado para falar com uma amiga que passava. A tal amiga era Lisavieta Ivánovna, ou simplesmente Lisavieta, como todo mundo a chamava, a irmã mais nova da velha Alíona Ivánovna, a usurária em cuja casa Raskólhnikov estivera na noite anterior para empenhar um relógio e fazer a sua "experiência"... Há algum tempo que ele já sabia tudo o que dizia respeito à tal Lisavieta, e ela também o conhecia um pouco. Era uma solteirona alta, sem graça, tímida e bonachona, quase idiota, de uns 35 anos, que vivia numa autêntica escravidão na casa da irmã, trabalhando ali dia e noite, tremendo na sua presença e até apanhando dela. Naquele momento estava com um pacote na mão, pensativa, em frente ao mercador e à mulher, escutando-os atentamente. Eles diziam a ela alguma coisa com entusiasmo. Quando Raskólhnikov a viu, de repente uma sensação estranha, semelhante ao mais profundo assombro, se apoderou dele, apesar de aquele encontro não ter nada de espantoso.

– Lisavieta Ivánovna, a senhora tem de decidir pessoalmente – disse o comerciante em voz alta. – Venha amanhã, às sete. Eles também estarão.

– Amanhã? – exclamou Lisavieta perplexa e repetindo as palavras, como se não quisesse se decidir.

– Mas que medo a senhora tem de Alíona Ivánovna! – guinchou a mulher do comerciante. – Parece uma menina. Porque, afinal, ela é sua irmã e mais parece uma madrasta, pela maneira como a trata.

– Mas desta vez não precisa dizer nada a Alíona Ivánovna... – acrescentou o marido. – Ouça o conselho que lhe dou: venha nos ver sem lhe pedir licença. É assunto de seu interesse. Depois, até a sua irmã vai compreender.

– Então eu venho...

– Às oito, amanhã. Eles também estarão aqui. Poderá decidir pessoalmente.

– E prepararemos o samovar – acrescentou a mulher.

– Bem, eu virei – disse Lisavieta, ainda pensativa, e lentamente começou a se afastar dali.

Raskólhnikov já tinha se retirado e não escutou mais. Caminhava devagar, sem chamar a atenção, esforçando-se por não perder uma palavra. O seu primeiro espanto pouco a pouco foi-se transformando em assombro, e um calafrio lhe percorreu a espinha. De repente, tivera uma informação certa; de um modo súbito e totalmente inesperado, soubera que no dia seguinte, às oito em ponto da noite, a irmã da velha, a única pessoa que vivia com ela, não estaria em casa e, portanto, às oito da noite em ponto a velha ficaria em casa sozinha.

Dali até a sua casa faltavam alguns passos de distância. Entrou nela tal como um condenado à pena de morte. Não pensava em nada e tinha perdido toda a capacidade de raciocínio; mas, repentinamente, com todo o seu ser, sentiu que já não tinha liberdade de reflexão nem vontade, e que, de súbito, tudo se resolvera definitivamente.

Não havia dúvida de que mesmo se durante anos inteiros estivesse à espera de um encontro parecido, e ainda que em tudo tivesse pensado, seria impossível contar com um passo tão importante para o sucesso da ideia como aquele que acabava agora mesmo de se apresentar para ele. Em todo o caso, teria sido difícil saber de véspera com tanta segurança, com absoluta exatidão e sem o menor risco, sem necessidade de perguntas e investigações perigosas de gênero algum, que no dia seguinte a tal hora a velha que se dispunha a assassinar se encontraria em sua casa completamente sozinha.

CAPÍTULO VI

Pouco depois, Raskólhnikov ficou sabendo, mais ou menos, o motivo que o comerciante e a mulher tinham para convidar Lisavieta a ir a sua casa. Tratava-se de uma coisa simples e que, em si, não tinha nada de particular. Uma família de fora da cidade e que empobrecera estava vendendo várias coisas: vestidos etc. etc.; tudo de mulher. Como não era vantajoso vendê-las no adeleiro, procuravam um freguês, e Lisavieta dedicava-se a isto: era alcoviteira, utilizava-se de informações particulares e tinha uma grande clientela, pois era muito honesta e dizia sempre o preço justo: “É tanto”, e assim era. Costumava falar pouco e, como dissemos, era tão tímida e dócil...

Mas nos últimos tempos Raskólhnikov tornara-se supersticioso. Muito tempo depois disso ainda ficaram marcas de superstição nele, marcas quase indeléveis. E em tudo estava sempre propenso a ver algo de estranho, de misterioso, algo que sugerisse presença de certas influências e coincidências particulares. Naquele mesmo inverno acontecera que um estudante amigo seu, Pokóriev, que partia para Khárkov, lhe deu, durante uma conversa, o endereço da velha Alíona Ivánovna para o caso de ele alguma vez necessitar empenhar alguma coisa. Durante muito tempo nunca a procurou, porque dava aulas e, fosse como fosse, sempre ia arranjando algum dinheiro. Mas, um mês e meio atrás, lembrou-se do endereço que lhe tinham indicado; tinha dois objetos bons para empenhar: o velho relógio de prata de seu pai e um anelzinho de ouro com três pedras vermelhas que a irmã lhe oferecera como recordação quando se despedira dela. Resolveu levar o anel; quando se viu diante da velha, à primeira vista, ainda sem saber nada de particular acerca dela, sentiu uma invencível antipatia; aceitou-lhe as duas cautelas e, já de volta, entrou numa taberna ordinária. Pediu chá, sentou-se e ficou muito pensativo. Um estranho pensamento acabava de nascer na sua cabeça, como um pinto que sai do ovo, e que muito, muito o preocupava...

Quase ao seu lado, noutra mesinha, estava sentado um estudante completamente desconhecido, do qual não tinha a mais vaga lembrança, e um jovem oficial. Tinham jogado bilhar e agora tomavam chá. De repente ouviu o estudante falando com o oficial a respeito da usurária Alíona Ivánovna, viúva de um assessor de colégio, e lhe dava o seu endereço. Aquilo por si só já pareceu bastante estranho a Raskólhnikov; viera de lá, e eis que aqui ouvia também falar dela. Não havia dúvida de que era uma casualidade, mas ainda não se libertara dessa impressão tão extraordinária e eis que acabam por vir agravá-la: o estudante, de repente, pôs-se a contar ao companheiro vários pormenores a respeito da tal Alíona Ivánovna.

– É formidável! – dizia. – Tem sempre dinheiro disponível. É rica como um judeu; pode emprestar de uma só vez cinco mil rublos e não perdoa um de juros. Há muitos dos nossos que a procuram. Só que é uma tipa horrorosa...

E começou a contar-lhe como ela era má e teimosa: que bastava uma pessoa atrasar-se um dia em resgatar o penhor para que o considerasse perdido. Dava a quarta parte do que valia um objeto, mas cobrava cinco e até seis por cento de juro mensal etc. O estudante falava pelos cotovelos e contou também ao amigo que a velha tinha uma irmã, Lisavieta, e que, apesar de ser pequenina e franzina, batia nela continuamente, e a irmã vivia numa autêntica servidão, como se fosse uma criança, apesar de ter quase um metro e oitenta.

– É outro fenômeno! – exclamou o estudante, e pôs-se a rir.

Começaram a falar de Lisavieta. O estudante falava dela com certa satisfação pessoal, por entre risos, e o oficial pediu-lhe que mandasse a tal Lisavieta a sua casa para que tratasse da sua roupa branca. Raskólhnikov não perdia uma só palavra e ficou assim a par de tudo. Lisavieta era a irmã mais nova (por parte de mãe) da usurária, e já tinha 35 anos. Trabalhava na casa da irmã dia e noite; fazia às vezes de cozinheira e de lavadeira ao mesmo tempo, e, além disso, cosia para fora e ia limpar outras casas, entregando tudo quanto ganhava à irmã. Não se atrevia a aceitar qualquer encargo ou trabalho sem pedir previamente autorização à velha. Esta fizera um testamento, que a própria Lisavieta conhecia, no qual não lhe deixava nem um centavo, apenas uns móveis, algumas cadeiras etc.; legava todo o dinheiro a um certo mosteiro, no governo de H***, para eterno descanso da sua alma. Lisavieta pertencia à classe média, e não à burocracia, era solteira e terrivelmente sem graça, muito alta, com pés enormes, um pouco virados para dentro, sempre calçados com uns sapatos cambados, mas de boa qualidade. O que mais fazia o estudante rir era que Lisavieta estava quase sempre grávida...

– Mas não disseste que ela é um monstrengo? – observou o oficial.

– Sim, tem uma cor terrosa e parece um soldado disfarçado, mas não é assim tão monstruosa. Tem uma cara e uns olhos aproveitáveis. Até bem bonitos. A prova é que... há muitos que gostam. É tão caladinha, tão mansa, tão dócil e cordata, que a tudo se presta. E também tem uma maneira de sorrir muito simpática.

– A propósito, ela também te agrada... – sorriu o oficial.

– Pela sua invulgaridade. Mas, não, ouve onde eu queria chegar. Eu seria capaz de matar e de roubar essa maldita velha, e juro que não teria nem uma ponta de remorsos – acrescentou o estudante, exaltado.

O oficial tornou a rir; Raskólhnikov teve um sobressalto. Que estranho era tudo aquilo!

– Permite que te faça uma pergunta séria? – disse o estudante, ainda um pouco exaltado. – É claro que, há pouco, eu falava de brincadeira, mas olha: de um lado uma velha estúpida, imbecil, inútil, má, doente, que não é útil a ninguém e que até, pelo contrário, a todos prejudica; que nem ela mesma sabe para que vive e que amanhã acabará por morrer fatalmente... Compreendes? Compreendes?

– Sim, compreendo – respondeu o oficial olhando atentamente para o seu acalorado companheiro.

– Pois então continua a me escutar. Do outro lado, energias jovens, frescas, que se gastam em vão, sem apoio, e isso aos milhares e em toda a parte. Mil obras e boas iniciativas se poderiam fazer com o dinheiro que essa velha vai deixar ao mosteiro. Centenas, talvez milhares de existências conduzidas ao bom caminho; dezenas de famílias salvas da miséria, da dissolução, da ruína, da corrupção, dos hospitais de doenças venéreas. E tudo isso com o seu dinheiro. Matá-la, tirar esse dinheiro dela, para com ele dedicar depois ao serviço de toda a humanidade e ao bem geral. Que te parece? A mancha de um só crime não ficaria apagada, insignificante, com milhares de boas ações? Por uma vida... mil vidas salvas da miséria e da ruína! Uma morte, mas, em troca, mil vidas... É uma questão de aritmética. E o que pesa nas balanças vulgares da vida essa velhota tísica, estúpida e má? Não mais que a vida de um piolho, de uma barata, e pode ser que ainda menos, já que se trata de uma velha má. Ela se alimenta da vida alheia, é má; não faz muito tempo que mordeu de raiva um dedo de Lisavieta; por pouco não o arrancou.

– Com certeza que não merece viver – observou o oficial –, mas a natureza é assim.

– Ah, meu amigo, sim; mas pode-se melhorar a natureza e dirigi-la, e sem isso nós afundaríamos em preconceitos! Sem isso não teria nascido nem um só grande homem... Dizem: “O dever, a consciência!”. Eu não quero dizer nada contra o dever e a consciência... mas vamos ver se nos entendemos! Espera, vou te fazer outra pergunta. Ouve.

– Não, espera tu, que sou eu quem vai te perguntar. Escuta.

– Está bem.

– Até agora, tu tens falado e discursado, mas me diz: tu matarias a velha ou não?

– Claro que não! Eu estava falando por uma questão de justiça... Isso não me diz respeito...

– Pois, em meu entender, se tu mesmo não te decides, é inútil falar em justiça. Anda, vamos jogar outra partidinha!

Raskólhnikov sentia uma comoção extraordinária. Não havia dúvida que tudo aquilo eram conversas vulgares e frequentes, e que por mais de uma vez já ouvira conversas como aquela, só que sob outras formas e a propósito de outros temas, em diálogos e raciocínios juvenis. Mas por que havia precisamente de acontecer agora de ele ouvir aquele diálogo e aquelas ideias, agora que na sua cabeça começavam a germinar exatamente as mesmas ideias? E sobretudo, por que é que agora que acabara de afugentar da sua mente o pensamento da velha havia de ouvir um diálogo referente a ela? Pareceu-lhe singular aquela coincidência. Aquele insignificante diálogo de taberna teve uma extraordinária influência sobre ele, no desenvolvimento posterior do fato; parecia que, efetivamente, havia em tudo aquilo um sinal, uma intimação...

De volta do Mercado do Feno, jogou-se no divã e ficou ali uma hora inteira sentado imóvel. Enquanto isso, escureceu e não tinha velas; aliás, nem sequer lhe passou pela cabeça acender uma. Mais tarde não conseguiu mais se lembrar se estivera ou não pensando alguma coisa durante aquele tempo. Finalmente tornou a sentir a febre noturna, calafrios, e concluiu com prazer que o divã também podia lhe servir de leito. Em breve um sono pesado, de chumbo, abateu-se sobre ele. Dormiu durante um tempo anormalmente longo e sem sonhos. Nastássia, que entrou no quarto no dia seguinte, às oito, teve de despertá-lo à força. Trouxe-lhe chá e pão. O chá já fervera uma vez, e o trazia na sua chaleira particular.

– Isso é que se chama dormir! – exclamou com desgosto. – Para ele tudo se resume em dormir!

Ergueu-se, a custo. Sua cabeça doía; levantou-se, deu uma volta pelo seu cubículo e tornou a cair sobre o divã.

– Dormindo outra vez! – exclamou Nastássia. – Mas estás doente, ou o que tens?

Ele não respondeu.

– Não queres chá?

– Daqui a pouco – respondeu ele com esforço; tornou a fechar os olhos e virou-se de cara para a parede. Nastássia inclinou-se sobre ele.

– Pode ser que estejas doente – disse, deu meia-volta e saiu.

Voltou de novo às duas, com a sopa. Ele continuava deitado como antes. O chá permanecia intacto. Nastássia zangou-se e pôs-se a provocá-lo, indignada:

– Por que estás tão preguiçoso? – exclamou, olhando-o com antipatia.

Ele se ergueu e sentou-se, mas sem lhe dizer nada e com os olhos fixos no chão.

– Estás doente ou não? – perguntou-lhe Nastássia, que também desta vez não obteve resposta. – Devias sair – disse, depois de um silêncio. – O ar te fará bem. Vais almoçar ou não?

– Logo, logo... – respondeu ele debilmente. – Vai embora – e agitou a mão.

Ela tornou a inclinar-se um pouco, olhando-o com pena, e depois retirou-se. Passados uns minutos ele ergueu os olhos e ficou durante muito tempo olhando para o chá e para a sopa. Depois pegou o pão, segurou a colher e começou a comer.

Comeu pouco, sem apetite: três ou quatro colheradas, maquinalmente. Sua cabeça doía menos. Depois de comer tornou a estender-se no divã, mas já não pôde adormecer outra vez, e ficou estendido, imóvel, de bruços, com a cabeça enterrada na almofada. Tudo se transformava em devaneios, e esses devaneios não podiam ser mais estranhos; o mais frequente era sonhar que estava em algum lugar na África, no Egito, em algum oásis. A caravana descansa à sombra, os camelos deitam-se; ao redor erguem-se palmeiras, formando um círculo; todos se preparam para a refeição. Ele não faz outra coisa senão beber água diretamente da fonte que nasce e borbulha ali mesmo, ao lado. E como o refrescava aquela água maravilhosa, maravilhosamente azul, fria, que manava por entre pedras multicores e de um fundo de areia tão clara, com reflexos dourados! De súbito, ouviu soar distintamente um relógio. Estremeceu, tornou a si, ergueu a cabeça, olhou para a janela, calculou a hora e levantou-se de um salto, como se alguém o tivesse empurrado do divã. Encaminhou-se nas pontas dos pés para a porta, abriu-a devagar e pôs-se a escutar os sons vindos da escada. Seu coração batia com força. Na escada tudo estava silencioso, como se todos dormissem... E pareceu-lhe muito estranho e importante o fato de ter conseguido ficar prostrado em tal inconsciência desde o dia anterior, sem ter planejado nada, de maneira que agora sentia-se desorientado... Podia ser que já fossem seis horas.

E uma pressa enorme, febril e louca o assaltou então, depois do sono e do entorpecimento. No fim das contas, não precisava de grandes preparativos. Concentrou todas as suas forças no objetivo de pensar tudo muito bem e de não se esquecer de nada; o coração batia-lhe cada vez com mais violência e com tanta força que lhe dificultava a respiração. Devia começar fazendo um nó corredio e cosê-lo ao casaco, o que era coisa de minutos. Tateou com a mão por baixo da almofada e encontrou, entre a roupa branca que ali havia, uma camisa velha, suja, que era um autêntico andrajo. Arrancou-lhe uma tira de uns 5 centímetros de largura por 36 de comprimento. Dobrou essa tira, foi buscar um casaco de verão amplo e forte, de um algodão grosso – o seu único sobretudo –, e pôs-se a coser as duas pontas da tira por dentro e por baixo do sovaco esquerdo. Suas mãos tremiam enquanto segurava a agulha, mas dominou-se e coseu de tal maneira que, de fora, ninguém notaria nada quando ele vestisse o casaco. Arranjara com muita antecedência a agulha e a linha, que guardava embrulhadas num papel dentro da mesinha. O nó era invenção sua, bem engenhosa, e destinava-se à machadinha. Não se podia andar pela rua com um machado na mão. E se a levasse por baixo do casaco, teria de segurá-la com a mão, o que também podia dar nas vistas. Mas assim não seria preciso mais nada senão prender a machadinha naquele nó e levá-la pendurada debaixo do braço durante todo o caminho. E metendo a mão no bolso lateral do casaco, podia segurar a extremidade do cabo da machadinha para que não balançasse, e como aquele casaco era muito folgado, um verdadeiro saco, ninguém poderia imaginar que estivesse segurando qualquer coisa com a mão metida no bolso. Imaginara aquele nó há já duas semanas.

Assim que resolveu o problema do nó, meteu os dedos numa pequena fenda que havia entre o divã e o chão, remexeu no canto da esquerda e tirou o penhor, preparado e guardado ali há muito tempo. De fato, esse penhor não era mais do que um pedaço de madeira, liso, com as dimensões e a espessura de uma cigarreira. Encontrara essa tabuinha, casualmente, num dos seus passeios pelo pátio, onde havia uma oficina num lugar anexo. Depois colocou sobre a tabuinha uma lâmina de ferro fina e lisa, provavelmente pedaços de alguma coisa partida, e que também encontrara na rua. Uniu ambas as coisas – a lâmina de ferro era a menor – e amarrou-as fortemente com um cordão cruzado; depois embrulhou tudo, com muito cuidado e esmero, num papel branco simples, e apertou tanto que era impossível abri-lo de uma só vez. Fez isso assim para entreter por um momento a atenção da velha quando ela fosse desfazer o embrulho e aproveitar assim a ocasião. Tinha posto ali a lâmina de ferro para fazer peso, a fim de que a velha não adivinhasse de imediato que o objeto era de madeira. Guardava tudo isso há muito tempo debaixo do divã. Mal acabara de tirar o objeto, quando, de repente, ouviu-se um grito no pátio:

– Já passa das seis há muito tempo!

"Há muito tempo, meu Deus!"

Correu para a porta, pôs-se à escuta, pegou no chapéu e começou a descer os seus treze degraus devagarinho, suavemente, como um gato. Restava-lhe fazer o mais o importante: roubar a machadinha na cozinha. Há já algum tempo que decidira que a coisa devia ser feita com uma machadinha. Tinha também uma faca de jardineiro, de mola; mas na faca, e sobretudo nas suas próprias forças, ele não tinha confiança, por isso optara definitivamente pelo machado. Observemos, de passagem, uma particularidade a propósito de todas essas resoluções definitivas já adotadas por ele em relação a esse assunto. Possuíam uma característica estranha: quanto mais definitivas, tanto mais monstruosas e absurdas pareciam depois a seus olhos. Apesar de toda a dolorosa luta interior, nunca, nem por um instante, chegou a acreditar na realização dos seus projetos em todo esse tempo.

E mesmo que tudo estivesse já previsto e definitivamente resolvido, até nos seus mais ínfimos pormenores, e já não houvesse lugar para dúvida nenhuma... ainda assim teria desistido de tudo definitivamente, como sendo uma estupidez, um absurdo e uma coisa impossível. Mas em relação aos pontos não resolvidos, restava-lhe ainda uma quantidade imensa de dúvidas. Quanto ao lugar onde devia arranjar a machadinha, esse detalhe não o preocupava absolutamente nada, pois não havia coisa mais fácil. De fato, Nastássia, sobretudo à noite, mal parava em casa: ou ia visitar as vizinhas ou ia à loja, e a porta ficava sempre escancarada. A dona da casa vivia ralhando com ela precisamente por causa disso. Portanto, ao chegar o momento, não havia mais nada a fazer, a não ser entrar devagar e pegar a machadinha; e depois, passada uma hora (depois de tudo consumado), tornar a colocá-la outra vez no seu lugar. Mas também aqui surgiam algumas dúvidas: suponhamos que ele voltasse após uma hora para colocá-la outra vez no seu lugar, e Nastássia tivesse voltado durante esse tempo. Não havia dúvida de que teria de passar reto e esperar que ela tornasse a sair. Mas se durante todo esse tempo ela precisasse da machadinha e se pusesse a procurá-la e a gritar... ficaria imediatamente com suspeitas, ou, pelo menos, haveria lugar para suspeitas.

Mas isso eram pormenores nos quais nem sequer queria pensar, além de que também não tinha tempo para isso. Pensava no principal e adiava os pormenores para quando estivesse completamente decidido. Entretanto, aquilo lhe parecia definitivamente irrealizável. Pelo menos era o que lhe parecia. Nunca pôde imaginar que chegasse a deixar de pensar alguma vez, se levantasse e... simplesmente, fosse até lá... Até aquela sua experiência recente (ou seja, aquela sua visita com a intenção de inspecionar definitivamente o local), tinha feito apenas para experimentar, mas a sério nunca, apenas como quem diz: "Vamos até lá, caramba; irei e experimentarei, já que se trata apenas de uma fantasia!", e não pôde aceitar a ideia; cuspiu e começou a correr indignado consigo. No entanto, parecia-lhe que, do ponto de vista moral, a questão podia ser considerada como resolvida. A sua casuística era aguçada como uma navalha de afiar, e não encontrava nenhuma objeção na sua consciência. Contudo não queria acreditar em si próprio e procurava com uma teimosia estúpida objeções exteriores, como se alguém o obrigasse a fazer aquilo e o puxasse para lá. O dia anterior, tão rico em elementos inesperados como decisivos, atuara sobre ele de uma maneira mecânica; era como se alguém o tivesse pegado pela mão e obrigado a segui-lo irrevogavelmente, cegamente, com uma força sobrenatural, e sem que ele pudesse opor a menor objeção. Como se a ponta da sua roupa estivesse presa numa roda de engrenagem e começasse a puxá-lo.

Em primeiro lugar – já pensara nisso – preocupava-o sobretudo uma questão: por que é que quase todos os crimes se descobrem tão facilmente e por que se encontram tão facilmente as provas de quase todos os assassinatos? Pouco a pouco chegou a conclusões tão variadas quanto curiosas. A seu ver, o motivo principal era não tanto a impossibilidade natural de ocultar o crime, mas o próprio criminoso; todos os criminosos, sejam eles quais forem, no momento de cometer o crime sentem uma espécie de enfraquecimento da vontade e do raciocínio, um estado que depois é substituído por um atordoamento extraordinário e pueril, precisamente no momento em que a razão e a prudência lhe seriam mais necessárias. Esse eclipse da razão, esse desfalecimento da vontade, segundo Raskólhnikov, apoderava-se do homem como uma doença, desenvolvendo-se progressivamente e alcançando o máximo de intensidade momentos antes de o crime ser cometido, persistia durante a execução dele e algum tempo depois, conforme cada indivíduo, acabava por desaparecer, como qualquer outra doença. O problema estava em saber se é a doença que engendra o crime ou se o próprio crime, por sua natureza, é sempre acompanhado de um certo gênero de doença, mas isso era uma questão que ele não se sentia capaz de resolver.

Quando chegou a essas deduções, decidiu que, no que lhe dizia respeito, pessoalmente e ao seu projeto, não era possível que houvesse semelhantes colapsos morais, pois nem a sua razão nem a sua vontade o abandonariam durante toda a execução do seu plano, unicamente pela razão de que aquilo que se propunha a fazer não era um crime... Prescindimos do processo mediante o qual chegara a essa resolução suprema, pois já nos adiantamos sobre os acontecimentos... Acrescentamos apenas que as dificuldades práticas, de ordem puramente material, do assunto não assumiam no seu espírito senão uma importância completamente secundária. "Basta que conserve o domínio da minha vontade e da minha razão para que, chegado o momento, sejam vencidas todas essas dificuldades quando relacionada aos pormenores mais insignificantes do meu plano..." Mas a execução do seu plano ia sendo adiada. Cada vez tinha menos fé na possibilidade de que as suas resoluções assumissem um caráter definitivo e, chegada a hora, os acontecimentos tomassem um rumo completamente diferente, imprevisto, para não dizer inesperado.

Uma circunstância das mais insignificantes colocou-o num beco sem saída, ainda antes de ter chegado ao fim da escada. Quando alcançou o patamar da cozinha, cuja porta estava, como sempre, totalmente aberta, lançou um olhar pelo cantinho do olho para certificar-se previamente de uma coisa: da ausência de Nastássia. "E a senhoria não estaria ali também? Teria a porta de seu quarto bem fechada? Não poderia vê-lo quando entrasse para pegar a machadinha?" Mas qual não foi o seu espanto ao reparar, de repente, que Nastássia estava na cozinha e, além disso, trabalhava, ocupada em tirar roupa branca de uma cesta e estendê-la sobre umas cordas! Quando o viu, ela suspendeu a sua tarefa, voltou-se para olhá-lo, e assim ficou até ele se afastar. Ele desviara os olhos, como se não tivesse reparado em nada. Mas era assunto decidido: não havia machadinha! Ficou desolado. "Por que é que eu concluí", disse para consigo, ao atravessar a porta de serviço, "por que eu concluí que, precisamente neste momento, ela estaria ausente? Por quê? Por que decidi isso com tanta certeza?" Sentiu desejo de rir de si próprio, tal era a sua indignação... Sentia no seu íntimo uma raiva estúpida e bestial. Parou à porta de serviço, indeciso. Sair para quê, só por sair, para dissimular, repugnava-lhe; mas voltar para o quarto lhe repugnava ainda mais.

– Perdi para sempre uma bela oportunidade! – Resmungou, de pé e virado, sem a menor intenção, para o escuro cubículo do porteiro, que também estava aberto. De súbito, todo o corpo lhe estremeceu. Na portaria, a dois passos dali, sobre o banco da direita, acabava de ver brilhar alguma coisa... Olhou à volta... Ninguém. Aproximou-se do cubículo nas pontas dos pés, desceu os degraus e chamou o porteiro em voz baixa. "Pronto, não está em casa! No entanto, não deve andar muito longe, já que deixou a porta escancarada." De um salto, lançou-se sobre a machadinha (era realmente uma machadinha) e tirou-a de baixo do banco, onde estava entre duas achas de lenha; em seguida, e sem ter ainda saído da portaria, meteu-a no nó corredio, pôs as mãos no bolso e afastou-se. Ninguém o tinha visto! "Quando a inteligência falta, o diabo fala!" pensou, com um estranho sorriso. O acaso que acabava de se deparar com ele até lhe fez sentir dores no ventre.

Saiu devagar para a rua e com um ar indiferente, sem se apressar, com receio de levantar suspeitas. Nem sequer olhava para os transeuntes, e até se esforçava por não fixar a vista em ninguém, a fim de passar o mais despercebido possível. Nesse momento tornou a recordar-se do chapéu: "Meu Deus, e pensar que anteontem tinha dinheiro e não comprei um gorro!". Praguejou intimamente. Deu uma olhadela para o interior de uma loja e viu que já eram sete e dez. Tinha que andar depressa e, ao mesmo tempo, fazer uma volta; o melhor era entrar pelo outro lado, pela porta de trás. Antes, quando imaginava tudo isso, pensava que estaria muito excitado. Mas agora não estava absolutamente nada. O que o tinha, de momento, eram pensamentos estranhos, e não por muito tempo. Enquanto passava pelo parque Iusúpovski, imaginou que deviam construir fontes que refrescassem deliciosamente o ar em volta das praças públicas. Depois, pouco a pouco, chegou à convicção de que a ampliação do Jardim de Verão até Campo de Marte e a sua união com o Jardim do Palácio Mikhailóvski seriam uma inovação tão agradável como útil para Petersburgo. E, a propósito disso, perguntou-se por que em todas as grandes cidades as pessoas preferem, menos por necessidade do que por gosto, viver em bairros onde não há jardins nem fontes, mas apenas lixo e mau cheiro, e onde a sujeira reina. Lembrou-se então do passeio pelo Mercado do Feno e por um instante apercebeu-se da sua situação atual.

– Que estupidez – disse –, vale mais não pensar nisso! Deve ser assim, com certeza, que os indivíduos que são levados ao patíbulo se agarram com o pensamento a todos os objetos que encontram pelo caminho. Essa ideia atravessou a sua mente como um relâmpago; mas apressou-se a afugentá-la... E, entretanto, ei-lo já muito próximo, eis ali a casa e ali a porta. E não se sabe onde ouve-se um relógio: "O quê, já serão sete e meia? É impossível, com certeza deve andar adiantado!".

Mas a sorte lhe foi favorável quando ia entrando. Como de propósito, uma enorme carroça de feno entrava precisamente diante dele pela porta-cocheira, ocultando-a completamente no momento em que ele a atravessava, de maneira que, mal a carroça entrara no pátio, e ele já escapulia para a direita. Uma vez aí, ouviu do outro lado da carroça várias vozes que gritavam e discutiam. Mas ninguém o vira, ninguém se encontrara com ele. Algumas janelas que davam para aquele imenso pátio quadrado estavam abertas àquela hora, mas ele não levantou a cabeça, pois não tinha coragem para isso. A escada que conduzia ao andar da velha ficava ao lado da porta da direita. Ele já se encontrava na escada.

Contendo a respiração e comprimindo com a mão as pulsações do coração, ao mesmo tempo que apalpava a machadinha e a endireitava uma vez mais, começou a subir os degraus suavemente, com muito cuidado e apurando o ouvido a todos os instantes. Mas a escada estava completamente deserta naquele momento; todas as portas estavam fechadas; não encontrou ninguém. Sabia que no segundo andar havia um quarto por alugar, onde trabalhavam alguns pintores, que não repararam nele. Parou por um momento, reconsiderou e continuou a subir. "Lá isso é verdade, seria melhor que não estivessem aí, mas acima deles há mais andares".

Agora já está no quarto andar; ali está a porta, em frente, o andar está deserto. No terceiro andar abaixo do da velha, o mais provável é que também não haja ninguém; taparam o cartão de visita que estava fixado à porta, e isso é sinal de que os inquilinos se mudaram... Sufocava. Por um momento uma ideia atravessou o seu pensamento: "Não seria melhor ir embora?". Mas, sem responder a essa pergunta, pôs-se a escutar junto do quarto da velha; estava um silêncio de morte. Apurou ainda o ouvido no alto da escada e escutou atentamente durante muito tempo... Depois deu uma última olhadela à sua volta e endireitou novamente o cabo da machadinha: "Não estarei demasiado pálido?", pensou, excessivamente, comovido. "Não seria melhor esperar que o meu coração se acalmasse?"

Mas seu coração não serenava. Pelo contrário, como se fosse de propósito, cada vez palpitava com mais força... Não pôde se conter mais; lentamente, estendeu a mão até o cordão da campainha e puxou. Deixou passar meio minuto e tornou a chamar com um pouco mais de força. Nenhuma resposta... Para que chamar de novo? Tal insistência não seria oportuna. Com certeza a velha estava em casa, e se estivesse só naquela ocasião sentiria mais receio. Conhecia, em parte, os costumes de Alíona Ivánovna... e tornou a encostar o ouvido à porta. Será que os seus sentidos estavam extraordinariamente aguçados (coisa difícil de admitir), ou aquele rumor era na verdade tão bem perceptível? Fosse como fosse, percebeu de repente o roçar de uma mão sobre o ferrolho da fechadura, e ao mesmo tempo o farfalhar de um vestido contra uma almofada da porta. Alguém invisível estava ali por trás, escutando como ele, esforçando-se por dissimular a sua presença lá dentro e, segundo parecia, também com a orelha pegada à porta.

Movimentou-se de propósito e resmungou em voz alta, para que não parecesse que estava se escondendo, e depois tornou a chamar pela terceira vez, mas devagarinho, suavemente e sem a menor mostra de impaciência. Mais tarde recordaria aquele momento com toda a exatidão, tal foi a maneira como ele ficou fielmente gravado na sua memória. Nunca chegou a compreender como é que foi capaz de usar de tanta astúcia naquela ocasião, pois houve momentos em que seu raciocínio se nublou e em que mal sentia o corpo... Passado um momento, percebeu que puxavam o ferrolho.

CAPÍTULO VII

Como das outras vezes, a porta se abriu devagarinho e de novo dois olhos penetrantes e receosos pousaram sobre ele, olhando do fundo da escuridão. Nesse momento, Raskólhnikov perdeu o sangue-frio e quase pôs tudo a perder por sua culpa. Receando que a velha se assustasse por se encontrar sozinha com ele, e não acreditando que a sua cara e o seu aspecto fossem próprios para tranquilizá-la, segurou a porta e puxou-a atrás de si, para que a velha não caísse na tentação de tornar a fechá-la. Por seu lado, ela não puxou a porta, mas também não a largou, de maneira que por pouco ele não a arrastou, juntamente com a porta, até ao patamar. Quando viu que a velha continuava no umbral, atrapalhando a sua entrada, caminhou direto para ela. Muito admirada, ela deu um pulo para trás, quis dizer qualquer coisa mas não conseguiu, e ficou olhando para ele com os olhos muito abertos.

– Boa noite, Alíona Ivánovna – começou com o ar mais indiferente, mas com uma voz que já não lhe obedecia, entrecortada e trêmula –, trago-lhe um penhor... Mas entremos... vamos para a luz.

E, empurrando-a com um gesto brusco, entrou no quarto sem que ela o tivesse convidado. A velha correu atrás dele e começou a falar:

– Meu Deus! Mas que o senhor deseja? Quem é o senhor? O que quer?

– Ora, Alíona Ivánovna, sou seu amigo... Raskólhnikov. Ouça: trago-lhe o penhor de que lhe falei há pouco tempo...

E estendeu-lhe o penhor. A velha ia examiná-lo, mas tornou a fixar mais uma vez os seus olhos nos do intruso. Contemplava-o atentamente, com uma expressão maliciosa e receosa. Passou um minuto e ele julgou até perceber no olhar da velha qualquer coisa de irônico, como se ela já tivesse adivinhado tudo. Sentiu que perdia a cabeça, que quase estava com medo e que, se o mutismo da velha se prolongasse meio minuto mais, acabaria por fugir.

– Mas por que me olha tanto, como se não me conhecesse? – disse ele também de repente, com malícia. – Aceite-o, se quiser, senão vou a outro lugar! Não posso perder tempo!

Disse essas palavras sem ter pensado, como se tivessem escapado de repente.

A velha reconsiderou; era evidente que o tom resoluto do visitante a animava.

– Mas, meu amigo, por que isto há de ser assim, tão de repente? Que é isso? – perguntou olhando para o objeto.

– Uma cigarreira de prata... Vamos... Já lhe falei dela da última vez que estive aqui...

A velha estendeu a mão.

– O senhor está tão pálido! E suas mãos estão trêmulas! Está doente, não?

– Tenho febre – respondeu com uma voz convulsionada. Como é que não se há de estar pálido, quando não se come! – acrescentou com muito custo. As forças tornavam a lhe faltar. Mas a resposta parecia verossímil; a velha pegou o objeto.

– Que é isto? – perguntou, olhando outra vez de alto a baixo para Raskólhnikov e sopesando o objeto na mão.

– Pois esse objeto... A cigarreira... de prata... Mas veja-a!

– Hum! Nem parece prata! Vem muito bem embrulhada.

Enquanto se esforçava por desfazer o embrulhinho, aproximou-se da janela para ver melhor (as janelas estavam todas fechadas, apesar do calor sufocante), e por um momento afastou-se de Raskólhnikov, ficando de costas para ele. Ele desabotoou o paletó e tirou a machadinha do nó; mas, não completamente, limitou-se a segurá-la com a mão direita por baixo da roupa. Sentiu uma grande fraqueza nos braços, que se intumesciam de minuto a minuto e se tornavam pesados como chumbo. Tinha medo de deixar cair a machadinha. De repente pareceu que sentia vertigens.

– Mas que ideia fazer um embrulho desta maneira! – exclamou a velha esboçando um movimento para Raskólhnikov.

Não havia um momento a perder. Tirou completamente a machadinha de baixo do casaco, segurou-a com as duas mãos, sem se aperceber do que fazia, e, quase sem esforço, com um gesto maquinal, deixou-a cair sobre a cabeça da velha. Ficou esgotado. Mas mal acabara de dar o golpe, e lhe voltaram as forças.

Como sempre, a velha estava com a cabeça descoberta. Os seus escassos cabelos brancos, ralos, gordurosos e oleosos também estavam, como sempre, trançados em forma de rabo de rato e presos por um dente de pente, formando um carrapito sobre a nuca.

Deu-lhe o golpe precisamente na saliência do crânio, para o que contribuiu a baixa estatura da vítima. Continuava ainda segurando o objeto de penhor numa das mãos. A seguir feriu-a pela segunda e pela terceira vez, sempre na saliência do crânio. O sangue brotou como de um copo entornado, e o corpo tombou para a frente, sobre o chão. Ele se deitou para trás para facilitar a queda e inclinou-se sobre o rosto da velha: estava morta. As pupilas dos olhos, dilatadas, pareciam querer saltar das órbitas; a fronte e o rosto contorciam-se nas convulsões da agonia.

Deixou a machadinha no chão, ao lado da morta, e começou imediatamente a revistar os bolsos dela, procurando não manchar as mãos no sangue que jorrava. Começou pelo bolso da direita, aquele de onde ela tirara as chaves da última vez. Conservava toda a lucidez de espírito e já não sentia náuseas nem vertigens, apenas as suas mãos tremiam ainda. Mais tarde recordaria a maneira sensata e prudente como agira, como tivera o cuidado de não se manchar... Tirou as chaves; tal como antes, estavam todas juntas, num molho, em um só aro de aço. Assim que as apanhou, dirigiu-se correndo para o quarto. Era um cubículo, no qual havia uma redoma grande cheia de imagens e de santos. Em frente, encostada à parede, havia uma grande cama, muito boa, com uma manta de seda acolchoada de algodão, feita de retalhos. A cômoda estava no terceiro lado do quarto. Coisa estranha... mal metera as chaves na fechadura desse móvel, apenas sentira o rangido do ferro, quando uma espécie de calafrio percorreu todo o seu corpo. Sentiu novamente vontade de deixar tudo aquilo e de fugir. Mas isso durou apenas um momento, pois era já tarde demais para sair. Já estava rindo de si mesmo quando, de repente, outra ideia inquietante o assaltou. Lembrou-se que podia perfeitamente ser que a velha estivesse ainda viva e voltasse a si. Deixando as chaves e a cômoda, correu para lá, para junto do cadáver, e levantou outra vez a machadinha sobre a velha, mas não a golpeou. Não havia dúvida de que estava morta. Agachando-se e contemplando-a outra vez de perto, ficou convencido de que o crânio estava partido e até um pouco torcido. Sentiu vontade de apalpá-lo com o dedo; mas retirou a mão; era evidente que não tinha necessidade nenhuma disso. Entretanto, o sangue já formara um charco sobre o chão. De repente, reparou que ela tinha um cordãozinho no pescoço, e puxou-o; mas o cordão era forte e não se partiu; além disso, estava empapado em sangue. Experimentou então tirá-lo por baixo do peito; mas havia qualquer coisa que impedia. Cheio de impaciência, já ia atirar outra vez a machadinha para cortar o cordão sobre o corpo, mas não se atreveu e, com muito trabalho, manchando as mãos e a machadinha de sangue, depois de dois minutos de esforço partiu o cordão sem tocar com a machadinha no cadáver e tirou-o; não se enganara... Uma bolsinha! Do cordão pendiam duas cruzes, uma de madeira de cipreste e a outra de cobre, e, além disso, uma pequena imagem de esmalte; e juntamente com elas havia um porta-moedas gorduroso, de pele de gamo e com fecho de aço. O porta-moedas estava cheio; Raskólhnikov guardou-o no bolso sem examiná-lo. Pôs as cruzes ao peito da velha e, pegando outra vez a machadinha, voltou de novo para o quarto. Apressou-se terrivelmente, pegou as chaves e de novo usou-as. Mas tudo parecia inútil, não cabiam na fechadura. Não que as mãos lhe tremessem, mas porque se enganava sempre; e, embora visse que não era aquela a chave, que não entrava bem, persistia. De repente recordou-se e compreendeu que aquela chave grande, com o palhetão denteado, que estava ali entre outras chaves menores, não devia ser a da cômoda, sem dúvida alguma (conforme pensara anteriormente), mas a de algum cofre, e que talvez fosse nesse cofre que tudo estivesse escondido. Abandonou a cômoda e meteu-se imediatamente debaixo da cama, por saber que geralmente as velhas guardam os cofres debaixo da cama. De fato, era assim; encontrou ali uma grande arca, de um *archin*[17] de comprimento, com tampa abaulada, forrada de couro vermelho e com pregos de aço. A chave denteada entrou de primeira e abriu-a logo. Na parte de cima, sob um pano branco, havia uma samarra, um vestido de seda, debaixo de um xale, e depois, no fundo, segundo parecia, só havia trapos. Começou por limpar as mãos manchadas de sangue sobre a guarnição vermelha: "Como é vermelha, não se notará o sangue sobre ela", mas de repente caiu em si: "Meu Deus! Será que eu perdi o juízo?", pensou, assustado.

Mas, mal acabara de remexer aqueles trapos, quando, debaixo da samarra, escorregou um relógio de ouro. Apressou-se a esvaziar o conteúdo do cofre. De fato, entre aqueles trapos havia objetos de ouro escondidos – provavelmente todos eles empenhados, resgatados e por resgatar – pulseiras, brincos, alfinetes de gravata etc. Alguns guardados nos seus estojos; outros simplesmente embrulhados em papel de jornal, com muito cuidado e perfeição, em duas folhas de papel, e atados com cordéis. Sem se demorar absolutamente nada, pôs-se a guardá-los nos bolsos das calças, do casaco, sem abrir os estojos nem desfazer os invólucros; mas não teve tempo para apanhar muitos...

De súbito, pareceu ouvir passos no quarto onde estava a velha. Ficou quieto e rígido como um cadáver. Mas estava tudo tranquilo; devia ter sido vítima de uma alucinação. Nesse momento ouviu-se distintamente um leve grito, ou melhor,

17. Medida russa equivalente a 71 centímetros. (N.E.)

como se alguém tivesse lançado um gemido surdo e depois tivesse voltado a calar-se. A seguir outro silêncio mortal, de um ou dois minutos. Sentou-se de cócoras junto da arca e aguardou, de alma suspensa, até que por fim se levantou de um pulo, pegou a machadinha e saiu do quarto correndo!

No meio do quarto estava Lisavieta, com um grosso embrulho nos braços, e ela olhava estupefata para a irmã morta, completamente lívida e como se não tivesse coragem para gritar. Quando o viu chegar correndo, pôs-se a tremer como a folha de uma árvore, com um tremorzinho leve, e por todo o rosto lhe correram espasmos. Tinha erguido as mãos e aberto a boca, no entanto não chegou a gritar e, lentamente, foi recuando à sua frente, para um canto, olhando-o fixamente, com teimosia, mas sem lançar um grito, como se não lhe restasse coragem para gritar. Ele se lançou sobre ela com o machado, os seus lábios contraíam-se tão dolorosamente como fazem criancinhas quando se assustam com alguma coisa, e ficou olhando fixamente o objeto causador do seu espanto, pronta a gritar. E a tal ponto era simplória aquela pobre Lisavieta, tão pacífica e tímida, que nem sequer se lembrava de levantar as mãos para proteger o rosto com elas, apesar de ser o gesto mais natural e instintivo no momento, visto que o machado já se erguia por cima do seu próprio rosto. A única coisa que fez foi levantar um pouco o braço direito, que estava livre, e estendê-lo pouco a pouco para ele, como se quisesse afastá-lo. A pancada acertou-lhe em cheio sobre o crânio e fendeu-lhe de uma vez toda a parte superior até as têmporas. Tombou também sobre o chão. Raskólhnikov estava completamente fora de si, tirou-lhe o embrulho, para largá-lo logo em seguida, e correu para o vestíbulo.

O medo apoderava-se dele cada vez com mais força, sobretudo depois desse segundo homicídio, completamente inesperado.

Estava ansioso por se ver longe dali o mais depressa possível. E se naquele momento estivesse em condições de ver e considerar; se tivesse pelo menos podido imaginar todas as dificuldades da sua situação, toda a sua desolação, toda a sua vileza e toda a sua estupidez; se tivesse pensado nisso, e também nos obstáculos que teria de vencer para sair dali e voltar para sua casa, poderia muito bem ter acontecido que abandonasse tudo e fosse, sozinho, correndo entregar-se, não por medo, mas unicamente por horror e aversão ao que fizera. A repugnância, sobretudo, surgia e crescia nele a cada momento. Por nada deste mundo se aproximaria da arca agora, nem sequer da sala. Mas começou logo a apoderar-se dele uma certa abstração, uma espécie de ensimesmamento; de vez em quando parecia se esquecer de tudo, ou, para melhor dizer, se esquecia do principal e ficava atento só a insignificâncias. Aliás, ao ver na cozinha um balde meio cheio de água em cima de um banco, pensou em lavar ali as mãos e a machadinha. Suas mãos estavam ensanguentadas e viscosas. Primeiro deixou cair a machadinha a prumo dentro da água, então pegou um pedaço de sabão que estava na janela, num prato quebrado, e pôs-se a lavar as mãos no mesmo balde. Depois de lavá-las, tirou a machadinha, limpou o aço e ficou lavando o cabo durante muito tempo, por dois ou três minutos, nas partes em que estava ensanguentado, usando também o sabão. Depois limpou tudo muito bem num pano branco que estava pendurado numa corda, estendida através da cozinha, e em seguida pôs-se a observar a machadinha, vagarosa e atentamente, junto da janela. Já não havia vestígios, mas o cabo ainda estava úmido. Com muito cuidado, pendurou a machadinha no nó, por baixo do sobretudo. Uma vez feita essa operação, e até onde a luz da cozinha escura consentia, analisou o sobretudo, a calça e as botas. Por fora, à primeira vista, não se notava nada, só nas botas é que havia manchas. Pegou um trapo e limpou as botas. Mas apesar disso, ainda pensava que podia não ter reparado bem, que podia haver qualquer coisa que saltasse aos olhos e que ele, no entanto, não notasse. Estava parado e meditando, no meio do quarto. Dolorosos, tenebrosos pensamentos lhe atravessavam a mente... A ideia de que estava louco e de que naquele instante não tinha forças para discernir nem defender-se que talvez não fosse preciso fazer o que fazia... "Meu Deus! Preciso fugir...", murmurou, e correu para o corredor. Mas aí aguardava-o uma das maiores surpresas da sua vida.

Parou, olhou e não queria acreditar naquilo que os seus olhos viam: a porta exterior, que dava para a escada, a mesma em que batera e pela qual entrara, estava entreaberta; nem sequer fechada à chave, nem sequer corrido o fecho, durante todo aquele tempo. A velha não a fechara atrás de si, talvez por precaução. Mas, santo Deus! Lisavieta não tinha entrado por ela?! E como foi possível não ter ele adivinhado que por alguma parte ela devia ter entrado! Mas, com certeza não entrara pelas paredes!

Dirigiu-se para a porta e correu o trinco.

"Mas não, isto também não! O que eu tenho a fazer é ir embora, ir embora..."

Correu o fecho, entreabriu a porta e pôs-se a escutar do lado da escada.

Ficou escutando por muito tempo. Em algum lugar, certamente lá embaixo, gritaram com força duas vezes; deviam estar brigando e discutindo. "Quem seria?" Esperou pacientemente. Por fim, repentinamente, tudo ficou em silêncio: já tinham se retirado. Ele se aprontou também para sair, mas de repente, no andar de baixo abriu-se com estrépito uma porta que dava para a escada e alguém começou a descer os degraus entoando uma canção. "O barulho que fazem!", pensou. Tornou a fechar a porta atrás de si e esperou. Finalmente, tudo ficou silencioso: não havia vivalma. Já tinha dado um passo na escada, quando, de repente, ouviu novas passadas. Soavam muito longe, no princípio da escada; mas ele percebeu logo, desde o primeiro ruído, quando começou a suspeitar de alguma coisa, que se dirigiam infalivelmente para ali, para o quarto andar, para a casa da velha. Por quê? Seriam assim tão especiais e significativas aquelas passadas? Eram pesadas, precisas, calmas. E ele já estava no primeiro andar e continuava subindo, cada vez se ouvia melhor, cada vez se ouvia melhor! Sentia-se a respiração pesada do visitante. Já começava a subir o lance do terceiro andar... Ah! E de súbito pareceu-lhe que ficava petrificado, como se aquilo fosse um sonho daqueles em que nos atacam e querem nos matar e parece que estamos pregados ao chão e nem um braço podemos mexer...

Até que, finalmente, quando o visitante já estava prestes a chegar ao quarto andar, ele estremeceu todo, de repente, e então recuou rapidamente ao patamar e fechou a porta atrás de si. Depois pegou o trinco e correu-o devagarinho, sem fazer barulho. Valeu-lhe o instinto. Após ter feito isso, escondeu-se, sem respirar, acocorando-se junto da porta! O visitante desconhecido já estava ali. Encontravam-se agora os dois, um perto do outro, como ele estivera antes em relação à velha, quando a porta os separava e ele escutava de ouvido alerta.

O visitante respirou várias vezes com dificuldade.

"Deve ser gordo e alto." De fato, tudo aquilo parecia um pesadelo. O visitante puxou a campainha e chamou com força.

Mal o som fraco da campainha soara quando lhe pareceu, de súbito, que alguém se movia na sala. Ficou escutando, atento, durante uns segundos. O desconhecido tornou a chamar, esperou um momentinho e, de repente, impaciente, pôs-se a sacudir o puxador da porta com todas as suas forças. Raskólhnikov via com espanto o trinco saltar no encaixe e esperava com um medo estúpido que ele corresse, sozinho, de um momento para o outro. De fato, isso parecia possível, tal era a maneira como balançavam a porta. Lembrou-se de segurar o fecho com a mão, mas o outro podia perceber. Sentia que perdia a cabeça, que ela estava às voltas, como antes. "Estou encurralado!" pensou; mas o desconhecido começou a falar e ele reanimou-se imediatamente.

– Mas será que elas estão dormindo ou alguém as matou? Malditas! – exclamou, como no fundo de um poço.

– Ei, Alíona Ivánovna, bruxa velha! Lisavieta Ivánovna, beldade sem par! Abram! Mas vocês estão dormindo, malditas?

E, furioso, pôs-se outra vez a puxar pela campainha, dez vezes seguidas. Não havia dúvida de que era algum homem com autoridade e familiar naquela casa.

Nesse mesmo momento ouviram-se uns passos miúdos, leves, perto dali, na escada. Alguém se aproximava. A princípio, Raskólhnikov nem sequer os ouviu.

– Será que ninguém está? – exclamou ruidosa e alegremente o recém-chegado, dirigindo-se ao primeiro visitante, que continuava puxando a campainha. – Boa noite, Kotch!

"A julgar pela voz, deve ser muito novo", pensou Raskólhnikov, de repente.

– Não sei que diabo vem a ser isto; por pouco que não dou cabo da fechadura – respondeu Kotch. – Mas como é que sabes o meu nome?

– Essa é boa! Pois se há três dias jogamos juntos três partidas seguidas de bilhar, na casa de Gambrinus![18]

– Ah... ah... ah!

---

18. Espécie de cervejaria de estilo alemão, casa de pasto e local para encontros e bate-papos entre homens, com uma sala adjacente para o jogo de bilhar, muito em voga na época.

– Então não estão?! É estranho. Além disso, é uma estupidez horrível. Onde vou encontrar a velha? Precisava tratar de um assunto com ela.

– E eu também!

– Bem. Que se há de fazer? Temos de bater em retirada! Ah... ah! E eu que já contava com o dinheiro! – exclamou o rapaz.

– É claro que temos de ir embora, mas, então, por que ela marcou uma hora? Foi ela mesma, a bruxa velha, que me marcou esta hora. E da minha casa até aqui ainda é uma estirada. Também não consigo imaginar aonde ela teria ido! Todo o ano metida em casa, o diabo da velha, a resmungar e a dizer que os seus pés doem, e de repente some e vai se divertir!

– E se perguntássemos ao porteiro?

– O quê?

– Aonde é que ela foi e quando volta.

– Hum! Diabos... Perguntar... Mas ela nunca sai! – e tornou outra vez a sacudir a fechadura. – Que diabo, não temos outro remédio senão irmos embora!

– Espere! – exclamou o rapaz de repente. – Olhe, não vê como a porta cede quando é sacudida?

– E então?

– Isto quer dizer que a chave não está posta e apenas o fecho corrido! Não sente ranger o fecho? E para correr o fecho é preciso estar em casa, compreende? Donde se conclui que estão em casa, mas que não querem abrir!

– O quê? Isso é possível! – objetou Kotch, admirado. – Então estão lá dentro? – e tornou a balançar a porta.

– Espere! – tornou a exclamar o rapaz. – Não puxe dessa maneira! Repare, aqui há qualquer coisa de estranho... O senhor chamou, sacudiu a porta... e não lhe abrem, o que quer dizer: ou elas desmaiaram, ou...

– O quê, o quê?

– Olhe, vamos falar com o porteiro; pode ser que ele as faça despertar.

– É verdade! – e deslizaram ambos pelas escadas abaixo.

– Espere! Fique aí enquanto eu vou lá embaixo na portaria.

– Mas por que eu hei de ficar?

– Pelo sim, pelo não!

– Bem, então...

– Olhe, eu ando me preparando para juiz de instrução! É evidente, e... vi... den... te... que aqui há qualquer coisa de estranho! – gritou-lhe o rapaz com veemência e se pôs a correr desabaladamente pelas escadas abaixo.

Kotch ficou em cima, tornou a puxar a campainha mais uma vez, suavemente, e esta deu um toque; depois, devagarinho, como se refletisse e usasse de prudência, pôs-se a sacudir o puxador da porta, sacudindo-a de um lado para o outro, como se quisesse certificar-se bem de que só o fecho estava corrido. Depois, resfolegando, agachou-se e pôs-se a olhar pelo buraco da fechadura; mas a chave estava por dentro, de maneira que não podia ver nada.

Raskólhnikov estava de pé e de machadinha em riste, quase delirando. Já se via atacando-os também quando entrassem. Enquanto eles chamavam à porta e conversavam, por mais de uma vez lhe ocorreu a ideia de sair, de repente, e de acabar com todos de uma vez ou interpelá-los da parte de dentro. De vez em quando sentia impulsos de insultá-los e de discutir com eles assim que abrissem. "Era como isso poderia acabar mais depressa!", foi o pensamento que lhe atravessou a mente.

O tempo passava; um minuto, outro... Ninguém aparecia. Kotch começava a remexer-se.

– Mas que diabo... – exclamou de repente, com impaciência, deixando o seu serviço de sentinela.

Correu pelas escadas abaixo, de roldão, e fazendo um grande barulho com as botas. Depois as passadas cessaram.

"Meu Deus, que hei de fazer?"

Raskólhnikov correu o fecho, entreabriu a porta, verificou que não se ouvia nada, e, de repente, sem se demorar a pensar, saiu, fechou outra vez a porta atrás de si o melhor que pôde e correu pelas escadas abaixo. Já tinha descido três lances, quando, de repente, percebeu um grande alvoroço lá mais embaixo... onde esconder-se? Era impossível esconder-se em qualquer parte. Apressou-se a retroceder para o quarto andar.

– Ah, esse sátiro, esse demônio! Apanhem-no! – Dando um grito.

Alguém saiu de um andar qualquer, e não corria, mas parecia precipitar-se pela escada, gritando a plenos pulmões:

– Mitka! Mitka! Mitka! Mitka! Vai para o diabo... que te carregue!

O grito acabou em um alarido; os últimos ruídos ouviram-se já no pátio; depois tudo ficou em silêncio. Mas nesse momento, alguns homens, falando em voz forte e alta, começaram a subir a escada no meio de um grande alvoroço. Distinguiu a voz vibrante do rapaz: eram eles!

Completamente desesperado, saiu diretamente ao encontro deles. "Que seja! Se me apanham, está tudo perdido; se me deixam passar tudo está perdido também; hão de se lembrar de mim." Estavam prestes a chegar; entre eles e ele havia apenas um lance de escada... E, de repente, a salvação! Alguns degraus mais abaixo, à direita, havia um andar por alugar e com a porta completamente aberta, aquele mesmo quarto no qual os pintores estavam antes trabalhando, os quais, como que de propósito, já tinham ido embora. Certamente eram eles que tinham acabado de sair naquela gritaria. O chão parecia recém-pintado, no meio do quarto via-se um pequeno balde, ao lado, uma vasilha com tinta e uma brocha grossa. Esgueirou-se pela porta aberta e acocorou-se contra a parede: já era tempo, os outros já chegavam ao patamar; depois passaram direto para o quarto andar, falando alto. Ele esperou, saiu nas pontas dos pés e correu pelas escadas abaixo.

Ninguém na escada! Na porta-cocheira também não. Atravessou-o rapidamente e virou à esquerda, para a rua.

Sabia muito bem, sabia perfeitamente que, naquele instante, já teriam chegado ao andar, que haviam de ficar muito admirados ao ver que a porta estava aberta, quando um momento antes ainda estava fechada, que já deviam ter visto os cadáveres e que não demorariam a perceber e a supor claramente que o assassino estivera ali um momento antes e não devia ter feito mais do que esconder-se em qualquer lugar, deslizar próximo deles e escapar; haviam de compreender também que devia ter-se escondido no quarto vazio, e ficado ali até que eles tivessem chegado lá em cima. Mas, entretanto, não se atrevia de maneira nenhuma a acelerar o passo, embora lhe faltassem ainda cem dali até a primeira embocadura: "Não seria bom se passasse debaixo de algum portão e esperasse na escada de alguma casa desconhecida? Bolas, não! E largar a machadinha em qualquer parte? E tomar uma carruagem? Pior, pior!". Os seus pensamentos confundiam-se. Até que finalmente encontrou uma travessa; meteu-se por ela, meio morto; compreendia agora que já estava quase salvo, aí se tornava menos suspeito e, além disso, havia muita gente e ele se perdia no meio daquele rebuliço como uma agulha em um palheiro. Mas todas essas emoções esgotaram a tal ponto as suas forças que mal podia dar um passo. O suor caía-lhe em bica; seu pescoço estava empapado. "Te meteste em uma boa!", gritou alguém junto dele quando ia saindo ao canal. Naquele momento não tinha a cabeça muito firme; quanto mais avançava, pior. Voltou completamente a si, quando, de repente, chegando junto do canal, assustou-se ao ver que havia pouca gente ali, de maneira que quase retrocedera para a ruela. Agora pouco lhe faltava para cair, deu uma volta e foi para a sua casa por um caminho completamente diferente.

Chegou em casa sem estar ainda em seu juízo perfeito; já ia pelas escadas acima quando se lembrou da machadinha. E, no entanto, restava-lhe ainda por resolver uma questão gravíssima: a de devolvê-la e colocá-la no seu lugar sem que dessem por isso. Não havia dúvida de que já não tinha forças para pensar que o melhor teria sido não colocar a machadinha no lugar, mas, ainda que fosse depois, no pátio de qualquer outra casa.

Mas tudo correu às mil maravilhas. A entrada da portaria estava fechada, mas não à chave, e o mais provável era que o porteiro estivesse em casa. Mas perdera a tal ponto a capacidade de raciocinar que foi direito à porta e abriu-a. Se o porteiro tivesse lhe perguntado naquele momento: "Que deseja?", pode ser que tivesse pegado a machadinha e lhe tivesse atacado. Mas o porteiro não estava e ele pôde colocar a machadinha no seu lugar anterior, debaixo do banco; até a cobriu com lenha, como estava antes. Depois não encontrou vivalma até chegar ao seu quarto; a porta da senhoria estava fechada. Quando entrou no quarto atirou-se sobre o divã, tal como estava. Não dormia, mas afundou-se num torpor. Se alguém tivesse entrado então no seu quarto, teria imediatamente dado um pulo e começado a gritar. Sombras e fragmentos de algo semelhante a ideias lhe atravessavam a mente, mas não pôde apreender nem uma única, nem em uma só pôde deter-se, por mais esforços que fizesse...

SEGUNDA PARTE

CAPÍTULO I

Ficou assim estendido durante muito tempo. Às vezes despertava um pouco, e nesses momentos reparava que já era noite cerrada, mas não se lembrava de levantar. Até que, por fim, notou que já clareava o novo dia. Estava deitado no divã, de rosto para cima, e ainda não se libertara da espécie de letargia que se apossara dele. Vindo da rua, chegava com força até ele um alarido forte e tristonho, que, aliás, ouvia todas as noites junto da sua janela, às três horas. Também agora o despertava. "Ah, são os bêbados que saem das tabernas", pensou. "Já são três horas", e de súbito deu um pulo, como se alguém o tivesse feito saltar do divã.

– O quê?! Já três horas?! – Sentou-se no divã... e então se lembrou de tudo! De repente, num momento, lembrou-se de tudo!

De início pensou que estava louco. Um frio tremendo se apoderou dele, um frio precursor da febre, que há alguns instantes já sentira durante o sono. Agora, acometia-o também um tremor, seus dentes pareciam que iam saltar, e todo o seu corpo se agitava. Abriu a porta e apurou o ouvido; em casa estavam todos num sono profundo. Atônito, mirou a si próprio e passou o olhar por todo o quarto, sem compreender nada; como ele pudera entrar na noite anterior sem ter fechado a porta no trinco e deitar-se no divã não só vestido, como até de chapéu, o qual resvalara para o chão e ali estava caído, perto da almofada? "Se alguém tivesse entrado, que havia de pensar? Que eu estava embriagado, mas..."

Foi até a janela, já havia bastante luz. A seguir pôs-se a se examinar todo, dos pés à cabeça, todo o vestuário; não teria vestígios? Mas assim seria impossível, tremia com os calafrios da febre, mas despiu-se e tornou a revistar a roupa toda. Observou-a todo muito bem, fio por fio, dobra por dobra e, desconfiando de si mesmo, repetiu a operação por três vezes. Segundo parecia, não havia nada, somente nas bainhas das calças, que formavam um rebordo, já se desfiando, ali é que havia umas manchas de sangue espessas. Pegou uma faca dobrável grande e cortou aquela franja. Pelo menos aparentemente não havia mais manchas. De repente lembrou-se que o porta-moedas e os objetos que tirara da arca da velha, tudo isso estava guardado no seu bolso. E ainda não se lembrara de tirá-los e de escondê-los! Não se lembrara deles, nem sequer quando, um momento antes, examinara o traje. Como podia ter esquecido assim! Tirou-os do bolso imediatamente e jogou-os em cima da mesa. Depois de ter despejado tudo ali e esvaziado os bolsos, para ficar seguro de que já não tinham mais nada, levou tudo para um canto do quarto. Nesse canto, embaixo, havia um lugar de onde pendiam tiras do papel de parede do quarto. Escondeu tudo nesse buraco, por baixo do papel:

"Pronto! Tudo para lá e o porta-moedas também!", pensou com alegria, endireitando-se e olhando rapidamente para o canto, onde se notava um volume. De repente murmurou, desolado.

– Mas o que eu fiz? Aquilo está escondido, por acaso? É assim que se escondem as coisas?

Na verdade, não contara com esses objetos, pensava que tudo se reduziria a dinheiro, e por isso não tinha previamente preparado nenhum lugar. "Mas, agora, por que eu estaria contente?" pensou. "Pode se chamar a isto de esconder? Não há dúvida de que perdi o juízo!" Extenuado, estendeu-se no divã e imediatamente um insuportável tremor o acometeu de novo. Maquinalmente, pegou seu sobretudo de inverno, de estudante, que estava dobrado em cima de uma cadeira, embora já todo esfarrapado, cobriu-se, e o sono e a febre voltaram a apoderar-se dele. Adormeceu.

Passados cinco minutos tornou a levantar-se de um salto e, atônito, pôs-se a examinar outra vez o traje. "Como eu pude adormecer de novo sem ter feito nada? Mas adormeci, adormeci e ainda nem desmanchei o nó debaixo da cava! Esqueci, esqueci disso! Seria um indício!" Tirou o nó e apressou-se a rasgar o tecido em pedaços, que escondeu debaixo da almofada, juntando-os à roupa branca.

– Tiras de roupa branca não devem levantar suspeitas; pelo menos é o que parece, o que parece! – repetiu, de pé, no meio do quarto, e, com uma atenção intensa, quase dolorosa, tornou a passar os olhos à sua volta, sobre o chão e por todos os lados, com medo de que tivesse esquecido qualquer coisa. A convicção de que tudo, até a memória, até o simples discernimento o tinham abandonado... começou a atormentá-lo de uma maneira insuportável. "Será que já começou a expiação? Parece que sim, parece que sim, de fato!" Na verdade, os pedaços que arrancara das calças estavam ali caídos no chão, no meio do quarto, de maneira que qualquer pessoa que entrasse podia vê-los logo. "Mas que me aconteceu?", tornou a exclamar, absorto.

Então, uma ideia estranha lhe atravessou o pensamento: a peça toda podia estar manchada de sangue, talvez tivesse até muitas manchas, mas que ele não as via nem as notava, porque o seu discernimento estava enfraquecido, nublado... o raciocínio obnubilado... De súbito lembrou-se também de que havia ainda sangue no porta-moedas. "É claro! Tinha de ser, e no bolso também deve haver, pois meti nele o porta-moedas ainda úmido!" Revirou o forro do bolso num instante, e assim era: no forro havia vestígios, manchas. "Parece que ainda não perdi o juízo completamente; parece que ainda conservo o raciocínio e a memória, já que pensei nisto e acertei" pensou triunfante, respirando profundamente e com gosto, a plenos pulmões "trata-se simplesmente da fraqueza da febre, de um delírio momentâneo." E arrancou todo o forro do bolso esquerdo das calças. Nesse momento um raiozinho de sol iluminou a sua bota esquerda; na ponta que assomava notavam-se vestígios. Tirou a bota. "De fato, há vestígios. A ponta da bota está toda manchada de sangue." Provavelmente pisara descuidadamente no charco... "Mas o que farei agora com tudo isto? Para onde atirar esta meia, estes retalhos e o pano do bolso?"

Amarrotou tudo isso na mão e ficou de pé, no meio do quarto.

– Para o fogão? Mas o fogão será a primeiro lugar onde irão ver. Queimá-los? Sim, mas com quê? Nem sequer tenho fósforos! Não, o melhor é sair e atirar tudo para qualquer lugar. Sim, é o melhor! – repetiu, tornando a sentar-se no divã. – E imediatamente, agora mesmo, sem perder um minuto. – Mas, em vez disso, a sua cabeça voltou a se reclinar na almofada, outra vez sentiu um tremor insuportável, tornou a embrulhar-se no sobretudo. E a ideia de ir "agora mesmo, sem perder tempo, por aí, a algum lugar, para desvencilhar-se de tudo aquilo, para desaparecer da vista de todo mundo o mais depressa possível, o mais depressa possível", tornou a assaltá-lo a todo instante, durante muito tempo, durante algumas horas. Saltou várias vezes do divã, tentou levantar-se, mas já não podia. Até que finalmente um forte soco dado na porta veio despertá-lo.

– Vamos, abre! Estás vivo ou morto? Não fazes mais nada senão dormir! – gritava Nastássia, batendo com os punhos na porta. – Todo o santo dia dormindo como um cão! És um cão! Abres ou não abres? Já são onze horas!

– Pode ser que não esteja em casa – disse uma voz de homem.

"Ora! É a voz do porteiro... Que estará ele fazendo aqui?"

Ergueu-se bruscamente e sentou-se no divã. Seu coração palpitava com tal violência que até o incomodava.

– Então quem fechou o trinco? – insinuou Nastássia. – Agora deu para se fechar! Terá medo que o raptem? Abre, homem, acorda!

"O que será que eles querem de mim? Por que o porteiro está aqui? Já vamos ver! Abro ou me recuso? Azar..."

Endireitou-se, inclinou-se para a frente e abriu o ferrolho.

O seu quarto era tão pequeno que podia abrir o ferrolho sem se levantar completamente do divã.

Tinha adivinhado: eram o porteiro e Nastássia.

Nastássia olhou-o de uma maneira estranha. Ele olhou para o porteiro com uma expressão de desafio desesperado. Ele lhe estendeu em silêncio um papelzinho cinzento, dobrado e selado com cera de garrafa.

– É uma citação da delegacia – disse ao entregar-lhe o papel.

– De que delegacia?

– Delegacia de polícia. Já se sabe de que delegacia é que se trata.

– Da polícia? Mas por quê?

– Não sei nada sobre isso. Estão chamando o senhor e portanto tem de ir.

Examinava o rapaz com atenção; olhou depois à sua volta e deu um passo para se retirar.

– Mas será que não estás doente, a sério? – observou Nastássia sem tirar os olhos de cima dele. O porteiro voltou também a cabeça nesse momento. – Ontem teve febre – acrescentou ela.

Ele não respondeu e continuava com o papel nas mãos, sem abrir.

– Se estás, não te levantes – continuou Nastássia, condoída, quando o viu tirar os pés do divã. – Se estás doente, não saias; não há de ser assim tão urgente. Que tens aí nas mãos?

Ele olhou: tinha ainda na mão direita os pedaços das bainhas das calças, que cortara, e o forro do bolso, que arrancara também. Tinha adormecido com eles na mão. Depois, quando pensou nisso, lembrou-se de que, quando se deitou, por causa da febre, estavam fortemente apertados na mão, e voltara a adormecer assim.

– Olhe os farrapos que arrancou e como ficou dormindo com eles!

E Nastássia riu-se com o seu risinho nervoso, doentio. Ele meteu tudo aquilo, num instante, debaixo do sobretudo, e fixou nela um olhar penetrante. Embora naquele momento não pudesse aperceber-se bem das coisas, sentia que não tratam assim uma pessoa quando vêm prendê-la. "Mas... a polícia!"

– Tomaste chá? Queres ou não? Vou buscar, espera...

– Não, eu vou; vou agora mesmo – murmurou ele, levantando-se.

– Mas se nem sequer consegues descer a escada!

– Vou.

– Como quiseres.

Saiu atrás do porteiro. Observou imediatamente à luz do dia a ponta da bota e as bainhas das calças. "Há uma pequena mancha, que mal se vê, está tudo sujo, esfiapado e desbotado. Quem não souber de nada... nada notará. Com certeza Nastássia, de longe, não poderia ter reparado em nada. Louvado seja Deus!" Depois, tremendo, rasgou o selo da citação e começou a lê-la; ficou lendo-a durante muito, muito tempo, até que finalmente compreendeu. Era uma citação da delegacia de polícia distrital para que comparecesse nesse mesmo dia, às dez e meia, nas suas repartições.

"Para que será? Eu não tenho nenhum assunto pendente na polícia. E, além disso, por que hoje?", pensou com uma incerteza dolorosa. "Senhor, que seja o quanto antes!"

Sentiu um impulso de se prostrar de joelhos e rezar, mas depois pôs-se a rir não da reza, mas de si próprio. Começou a se vestir às pressas. "Se me apanharem, apanharam, tanto faz. Tenho de pôr esta bota" pensou de repente. "Vou sujá-la ainda mais com o pó, e todos os vestígios desaparecerão." Mas assim que a pôs, tornou a tirá-la, tomado de medo e de repugnância. Tirou-a, mas, lembrando-se de que não tinha outra, tornou a pô-la... E começou a rir outra vez. "Tudo isso é convencional, relativo, protocolos apenas", pensou por um momento, foi apenas uma ideia rapidíssima, e todo o seu corpo tremia. "Tenho de calçá-la." Mas esse seu riso se transformou depois em desolação. "Não, não tenho coragem", disse para consigo. Seus pés tremiam. "De medo", murmurou para si. Sua cabeça rodava e doía por causa da febre. "Isso é um truque. Querem me apanhar numa armadilha e depois me confundir" continuou dizendo para si, enquanto se dirigia para a escada. "Pena eu estar com febre... posso fazer uma bobagem qualquer."

Mas na escada lembrou-se que deixara todos os objetos daquela maneira, no buraco debaixo do papel, e podia ser que na sua ausência dessem uma busca por ali. Parou um momento para refletir. Mas tal era o seu desespero e, por assim dizer, tal cinismo veio se apoderar dele de repente, perante a ideia da sua perdição, que fez um gesto de indiferença com a mão e continuou o seu caminho.

"Contanto que acabe já!"

Mas na rua havia outra vez um calor insuportável; nem uma gota de chuva durante todos aqueles dias. Outra vez o pó, os tijolos e a argamassa; outra vez o mau cheiro das lojas e tabernas; outra vez os ébrios a cada passo, os moços de esquina finlandeses e as carruagens meio desconjuntadas. O sol feria-lhe os olhos, tornando doloroso olhar, e sua cabeça estava completamente tonta: sensação comum na pessoa que está febril que sai de repente para a rua num dia de sol esplêndido.

Quando chegou à esquina da rua "da noite anterior", numa excitação dolorosa, deu uma olhada para "aquela" casa... mas desviou imediatamente o olhar.

"Se me perguntarem, pode ser que diga", pensou, quando chegou à delegacia.

Esta ficava a quarenta verstas[1] de sua casa. Haviam acabado de se mudar para um novo local, para o quarto andar de uma nova casa. Já estivera uma vez no local anterior, mas há muito tempo. Quando atravessou a porta, viu uma escada à direita, pela qual descia um camponês com um livrinho na mão. "Deve ser o porteiro, com certeza; devo estar na delegacia." E subiu as escadas. Não queria perguntar absolutamente nada a ninguém.

---

1. Medida russa equivalente a 1.067 metros. (N.E.)

"Entro, me ajoelho e conto tudo", pensou, quando chegou ao quarto andar.

A escada era estreita, íngreme e cheia de imundícies. As cozinhas de todas as moradias dos quatro andares davam para a escada e permaneciam com as portas escancaradas o dia inteiro. Por isso havia ali uma atmosfera horrível. Para cima e para baixo iam e vinham meirinhos com livros debaixo do braço, agentes da polícia e pessoas de um e outro sexo, visitantes. A porta da delegacia estava também escancarada. Entrou e parou no corredor. Alguns camponeses aguardavam ali, também de pé. Ali, igualmente, havia uma atmosfera pesadíssima, e, além disso, o cheiro da pintura ainda fresca, do andar pintado recentemente, entrava pelo nariz e dava-lhe náuseas. Depois de ter esperado um pouquinho, julgou conveniente avançar um pouco mais, até a sala seguinte. Todas as dependências eram pequenas e de teto baixo. Uma impaciência feroz o atormentava cada vez mais. Mas ninguém reparava nele. Na segunda sala havia alguns empregados, que escreviam, sentados, e que estavam um pouco mais bem-vestidos do que ele, mas com as caras bastante estranhas. Dirigiu-se a um deles.

– Que deseja?

Mostrou a intimação.

– O senhor é estudante? – perguntou o empregado depois de ter lido a citação.

– Sim, ex-estudante.

O empregado olhou para ele, mas sem a mínima curiosidade. Era um indivíduo completamente desgrenhado e com um olhar fixo.

"Não deve saber nada sobre isso, porque ele é indiferente a tudo", pensou Raskólhnikov.

– Dirija-se ali, ao secretário – disse o empregado e indicou com um dedo a sala seguinte.

Penetrou nessa sala (que já era a quarta), onde se viam umas pessoas mais bem-vestidas do que as das outras saletas. Entre os visitantes havia duas senhoras. Uma, de luto, pobremente vestida, estava sentada junto de uma mesa, em frente ao secretário, e escrevia alguma coisa que lhe ditavam. A outra, muito gorda e de cara corada e sardenta, mulher vistosa e um tanto quanto espalhafatosa no vestir, com um broche do tamanho de um pires de chá no peito, estava de pé, a um lado, e parecia esperar. Raskólhnikov apresentou a sua papeleta ao secretário, que lhe deu uma olhadela e disse: "Queira esperar". E continuou a atender a senhora de luto.

Ele respirou mais livremente. "Com certeza não é por causa daquilo." Pouco a pouco começou a recobrar o ânimo; esforçou-se o máximo possível para não se desencorajar e manter a serenidade. "Alguma tolice, a mais leve imprudência, e posso pôr tudo a perder. Hum! É pena que aqui falte o ar", acrescentou "o ar... Minha cabeça continua rodando... e o juízo também."

Sentia que todo o seu ser estava horrivelmente transtornado. Tinha medo de não poder se dominar. Esforçava-se por se agarrar a qualquer coisa e pensar em algo completamente secundário, mas estava muito longe de conseguir isso. Aliás, o secretário interessava-o muito; esforçava-se por adivinhar qualquer coisa acerca dele, deduzindo da sua cara, como se quisesse ler sua expressão. Era um homem ainda muito novo, de uns 22 anos, embora a sua cara morena e animada o fizesse parecer de mais idade, vestido na moda com certa elegância, com o risco do cabelo até a nuca, muito frisado e untado, uma enorme quantidade de anéis nos dedos brancos e delicadíssimos e uma correntinha de ouro no colete. Trocara também duas ou três palavras num francês muito aceitável com um estrangeiro que ali estava.

– Sente-se, Luisa Ivánovna, sente-se – disse para a senhora do vestido espalhafatoso e cara corada e sardenta, a qual continuava de pé, como se não se atrevesse a sentar-se, apesar da fila de cadeiras que havia ali.

– *Ich danke*[2] – respondeu ela e, devagarinho, sem fazer barulho, deixou-se cair sobre uma cadeira. O seu vestido, azul-celeste, com uma sobressaia de renda branca que parecia um balão cheio de ar, afofou-se em volta da cadeira, enchendo quase meia sala. Espalhou-se pelo ar uma lufada de perfume. Mas era evidente que a dama lamentava tomar conta de metade da sala e exalar um tal perfume, embora sorrisse tímida e descaradamente ao mesmo tempo, mas com visível inquietação.

A senhora de luto acabou, finalmente, e preparou-se para levantar-se. De repente entrou um oficial, com um certo ba-

2. Muito obrigada, em alemão.

rulho, muito fanfarrão e movendo os ombros a cada passo; deixou o gorro de roseta em cima da mesa e sentou-se num cadeirão. A dama vistosa levantou-se de um salto assim que o viu e fez-lhe uma reverência com uma certa solenidade especial, mas o oficial não lhe deu a mínima atenção, e ela não se atreveu a sentar-se na sua presença. Era o ajudante do delegado de polícia, e tinha um bigode ruivo comprido, que se esticava horizontalmente dos dois lados, e feições muito finas, mas sem nada de particular, a não ser um certo ar de superioridade indescritível. Olhou de soslaio e mal-humorado para Raskólhnikov; o seu traje, por si só, já era bastante repugnante, mas, apesar da sua humildade, não parecia de acordo com a sua indumentária; por inadvertência, Raskólhnikov pôs-se a olhá-lo de frente e durante muito tempo, o que acabou por ofendê-lo.

– Que desejas? – gritou-lhe, com certeza admirado de que semelhante maltrapilho não pensasse sequer em desviar os olhos dele, perante o seu olhar fulminante.

– Fui chamado... com uma intimação – respondeu Raskólhnikov, conforme pôde.

– O caso do "estudante", por causa de uma reclamação de dinheiro – apressou-se a dizer o secretário, deixando por um momento a sua papelada. – Olhe – e mostrou uma pequena caderneta a Raskólhnikov, apontando-lhe um ponto determinado. – Leia!

"Dinheiro? Que dinheiro?", pensou Raskólhnikov. "Mas... certamente não devia se tratar daquilo..." Estremeceu de alegria. De repente sentiu um alívio, um peso saía de cima do seu peito.

– Mas a que horas o senhor foi citado? – gritou o tenente, cada vez mais ofendido e sem saber por quê. – Disseram-lhe às dez, e já são onze.

– Há um quarto de hora que me entregaram a citação – respondeu Raskólhnikov em voz alta e forte, também de repente e inesperadamente, acalorando-se e sentindo até uma certa satisfação. – Fiz um grande e esforço para vir, doente como estou, com muita febre.

– Faça o favor de não gritar!

– Eu não estou gritando; estou falando com uma voz tranquila, o senhor é quem está gritando; e eu sou estudante e não permito que gritem comigo.

O ajudante ficou tão furioso com aquilo que, no primeiro momento, não pôde dizer nada, e apenas alguns perdigotos seus saíram dos lábios. De um pulo, levantou-se do seu lugar.

– Faça o favor de se... calar! Está na delegacia! Não seja mal... criado!

– O senhor também está sendo – gritou Raskólhnikov – e, além de gritar, fuma; isto é falta de respeito a todo o mundo – e, depois de tudo isso, Raskólhnikov sentiu um prazer enorme.

O secretário olhava para ele e sorria. O fogoso oficial estava visivelmente desconcertado.

– Isso não é da sua conta! – gritou, finalmente, com uma voz exageradamente forte. – Faça o favor de prestar a declaração que lhe pedem. Faça o favor, Alieksandr Grigórievitch. Mostre a ele. O devedor não paga e ainda por cima se vangloria!

Mas Raskólhnikov já não o escutava e pôs-se a ler o documento avidamente, procurando o mais depressa possível a solução do enigma. Leu-o uma vez e outra, mas não o compreendia.

– Que quer dizer isto? – perguntou ao secretário.

– Quer dizer que alguém reclama o dinheiro que o senhor deve, é uma reclamação. O senhor fica obrigado a pagar essa quantia, com todas as custas e demais despesas, ou a declarar por escrito quando poderá pagar, comprometendo-se ao mesmo tempo a não se ausentar da cidade enquanto não tiver pago a dívida e a não vender nem ocultar os seus bens. Quanto ao credor, tem o direito de vender os referidos bens e de agir com o senhor segundo as normas da lei.

– Mas eu... eu não devo nada a ninguém!

– Isso já não é conosco. Entregaram-nos uma letra de câmbio, cuja data já expirou, protestada, no valor de cento e quinze rublos, entregue pelo senhor à viúva do assessor do colégio, Zarnítsina, há nove meses, e apresentada para pagamento ao Conselheiro da Corte, Krebárov, pela referida viúva; nós a chamamos para obter a sua declaração.

– Mas trata-se da minha senhoria!

– E o que tem que seja a sua senhoria?

O secretário olhou-o com um sorriso de desprezo e de dó e, ao mesmo tempo, com certo orgulho, como um novato que começara a aprender à sua custa o que é ser caloteiro. Parecia querer dizer: "Hum?! Que te parece?". Mas o que importavam a ele, agora, a letra de câmbio e a reclamação? Nada disso tinha agora interesse para ele, e nem sequer merecia a sua mínima atenção. Estava de pé, lia, escutava, respondia, fazia até perguntas, mas tudo maquinalmente. O orgulho de ter escapado, de ver-se livre dos perigos recentes, eis o que absorvia nesse instante o seu ser, sem previsão, sem análise, sem futuros enigmas nem adivinhações, sem dúvidas nem interrogações. Era um momento de plena independência, de uma alegria puramente animal. Mas nesse momento aconteceu na delegacia alguma coisa tão fulminante como a queda de um raio ou o estampido de um trovão. O tenente, ainda enfurecido por aquela falta de respeito, encolerizado e desejando, pelo visto, recuperar os esforços da sua periclitante altivez, lançou-se com toda a sua ira sobre a infeliz senhora espalhafatosa, que estivera a contemplá-lo desde que entrou, sem tirar os olhos de cima dele, com um sorriso muitíssimo estúpido.

– És tu, tu – gritou, de repente, com toda a força dos seus pulmões (a senhora de luto já havia saído). – Podes me dizer o que aconteceu ontem em tua casa? Ah! Dando escândalo outra vez e sendo a vergonha de toda a rua? Outra vez brigas e bebedeiras? Queres que te mande para uma casa de correção? Pois eu já te disse, já avisei dez vezes anteriormente, que na próxima te poria as mãos em cima! E tu voltas outra vez na mesma!

Raskólhnikov até deixou cair o documento das mãos e ficou olhando para a vistosa senhora, a quem ralhavam com tanta sem-cerimônia, mas não tardou a perceber do que se tratava, e depois toda essa história acabou por diverti-lo. Escutava com satisfação e até sentia vontade de rir, de rir... Seus nervos estavam em uma grande tensão...

– Iliá Pietróvitch – começou o secretário, solícito, mas deteve-se, para dar tempo, pois não era possível conter o enfurecido tenente senão pegando-lhe pela mão, como sabia por experiência própria.

Quanto à senhora vistosa, a princípio pôs-se a tremer perante aquela tempestade, mas, coisa estranha, quanto mais numerosos e violentos se tornavam os insultos, tanto mais amável e sedutor se tornava o seu sorriso, voltada, como estava, para o iracundo tenente. Requebrava-se sem no entanto sair do seu lugar, e desfazia-se em reverências, aguardando impaciente que, enfim, a deixassem falar em sua defesa.

– Não houve nenhum rebuliço nem nenhuma briga em minha casa, senhor capitão – exclamou, de súbito, confusa e com um forte sotaque alemão, embora falasse o russo com fluência – e nenhum, nenhum escândalo. Simplesmente, esse indivíduo apareceu embriagado, eu já lhe conto tudo, senhor capitão, mas eu não tenho a mínima culpa... A minha casa é uma casa decente, senhor capitão, onde todo mundo se porta como deve, senhor capitão; eu nunca gostei de escândalos. O que houve foi que ele apareceu ali bêbado, e depois ainda pediu mais três "garrafas", e a seguir levantou um pé e pôs-se a tocar piano com ele; ora, isso não está certo numa casa decente, meu piano ficou todo derreado, isso não são maneiras, e então mostrei a ele. Ele então pegou uma "garrafa" e pôs-se a bater em todo o mundo com ela, por trás. Chamei o porteiro e Karl apareceu, ele agarrou Karl e o deixou com um olho roxo, e também deixou Henriette com um olho machucado, e deu cinco sopapos na minha cara. O que não é nada delicado, tratando-se de uma casa decente, senhor capitão, e foi isso o que eu fiz ele ver. Ele então abriu a janela e começou a grunhir como um porquinho, de tal maneira que era até uma vergonha ouvi-lo. Então está certo isso de começar a grunhir como um porco na janela que dá para a rua? Quim! Quim! Quim! Karl agarrou-o pelas abas do fraque e tirou-o da janela e, bem, lá isso é verdade, rasgou uma das abas. Depois ele começou a dizer em altos gritos que *man muss straff*[3], que o seu fraque tinha que ser pago. É um indivíduo pouco correto, senhor capitão, que só sabe armar escândalos. "Eu", disse-me ele, "posso dar-lhe uma surra publicamente, porque escrevo em todos os jornais."

– Isso quer dizer que é escritor...

– Sim, senhor capitão, mas é um indivíduo muito pouco correto, senhor capitão, e não sabe respeitar uma casa decente.

– Bom, bom. Já chega! Eu já te disse, eu já te disse, eu já te disse...

– Iliá Pietróvitch! – tornou a dizer o secretário com uma expressão significativa.

3. "Tem que ser punido", em alemão.

O tenente lançou-lhe um olhar rápido; o secretário fez-lhe um leve sinal com a cabeça.

– Bem, minha respeitável Lavisa Ivánovna, pela última vez te aviso, pela última – continuou a dizer o tenente –, que se houver um novo escândalo na tua decente casa, eu mesmo que te farei entrar na linha, como se costuma dizer em linguagem poética. Ouviste? Mas um literato, um escritor ser capaz de aceitar, numa casa decente, cinco rublos de prata pelas abas de um fraque... Esses tipos sempre são de uma força! – e deu um olhar de desprezo para Raskólhnikov. – Há três dias, numa tasca, foi a mesma história: um desses literatos comeu e depois se negou a pagar: "Olhe que posso lhe dar uma sova nos jornais". Outro também, a semana passada, num barco, ofendeu a respeitável família de um conselheiro de Estado com as piores palavras. E há muito tempo que tiveram de expulsar vergonhosamente outro desses literatos de uma pastelaria. Por aqui já se vê de que classe são esses escritores, literatos, estudantes, esses insolentes. Ufa! Bem, podes sair! Ficas sob os meus olhos. Por isso tem cuidado. Ouviste?

Luisa Ivánovna pôs-se a fazer reverências para a direita e para a esquerda, com uma amabilidade solícita, e dirigiu-se para a porta sem deixar de fazê-las; aí deu de cara com um oficial altivo de cara franca e fresca, com umas suíças louras, magníficas, fartas. Era Nikodim Fomitch, o delegado da polícia do distrito. Luisa Ivánovna apressou-se a fazer uma reverência quase até ao chão e saiu com uns passinhos miúdos e saltitantes.

– Outra vez rebuliço, outra vez raios e coriscos, ciclones e furacões – disse Nikodim Fomitch, dirigindo-se, amável e amistosamente, a Iliá Pietróvitch –, outra vez atiçado, outra vez encolerizado. Já te ouvia da escada.

– O quê? – exclamou Iliá Pietróvitch com indolência bonacheirona (e nem sequer disse "o quê" mas "O... quê!", mudando-se com alguns papéis para outra mesa e agitando os ombros, enquanto andava, de uma maneira pitoresca, movendo unicamente os pés e os ombros). – Faça o favor de ver isto, quero dizer, um senhor literato ou um estudante, isto é, um ex-estudante, não quer pagar o dinheiro que deve; assinou uma letra, nunca mais pagou o quarto, recebemos constantemente queixas contra ele e até se permitiu me chamar a atenção por eu estar fumando na sua presença. Mas olhe para ele: aí o tem, em toda a sua apresentação deslumbrante.

– A pobreza não é nenhuma vergonha, meu caro; mas, enfim, já sabemos que tu és como a pólvora, não podes suportar uma ofensa. Naturalmente, naturalmente o senhor ofendeu-o em qualquer coisa e ele não pôde conter-se – continuou Nikodim Fomitch. – Mas o senhor não teve razão: é o... melhor dos homens deste mundo, só que, é como a pólvora, como a pólvora. Inflama-se, ferve, crepita e... nada! Já passou tudo! Em resumo, é um coração de ouro. No regimento lhe chamavam de Tenente Pórokhov...[4]

– Esse também era um regimento... – exclamou Iliá Pietróvitch, muito contente por lhe tratarem com tanto carinho, mas ainda não completamente apaziguado.

Raskólhnikov sentiu, de repente, o impulso de dizer-lhe qualquer coisa de extraordinariamente lisonjeador.

– Permita-me, capitão – começou num tom bem à vontade, encarando Nikodim Fomitch –, ponha-se no meu lugar... Eu estou disposto a apresentar-lhe as minhas desculpas se o ofendi em alguma coisa. Eu sou um estudante pobre e doente, decaído – disse assim mesmo, decaído – por causa da miséria. Interrompi os estudos porque, agora, não tenho com que sustentar-me; mas em breve receberei dinheiro... Tenho mãe e uma irmã. Vão me mandar dinheiro e então eu pagarei. A minha senhoria é uma boa mulher, mas ficou tão aborrecida quando viu que eu havia perdido as minhas lições e há quatro meses que não lhe pagava, que até deixou de me dar comida... Mas quanto a essa letra, não compreendo absolutamente nada. Agora ela exige que eu lhe pague por meio dessa promissória. Os senhores avaliem...

– Mas isso não é da nossa competência – tornou a observar o secretário.

– Permita-me, permita-me, eu estou absolutamente de acordo com o senhor a esse respeito; mas, no entanto, permita que eu me explique – insistiu Raskólhnikov dirigindo-se não ao secretário mas a Nikodim Fomitch, embora esforçando-se também por dirigir-se ao mesmo tempo a Iliá Pietróvitch, ainda que este aparentasse estar atendendo exclusivamente a sua papelada e se esforçasse depreciativamente para não olhar

4. Literalmente: explosivo, violento. De *pórokh*, pólvora.

para ele. – Permita também que eu, pelo meu lado, lhe diga que o vi nessa casa há quase três anos, desde que vim da província, e que antes disto, antes disto... aliás, não sei por que não haveria de dizer também, tinha prometido casar com uma filha dela, promessa verbal, sem qualquer compromisso... tratava-se de uma moça... bem, não me desagradava, embora eu não estivesse apaixonado por ela; enfim, coisas da mocidade; quero dizer, a senhoria tinha me concedido muito crédito, e eu, em parte, levava uma vida... Eu fui muito estouvado...

– Ninguém lhe pediu que entrasse em tais intimidades, e, além disso, não temos tempo para escutá-lo – interrompeu-o Iliá Pietróvitch, grosseiramente e com ar altivo; mas Raskólhnikov interrompeu-o impetuosamente, apesar de lhe custar muito falar.

– Mas permita-me, permita-me, ao menos, que lhe conte tudo... como é que isso ocorreu e... embora concorde com o senhor que é inútil contar seja o que for; mas há um ano essa moça morreu de tifo, e eu continuei ali como hóspede, tal como antes, e a senhoria, quando eu me mudei para o quarto que agora ocupo, disse-me... disse-me amigavelmente... que tinha toda a confiança em mim e tudo mas que devia lhe dar uma letra de cento e quinze rublos, que era, segundo ela dizia, a importância da minha dívida. Permita-me: ela me disse concretamente que, desde que eu lhe desse esse documento, continuaria a me fiar tudo o que eu quisesse e que "nunca", "nunca", foram estas as suas próprias palavras, faria uso da referida letra, até que eu lhe pagasse... E veja: agora que eu já não tenho lições nem para poder comer, é que ela vai e apresenta essa conta contra mim... O que eu posso lhe dizer?

– Todos esses pormenores são lamentáveis, senhor, mas não são da nossa conta – disse Iliá Pietróvitch secamente. – O senhor é obrigado a assinar uma declaração, comprometendo-se a pagar, mas tudo isso que se dignou a nos contar, a respeito do seu namoro e todas essas coisas trágicas, é completamente indiferente para nós.

– Estás sendo... cruel – resmungou Nikodim Fomitch, sentando-se à sua mesa e pondo-se também a escrever. Parecia envergonhado.

– Escreva – disse o secretário para Raskólhnikov.

– Mas o quê? – perguntou ele com rispidez.

– O que eu ditar.

Raskólhnikov achou que o secretário o tratava agora com menos delicadeza e desdém do que antes de ter dado aquela explicação; mas, coisa estranha, de repente sentiu que era indiferente à opinião que pudessem formar dele, e essa mudança ocorreu num instante, num minuto. Se tivesse reconsiderado um pouco, teria se admirado, sem dúvida, de um momento antes ter podido falar daquela maneira e de ter contado a eles sobre os seus sentimentos. Mas onde ele teria ido buscar esses sentimentos? Agora, pelo contrário, se aquela sala estivesse cheia não de comissários, mas dos seus amigos mais íntimos, não teria pronunciado para eles nem uma só palavra humana, tal era o vazio que, de súbito, se apoderara do seu coração. Uma impressão mortal de solidão torturante, infinita e um alheamento vinha subitamente à sua consciência. Não era o pudor das suas efusões cordiais com Iliá Pietróvitch, nem a soberba com que o tenente o tratara que perturbavam assim tão inesperadamente o seu espírito. Oh, que importavam a ele, agora, as baixezas pessoais, todas essas soberbas, todos os tenentes, os alemães, as reclamações, a delegacia etc. etc.! Se o tivessem condenado a ser queimado vivo naquele momento, não teria se perturbado e, quando muito, teria escutado a sentença com atenção. Não que compreendesse, mas é que sentia claramente, com toda a sua sensibilidade, que não só não devia ter demonstrações sentimentais como a de há pouco, nem de gênero algum, com aquela gente da delegacia, e que, mesmo que se tratassem de irmãos seus e não de tenentes da polícia, não devia empregá-las, como em nenhuma circunstância da sua vida devia tê-las; até então nunca tivera uma sensação tão estranha e incompreensível. E o mais doloroso de tudo... era precisamente a sensação de reconhecer isso, de compreender: sensação singular, a mais dolorosa de todas as que tivera até ali na sua vida. O secretário começou a ditar-lhe a sua declaração, nos termos usuais, isto é, que não podia pagar, mas que se comprometia a fazê-lo em tal data (uma qualquer), dava a sua palavra de que não se ausentaria da capital, até então, e comprometia-se também a não vender as suas coisas nem a oferecê-las a ninguém etc. etc.

– O senhor não pode escrever, a pena está escorregando das suas mãos – observou o secretário, olhando para Raskólhnikov com curiosidade. – Está doente?

– Sim... Minha cabeça está tonta... Continue ditando.

– Já ditei tudo; assine.

O secretário pegou o documento e foi atender outras pessoas. Raskólhnikov largou a pena; mas em vez de se levantar, de se retirar, apoiou os cotovelos sobre a mesa e segurou a testa com as mãos. Parecia exatamente que tinham lhe dado uma martelada na cabeça.

Um estranho pensamento lhe ocorreu de repente: levantar-se imediatamente, aproximar-se de Nikodim Fomitch e contar-lhe tudo o que se passara na noite anterior, tudo, até o mais ínfimo pormenor, e depois levá-lo consigo ao seu quarto e mostrar-lhe todos os objetos que tinha escondido num canto, naquele buraco. Essa ideia era tão poderosa que chegou até a se levantar do seu lugar para ir executá-la. "Será que pensar, ainda que seja só por um minuto?" proferiu mentalmente. "Não, o melhor é não pensar nisso e colocar esse fardo para trás dos ombros." Mas, de repente, parou como se tivesse ficado pregado no seu lugar; Nikodim Fomitch falava acaloradamente com Iliá Pietróvitch, e até conseguiu ouvir estas palavras:

– Não é possível, os dois serão postos em liberdade. Em primeiro lugar, há muitas contradições; ora, veja: por que chamariam o porteiro, se eles fossem os autores da façanha? Para denunciarem a si mesmos? Por que fizeram isso, por manha? Não, seria muita astúcia. E, finalmente, o estudante, Piestriakov, foi visto na porta por dois porteiros e por uma mulher, no momento em que entrava; estava com três amigos e separou-se deles nessa porta, perguntou pela inquilina na portaria, também em presença dos amigos. Teria perguntado pela inquilina se tivesse essa intenção? Quanto a Kotch, antes de subir para ver a velha, esteve meia hora na casa do ourives e saiu às oito menos um quarto, em ponto, para subir até lá. Já pode fazer uma ideia...

– Mas, permita-me: como é que caíram em tantas contradições? Eles afirmam que chamaram na porta e que ela estava fechada, e que três minutos depois, quando tornaram a subir com o porteiro, encontraram a porta aberta.

– Aí, precisamente, é que está a comédia; o assassino, que fatalmente estava lá dentro, com a porta fechada no trinco; e o teriam apanhado ali, infalivelmente, se Kotch não tivesse feito a bobagem de ir também à procura do porteiro. Entretanto, o outro teve tempo de deslizar pelas escadas e de escapulir lindamente nas barbas deles. Kotch se benzeu com as duas mãos: "Se eu tivesse ficado lá, de sentinela, ele teria saído de repente e teria me liquidado com a machadinha". Até quer mandar celebrar um ofício religioso, à russa! Ah... Ah!

– E o assassino, ninguém o viu?

– Como é que iriam ver? Aquela casa é a arca de Noé – observou o secretário, que ouvira tudo do seu lugar.

– A coisa está clara, a coisa está clara! – repetiu acaloradamente Nikodim Fomitch.

– Não, a coisa está muito escura – encareceu Iliá Pietróvitch.

Raskólhnikov pegou seu chapéu e dirigiu-se para a porta, mas não chegou até lá... Quando recuperou os sentidos estava sentado numa cadeira; um indivíduo segurava-o pela direita e outro pela esquerda, o qual segurava um copo com um líquido amarelado dentro.

Nikodim Fomitch estava diante dele e olhava-o atentamente; ele se levantou da cadeira.

– O que tem? Está doente? – perguntou-lhe Nikodim Fomitch num tom bastante rude.

– Quando escrevia a sua declaração, mal podia segurar a pena – observou o secretário, sentando-se no seu lugar e tornando a entregar-se à papelada.

– E há muito tempo que está doente? – gritou-lhe Iliá Pietróvitch do seu lugar, remexendo também nos seus papéis. Com certeza ele também se levantara para olhar para o doente enquanto durara o desmaio, voltando em seguida para o seu lugar, assim que ele recuperou os sentidos.

– Desde ontem – foi a resposta única de Raskólhnikov.

– Saiu ontem?

– Saí.

– Doente?

– Doente.

– A que horas?

– As oito da noite.

– Posso perguntar-lhe onde é que foi?

– À rua.

– Curto e grosso.

Raskólhnikov respondia de uma maneira brusca e cortante, extremamente pálido e sem baixar os seus olhos negros e inflamados diante de Iliá Pietróvitch.

– Mal fica de pé, e eu... – quis observar Nikodim Fomitch.

– Isso não interessa! – exclamou Iliá Pietróvitch num tom um pouco grosseiro.

Nikodim ainda tentou dizer mais alguma coisa, mas, depois de olhar para o secretário, que também o olhou de alto a baixo, ficou calado. De súbito, todos se calaram. Aquilo era curioso.

– Bem, está bem – concluiu Iliá Pietróvitch. – Não o seguraremos mais.

Raskólhnikov saiu. No entanto ainda pôde perceber que, assim que saiu, travou-se lá dentro, de repente, uma viva discussão, na qual se sobressaía, acima de todas, a voz de Nikodim Fomitch... Na rua recuperou os sentidos por completo.

"Uma busca, uma busca; agora mesmo, uma busca!" – repetia para consigo, apressando-se a chegar em casa. "Bandidos! Vão vasculhar tudo!"

O medo do dia anterior tornou a apoderar-se dele por completo; dos pés à cabeça.

CAPÍTULO II

"E SE JÁ TIVESSEM feito a busca? E se eu os encontro agora em minha casa?" Mas ei-lo já no seu quarto. Nada, ninguém, ninguém tinha feito busca nenhuma. Nem sequer Nastássia tinha mexido em qualquer coisa. Mas, Senhor... Como é que pudera deixar aqueles objetos, no dia anterior, naquele buraco? Correu direto ao canto, meteu a mão por baixo do papel e começou a tirá-los, guardando-os nos bolsos. Eram ao todo oito peças: duas caixinhas que continham pequenas argolas de ouro ou alguma coisa do gênero... não tinha visto bem; mais quatro pequenos estojos de marroquim. Havia também uma corrente embrulhada em papel de jornal. E, além disso, outra coisa embrulhada também em papel de jornal e que parecia uma condecoração...

Guardou tudo isso em bolsos diferentes, no casaco e no bolso direito, único que lhe restava na peça, procurando que não fossem notados. Guardou também a bolsinha, com os outros objetos. Depois saiu do quarto; mas dessa vez até deixou a porta aberta...

Caminhava depressa e com passo firme e, embora se sentisse extenuado, tinha plena consciência de tudo. Temia que o perseguissem, temia que dentro de meia hora, de um quarto de hora talvez, começassem a fazer sindicâncias sobre ele; em todo o caso era preciso aproveitar o tempo para sumir com todas as provas. Era preciso andar depressa, enquanto ainda tinha algumas forças e alguma lucidez... Para onde ir? Há algum tempo que já tinha resolvido: "Lançaria tudo ao canal e assim se afundariam na água as provas e o próprio caso". Já tinha decidido fazer isso na noite anterior, no meio do seu delírio, nos momentos em que – lembrou-se – se levantava e se dispunha a sair. "O quanto antes, desfazer-se de tudo, o quanto antes." Mas isso, agora, era muito difícil.

Há meia hora que já vagueava pelo canal de Ekatierínienski, ou até mais, e várias vezes olhara para as escadinhas do canal, sempre que passava por ali. Mas não devia pensar nisso, porque ou haveria barcos ao fundo dessas escadinhas, e neles lavadeiras que lavavam roupa, ou botes amarrados à margem, e as pessoas formigavam por todos os lados e podiam vê-lo e observá-lo de todas as partes e até das margens; levantaria suspeitas que um homem fosse até ali só para jogar uns embrulhos na água. E se os estojos, em vez de afundarem, ficassem flutuando? Era o mais certo. Todo mundo o veria. Mesmo sem isso, todo mundo ficava olhando para ele quando o via passar; ficavam olhando, como se não tivessem mais nada que fazer. "Por que me olham assim, ou serei eu, por acaso, que imagino isso?"

Até que finalmente se lembrou que talvez fosse melhor ir para os lados do Nievá. Lá havia menos gente, chamaria menos a atenção e, em qualquer dos casos, seria mais fácil e, sobretudo: "Estaria mais longe *daquele* lugar". E de repente ficou admirado: "Como é que pude passar meia hora inquieto e assustado, em lugares perigosos, e não me lembrei disso há mais tempo?". Mas passara toda essa meia hora numa perplexidade apenas porque se tratava de algo decidido em sonhos, durante o delírio. Estava se tornando muito distraído e esquecido, e se apercebia disso. Não havia dúvida, tinha de se apressar.

Dirigiu-se ao Nievá pelo Próspekt V***; mas durante o trajeto ocorreu-lhe outra ideia: "Por que ao Nievá? Por que na água? Não seria preferível ir para qualquer outra parte, bem longe, ainda que fosse para as ilhas[5], para um lugar ermo, para um bosque, e esconder o embrulho ao pé de uma árvore... Prestando bem atenção ao lugar escolhido?", embora sentisse que naquele momento não estava em condições de pensar com toda a lucidez, esse pensamento lhe parecia infalível. Mas estava escrito que não chegaria às ilhas, pois as coisas o correram de outra maneira: quando saiu do Próspekt V*** para a praça, reparou, de repente, numa entrada de pátio, à esquerda, rodeada por todos os lados de paredes sem janelas. À direita, passada a porta-cocheira, lá adiante, no pátio, erguia-se um paredão por caiar, pertencente a um prédio vizinho, de quatro andares. À esquerda, paralelamente a esse paredão e imediatamente ao lado da porta, havia uma cerca de madeira, a uns vinte passos de profundidade, no pátio, que depois fazia um cotovelo para a esquerda. Era um beco sem saída, onde havia alguns materiais armazenados. Mais além, ao fundo do pátio, via-se, do outro lado da cerca, a ponta de um alpendre de pedra, de teto baixo e denegrido, que provavelmente fazia parte de alguma oficina. Devia ser de alguma loja de carros, serralharia, ou algo do gênero; viam-se por todos os lados regos negros de pó de carvão. "Atirar tudo para aí e fugir!", pensou de repente. Como não viu ninguém na porta, entrou e percebeu então, junto da própria porta, um algeroz (como costuma haver em todos os prédios em que há fábricas, oficinas e cocheiras), e sobre ele, escrito com gesso, o usual aviso, próprio desses lugares: "É proibido estacionar aqui!". De maneira que foi até melhor: não havia receio de que alguém ficasse muito tempo ali. "Jogar tudo ali, de uma vez, e fugir!"

Depois de ter olhado bem outra vez, levou a mão ao bolso, mas, de repente, junto ao muro externo, entre a porta e o canal, onde a maior distância era no máximo um *archin*, chamou a sua atenção uma grande pedra lisa, talvez de um *pud*[6] e meio de peso, que estava encostada na parede da rua. Do outro lado do muro ficava a rua, o passeio, podia-se sentir

5. Ilhotas fluviais, urbanizadas, que ficavam na embocadura dos bairros de veraneio dos petersburgueses, dentro do perímetro urbano.

6. Medida de peso russa equivalente a 16,38 quilos. (N.E.)

as pessoas passando, que eram sempre muitas, naquele local; mas ninguém podia ver além da porta, a não ser que alguém entrasse da rua, o que, afinal, podia muito bem acontecer, e portanto era preciso agir depressa.

Agachou-se junto da pedra, pegou-a com toda a força, pela parte de cima, com as duas mãos, fez um esforço e deu meia-volta nela. Debaixo da pedra, uma cavidade ficou descoberta, não muito grande; lançou imediatamente ali tudo o que levava no bolso. O porta-moedas ficou em cima, mas ainda havia lugar para o resto. Depois voltou a pegar a pedra, deu outra meia-volta nela até colocá-la no lugar de antes, e assim ela ficou apenas um pouco mais alta. Mas raspou a terra e pisou-a com o pé contra os bordos. Não se notava nada.

Depois dirigiu-se para a praça. Outra vez, uma alegria violenta, quase intolerável, como a de há pouco, na delegacia, tornou a apoderar-se dele por um instante. "Já estão enterradas as provas. E quem é que se lembraria de vir olhar debaixo desta pedra? Talvez esteja aí desde que foi construído o prédio, e quem sabe quanto tempo ainda estará. Mas... mesmo que encontrem tudo, quem pensaria em mim? Acabou-se tudo! Não há provas!" E pôs-se a rir. Sim, depois lembrou-se de que rira com um riso nervoso, leve, longo, imperceptível, e que ficou rindo durante todo o tempo que demorou para atravessar a praça. Mas quando ia entrando na alameda de K***, onde se encontrara com aquela mulher três dias antes, seu riso extinguiu-se de repente. Outro pensamento lhe passou pela mente. Pareceu-lhe também, de repente, que acharia muito pouca graça em passar em frente ao banco onde, depois que a moça se afastou, ele se sentara e estivera pensando, e que também não acharia graça nenhuma se tornasse a encontrar o guarda a quem dera vinte copeques. "Para o diabo que o carregue!" Caminhava, olhando à sua volta com um olhar distraído e maldoso. Todos os seus pensamentos giravam, nesse momento, em torno de um ponto capital; e ele próprio sentia que era esse o ponto capital, e que agora, precisamente agora, estava sozinho em frente a esse único ponto... e em dois meses era a primeira vez que isso lhe ocorria.

"Que vá tudo para o diabo!" pensou, de repente, num ímpeto de cólera irreprimível. "Bem; já começou; pois que comece, e vida nova, que vá para o diabo! Que estupidez, Senhor, é tudo isso! E como menti e me rebaixei, hoje! Como me arrastei e me humilhei perante esse repugnante Iliá Pietróvitch! Mas no fim de contas tudo isso são disparates! Cuspo em todos eles, cuspo também na minha humilhação e na minha comédia! Não é nada disso que está em causa! Nada disso!"

De súbito, parou; uma interrogação completamente inesperada e extraordinariamente simples lhe tocou o pensamento, deixando-o estupefato.

"Se, na realidade, tivesses feito tudo isso de um modo consciente e não de uma maneira estúpida; se tu, efetivamente, tivesses tido uma finalidade concreta e firme, como seria possível que, até agora, nem sequer tivesses reparado no que estava dentro do porta-moedas e não saibas sequer quanto conseguiste ao todo, nem por que te meteste em tantos trabalhos e cometeste deliberadamente um ato tão vil, bárbaro e selvagem? Até querias atirar o porta-moedas e os outros objetos na água sem teres visto sequer o que tinha neles... Que significa isso? Sim, de fato, de fato." Aliás, ele de antemão já sabia, e essa interrogação não o pegava desprevenido; e quando na véspera resolveu atirar tudo na água, foi sem hesitação nem dúvida alguma, mas como se fosse a única coisa que convinha fazer, visto que seria impossível fazer outra coisa... Sim, sabia tudo isso, e compreendia bem; talvez a sua resolução datasse da noite anterior, daquele exato instante em que se sentara em cima da arca e tirara os estojos dela... Por isso...

"A causa de tudo isso é eu estar doente", concluiu, finalmente, mal-humorado. "Eu mesmo me atormento e me martirizo, e não sei ao certo o que faço... E ontem, e anteontem, e todo este tempo tenho me atormentado... Quando ficar bom... deixarei de sofrer... Mas se eu não ficar bom? Senhor! Como eu estou farto de tudo isso!" Caminhava sem parar. Sentia uma ânsia feroz de se distrair, fosse como fosse, mas não sabia o que fazer. Uma sensação nova, invencível, ia se arraigando nele cada vez mais: era uma aversão infinita, quase física, por tudo quanto encontrava e via, uma sensação obstinada, maldosa, inflamada. Todas as pessoas se tornavam odiosas para ele, eram também odiosas as suas caras, a sua maneira de andar, todos os seus movimentos. Ele cuspiria neles simplesmente, morderia quem quer que tivesse a intenção de lhe falar...

Parou de repente, depois de ter saído da margem do Pequeno Nievá, na ilha Vassílievski, junto da ponte. "É ali que ele vive, naquela casa", pensou. "E eu, que nunca tomei a iniciativa de ir visitar Razumíkhin! Outra vez a mesma história de antes... E, no entanto, é muito curioso; será que eu vim já com essa intenção, ou simplesmente me pus a andar e acabei aqui? Tanto faz; já disse... anteontem... que iria vê-lo no dia seguinte, por isso, está bem, irei! Como se eu já não pudesse fazer visitas!"

Subiu ao quinto andar para ir ver Razumíkhin.

Ele estava em casa, no seu cubículo, e nesse instante escrevia, mas veio ele mesmo abrir a porta. Há quatro meses que já não se viam. Razumíkhin vestia um roupão esfarrapado, tinha os pés sem meias, metidos numas chinelas, e estava por pentear, barbear e lavar. O seu rosto exprimia assombro.

– O que tu tens? – exclamou, olhando de alto a baixo o amigo que acabava de chegar, depois calou-se e pôs-se a assobiar. – Será possível que estejas assim tão decaído? Tu, meu caro, me bates aos pontos – acrescentou, reparando nos farrapos de Raskólhnikov –, mas senta, porque deves estar cansado! – e quando ele se deixou cair no divã, que estava ainda em pior estado do que o seu dono, Razumíkhin reparou de repente que o seu visitante estava doente.

– Mas tu estás doente mesmo, sabes? – e fez menção de lhe tomar o pulso. Raskólhnikov desviou a mão dele.

– Não é preciso – murmurou. – Eu vim... bom, é que não tenho aula alguma... Eu queria... aliás, não preciso de aulas para nada...

– Sabes uma coisa? Estás delirando! – declarou Razumíkhin, observando-o atentamente.

– Não, não estou delirando...

Raskólhnikov levantou-se do divã. Quando subiu até a casa de Razumíkhin não pensava que teria de se encontrar frente a frente com ele. Agora percebia num instante, devido à experiência, que não havia coisa que o irritasse mais do que se encontrar frente a frente com quem quer que fosse neste mundo. Toda a sua bílis se revolvia. Esteve quase para desabafar a cólera consigo quando entrou no quarto de Razumíkhin.

– Adeus! – disse de repente, e dirigiu-se para a porta.

– Mas espera aí, espera aí, criatura estranha!

– Não é preciso! – repetiu, tornando a afastar a mão dele.

– Então para que vieste? Enlouqueceste? Olha que isso... é quase uma ofensa. Não vou te deixar ir embora assim.

– Bem, escuta: vim te procurar porque, a não ser tu, não conheço mais ninguém que pudesse me ajudar... a abrir caminho... e, além disso, porque tu és o melhor de todos, isto é, o mais inteligente e o mais capacitado para julgar... Mas agora vejo que não preciso de nada, sabes, absolutamente nada... no que diz respeito a favores e simpatias alheias... Eu... sozinho... Bem, já chega! Deixa-me em paz!

– Mas espera um minuto, tu pareces um limpa-chaminés! Estás completamente louco! Por mim, faças como quiseres! Olha, eu não tenho lições, mas também não quero saber de lições para nada, porque há um livreiro antiquário em Tolkutchka, Khieruvímov, que vale todas essas lições. E agora não o trocaria por cinco lições na casa de comerciantes. Ele faz algumas edições e publica folhetos sobre ciências naturais... E precisa ver como os compram! Só os títulos já valem alguma coisa! Olha, tu sempre disseste que eu era um estúpido, mas, por amor de Deus, meu amigo, ainda há gente mais tola do que eu! Agora ele está metido em literatura; não entende patavina disso, mas eu, é claro, incito-o. Aqui tens umas folhas de texto em alemão... A meu ver isto é uma charlatanice das mais estúpidas; basta dizer que aqui se examina a questão de saber se a mulher pertence ou não à espécie humana. Claro que se demonstra vitoriosamente que ela pertence à espécie humana. Khieruvímov está preparando isto por causa do problema feminino; eu estou traduzindo; ele vai prolongar estas duas folhas e meia de maneira que se transformem em seis, colocar um título atrativo na capa, que abranja meia página, e vamos vendê-lo a cinquenta copeques o exemplar. Vai ser um sucesso! Pela tradução ele me paga seis rublos de prata por página, o que dá ao todo quinze rublos; mas já lhe pedi seis rublos adiantados. Quando tivermos traduzido isto, começaremos um livro sobre as baleias, e depois investiremos na segunda parte das *Confissões*, traduzindo alguns trechos curiosíssimos que assinalamos nelas. Disseram a Khieruvímov que Rousseau é uma espécie de Radíchtchev. Eu, é claro, não o contradigo, vá para o diabo! Bem, vamos ver: queres traduzir a segunda página do *A mulher pertence à espécie humana?* Se quiseres, aqui tens o texto, pega a pena e o papel, tudo isto é por conta da administração, e toma três rublos, pois como recebi um adiantamento por toda a tradução, da primeira e da segunda páginas, três rublos é o que te cabe pela tua. E quando acabares esta página, receberás mais três rublos de prata. E não vá pensar que estou te fazendo algum favor, hein? Pelo contrário, eu estava precisamente pensando que tu podias ser útil para mim, quando tu entraste. Em primeiro lugar, a minha ortografia não está nada boa, e, além disso, em alemão sinto-me às vezes bastante fraco, de maneira que acabo escrevendo coisas do meu jeito e consolo-me pensando que assim sairá melhor. Mas quem sabe se em vez de melhor não sairá pior... Bem, aceitas ou não?

Em silêncio, Raskólhnikov pegou as folhas de texto alemão e os três rublos e saiu sem dizer uma palavra.

– Mas tu estás delirando! – exclamou finalmente Razumíkhin, alterado. – Por que estás representando essa comédia? Estás me fazendo perder a cabeça. Mas para que vieste aqui, afinal?

– Não preciso... traduzir – resmungou Raskólhnikov, que já estava na escada.

– Então, de que diabo tu precisas? – gritou-lhe Razumíkhin lá de cima. O outro continuava descendo as escadas em silêncio.

– Olha, onde tu moras?

Não obteve resposta.

– Bem, para o diabo que te carregue!

Mas Raskólhnikov já estava na rua. Na ponte Nikoláievski tornou mais uma vez a recuperar a lucidez completa, em consequência de um acontecimento muito aborrecido. O cocheiro de um carro particular deu com o chicote fortemente nas costas dele pela simples razão de ele quase ter sido atropelado pelos cavalos, apesar de o cocheiro ter chamado a sua atenção duas ou três vezes, gritando. O chicote irritou-o a tal ponto que deu um pulo para o parapeito da ponte (sem saber por que andava pelo meio da ponte, por onde os carros passam e as pessoas não costumam caminhar), apertando e rangendo os dentes de raiva. À sua volta, como era natural, ouviram-se depois várias risadas.

– Foi bem feito!

– Deve ser algum vadio!

– Certamente se fingiu bêbado e se atirou de propósito debaixo das rodas para pedir depois uma indenização...

– Há quem viva disso, há quem viva disso...

Mas exatamente no momento em que, de pé no parapeito, ainda aturdido e furioso, ele seguia com o olhar a carruagem que se afastava, e esfregava as costas ao mesmo tempo, sentiu que alguém colocava dinheiro nas suas mãos. Voltou-se para olhar; era uma mulher de certa idade, da classe dos mercadores, sem chapéu e com sapatos de pele de cabra, que estava acompanhada de uma moça de chapéu e sombrinha verde, que devia ser sua filha: "Tome, *bátiuchka,* pelo amor de Cristo". Ele aceitou e elas continuaram o seu caminho. Deram-lhe vinte copeques. Pela roupa e pelo seu aspecto, podiam muito bem tomá-lo por um mendigo, por um verdadeiro mendigo na via pública, e não havia dúvida de que era à chicotada do cocheiro que as fizera se apiedarem, a que ele devia aquele donativo de vinte copeques.

Guardou a moeda na mão, caminhou uns dez passos para a frente e voltou o rosto para o Nievá, na direção do Palácio. No céu não se via a mais pequena nuvem e a água estava quase azul, o que raramente acontece no Nievá. A cúpula da Catedral, que se contempla melhor dali, da ponte, que fica a menos de vinte passos da capela do que de qualquer outro ponto, refulgia tão clara que através do ar límpido podiam se distinguir nitidamente cada uma das suas tonalidades. A dor da chicotada foi passando e Raskólhnikov chegou a se esquecer dela; uma ideia inquietante e não completamente clara o absorvia agora exclusivamente. Estava parado e olhava longa e atentamente para longe; conhecia aquele lugar muito bem. Geralmente, quando saía da universidade – sobretudo quando voltava para casa – costumava, devia até ter acontecido muitíssimas vezes, ficar parado precisamente naquele lugar, contemplando com toda a atenção aquele panorama verdadeiramente esplêndido, e quase sempre ficava admirado com uma impressão sua, vaga e persistente. Aquele panorama infundia-lhe sempre uma frieza inexplicável; uma alma muda e surda animava aquele vistoso quadro... Admirava-se sempre da sua antipática e enigmática impressão e, por não ter confiança em si mesmo, adiava sempre para um futuro remoto a sua explicação. Agora, de repente, recordava-se com toda a clareza dessas suas dúvidas e interrogações de uma outra época, e parecia que não era por acaso que as recordava naquele momento. Só o fato de ter vindo parar naquele mesmo lugar, como antes, lhe parecia estranho e singular, como se efetivamente imaginasse que teria agora o mesmo pensamento de então e se interessaria pelos mesmos temas e quadros que tinham provocado o seu interesse... há tão pouco tempo. Esteve quase a ponto de começar a rir, apesar de, ao mesmo tempo, sentir uma dor no peito! Parecia que todo o seu passado e todas aquelas ideias e enigmas pretéritos, e aqueles temas antigos, e aquelas antigas impressões, e todo aquele panorama, e ele mesmo, e tudo, tudo estava agora lá embaixo, a seus pés, não sabia a que profundidade... Parecia que tinha levantado voo, não sabia para onde, muito alto, e que tudo desaparecera diante dos seus olhos... Depois de ter feito um gesto involuntário com a mão, sentiu, de repente, que ainda segurava a moeda de vinte copeques. Abriu a mão, contemplou a pequena moeda com toda a atenção, balançou-a no ar e atirou-a na água; depois deu meia-volta e regressou para casa. Parecia que a sua pessoa tinha sido cortada de todos e de tudo, com uma faca.

Chegou em casa já de noite; estivera fora durante seis horas, ao todo. Por onde e como é que regressou não seria capaz de dizer. Depois de se despir, trêmulo como um cavalo esgotado, deitou-se no divã, puxou o sobretudo e caiu no sono imediatamente...

Despertou em plena escuridão, por causa de um grito espantoso. Santo Deus, mas que grito aquele! Um alvoroço tão grande como aquele, gritos, soluços, ranger de dentes, choros, pancadas e insultos como aqueles jamais ouvira nem presenciara.

Nem sequer poderia imaginar semelhante brutalidade, semelhante barbaridade. Sentindo-se sufocado, levantou-se e sentou-se no leito, num grande sofrimento e sufocando a cada momento. Mas os choros e os insultos redobraram cada vez com mais força. E de súbito reconheceu a voz da sua senhoria. Era ela, e guinchava, gritava, comendo as palavras de tal maneira que não era possível entender o que dizia. Não havia dúvida de que, agora, tinham parado de bater nela, mas ainda há pouco a surravam na escada sem dó nem piedade. A voz da castigada era tão espantosa, devido ao furor e à raiva, que até já estertorava, mas o seu carrasco também dizia alguma coisa, e muito depressa, também, de uma maneira ininteligível, atropelando as palavras e arquejando. De repente, Raskólhnikov começou a tremer: conhecia aquela voz; era a voz de Iliá Pietróvitch. Iliá Pietróvitch, ali, batendo na senhoria! Dava-lhe pontapés e fazia ela dar com a cabeça contra os degraus! Era o que se deduzia de todos aqueles choros e pancadas. Mas que seria aquilo? Parecia que a casa vinha abaixo! Percebia-se que em todo aquele andar, em toda a escada vinha se reunindo uma multidão, e ouviam-se vozes, exclamações, passos subindo e descendo, chamamentos, portas se abrindo e correrias.

"Mas por que será tudo isso, como e por que é possível uma coisa dessas?", repetia ele pensando que tinha enlouquecido completamente. Mas não, ouvia tudo distintamente! Naturalmente, depois, viriam prendê-lo também. Sim, devia ser isso. "Porque... com certeza tudo isso deve ser por causa daquilo, por causa daquela noite... Senhor!" Sentiu o ímpeto de se fechar, correndo o ferrolho, mas não levantou sequer uma mão... Já não era preciso. O terror envolveu a sua alma como uma camada de gelo, torturou-o, aniquilou-o... Mas, de repente, todo o burburinho, que durara uns dez minutos, foi abrandando, pouco a pouco. A senhoria gemia e suspirava. Iliá Pietróvitch continuava a ameaçá-la e a insultá-la... Até que, finalmente, ele também pareceu se acalmar; ninguém mais o ouvia: "Deve ter ido embora! Meu Deus!". Sim, fora embora, e a senhoria também, ainda gemendo e chorando... E, de súbito, a sua porta fechou-se bruscamente... E as pessoas que tinham se reunido dispersaram-se pela escada e pelos andares... Elas lançam ais, discutem, chamam-se umas às outras; estas erguem a voz até o grito, aqueles baixam até o murmúrio. Devia haver muita gente ali; todas as pessoas do prédio deviam estar ali. Mas, Deus do céu! Isso seria possível? E por que, por que ele tinha vindo?

Extenuado, Raskólhnikov deixou-se cair no divã, mas não conseguiu pregar o olho; ficou assim estendido uma meia hora, num tal sofrimento, numa tal sensação de espanto infinito como até então nunca sentira. De repente uma luz clara iluminou o seu quarto; Nastássia entrou com uma vela e um prato de sopa. Depois de contemplá-lo atentamente e de certificar-se de que dormia, pousou a vela em cima da mesa e começou a tirar o que trazia: pão, sal, um prato, uma colher.

– Talvez não tenha comido nada ontem. Andou por aí o dia todo e está com uma febre de cavalo.

– Nastássia... por que bateram na senhoria?

Ela o olhou de alto a baixo.

– Quem é que bateu na senhoria?

– Ainda há um momento... há uma meia hora, Iliá Pietróvitch, o ajudante do delegado, na escada... Por que ele bateu nela dessa maneira? E... por que estava aqui?

Silenciosamente e franzindo o cenho, Nastássia ficou mirando ele de alto a baixo e assim ficou durante muito tempo. Para ele era muito desagradável esse exame quase feroz.

– Nastássia, por que está assim, calada? – perguntou ele, por fim, timidamente, com uma voz fraca.

– Isso é o sangue! – respondeu ela, finalmente, em voz baixa e como se falasse consigo mesma.

– O sangue! Que sangue? – murmurou ele empalidecendo e voltando a cara para a parede. Nastássia continuava olhando para ele em silêncio.

– Ninguém bateu na senhoria – disse outra vez com uma voz cortante e enérgica. Ele olhou para ela, respirando com dificuldade.

– Mas eu ouvi... Não estava dormindo... Estava fora da cama – disse ele com uma voz ainda mais sumida. – Ouvi durante muito tempo... Veio o ajudante do delegado... Todos acudiram na escada, de todos os quartos...

– Não veio ninguém. Isso é o sangue que grita em ti. Quando ele não encontra saída e começa a se acumular no fígado, a pessoa começa a ter visões... Mas não vais comer?

Ele não respondeu. Nastássia inclinou-se sobre ele, olhou-o atentamente e não se decidia a ir embora.

– Me dá algo para beber... Nástiuchka.

Ela saiu e, passados uns minutos, voltou com água num jarrinho de barro branco; mas ele já não se lembrava de mais nada. Recordava-se apenas de como tomou um gole de água fria e de como entornou o jarrinho sobre o peito. Depois perdeu os sentidos.

CAPÍTULO III

MAS NÃO FICOU assim durante todo o tempo da sua doença; era um estado febril, com delírio e uma semiconsciência. Recordou de muitas coisas depois. Parecia que tinha se reunido muita gente à sua volta e que queriam levá-lo não sabia para onde, e que discutiam muito a seu respeito. De repente ficou sozinho no quarto, pois todos se foram, cheios de temor, e somente a porta se entreabria de quando em quando e era daí que o olhavam, o ameaçavam, cochichavam entre si, riam-se e o censuravam. Lembrava-se de ter visto muitas vezes Nastássia a seu lado; e também tinha visto ali, à sua cabeceira, um indivíduo que lhe parecia bem conhecido, mas ao qual não conseguia identificar... com precisão, o que o exasperava muito e até o fazia chorar. Às vezes parecia que há um mês já estava de cama... Mas outras parecia que ainda não se passara nem um dia. "Daquilo" esquecera-se completamente, mas lembrava-se a todo o momento que se esquecera de alguma coisa de que não podia ter esquecido e angustiava-se e afligia-se com essa recordação; gemia, enfurecia-se ou espantava-se, ficava tomado de um medo incontrolável. Então erguia-se na cama, queria fugir, mas havia sempre alguém que o dominava à força e ele caía de novo na inércia e no torpor. Até que finalmente acabou recuperando toda a lucidez.

Isso aconteceu uma manhã, aí pelas dez horas. A essa hora da manhã, nos dias bons, o sol projetava sempre um comprido raio de luz ao longo da parede da direita e iluminava um canto junto da porta. Natássia estava à sua cabeceira e também um homem jovem, que o olhava com grande curiosidade que era completamente desconhecido. Era um rapaz de cafetã, barbicha, e todo o aspecto de um caixeiro. A senhoria espreitava pela porta aberta. Raskólhnikov ergueu-se.

– Quem é, Nastássia? – perguntou, indicando-lhe o rapaz.

– Olhem, voltou a si! – disse ela.

– Voltou! – repetiu o caixeiro.

Assim que viu que ele voltara a si, a senhoria, que espreitava à porta, apressou-se a fechá-la e desapareceu. Era muito tímida e não suportava discussões nem explicações; devia ter uns quarenta anos e era gorda, de sobrancelhas e olhos negros, e também bonachona, por ser tão gorda e indolente, e bem bonita. E exageradamente envergonhada.

– Quem é... o senhor? – insistiu ele, dirigindo-se ao caixeiro.

Mas nesse mesmo instante a porta tornou a se abrir de par em par e, curvando-se um pouco por causa da sua elevada estatura, Razumíkhin entrou.

– Parece um beliche de barco! – exclamou quando entrou. – Vou bater sempre com a testa na porta; e é a isto que chamam um quarto! Então já voltaste a ti? Foi o que Páchenhka me disse.

– Acabou de recuperar os sentidos – disse Nastássia.

– Sim, acabou agora mesmo de se espevitar – concordou também o caixeiro.

– Mas quem é o senhor? – perguntou Razumíkhin de repente, encarando-o. – Permita que me apresente: eu sou Vrazumíkhin[7], e não Razumíkhin, como costumam me chamar; estudante, nobre de nascimento, e ele é meu amigo. Agora o senhor faça o favor de nos dizer quem é.

– Eu sou empregado da loja do comerciante Chelopáiev e vim aqui tratar de um assunto.

– Pois faça o favor de sentar-se nesta cadeira – Razumíkhin sentou-se noutra, ao lado da mesa. – Muito bem, meu amigo, fizeste muito bem em ficar lúcido – continuou, dirigindo-se a Raskólhnikov. – Com hoje já faz quatro dias que não comes quase absolutamente nada e não bebes sequer uma gota. O que valeu foi terem te dado chá a colheradas. E Zósimov veio te ver duas vezes comigo. Te lembras de Zósimov? Ele te examinou com muita atenção e disse que isso não era nada... que era como se tivesses recebido uma pancada na cabeça. – Algum desarranjo dos nervos ou má alimentação – dizia –, falta de cerveja e de rábanos, mas isso não tem importância e em breve estará bom. Viva o Zósimov! Já está começando a se tornar célebre com as suas curas. Bem, mas eu não quero entretê-lo – e tornou a dirigir-se ao caixeiro. – Faça o favor de me dizer o que deseja. Rodka, devo dizer que já é a segunda vez que eles vêm, da parte dessa loja; só que da outra vez não foi este quem veio, e foi com o outro que nos entendemos. Quem foi que veio da outra vez?

---

7. Deturpação propositada do nome para Vrazumíkhin – ajuizador, derivado da mesma raiz que Dostoiévski usa para manifestar a opinião de Razumíkhin sobre ele mesmo. No capítulo II da quarta parte, o autor recorre a uma outra deturpação do nome deste personagem.

– Suponho que deve ter sido anteontem, foi, exatamente. Então deve ter sido Alieksiéi Siemiônovitch; também é empregado da nossa loja.

Ele é um pouco mais tagarela do que o senhor, segundo me pareceu.

– Sim, é um homem mais sensato.

– Dou-lhe os meus parabéns; bom, mas continue.

– Pois então ouça: por intermédio de Afanássi Ivánovitch Vakhrúchin, do qual suponho que já deve ter ouvido falar mais de uma vez, e a pedido de sua mãe, recebemos na nossa loja uma encomenda para o senhor – começou o caixeiro, dirigindo-se a Raskólhnikov. – Quando o senhor tivesse recuperado a consciência... nós lhe entregaríamos 35 rublos, que Afanássi Ivánovitch entregou a Siemion Siemiônovitch, da parte de sua mãe, como da outra vez, o que julgo que já deve estar prevenido, não é verdade?

– Sim... já me lembro... Vakhrúchin... – exclamou Raskólhnikov, pensativo.

– Estão ouvindo? Ele conhece o comerciante Vakhrúchin – exclamou Razumíkhin. – Portanto já está em seu perfeito juízo! Além disso, vejo agora que o senhor também é um homem eloquente. Sempre é agradável ouvir um bom discurso!

– É desse mesmo que se trata, de Vakhrúchin, Afanássi Ivánovitch, e da parte de sua mamãe, a qual usou o mesmo intermediário da outra vez, e agora, contando com a aquiescência de Siemion Siemiônovitch, encarregou-o de lhe entregar 35 rublos, enquanto não puder mandar mais.

– Olhe, esse enquanto não puder mandar mais foi o que me agradou; embora também esse "de sua mamãe" não esteja tão mal. Bem, vamos lá: que lhe parece? Está ou não está em seu perfeito juízo?

– A mim tanto faz... Contanto que ele assine o respectivo recibo...

– Ele vai assinar. Tem aí o recibo?

– Ei-lo.

– Muito bem. Vamos, Rodka, levanta, eu te amparo. Faz a tua assinatura. Raskólhnikov, pega a pena, porque, meu amigo, o dinheiro, agora, é indispensável para nós.

– Não é preciso! – disse Raskólhnikov afastando a pena.

– Não é preciso?!

– Não assino.

– O diabo, e o recibo?

– Eu não preciso de... dinheiro...

– Não precisas de dinheiro? Vamos, meu caro, tu estás mentindo e eu sou testemunha! O senhor não se preocupe, ele diz isso apenas porque... está outra vez delirando. Apesar de que, às vezes, quando está lúcido, também tem dessas saídas... Mas o senhor é uma pessoa sensata e nós dois lhe damos a mão[8] e ele assina. Vamos, ajude-me...

– O melhor será voltar outro dia.

– Não, não. Para que se incomodar? O senhor é um homem sensato... Vamos, Rodka, despacha o visitante... Olha que ele está à espera – e, seriamente, dispôs-se a pegar a mão de Rodka.

– Me deixa sozinho... – exclamou Raskólhnikov e, pegando a caneta, assinou o recibo.

O caixeiro entregou o dinheiro e saiu.

– Bravo! E agora, me diz, queres comer?

– Quero – respondeu Raskólhnikov. – Tem sopa?

– A de ontem – respondeu Nastássia, que durante todo esse tempo não arredara dali.

– De batatas e arroz.

– De batatas e arroz?

– Já sei de cor. Me traz a sopa e me dá um chá.

– Já trago tudo.

Raskólhnikov olhava para tudo profundamente assombrado e com um medo estúpido e absurdo. Decidiu se calar e esperar. Que mais estaria para acontecer? "Parece que, agora, não estou delirando", pensava, "parece que é verdade..."

Dois minutos depois Nastássia voltou com a sopa e avisou que daí a pouco traria o chá. Juntamente com a sopa trouxe duas colheres, dois pratos e um serviço completo que há já muito tempo não costumava trazer; até a toalha estava limpa.

– Nástiuchka, seria bem bom se Praskóvia Pávlovna me mandasse duas garrafas de cerveja.

– Isso não seria mal... – resmungou Nastássia, e saiu para cumprir a ordem.

Raskólhnikov continuava olhando para tudo, ávida e

8. O autor faz aqui um jogo de palavras entre *rukodóvit* (guiar, exercer tutela sobre alguém) e *rokuvódit* (levar alguém pela mão).

desconfiadamente. Entretanto, Razumíkhin já se sentara a seu lado, sobre o divã, e, desajeitado como um urso, segurou-lhe a cabeça com a mão esquerda, apesar de ele poder muito bem se erguer sozinho, e com a direita dava colheradas de sopa na sua boca, às vezes soprando antes, para que ele não se queimasse. Mas a sopa estava morna, quando muito; Raskólhnikov engoliu sofregamente uma colherada, e a seguir outra e outra. Mas depois de ter lhe dado assim algumas colheradas, de repente Razumíkhin parou e declarou que, para continuar, seria preciso consultar Zósimov.

Nastássia entrou trazendo as duas garrafas.

– E chá, queres?

– Quero.

– Vai buscar o chá depressa, Nastássia, porque o chá nós podemos tomar sem ter a Faculdade. Ora, aqui está a cerveja!

Foi para a sua cadeira, serviu-se de sopa e de carne e começou a comer com tal apetite que parecia ter uma fome de três dias.

– Meu caro Rodka, passarei agora a almoçar todos os dias contigo – disse, com a boca cheia de carne –, e tudo isto se deve a Páchenkha, a tua boa senhoria, que é quem manda tudo isso; está cheia de atenções para contigo. Eu não acho isso nada mal e, é claro, não me oponho. Ora aqui temos a Nastássia com o chá. És uma espertalhona! Queres cerveja, Nástienhka?

– Para de fazer graça!

– E um pouco de chá?

– Chá, aceito.

– Então sirva. Mas espera, eu mesmo te sirvo; te senta à mesa.

E começou a servir-lhe o chá; a seguir encheu outra xícara, e depois deu o almoço por terminado e voltou para o divã. Tal como há pouco, pegou a cabeça do doente com a mão esquerda, endireitou-a e começou a dar-lhe colheradas de chá, soprando também com todo o cuidado, como se soprar fosse muito importante para o seu restabelecimento, para a sua salvação. Raskólhnikov estava calado e não opunha resistência, apesar de se sentir com forças suficientes para se levantar e sentar no divã sem auxílio de ninguém, para segurar a colher ou a xícara de chá com a mão, e até para andar. Mas por uma certa estranha astúcia, como a de um animal, lembrara-se de repente de dissimular a sua força, de fingir, de fazer que não percebia nada, se preciso fosse, e ia escutando e vendo o que se passava. Aliás, não conseguia vencer completamente a sua repugnância; depois de ter engolido dez colheradas de chá, afastou repentinamente a cabeça, repudiou a colher, caprichoso, e tornou a recostar-se na almofada. Debaixo da sua cabeça havia agora, de fato, uma verdadeira almofada, de penas, e com a fronha limpa, o que reparou, muito admirado.

– Páchenhka precisa nos enviar ainda hoje doce de framboesa para lhe fazer um xarope – disse Razumíkhin, que voltara para o seu lugar e se atirara outra vez à sopa e à cerveja.

– Mas onde é que ela vai buscar framboesa para ti? – perguntou Nastássia, segurando o pires na palma da mão e sorvendo o chá através do açúcar.[9]

– Minha amiga, vai buscar a framboesa na loja. Olha, Rodka: aconteceu uma coisa aqui de que tu não estás ainda a par. Quando saíste de minha casa, daquela maneira traiçoeira, sem me dares o teu endereço, fiquei tão indignado que jurei te procurar até te encontrar e te castigar. Nesse mesmo dia me pus atrás de ti. Andei para cá e para lá, perguntei e tornei a perguntar. Bom, tinha me esquecido da tua residência atual, embora, aliás, não pudesse me lembrar dela porque não a conhecia. Só me lembrava que vivias nas Cinco Esquinas, na casa de Kharlámov, mas afinal soube que não era na casa de Kharlámov, mas na de Buck. E para a gente ver como as palavras podem causar confusão! Bem, eu estava furioso, e no outro dia fui, por sorte, ao Registro de Endereços[10], e imagina: em dois minutos me deram o teu endereço. Tu mesmo tinhas a tua assinatura lá.

– A minha assinatura?

– É isso mesmo, e vê só: em compensação, pelo menos enquanto eu estava lá, não foram capazes de encontrar o endereço

9. As pessoas do povo introduziam os torrões de açúcar na boca e bebiam depois o chá.

10. Todos os habitantes das cidades russas importantes estavam registrados, por bairros, nos arquivos da polícia. Em Moscou e em Petersburgo existia uma repartição policial onde qualquer pessoa podia obter todos os endereços, pessoalmente, e até pelo correio, pagando uma certa quantia pela informação pedida.

do general Kóbieliev. Mas sobre isso haveria muita coisa a dizer. Mas me apresentei, me puseram imediatamente a par de tudo, sobre a tua pessoa, de tudo; sei tudo, e essa aqui é testemunha. Fiquei conhecendo Nikodim Fomitch, Iliá Pietróvitch, o porteiro, o senhor Zamiótov Alieksandr Grigórievitch, o secretário do Comissariado do distrito e, finalmente, fiquei conhecendo Páchenka... Mas isso foi no fim de tudo; ela sabe.

– Tu a deixaste doce como o mel – murmurou Nastássia com malícia.

– Tu devias era pôr o açúcar no chá, em vez de beberes assim, Nastássia Nikíforovna.

– Vê se te cala, malcriado! – gritou Nastássia de repente e pôs-se a rir. – Eu sou Pietrovna, e não Nikíforovna – acrescentou assim que parou de rir.

– Tomemos nota. Ora muito bem, meu caro, para não falar de coisas inúteis, eu gostaria de ter grandes meios para acabar de uma vez com todos os preconceitos locais; mas Páchenka foi mais forte. Eu, meu caro, nunca poderia esperar que ela fosse tão... acomodada... hein? Que dizes disso?

Raskólhnikov continuava calado, embora nem por um instante desviasse dele o seu olhar perscrutador, e ainda agora continuava a olhá-lo tenazmente.

– É até muito... – continuou Razumíkhin, sem se incomodar absolutamente nada com aquele silêncio e como se concordasse com uma resposta que tivesse recebido – é até muito como deve ser, sob todos os aspectos.

– Ah! Compadre! – tornou a exclamar Nastássia, a qual tudo aquilo dava evidentemente um prazer inexplicável.

– É pena, meu amigo, que não a tenhas compreendido desde o primeiro momento. Devias tê-la tratado de outra maneira. Tem, por assim dizer, o caráter mais inesperado. A respeito do caráter, falaremos depois... Mas... como chegaram ao ponto de ela não te mandar comida? E, por exemplo, esse caso da letra? Mas tu estavas doido quando assinaste essa letra? Para não falar sobre essa proposta de casamento, quando Natália Iegórovna ainda era viva... Eu sei tudo! Embora no fim de contas, eu saiba que isso é um assunto muito delicado e que eu sou um burro; desculpa. Mas já que estamos falando de disparates, que te parece?... Olha, meu amigo: Praskóvia Pávlovna não é tão tola como pode parecer à primeira vista, não achas?

– Sim... – balbuciou Raskólhnikov, olhando para o outro lado, mas compreendendo que era conveniente suportar aquela conversa toda.

– Então não é? – exclamou Razumíkhin evidentemente satisfeito por lhe terem respondido. – Mas também é tola, não é verdade? Totalmente, totalmente, e tem um caráter muito desconcertante! Meu caro, até certo ponto, eu me derreto todo, te garanto... Deve ter 40 anos, provavelmente. Ela diz que tem 36 e está no seu pleno direito. Além disso, juro que a opinião que tenho sobre ela é puramente intelectual, metafísica; nesse ponto, meu amigo, começo a fazer uns cálculos mais arrevesados do que os da álgebra. Não entendo nada! Bom, mas tudo isso é absurdo; e ela, quando viu que tu não eras mais estudante, que não tinhas lições nem roupa, e que, falecida a moça, ela não podia te considerar da família, ficou assustada, coitada; e como tu, pelo teu lado, ficavas atirado no teu canto e não te davas com ela como antes, então resolveu te pôr para fora do teu quarto. E há muito tempo que ela já tinha essa intenção; e essa história da letra não lhe agradou nada... Além do que, tu mesmo garantiste a ela que a tua mãe lhe pagaria...

– Isso eu dizia por pura maldade. Falta pouco para a minha mãe pedir esmola... E eu mentia para que não me expulsassem do quarto e... continuassem a me dar comida – declarou Raskólhnikov em voz alta e clara.

– Sim, e fazia bem. O pior foi que recorreram ao senhor Tchebárov, conselheiro da Corte e homem de negócios. Sem ele, Páchenka não teria pensado nisso, porque é muito tímida; mas um homem de negócios não se sente coibido perante nada e, naturalmente, a primeira coisa que ele fez foi fazer-lhe esta pergunta: se havia esperança de receber a letra. Resposta: "Sim, já que ele tem uma mãe que, ainda que fique sem comer, não deixará de mandar alguma coisa ao seu Rodka, dos 125 rublos da sua pensão, e que a irmã, por ele, seria capaz de se vender como escrava". Era nisso que ele se fundamentava... Por que estás te remexendo dessa maneira? Eu, meu amigo, agora já conheço toda a história, e não foi em vão que tu fizeste confidências a Páchenka quando ela ainda te tratava como seu parente; eu digo isso pela amizade que te tenho... Bom, o caso é este, um homem honrado e sensível fala com franqueza, mas um homem de negócios escuta e come, e depois continua também a comer. Eis aqui a razão por que ela endossou a letra como paga a esse tal Tchebárov, o qual exigiu, sem cerimônia de espécie nenhuma, aquilo que era seu. Quando eu soube disso tudo, também quis ajudar no que fosse possível, para tranquilidade da minha consciência, e como nessa época já tínhamos um bom relacionamento com Páchenka, mandei-a suspender a coisa, garantindo-lhe que tu pagarias. Eu respondi por ti, meu amigo, percebes? Mandamos chamar Tchebárov, calamos a boca dele com dez rublos de prata, e ele nos entregou a letra, a qual tenho a honra de te entregar aqui – agora acreditam na tua palavra. Aqui a tens, rasgada e tudo, por mim, como deve ser.

Razumíkhin pôs a promissória sobre a mesa; Raskólhnikov fixou os olhos sobre ela e, sem dizer nada, virou-se para a parede. Razumíkhin pareceu ficar ressentido.

– Vejo, meu amigo – disse, passado um instante –, que acabei de cometer um novo disparate. Eu pensava em te distrair e te consolar com a minha conversa, mas, ao que parece, não fiz outra coisa senão te azedar a bílis.

– Eras tu que eu via no meu delírio? – perguntou Raskólhnikov, também depois de um silêncio e sem voltar a cabeça.

– Era eu, sim, e a minha presença te provocava crises, sobretudo de uma vez que eu trouxe Zamiótov comigo.

– Zamiótov? O secretário? Mas por quê? – Raskólhnikov voltou-se rapidamente e fixou o olhar em Razumíkhin.

– Mas o que tu tens? Por que ficaste nervoso assim? Ele queria te conhecer; foi ele quem pediu, já que falamos tanto em ti. Senão, como eu podia estar tão a par dos teus assuntos? Ele é um bom rapaz, meu caro; pequenino, extravagante... a seu modo, naturalmente. Agora nos tornamos amigos, nos veremos quase todos os dias. Fica sabendo desde já que me mudei para este bairro. Ainda não sabias? Pois me mudei; há pouco tempo. Já fomos juntos duas vezes na casa de Lavisa. Te lembras de Lavisa? Lavisa Ivánovna.

– E eu estava delirando?

– Ah, não! Não sabes o que dizias!

– E o que eu dizia?

– Essa é boa! Que tu dizias? Ora, as coisas que costumamos dizer quando deliramos... Bem, meu amigo, deixemos isto, vamos ao assunto.

Levantou-se e pegou o gorro.

– O que eu dizia?

– E ele insiste! Tens medo de ter contado algum segredo? Pois fica descansado que não disseste nada a respeito da condessa, mas falavas não sei de que buldogue, de uns brincos, sim, e também de umas correntes, de um relógio, e da ilha de Kriestóvski, e não sei de que porteiro, e de Nikodim Fomitch, e de Iliá Pietróvitch, o ajudante do delegado: falaste de tudo isso pelos cotovelos. E, além disso, também mostravas muito interesse pela ponta da tua bota, muito. Gemias: "Me deem a ponta da minha bota, só quero isso". Até o próprio Zamiótov se pôs à procura, por todos os cantos, da ponta da tua bota, e te entregou essa miséria com as suas próprias mãos ungidas de perfumes e enfeitadas de anéis. Então tu ficaste tranquilo e ficaste com essa porcaria nas mãos, durante 24 horas, tão segura que ninguém podia arrancá-la. Ainda deve estar contigo em qualquer lugar, debaixo da roupa de cama. E também perguntavas pela bainha das tuas calças, e se visses como, entre lágrimas... Nós até já perguntávamos um ao outro: "Que bainha será essa?". E não havia meio de te entendermos... Mas vamos ao assunto. Aqui tens 35 rublos; eu levo 10 e, dentro de umas duas horas, já os trago. Entretanto vou me informar sobre Zósimov, que devia estar aqui há algum tempo, pois já deu meio dia. E tu, Nástienhka, venha vê-lo com frequência, enquanto eu estiver ausente, e traga-lhe algo para beber ou qualquer outra coisa de que ele possa precisar... E agora vou me despedir também de Páchenka. Até à vista!

– Ele a chama de Páchenka, o velhaco! – exclamou Nastássia logo que ele saiu. Depois abriu a porta e se pôs a escutar; mas não se conteve e desceu. Queria muito saber o que ele falaria com a patroa, pois era evidente que ele dera um nó nos miolos dele.

Mal ela saiu o doente se desvencilhou repentinamente do cobertor e saltou da cama como se estivesse meio doido. Esperara com uma impaciência febril que eles saíssem o mais depressa possível para pôr imediatamente mãos à obra, na sua ausência. Mas que obra? Como se fosse de propósito, agora parecia que se esquecera. "Senhor, me diz só uma coisa: eles estão a par de tudo ou ainda não sabem? Ou já sabem mas fingem não saber, para não me afligirem enquanto eu estou de cama e para depois entrarem de repente e dizerem que já sabiam há muito tempo? Que fazer agora? Nada, porque, parece de propósito, me esqueci; esqueci de repente, porque ainda há pouco me lembrava."

Estava parado no meio do quarto e, com dolorosa perplexidade, olhou à sua volta; aproximou-se da porta, entreabriu-a e pôs-se a escutar; mas não era disso que se tratava. De repente, como se tivesse se lembrado, foi até o canto onde havia um buraco debaixo do papel que forrava a parede e esquadrinhou-o atentamente; mas também não era isso. Foi até o fogão, abriu-o e começou a olhar para as cinzas; o pedaço da bainha das calças e as tiras dos bolsos arrancados continuavam ali, tal como ele os deixara, sem que ninguém os tivesse visto. Então lembrou-se também da biqueira da bota, da qual Razumíkhin acabara de falar-lhe. De fato, ali estava, no divã, debaixo do cobertor; mas estava tão suja e gasta pelas esfregadas que ele lhe dera, que certamente Zamiótov não teria notado nada nela.

"Oh! Zamiótov! A delegacia! Mas por que me chamaram lá? Onde está a citação? Ora, eu estou fazendo confusão; já foi há tempos que me chamaram. Também já foi há algum tempo que eu limpei a ponta da bota, e agora... agora estou doente. Mas por que Zamiótov teria vindo? Por que Razumíkhin o teria trazido?", murmurava, extenuado, sentando-se outra vez no divã. "Mas o que eu tenho? Estarei ainda delirando ou tudo isto é realidade? De fato, parece ser realidade... Ah! Agora me lembro! Fugir! Sim, mas para onde? Onde está a minha roupa? Sapatos, não tenho. Eles levaram! Esconderam! Já entendi. Mas aqui está o meu casaco... Não repararam nele. E em cima da mesa há dinheiro, louvado seja Deus! Aqui está também a promissória... Pego o dinheiro, vou embora, me mudo para outro quarto; não vão me achar... Sim, e a repartição de endereços? Vão me encontrar! Razumíkhin me encontrou. O melhor de tudo é fugir para longe... para a América, e cuspir na cara de todos eles. E levar também a promissória. Lá ela poderia ser útil. Que mais posso levar? Eles acham que eu estou doente. Não sabem que posso sair à rua. Ah, ah, ah! Percebi nos olhos deles que estão a par de tudo. Não preciso de mais nada senão descer a escada. E se puseram sentinelas, policiais na escada? Que é isto? Chá? Ah, sim, e ainda há cerveja, meia garrafa, viva!"

Pegou a garrafa, na qual ainda havia cerveja suficiente para encher um copo e, com prazer, bebeu-a de um trago, como se quisesse apagar um fogo na sua garganta. Mas ainda não passara um minuto e a cerveja já lhe subia à cabeça, e pelas costas lhe descia um leve arrepio, até agradável. As suas ideias, já de si doentias e incoerentes, começaram a embrulhar-se cada vez mais e não tardou que um sono leve e agradável se apoderasse dele. Afundou com prazer a cabeça na almofada, embrulhou-se bem no seu macio cobertor de lã pesada, que substituía agora, na sua cama, o velho sobretudo esfarrapado de outrora, suspirou suavemente e afundou-se num sono profundo, forte, benéfico.

Despertou ao sentir que alguém entrava no seu quarto, abriu os olhos e viu que era Razumíkhin, que escancarara a porta e estava parado à entrada, perplexo: devia entrar ou não? Raskólhnikov ergueu-se apressadamente no divã e ficou olhando para ele, como se se esforçasse por se lembrar de alguma coisa.

– Ah, não estás dormindo! Bem, então entro. Nastássia, traz aqui o embrulhinho – gritou Razumíkhin, inclinando-se. – Agora vou te prestar contas de tudo...

– Que horas são? – perguntou Raskólhnikov, olhando à sua volta, constrangido.

– Dormiste bem, meu amigo; lá fora já é escuro; devem ser seis horas. Deves ter dormido umas boas seis horas...

– Meu Deus! Mas o que eu tenho?

– Ora, não há de ser nada! E vais melhorar já. Estás com pressa? Tens algum compromisso? Agora temos o tempo por nossa conta. Há três horas que eu estava à tua espera; entrei duas vezes e tu sempre dormindo. Fui a casa de Zósimov duas vezes, mas ele não estava! Não faz mal, ele há de vir... Também tratei das minhas coisas. Porque eu me mudei, me mudei definitivamente, em companhia de meu tio... Fica sabendo que, agora, tenho um tio... Bom, mas para o diabo com tudo isso! Me dá aqui o embrulhinho, Nástienhka! Olha, nós... Mas, meu amigo, me diz primeiro como te sentes.

– Pois bem, já não estou doente... Razumíkhin, estavas aqui há muito tempo?

– Já te disse: há três horas que estou à tua espera.
– E antes?
– Antes o quê?
– Há quanto tempo chegaste?
– Mas eu já te contei tudo em detalhes, ainda há pouco. Não te lembras?

Raskólhnikov ficou pensativo. Como num sonho, lembrou-se de tudo que acabara de acontecer. Simplesmente não conseguia lembrar-se de tudo sozinho e olhava interrogativamente para Razumíkhin.

– Hum! – disse este. – Te esqueceste! Há pouco me parecia que tu não estavas ainda em teu perfeito juízo... Agora, depois de dormir, ficaste mais recomposto... De fato, tens uma aparência melhor. Bravo! Bom, mas vamos ao assunto! Agora vais te lembrar. Olha para cá, meu caro.

Começou a desembrulhar o volume, o qual, segundo parecia, merecia grande apreço.

– Nisto, acredita, meu amigo, eu tinha especial empenho. Porque é preciso fazer de ti um homem. Vamos lá, comecemos pela parte de cima. Estás vendo um gorro? – Começou, tirando do embrulho um gorro muito bom, mas, ao mesmo tempo, do mais vulgar e barato. – Queres experimentá-lo?

– Depois, depois – disse Raskólhnikov, repelindo-o com brusquidão.

– Não recuse, meu caro Rodka, porque logo será tarde e eu não poderei pregar olho a noite toda pensando que me aventurei a comprá-lo sem saber a medida. – Está ótimo! – exclamou triunfante, depois de experimentá-lo. – Ótimo! No vestir, meu amigo, o mais importante é o adorno da cabeça, é o que nos classifica. O meu amigo Tolstiakov tira sempre a sua carapuça quando entra em algum lugar público, onde todo mundo está de chapéu ou gorro. Todos pensam que ele faz isso por servilismo, quando o faz simplesmente porque tem vergonha do seu ninho de cegonhas. É tão pateta! Bom, Nástienhka, aqui tem duas coisas para a cabeça: este Palmerston[11] – e tirou de um canto o chapelão amassado de Raskólhnikov, o qual, sem saber por que, chamava de Palmerston – e esta joia. Vamos ver, Rodka, faz um cálculo: quanto pensas que paguei por

11. Palmerston foi um político inglês do início do século XIX. O personagem quer dizer que o chapéu é velho e antiquado. (N.E.)

ele? E tu também, Nástiuchka – acrescentou, dirigindo-se a ela ao ver que o outro ficava calado.

– Vinte copeques, pode ser que tenha dado – respondeu Nastássia.

– Vinte copeques, idiota! – exclamou ele, ofendido. – Isso nem tu vales! Me custou oitenta copeques! E isto porque é de segunda mão. Se bem que me venderam com uma condição: se ele ficar surrado, no ano que vem te darão outro de graça. Deus é testemunha! Bem, passemos agora aos Países Baixos, como dizíamos no colégio. Previno-te de que... estou orgulhoso destas calças – e desdobrou à frente de Raskólhnikov umas calças cinzentas, de um tecido leve, de verão. – Nem um buraco, nem uma mancha, ainda em ótimo estado, embora já muito usadas, assim como o colete de uma só cor, como é moda. E o fato de já estar usado ainda é melhor: assim fica mais macio, mais suave... Olha, Rodka, para vencer na vida, em meu entender, basta obedecer sempre à mudança das estações; se não pedires aspargos em janeiro, terás sempre dinheiro; pois digo o mesmo a respeito desta compra. Agora é a temporada de verão, e eu fiz uma compra, porque no outono é preciso um tecido mais forte; por isso poderás te desfazer deste, até porque até lá ele vai se desfazer por si, se não por uma forçosa necessidade de luxo, pelo menos por efeito de desordem interior. Bem, vamos lá. Quanto achas que custou? Pois custou 2 rublos e 25 copeques. E repara, também com a mesma condição de há pouco: se o usares, no ano que vem te darão outra de graça. Na loja de Fiediáiev é assim: assim que pagas uma coisa, ela fica para toda a vida, porque não voltarás lá outra vez. Bem, agora vamos ao calçado. Que calçado! Repara, vê-se muito bem que estas botas já estão usadas, mas ainda poderás usá-las muito bem durante uns dois meses, porque é trabalho estrangeiro e artigo estrangeiro. O secretário da embaixada inglesa foi vendê-las, a semana passada, para Tolkutchka; tinha trazido as botas há apenas uns seis dias; mas andava muito necessitado de dinheiro. Custaram 1 rublo e 15 copeques. É uma pechincha, não é?

– Mas talvez não lhe sirvam – observou Nastássia.

– Não sirvam? O quê? – e tirou do bolso a bota velha de Raskólhnikov, encarquilhada, toda salpicada de lama seca. – Eu sabia o que fazia e tiraram as medidas exatas por este mostrengo. Correu tudo muito bem. Para a roupa branca também me entendi com a senhoria. Aqui tem, em primeiro lugar, 3 camisas de linho com o colarinho na moda. Bem, vamos fazer as contas. O chapéu, 80 copeques; 2 rublos e 25 copeques as outras peças do vestuário, isto é, 3 rublos e 5 copeques; 1 rublo e 50 as botas – porque são esplêndidas – total: 4 rublos e 55 copeques, mais 5 rublos pela roupa de baixo – porque regateamos bem – ao todo 9 rublos e 55 copeques. Sobraram 45 copeques em miúdos, que aqui tens, faz o favor de aceitá-los. E, assim, Rodka, tens agora um traje completo, porque, pelo que vejo, o teu casaco não só ainda pode servir como tem até um aspecto muito decente. Eis o que significa vestir-se na casa de Scharmer[12]! Quanto às meias e outras coisas, deixo isso a teu cargo; restam-nos 25 rublozinhos e, quanto a Páchenka e ao pagamento do quarto, não tens que te preocupar; já lhe falei: crédito ilimitado. Mas agora, meu amigo, faz o favor de mudar de roupa de baixo, porque pode ser que toda a tua doença esteja agora na camisa.

– Me deixa! Não quero! – repudiou-o Raskólhnikov, que escutara de má vontade o relatório que Razumíkhin lhe apresentara da compra daquelas coisas.

– Isso não, meu amigo. Não gastei as minhas solas à toa – insistiu Razumíkhin. – Nástiuchka, não tenhas vergonha e ajuda-me... Isso – e, apesar da resistência de Raskólhnikov, mudou-lhe a roupa de baixo. Este deixou cair a cabeça na almofada e não disse uma palavra.

"Quando é que eles irão embora?", pensou.

– Com que dinheiro compraste isto tudo? – perguntou finalmente, voltando a cara para a parede.

– Com que dinheiro? Essa é boa! Com o teu! Há pouco esteve aqui um caixeiro da loja de Vakrúchin, por incumbência da tua mãe. Já te esqueceste?

– Agora me lembro – disse Raskólhnikov depois de um longo e severo mutismo.

Razumíkhin franziu o cenho e ficou olhando para ele, inquieto. A porta se abriu e entrou um indivíduo alto e forte, que não pareceu completamente desconhecido a Raskólhnikov.

Era Zósimov: um homem alto e gordo, com uma cara cheia e pálida, barbeado com esmero; de cabelo louro, muito

12. Famoso alfaiate de Petersburgo dessa época. (N.E.)

claro e cortado rente, óculos e um grande anel de ouro num dos seus dedos moles de tão gordos. Tinha 27 anos. Vestia um casaco folgado e elegante, de meia-estação, e umas calças claras, de verão e, de maneira geral, tudo nele era amplo, elegante e cuidado; a roupa branca, irrepreensivelmente limpa; usava uma grossa corrente de relógio. Os seus modos eram lentos, quase fleumáticos e, ao mesmo tempo, de uma desenvoltura afetada; por mais que escondesse, notava-se sempre o seu preciosismo. Todo mundo o achava antipático, mas diziam que era bem entendido na sua profissão.

– Fui duas vezes à tua casa, meu caro... Olha, já despertou – exclamou Razumíkhin.

– Estou vendo, estou vendo. Então que tal estamos? – disse Zósimov dirigindo-se a Raskólhnikov, olhando-o atentamente e sentando-se no divã, a seus pés, onde, em seguida, adquiriu um ar despreocupado.

– Está muito suscetível – continuou Razumíkhin. – Há pouco mudamos a roupa dele e ele quase chorou.

– É compreensível; teria sido melhor deixar isso para depois, para quando estivesse em pé... O pulso está bem. A cabeça ainda dói um pouco, não é verdade?

– Eu já estou bom, completamente bom! – declarou Raskólhnikov com brusquidão e irritação, erguendo-se repentinamente no divã e com os olhos chispantes; mas logo a seguir tornou a recostar-se na almofada e voltou-se contra a parede.

Zósimov não despregava os olhos de cima dele.

– Muito bem... Está tudo como deve ser – disse num tom indolente. – Comeu alguma coisa?

Disseram-lhe o que ele comera e perguntaram-lhe o que podiam dar a ele para comer.

– Podem dar tudo... Sopa, chá... Cogumelos e pepinos, é claro que não, nem carne de vaca, nem... Bom, mas temos tanto em que falar! – Trocou um olhar com Razumíkhin. – Nada de xaropes nem de maus remédios! Eu tornarei a passar por aqui amanhã... Talvez hoje já tivesse podido... enfim...

– Amanhã à tarde vou levá-lo para dar um passeio – decidiu Razumíkhin – no jardim de Iusupóvski, e depois vamos ao Palácio de Cristal...

– Amanhã, eu o deixaria tranquilo, embora, no fim das contas... um passeiozinho... Bom, depois veremos.

– Ah, que pena! É precisamente hoje que eu inauguro a minha nova moradia, a dois passos daqui. Se ele pudesse vir também... Ainda que fosse só para nos acompanhar, ficaria estendido no divã... Mas tu não vais faltar, hein? – disse Razumíkhin, encarando Zósimov de repente. – Não te esqueças do que me prometeste.

– Sim, talvez possa passar por lá logo. Que arranjaste para nós?

– Pouca coisa: chá, aguardente, arenques. Também haverá um empadão; é uma coisa entre amigos.

– Quem mais vai... concretamente?

– Vão todos os do bairro, e quase todos os meus novos conhecidos, para dizer a verdade... sem falar no meu velho tio, se bem que ele também seja um novo conhecido, pois está em Petersburgo desde ontem apenas, veio tratar de uns assuntos. Só nos vemos de cinco em cinco anos.

– Quem é?

– Passou toda a sua vida como chefe de correio num distrito... Recebe uma pensãozinha; tem 65 anos; não vale a pena falar dele... Mas eu tenho amizade por ele. Porfíri Siemiônovitch também virá: é o juiz de instrução do bairro, um jurisconsulto. Mas tu já o conheces...

– Também é teu parente?

– É, mas muito afastado. Mas por que estás torcendo o nariz? Só porque vocês dois discutiram, daquela vez, tu não virás?

– E eu quero lá saber dele para alguma coisa...

– Ora, ainda bem. Bom, e além destes virão também estudantes, professores, um funcionário, um médico, um oficial, Zamiótov...

– Faz o favor de me dizer que pode haver de comum entre ti e ele – Zósimov apontou com a cabeça para Raskólhnikov – e um Zamiótov qualquer.

– Oh, que desmancha-prazeres! Os princípios! Tu te moves por princípios, como se fossem molas; não te atreves a atuar livremente; para mim, o fundamental é que o homem seja bom. E, francamente, reparando bem, em todas as classes não há muitas pessoas boas. E mais, estou convencido de que ninguém daria nem um alho chocho por mim e por ti juntos.

– Isso é muito pouco; eu, por ti, daria dois...

– Pois eu, por ti, só dava um! Zamiótov ainda é uma criança; eu ainda lhe puxo as orelhas, e por isso é preciso atraí-lo, e não espantá-lo. Não é repelindo o homem que ele se corrige, e muito menos um rapaz. Com um rapaz novo é preciso o dobro da prudência. É isso o que vocês, os tolos progressistas, não compreendem. Não respeitam o homem; ofendem-se a si mesmos... E se queres saber o que há de comum entre nós, posso te dizer que temos um assunto em comum...

– Gostaria de saber.

– É um assunto relativo ao pintor, quero dizer, ao pintor de paredes... devemos tirá-lo de lá! Embora agora ele não corra perigo algum. A coisa já está clara, completamente clara. Matamos dois coelhos de uma só cajadada!

– Mas que pintor de paredes é esse?

– O quê? Ainda não te contei? Não? É verdade, comecei a te contar só o princípio... Bom, então ouve: um pintor também está envolvido no assassinato da velha usurária, da viúva do funcionário.

– Ah, sim! Já ouvi falar desse crime outro dia e o assunto me interessa até certo ponto... por uma casualidade... li nos jornais. Continua.

– Também mataram Lisavieta! – exclamou Nastássia de repente, dirigindo-se a Raskólhnikov.

Ela permanecera durante todo o tempo no quarto, junto da porta, de ouvido apurado.

– Lisavieta? – murmurou Raskólhnikov, numa voz quase imperceptível.

– Lisavieta, sim, a revendedora. Não a conhecias? Pois vinha por aqui. Até passou uma camisa tua a ferro.

Raskólhnikov voltou-se de cara para a parede, onde, no sujo papel amarelo com florzinhas brancas, escolheu uma destas últimas, muito mal desenhada, toda crivada de pequeninas nervuras escuras, e pôs-se a contemplá-la. Quantas folhinhas teria, quantos bicos nas folhas e quantas nervuras? Sentia as mãos e os pés inchando como se fossem paralisar, mas não se esforçava por mudar de posição e continuava com a vista teimosamente fixa na florzinha.

– Bom, e então, o que se passa com o tal pintor? – perguntou Zósimov, interrompendo a loquaz Nastássia com certa má vontade especial. Ela deu um suspiro e ficou calada.

– É que também lhe atribuíram o crime – prosseguiu Razumíkhin com veemência.

– Havia provas contra ele? Quais?

– Com mil diabos, que provas haveria? E, no fim das contas, quanto a provas há uma só, simplesmente não é uma prova, pois é preciso começar por prová-la. É o mesmo que aconteceu quando prenderam e deram por implicados no caso esses... Kotch e Piestriakov. Ufa! Como isso está sendo mal conduzido! Sinto vergonha pelos outros! É possível que Piestriakov passe hoje também lá em casa... Olha, Rodka, tu já conheces essa história; aconteceu antes da tua doença, precisamente na véspera do dia em que tiveste aquele desmaio na delegacia, quando estavam comentando o acontecimento... – Zósimov olhou com curiosidade para Raskólhnikov, este não fez movimento nenhum.

– Sabes uma coisa, Razumíkhin? Estou mais admirado com o teu entusiasmo que por este caso! – observou Zósimov.

– Está bem, mas vamos tirá-lo a limpo – gritou Razumíkhin dando um soco sobre a mesa. – Sabes o que mais me irrita em tudo isso? Não é que eles sejam uns imbecis, os enganos podem sempre ser perdoados, o erro é uma coisa boa, porque conduz à verdade. Não. O que é lamentável é que, além de se enganarem, ainda admirem os próprios erros. Eu respeito Porfíri, mas... Olha, por exemplo: o que foi que os desorientou logo desde o princípio? A porta estava fechada e, quando voltaram com o porteiro... a encontraram aberta. Bem, pois isso quer dizer que Kotch e Piestriakov foram os assassinos. Já dá para ver qual é a lógica deles!

– Não te irrites, a única coisa que fizeram foi prendê-los, não podiam fazer outra coisa... Olha, eu conheço esse Kotch, parece que comprava da velha objetos que não chegavam a ser resgatados, não é?

– Sim, é um velhaco. Também compra promissórias. É um boa-vida. O diabo que o carregue! Mas não é isso o que me preocupa, compreendes? O que me preocupa é a rotina dessa gente, essa rotina antiquada, estúpida, é isso o que me revolta... Porque, repara: pode-se descobrir uma pista nova em relação a este assunto. Baseando-nos só no dado psicológico, podemos demonstrar como é preciso nos conduzirmos na perseguição da verdade. "Nós nos atemos aos fatos", que diabo!

Sim, mas os fatos não são tudo, pelo menos metade do caso está na maneira como se interpretam esses fatos.

– E tu sabes interpretar os fatos?

– Sim, não é possível uma pessoa calar-se quando sente, de um modo palpável, que pode ajudar na solução do caso, quando... Ah! Tu conheces todos os pormenores da coisa?

– Estou esperando para ouvir o que ias dizer acerca do pintor!

– Ah, bem! Então ouve a história. Justamente anteontem, passados três dias do crime, de manhã, quando ainda estavam às voltas com Kotch e Piestriakov – apesar de estes terem explicado todos os seus passos, que eram evidentes! – aconteceu de repente um fato absolutamente inesperado. Um certo camponês chamado Dúchkin, dono de uma taberna que fica em frente à casa onde aconteceu o crime, compareceu à delegacia, entregou um estojo de joias com uns brincos de ouro e contou esta história: "anteontem à noite, aí pelas nove" (estás reparando no dia e na hora?), "um pintor, o qual anteriormente já frequentava o meu estabelecimento e que se chama Nikolai, veio me procurar e trouxe-me este estojozinho, que continha uns brincos de ouro, pedindo-me que os aceitasse como penhor, em troca de dois rublos; e quando eu lhe perguntei qual a origem dos brincos, explicou-me que os achara na rua. Não lhe perguntei mais nada sobre isso", assim disse Dúchkin, "e dei-lhe uma notinha, ou seja, um rublo, porque calculei que se não lhe desse, outro lhe daria e, além disso, vinha tudo a dar no mesmo... Era para a bebida, e seria melhor que eu tivesse o objeto em meu poder; assim está mais seguro, tenho-o à mão, e se depois se descobre ou se espalha algum boato, então o apresento." Bem, não há dúvida de que isto é uma história da carochinha e que ele está mentindo, porque eu conheço de sobra o tal Dúchkin, que é prestamista e receptador de furtos, e ele não ia ficar com um objeto que vale trinta rublos para Nikolai, para entregá-lo depois. O caso é que teve medo. Bom, mas tem paciência, continua a me ouvir – é Dúchkin quem continua falando. "Eu conheço esse camponês, Nikolai Diemiéntiev, desde pequeno, pois é do nosso mesmo governo e distrito, de Zaráisk, e eu também sou de Riazan. Nikolai, sem ser o que se chama de um bêbado, gosta da pinga, e todos nós sabíamos que ele trabalhava nessa casa, pintando paredes, juntamente com Mitriéi, que é também seu conterrâneo. Depois de receber a cautela, trocou-a, bebeu dois copinhos, pegou o troco e foi embora; nessa altura Mitriéi não estava com ele. No outro dia chegou a notícia de que Alíona Ivánovna e a irmã, Lisavieta Ivánovna, tinham sido assassinadas a machadada, e nós conhecíamos as duas, e logo ficamos com a suspeita, por causa dos brincos... porque sabíamos que a falecida emprestava dinheiro sobre penhores. Fui procurá-los nessa casa e me pus a sondar, com muito cuidado; comecei perguntando: 'Nikolai está?'. Mitriéi me respondeu que Nikolai andara na farra na noite anterior e que voltara para casa já de dia, bêbado, e depois de ficar em casa uns dez minutos voltara a sair; e ele, Mitriéi, não tornara a vê-lo, e que estava acabando o trabalho sozinho. O trabalho deles era um lance de escada no segundo andar abaixo da casa das vítimas. Depois de ter ouvido aquilo, não disse nada a ninguém", continuou dizendo Dúchkin, "mas procurei me informar de todos os pormenores que pude a respeito do duplo crime e voltei para casa com as suspeitas que já disse. Mas hoje de manhã, entretanto, às oito horas, isto é, passados três dias, compreendem?, vejo entrar Nikolai pela minha porta adentro, já um pouco embriagado, mas de maneira que ainda podia seguir uma conversa: sentou-se num banco e ficou calado. Além dele, nesta manhã estava ainda na taberna um homem desconhecido, e outro, um freguês, que dormia noutro banco, e os meus dois caixeiros: 'Viste Mitriéi?', eu perguntei. 'Não', ele respondeu, 'não o vi.' 'E não estiveste lá?' 'Não', me respondeu, 'desde anteontem!' 'E onde passaste esta noite?' 'Em Piéski', respondeu, 'com os de Kolomna.' 'E onde é que arranjaste esses brincos?' 'Encontrei-os na rua', e disse isso de uma maneira estranha, sem olhar para mim. 'Mas não ouviste dizer', disse-lhe eu, 'que tal noite, a tal hora, na escada tal, aconteceu...?' 'Não', disse ele, 'não ouvi dizer nada', e me escutava com uns olhos muito abertos, e, de repente, ficou branco como a cal. Então lhe contei tudo, olhei para ele, ele pegou o chapéu e começou a levantar. Senti vontade de segurá-lo: 'Espera, Nikolai', digo-lhe eu, 'não queres beber alguma coisa?'. E fiz um sinal ao caixeiro para que segurasse na porta e saí de trás do balcão; eis senão que ele foge, nas minhas barbas, sai para a rua, escapa e entra na primeira ruela... Mal tive tempo de vê-lo.

Então pus todas as minhas dúvidas de lado, porque o autor do crime é ele..."

– Não há dúvida... – declarou Zósimov.

– Espera! Ouve o fim! É claro que se lançaram em perseguição de Nikolai com toda a força das suas pernas; prenderam Dúchkin, revistaram a casa dele e a de Mitriéi também; também fizeram investigações entre os de Kolomna, e passados três dias encontraram de repente o próprio Nikolai e o prenderam nas imediações da barreira[13] de***, numa estalagem. Tinha ido para lá, depois de ter se desfeito de uma cruz de prata, e pediu em troca um frasco de aguardente, que lhe deram. Passados uns minutos, uma mulher dirigiu-se ao estábulo e viu por uma fresta que ele atara o seu cinturão a uma viga de um alpendre contíguo e fizera um nó corredio e, montado em cima de um cepo, já ia colocar a cabeça nesse nó; a mulher teve a feliz ideia de gritar e acorreu gente. "Que vais fazer?" "Levem-me", disse ele, "a qualquer delegacia, que eu confessarei tudo!" Bem, então o levaram, com as honras devidas, a uma delegacia, a deste distrito. Lá começaram com as perguntas de costume: quem era, como foi, que idade tinha – 22 – etc. etc. Perguntaram-lhe: "Quando estavas trabalhando com Mitriéi não viste ninguém na escada a tais e tais horas?" Resposta: "Como todo mundo sabe, entra muita gente ali, mas nós não reparamos em ninguém". "Mas não ouviste nada, nenhum barulho ou qualquer outra coisa?" "Não ouvimos nada de especial." "Mas tu não soubeste, Nikolai, que nesse mesmo dia e a tal hora tinham assassinado e roubado uma certa viúva e a irmã?" "Saber, não sabia, e também não imaginava. A primeira notícia que tive disso foi por Afanássi Pávlitch, quando, três dias depois, o ouvi contando na taberna." "E onde arranjaste os brincos?" "Encontrei-os na rua." "E por que não foste trabalhar com Mitriéi no dia seguinte?" "Porque tomei uma bebedeira." "E onde tomaste essa bebedeira?" "Por aí." "E por que fugiste de Dúchkin?" "Porque fiquei com muito medo." "Mas de que tinhas medo?" "De que me prendessem." "Como podias ter medo disso, se te sentias completamente inocente?" Bem, quer acredites ou não, Zósimov, fizeram-lhe essa pergunta, nos mesmos termos em que

13. Nos limites da cidade.

eu a formulei, e sei disso de boa fonte, pois me transmitiram textualmente. Que tal? Que tal?

– Ah, então eis a prova.

– Eu não estou falando agora das provas, mas das perguntas, e de como eles interpretam a sua missão! Que vão para o diabo! Bem, tanto o atazanaram e apertaram, que ele acabou por se declarar culpado: "Não foi na rua, diacho, que encontrei os brincos, mas no andar onde estávamos trabalhando eu e Mitriéi". "Mas como?" "Depois de ter estado ali pintando com Mitriéi durante todo o dia, até às oito, quando nos preparávamos para nos retirarmos, Mitriéi pegou uma brocha e lambuzou a minha cara toda de tinta, então saiu correndo, e eu atrás dele. Eu o segui, gritando-lhe coisas, e, ao sair da escada para o pátio, dei de cara com o porteiro e uns senhores, não sei quantos eram; o porteiro me insultou, e o outro porteiro também, a mulher do primeiro apareceu e começou também a me insultar, e um cavalheiro que estava nesse momento com uma senhora também começou a me ofender, porque eu e Mitka tínhamos rolado pelo chão e estávamos atrapalhando o caminho; eu tinha agarrado Mitka pelos cabelos e estava lhe dando uma sova; e Mitka, apesar de estar debaixo de mim, também me agarrava pelos cabelos e me batia; mas não o fazíamos por mal, era por pura amizade, de brincadeira. Mas depois Mitka se safou e correu para a rua, e eu saí também correndo atrás dele; como não consegui apanhá-lo, voltei para o andar sozinho... porque precisava arrumar as minhas coisas. Comecei a fazer isso, esperando que Mitka talvez voltasse. E então, no vestíbulo, no canto da parede, vou e encontro um pequeno estojo. Olho, vejo-o ali no chão, embrulhado num papel. Tiro o papel, vejo uns parafusos muito pequeninos, puxo-os e vejo uns brincos...

– Atrás da porta? Estavam atrás da porta? Atrás da porta? – exclamou Raskólhnikov, de repente, lançando um olhar vago e assustado a Razumíkhin, e ergueu-se lentamente, apoiando-se sobre a mão, no divã.

– Sim... Por quê? Que tens? Que te interessa isso? – e Razumíkhin levantou-se também do seu lugar.

– Nada! – respondeu Raskólhnikov com uma voz quase imperceptível, tornando a recostar-se na almofada e a se voltar de cara para a parede. Todos ficaram calados durante um momento.

– Devia estar meio adormecido, sonhando – disse finalmente Razumíkhin, olhando inquisidoramente para Zósimov, que lhe fez um sinal negativo com a cabeça.

– Bem... continua – disse Zósimov. – Que mais?

– Que mais? Pois o nosso homem, assim que viu os brincos se esqueceu imediatamente do andar e de Mitka, pegou o gorro e correu para a taberna de Dúchkin, o qual, como já se sabe, lhe deu um rublo por eles; ele lhe pregou uma mentira dizendo-lhe que os encontrara na rua e, ato contínuo, foi embebedar-se. Quanto ao duplo crime, mantém o que dissera: "Saber não sabia; estar a par, não estava, só três dias depois ouvi falar disso". "Mas por que não apareceste durante todo esse tempo?" "Porque tinha medo." "Mas por que querias te enforcar?" "Por causa de uma coisa." "Que coisa?" "Porque me iam processar." E aqui está a história toda resumida. E, agora, sabes o que eles concluíram disso tudo?

– Nem sei o que pensar. Seja como for, há provas, fatos. Mas puseram em liberdade o teu pintor?

– Sim, e o que fazem, agora, é imputar-lhe o duplo crime! Sobre esse pormenor, já não têm a menor dúvida.

– Tu mentes, estás delirando. Pois vamos ver: e os brincos? Tu tens de reconhecer que, se nesse mesmo dia e nessa mesma hora os brincos do estojo da velha vão parar nas mãos de Nikolai... tu próprio hás de concordar que de alguma maneira foi. Não será nada despropositada uma investigação sobre esse ponto.

– Como é que foram parar lá? – exclamou Razumíkhin. – Por casualidade, meu caro doutor, tu, que antes de mais nada, tens a obrigação de conhecer o homem e tens mais oportunidades do que os outros de estudar a natureza humana... não vês, por todos estes dados, que tipo de indivíduo é esse tal Nikolai? Não vês que tudo quanto ele declarou, desde o primeiro instante, em resposta a esse interrogatório é uma verdade sacrossanta? Foi isso, foram parar nas mãos dele, conforme ele disse. Encontrou-os no estojo e apanhou-os rapidamente!

– Uma verdade sacrossanta! No entanto, ele mesmo confessou que, a princípio, mentira.

– Escuta, escuta atentamente: tanto o porteiro como Kotch e Piestriakov, e o outro porteiro, e a mulher do primeiro porteiro, e a vendedora que naquele momento se encontrava na portaria, e o conselheiro da Corte, Kriúkov,[14] que precisamente nesse momento descia de um coche e entrava no pátio pelo braço de uma senhora... Todos, isto é, oito ou dez testemunhas, afirmam unanimemente que Nikolai atirara Dimítri ao chão, que estava por cima dele e lhe batia, enquanto ele, por seu lado, segurava-o pelos cabelos e também lhe batia. Os dois estavam caídos transversalmente e atrapalhavam o caminho; todos os insultavam, "como uns meninos" (expressão literal das testemunhas), estavam um em cima do outro, gritavam, batiam um no outro e riam, riam, com os gracejos mais pesados, e depois se perseguiam mutuamente, como crianças que correm pela rua. Ouviste? Agora repara: os cadáveres, lá em cima, ainda estavam quentes, estás ouvindo, quentes, como também os encontraram assim! Se tivessem sido eles os criminosos, ou apenas Nikolai, se ele tivesse roubado a arca por arrombamento, ou tivesse simplesmente participado do furto, peço-te o favor de fazeres somente esta pergunta: por acaso serão compatíveis tal estado de espírito, isto é, esses gritos, essas risadas, essa rixa infantil à porta... com a machadinha, o sangue e a astúcia criminosa, os cuidados e o roubo? Imediatamente depois de terem cometido o duplo assassinato, uns cinco ou dez minutos depois... assim o confirmam os cadáveres, ainda quentes... deixam os cadáveres e o apartamento aberto, sabendo que de um momento para o outro entraria ali gente, e, abandonando o roubo, eles, como criancinhas, se atravessam no caminho, começam a rir, chamando assim a atenção de todo mundo, e ainda por cima há dez testemunhas unânimes que dão fé de tudo isso!

– Não há dúvida de que é estranho! E até impossível; mas, no entanto...

– Não, meu amigo, não há mas nem meio mas. Se os brincos que naquele dia e naquela hora se encontravam em poder de Nikolai constituem uma acusação importante contra ele, o que, aliás, as suas declarações explicam muito bem, sendo por conseguinte uma acusação discutível, nesse caso é preciso tomar também em consideração os outros indícios favoráveis, ainda mais que são incontrovertíveis. E tu achas que, no que diz respeito ao caráter da nossa jurisprudência, eles tomam ou são capazes de tomar esse fato, que se baseia só e

14. Literalmente: enganchador, aproveitador.

exclusivamente na impossibilidade psicológica, na disposição de espírito, por um fato indiscutível, que deite por terra todos os fatos acusadores e materiais, sejam eles quais forem? Não, não o consideram assim, e não o consideram assim porque o indivíduo encontrou o estojo e depois quis suicidar-se, coisa que não teria sido possível se ele não se sentisse culpado! Aqui é que está o ponto mais importante, é isso o que me desespera. Compreendes?

– Estou vendo que te desesperas! Mas um momento, esqueci de te perguntar: como é que puderam provar que o estojo e os brincos haviam sido tirados do cofre da velha?

– Isso foi investigado – respondeu Razumíkhin franzindo o cenho e de má vontade. – Kotch reconheceu o objeto e indicou o seu dono, e este declarou que era dele.

– Mau. Agora outra coisa: ninguém viu Nikolai enquanto Kotch e Piestriakov subiram, e não seria possível provar tudo isso?

– Aí é que está o pior: ninguém o viu – acrescentou Razumíkhin, contrariado. – Isso é que irrita; nem sequer Kotch e Piestriakov os viram subir ao andar, embora o testemunho deles não signifique grande coisa. "Viram", dizem eles, "que o apartamento estava aberto, que devia haver gente trabalhando lá, mas quando passaram não repararam nisso, nem puderam ver se, exatamente nesse momento, havia operários trabalhando ali ou não."

– Hum! Em resumo: não há outra justificativa para eles senão a de estarem se batendo mutuamente e rindo. Admitamos que seja uma prova poderosa, mas... Deixa-me fazer outra pergunta: como tu explicas tudo isso? Como explicas o fato de terem encontrado os brincos, se é que de fato foram eles que os encontraram, como dizem?

– Como é que eu explico? Mas há necessidade de explicar? A coisa está claríssima! Pelo menos o caminho do juiz de instrução, que superintende no assunto, é claro e terminante, e, sobretudo, é o estojo que indica isso. O verdadeiro criminoso deixou cair esses brincos. O assassino estava lá em cima quando Kotch e Piestriakov bateram à porta e a tinham fechado por dentro. Kotch fez uma tolice em descer também; então o assassino saiu e esgueirou-se pelas escadas abaixo, visto que não havia outra saída. Na escada escondeu-se de Kotch, de

Piestriakov e do porteiro, no andar desalugado, precisamente no momento em que Dimítri e Nikolai acabavam de sair dali correndo; ficou à espreita atrás da porta, enquanto o porteiro e os outros dois subiam; esperou que desaparecesse o ruído dos seus passos e então deslizou pelas escadas abaixo, com a maior tranquilidade, exatamente no momento em que Dimítri e Nikolai saíam correndo para a rua e todos se dispersavam e já não havia ninguém na porta. Pode até ser que o tivessem visto, mas não repararam nele. Entra e sai ali tanta gente! Mas o estojo caiu do bolso dele enquanto estava escondido atrás da porta e ele não deu por isso; ele não teria reparado então numa coisa dessas! O estojo demonstra claramente que ele esteve ali escondido. Eis como as coisas ocorreram!

– Bem imaginado! Não, meu amigo, não se pode negar que não esteja bem imaginado! Admiravelmente inventado!

– Mas por que, por que, por quê?

– Porque tudo isso está demasiadamente bem urdido... e combinado... Tal como no teatro.

"Ah!", quase gritou Razumíkhin, mas nesse momento a porta se abriu e entrou uma nova personagem, que nenhum dos presentes conhecia.

CAPÍTULO IV

É UM CAVALHEIRO, já não tão jovem, bem-empertigado e solene, o rosto reservado e sereno; inicialmente ficou parado na porta, olhando à sua volta com um espanto que ostensivamente procurava não dissimular, e como se perguntasse com o olhar: "Onde é que eu vim me meter?". Contemplou com receio, e fingindo até um certo susto e quase despeito, o estreito e baixo "camarote de barco" de Raskólhnikov. Com a mesma estupefação mudou logo a direção do olhar e fixou-o em Raskólhnikov, que, também imóvel, em trajes menores, despenteado, sem ter se lavado ainda, prostrado no seu divã pobre e ensebado, olhava para ele. Depois pôs-se a contemplar com a mesma meticulosidade a descuidada figura de Razumíkhin, por barbear e pentear, e que por sua vez o fixava diretamente nos olhos, de uma maneira impertinente e interrogativa, sem sequer se mover do seu lugar. O aborrecido silêncio prolongou-se por um momento, até que, finalmente, e como era de se esperar, houve uma leve mudança no cenário. Tendo compreendido certamente, por alguns indícios, aliás bastante claros, que aquela solenidade altiva e severa não se impunha a ninguém naquele camarote de barco, o visitante suavizou-se um pouco, e com um tom de voz cortês, ainda que um pouco arrastado, dirigiu-se a Zósimov e, destacando as sílabas das palavras, perguntou:

– Rodion Románovitch Raskólhnikov? Um senhor estudante ou ex-estudante?

Zósimov endireitou-se lentamente e talvez tivesse respondido se Razumíkhin, ao qual ele tinha se dirigido, não tivesse se apressado a responder:

– Ei-lo ali, estendido naquele divã! Mas o que deseja?

A familiaridade daquele "Mas o que deseja?" ofendeu o presunçoso senhor; e ele quase encarou Razumíkhin, mas conseguiu dominar-se e voltou-se em seguida outra vez para Zósimov.

– Aí está Raskólhnikov – disse Zósimov com indolência, apontando com a cabeça para o doente, depois bocejou, abrindo desmedidamente a boca e mantendo-a durante um tempo excessivo nessa posição. Então, lentamente, tirou da algibeira do colete um relógio de ouro enorme, maciço, levantou a tampa dele, viu as horas e, com a mesma lentidão e indolência, tornou a guardá-lo na algibeira. Por seu lado, Raskólhnikov permaneceu durante todo esse tempo estendido, silencioso, virado para cima e olhando o visitante obstinada mas distraidamente. O seu rosto, que acabara de desviar da curiosa florzinha do papel da parede, estava extremamente pálido e exprimia um sofrimento extraordinário, como se tivesse acabado de passar por uma operação dolorosa e sofrido uma tortura. Mas, pouco a pouco, o visitante começou a despertar nele uma atenção cada vez maior; depois uma suspeita e, finalmente, desconfiança e até medo. Quando Zósimov o apontou dizendo: "Aí está Raskólhnikov", este ergueu-se de repente, quase de um salto, sentou-se no divã e, com uma voz quase arrastada, embora sincopada e fraca, disse:

– Sim! Eu sou Raskólhnikov! Que deseja?

O visitante olhou para ele atentamente e, em um tom digno, declarou:

– Piotr Pietróvitch Lújin. Estou absolutamente convencido de que o meu nome não deve ser completamente desconhecido para o senhor.

Mas Raskólhnikov, que esperava algo completamente diferente, continuou a olhá-lo de uma maneira estúpida e cavilosa e nada respondeu, como se fosse a primeira vez que escutava o nome de Piotr Pietróvitch.

– O quê? Será possível que não saiba de nada até agora? – perguntou Piotr Pietróvitch um pouco enfadado.

A resposta de Raskólhnikov foi deixar cair lentamente a cabeça sobre a almofada, passar a mão debaixo da cabeça e a olhar para o teto. A cara de Piotr Pietróvitch denotava aborrecimento. Zósimov e Razumíkhin observavam-no com grande curiosidade, até que, por fim, ele perdeu visivelmente a calma:

– Eu supunha, contava que... – balbuciou – a carta colocada no correio há mais de dez dias, talvez há duas semanas...

– Mas, escute, por que continua aí, na porta, de pé? – interrompeu-o Razumíkhin de repente. – Se tem alguma coisa a dizer, entre e sente-se; vocês, o senhor e Nastássia, não cabem aí juntos! Nástiuchka, te afasta para o lado, deixe-o passar! Entre de uma vez; olhe, tem uma cadeira aí! Entre sem cerimônia!

Afastou a cadeira da mesa, deixou um espaço entre esta e os seus joelhos e esperou, numa posição um pouco forçada, que o visitante passasse por esse espaço. O momento era tão crítico que não seria possível recusar, e o visitante passou por esse espaço estreito atropelando e tropeçando. Assim que chegou à cadeira sentou-se e ficou olhando com indignação para Razumíkhin.

– Não se preocupe – disse-lhe ele – Rodka esteve cinco dias doente e três delirando, mas agora já não tem febre e até já comeu com apetite. Este que aqui é o médico dele, que acabou precisamente agora de examiná-lo, e, neste momento, eu sou um companheiro de Rodka, também ex-estudante, e agora, como pode ver, estou aqui prestando assistência a ele; por isso não se preocupe conosco, nem faça rodeios, e explique o que deseja.

– Muito obrigado. Mas será que não prejudicarei o doente com a minha presença e a minha conversa? – perguntou Piotr Pietróvitch dirigindo-se a Zósimov.

– Não... não! – balbuciou Zósimov. – Até pode ser que o distraia – e tornou a bocejar.

– Oh, já faz algum tempo que recuperou a lucidez, desde esta manhã! – continuou Razumíkhin, cuja familiaridade tinha um tom tão ingênuo que Piotr Pietróvitch reconsiderou e começou a ganhar coragem, talvez também, em parte, devido àquele charlatão insolente ter se apresentado como estudante.

– A sua mamãe... – começou Lújin.

– Hum! – pigarreou Razumíkhin com força. Lújin olhou-o interrogativamente. – Não é nada, tenho este costume; continue.

Lújin encolheu os ombros.

– A sua mamãe, quando eu ainda estava lá, começou a escrever uma carta para o senhor. Quando eu cheguei aqui, deixei passar uns dias, de propósito, antes de vir vê-lo, para ter assim a certeza de que o senhor já estava a par de tudo; mas agora vejo com assombro...

– Já sei, já sei! – exclamou Raskólhnikov, de repente, com uma expressão de imenso desgosto. – É o senhor! O noivo! Bem, pois já sei! E basta!

Piotr Pietróvitch sentiu-se vivamente ofendido, mas ficou calado. Esforçando-se por se dominar, procurava compreender o que significava tudo aquilo. Houve um minuto de silêncio.

Entretanto, Raskólhnikov, que se voltara levemente para ele, para lhe responder, pôs-se de súbito a examiná-lo outra vez, de alto a baixo, com uma curiosidade especial, como se alguma coisa de novo nele tivesse lhe chamado a atenção, e para isso até se ergueu da almofada. De fato, em todo o aspecto de Piotr Pietróvitch havia qualquer coisa de especial que chocava e, sobretudo, algo que parecia justificar aquela denominação de "noivo" que acabava de aplicar-lhe, assim de chofre. Em primeiro lugar era evidente, e era até sobretudo notável, que Piotr Pietróvitch tivesse aproveitado os poucos dias em que estava na capital para preparar-se, enquanto esperava a sua prometida, o que, afinal, era uma coisa natural e inocente. Até a sua impressão pessoal, demasiado satisfatória talvez, de que nele se operara uma transformação favorável, podia ser perdoada naquela ocasião, visto que Piotr Pietróvitch pertencia à categoria dos noivos. O seu traje tinha acabado de sair do alfaiate e era impecável, mas talvez vistoso demais, e deixava transparecer com demasiada evidência aquilo a que se destinava. Até o chapéu-coco, elegante, mostrava a que se destinava: Piotr Pietróvitch parecia tratá-lo com excessivo respeito e segurava-o na mão com o maior cuidado. Também o magnífico par de luvas lilás, marca Jouvin, autêntica, mostrava o mesmo, embora fosse somente pelo fato de ele não as ter vestido, e apenas segura-las na mão, para serem vistas. No traje de Piotr Pietróvitch predominavam as cores claras e juvenis. Usava uma bonita jaqueta cor de canela clara, calças de verão também claras, com colete igual, uma camisa fina, acabada de estrear, uma gravata de batista finíssima, com listras cor-de-rosa, e o melhor era que tudo isso se harmonizava perfeitamente com a figura de Piotr Pietróvitch. O seu rosto, muito fresco e até bonito, não precisava de nada disso para não parecer os seus 45 anos. As suíças escuras, em forma de costeleta, punham uma nota agradável na sua cara e alargavam-se graciosamente de ambos os lados da barba, cuidadosamente rapada. Até o cabelo, aliás já um pouco grisalho, penteado e ondulado pelo cabeleireiro, não apresentava nada de ridículo nem de estúpido, como costuma acontecer com os cabelos frisados artificialmente, pois dá ao indivíduo uma semelhança fatal com um alemão quando vai se casar. Se havia qualquer coisa de antipático e desagradável naquela fisionomia era devido a outras razões. Depois de ter olhado com o maior descaramento para o senhor Lújin, Raskólhnikov sorriu amargamente, tornou a recostar-se na almofada e pôs-se, como anteriormente, a olhar para o teto.

Mas o senhor Lújin ganhou coragem e, pelo visto, resolveu não reparar por enquanto nessas extravagâncias.

– Sinto muito, muitíssimo, vir encontrá-lo em semelhante estado – começou novamente, interrompendo o silêncio com um esforço. – Se soubesse que estava doente, já teria vindo. Mas, os negócios, como sabe... Além disso, tenho agora um assunto importantíssimo da minha profissão forense, no Senado. É desnecessário lhe falar desses assuntos, já deve calcular como são. Estou à espera da sua mãe e da sua irmãzinha, a qualquer minuto...

Raskólhnikov movimentou-se e parecia que ia dizer qualquer coisa: no seu rosto refletiu-se uma leve animação. Piotr Pietróvitch fez uma pausa, esperou, mas, como ele não dizia nada, continuou:

– A qualquer minuto. De momento, já arranjei quarto para elas...

– Onde? – perguntou debilmente Raskólhnikov.

– Muito perto daqui, no edifício Bakaliéiev.[15]

– Fica no Próspekt Vosniessiénski – interrompeu-o Razumíkhin.

– Ali há dois andares para hóspedes, cujo dono é o comerciante Iúchin; eu estive lá...

– Sim, têm quartos mobiliados...

– O que há de mais repugnante: sujeira, mau cheiro e, além disso, é uma casa suspeita; aconteceram coisas muito feias lá, e sabe Deus que tipo de gente mora lá... Eu mesmo estive ali lá por causa de um assunto... escandaloso. No entanto é baratinho, lá isso é...

– É claro que eu não podia saber tão bem dessas coisas, sou um estranho aqui – respondeu Piotr Pietróvitch um tanto azedo. Mas, seja como for, ofereceram-me ali dois quartos esplêndidos e com tanta rapidez... Já escolhi outro, que há de ser o nosso verdadeiro quarto – e dirigiu-se a Raskólhnikov –, mas ainda está sendo arrumado e, nesse meio tempo, eu também estou hospedado, a dois passos daqui, na casa da senhora Lippewechsel, no andar de um jovem amigo meu, Andriéi Siemiônovitch Liebiesiatnikov; foi ele quem me indicou a casa Bakálieiev.

– Liebiesiatnikov? – interveio, imediatamente, Raskólhnikov, como se se tivesse lembrado de qualquer coisa.

– Sim, Andriéi Siemiônitch Liebiesiatnikov, que trabalha no Ministério. Conhece-o?

– Sim... Não... – respondeu Raskólhnikov.

– Desculpe, mas pareceu-me que o conhecia, a julgar pela sua pergunta. Em certa época, eu fui tutor dele... É um rapaz muito novo... e de ideias avançadas... Eu gosto muito de conviver com gente nova; aprendem-se sempre coisas novas com eles – e Piotr Pietróvitch olhou com esperança para todos os presentes.

– Em que sentido o senhor diz isso? – perguntou-lhe Razumíkhin.

---

15. Os prédios eram designados pelo nome do proprietário. Assim sendo, o autor deu ao dono dessa casa este nome que vem de *bakaliéinaia lavka* (venda).

– No sentido mais sério, por assim dizer, no sentido essencial – esclareceu Piotr Pietróvitch, como se tivesse ficado satisfeito com a pergunta. – Há dez anos que eu não vinha a Petersburgo. Todas essas novidades, reformas, ideias, tudo isso chega também até nós, das províncias, mas para ver as coisas claramente, para ver tudo, é necessário estar em Petersburgo. Bem, e o meu pensamento era que a melhor maneira de observar e aprender era estudar as nossas novas gerações. Eu confesso, fiquei entusiasmado.

– Com o quê, concretamente?

– A sua pergunta é muito vasta. Posso estar enganado, mas me parece que aqui tem uma visão mais ampla, por assim dizer, mais crítica, com um sentido mais prático.

– Lá isso é verdade – disse Zósimov com indiferença.

– Isso é mentira, esse sentido prático não existe – interveio Razumíkhin. – O sentido prático é difícil de criar, e não cai do céu aos trambolhões. E há quase duzentos anos que nós temos as costas voltadas a tudo quanto é prático... Ideias, sim, pululam – e encarou Piotr Pietróvitch –, o desejo do bem existe, embora sob uma forma pueril, e honestidade também se encontra, apesar de que, visíveis ou encobertas, abundam os velhacos; mas quanto ao sentido prático, não existe de maneira nenhuma. Quanto ao senso prático, nada!

– Não estou de acordo com o senhor – objetou com visível prazer Piotr Pietróvitch. – Não há dúvida de que existem exageros, irregularidades, mas é preciso ser indulgente. Os exageros são o testemunho do entusiasmo pelos empreendimentos e do ambiente exterior anormal em que se realizam. Se o que está feito ainda é pouco, não se esqueça de que também foi pouco o tempo. Nos meios, nem falo. A minha opinião, se isso não lhe pesa, é que alguma coisa tem sido feita; espalharam-se pensamentos novos, úteis; publicaram-se obras novas, úteis, em vez dessas antigas, sonhadoras e fantasistas; a literatura apresenta um caráter mais amadurecido; arrancaram-se e ridicularizaram-se muitos preconceitos. Enfim, afastam-nos para sempre do passado, e me parece que isso já é alguma coisa.

– Isso tudo já estava engatilhado! Para se exibir! – exclamou de repente Raskólhnikov.

– O quê? – perguntou Piotr Pietróvitch, que não ouvira bem, mas sem obter resposta.

– Tudo isso é verdade – apressou-se Zósimov a observar.

– Então não é? – prosseguiu Piotr Pietróvitch, dirigindo um olhar amigável a Zósimov. – O senhor mesmo há de reconhecer – continuou, dirigindo-se a Razumíkhin, mas já com indícios de uma certa arrogância e superioridade; e quase acrescentava: "rapaz" – que há um avanço ou, como se diz agora, um progresso, ainda que seja apenas no terreno da ciência e do direito econômico...

– Isso é um lugar-comum!

– Não, não é um lugar-comum! Por exemplo, se em outra época tivessem me dito: "Ama o teu próximo", e eu o tivesse amado, o que teria resultado disso? – continuou a dizer Piotr Pietróvitch, talvez com demasiada pressa. – O resultado seria eu ter rasgado o meu cafetã em dois, ter repartido com o próximo, e ficaríamos os dois remediados, como diz o ditado russo: "Persegue várias lebres ao mesmo tempo e ficarás sem nenhuma". Mas a ciência diz: "Antes de mais nada ama-te a ti próprio, porque tudo no mundo está baseado no interesse pessoal. Se amares a ti próprio farás os teus negócios como devem ser, e o teu cafetã permanecerá inteiro". O direito econômico nos diz que quanto mais negócios particulares existem na sociedade e, por assim dizer, mais cafetãs inteiros, tanto melhor para a firmeza dos seus fundamentos e tanto melhor para a gestão do negócio coletivo. Por isso, cuidar única e exclusivamente de mim é precisamente a maneira de também cuidar dos outros e fazer com que o meu próximo receba algo mais do que um cafetã partido em dois, e isso sem ser devido a mercês particulares e únicas, mas como consequência do progresso geral. Ideia simplicíssima, mas que, por infelicidade, foi concebida muito tarde e acabou por ser suplantada pelos entusiasmos e pelos sonhos; apesar de que, segundo parece, não é preciso muita esperteza para compreender.

– Desculpe, mas eu também não sou muito esperto – atalhou bruscamente Razumíkhin. – Por isso não continue. Repare que eu comecei falando com uma finalidade concreta; para para mim, toda essa facúndia narcisista, todas essas vacuidades, todos esses intermináveis lugares-comuns e toda essa conversa para boi dormir me fartaram de tal maneira, durante três anos, que eu juro que me envergonho quando os outros, não eu, se põem a discutir assim na minha presença. O senhor, naturalmente, está ansioso por estender os seus conhecimentos, o que é muito digno, e eu não o censuro. Mas agora eu só queria saber quem é o senhor, porque, repare: ultimamente tantos "cavalheiros de indústria" têm-se metido nos assuntos públicos, em busca de tudo que lhes parece ser do seu próprio interesse, que, decididamente, puseram tudo a perder. Bem, mas já chega!

– Com certeza – disse Lújin com um ar de dignidade ofendida – o senhor não quer dar a entender, assim, sem mais nem menos, que eu também...

– Por favor, por favor... Eu não seria capaz disso! – respondeu Razumíkhin e, bruscamente, reatou o seu diálogo anterior com Zósimov.

Piotr Pietróvitch parecia ter suficiente inteligência para aceitar como boa essa explicação. Além do mais, há dois minutos que decidira retirar-se.

– Espero que esta nossa nascente amizade – disse encarando Raskólhnikov – se fortalecerá ainda mais assim que esteja completamente restabelecido e em virtude das circunstâncias que já sabe... Desejo-lhe sobretudo saúde...

Raskólhnikov nem sequer moveu a cabeça; Piotr Pietróvitch começou a levantar-se do seu lugar.

– Não há dúvida, quem a matou foi um dos seus clientes – afirmou Zósimov com energia.

– Certamente foi um dos clientes! – concordou Razumíkhin. – Não há ninguém que tire isso da cabeça de Porfíri, mas, no entanto, interrogou os clientes da velha...

– Interrogou os clientes? – perguntou Raskólhnikov em voz alta?

– Sim; por que perguntas isso?

– Por nada.

– Mas como é que ele os encontrou? – perguntou Zósimov?

– Uns, foi Kotch quem indicou; outros tinham os nomes escritos nos invólucros dos objetos empenhados, e outros também se apresentaram espontaneamente, assim que souberam...

– Bem, mas devia ser um canalha esperto e hábil! Mas que resolução!

– Nada disso! – interrompeu Razumíkhin. – Isso é o que desorienta a todos vocês. Mas, para mim... trata-se de um indivíduo inábil, sem prática e, com certeza, este deve ter sido o seu primeiro crime. Se supuserem que é um canalha astuto, tudo se torna inverossímil. Suponham, pelo contrário, que se trata de um indivíduo sem prática, verão logo claramente que foi apenas a casualidade que o livrou de apuros; o acaso pode muito. Até pode ser que ele não tivesse premeditado. Rouba objetos que podem valer dez, vinte rublos; guarda-os nos bolsos e põe-se a mexer no baú da velha, por entre os trapos... e, na cômoda, na gaveta, numa caixinha, havia mil e quinhentos rublos em metal sonante, sem contar com as cautelas! E nem sequer soube roubar, só soube matar! Foi a sua primeira vez, repito, a sua primeira vez; atrapalhou-se! E não foi o plano, mas apenas a casualidade, que o livrou de dificuldades!

– Pelo visto estão falando do recente assassinato da velha usurária – interveio Piotr Pietróvitch, dirigindo-se a Zósimov, já de pé com o chapéu e com as luvas na mão, mas querendo dizer algumas frases inteligentes antes de ir embora. Parecia que se esforçava por impressionar, e a vaidade transtornava o seu raciocínio.

– Sim; ouviu falar disso?

– Claro que ouvi! Entre os vizinhos...

– E está a par de todos os pormenores?

– Não posso precisar; mas há uma outra circunstância que me interessa e que é, por assim dizer, um problema. Não quero falar que a delinquência entre as classes baixas nos últimos cinco anos sofreu um grande incremento; também não falo dos contínuos roubos e incêndios; o mais estranho de tudo, para mim, é que também nas classes elevadas da sociedade aumentou igualmente a criminalidade e, por assim dizer, paralelamente. Aqui é um antigo estudante que assalta uma carruagem de correio em plena estrada; ali, indivíduos de ideias avançadas e que ocupam uma boa posição social... põem-se a fabricar moedas falsas; além, em Moscou, prendem um bando inteiro de falsificadores de bilhetes de loteria... e vê-se que um dos principais comprometidos é um professor de História Universal; assassinam um dos nossos secretários no estrangeiro para roubarem e também por alguma outra razão obscura... E se agora se chega à conclusão de que essa velha usurária foi assassinada por algum indivíduo das classes elevadas, uma vez que os camponeses não têm objetos de ouro para empenhar, como explicar esse descontrole de uma boa parte da nossa sociedade civilizada?

– A mudança das condições econômicas contribui grandemente para isso – disse Zósimov.

– Mas como explicar isso? – interveio Razumíkhin. – Pode-se explicar com a nossa excessiva falta de sentido prático.

– Que quer dizer com isso?

– Sabe o que esse professor a que se referiu respondeu, em Moscou, à pergunta sobre o motivo por que falsificava notas? "Todo mundo enriquece de várias maneiras e, por isso, eu também quis enriquecer." Não me recordo das palavras exatas, mas a ideia era essa: enriquecer fácil e rapidamente, e com pouco custo! Estão acostumados a viver com toda a moderação, apelam para os auxílios alheios, comem coisas já mastigadas. Bem, depois, quando chega a hora, cada qual mostra aquilo que é...

– Não há dúvida, mas e a moral? E, por assim dizer, as leis?

– Mas por que se preocupa? – interveio Raskólhnikov inesperadamente. – Tudo isso deriva das suas próprias teorias!

– Como das minhas teorias?

– Desenvolva até às suas consequências aquilo sobre o que acaba de dissertar e verá como se pode matar todo mundo.

– Por favor! – exclamou Lújin.

– Não, não é isso! – observou Zósimov.

Raskólhnikov estava estendido, pálido, com o lábio superior tremendo, e a respiração ofegante.

– Mas há um meio-termo em tudo – continuou Lújin altivamente. – A ideia econômica não é, no entanto, um convite ao assassinato, estamos supondo somente.

– Mas é verdade ou não? – tornou a atalhar Raskólhnikov, com uma voz trêmula de cólera e que deixava transparecer uma alegria ofensiva. – É verdade que o senhor disse à sua noiva... no instante em que obteve o seu consentimento, que aquilo que lhe agradava acima de tudo era... o fato de ela ser pobre... porque é preferível casar com uma mulher pobre para ter domínio sobre ela... e poder lançar-lhe no rosto que é nossa protegida?

– Senhor! – exclamou Lújin colérico e irritado, muito vermelho e desconcertado. – Senhor! Desvirtuar assim o meu pensamento! Desculpe, mas eu tenho obrigação de demonstrar-lhe que os boatos que chegaram até aos seus ouvidos não têm o menor fundamento, e eu... eu já imagino quem... Numa palavra... Essa alusão... Em resumo: a sua mãe... Mesmo sem falar nisso, ela já tem demonstrado, juntamente com outras indubitáveis boas qualidades, certos entusiasmos fantasiosos na sua maneira de pensar. Mas eu, no entanto, estava muito longe de supor que pudesse vir a imaginar as coisas com esse aspecto deformado pela fantasia. E, finalmente...

– Sabe de uma coisa? – exclamou Raskólhnikov endireitando-se na almofada e lançando-lhe um olhar fixo, penetrante e cintilante. – Sabe de uma coisa?

– O quê? – Lújin deteve-se e aguardou com uma expressão ofendida e de desafio. Houve um silêncio durante uns segundos.

– Se o senhor voltar a ter a ousadia de dizer uma só palavra... a respeito da minha mãe... irá rolando por esta escada abaixo!

– Mas o que tens? – exclamou Razumíkhin.

– Então é assim?! – Lújin empalideceu e mordeu o lábio. – Escute, senhor – começou depois de uma pausa, reunindo todas as suas energias para se conter e respirando ofegantemente –, desde que entrei aqui, percebi a sua antipatia, mas fiquei aqui para conhecê-lo melhor. Posso perdoar muita coisa a um doente e a um parente, mas agora, ao senhor... nunca!

– Eu não estou doente! – exclamou Raskólhnikov.

– É pior do que isso...

– Vá para o diabo!

E Lújin saiu sozinho, sem acabar a frase, tornando a abrir caminho com dificuldade por entre a mesa e a cadeira; dessa vez Razumíkhin levantou-se para lhe dar passagem. Sem olhar para ninguém e sem fazer sequer uma inclinação de cabeça a Zósimov, o qual lhe fazia sinais para que deixasse o doente em paz, Lújin retirou-se, levantando por precaução o chapéu à altura do ombro, e teve de agachar-se para passar pela porta. Até a maneira de dobrar as costas revelava o terrível ressentimento que sentia.

– Mas será possível, será possível que tu sejas assim? – disse Razumíkhin, perplexo, movendo a cabeça.

– Deixa-me, deixem-me todos! – gritou Raskólhnikov com fúria. – Deixem-me de uma vez, verdugos! Eu não tenho medo de vocês! E agora já não tenho medo de ninguém, de ninguém! Fora daqui! Quero ficar só, só, só!

– Vamos! – disse Zósimov fazendo um sinal a Razumíkhin.

– Mas nós podemos deixá-lo assim?

– Vamos! – insistiu Zósimov e saiu. Razumíkhin refletiu e foi atrás dele.

– Seria pior se não tivéssemos saído – disse Zósimov, já na escada. – Não convém irritá-lo...

– Mas o que ele tem? Se ao menos lhe acontecesse alguma coisa de agradável! Há pouco estava bem... Não há dúvida que rumina alguma coisa! Alguma ideia fixa, dolorosa... Tenho muito medo que seja isso, porque, então, não teria remédio!

– Este senhor Piotr Pietróvitch está metido no caso! Das suas palavras conclui-se que vai se casar com a irmã, e que Rodka, antes de cair doente, recebeu uma carta sobre o caso...

– Sim, foi uma pena ele ter aparecido agora, pode ser que tenha posto tudo a perder. Mas já reparaste que ele se mostra indiferente a tudo e está sempre calado, a não ser quando se toca num ponto, que o põe fora de si: esse tal crime?

– Sim, sim! – concordou Razumíkhin. – Eu também já reparei nisso! Fica interessado e assustado. Já no primeiro dia da sua doença ficou assustado, quando estava na delegacia, onde desmaiou.

– Esta noite vais me contar isso mais pormenorizadamente, e eu depois também vou te contar uma coisa. O caso me interessa muito! Dentro de meia hora voltarei a vê-lo. Aliás, não há perigo de exaltações...

– Graças a ti! Enquanto isso, eu esperarei por ti com Páchenka, e estarei a par de tudo por Nastássia!

Quando ficou sozinho, Raskólhnikov olhou aborrecido e com impaciência para Nastássia, mas esta não se dispunha a sair.

– Queres chá? – perguntou-lhe.

– Depois! O que quero agora é dormir. Me deixa...

Voltou-se convulsivamente de cara para a parede, Nastássia saiu.

CAPÍTULO V

MAL ELA SAIU, ele se levantou, fechou a porta, desfez o embrulho que Razumíkhin trouxera e que atara de novo e começou a vestir-se. Coisa estranha: parecia que, de repente, se apoderara dele uma tranquilidade absoluta; não se encontrava no estado de semidelírio, como antes, nem de pânico, como nos últimos tempos. Era esse o seu primeiro momento de rara e repentina serenidade.

Os seus movimentos eram precisos e claros, e neles transparecia uma intenção firme: "Hoje mesmo, hoje mesmo!", murmurava para consigo. Compreendia, no entanto, que ainda estava fraco, mas uma excitação espiritual violentíssima, que raiava pela apatia, pela ideia fixa, infundia-lhe forças e serenidade; quanto ao mais, esperava não cair na rua. Depois de ter se vestido completamente de novo, olhou para o dinheiro que estava em cima da mesa, refletiu um momento e guardou-o no bolso. Eram 25 rublos. Pegou também todas as moedas de cobre, que somavam o total dos 10 rublos trocados por Razumíkhin na compra do vestuário. Depois, devagarinho, correu o fecho da porta, saiu do quarto, começou a descer as escadas e deu um olhar para a porta da cozinha, aberta de par em par. Nastássia estava de costas soprando sobre o samovar da dona da casa. Não o viu. E quem é que podia imaginar que ele fosse sair? Um minuto depois já estava na rua. Eram oito horas. O sol já declinava. O calor abafado era o mesmo de antes, mas aspirou com avidez aquela atmosfera malcheirosa, poeirenta, que emanava da cidade. A princípio, sua cabeça começou a dar voltas, mas uma certa energia selvagem brilhou de repente nos seus olhos congestionados e no seu rosto macerado, de uma lividez amarelada. Não sabia, nem sequer se preocupava em saber onde é que iria, só sabia uma coisa: que era preciso acabar com tudo aquilo hoje, de uma vez, naquele mesmo instante, que não voltaria à sua casa, pois não queria viver ali. Como acabar? Por que meio acabar? Disso não fazia a menor ideia e não queria pensar nisso, de maneira nenhuma. Afugentava esse pensamento, essa pensamento o afligia. Só sentia e sabia que era preciso que tudo mudasse de uma maneira ou de outra, fosse como fosse, repetia com desolada, imperturbável segurança.

Seguindo um antigo costume, encaminhou-se diretamente para o Mercado do Feno, pelo caminho habitual dos seus antigos passeios. Antes de chegar lá, na calçada diante de uma mercearia estava parado um jovem, tocador de realejo, que tocava uma canção muito sentimental. Uma mocinha o acompanhava, devia ter os seus quinze anos, estava vestida como uma senhora, de crinolina, mantilha, luvas e um chapeuzinho de palha com uma pluma cor de fogo, tudo já velho e usado. Com uma voz de taquara rachada e trêmula, embora bastante agradável e forte, a mocinha entoava uma canção, esperando que, na loja, lhe dessem alguns copeques. Raskólhnikov, que parara, juntando-se ao círculo de dois ou três ouvintes, puxou uma moeda de cinco copeques e colocou-a na mão da mocinha. De repente, ela interrompeu o seu canto na nota mais impressionante e aguda, como se alguém a tivesse degolado; num tom seco gritou para o tocador do realejo:

– Basta! – e ambos seguiram adiante, até a próxima loja.

– Gosta das cantigas de rua? – perguntou Raskólhnikov, de súbito, dirigindo-se a um transeunte que parara junto dele para escutar o realejo e que tinha aspecto de ser um eterno passeante. Este olhou para ele assustado e admirado. – Eu gosto – continuou Raskólhnikov, mas de uma maneira que não parecia referir-se às canções de rua –, gosto quando são cantadas ao som do realejo, numa fria, lúbriga e úmida tarde de outono; tem de ser uma tarde úmida, quando todos os transeuntes estão com as caras de um verde pálido e doentio, ou, melhor dizendo, quando a neve cai derretida, completamente reta, sem vento, está compreendendo?, e através dela brilham as lâmpadas de gás...

– Não compreendo... Desculpe – murmurou o transeunte, assustado tanto pela pergunta como pelo aspecto estranho de Raskólhnikov, e passou para o outro lado da rua.

Raskólhnikov seguiu adiante, direto em frente, e chegou naquele canto do Feno onde o casal que da outra vez estava falando em Lisavieta tinha a sua pequena loja, mas agora ela não estava lá. Reconhecendo o lugar, Raskólhnikov parou, deu uma olhada e reparou num rapaz de camisa vermelha que bocejava à entrada de um armazém de cereais.

– Ouça, por onde anda o comerciante que tem este lugar aqui, juntamente com a mulher?

– Aqui todos são comerciantes – respondeu o rapaz olhando para Raskólhnikov por cima do ombro.

– Como ele se chama?
– Com o nome que lhe deram na pia do batismo.
– Tu não és de Zaráisk? De que província?
O rapaz tornou a medir Raskólhnikov com os olhos.
– O nome, meu senhor, não é província, mas distrito; era o meu irmão que ia e vinha, eu não saía de casa, por isso, não sei nada. Mil desculpas, senhor.
– Aquilo lá em cima é uma taberna?
– É um restaurante e tem sala de bilhar, até príncipes vão lá... Catita!

Raskólhnikov atravessou a praça. Ali, num canto, via-se uma grande multidão, todos homens. Abriu caminho por entre aquele aperto, examinando as caras. Sem saber por que, sentia vontade de falar com todo mundo. Mas os camponeses nem sequer reparavam nele e falavam uns com os outros, dispersos em grupos. Ele parou, reconsiderou e voltou à direita, no passeio, em direção à avenida V***. Abandonando a praça, meteu-se por uma ruela.

Há muito tempo era frequentador assíduo daquela curta ruela, que fazia um cotovelo e levava da praça à rua Sadóvaia. Nos últimos tempos, até lhe agradava vaguear por todos aqueles lugares, quando o tédio se apoderava dele, para se entediar ainda mais. Agora passava por ali sem pensar em nada. Havia um grande prédio ali todo ocupado por tabernas e outros estabelecimentos de comidas e bebidas, de onde saíam continuamente mulheres vestidas como se estivessem em casa, descobertas e em saias de baixo. Reuniam-se na calçada em dois ou três lugares, em grupos, sobretudo à porta do andar inferior, onde, subindo dois pequenos degraus, podia se passar para vários estabelecimentos muito divertidos. Num deles ouvia-se nesse instante uma algazarra que ecoava por toda a rua; tocavam guitarras, cantavam canções e estavam todos muito alegres. Um grande grupo de mulheres se espremia à porta: umas estavam sentadas nos degraus, outras, na calçada, outras ainda estavam de pé e conversavam. Ali perto, um soldado embriagado, de cigarro na boca, cambaleava e lançava insultos em voz alta, e parecia que queria entrar em algum lugar, só que tinha se esquecido. Um maltrapilho trocava injúrias com outro maltrapilho, e um bêbado que não conseguia se equilibrar dava tropeções no meio da rua. Raskólhnikov parou diante de uma grande roda de mulheres. Falavam em voz alta, todas usavam saias de baixo de algodão vagabundo, sapatos de pele de cabra e não tinham nada cobrindo-lhes a cabeça. Algumas já passavam dos quarenta anos, mas também havia algumas de dezessete, quase todas com olheiras.

Sem saber por que, as cantigas, todo aquele alvoroço e algazarra que vinha lá de baixo o atraíram... Podia-se ver ali, por entre as falas e os gritos, acompanhado por uma voz fina de taquara rachada e ao som da guitarra, que alguém dançava desesperadamente, marcando o compasso com os tacões. Atento, triste e pensativo, ele ficou escutando junto da porta e espreitando, curioso, da calçada para o interior.

> Ô meu lindo soldadinho
> Não me batas sem motivo,

dizia a voz fina do cantador. Raskólhnikov sentia uma terrível vontade de escutar os que cantavam, como se tudo se resumisse a isso.

"Por que não entrar?" pensou. "Estão rindo de tão bêbados. Por que não bebo também até me embriagar?"

– Não vai entrar, caro senhor? – perguntou-lhe uma das mulheres com uma voz bastante clara e ainda fresca. Era uma moça e não tinha nada de repulsivo... A única de todo o grupo.

– És muito bonita! – respondeu ele endireitando-se e contemplando-a.

Ela sorriu, aquele galanteio a lisonjeara muito.

– O senhor também é! – disse ela.

– Mas está tão fraquinho! – observou outra com voz de baixo. – Saiu agora do hospital, não?

– Parecem filhas de generais, mas nem por isso deixam de ter o nariz empinado – disse de repente um camponês que se aproximara do grupo, já um pouco "alegre", com o colete desabotoado e uma careta de esperteza trocista. – Estão muito bem dispostas!

– Entra, já que estás aqui.

– Pois então, com mil diabos, entro!

E entrou.

Raskólhnikov continuou o seu caminho.

– Escute, meu senhor! – gritou uma mulher atrás dele.

– O que é?

Ela ficou perturbada.

– Eu teria muito gosto em passar uns momentos com o senhor. Mas, agora, sinto-me envergonhada na sua presença. Vamos, simpático cavalheiro, seis copeques para um copinho.

Raskólhnikov tirou tudo o que achou no bolso: três moedas de cinco copeques.

– Ah, que senhor tão bondoso!

– Como te chamas?

– Aqui sou Duklida.

– Ora vejam só! – observou de repente outra do grupo, movendo a cabeça. – Não sei como alguém pode pedir assim, dessa maneira! Eu, francamente, morreria de vergonha!

Raskólhnikov olhou com curiosidade para a que falara. Era uma mulher de uns trinta anos, com marcas de bexigas, coberta de vergões e com o lábio superior inchado. Falara e censurara a outra com muita calma e seriedade.

"Onde", pensou Raskólhnikov, continuando o seu caminho, "onde é que eu li aquilo sobre um condenado à morte que no momento de morrer dizia ou pensava que se o deixassem viver no alto, numa rocha e num espaço tão reduzido que mal tivesse onde pousar os pés – e se à volta não houvesse mais que o abismo, o mar, trevas eternas, a eterna solidão e a tempestade perene – e tivesse de ficar assim, nesse espaço de um *archin*, a sua vida toda, mil anos, a eternidade... preferiria viver assim a morrer imediatamente? O que interessa é viver, viver, viver! Viver, seja como for, mas viver! O homem é covarde!", acrescentou passado um minuto.

Foi dar em outra rua... "Ora! O Palácio de Cristal!" Não fazia muito ainda que Razumíkhin falara do Palácio de Cristal. "Mas para que eu queria...? Ah, sim, para ler! Zósimov disse que lera nos jornais."

– Tem jornais? – perguntou ao entrar numa taberna muito grande e até de agradável aparência, composta de alguns gabinetes, por certo vazios.

Dois ou três clientes tomavam chá, e numa saleta mais ao fundo havia um grupo de quatro indivíduos que bebiam champanhe. Pareceu a Raskólhnikov que Zamiótov se encontrava entre eles. Embora de longe não se pudesse ver muito bem.

"Que me importa?", pensou.

– Quer vodca? – perguntou-lhe o rapaz.

– Traga-me chá. E traga-me também jornais atrasados, de cinco dias atrás, que eu te dou uma gorjeta.

– Muito bem. Aqui tem os de hoje. E vodca, também quer?

Trouxeram-lhe os jornais atrasados e chá. Raskólhnikov sentou-se à vontade, à procura. "Isler... Isler... Os astecas!... Isler Bártola... Máximo... Os astecas!... Isler... Bártola... Máximo... Os astecas... Isler... Que diabo! Mas aqui estão os acontecimentos: caída na escada... Um comerciante carbonizado pelo abuso do álcool... Um incêndio em Piéski... Um incêndio em Petersburgo. Outro incêndio em Petersburgo... Outro incêndio em Petersburgo. Isler... Isler... Isler... Máximo... Ora aqui está!"

Encontrou finalmente aquilo que procurava e pôs-se a ler; as linhas dançavam diante dos seus olhos e, no entanto, leu todas as notícias e pôs-se a procurar nos últimos números as informações mais recentes. Suas mãos tremiam ao virar as folhas, com uma impaciência convulsiva. De repente alguém veio sentar-se junto dele, no outro lado da mesa. Ergueu os olhos... e viu Zamiótov, o mesmo Zamiótov e com o seu mesmo aspecto de sempre: com os seus anéis e as suas correntes, o seu risco nos cabelos negros e alisados à custa de cosmético, o seu elegante colete, o seu sobretudo bastante gasto e a sua camisa um tanto suja. Estava de bom humor, ou pelo menos sorriu com muita jovialidade e com um ar bonacheiro. A sua cara morena estava um pouco afogueada devido ao champanhe.

– O quê? O senhor aqui? – começou, admirado e num tom que faria crer que eram amigos antigos. – Mas Razumíkhin me disse ontem que o senhor ainda não recuperara a lucidez! É estranho! Mas olhe, eu estive em sua casa...

Raskólhnikov sabia muito bem que ele iria se aproximar. Pôs os jornais de lado e voltou-se para Zamiótov. Nos seus lábios havia um sorrisinho, no qual transparecia uma nova e irritante impaciência.

– Já sei que esteve lá – respondeu. – Me disseram. Foi à procura da biqueira da bota... Mas quer saber uma coisa? Razumíkhin disse, levianamente, que o senhor esteve com ele na casa de Lavisa Ivánovna, aquela que o senhor queria defender fazendo sinais ao tenente Pórokhov, que não os percebia, lembra-se? E, no entanto, como é que ele não compreendia? O assunto estava claro, não acha?

– Oh, que furacão!

– Quem? Pórokhov?

– Não, esse seu amigo, Razumíkhin...

– O senhor, Zamiótov, leva uma boa vida! Tem entrada livre nos lugares mais agradáveis! Quem é que o convidou para o champanhe?

– É que... bebemos um pouquinho... Mas por que acha que me convidaram?

– Isso é a recompensa. Tudo que vem é lucro! – riu Raskólhnikov. – E isso ainda não é nada, meu rapaz, nada – acrescentou, dando uma palmadinha no ombro de Zamiótov. – Olhe, não pense que eu o censuro, e digo até por afeto, em tom de brincadeira, como dizia o seu operário quando batia em Mitka, o tal do caso da velha.

– Ah! Mas está a par?

– Pode ser que saiba muito mais do que o senhor.

– O senhor é uma pessoa estranha! Com certeza ainda está doente. Fez mal em ter saído.

– Então isso lhe parece estranho?

– Sim... O senhor estava lendo jornais.

– Sim, eram jornais.

– Dizem muita coisa a respeito de incêndios...

– Não, eu não estava lendo sobre os incêndios... – e olhou ambiguamente para Zamiótov; um sorrisinho sarcástico voltou a assomar aos seus lábios.– Não, eu não estava lendo sobre os incêndios – continuou, dando uma piscadela de olhos para Zamiótov. – Mas confesse, meu caro amigo, que tem uma vontade enorme de saber o que eu estava lendo.

– De maneira nenhuma, perguntei por perguntar. Não se pode fazer uma pergunta? Por que é tão...?

– Ouça uma coisa. O senhor é um homem culto, letrado, não é?

– E da sexta classe do ginásio – respondeu Zamiótov com certa dignidade.

– Da sexta classe! Olhem que melro! Penteadinho, com risca e de anéis... Oh! que rico homem! Que lindo menino!

Quando chegou a esse ponto, Raskólhnikov foi acometido de um riso nervoso, que largou nas próprias barbas de

Zamiótov. Este se inclinou um pouco para trás e não se deu por ofendido, mas pareceu muito admirado.

– Oh, que estranho! – repetiu Zamiótov muito sério. – Seria capaz de apostar que estás com febre.

– Com febre? Mentes, melro branco! Então te pareço estranho? Muito bem, excito a tua curiosidade, não? Curioso?

– Curioso.

– Bom. Por que quer que eu lhe diga o que estava lendo? Olhe quantos números mandei trazer. É suspeito, não é?

– Diga.

– Está com as orelhas bem espevitadas?

– Mas por quê?

– Bem, depois explicarei sobre isso das orelhas; por agora, meu caro, direi... ou melhor: confesso... Não, não é isso; declaro formalmente e o senhor tomará nota... É esta a fórmula! Bem, pois declaro-lhe formalmente que estava lendo, que me interessava e que procurava... procurava... – Raskólhnikov piscou um olho e esperou – procurava, e para isso vim aqui, notícias do assassinato da velha viúva do funcionário – disse, finalmente, quase a meia-voz, aproximando extraordinariamente o seu rosto do de Zamiótov.

Este ficou olhando para ele fixamente, sem se mover e sem desviar a cara da dele. O que pareceu depois mais estranho a Zamiótov foi que durante um minuto inteiro reinasse entre eles o silêncio e que durante esse minuto estivessem olhando um para o outro cara a cara.

– Bem, e o que tem que estivesse lendo isso? – exclamou, de repente, perplexo e impaciente. – Que me importa isso? Que tem de especial?

– É que se trata dessa mesma velha – continuou Raskólhnikov na mesma voz baixa e sem se afastar, diante da exclamação de Zamiótov –, essa mesma da qual, veja se se lembra, estavam falando quando eu desmaiei na delegacia. Compreende agora?

– Bom, e então? Que quer dizer isso de "compreende agora"? – exclamou Zamiótov, quase alarmado.

O rosto imperturbável e sério de Raskólhnikov mudou de expressão num momento e, de súbito, começou outra vez naquele riso nervoso de antes, como se lhe faltassem forças para dominar-se. E nesse momento relembrou também, com extraordinária nitidez, aquela sensação recente, quando estava atrás da porta, de machadinha em riste, e o fecho oscilava, e os outros, do outro lado, proferiam insultos e socavam a porta, e sentira de repente vontade de gritar e insultar ao mesmo tempo que eles, e puxar-lhes pela língua, ralhando, e troçando, e rindo, rindo, rindo, rindo às gargalhadas.

– Mas o senhor está... louco? – disse Zamiótov e deteve-se, como se uma ideia súbita tivesse cruzado o seu cérebro.

– O... quê? Vamos, diga o que tem a dizer!

– Nada! – respondeu Zamiótov furioso. – Isso é um disparate!

Ficaram ambos calados. Depois daquele repentino e espasmódico ataque de riso, de súbito, Raskólhnikov ficou pensativo e triste. Colocou os cotovelos sobre a mesa e apoiou as mãos na testa. Parecia ter se esquecido por completo da presença de Zamiótov. O silêncio prolongou-se durante bastante tempo.

– Não bebe o chá? Olhe que vai esfriar! – disse Zamiótov.

– Ah! O quê? O chá? Está bem.

Raskólhnikov bebeu um gole do copo, levou um bocadinho de pão à boca e olhou para Zamiótov como se se compenetrasse e procurasse espantar o seu abatimento; o seu rosto tornou a adotar, naquele momento, a mesma expressão sarcástica do princípio. Continuou bebendo o chá.

– Agora tem acontecido muitas façanhas dessas – disse Zamiótov. – Não faz muito tempo eu li nas *Notícias de Moscou* que, nessa cidade, prenderam um bando de fabricantes de moedas falsas. Formavam uma verdadeira quadrilha. Falsificavam notas.

– Oh! Isso é uma história velha. Já deve fazer um mês que li essa notícia – respondeu placidamente Raskólhnikov. – De maneira que, para o senhor, trata-se de bandidos? – acrescentou sorrindo.

– E o que haviam de ser?

– Por quê? Trata-se de fedelhos inexperientes, não de bandidos. Terem se reunido para isso, nada mais nada menos do que cinquenta indivíduos! É possível uma coisa dessas? Para uma coisa dessas, três já são demais, e é preciso que cada um esteja mais seguro do outro que de si próprio. Bastaria que um deles, numa ocasião em que tivesse bebido, começasse a dar com a língua nos dentes para pôr tudo a perder. Tolos!

Dão a missão de trocar as notas nos bancos a pessoas indignas de confiança; para uma coisa dessas, é possível confiar em alguém? Mas suponhamos que tudo corra bem, mesmo se tratando de uns incautos, suponhamos que cada um deles consiga passar um milhão. Bem, e depois? A vida toda! Cada um deles vai depender do outro para a vida toda. Melhor se entregar! Mas esses a que me referi, nem sequer conseguiram passar as notas. Um deles foi trocá-las no banco, deram-lhe cinco mil rublos e as mãos dele até tremiam. Contou até quatro mil, mas o quinto milhar ele recebeu sem contar, na sorte, colocando-os no bolso e saindo a correr. Por isso despertou suspeitas. De maneira que um só imbecil pôs tudo a perder. Mas acha que isso é possível?

– O quê? Que as mãos dele tremessem? – respondeu Zamiótov. – Se é possível! Sim, estou absolutamente convencido de que é possível. Às vezes, a pessoa não consegue se conter.

– Que nada!

– No lugar dele, o senhor conseguiria se controlar? Pois olhe, eu, não. Por cem rublos, expor-se a semelhante horror! Apresentar-se com notas falsas... e onde? No guichê de um banco, onde conhecem todos os truques... Não, eu ficaria desconcertado. E o senhor se desconcertaria?

Raskólhnikov voltara a ter de repente uma vontade terrível de "colcar a língua de fora". Por momentos um calafrio lhe correu pela espinha.

– Eu teria procedido de outra maneira – começou com um ar distante. – Veja como eu teria passado as notas: teria contado o primeiro milhar quatro vezes, uma a seguir da outra, olhando muito bem cada nota, e depois teria começado a contar o segundo; teria começado a contá-lo, e depois, ao chegar à metade, teria escolhido uma nota de cinquenta rublos, ao acaso, e a olharia contra a luz, a viraria do outro lado e observaria outra vez à contraluz... "Não será falsa? Eu, que diabo, estou muito escaldado, não faz muito tempo que uma parenta minha, por causa disso, perdeu vinte e cinco rublos." E me poria a contar essa história. E, assim, até chegar ao terceiro milhar, mas não, desculpe, me parece que, no segundo milhar, contei mal a sexta centena e tenho as minhas dúvidas. E, assim, deixaria o terceiro milhar e voltaria outra vez ao segundo, e faria o mesmo com toda a quantia, até o quinto milhar. E depois de ter acabado, tiraria ao acaso uma nota do maço do quinto e do segundo milhar, a examinaria contra a luz e outra vez ficaria com dúvidas: "Pode fazer o favor de me trocar esta por outra?". E faria o homem do guichê suar tanto, que ele já não saberia o que fazer para se livrar de mim. Depois de ter, enfim, acabado, sairia, abriria a porta... Não, desculpe, voltaria lá outra vez, perguntaria alguma coisa, me dariam alguma explicação... Assim que eu agiria!

– O senhor disse coisas incríveis! – exclamou Zamiótov sorrindo. – Tudo isso é da boca para fora, porque, na hora, seria muito diferente. Garanto que, nesse momento, não só eu e o senhor, como até o homem mais insensível e desesperado é incapaz de se controlar. Para que ir mais longe? Eis, por exemplo, o assassinato da velha, que aconteceu no nosso distrito. Segundo parece, trata-se de um rapaz ousado que, em pleno dia, se expôs a todos os perigos, e só se salvou por um milagre, mas, no entanto, suas mãos tremeram, pois não conseguiu roubar, não conseguiu se controlar; são os próprios fatos que demonstram isso...

Raskólhnikov pareceu ficar ofendido.

– Olhe o que está dizendo! Pois então veja se é capaz de colocar a mão nele agora – exclamou Raskólhnikov olhando Zamiótov por cima do ombro.

– O quê! Já o pegaram.

– Quem? Os senhores? Os senhores o pegaram? Sim, sim! Para os senhores, o principal é isso, verem se um homem gasta ou não gasta o dinheiro. Antes não tinha dinheiro e, de repente, começa a aparecer com ele: pronto, fatalmente foi esse. Por isso, sempre que os outros querem, os senhores são ludibriados como meninos.

– Mas é que isso acontece sempre – respondeu Zamiótov. – Cometem o assassinato com astúcia e conseguem escapar, mas depois vão correndo para a taberna e aí caem na armadilha. São presos por causa do que gastam. Nem todos são tão espertos como o senhor. O, senhor, naturalmente, não iria à taberna, não é verdade?

Raskólhnikov franziu o cenho e olhou fixamente para Zamiótov.

– O senhor, naturalmente, tem inveja, e gostaria de saber como eu me comportaria em caso semelhante – perguntou, aborrecido.

– Ah, isso eu gostaria – respondeu em voz firme e séria. Começava-se a notar uma grande seriedade nas suas palavras e nos seus olhares.

– Muito?

– Muito.

– Bem, então veja o que eu faria – respondeu Raskólhnikov, tornando a aproximar o seu rosto do de Zamiótov, a olhá-lo fixamente e a falar outra vez em voz baixa, de maneira que, desta vez, ele chegou a estremecer –, veja o que eu faria: pegaria o dinheiro e os objetos, sairia dali imediatamente e, sem entrar em lugar algum, correria direto a um lugar deserto, onde não houvesse senão terrenos e onde não passasse ninguém... a algum jardim ou coisa do gênero. Antes teria tido o cuidado de escolher uma certa pedra em um certo pátio de um *pud* ou um *pud*[16] e meio de peso, em algum canto, junto de um muro, e que talvez tivesse sido posta ali quando fizeram a casa; levantaria essa pedra – debaixo da qual deveria existir um buraco – e colocaria todo o dinheiro e os objetos nesse buraco. Colocaria ali e tornaria a colocar a pedra no seu lugar, tal como estava antes; depois ajeitaria a terra com o pé e fugiria dali imediatamente. Durante um ano, dois, não a levantaria; passariam três anos e também não... Bem, que procurassem. Onde estará o ladrão?

– O senhor está doido – declarou Zamiótov num fio de voz, sem saber por que, e, também sem saber por que, afastou-se subitamente de Raskólhnikov.

De repente, os olhos deste começaram a chispar, empalideceu terrivelmente, e o seu lábio superior começou a tremer sem proferir o menor som. Aproximou-se o máximo que pôde de Zamiótov e começou a mover os lábios sem articular uma palavra; permaneceu assim meio minuto. Sabia o que estava fazendo, mas não conseguia se controlar. Uma palavra feroz aflorava aos seus lábios, como quando estava atrás da tal porta, e quase lhe escapava, estava quase a largá-la, a dizê-la.

– E se fosse eu quem tivesse assassinado a velha e Lisavieta? – exclamou de repente e... recuperou a lucidez.

Zamiótov olhou para ele assustado e ficou lívido. O seu rosto simulou um sorriso.

– Mas, será possível? – exclamou com uma voz quase imperceptível.

---

16. Ver nota 6 na página 124. (N.E.)

Raskólhnikov lançou-lhe um olhar de ódio.

– Confesse que acreditaria – disse por fim, fria e ironicamente.

– De maneira nenhuma! Agora menos do que nunca! – declarou Zamiótov precipitadamente.

– Acabou caindo na armadilha! O melro branco foi apanhado! Donde se conclui que, se agora crê menos do que nunca, é por que antes acreditava nisso.

– Nada disso, nada disso! – exclamou Zamiótov, visivelmente sobressaltado. – Foi o senhor quem me assustou e me levou para esse campo.

– Então não acredita? Mas do que os senhores falaram na minha ausência, quando eu saí da delegacia? E por que o tenente Pórokhov me fez aquelas perguntas, depois que voltei a mim, do meu desmaio? Ei! – chamou o criado, levantou-se e pegou seu gorro. – A conta.

– Trinta copeques ao todo – respondeu o criado, que veio logo.

– Então toma mais vinte copeques para uma vodca. – Oh, quanto dinheiro! – e estendeu a sua mão, que tremia, cheia de notas vermelhas e azuis: vinte e cinco rublos. – De onde vem tudo isso? De onde terá saído também a roupa nova? Porque o senhor sabe muito bem que eu não tinha nem um copeque! Pode ser que tenha perguntado à dona da casa... Bom, já chega! *Assez cause*![17] Até a vista, terei muito prazer em tornar a vê-lo! Saiu todo trêmulo, devido a uma violenta comoção histérica, na qual se misturava no entanto um certo prazer, e por outro lado sentia-se triste, esgotado, terrivelmente cansado. Fazia caretas como se tivesse acabado de ter um ataque. O seu cansaço aumentava rapidamente. As suas energias despertavam e surgiam de repente, agora, ao primeiro choque, à primeira sensação irritante, mas com a mesma rapidez ele fraquejava, à medida que a comoção diminuía.

Quanto a Zamiótov, depois de ter ficado sozinho, continuou por muito tempo sentado no seu lugar, dando voltas à imaginação. Desde o princípio Raskólhnikov modificara todas as suas ideias a respeito do ponto já sabido e definitivamente assente na sua opinião.

– Iliá Pietróvitch... é um palerma! – decidiu definitivamente.

---

17. Já falamos bastante.

Mal abrira a porta da rua, e Raskólhnikov deu de cara, na entrada, com Razumíkhin, que vinha entrando. Ficaram ambos um momento a se medirem com o olhar. Razumíkhin estava no maior espanto. Mas, de repente, uma cólera, uma cólera verdadeira, assomou aos seus olhos, que cintilaram:

– Tu aqui! – exclamou em voz alta. – Então fugiste da cama! E eu que andei à tua procura até debaixo do divã! E vens para a taberna! E pensar que quase bati em Nastássia por tua causa! E ele, enquanto isso, por onde andava! Rodka, que significa isto? Me diz francamente! Fala! Não ouves?

– Isto significa que vocês todos me importunaram demais e que eu queria ficar sozinho – respondeu Raskólhnikov muito tranquilo.

– Sozinho, quando tu mal te aguentas de pé, quando estás pálido como um morto e com a respiração tão acelerada? Idiota! Por que tinhas de ir ao Palácio de Cristal? Me diz imediatamente!

– Deixe-me sair! – disse Raskólhnikov, dispondo-se a continuar o seu caminho. Mas isto acabou de exasperar Razumíkhin, que o segurou com força por um ombro.

– Te deixar sair? Tu te atreves a me dizer "Deixe-me sair!", depois do que fizeste? Tu sabes o que eu vou fazer imediatamente? Pois vou te dobrar ao meio, fazer de ti um embrulho, te levar nas costas para casa e te deixar lá trancado!

– Ouve, Razumíkhin – exclamou Raskólhnikov muito baixinho e, segundo parecia, com a maior serenidade –, não compreendes que eu não quero que tu me faças nenhum favor? Que prazer o teu de fazer favores a quem... não quer saber disso para nada, a quem, no fim de contas, os considera muitíssimo aborrecidos! Ora, vamos ver: por que foste me buscar logo que adoeci? Não poderia ser que me agradasse morrer? E eu não te dei hoje a entender claramente que tu estás me atormentando, que já estou farto de ti? Mas que prazer esse de torturar as pessoas! Te juro que tudo isso é um obstáculo sério para a minha cura, por causa das contínuas irritações que me provoca. Não viste como Zósimov saiu para não me irritar? Pois me deixa em paz também, por amor de Deus! E, afinal, que direito tu tens de me reter? Não vês que agora estou falando com toda a lucidez? Como, como é que eu posso te pedir que me deixes em paz e não me faças mais nenhum favor? Sei que assim passo por ingrato e mau, mas me deixem todos, pelo amor de Deus, deixem-me em paz! Deixem-me, deixem-me!

Começara falando tranquilamente, gozando de antemão todo o desgosto que ia causar, mas acabou agitado e respirando com dificuldade, como antes com Lújin.

Razumíkhin ficou um instante imóvel, pensativo, e largou a sua mão.

– Vai para o diabo que te carregue! – disse tranquilamente e até preocupado. – Mas... espera aí! – exclamou de repente, quando Raskólhnikov começou a caminhar. – Ouve! Vocês são todos, do primeiro até o último, uns charlatães e uns fanfarrões. Quando tem uma dorzinha, pronto... fica logo às voltas para lá e para cá, como uma galinha que vai pôr um ovo. Até nisso plagiam os autores estrangeiros. Não mostram nem um só indício de independência. Vocês são uns molengões e, em vez de sangue, o que corre nas veias de vocês é água insossa. Não acredito em nenhum de vocês! A coisa mais importante, para vocês, quaisquer que sejam as circunstâncias, é não parecerem homens... Para...! – gritou com raiva redobrada, ao ver que Raskólhnikov recomeçava a caminhar. – Ouve até o fim. Sabes que hoje vai haver uma reunião na minha casa nova, e até pode ser que alguns amigos já estejam lá; deixei meu tio para recebê-los e vim aqui correndo. Bem, pois se tu não fosses um imbecil, um perfeito idiota, um tolo da pior espécie, uma cópia de estrangeiro... Olha, Rodka, eu reconheço que tu és inteligente, mas és tolo... Bem, como eu ia dizendo, se tu não fosses idiota, virias passar a noite comigo, em vez de andar por aí. Agora já saíste, o mal já está feito! Eu te arranjaria uma cadeira macia, o senhorio tem uma... Uma xícara de chá, companhia e, se não te sentisses bem assim, te deitarias no sofá... e, fosse como fosse, estarias junto de nós. Zósimov também vem. Então, vens ou não?

– Não.

– Tu está... mentindo! – gritou Razumíkhin impaciente. – Queres saber de uma coisa? Tu não estás em condições de responder por ti mesmo. E, além disso, eu não entendo... Muitas vezes me acontece de desistir das pessoas, e depois eu volto a correr atrás delas. Uma pessoa se envergonha... e depois volta a se aproximar dos homens. Por isso não te esqueças: na casa de Potchinkov, terceiro andar.

– Ao que me parece, o senhor seria capaz de aceitar que lhe pagassem só para poder ajudar alguém.

– Eu? Só de pensar nisso sou capaz de arrancar o nariz de quem quer que seja. Bem, já sabes: casa de Potchinkov, número 47, no andar do funcionário Bábuchkin...

– Eu não vou, Razumíkhin! – e Raskólhnikov afastou-se dando meia-volta.

– Aposto que tu vais! – gritou-lhe Razumíkhin, de longe. – Se não fores, não quero mais saber de ti. Para, espera! Zamiótov está lá dentro?

– Está.

– Ele te viu?

– Viu.

– Falou contigo?

– Falou.

– De quê? Bem, vai para o diabo, tu não me dás atenção! Potchinkov, 47, Bábuchkin, não te esquece.

Raskólhnikov continuou a caminhar até o Sadóvaia e virou na esquina. Razumíkhin, pensativo, viu-o desaparecer. Finalmente fez um gesto com a mão e entrou no estabelecimento, mas parou no meio da escada.

– Raios me partam! – continuou a dizer quase em voz alta. – Fala com lucidez e no entanto parece... Será que eu também sou um idiota? Por acaso os loucos não falam com lucidez? E, pelo que me parece, Zósimov estava com um pouco de medo – bateu com um dedo na testa. – Bem, e se é assim, como vou deixá-lo sozinho agora? Podia se atirar no rio... Ah! Fiz uma tolice! Não é possível! – E começou a correr atrás de Raskólhnikov, mas já não havia sinal dele. Cuspiu e, em passos rápidos, voltou ao Palácio de Cristal a fim de falar com Zamiótov o mais depressa possível.

Raskólhnikov continuou andando direto para a ponte de P***. Parou no meio, junto da amurada, apoiou nela os cotovelos e ficou olhando a distância. Assim que se separou de Razumíkhin, sentiu uma tal debilidade que só com muito custo chegou ali. Tinha vontade de sentar ou de se estender no meio da rua. Inclinado sobre a água, contemplava os últimos reflexos rosados do sol poente, a fileira de casas, escurecidas pela escuridão progressiva, uma janelinha afastada, ao longe, em algum telhado, na margem esquerda, que brilhava precisamente na chama do último raio que nela batia por um instante, a água do canal, que ia escurecendo; e aparentemente olhava para essa água com a maior atenção. Finalmente, alguns circulozinhos vermelhos dançaram diante dos seus olhos, as casas se foram, à deriva, os transeuntes, as margens, as carruagens... tudo aquilo começou a dar voltas e a bailar na sua frente. De repente estremeceu, liberto talvez da vertigem por um espetáculo selvagem e horrível. Parecia que alguém estava a seu lado, à sua direita, ombro a ombro; virou o rosto e viu uma mulher alta, de chapéu na cabeça, o rosto amarelo, afilado, vincado, e os olhos inflamados, encovados. Olhava-o nos olhos, mas era evidente que não via nada nem ninguém. De repente, ela apoiou a mão direita no peitoril, levantou o pé direito e subiu na grade de ferro, depois fez o mesmo com o esquerdo e atirou-se no canal. A água suja chapinhou e engoliu a vítima num instante, mas, passado um minuto, a mulher voltou à superfície, a corrente foi levando-a suavemente para baixo, com a cabeça e os pés mergulhados e o tronco para cima, com as saias flutuando, como um balão.

– Está se afogando! Está se afogando! – gritaram dezenas de vozes; acudiu gente, as duas margens encheram-se de espectadores; na ponte, à volta de Raskólhnikov, apinhou-se um grande grupo de pessoas que o bloqueava e o empurrava por trás.

– *Bátiuchki*, é a nossa Afrossíniuchka! – ouviu-se, perto, um grito de lamento de uma mulher. – Salve-a, *bátiuchki*! *Bátiuchki* meu, salve-a!

– Um barco! Um barco! – gritaram na multidão.

Mas o barco já não era necessário, um guarda descia rapidamente a escada do canal e, tirando o capote e as botas, lançou-se à água. Não teve grande trabalho: a água trouxera a mulher a dois passos das escadinhas, e ele a agarrou pela roupa com a mão direita e, com a esquerda, conseguiu atar-lhe uma corda que um companheiro lhe atirara, e assim a tiraram imediatamente da água. Estenderam-na nas pedras de granito da muralha. Ela não tardou a recuperar os sentidos, então endireitou-se, sentou-se e começou a espirrar e a resfolegar, esfregando inconscientemente as suas roupas encharcadas. Não dizia uma palavra.

– Estava totalmente bêbada, *bátiuchki*, totalmente bêbada! – aquela voz de mulher soava junto de Afrossíniuchka. – Uma vez já quis se enforcar e a tiraram da corda. Eu tinha ido à loja e recomendei à moça que não a perdesse de vista... e vejam como esta desgraça aconteceu... É nossa vizinha, *bátiuchki*, mora perto de nós, no segundo prédio, lá no fundo, ali...

As pessoas se dispersaram, as dois guardas ficaram cuidando da suicida, alguém falou na delegacia... Raskólhnikov assistia a tudo aquilo com uma estranha indiferença e desprendimento. Era desagradável para ele.

– Não, é bárbaro... a água... não vale a pena – resmungou consigo. – Não há de haver nada – acrescentou. – Para que esperar? Quanto à delegacia... Mas por que Zamiótov não estaria lá? A delegacia abre às dez.

Voltou-se de costas para a amurada e olhou à sua volta.

– Bem... então? Vamos! – exclamou resoluto, afastando-se da ponte e encaminhando-se para o outro lado, onde ficava a delegacia.

Tinha a alma vazia e insensível. Não queria pensar. Até o seu aborrecimento passara, nem sequer tinha restos da magia de há um momento, quando saíra de casa decidido a acabar de uma vez com tudo. Uma apatia total se apoderara dele naquele momento.

"Isso também pode ser uma saída", pensou, enquanto caminhava devagar e cambaleando pela margem do canal. "Seja como for, acabarei com isso porque quero... Mas isso será uma saída? Além do mais, tudo vem a dar no mesmo. À distância de um *archin* há... Ei! Mas que final! Mas será esse o final? Digo isso a eles ou não digo? Ah... diabo! Mas como estou cansado! Preciso me deitar já ou me sentar em algum lugar! O pior de tudo é que isso é muito estúpido. Mas também já não me interessa. Oh, que tolice me passou pela cabeça!"

Para ir à delegacia era preciso seguir em frente e virar à esquerda no segundo cruzamento de ruas; dali eram só dois passos. Mas ao chegar à primeira embocadura, reconsiderou, meteu-se pela ruela e deu uma volta por duas ruas, provavelmente sem nenhum objetivo, ou talvez para dar vazão a alguma coisa, ainda que fosse só por um minuto, e ganhar tempo. Caminhava com os olhos fixos no chão. De súbito, pareceu a ele que alguém murmurava qualquer coisa ao seu ouvido. Ergueu a cabeça e viu que se encontrava junto "daquela" casa, precisamente na porta-cocheira. Desde "aquela" noite que não passava por ali.

Um invencível e inexplicável impulso se apoderou dele. Entrou no prédio, atravessou o portal, seguiu depois a primeira entrada à direita e pôs-se a subir a conhecida escada que levava ao quarto andar. Essa escada estreita e empinada estava muito escura. Ele parava em cada patamar e observava tudo com curiosidade. No patamar do primeiro andar faltavam os caixilhos numa janela. "Da outra vez, isso não estava assim", pensou. "Este é o quarto do segundo andar, onde Nikolachka e Mitka estavam trabalhando. Estava fechado e a porta estava com a tinta fresca, portanto estava para alugar. Já estou no terceiro andar... e no quarto... Aqui!" Uma hesitação tomou conta dele, a porta desse andar estava completamente aberta; havia gente lá dentro, ouviam-se vozes; nunca teria esperado isso. Depois de vacilar um pouco, subiu os últimos degraus da escada e entrou no andar.

Este também estava sendo reformado: havia operários, o que igualmente o chocou muito. Imaginara, sem saber por que, que ia encontrar tudo aquilo exatamente igual ao que estava antes, talvez até com os cadáveres no mesmo lugar, no chão. Ao passo que agora as paredes estavam nuas e não havia um único móvel. Que estranho! Caminhou para a janela e sentou-se no parapeito.

Eram ao todo dois operários, dois rapagões: um já mais velho e o outro ainda muito novo. Estavam forrando as paredes com papel novo, branco com flores-de-lis, em substituição ao antigo, que estava amarelo, desbotado e rasgado. Sem que soubesse por que, aquilo desagradou Raskólhnikov, olhava para o papel novo com olhos hostis, doía-lhe – esta é a palavra – que tivessem mudado tudo aquilo.

Pelo visto, os trabalhadores já estavam se retirando, e começavam a enrolar com pressa as tiras de papel para irem para casa. O aparecimento de Raskólhnikov mal lhes chamou a atenção. Falavam de alguma coisa. Raskólhnikov cruzou as mãos e pôs-se a escutar.

– Ela veio me ver de manhã, logo de manhãzinha, toda embonecada. "Por que", disse eu, "apareces diante de mim tão enfeitada? Por que te arrumas toda para vir me ver?" "De hoje em diante, Tit Vassílitch, eu quero fazer todas as tuas vontades." Foi assim mesmo. A maneira como ela estava vestida! Parecia um figurino, tal qual um figurino!

– Ô velhote, mas o que é um figurino? – perguntou o rapaz. Pelo visto era o velhote quem o instruía.

– Um figurino, meu rapaz, é uma figura que os alfaiates daqui recebem todos os sábados, pelo correio, do estrangeiro, e na qual se representa como as pessoas devem se vestir, tanto as do sexo masculino como as do sexo feminino. São estampas. Os homens estão sempre de jaqueta comprida, e as senhoras sempre tão bonitas que por elas eu seria capaz de dar tudo e mais alguma coisa.

– E o que não há nesta Píter?[18] – exclamava o rapaz com admiração. – A não ser a companhia de pai e de mãe, tudo se pode ter aqui.

– Sim, tirando isso, meu amigo, encontra-se de tudo por aqui – concluiu o mais velho em tom decisivo.

Raskólhnikov levantou-se e passou para o outro quarto, onde antes estavam a arca, a cama e a cômoda; o quarto lhe pareceu terrivelmente pequeno sem os móveis. O papel das paredes era o mesmo de então; num canto, sobre o papel, ficara bem marcado o lugar onde antes ficava o oratoriozinho com as imagens. Passou tudo em revista e depois voltou para a janela. O operário mais velho olhou-o de lado.

– O que o senhor procura aqui? – perguntou de repente, encarando-o.

Em vez de lhe responder, Raskólhnikov levantou-se, saiu do vestíbulo, pegou o cordão da campainha e puxou. A mesma campainha, o mesmo som de cana rachada! Puxou pela segunda e pela terceira vez: ouvia e recordava-se. A sensação anterior, dilacerante e monstruosa, começou a acudir à sua memória, cada vez mais clara e nítida; estremecia a cada som da campainha e cada vez sentia maior prazer.

– Mas o que o senhor deseja? Quem é o senhor? – gritou o operário saindo à sua procura.

Raskólhnikov entrou outra vez no quarto.

– Quero alugar um quarto – disse –, estava vendo este.

– De noite não se alugam quartos, e quem trata disso é o porteiro.

– Limparam o chão? Também vão pintá-lo?[19] – continuou Raskólhnikov. – Não havia sangue?

---

18. Abreviação popular de Petersburgo.

19. Era costume na Rússia, naquele tempo, pintar os assoalhos.

– Sangue? Por quê?

– Porque foi aqui que mataram a velha e a irmã. Havia um grande charco de sangue.

– Mas quem é o senhor? – exclamou o operário, inquieto.

– Eu?

– Sim.

– Tu queres saber? Então vamos à delegacia que lá eu vou te dizer – o operário olhou para ele, estupefato.

– Bem, nós temos de ir embora, já estamos atrasados. Vamos, Aliochka. Temos de fechar – disse o operário mais velho.

– Pois vamos até lá – respondeu Raskólhnikov, e dirigiu-se ao porteiro, cambaleando pela escada. – Ei, porteiro! – gritou quando chegou à entrada.

Havia algumas pessoas junto da porta do prédio, na rua, que viam os outros passar: os dois porteiros, uma mulher, um operário de uniforme e mais algumas pessoas. Raskólhnikov dirigiu-se a eles.

– Que deseja? – perguntou-lhe um dos porteiros.

– Estiveste na delegacia?

– Estive há pouco. Que deseja?

– Ainda estão lá?

– Ainda.

– E o tenente, está lá?

– Há pouco ainda estava. Mas o que o senhor deseja?

Raskólhnikov não respondeu e ficou ali, pensativo.

– Veio ver o quarto – disse o operário mais velho, aproximando-se.

– Que quarto?

– Aquele onde estávamos trabalhando. "Mas por que, diabo, limparam o sangue?" "Aqui", disse ele, "cometeu-se um assassinato, e eu vim para alugar o andar." E pôs-se a puxar a campainha de tal maneira que quase a arrancou. "Vamos à delegacia", disse ele depois, "que, uma vez lá, direi tudo", insistia.

O porteiro olhava estupefato e de sobrancelhas erguidas para Raskólhnikov.

– Mas quem é o senhor? – exclamou mal-humorado.

– Eu sou Rodion Românitch Raskólhnikov, ex-estudante, e moro na rua Chilia, aqui, nesta travessa, perto, no quarto número 14. Perguntem ao porteiro, ele me conhece.

Raskólhnikov disse isso tudo como se estivesse absorto, sem se voltar, de olhos fixos na rua, que já estava ficando escura.

– Mas por que o senhor subiu lá em acima?

– Para ver.

– Mas o que tinha para ver ali?

– Vamos agarrá-lo e levá-lo à delegacia? – intrometeu-se o operário, de súbito, mas depois se calou.

Raskólhnikov lançou-lhe um olhar por cima do ombro, contemplou-o atentamente e disse depois devagar e com indolência:

– Vamos até lá!

– Isso, levem-no! – reforçou o operário entusiasmando-se. – Por que ele veio até aqui? O que ele queria?

– Bêbado ou não, sabe-se lá! – resmungou o operário.

– Bem, mas o que o senhor deseja? – tornou a gritar o porteiro, que já começava a se cansar. – Que procura aqui?

– Tens medo de ir à delegacia? – perguntou Raskólhnikov sarcasticamente.

– Por que teria medo? Mas o que quer aqui?

– És um malandro! – gritou a mulher.

– Mas por que estamos lhe dando conversa? – exclamou o outro porteiro, um camponês enorme, com o capote desabotoado e um molho de chaves na cintura. – Fora daqui! Não há dúvida de que é um malandro! Fora!

E, pegando Raskólhnikov por um ombro, colocou-o no meio da rua. Ele deu um tropeção, mas não chegou a cair, endireitou-se, olhou em silêncio para todos os espectadores e continuou o seu caminho.

– Que tipo estranho! – disse o operário.

– Hoje em dia todo mundo está estranho! – disse a mulher.

– Por que não o levamos à delegacia? – acrescentou o operário.

– Não vale a pena nos preocuparmos com um tipo desses – decidiu o porteiro grandalhão. – Se for um malandro, ele mesmo, por si só, irá para lá, isso já é velho; se te apanham, já não te largam! Isso já se sabe!

"Vou ou não vou?", pensou Raskólhnikov parando a meio da rua, numa encruzilhada, e olhando à sua volta, como se esperasse de alguém uma palavra decisiva. Mas ninguém respondeu: tudo estava surdo e mudo como as pedras que pisava, morto para ele, só para ele... De repente, ao longe, a uns duzentos passos de distância, no fim da rua, na escuridão cada vez mais densa, viu um grupo de pessoas, vozes, gritos... Entre as pessoas estava parada uma carruagem... No meio da rua brilhava uma luzinha.

"Que será aquilo?" Raskólhnikov deu meia-volta à direita e dirigiu-se para o círculo das pessoas. Parecia, na verdade, que queria agarrar-se a tudo; e ria friamente ao pensar nisso, porque havia decidido ir à delegacia, e sabia que dali a um momento tudo acabaria.

CAPÍTULO VI

No meio da rua havia uma carruagem parada, nobre e elegante, puxada por uma parelha de fogosos cavalos cinzentos; não havia ninguém dentro, e o cocheiro, que descera da boleia, estava ao lado do carro e segurava os cavalos pelo freio, junto da boca. Um círculo cerrado de pessoas juntara-se à volta dele, com dois policiais na primeira fila, um dos quais tinha uma lanterna na mão e com ela, agachado, iluminava alguma coisa na rua, junto da carruagem. Todos falavam, gritavam e lamentavam, o cocheiro parecia perplexo e a todo momento repetia:

– Que pena, senhor, que pena!

Como pôde, Raskólhnikov abriu caminho por entre aquele grupo fechado de gente e conseguiu finalmente descobrir qual era a causa de todo aquele rebuliço e curiosidade. No chão jazia, desmaiado, um homem que acabara de ser atropelado pelos cavalos, muito malvestido, mas de uma maneira decente, todo ensopado em sangue, que escorria pela sua cara e seus cabelos; estava com a cara toda machucada, desfigurado, informe. Era evidente que o atropelamento fora grave.

– *Bátiuchki* – gritava o cocheiro –, como é que eu podia imaginar uma coisa destas! Se os cavalos estivessem a galope, está bem, mas iam a passo, por assim dizer, sem pressa! Todo mundo vê que eu não estou mentindo. Um bêbado não percebe a luz, isso já se sabe... Eu o vi atravessar a rua aos tombos, quase caindo, e então gritei uma, duas e até três vezes, e puxei as rédeas dos cavalos, mas ele veio direto para baixo das patas dos cavalos e caiu no chão. Parece até que fez de propósito, ou então estava completamente bêbado... Os cavalos são novos, assustados... Puxaram pelo freio. Ele deu um grito, os animais se espantaram ainda mais e assim aconteceu esta desgraça.

– Isso é verdade, foi assim mesmo! – exclamou entre a multidão alguma testemunha do fato.

– Ele gritou três vezes, avisando, isso é verdade! – exclamou uma segunda voz.

– Três vezes, com certeza, todos nós ouvimos – gritou uma terceira.

Aliás, o cocheiro não estava muito aflito nem assustado. Era evidente que a carruagem pertencia a algum potentado ricaço e conhecido, que devia estar à espera dele em alguma casa conhecida; não havia dúvida que os guardas estavam preocupados com a maneira de atenuar esta última circunstância. A única coisa que faltava era transportar a vítima ao hospital. Ninguém sabia o seu nome.

Entretanto Raskólhnikov abriu caminho e se agachou para olhar mais de perto. De repente, a lanterna iluminou em cheio o rosto do infeliz e então ele o reconheceu.

– Eu o conheço, eu o conheço! – exclamou, aproximando-se da primeira fila. – É um funcionário público aposentado: o conselheiro titular Marmieládov. Mora aqui perto, no edifício Kosel... Um médico, já! Eu pago! Aqui está!

Tirou dinheiro do bolso e mostrou-o ao policial. Estava comovido de espanto.

Os policiais ficaram muito satisfeitos quando souberam o nome do atropelado. Raskólhnikov disse-lhes também o seu, deu-lhes o seu endereço e tratou com o maior interesse da imediata remoção de Marmieládov para o seu domicílio.

– É ali, três prédios mais adiante – dizia –, o prédio de Kosel, um alemão riquíssimo... De fato, devia estar embriagado, devia estar indo para casa. Eu o conheço... era um beberrão... Tem família, filha, uma filha. Até que o levem para o hospital... ao passo que ali, em seu prédio, por certo deve haver um médico. Eu pago, eu pago! Seja como for, aquela é a sua casa, terá logo quem trate dele, ao passo que até chegar ao hospital ele pode morrer...

Até se apressou a colocar uma moeda na mão de um dos policiais, embora o caso fosse claro e lícito, mas em todo caso poderiam lhe prestar auxílio ali perto. Ergueram o ferido e o transportaram. Houve quem se prestasse a isso. O edifício de Kosel ficava a apenas trinta passos dali. Raskólhnikov ia atrás, amparando a cabeça dele com muito cuidado e indicando o caminho.

– Por aqui, por aqui! Quando subirem a escada é preciso colocar a cabeça dele para a frente. Virem-no... Assim! Eu pagarei tudo e ainda ficarei agradecido – murmurava.

Como de costume, assim que teve um momento livre Ekatierina Ivánovna pôs-se a dar voltas para um lado e para o outro no quarto exíguo, da janela até ao fogão e vice-versa, os braços cruzados e muito apertados contra o peito, falando sozinha e tossindo. Nos últimos tempos acostumara-se a falar mais frequentemente com a filhinha mais velha, Pólienhka, que tinha dez anos e que, embora ainda não compreendesse muitas coisas, entendia no entanto que era necessária à mãe, e por isso a seguia sempre por todos os lados com os seus olhos inteligentes e esforçava-se por imaginar tudo o que pudesse fazer para ajudá-la. Dessa vez, Pólienhka despira o irmãozinho, que estivera adoentado durante todo o dia, para deitá-lo. Enquanto tirava a camisa dele, que queria lavar à noite, o menino permanecia sentado na cadeira, em silêncio, com uma expressão séria, reto e imóvel, com os pezinhos estendidos para a frente, os calcanhares juntos e os dedos para cima. Escutava o que a mãe e a irmã diziam, com os lábios abertos, os olhos esbugalhados e sem se mexer, como de maneira geral as crianças sossegadas fazem quando se preparam para dormir. A outra irmãzinha, ainda menor, toda esfarrapada, estava de pé, junto do biombo, esperando a sua vez. Tinham aberto a porta que dava para o patamar, para se livrarem, ainda que fosse por pouco tempo, daquela atmosfera de tabaco ordinário que vinha dos outros quartos e que a todos os momentos fazia a pobre tísica tossir longa e dolorosamente. Ekatierina Ivánovna parecia ter emagrecido ainda mais naquela semana, e as manchas vermelhas das suas faces brilhavam agora mais do que antes.

– Tu não podes imaginar, não podes imaginar, Pólienhka – dizia, caminhando no quarto para um lado e para outro – como era feliz e brilhante a vida na casa do papai, como esse bêbado foi a minha ruína e será tua. O papai era funcionário público, era quase governador, pouco lhe faltava para isso. De maneira que todos iam visitá-lo e lhe diziam: “Nós já o consideramos como nosso governador, Ivan Mikháilovitch". Quando eu... ham! Quando eu... ham, ham, ham! Oh, maldita vida! – exclamou, tossindo e levando as mãos ao peito. – Quando eu... ah! quando no último baile... na casa do marechal da nobreza... a princesa Biesimiélnaia[20] me viu... aquela que depois foi minha madrinha, quando me casei com o teu pai, Pólia... ela perguntou depois: "Essa linda moça não é a que dançou com o xale, quando saiu do colégio?". (É preciso coser esse buraco, podias pegar uma agulha e costurar isso como te ensinei... ou então amanhã... ham! amanhã... ham! ham! ham! já estará maior) – exclamou, sufocada. – Nessa época o príncipe Chtchególski chegara de Petersburgo. Ele era jovem e dançou comigo uma mazurca, e no dia seguinte quis ir me ver com um pretexto qualquer, mas eu agradeci as suas frases amáveis e disse-lhe que o meu coração já pertencia a outro homem há muito tempo. Esse outro homem era o teu pai, Pólia, o meu pai ficou muito zangado... A água está pronta? Bem, me dá a camisa e as meias... Lida – e dirigia-se à filha mais nova –, esta noite, tu dormes sem camisa e põe as meias do lado... Vamos lavar tudo junto... Mas quando é que esse desastrado vai chegar? Bêbado! Está usando aquela camisa, sabe-se lá há quanto tempo, e está em farrapos... Queria lavar tudo junto para não passar duas más noites seguidas. Senhor... ha ha ha! Outra vez! Que será isto? – exclamou, ao ver um grupo de pessoas no patamar e uns indivíduos que vinham na frente carregando um vulto em direção ao seu quarto. – Que é isto? Que me trazem aqui? Meu Deus!

– Onde é que o colocamos? – perguntou o guarda olhando à sua volta, assim que entraram com Marmieládov no quarto, ensanguentado e desmaiado.

– No divã! Ponham-no no divã, com a cabeça para este lado! – indicou Raskólhnikov.

– Foi atropelado na rua, bêbado! – gritou alguém no patamar.

Ekatierina Ivánovna estava extremamente pálida e respirava com dificuldade. As crianças estavam assustadas. A pequena Lídotchka gritava, apertava-se contra Pólienhka e abraçava-se a ela estreitamente, tremendo toda.

---

20. Literalmente: endemoniada.

Depois de acomodar Marmieládov, Raskólhnikov olhou para Ekatierina Ivánovna.

– Por amor de Deus, acalme-se, não se assuste! – apressou-se a lhe dizer. – Ele estava atravessando a rua e um coche o atropelou, mas não se aflija, ele vai recuperar os sentidos. Eu mandei que o trouxessem para cá; um tempo atrás, estive em sua casa, não se lembra? Vai ver como ele recupera os sentidos! Eu vou pagar tudo!

– Já pagou! – gritou Ekatierina Ivánovna, desolada, e se atirou sobre o corpo do marido.

Raskólhnikov reparou então que aquela mulher não era do tipo que desmaia logo. Colocou imediatamente uma almofada debaixo da cabeça do atropelado, coisa de que ninguém se lembrara; Ekatierina Ivánovna começou a despi-lo e se pôs a examiná-lo bem, com muito cuidado e sem perder a serenidade, esquecida de si própria, mordendo os lábios trêmulos e contendo os gritos que queriam sair do seu peito.

Enquanto isso, Raskólhnikov encarregou alguém de buscar um médico. Segundo parecia, este morava numa rua um pouco mais adiante.

– Mandei chamar um médico – disse para Ekatierina Ivánovna. – Não se aflija que eu pago. Não tem água? Dê-me também uma toalha, um pano qualquer, já, ainda não sabem onde está a ferida. Porque ele está só ferido, não está morto, pode ter certeza... Vamos ver o que o médico diz.

Ekatierina Ivánovna correu à janela com rapidez; ali, numa cadeira derreada, num canto, havia um grande alguidar de barro cheio de água, que estava preparado para a lavagem noturna da roupa das crianças e do marido. Era a própria Ekatierina Ivánovna quem fazia a lavagem, com suas próprias mãos, pelo menos duas vezes por semana, e às vezes até mais frequentemente, pois a situação era tal que quase não tinham roupa branca para mudar e cada membro da família tinha apenas uma peça.

Ekatierina Ivánovna não suportava a sujeira, e preferia passar trabalho à noite, quando todos dormiam, para poder tirá-las depois, de manhã, do varal, e entregá-las limpas, do que ver sujeira na casa. Atendendo à solicitação de Raskólhnikov, pegou o alguidar, mas quase que o deixou cair, de tão pesado. Enquanto isso, ele achou uma toalha e, ensopando-a em água, pôs-se a lavar o rosto de Marmieládov, sujo de sangue.

Ekatierina Ivánovna permanecia de pé, respirando com dificuldade e segurando o peito com as mãos. Ela também precisava de assistência. Raskólhnikov começou a compreender que talvez tivesse feito mal em trazer para o ferido para lá. O guarda também estava perplexo.

– Pólia – exclamou Ekatierina Ivánovna –, vai já chamar Sônia! Se não a encontrares em casa, não faz mal; deixa um recado dizendo que o pai foi atropelado por um coche e que venha imediatamente assim que chegar. Corre, Pólia! Toma, te cobre com este lenço!

– Corre! – gritou de repente o rapazinho, da sua cadeira, e depois de dizer isso tornou a afundar no seu mutismo anterior, permaneceu sentado muito ereto na cadeira, com os olhos bem abertos, os calcanhares unidos e as pontas dos pés viradas para fora.

Nesse meio-tempo, o quarto se enchera completamente. Um dos guardas saiu, deixando o outro, o qual se esforçava por dispersar as pessoas que se apinhara no patamar, fazendo-os retroceder para a escada. Depois, dos quartos interiores começaram a sair quase todos os hóspedes da senhora Lippewechsel, que se comprimiam na entrada da porta, e acabaram entrando no quarto de tropel. Ekatierina Ivánovna ficou estupefata.

– Ao menos deixem as pessoas morrer em paz! – exclamou, encarando aquela multidão. – Querem é espetáculo! E fumando! He, he, he, he! Só falta o chapéu na cabeça! Olhem, ali está um com o chapéu na cabeça! Fora daqui! Um cadáver merece respeito!

Deu-lhe um ataque de tosse, mas a reclamação surtiu efeito. Era evidente que os outros inquilinos tinham medo de Ekatierina Ivánovna; uns atrás dos outros, eles retrocederam para a porta, empurrando-se, com aquela satisfação íntima que se observa sempre, até nas pessoas mais chegadas, diante da inesperada desgraça do próximo, e à qual nenhum homem sem exceção escapa, apesar do mais sincero sentimento de piedade e simpatia.

Aliás, do outro lado da porta ouvia-se falar de hospital e de que não estava certo que se perturbasse assim a tranquilidade de uma casa.

– O quê? Não está certo que se morra? – gritou Ekatierina Ivánovna, e já estava correndo para abrir a porta e dizer para toda aquela gente uma torrente de palavras, quando esbarrou com a senhora Lippewechsel, que acabara de saber daquela infelicidade e tinha vindo correndo para restabelecer a ordem. Era uma alma intrigueira e indiscreta.

– Ah, meu Deus! – exclamou, erguendo os braços. – Os cavalos atropelaram o marido dela, que estava embriagado! Pois então levem-no para o hospital! Eu sou a senhoria!

– Amália Liúdvigovna! Peço-lhe que preste atenção no que está dizendo – disse Ekatierina Ivánovna com altivez (falava sempre com altivez com a senhoria, para que ela soubesse o lugar que ocupava), e nem naquele momento conseguiu se privar dessa satisfação. – Amália Liúdvigovna!

– Já lhe disse mais de uma vez que não me chame de Amália Liúdvigovna, mas sim de Amal-Ivan!

– A senhora não é Amal-Ivan, mas sim Amália Liúdvigovna, e, como eu não pertenço a esse grupo de vis aduladores que a senhora tem, como o senhor Liebiesiatnikov, que tem o descaramento de estar aí, atrás da porta neste momento – de fato, atrás da porta ouviram-se risos e uma voz que dizia: "Vão-se engalfinhar as duas" –, eu sempre lhe chamarei de Amália Liúdvigovna, embora não consiga entender por que a senhora não gosta que a chamem assim. A senhora está vendo o que aconteceu a Siemion Zakhárovitch, ele está morrendo. Peço-lhe que feche imediatamente essa porta e não deixe ninguém entrar aqui. Deixem-no, ao menos, morrer tranquilo! Senão, previno-a de que amanhã mesmo levarei ao conhecimento do general-governador a sua atitude. O príncipe me conhece desde pequena e recorda-se muito bem de Siemion Zakhárovitch, ao qual algumas vezes concedeu alguns favores. Todos sabem que Siemion Zakhárovitch tinha muitos amigos e protetores, dos quais ele próprio se afastou por um sentimento de nobre orgulho, porque sabia do vício infeliz que tinha, mas agora – e apontou para Raskólhnikov – há um senhor, jovem e generoso, que está nos ajudando, que tem meios e relações, e que Semion Zakhárovitch conhece desde pequenino; e pode ter a certeza, Amália Liúdvigovna...

Disse tudo isso com extrema rapidez, que ia aumentando à medida que falava, até que um novo ataque de tosse interrompeu a eloquência de Ekatierina Ivánovna. Nesse momento o moribundo voltou a si, deu um gemido e ela correu para o seu lado. O ferido abriu os olhos e, embora ainda sem compreender nem reconhecer ninguém, ficou olhando para Raskólhnikov, que estava de pé à sua cabeceira. Respirava com dificuldade, num ritmo profundo, e tinha um pouco de sangue nas comissuras dos lábios e o suor corria pela sua testa. Ainda sem ter reconhecido Raskólhnikov, começou a fixar olhares inquietos sobre ele. Ekatierina Ivánovna olhou-o com uns olhos tristes mas severos, dos quais corriam lágrimas.

– Meu Deus! Seu peito está todo esfacelado! Quanto sangue, quanto sangue! – exclamou, desolada. – É preciso tirar toda a roupa dele! Te levanta um pouco, Siemion Zakhárovitch, se puderes – gritou para ele.

Marmieládov reconheceu-a.

– Um padre! – exclamou com voz rouca.

Ekatierina Ivánovna dirigiu-se para a janela, encostou a testa no vidro e exclamou:

– Ó vida três vezes maldita!

– Um padre! – tornou a pedir o moribundo, depois de um minuto de silêncio.

– Chega! – gritou Ekatierina Ivánovna.

Ele obedeceu à reprimenda e calou-se. Com uma expressão tímida e triste, pôs-se a procurá-la com os olhos; ela voltou para o seu lado e colocou-se à sua cabeceira, de pé. Ele serenou um pouco, mas não por muito tempo. Não tardou que os seus olhos pousassem sobre a pequena Lídotchka (a sua preferida), que tremia num canto, como se tivesse um ataque, e o contemplava com os seus olhos atônitos, infantilmente fixos.

– A... a... – e apontou a menina com inquietação. Queria dizer alguma coisa.

– Que é? – gritou Ekatierina Ivánovna.

– Descalça! Descalça! – murmurou, apontando com um olhar quase desmaiado os pés descalços da pequena.

– Cala a boca! – gritou-lhe com repugnância Ekatierina Ivánovna. – Tu bem sabes por que ela está descalça!

– Louvado seja Deus! O médico! – exclamou Raskólhnikov com alvoroço.

O médico entrou; era velhinho, um alemão, e tinha um olhar receoso. Aproximou-se do ferido, tomou-lhe o pulso, examinou-lhe a cabeça com muita atenção e, com o auxílio de Ekatierina Ivánovna, desabotoou-lhe a camisa, toda empapada em sangue, deixando-lhe o peito a descoberto. Estava todo machucado, ferido, dilacerado, viam-se algumas costelas quebradas no lado direito. No lado esquerdo, junto do coração, havia uma grande mancha, negra e amarelada: a terrível marca da patada do cavalo. O médico franziu o cenho. O policial contou-lhe que o ferido fora atingido por uma roda e arrastado uns trinta passos pela rua.

– É espantoso que tenha conseguido recuperar os sentidos – murmurou o médico em voz baixa, dirigindo-se a Raskólhnikov.

– O que lhe parece? – perguntou ele.

– Que está para dar o último suspiro de um momento para o outro.

– E não há nenhuma esperança?

– A mínima esperança. Está expirando. Além disso a cabeça dele está gravemente ferida... Hum! Talvez se eu pudesse fazer uma sangria... mas seria inútil. Não tem mais do que cinco ou dez minutos de vida.

– Sangre-o, senhor doutor.

– Está bem, mas previno-o de que será completamente inútil.

Nesse momento ouviram-se passos, o círculo dos curiosos abriu-se, no patamar, e na porta um sacerdote apareceu, um velhinho de cabelos brancos, que vinha trazer a extrema-unção. Atrás dele vinha um policial, que o acompanhara desde a rua. O médico cedeu-lhe logo o seu lugar e trocou com ele um olhar significativo. Raskólhnikov pediu ao médico que esperasse um pouco. Este encolheu os ombros e esperou.

Todos se afastaram. A confissão foi muito rápida. O moribundo não dava coisa por coisa; podia apenas proferir sons entrecortados, indistintos. Ekatierina Ivánovna pegou Lídotchka, levantou o pequenino da cadeira e, retirando-se com eles para um canto, junto ao fogão, pôs-se de joelhos e obrigou as crianças também a se ajoelharem à sua frente. Lídotchka tremia toda; e o menino, que estava sobre o chão com os seus joelhos nus, levantou maquinalmente a mãozinha, benzeu-se e dobrou-se até tocar no chão com a testa, o que parecia lhe dar uma grande satisfação. Ekatierina Ivánovna mordia os lábios e reprimia as lágrimas; ela também rezava, ajeitando de vez em quando a camisinha do menino e indo buscar um xale que havia em cima da cômoda e colocando-o sobre os ombros da menina, completamente descobertos, sem se levantar nem deixar de rezar. Entretanto, forçada pelos curiosos, a porta que dava para os quartos interiores tornou a se abrir.

No patamar amontoavam-se grupos cada vez mais densos de curiosos: inquilinos de todos os andares, que, entretanto, não ultrapassavam os umbrais. Só uma lamparina iluminava a cena.

Nesse momento, Pólienhka chegou correndo, depois de ter ido avisar a irmã, e abriu rapidamente caminho por entre as pessoas.

Entrou, quase sem fôlego, por causa da corrida veloz, tirou o lenço, procurou a mãe com os olhos, aproximou-se dela e lhe disse:

– Ela está vindo! Encontrei-a na rua!

A mãe obrigou-a a se ajoelhar e reteve-a a seu lado. Uma mocinha deslizou por entre as pessoas, discreta e timidamente; e era estranha a sua presença inopinada naquele quarto, no meio daquela miséria e de todos aqueles farrapos, morte e desolação. Ela também estava modestamente vestida; o seu traje era barato, mas ajeitado no estilo da rua, ao gosto e segundo as regras que regiam o seu pequeno mundo especial, consagrado a um fim declarado e vergonhoso. Sônia parou no patamar, junto da porta, mas não entrou, e ficou olhando dali, como uma louca, aparentemente sem se aperceber de nada, esquecida até do seu vestido berrante, comprado de quarta mão, de seda, indecoroso em tal lugar, e com uma gola ridícula, e da enorme crinolina que abrangia todo o vão da porta, e das suas botinas de cor, da sua pequena sombrinha, desnecessária de noite, mas que trazia consigo, e do seu grotesco chapeuzinho de palha, com uma brilhante pena cor de fogo. Debaixo desse chapeuzinho, inclinado para um lado, como usam as crianças, via-se uma carinha fria, pálida e assustada, com a boquinha aberta e uns olhos imóveis de espanto. Sônia era de pequena estatura, tinha uns dezoito anos, e era bem delgada; mas no conjunto era uma lourinha bastante graciosa, com uns olhos azuis que chamavam a atenção. Olhava o divã e o sacerdote, de alto a baixo; respirava também apressadamente, devido à corrida que dera. Até que finalmente devem ter chegado até ela alguns cochichos, algumas palavras saídas da multidão. Baixou a cabeça, avançou um passo, transpondo a entrada, e entrou no quarto, mas ainda próxima da porta.

A confissão e a comunhão tinham acabado. Ekatierina Ivánovna tornou a aproximar-se do leito do marido. O sacerdote se afastou e, quando já se retirava, voltou para dizer duas palavras de consolo para Ekatierina Ivánovna.

– E para onde eu vou, agora, com estas crianças? – disse-lhe ela numa voz cortante e irritada, mostrando-lhe os pequenos.

– Deus é misericordioso; confie no auxílio do Altíssimo! – disse o sacerdote.

– Ah! Misericordioso, sim, mas não para nós!

– Isso é pecado, isso é um pecado, senhora! – observou o sacerdote, movendo a cabeça.

– E isto não é pecado? – exclamou Ekatierina Ivánovna – apontando para o moribundo.

– Pode ser que aqueles que involuntariamente lhe causaram a morte a indenizem, ainda que seja apenas pela perda dos seus ganhos...

– O senhor não compreende! – exclamou Ekatierina Ivánovna irritada, agitando as mãos. – Por que me indenizariam, se foi ele que, embriagado, se meteu debaixo das patas dos cavalos? Que ganhos? Eu não recebia nada dele, ele só me dava tormentos. O bêbado gastava tudo na bebida! Roubava-nos para ir gastar tudo na taberna. Gastava a vida dele e a minha pelas tabernas. Graças a Deus que morreu, finalmente! É uma despesa a menos!

– Deve perdoar-lhe na hora da morte; e isso é pecado, senhora, esses sentimentos são um grande pecado!

Ekatierina Ivánovna era incansável junto do doente: dava-lhe de beber, enxugava-lhe o suor e o sangue da cabeça, endireitava-lhe a almofada e discutia com o sacerdote, voltando-se de vez em quando para olhar para ele, sem abandonar a sua tarefa. Então, de repente, dirigiu-se a ele quase com repugnância:

– Ah, *bátiuchka!* Uma palavra, só uma palavra! Perdoar! Andava sempre bêbado, como é que não iam atropelá-lo? Só tinha uma camisa, toda rota, ou, para melhor dizer, um farrapo, com a qual iria dormir esta noite, enquanto eu ficaria até de madrugada com as mãos enfiadas na água, lavando a sua roupa e a das crianças, e depois iria estendê-las na varanda, e de manhã iria passá-las... aí o senhor tem o que teria sido a minha noite! E ainda vem me falar de perdão! Se bem que, afinal, eu já lhe perdoei...

Uma tosse profunda, terrível, cortou as suas palavras. Tossiu sobre o lenço e mostrou-o depois ao sacerdote, apertando dolorosamente o peito com a outra mão. O lenço estava manchado de sangue...

O padre baixou a cabeça em silêncio e não disse nada.

Marmieládov estava em agonia; não tirava os olhos do rosto de Ekatierina Ivánovna, que tornara a inclinar sobre ele. Queria dizer alguma coisa e começou a fazer um esforço para mover a língua; mas Ekatierina Ivánovna, compreendendo que o que ele queria era lhe pedir perdão, gritou imediatamente com uma voz imperiosa:

– Cala a boca! Não é preciso! Eu sei o que tu queres dizer!

E o doente calou-se, mas, nesse mesmo momento, o seu olhar errante foi pousar na porta e viu Sônia.

Até então, não reparara nela, estava num canto, encostada à parede.

– Quem é aquela? Quem é aquela? – exclamou, de repente, com uma voz extremamente forte, sobressaltado, apontando com espanto para a porta onde estava a filha e esforçando-se para se erguer.

– Te deita! Te deita... e... e! – gritou-lhe Ekatierina Ivánovna.

Mas, com forças sobre-humanas, ele conseguiu se apoiar sobre uma mão. Contemplou durante algum tempo a filha, ansiosa e fixamente, como se não a reconhecesse. Até então, nunca a vira vestida daquela maneira. De repente reconheceu-a, humilhada, abatida e envergonhada dentro dos seus adornos, esperando placidamente que chegasse a sua vez de se despedir do pai moribundo. Uma dor imensa se refletia no seu rosto.

– Sônia... Filha... Me perdoa! – exclamou ele e estendeu-lhe a mão, mas perdeu o apoio, resvalou, caiu do divã e rolou de cabeça para o chão. Correram a levantá-lo, deitaram-no outra vez, mas já estava expirando.

Sônia lançou um pequeno grito, correu para abraçá-lo e, nesse abraço, ele soltou o último suspiro.

– Acabou! – exclamou Ekatierina Ivánovna ao ver o cadáver do marido. – Bem, agora o que se há de fazer? Com o que eu vou fazer a mortalha dele? E o que vou dar de comer amanhã a estes?

Raskólhnikov aproximou-se de Ekatierina Ivánovna.

– Ekatierina Ivánovna – começou a lhe dizer –, na semana passada, o seu falecido marido me contou toda a sua vida e todas as suas circunstâncias... Pode ter certeza de que falou da senhora com um orgulho respeitoso. Desde aquela noite, em que pude ver como ele gostava de todos vocês, e especialmente da senhora, Ekatierina Ivánovna, a respeitava e amava, apesar da sua lamentável fraqueza, desde aquela noite ficamos amigos... Permita que agora... eu contribua... cumprindo o dever que tenho para com o meu defunto amigo. Aqui tem... vinte rublos, creio que... e se puder lhe ser útil em qualquer coisa... Enfim, voltarei a passar por aqui... Sim, sim, hei de passar, com certeza. Talvez já volte amanhã... Adeus!

E saiu rapidamente do quarto, abrindo como pôde caminho por entre as pessoas, até a escada, mas no patamar encontrou de repente Nikodim Fomitch, que já tomara conhecimento do acidente e desejava tomar pessoalmente as providências necessárias. Desde aquela cena na delegacia que não tornara a vê-lo, mas Nikodim Fomitch reconheceu-o imediatamente.

– O quê? É o senhor? – perguntou-lhe.

– Ele morreu – respondeu-lhe Raskólhnikov. – Veio o médico, veio o padre, correu tudo como devia ser. Não aflija muito a pobre viúva, pois já chega ela estar tísica. Procure animá-la com alguma coisa, se puder... Pelo que sei, o senhor é boa pessoa... – acrescentou com um sorriso, olhando-o nos olhos.

– Mas o senhor está todo sujo de sangue! – observou Nikodim Fomitch, reparando, à luz do lampião, numas manchas frescas recentes que havia no colete de Raskólhnikov.

– Sim, me sujei... Estou todo salpicado de sangue! – confirmou Raskólhnikov com um gesto especial, depois do que sorriu, fez uma inclinação de cabeça e continuou a descer as escadas.

Descia devagar, imperturbável, mas febril e sem se aperceber disso, tomado de uma emoção nova, transbordante, que, como uma onda de vida plena e poderosa, o invadia de repente. Essa emoção podia comparar-se com a que o condenado à morte sente, quando, de súbito e do modo mais inesperado, lhe participam o indulto. Quando estava no meio da escada foi alcançado pelo sacerdote, que voltava para casa; em silêncio, Raskólhnikov deixou-o passar, trocando uma saudação silenciosa com ele. Mas já ia pondo os pés no último degraus, quando sentiu de repente uns passos apressados atrás de si. Alguém se esforçava para alcançá-lo. Era Pólienhka que corria atrás dele e o chamava:

– Espere! Espere!

Voltou-se. A pequenina desceu correndo os últimos degraus e ficou parada na frente dele, um degrau mais acima. Do pátio vinha uma luz fraca. Raskólhnikov contemplou a carinha da menina, vincada mas bonita, que lhe sorria alegre, infantilmente, e o olhava. Tinham mandado a menina com alguma incumbência que, entretanto, não devia agradar muito a ela.

– Escute, como se chama? E onde é que mora? – perguntou com uma voz ofegante.

Ele pôs as mãos sobre os ombros dela e olhou-a com certa beatitude: era tão agradável olhar para ela, sem que, no entanto, soubesse por quê!

– Quem é que te mandou me procurar?

– Foi a minha irmã Sônia – respondeu a menina, sorrindo-lhe ainda com mais agrado.

– Eu já sabia que tinha sido a tua irmã Sônia.

– A minha *mámienhka* também me mandou. Quando a minha irmã Sônia estava me dando o recado, a mãezinha chegou também e me disse: "Corre depressa, Pólienhka!".

– Gostas muito da tua irmã Sônia?

– É a pessoa de quem gosto mais no mundo! – afirmou Pólienhka com uma convicção especial e, de repente, o seu sorriso tornou-se mais sério.

– E de mim, também és capaz de gostar?

Como resposta ela aproximou a sua carinha, com os lábios grossos ingenuamente estendidos para beijá-lo. De repente as suas mãozinhas, extremamente finas, o puxaram com força, com muita força, e a cabeça dela pendeu sobre o ombro dele e a pequenina começou a chorar mansamente, apertando cada vez mais contra ele o seu rostinho.

– Meu pobre paizinho! – exclamou, passado um minuto, erguendo a carinha chorosa e enxugando as lágrimas com as mãos. – Hoje aconteceram tantas desgraças conosco! – acrescentou de repente, com aquele ar especialmente sério que as crianças tomam forçadamente quando querem falar com gente grande.

– O seu pai gostava de vocês?

– Ele gostava mais era de Lídotchka – continuou ela muito séria, sem um sorriso, tal como se exprimem as pessoas adultas –, porque é a menor e também porque está doentinha; trazia sempre um presente para ela; a nós ele ensinava a ler, e a mim ele ensinava gramática e a lei de Deus – acrescentou com dignidade. – A mãe não dizia nada, mas nós sabíamos que isso lhe agradava, e o pai também sabia; a mãe, agora, quer que eu aprenda francês, porque já é tempo de me instruir.

– E tu sabes rezar?

– Com certeza que sabemos! Há muito tempo; eu, como sou mais velha, rezo sozinha, mas Pólia e Lídotchka rezam com a mãezinha. Primeiro a Salve-Rainha, e depois uma oração que diz: "Senhor, perdoa e abençoa a nossa irmã Sônia", e depois também: "Senhor, perdoa e abençoa o nosso paizinho", porque o nosso outro pai já morreu, e este de agora é outro, e nós também rezamos por ele.

– Pólietchka, eu me chamo Rodion. Reza também algumas vezes a Deus por mim, pelo seu servo Rodion... só isso.

– Daqui em diante rezarei sempre pelo senhor – disse a pequenina com veemência, e de repente voltou a rir, atirando-se contra ele e abraçando-o com força.

Raskólhnikov disse-lhe o seu nome, deu-lhe o endereço e prometeu-lhe que passaria por ali, sem falta, no dia seguinte. A pequenina separou-se dele cheia de entusiasmo. Eram onze horas quando ele chegou à rua. Passados cinco minutos, já estava na ponte, precisamente no lugar em que a tal mulher se atirara na água.

– Basta! – exclamou com energia e entusiasmo. – Fora com ilusões, com medos absurdos, com visões! Ah, a vida! Por acaso eu não vivi há um momento? A minha vida não morreu junto com a da velha viúva! Ela está no céu e... Já chega, velhota; agora já é tempo de deixar os outros em paz! Que agora comece o reino da razão e da luz, da liberdade e da força, e depois veremos! Vamos ver qual de nós ganha! – acrescentou com altivez, como se se dirigisse a alguma força oculta, em atitude de desafio. – Eu já me resignei a viver num cubículo minúsculo! Neste momento estou muito fraco, mas parece que a minha doença passou completamente. Eu já sabia que isto seria assim, quando saí. E a propósito: a casa de Potchínkova fica a dois passos daqui. É que vou ver Razumíkhin e, ainda que não estivesse a dois passos dali, iria da mesma maneira... Que ganhe a aposta! Que se divirta à minha custa... não há outro remédio! O que é preciso é energia, energia; sem energia não se consegue nada, e a energia se obtém com a própria energia, eis o que muitos não sabem – acrescentou, orgulhoso e convencido, e, mal podendo mexer os pés, afastou-se da ponte.

O orgulho e uma altiva dignidade se apoderavam dele a cada instante, de tal maneira que, de um momento para o outro, já não era a mesma pessoa que no minuto anterior. Mas o que estava acontecendo de especial para ele ter mudado assim? Nem ele mesmo sabia. Como um náufrago que se agarra a uma tábua, parecia-lhe de repente que ele também poderia viver, que ainda lhe restava vida, que a sua vida não morrera com a da velha viúva. Pode ser que tivesse se apressado muito para tirar essa conclusão, mas não se detinha a pensar nisso.

"Pelo servo Rodion eu já pedi, apesar de não ter rezado", foi o pensamento que lhe passou pela cabeça. "Bem... quanto a isso... foi por acaso" acrescentou e sorriu da sua infantil lembrança. Estava num excelente estado de espírito.

Foi fácil encontrar Razumíkhin: na casa Potchínkova já conheciam o novo vizinho, e o porteiro indicou-lhe imediatamente o caminho do quarto. No meio da escada já ouviu o burburinho e a conversa animada de um grupo numeroso de pessoas. A porta do andar estava completamente aberta: ouviam-se vozes e discussões. O quarto de Razumíkhin era bastante espaçoso e ali estavam reunidas quinze pessoas. Raskólhnikov parou no vestíbulo. Do outro lado do tapume, dois criados andavam atarefados em volta de dois grandes samovares, com garrafas, bandejas e pratos carregados de comidas e aperitivos trazidos da cozinha do dono da casa. Raskólhnikov mandou chamar Razumíkhin. Este veio logo, pressuroso. Percebia-se à primeira vista que tinha bebido um pouco a mais e, embora Razumíkhin nunca bebesse até ficar embriagado, dessa vez notava-se um pouco.

– Ouve – apressou-se a dizer Raskólhnikov –, vim apenas para te dizer que ganhaste a aposta e que, de fato, ninguém pode saber o que vai lhe acontecer. Mas entrar, não entro; estou tão fraco que me sinto quase desfalecer. Por isso, saúde e adeus! Mas, amanhã, não deixes de ir me ver.

– Olha, vou te acompanhar até em casa. Se tu mesmo dizes que estás tão fraco...

– E os convidados? Quem é aquele indivíduo de cabelos louros que agora há pouco estava olhando para cá?

– Aquele? Sei lá! Deve ser um amigo do meu tio, mas também pode ser que tenha vindo sozinho... O meu tio, que é um homem admirável, ficará com os convidados; é pena que eu não possa te apresentá-lo agora. Mas, no fim de contas, que vão todos para o diabo! Neste momento não me preocupo com eles e, além disso, preciso tomar um pouco de ar; chegaste mesmo a propósito: mais dois minutos e eu teria me zangado com todos... juro! Estão sempre contando mentiras... Não podes imaginar até que ponto o homem é capaz de mentir. Embora, no fim de contas, a gente saiba muito bem! Por acaso nós também não mentimos? Bem, pois que mintam agora; em compensação, depois já não vão mentir... espera um minuto que vou buscar Zósimov.

Zósimov veio rapidamente ao encontro de Raskólhnikov; notava-se nele uma curiosidade especial, e seu rosto não tardou a se iluminar.

– Já para a cama – decidiu, depois de examinar o melhor possível o doente. – Seria conveniente que tomasse alguma coisa durante a noite, não acha? Eu preparei... um papelotezinho...

– Ainda que fossem muitos – respondeu Raskólhnikov.

Tomou ali mesmo o conteúdo do papelotezinho.

– Fazes muito bem em acompanhá-lo – observou Zósimov, dirigindo-se a Razumíkhin. – Veremos como é que ele está amanhã, mas por hoje a coisa não está indo mal, houve um progresso notável de ontem para hoje. Um século de vida, um século de aprendizagem...

– Sabes o que Zósimov me dizia há pouco, em voz baixa, quando nós saíamos? – disse-lhe Razumíkhin assim que se viram na rua. – Eu vou te dizer tudo francamente, pois eles são todos uns tolos. Zósimov me mandou ir conversando contigo pelo caminho e te puxando pela língua, e pediu que depois lhe contasse tudo, pois diz que tem uma teoria: que tu estás doido ou quase isso. Imagina! Em primeiro lugar, tu és três vezes mais inteligente do que ele; e, além disso, uma vez que não estás louco, não devias te importar com essa ideia dele; e, em último lugar, ele é um bruto e cirurgião por ofício, mas deu agora para se intrometer nas doenças mentais e, quanto a ti, a tua conversa de hoje com Zamiótov desorientou-o completamente.

– Zamiótov te contou tudo?

– Tudo, e fez muito bem. Agora compreendo todos os pormenores do assunto, e Zamiótov também... Sim, de fato. Em resumo, Rodka, no fundo... Eu, agora, estou um pouco tocado... Mas não importa... No fundo, essa teoria... compreendes? De fato, tinha se arraigado neles, compreendes? É claro que eles nunca se atreveram a expressá-la em voz alta, porque se trata de uma tolice, e sobretudo, quando prenderam o pintor de paredes, tudo isso se desfez no ar e acabou para sempre. Mas por que será que eles são tão idiotas? Eu naquele momento – meu amigo, isto fica entre nós – o fiz dar com a língua nos dentes, não diga isso a ninguém e não te dês por achado perante ele, já reparei que és um pouquinho vaidoso, reparei nisso na casa de Lavisa... Mas hoje, hoje ficou tudo claro. A principal culpa foi desse Iliá Pietróvitch. A princípio ele se aproveitou do teu desmaio na delegacia, mas depois, ele se sentiu envergonhado, parece-me que...

Raskólhnikov escutava-o com ansiedade. Razumíkhin, na sua bebedeira, falava pelos cotovelos.

– Eu desmaiei por causa da atmosfera pesada e do cheiro da pintura fresca que havia lá – disse Raskólhnikov.

– E ainda vens com explicações! Mas não há só a questão da pintura: há um mês que a congestação já estava incubando; Zósimov pode testemunhar isso! Mas não podes imaginar como ele está abatido, coitado! "Nem sequer chego aos calcanhares dele!" Este "ele" eras tu! Às vezes, meu amigo, ele aparenta bons sentimentos. Mas a lição de hoje, a lição de hoje no Palácio de Cristal foi o cúmulo da perfeição. Começaste por amedrontá-lo, por fazer com que ele sentisse calafrios. Chegaste quase a obrigá-lo a acreditar de novo em todo esse monstruoso disparate, e depois, de repente, escapaste e o puxaste pela língua. Vamos, vamos, ó diabo, te apanhei! Ótimo! Agora está abatido, envergonhado! Tu és um mestre, é assim que se deve proceder com essa gente! Oh, por que eu não estava presente? Eu te esperava com uma impaciência horrível. Porfíri também queria te conhecer.

– Ah! Esse também! Mas... por que eles meteram na cabeça que eu estou louco?

– Na verdade, eles não dizem que tu estás louco. Acho que eu, meu amigo, já dei demais com a língua nos dentes... O que o impressionou, fica sabendo, é que há pouco tu estivesses tão interessado, exclusivamente, por esse assunto... Agora já se sabe por que estavas interessado, uma vez que tu sabias todos os pormenores... e como isto te deixou nervoso e estava relacionado com a doença... Eu estou um pouquinho embriagado, meu caro, mas só Deus sabe qual é a ideia deles... Repito: agora ele deu para tratar das doenças mentais. Mas não liga para ele e manda-o passear!

Ficaram ambos em silêncio por meio minuto.

– Ouve, Razumíkhin – exclamou Raskólhnikov –, eu quero te falar com a máxima franqueza: há pouco estive numa casa onde faleceu um certo funcionário público... dei dinheiro a eles... e, além disso, uma pessoa lá acabou de me beijar, uma pessoa que, ainda que ninguém tivesse morrido, ainda que, bem, resumindo, tive oportunidade de ver ali uma criatura... com uma pluma cor de fogo... mas eu dou o braço a torcer: estou muito fraco, me segura... Já estamos na escada?

– Mas o que tu tens? Que tens? – perguntou-lhe Razumíkhin, alarmado.

– Estou com a cabeça um pouco tonta, mas não se trata disso, é que sinto uma tristeza tão grande, tão grande! Pareço uma mulher. Não achas? Olha, o que é aquilo? Repara, repara!

– O que estás dizendo?

– Mas não estás vendo? A luz do meu quarto... Não vês? Pela fresta.

Já estavam em frente ao último patamar, para o qual dava a porta do apartamento da dona da casa e, de fato, ali debaixo notava-se que a luz estava acesa no cubículo de Raskólhnikov.

– É estranho! Talvez seja Nastássia – observou Razumíkhin.

– Não, ela nunca entra no meu quarto a esta hora e há muito que já deve estar dormindo a sono solto, mas... tanto faz! Adeus!

– O que tens? Eu te acompanho, vamos entrar juntos!

– Eu sei que vamos entrar juntos, mas eu quero apertar a tua mão aqui e me despedir de ti. Bem, me dá a mão! Adeus, até a vista!

– Mas que o aconteceu, Rodka?

– Nada. Vamos entrar, tu serás testemunha.

Tornaram a subir as escadas e Razumíkhin pensou, por momentos, se Zósimov não teria razão: "Ah! Eu o desnorteei com a minha conversa!", resmungou consigo. De repente, quando já iam entrando, ouviram uma voz dentro do quarto.

– Quem será? – exclamou Razumíkhin.

Raskólhnikov foi o primeiro que puxou a porta e a abriu de par em par; abriu-a e ficou parado na entrada, como se estivesse pregado ao chão.

A mãe e a irmã estavam sentadas no divã e há uma hora e meia que já esperavam por ele. Por que será que elas eram as pessoas que menos esperava e nelas em quem menos pensava, apesar da confirmação que tivera naquele dia de que chegariam em breve, de que não tardariam a chegar, de que estariam ali de um momento para o outro? Tinham passado aquela hora e meia interrogando Nastássia, que ainda estava ali junto delas e tinha se apressado a contar-lhes tudo com todos os pormenores. E não conseguiram compreender, de tão assustadas que estavam, quando ela lhes disse que ele tinha saído doente, segundo se deduzia da narrativa, em autêntico estado de delírio... "Santo Deus, que teria acontecido a ele?" As duas começaram a chorar, e sofreram um suplício cruciante naquela hora e meia de espera.

Raskólhnikov foi recebido com gritos de alegria e de triunfo. Ambas se atiraram contra ele. Mas ele ficou parado como um morto: um insuportável, súbito pensamento o feriu como um raio. Nem sequer ergueu as mãos para abraçá-las. Não podia! Mãe e filha o apertaram fortemente nos braços, beijavam-no, riam e choravam... Ele deu um passo, cambaleou e caiu no chão desmaiado.

Alarme, gritos de horror, lamentos... Razumíkhin, que ficara de pé junto da porta do quarto, entrou como um relâmpago, pegou o doente com os seus braços vigorosos e colocou-o rapidamente sobre o divã.

– Não é nada, não é nada! – exclamou, dirigindo-se à mãe e à irmã. – Foi uma vertigem, uma coisa sem importância! Ainda há pouco o médico disse que ele já está muito melhor, que já está completamente bom! Água! Ora vejam como já está voltando a si, como está recuperado os sentidos!

E, pegando a mão de Dunietchka de uma maneira que quase a desconjuntou, a fez se agachar para que visse como ele já estava voltando a si. Tanto a mãe como a filha olharam para Razumíkhin como para um fantasma, com espanto e gratidão; elas já tinham ouvido Nastássia contar o que fora para o seu Rodka, durante todo aquele tempo da doença, aquele "rapaz expedito", como a própria Pulkhiéria Alieksándrovna Raskólhnikova lhe chamou naquela mesma noite, em conversa íntima com Dúnia.

Terceira Parte

CAPÍTULO I

Raskólhnikov ergueu-se e sentou-se no divã.

Com um gesto débil fez sinal a Razumíkhin para que desse um fim naquela torrente de consolos incoerentes e apaixonados que sua mãe e sua irmã faziam; pegou as mãos de ambas e ficou dois minutos em silêncio, contemplando ora uma, ora outra. A mãe assustou-se com o seu olhar. Notava-se nele um sentimento enérgico, quase doloroso, mas ao mesmo tempo deixava transparecer alguma coisa de fixo e até de insensato. Pulkhiéria Alieksándrovna começou a chorar.

Avdótia Românovna estava pálida; a sua mão tremia na mão do irmão.

– Voltem para casa... com ele – exclamou com voz entrecortada, indicando-as para Razumíkhin. – Até amanhã; amanhã tudo... Já chegaram há muito tempo?

– Esta noite, Rodka – respondeu-lhe Pulkhiéria Alieksándrovna. – O trem teve um atraso enorme. Mas agora não me separarei mais de ti, Rodka, por nada deste mundo! Vou ficar dormindo aqui, junto de...

– Não me atormentem! – exclamou ele movendo a mão com excitação.

– Eu fico com ele! – disse Razumíkhin. – Não o deixarei só nem um momento, e os outros, os que estão em minha casa, que vão todos para o diabo! O meu tio que tome conta da festa.

– Como é que eu poderei lhe agradecer?! – começou Pulkhiéria Alieksándrovna, tornando a segurar a mão de Razumíkhin, mas Raskólhnikov voltou a intrometer-se.

– Não posso, não posso! – repetiu excitado. – Não me atormentem! Já chega, vão embora... Não posso!

– Vamos, *mámienhka*, vamos sair do quarto, nem que seja só por um minuto... – murmurou Dúnia, assustada. – Estamos matando Rodka, bem se vê.

– Mas então eu não posso olhar para ele um pouco, depois de três anos sem vê-lo? – gemeu Pulkhiéria Alieksándrovna.

– Esperem aí! – gritou ele outra vez. – Vocês não fazem outra coisa senão me interromper e me confundir... Viram Lújin?

– Não, Rodka, mas ele já sabe da nossa chegada. Ouvimos dizer que Piotr Pietróvitch teve a amabilidade de te fazer hoje uma visita – acrescentou Pulkhiéria Alieksándrovna com certa timidez.

– Sim... Teve a amabilidade... Dúnia, há pouco eu disse a Lújin que ia atirá-lo pelas escadas abaixo e mandei-o para o diabo.

– Rodka, tu fizeste isso?... A sério que tu... Não queres dizer que... – começou, assustada, Pulkhiéria Alieksándrovna, mas parou quando olhou para Dúnia.

Avdótia Românovna olhava o irmão de alto a baixo e esperava que ele continuasse. As duas já estavam a par da briga, por meio de Nastássia, pelo que esta conseguira compreender, e estavam perplexas e ansiosas.

– Dúnia – continuou Raskólhnikov com esforço –, eu não quero esse casamento; por isso, amanhã mesmo, assim que falares com ele terás de te desdizer perante Lújin, para que não tornemos a ver nem a sombra dele.

– Meu Deus! – exclamou Pulkhiéria Alieksándrovna.

– Irmão, por favor! Presta atenção no que estás dizendo! – interveio Avdótia Românovna em tom vivo, mas em seguida conteve-se. – Talvez agora tu não estejas em condições... estás cansado... – acrescentou suavemente.

– Estou delirando, não é? Tu vais casar com Lújin por minha causa. E eu não quero vítimas. Por isso amanhã vais escrever uma cartinha a ele... mandando-o passear... De manhã tu me dás a carta para a ler e acabou-se!

– Mas eu não posso fazer isso! – exclamou a moça, ofendida. – Com que direito...

– Dúnietchka, tu também estás nervosa, vai embora agora. Amanhã... talvez tu não vejas... – disse a mãe inquieta, dirigindo-se a Dúnietchka. – Ah, o melhor que podemos fazer é irmos embora!

– Ele está delirando! – exclamou Razumíkhin, embriagado. – Senão, como é que se atreveria... Mas amanhã, todos esses absurdos vão acabar... Hoje, de fato, ele o expulsou daqui. Foi assim mesmo. O outro, é claro, ficou aborrecido... Pôs-se a fazer um discurso para fazer sobressair a sua distinção e acabou saindo de orelhas murchas...

– Mas isso é verdade? – gritou Pulkhiéria Alieksándrovna.

– Até amanhã... – disse-lhe Dúnia, compadecida. – Vamos embora, mamãe! Adeus, Rodka!

– Já ficaste sabendo – repetiu ele, juntando as suas últimas energias. – Eu não estou delirando; esse casamento... é uma indignidade. Admitamos que eu seja um vagabundo, mas tu não tens obrigação... Um só já chega... e, ainda que eu seja um vagabundo, não quero considerar como tal também uma irmã minha. Ou eu ou Lújin! Vão-se embora!

– Tu perdeste o juízo! És um déspota! – encolerizou-se Razumíkhin, mas Raskólhnikov já não lhe respondeu, talvez por que lhe tivessem faltado forças para isso. Estendeu-se no divã e voltou-se de cara para a parede, completamente extenuado. Avdótia Românovna olhou com curiosidade para Razumíkhin, os seus olhos negros brilhavam. Razumíkhin estremeceu perante aquele olhar. Pulkhiéria Alieksándrovna estava fora de si.

– Não sairei daqui por nada deste mundo! – murmurou em voz baixa a Razumíkhin, quase desesperada. – Eu vou ficar aqui, em algum lugar... Acompanhe Dúnia.

– Olhe que vai pôr tudo a perder! – Razumíkhin disse-lhe também em voz baixa e excitado. – Vamos sair daqui, ainda que seja só para o patamar. Nastássia, uma luz! Eu juro a vocês – continuou em voz baixa, já na escada – que há pouco ele quase nos bateu, no médico e em mim! Ora imagine! No próprio médico! O médico resolveu não irritá-lo e foi embora. E eu fiquei lá embaixo, de olhos atentos, então ele se vestiu e saiu com pressa para a rua... Agora, se o fizer ficar fora de si, sairá para a rua de novo e talvez até cometa alguma loucura contra si mesmo.

– Mas o que o senhor está dizendo!

– E além do mais não fica nada bem Avdótia Românova ir sozinha para a pensão, sem a senhora! Lembre-se do lugar onde estão hospedadas! Esse enganador do Piotr Pietróvitch podia ter arranjado um alojamento melhor para as senhoras... Se bem que eu estou meio embriagado e por isso... é que há pouco o insultei, as senhoras não façam caso...

– Bem, então vou falar com a dona desta casa – insistiu Pulkhiéria Alieksándrovna. – Pedirei a ela que nos arranje um cantinho por esta noite, para mim e para Dúnia. Eu não posso deixá-lo assim, não posso!

Com esta conversa ficaram parados na escada, num patamar, precisamente em frente da porta da dona da casa. Nastássia estava com uma luz no patamar abaixo. Razumíkhin estava extremamente agitado. Meia hora antes, quando acompanhara Raskólhnikov para casa, estava um pouco eloquente demais, o que ele próprio reconhecia, mas muito animado e quase tranquilo, apesar da quantidade de aguardente que bebera naquela tarde. Agora o seu estado de espírito era também semelhante a um entusiasmo, mas, ao mesmo tempo, parecia que o álcool que bebera subia de repente à sua cabeça com dupla força. Estava parado junto das duas mulheres, segurava as mãos de ambas e expunha-lhes as suas razões com uma franqueza espantosa e como se quisesse convencê-las de todas as suas palavras; apertava as mãos delas com muita força, como se fosse um torno, até machucá-las, e parecia devorar Avdótia Românovna com os olhos, sem o menor constrangimento. Por causa da dor, elas retiravam de vez em quando as mãos da mão enorme e ossuda do rapaz, mas ele não só não percebia isso, como as puxava outra vez com mais força ainda. Se nesse momento elas tivessem ordenado a ele que se atirasse de cabeça para baixo, ele teria feito isso imediatamente, sem pensar nem hesitar. Pulkhiéria Alieksándrovna, aflita com o pensamento no seu Rodka, apesar de perceber claramente que aquele rapaz era muito estranho e lhe apertava a mão com demasiada liberdade, e que a sua interferência também era um pouco abusiva, esforçava-se por não reparar nesses pormenores extravagantes. E apesar da sua própria aflição, e embora não fosse de caráter medroso, Avdótia Românovna via com assombro e até com certo temor o fogo brilhante e selvagem dos olhares do amigo de seu irmão, e só a ilimitada confiança que as referências de Nastássia tinham inspirado nela acerca daquele homem impetuoso é que a livravam da tentação de sair correndo e se esconder atrás da mãe. Mas sabia também que talvez já não pudesse fugir dele. Passados dez minutos, enfim, acabou por ficar completamente tranquila. Razumíkhin era de uma natureza que se revelava por completo num momento, qualquer que fosse o estado de espírito em que se encontrasse; por isso todos compreendiam rapidamente com quem estavam lidando.

– Com a dona da casa é impossível, e além disso é uma grande tolice! – exclamava, procurando convencer Pulkhiéria Alieksándrovna. – Embora a senhora seja a mãe, ele ficará furioso, e sabe Deus o que pode acontecer! Ouça o que eu vou fazer: vou dizer a Nastássia que vá até lá em cima ver como é que ele está e levarei as duas para casa, porque as senhoras não podem andar sozinhas pelas ruas; quanto a isso... aqui, em

Petersburgo... Bem, não falemos nisso!... Depois de deixá-las em casa, voltarei aqui e, dou a minha palavra de honra, venho trazer notícias acerca dele, se dorme ou não etc. etc. Além disso, escutem, minhas senhoras: da sua casa à minha é um pulo; tenho convidados lá, todos já embriagados; pegarei Zósimov... o médico que o tem tratado, que neste momento está em minha casa e não está embriagado. Esse não está bêbado, nunca está bêbado! Vou trazê-lo aqui para ver Rodka e depois irei com ele ver as senhoras, isto é, dentro de uma hora terão notícias dele... da própria boca do médico, compreendem? Do próprio médico, o que não é o mesmo que da minha! Se ele estiver pior, juro que eu mesmo as trarei aqui, e se estiver melhor, as senhoras se deitam e vão dormir. Eu ficarei de vigia aqui, toda a noite, na escada, de maneira que ele não saberá de nada, e pedirei a Zósimov que passe a noite na casa da senhoria, para estar a postos para o que for preciso. Agora me digam o que é preferível para ele: o médico ou as senhoras? O médico é mais útil, muitíssimo útil. E pronto, agora vão para a casinha de vocês. Ficar com a senhoria é impossível; impossível para mim, impossível para as senhoras; não insistam, porque ela... é uma imbecil. Terá ciúmes de Avdótia Românovna, fiquem sabendo, e da senhora também... De Avdótia Românovna, isso nem tem dúvida. Ela tem um jeito muito estranho! Embora, no fim das contas, eu também seja um idiota... Não falemos mais nisso! Vamos, então! Já estão convencidas? Estão ou não?

– Vamos, mãezinha – disse Avdótia Românovna –, com certeza ele cumprirá a sua promessa. Já devemos a ele a ressurreição de meu irmão, e, se é verdade que o médico vai passar aqui a noite, o que mais podemos desejar?

– Veja como a senhora... a senhora... a senhora me compreende, porque a senhora... é um anjo! – exclamou Razumíkhin entusiasmado. – Vamos! Nastássia, vai lá para cima e fica vigiando, sem luz; eu estarei de volta dentro de um quarto de hora.

Embora não estivesse completamente convencida, Pulkhiéria Alieksándrovna parou de se opor. Razumíkhin pegou as mãos de ambas e conduziu-as pelas escadas. No entanto ele ainda lhes inspirava desconfiança. "Embora seja tão prestativo e bondoso, será que tem condições de cumprir o que promete? Porque ele está de uma maneira!..."

– Eu compreendo que as senhoras pensem que, no estado em que me encontro – disse Razumíkhin, adivinhando o fio dos pensamentos delas e pisando a calçada com as suas enormes passadas, de gigante, sem perceber que as duas mulheres mal podiam segui-lo. – Tolice! Isto é... eu estou muito bêbado, é verdade, mas não é de álcool. É que, quando eu vi as senhoras, o sangue me subiu à cabeça e fiquei transtornado... Mas não façam caso de mim, minhas senhoras! Não reparem nisso: eu sou um trapalhão; não sou digno das senhoras... Nem de longe! Assim que as deixar em casa, vou direto ao canal, dou dois mergulhos na água e pronto... Se soubessem como eu já gosto das duas! Não riam nem se aborreçam, minhas senhoras! Aborreçam-se com todo mundo, menos comigo! Eu sou amigo dele e das senhoras também. Aquele desejo... Meu coração já adivinhava... No ano passado houve um momento... Aliás não é uma certeza absoluta que o meu coração tenha adivinhado, porque as senhoras apareceram aqui como se tivessem caído de céu. Vou passar toda esta noite em claro... Há pouco, Zósimov estava com medo de que ele perdesse o juízo... Por isso não podemos irritá-lo.

– O que o senhor disse? – exclamou a mãe.

– Foi o próprio médico quem disse isso? – perguntou Avdótia Românovna, assustada.

– Não, ele não disse isso, o que ele disse foi o contrário. E também lhe deu um remédio, uns papelotes que eu vi, e foi então que as senhoras chegaram... Ah! Teria sido bem melhor que tivessem deixado isso para amanhã! Fizemos muito bem em virmos embora. Mas dentro de uma hora o próprio Zósimov as porá a par de tudo. Esse não está embriagado! E eu, então, já estarei mais tranquilo... Mas por que será que eu me embriaguei desta maneira? E por que me meti em discussões com aqueles malvados? Eu tinha jurado que não voltaria a discutir com eles! Mas eles dizem tantos absurdos! É impossível não discutir com eles! Deixei lá o meu tio, como presidente... Bem, talvez as senhoras não acreditem, mas eles exigem que o indivíduo não tenha personalidade e acham que isso é o mais importante na vida! Uma pessoa não ser ela mesma, se parecer o menos possível consigo! É isso que eles consideram o cúmulo do progresso. E nem sequer tentam mentir com graça, mas...

– Ouça – interrompeu-o timidamente Pulkhiéria Alieksándrovna, sem conseguir outra coisa senão entusiasmá-lo ainda mais.

– O que as senhoras acham? – exclamou Razumíkhin elevando a voz ainda mais. – Acham que eu estou assim porque eles mentem? Tolice! Eu gosto que eles mintam! A mentira é o único privilégio do homem sobre todos os outros animais. Mente, que vais acabar atingindo a verdade! É precisamente por ser homem que eu minto. Nem uma só verdade poderias alcançar se antes não mentisses quatorze vezes, e até cento e quatorze vezes, o que representa uma honra *sui generis*; simplesmente, nós nem sequer sabemos mentir com inteligência! Tu mentes, mas mentes de uma maneira especial, e eu ainda por cima te dou um abraço. Mentir com graça, de uma maneira pessoal, é quase melhor que dizer a verdade igual a todo mundo; no primeiro caso se é um homem e, no segundo, não se é mais do que um papagaio! A verdade não anda depressa, mas podemos fazer a vida correr; há exemplos disso. Ora vejamos: que somos nós hoje? Todos, todos sem exceção, no campo das ciências, da cultura, do engenho, da invenção, da experiência, em todos os campos, em todos, não passamos das primeiras letras. Gostamos de nos regalarmos com a inteligência alheia! Da papinha já feita! Não é verdade? Não tenho razão? – exclamou Razumíkhin, exaltando-se e apertando as mãos das duas mulheres. – Não será verdade isto tudo?

– Oh, meu Deus, eu não sei! – declarou a pobre Pulkhiéria Alieksándrovna.

– Sim, é verdade... se bem que eu não esteja completamente de acordo com o senhor – acrescentou seriamente Avdótia Românovna, e quase gritou, tal era a força com que Razumíkhin lhe apertava a mão.

– Acha que sim? Disse que também acha que sim? Bem, então, uma vez que pensa assim... a senhora... – exclamou entusiasmado – a senhora é um poço de bondade, de pureza, de inteligência, é... perfeita! Me dê a sua mão! A senhora também me dê a sua, porque quero beijá-las aqui mesmo, agora mesmo, de joelhos!

E pôs-se de joelhos, no meio da calçada, que por acaso estava deserta.

– Mas o senhor sabe o que está fazendo? – exclamou Pulkhiéria Alieksándrovna no auge do espanto.

– Levante-se, levante-se! – disse Dúnia, sorridente e assustada.

– Não farei isso por nada deste mundo se, primeiro, não me derem as mãos! Bem, agora está bem, agora me levanto e vamos andando! Eu sou uma pessoa muito infeliz, eu não sou digno das senhoras e, além disso, estou embriagado, do que sinto muita envergonha... Eu não sou digno de amá-las, mas me inclino perante as senhoras... que é o que todos deveriam fazer, se não fossem uns idiotas completos! Foi por isso que eu me ajoelhei! Bem, aqui está a sua casa e, de fato, Rodka teve razão para, esta tarde, expulsar o seu Piotr Pietróvitch! Como é que ele teve o atrevimento de hospedá-las nesta casa? É escandaloso! Sabem que tipo de gente vive aqui? E isto que a senhora é sua noiva! É noiva dele? Pois, mesmo que o seja, eu não tenho nenhum receio de lhe dizer, depois de ver isto, que o seu futuro marido é um patife!

– Ouça, senhor Razumíkhin, o senhor se esquece... – começou Pulkhiéria Alieksándrovna.

– Sim, sim, a senhora tem razão, eu esqueci e me sinto envergonhado! – disse Razumíkhin, refreando-se. – Mas... mas... as senhoras não devem ficar zangadas comigo por eu me expressar assim! Porque, ao falar assim, eu falo com toda a sinceridade, e não porque... hum! Isso seria uma baixeza; em resumo: não porque eu, para senhora... hum!... Bem, o fato é que, embora eu não diga a razão, não me atrevo... Mas todos nós entendemos esta tarde, assim que ele entrou, que esse homem não é dos nossos. Não é pelo fato de ter chegado assim que saiu do cabeleireiro, com o cabelo frisado, nem porque ter se apressado tanto em mostrar a sua inteligência, mas sim porque é um espião e um especulador, porque é um judeu e um charlatão, e tudo isso salta logo aos olhos. As senhoras pensam que ele é inteligente? Pois olhem que não, é um burro, um asno! Ora vejam, francamente: será que ele vai fazer realmente um par condizente com a senhora? Oh, meu Deus! Reparem, minhas senhoras – e parou de repente, quando iam subindo a escada da pensão –, embora todos os que neste momento se encontram em minha casa estejam embriagados, isso não significa que não sejam todos pessoas decentes e, ainda que mintamos – porque eu também minto –, ao mentir acabaremos por alcançar a verdade, porque vamos por um bom caminho, ao passo que Piotr Pietróvitch... não vai por um caminho correto. E, embora há um momento eu estivesse falando disparates acerca deles, fiquem as senhoras sabendo que eu os respeito a todos; e até pelo próprio Zamiótov, embora não o respeite, tenho amizade, apesar de tudo, porque... é um garoto. Até mesmo por esse idiota do Zósimov, porque... é honesto e conhece o seu ofício... Mas, basta, já está tudo dito e perdoado. Está perdoado, não é verdade? Ora cá estamos! Entremos. Este corredor não me é desconhecido, eu já estive aqui, no número três, houve uma vez um escândalo... Mas qual é o seu quarto? Que número é? É o oito? Bem, fechem-se à chave por dentro, de noite, e não abram a ninguém. Dentro de um quarto de hora estarei outra vez aqui com notícias e, meia hora depois, com Zósimov, vão ver! Então adeus, que vou já num pulo!

– Meu Deus, Dúnietchka! O que vai acontecer? – exclamou Pulkhiéria Alieksándrovna dirigindo-se à filha, cheia de medo e de inquietação.

– Acalme-se... mãezinha – respondeu Dúnia, tirando o chapéu e a mantilha. – Foi Deus quem nos enviou este rapaz, se bem que tenha bebido um pouco a mais. Podemos ter confiança nele, garanto-lhe. Sem falar em tudo o que ele já fez pelo meu irmão.

– Ah! Dúnietchka! Sabe Deus se ele voltará! Mas como é que eu fui capaz de abandonar Rodka! Nem de longe imaginava encontrá-lo assim! Ficou tão sério... até parecia que a nossa presença o contrariava!

Assomaram lágrimas aos seus olhos.

– Não, não é bem assim, mãezinha. A mãe não reparou bem, porque não fazia mais nada senão chorar. É que ele está muito transtornado devido à doença tão grave... É por isso!

– Ah, essa doença! Que irá acontecer: que irá acontecer? E a maneira como ele falou contigo, a ti, Dúnia! – disse a mãe, olhando timidamente para os olhos da filha, a fim de neles ler o pensamento dela e já contente por ver que Dúnia até se punha na defesa de Rodka, e com certeza que lhe perdoava. – Estou convencida de que amanhã ele já deve ter reconsiderado – acrescentou, esforçando-se por chegar até ao fim.

– Também estou convencida de que amanhã ele até vai falar conosco... sobre aquilo – interrompeu Avdótia Románovna, e sem dúvida isso foi um remate à conversa, pois tinham tocado num ponto do qual Pulkhiéria Alieksándrovna não se atrevia a falar naquele momento. Dúnia aproximou-se da mãe e abraçou-a. Ela a abraçou também com força e em silêncio. Depois sentou-se e ficou à espera, num desassossego, do regresso de Razumíkhin, e com os seus olhos tímidos seguia os movimentos da filha que, de braços cruzados e também ansiosa, dava voltas para trás e para diante pelo quarto, pensativa. Esse andar, de uma ponta a outra, meditando, era um costume vulgar de Avdótia Románovna, e a mãe tinha sempre medo de interromper as sua meditações nesses momentos.

É claro que Razumíkhin estava ridículo com aquela paixão súbita que, no meio da bebedeira, nascera por Avdótia Románovna, mas muitas pessoas o teriam desculpado se tivessem visto Avdótia Románovna, sobretudo no momento em que dava voltas pela sala, de braços cruzados, triste e pensativa, sem se deter para considerar a estranheza da situação.

Avdótia Románovna era muito bonita, alta, maravilhosamente benfeita, forte, altiva, o que se via em todos os seus gestos, e o que, aliás, não era de maneira nenhuma um obstáculo para que fosse ágil e graciosa em seus movimentos. De rosto, se parecia com o irmão, mas podia-se até dizer que possuía uma beleza autêntica. Tinha os cabelos castanhos, um pouco mais claros que os do irmão; os olhos quase negros, cintilantes, altivos e ao mesmo tempo, às vezes, de uma doçura invulgar. Era pálida, mas não de palidez doentia; o seu rosto resplandecia fresco e são. Tinha a boca um tanto pequena; o lábio inferior, fresco e vermelho, era levemente saliente, bem como o queixo... o que era a única irregularidade naquele belíssimo rosto, mas que entretanto lhe infundia uma nota especial e, entre outras coisas, uma certa altivez. A expressão do seu rosto era sempre verdadeiramente mais séria do que alegre, preocupada, mas o sorriso ficava bem esse seu rosto; como lhe caía bem o riso jovial, juvenil, despreocupado! Por isso era compreensível que o impetuoso Razumíkhin, franco, simples, honesto e forte como um homem antigo, que nunca na sua vida vira nada semelhante, perdesse o juízo assim que a viu. Além disso, o acaso, como de propósito, mostrou-lhe Dúnia naquele belíssimo instante de amor e alegria diante da presença de seu irmão. Teve assim ocasião de ver como ela tremia, amuada, o lábio inferior, projetado para a frente, em resposta às palavras bruscas, de uma ingratidão feroz, do irmão, e, a partir daquele momento, não se conteve mais.

Além disso tivera razão ao dizer, quando fizera aquela pausa, embriagado, na escada, que a extravagante senhoria de Raskólhnikov, Praskóvia Pávlovna, era capaz de sentir ciúmes não só de Avdótia Românovna mas até da própria Pulkhiéria Alieksándrovna. Apesar de já ter os seus quarenta anos, Pulkhiéria Alieksándrovna conservava ainda vestígios da sua passada formosura, isso sem falar que parecia ter muito menos idade do que realmente tinha, como costuma acontecer às mulheres que conservaram a limpidez da alma, a frescura de impressões e o honesto e puro fervor do coração, até a proximidade da velhice. Digamos de passagem que conservar tudo isso é o único meio de não perder a beleza, até na velhice! Os seus cabelos começavam a embranquecer e a escassear, há algum tempo que pequenos pés de galinha já se desenhavam em volta dos seus olhos, suas faces estavam murchas e vincadas pelas preocupações e desgostos e, apesar de tudo isso, o seu rosto era muito belo. Era o retrato vivo de Dúnietchka, só que com vinte anos a mais e, também, sem o lábio inferior proeminente, como era o da filha. Pulkhiéria Alieksándrovna era muito sensível, embora sem afetação, tímida e condescendente, mas só até certo ponto; era capaz de fazer muitas concessões, podia se conformar com muitas coisas, até com aquelas que eram contrárias às suas convicções, mas havia sempre um limite de honra, moralidade e convicções íntimas que nenhuma circunstância era bastante forte para obrigá-la a transpor.

Passados precisamente vinte minutos após Razumíkhin ter saído, ouviram-se duas pancadas na porta, não muito fortes, mas apressadas; era ele que voltava.

– Não posso entrar, não tenho tempo! – disse atrapalhado quando lhe abriram a porta. – Ele está dormindo como um anjo, com um sono plácido, tranquilo, e Deus queira que fique dormindo assim umas dez horas. Nastássia vela por ele: ordenei-lhe que não se afastasse de lá até que eu volte. Agora vou buscar Zósimov, ele as porá a par de tudo, e depois as senhoras vão dormir; estão cansadas, eu vejo.

E, retirando-se, saiu pelo corredor.

– Que prestativo e que... leal! – exclamou muito contente Pulkhiéria Alieksándrovna.

– Parece ser uma excelente pessoa! – respondeu Avdótia Românovna com certo entusiasmo, e voltou novamente aos seus passeios pelo quarto, de um lado para o outro.

Passado pouco tempo ouviram-se passos no corredor e outras pancadinhas na porta. Dessa vez, as duas mulheres estavam esperando, completamente tranquilas, o regresso de Razumíkhin e, de fato, ele conseguira trazer Zósimov. Este concordara, imediatamente, em deixar a festa e em vir ver como estava Raskólhnikov, mas foi de má vontade e com grande receio visitar as senhoras, desconfiado do bêbedo Razumíkhin. Mas logo ficou tranquilo e até lisonjeado no seu amor-próprio; percebeu que esperavam por ele como por um oráculo. Permaneceu ali dez minutos precisos e conseguiu convencer e tranquilizar completamente Pulkhiéria Alieksándrovna. Falou-lhes com a maior simpatia, mas energicamente e até com certa seriedade afetada, como um médico de 27 anos chamado para um caso grave, e sem se afastar nem um momento do assunto, nem mostrar o menor desejo de entrar em relações mais pessoais e frequentes com as duas senhoras. Como, assim que entrou, reparou imediatamente como Avdótia Românovna era extraordinariamente graciosa, esforçou-se logo, desde o primeiro momento, por não reparar nela durante todo o tempo que durou a visita, dirigindo-se exclusivamente a Pulkhiéria Alieksándrovna, o que acabou por lhe proporcionar um extraordinária satisfação interior. Referindo-se especialmente ao doente, disse que acabara de encontrá-lo num estado muito satisfatório. A julgar pelas suas observações, aquela doença, além das péssimas condições em que ele vivera durante os últimos meses, se devia também a certas causas morais, e, por assim dizer, era produto de muitas e complexas influências morais e materiais, inquietações, preocupações, certas teorias etc. etc. Como observasse de soslaio que Avdótia Românovna o escutava com especial atenção, prolongou-se um pouco mais sobre esse tema. Diante da inquieta e tímida pergunta de Pulkhiéria Alieksándrovna sobre se "tinha algumas suspeitas de alienação mental", respondeu com um sorriso plácido e sincero que haviam exagerado muito as suas palavras, que era verdade que se notava no doente uma espécie de ideia fixa, qualquer coisa que parecia uma monomania – tanto mais que ele seguia agora com extraordinário interesse nesse setor da medicina –, mas que era preciso ter presente que praticamente até aquele dia o doente estivera delirando e... e não havia dúvida de que a chegada das pessoas de família iria fortalecê-lo, animá-lo e provocar o completo restabelecimento dele, "desde que lhe sejam evitadas novas emoções", acrescentou de maneira significativa. Depois se levantou, fez uma reverência ao mesmo tempo séria e jovial, acompanhado pelas bênçãos, pela veemente gratidão, pelas súplicas e até pela mãozinha de Avdótia Românovna, que a estendeu espontaneamente, e retirou-se muitíssimo satisfeito com a sua visita e, sobretudo, consigo.

– Amanhã nos falaremos, agora vão se deitar – insistiu Razumíkhin, quando saía em companhia de Zósimov. – Amanhã voltarei aqui, com notícias, o mais cedo que puder.

– É encantadora, essa Avdótia Românovna! – observou Zósimov, quase zangado, quando já estavam na rua.

– Encantadora? Disseste que é encantadora? – exclamou Razumíkhin raivoso, e, de repente, atirando-se sobre Zósimov, agarrou-o pelo pescoço. – Como te atreves... Compreendes? Compreendes? – Exclamou, sacudindo-o pelo colarinho e encostando-o à parede – Ouviste o que eu disse?

– Me larga, bêbado dos diabos! – gritou Zósimov, esforçando-se para se libertar, e depois, quando o outro o tinha largado, ficou olhando-o fixamente, e de repente desatou a rir. Razumíkhin, de pé, diante dele, deixou cair as mãos e quedou-se sombrio e pensativo.

– É claro que eu sou um burro – disse, sombrio como uma nuvem –, mas olha... Tu também és.

– Nada disso, meu amigo, nada disso. Eu não penso em disparates.

Continuaram caminhando em silêncio, e foi já próximo da casa de Raskólhnikov que Razumíkhin, muito preocupado, cortou aquele silêncio.

– Ouve – disse para Zósimov –, tu és um bom rapaz, mas entre outros defeitos tens o de ser um libertino, sim, e dos piores. És um autêntico crápula, nervoso, um fraco de caráter, um covarde, um mimado, que não consegues te privar de nada, é a isto que eu chamo porcaria, porque pode levar diretamente a ela. És tão molengão que, confesso, não consigo compreender como é que ainda consegues ser um bom médico e até dedicado. Dormes em cama de penas (tu, um médico!) e te levantas da cama de noite para ir ver um doente... Dentro de três anos já não vais te levantar. Mas, enfim, que diabo! Não se trata agora disso, mas disto: esta noite tu vais ficar dormindo no quarto da senhoria (já a convenci, com muito custo) e eu fico na cozinha; assim estabelecerão intimidade rapidamente. Não é o que tu estás pensando! Olha, meu amigo, nem por sombra...

– Mas eu não estou pensando nada!

– Olha, meu amigo, fingimento, silêncio, timidez, uma castidade feroz, e contudo... ela suspira e se derrete como cera, completamente derretida! Me livra dela, eu te peço por todos os santos do céu! Seja complacente, o máximo que pode ser! Eu ficarei muito agradecido!

Zósimov pôs-se a rir com mais vontade do que antes.

– Tu estás completamente descontrolado! Mas o que eu vou fazer com ela?

– Eu te garanto que não vais ter muito trabalho, basta que tu digas a ela todas as ingenuidades que venham à tua cabeça, basta que tu te sentes ao lado dela e converses. Além disso tu és médico, por isso podes te dedicar a curá-la de qualquer coisa. Ela tem piano, e tu sabes que eu canto um pouquinho; cantei uma cançãozinha russa autêntica: "Vertendo estou ardentes lágrimas...". Ela é doida por essas canções... Foi por aí que eu comecei, mas tu, no piano, és um virtuose, um mestre, um Rubinstein.[1] Juro que não vai te custar nada.

– Mas tu prometeste a ela alguma coisa? Algum compromisso por escrito? Pode ser que tenhas prometido te casar com ela.

– Nada disso, nada disso; absolutamente nada! Ela também não é dessas, quem anda atrás dela é Tchebárov.

– Então, deixa-a!

– Mas como é que eu posso deixá-la assim, sem mais nem menos?

– Mas por que isso é impossível?

– Porque é, e pronto! Olha, meu amigo, há alguma coisa que me prende.

– Tu a seduziste, talvez, não?

– Que nada! Pode até ser que o seduzido tenha sido eu, devido à minha inépcia, mas para ela tanto lhe faz que seja tu ou eu, pois o que ela quer, com certeza, é ter alguém ao lado

1. Anton Rubinstein (1829-1894), pianista e compositor russo, autor da ópera *Demônio*. Fundou o Conservatório de São Petersburgo.

de quem possa suspirar. Olha, meu amigo... não posso explicar muito bem. Tu sabes muita matemática e ainda te interessas por ela, eu sei, pois então comece a ensinar cálculo integral para ela. Juro por Deus que não digo isso por brincadeira, que falo a sério. Para ela tanto faz, ficará olhando para ti e suspirando, e durante um ano. Entre outras coisas, falei com ela durante várias horas e, dois dias consecutivos, sobre o parlamento prussiano, pois, do que eu iria falar? E durante todo esse tempo, ela não fez outra coisa senão suspirar e se derreter. Ah! Mas não fales de amor, a hipocrisia a faz até se fingir de arisca; o que deves fazer é dar-lhe a entender que não consegues ficar longe dela, é o suficiente. Ela é terrivelmente comodista e, na casa dela, a pessoa sente-se como na sua própria: lê, senta, deita, escreve... Tu podes até beijá-la com cuidado...

– Mas o que eu tenho a ver com ela?

– Ah, nunca poderei te explicar! É que tu e ela são muito parecidos. Eu até já tinha me lembrado de ti... Mas é preciso acabar com isto! E tanto faz que seja mais tarde ou mais cedo. Aqui, meu amigo, terás uma espécie de colchão de penas... sim, e não só de penas, ah! Aqui a pessoa é mimada, aqui é o fim do mundo, a âncora de salvação, o porto de abrigo, o umbigo da terra, a base do mundo formada por três peixes.[2] São tortas de creme e empadas de peixe, é o samovar da tarde, os suspirozinhos suaves e os cobertores quentes, o leito aquecido; enfim, é como se tu tivesses morrido mas, ao mesmo tempo, continuasses vivo e gozasses das vantagens de ambos os estados ao mesmo tempo. Mas, está bem, meu amigo, eu pareço um trapaceiro de feira e, com os diabos!, já é hora de dormir. Escute, eu costumo acordar de noite, por isso irei ver como é que ele está. Não há nada, é bobagem, está tudo bem. Sobretudo, não fiques inquieto, mas se quiseres sobe também e vai até lá para dar uma olhada. Se notares qualquer coisa, que está delirando, por exemplo, ou que está com febre, ou seja lá o que for, vem logo e me acorda. Embora isso seja impossível.

CAPÍTULO II

No dia seguinte, às oito, Razumíkhin acordou preocupado e sério. Muitas e imprevisíveis dúvidas e hesitações o assalta-

2. Alusão teosófica.

ram de repente. Nem sequer poderia ter imaginado na véspera que se acordaria assim. Recordava tudo que se passara na noite anterior, até os mínimos detalhes, e sabia que lhe acontecera algo de estranho, que tivera uma sensação completamente nova e que não podia se comparar a nenhuma das anteriores, Ao mesmo tempo sabia com toda a clareza que aquilo era um sonho que começara na sua cabeça, sem a mínima ligação com a realidade; tão irreal que até se envergonhava dele, e apressou-se a substituí-lo por outras preocupações e coisas mais positivas, que aquele "três vezes amaldiçoado dia anterior" lhe deixara como herança

A lembrança mais terrível de todas era a de que se comportara no dia anterior como um patife e um selvagem, não só pelo fato de estar embriagado, como por ter feito troça, diante daquela moça, do seu próprio noivo, por uns ciúmes estúpidos, aproveitando-se da situação, sem saber sequer das relações e compromissos que pudessem existir entre eles e sem sequer conhecer também o homem a fundo. Isto é: que direito ele tinha de julgar alguém tão leviana e temerariamente? E quem é que o obrigava a formular um juízo? Por acaso, uma criatura como Avdótia Românovna seria capaz de se entregar a um homem indigno por dinheiro? Se fosse, é porque, com certeza, ele não era indigno. E quanto à pensão? Mas por que o homem tinha de saber antes o tipo da casa de hóspedes? E agora já tinha arranjado outro alojamento. Arre! Que reles era tudo aquilo! E que desculpa era essa de estar embriagado? Uma desculpa estúpida, que o humilhava ainda mais! No vinho está a verdade e, de fato, a verdade completa saíra à luz, isto é, "aflorara à superfície toda a maldade do seu coração, grosseiramente invejoso". E, por acaso seria correto, de qualquer modo, que um homem como ele, Razumíkhin, tivesse tais sonhos? Comparado com aquela moça, quem era ele, o bêbado atrevido e fanfarrão do dia anterior? "Mas seria possível estabelecer uma comparação tão cínica e grotesca?" Razumíkhin ruborizou-se ante tal pensamento e, de repente, como de propósito, naquele mesmo momento se lembrou com toda a clareza de como falara com elas na noite anterior, de pé, na escada, dizendo que a senhoria ia sentir ciúmes de Avdótia Românovna. Só isso já era insuportável! Deu uma pancada com toda a força sobre o fogão da cozinha, machucando a mão e partindo um dos tijolos.

"Não há dúvida", resmungou consigo, passado um minuto, com um certo sentimento de humilhação, "não há dúvida de que já não há como desfazer todos esses disparates... e, portanto, não posso pensar mais nisso. O que eu vou fazer é me apresentar sem dizer nada e... cumprir a minha obrigação... também sem murmurar, e... e não pedir desculpas nem dizer uma palavra sobre o assunto, e... e não há dúvida de que já está tudo perdido."

E, no entanto, quando foi se vestir se preocupou com a roupa mais que de costume. Não tinha outra roupa, mas mesmo que tivesse, é possível que não a pusesse – e seria intencionalmente. Mas, seja como for, não podia permanecer como um cínico e um grosseirão, não tinha o direito de ferir os sentimentos do próximo, tanto mais que esses próximos necessitavam dele e o chamavam. Limpou cuidadosamente o traje com a escova. Quanto à roupa interior, estava sempre apresentável: em relação a esse ponto era muito orgulhoso.

Lavou-se naquela manhã com todo o cuidado – encontrara sabão no quarto de Nastássia –, lavou a cabeça, o pescoço e, sobretudo, as mãos. Quando se perguntou se devia ou não se barbear (Praskóvia Pávlovna possuía umas navalhas magníficas, que eram de seu falecido marido, Zarnítsin), decidiu, com certa crueldade, em sentido negativo: ficaria como estava. "Podem pensar que eu me barbeei para... com certeza, iriam pensar. Pois, por nada deste mundo!"

E... o mais importante: era tão grosseiro, tão grosseiro, tinha uma maneira de se comportar tão ordinária... e suponhamos que saiba que também, embora em pequena escala, é um homem decente... "Bom: há motivo para uma pessoa se orgulhar de ser decente? Todo mundo tem obrigação de ser, mais que qualquer coisa, mas, apesar de tudo (lembra-se), pesam sobre a minha consciência alguns pecados... não que sejam desonrosos, mas, no entanto... E que intenções eu tive, algumas vezes! Hum! E tudo isso em comparação com Avdótia Románovna! Mas, que diabo! Continuarei a ser, de propósito, grosseiro, sujo e ordinário e a cuspir! Ainda farei pior..."

Foi no meio desses monólogos que Zósimov, que passara a noite na sala de Praskóvia Pávlovna, o encontrou.

Estava regressando para casa e, ao sair, de passagem, foi dar uma olhada no doente. Razumíkhin informou-o de que ele passara a noite dormindo como um anjo. Zósimov recomendou que não o incomodassem até que ele acordasse por si mesmo. Prometeu voltar ali às onze.

– Supondo-se que o encontre em casa – acrescentou. – Ufa, que diabo! Se não se tem controle sobre um doente, como é que se pode curá-lo? Tu sabes se ele vai visitá-las ou se são elas que virão vê-lo?

– Elas virão – respondeu Razumíkhin, compreendendo a intenção da pergunta –, sem dúvida, para tratar de assuntos da família. Eu vou me retirar. Tu, como médico, naturalmente, tens mais direito do que eu.

– Eu também não sou nenhum conselheiro espiritual; virei e sairei logo a seguir, já tenho bastante que fazer, sem contar com isso...

– Só há uma coisa que me inquieta – acrescentou Razumíkhin, franzindo o cenho –; ontem, bêbado como estava, falei pelos cotovelos, durante o caminho e disse uma porção de asneiras... um monte delas... Entre outras coisas, disse a elas que tu receavas que ele estivesse... com tendência a enlouquecer...

– Também disseste isso ontem, às senhoras?

– Foi uma estupidez, reconheço. Se quiseres, pode me bater! Mas me diz: tu tinhas pensado realmente nessa possibilidade?

– Isso é um absurdo, eu te asseguro. Uma ideia fixa! Foste tu que o descreveste como um monomaníaco, quando me trouxeste para vê-lo... Mas ontem nós, quer dizer, tu, com essas suposições.. a respeito do pintor, o enlouqueceste: lindo assunto para conversa... é possível até que tenha sido isso que o transtornou! Se eu soubesse ao certo o que aconteceu na delegacia, e que lá algum malandro, com essas suspeitas... o ofendera... hum!, não teria consentido que falassem disso ontem. Pois tu deves saber que esses monomaníacos veem um mosquito como um elefante e veem em devaneios as coisas mais fantásticas... Se bem me lembro, ontem concluí claramente metade desse assunto a partir do relato de Zamiótov. Não tenho dúvidas! Conheço o caso de um neurótico, quarentão, que não era capaz de aguentar diariamente a troça que um rapazinho de oito anos fazia dele, à mesa, e por isso, o assassinou. E repara: tão malvestido, obrigado a suportar as insolências de um policial, uma doença em princípio e uma suspeita dessas! Avalia, portanto: um hipocondríaco em último grau e com essa vaidade furiosa, esse amor-próprio! É aqui que pode estar a explicação da doença! Sim, que diabo! No fundo, esse Zamiótov é um bom rapaz, simplesmente... hum!... simplesmente fez mal, ontem, em falar disso. É um terrível tagarela!

– Mas a quem é que ele falou? A mim e a ti!

– E a Porfíri também.

– E que importância tem que tenha contado também a Porfíri?

– Me diz sinceramente: tu tens alguma influência sobre essas mulheres, a mãe e a irmã? Pois é preciso que elas sejam muito discretas, hoje, com ele...

– Elas serão – respondeu Razumíkhin involuntariamente.

– E por que ele tratou o tal Lújin daquela maneira? Um homem com dinheiro e que, segundo parece, não desagrada a ela, e além disso, ela não tem posses, não é verdade?

– Eu sei lá disso! – exclamou Razumíkhin, irritado. – Eu sei lá se elas têm muito ou pouco! Pergunta a quem quiseres, pode ser que te informem.

– Minha nossa!, às vezes és muito estúpido! Ainda não passou a tua bebedeira de ontem... Adeus. Agradece a Praskóvia Pávlovna, da minha parte, pela sua hospitalidade. A porta do quarto dela estava fechada, e quando eu lhe disse *bon jour*, do lado de fora, não me respondeu, mas às sete horas se levantou e me levaram o samovar da cozinha, passando pelo corredor. Não tive a honra de vê-la...

Às nove em ponto, Razumíkhin chegou na pensão Bakaliéiev. Há muito tempo que as duas mulheres já o aguardavam, com uma impaciência histérica. Estavam fora da cama desde as sete, se é que não mais cedo ainda. Ele entrou sombrio como a noite e cumprimentou-as sem graça, e depois ficou aborrecido consigo por causa disso. Mas não contara com a hóspede: Pulkhiéria Alieksándrovna dirigiu-se para ele, pegou ambas as suas mãos e por pouco que não as beijou. Ele lançou um olhar tímido para Avdótia Românovna, mas até naquele rosto altivo havia naquele momento tal expressão de reconhecimento e amizade, um respeito tão delicado e exato pela sua pessoa, em vez de olhares debochados e desprezo maldisfarçado, que, na verdade, teria se sentido mais à vontade se tivesse encontrado as duas aborrecidas, pois agora se sentia muito desconcertado. Felizmente já trazia um assunto de conversa preparado e se agarrou imediatamente nesse pretexto.

Quando Pulkhiéria Alieksándrovna ouviu dizer que o seu filho "ainda não acordara", mas que "estava tudo bem", demonstrou grande alegria, "e disse que tinha muita, mas muita, muitíssima necessidade de falar o mais depressa possível com Razumíkhin". Vieram logo a seguir a pergunta relativa ao chá e o convite para tomarem juntos: elas ainda não tinham tomado por estarem à espera dele. Avdótia Românovna chamou e um rapaz sujo e esfarrapado apareceu, e foi a ele que pediram o chá, que acabaram por lhes trazer, mas com um aspecto tão pouco limpo e tão desarrumado, que as senhoras ficaram muito aborrecidas. De boa vontade Razumíkhin teria criticado aquela pensão, mas, recordando-se de Lújin, se calou, se atrapalhou, e ficou muito contente quando as perguntas de Pulkhiéria Alieksándrovna começaram finalmente a chover sobre ele, uma atrás da outra, sem interrupção.

Ficou três quartos de hora falando, mas foi constantemente interrompido e novamente interrogado, e se apressou a relatar os fatos mais importantes e indispensáveis, os que sabia do ano anterior, da vida de Rodion Románovitch, incluindo uma minuciosa descrição da sua doença. É claro que passou muitas coisas por alto: entre outras, a cena na delegacia, com todas as suas consequências. Elas escutavam o seu relato com avidez, mas quando ele pensava que já tinha terminado e que as suas ouvintes já estavam satisfeitas, parecia-lhes que ele ainda nem havia começado.

– Me diga o que pensa... Ah, me desculpe, mas ainda não sei o seu nome! – disse-lhe precipitadamente Pulkhiéria Alieksándrovna.

– Dmítri Prokófitch.

– Bem, pois veja, Dmítri Prokófitch, eu tenho muito, mas muito desejo de saber... assim, de maneira geral... como é que ele, agora, encara, as coisas; quero dizer, não sei se me faço entender, não sei como vou me exprimir... ou, melhor dizendo: o que agora lhe agrada e o que o aborrece? Ele está sempre tão excitado! Quais são os seus desejos e, por assim dizer, as suas ilusões? Quem é que tem influência pessoal sobre ele? Numa palavra, eu queria...

– Ah, mamãe! Como é possível responder assim, de repente, a tudo isso? – observou Dúnia.

– Ah, meu Deus, é que nem de longe eu esperava encontrá-lo assim, Dmítri Prokófitch!

– Tudo isso é muito natural – respondeu Dmítri Prokófitch. – Eu sou órfão de mãe, mas o meu tio vem me ver todos os anos e nunca consegue me compreender, nem sequer superficialmente, apesar de ser um homem esperto; além disso, durante os três anos que vocês estiveram separados, muita coisa aconteceu. O que posso dizer a vocês? Já há meio ano que convivo com Rodka: ele é áspero, duro, altivo e orgulhoso; nos últimos tempos (e pode ser que até já muito antes) tornou-se rabujento e neurótico. Generoso e bom ele é. Não gosta de demonstrar os seus sentimentos e prefere agir com dureza do que revelar por meio de palavras aquilo que sente no seu coração. Além disso, às vezes, não é nada neurótico, mas apenas frio e de uma insensibilidade que beira a desumanidade; é assim mesmo, como se nele se alternassem dois caracteres desencontrados, que se manifestam alternadamente. Às vezes é terrivelmente taciturno. Não tem tempo para nada, todo mundo o incomoda e fica deitado sem fazer nada. Não ouve o que as pessoas dizem. Não se interessa por uma coisa que em outra época o interessou. É terrivelmente orgulhoso, admira a si mesmo e, parece, tem algumas razões para isso. Bem, o que mais? Eu creio que a vinda das senhoras vai exercer uma influência salvadora sobre ele.

– Ah, Deus queira! – exclamou Pulkhiéria Alieksándrovna, mortificada pelas referências de Razumíkhin acerca do seu Rodka.

Quanto a Razumíkhin, acabara olhando com mais atrevimento para Avdótia Romãnovna. Olhou-a com bastante frequência enquanto falava, embora de modo fugaz, só por um momento, e afastando os olhos em seguida. Avdótia Romãnovna estava sentada à mesa e escutava com atenção, depois levantou-se e começou a andar novamente, como era seu costume, pelo quarto, de um lado para o outro, de braços cruzados, lábios franzidos, fazendo de quando em quando uma ou outra pergunta, sem interromper os seus passos, pensativa. Também tinha o hábito de não escutar o que os outros diziam. Estava usando um vestido escuro, de tecido leve, e um lenço branco com fios dourados atado ao pescoço. Por vários indícios, Razumíkhin observou imediatamente que a situação das duas mulheres não podia ser mais miserável. Se Avdótia Românovna estivesse enfeitada como uma rainha, ele achava que não teria lhe inspirado nenhum temor, ao passo que assim, talvez precisamente por tê-la encontrado pobremente vestida e reparado em toda aquela desamparada miséria, mais aumentava o espanto no seu coração, e temia qualquer das suas palavras ou gestos, o que, não havia dúvida, era inibidor para um homem que não precisava disso para duvidar de si mesmo.

– O senhor nos disse muitas coisas curiosas acerca do caráter do meu irmão e... foi imparcial, o que é muito bom; eu achava que o senhor tinha admiração por ele – observou Avdótia Românovna sorrindo. – Eu creio, e com certeza deve ser isso, que no meio de tudo deve haver uma mulher... – acrescentou, pensativa.

– Eu não disse isso, embora a senhora possa ter razão, só que...

– O quê?

– É que ele não ama ninguém e é possível que nunca chegue a amar – disse Razumíkhin.

– Isso quer dizer que ele é incapaz de amar?

– Quer saber de uma coisa, Avdótia Românovna? A senhora é muito parecida com o seu irmão, em quase tudo – disse ele, de repente, de uma maneira inesperada até para si mesmo, mas, recordando-se imediatamente do que acabara de dizer do irmão da moça, corou violentamente e ficou completamente atrapalhado. Avdótia Românovna não pode deixar de sorrir ao contemplá-lo.

– Pode ser que os dois estejam um pouco enganados a respeito de Rodka – interveio Pulkhiéria Alieksándrovna, um tanto melindrada. – Eu não falo de agora, Dúnietchka. O que Piotr Pietróvitch escreveu na carta... e o que eu e tu supúnhamos... pode não ser verdade, mas o senhor não pode imaginar, Dmítri Prokófitch, como ele é fantasioso e, por assim dizer, voluntarioso. Nunca confiou no seu caráter, nem sequer quando tinha quinze anos. Estou convencida de que agora seria capaz de fazer qualquer coisa que nenhum homem pensaria algum dia fazer. E, sem ir mais longe, o senhor não sabe que, há um ano e meio, ele me surpreendeu, me desgostou e me deixou quase às portas da morte quando resolveu se casar com essa, sim, com a filha dessa Zarnítsina, a senhoria?

– Mas a senhora conhece a fundo essa história? – perguntou Avdótia Românovna.

– O senhor pode imaginar – continuou Pulkhiéria Alieksándrovna com veemência – que naquele momento as minhas lágrimas, as minhas súplicas, a minha doença e até talvez a minha morte, devido à nossa angústia, à nossa miséria, o teriam detido? Ele teria passado por cima de todos os obstáculos com a maior tranquilidade. Será possível, será que não gosta de nós?

– Ele nunca me falou uma palavra acerca dessa história – respondeu Razumíkhin, circunspecto –, mas soube qualquer coisa a respeito disso da boca da própria senhora Zarnítsina, a qual, na sua classe, não é das mais mexeriqueiras, e aquilo que ouvi era um tanto estranho...

– E o que foi que ouviu? – perguntaram ao mesmo tempo as duas mulheres.

– Não, no fundo não foi nada de especial. Só me disse que esse casamento, que já estava combinado e que se não se realizou por causa do falecimento da noiva, não era muito do agrado da própria senhora Zarnítsina. Além disso, dizem que a tal noiva não tinha nada de graciosa, e afirmam até que era feia e muito fraquinha, e... e estranha... embora, segundo parece, tivesse algumas qualidades. Não há dúvida de que algumas devia ter, pois, de outra maneira, seria impossível explicar... Dote também não tinha, de maneira que ele não podia ter criado ilusões sobre esse ponto... Em geral é difícil formar uma opinião sobre esses assuntos.

– Tenho certeza de que devia ser uma moça digna – observou laconicamente Avdótia Românovna.

– Deus me perdoe, mas nessa ocasião fiquei tão satisfeita com a sua morte, embora não saiba ao certo qual dos dois teria perdido com esse casamento: se ele ou ela! – concluiu Pulkhiéria Alieksándrovna, depois do que, com discrição e contínuos olhares para Dúnia, coisa que, evidentemente era aborrecida para esta, tornou a perguntar detalhes da cena do dia anterior entre Rodion e Lújin. Aquele incidente, pelo visto, inquietava-a mais do que tudo, infundindo-lhe até medo e colocando-a em sobressalto. Razumíkhin tornou a contar tudo outra vez, com todos pormenores; mas dessa vez acrescentou também a sua própria conclusão: culpou claramente Raskólhnikov pelo seu insulto propositado a Piotr Pietróvitch, sem insistir tanto na desculpa da doença.

– Já tinha premeditado isso antes de ter adoecido – acrescentou.

– Também me parece isso – exclamou Pulkhiéria Alieksándrovna com uma expressão cansada. Mas ficou muito chocada porque Razumíkhin se exprimiu com aquela discrição e até com certo respeito a propósito de Piotr Pietróvitch. Avdótia Românovna também ficou impressionada.

– Qual é a opinião que o senhor tem sobre Piotr Pietróvitch? – perguntou Pulkhiéria Alieksándrovna, sem poder se conter.

– Só posso ter uma boa opinião acerca do futuro de sua filha – respondeu Razumíkhin com firmeza e ardor –, e não digo isso por falsa cortesia, mas sim porque... porque... porque foi a própria Avdótia Românovna que, por sua livre vontade, se dignou escolhê-lo. Se ontem eu me exprimi acerca dele daquela maneira, foi só porque eu estava vergonhosamente embriagado e até... até tinha perdido o juízo: sim, estava meio tonto, mareado, completamente louco... e hoje me sinto envergonhado.

Corou e calou-se. Avdótia Românovna ruborizou-se também, mas não interrompeu o silêncio. Não dissera uma palavra enquanto falavam de Lújin.

Entretanto, Pulkhiéria Alieksándrovna, sem poder se reprimir, demonstrava visível impaciência. Até que finalmente declarou, titubeando e sem desviar os olhos da filha, que no momento a preocupava muito uma circunstância.

– Ora veja, Dmítri Prokófitch – começou –, e vou ser completamente franca com Dmítri Prokófitch, não é verdade, Dúnietchka?

– Claro que sim, mamãe – observou Avdótia Românovna sugestivamente.

– Pois bem – disse precipitadamente Pulkhiéria Alieksándrovna, como se tivessem tirado um peso de cima dela ao permitirem que falasse sobre as suas preocupações. – Hoje, muito cedo, recebemos uma carta de Piotr Pietróvitch em resposta àquela que nós lhe escrevemos ontem, anunciando-lhe a nossa chegada. Ora repare: ontem ele devia ter vindo nos esperar na estação, como tinha prometido. Em vez disso mandou um criado para nos receber, com o endereço da pensão e a incumbência de nos indicar o caminho e nos dizer que ele, Piotr Pietróvitch, viria aqui nos visitar hoje de manhã. Mas em vez disso recebemos hoje, pela manhã, esta carta... O melhor é o senhor mesmo lê-la, há um ponto, e já vai ver qual é, que me deixa completamente desorientada... Veja e me dê sua opinião sincera, Dmítri Prokófitch. O senhor conhece melhor do que nós o caráter de Rodka e é o mais indicado para nos aconselhar. Previno-o de que Dúnietchka já tomou a sua decisão no primeiro momento, mas eu é que não sei o que fazer e... depositei no senhor todas as minhas esperanças.

Razumíkhin desdobrou a carta, que tinha data do dia anterior, e leu o seguinte:

"Excelentíssima senhora Pulkhiéria Alieksándrovna: Tenho a honra de lhe comunicar que, devido a obstáculos imprevistos, não pude esperá-las na estação, mas enviei para esse fim uma pessoa conveniente. Da mesma maneira me verei amanhã privado da honra de vê-la, devido a um assunto inadiável no Senado, e a fim de não me tornar um obstáculo para o seu encontro com seu filho e de Avdótia Românovna com seu irmão. Não poderei ter a honra de visitá-las e apresentar-lhes os meus respeitos no seu domicílio senão às oito da noite em ponto, a propósito do que me permito dirigir-lhe um pedido encarecido e, acrescentarei, terminante, o de que em nosso encontro não esteja presente Rodion Románovitch, pois ontem ele me insultou de uma maneira insolente e sem exemplo, quando fui visitá-lo por estar doente, e, além disso, porque temos de ter pessoalmente uma conversa indispensável e pormenorizada a respeito desse caso, acerca do qual desejo conhecer a sua opinião. Ao mesmo tempo devo lhe participar que se, apesar do meu pedido, me encontrasse aí com Rodion Románovitch, me veria obrigado a me retirar imediatamente, e então as senhoras seriam as culpadas. Escrevo isto supondo que Rodion Románovitch, que quando o visitei parecia tão doente, poderia ficar curado no intervalo de duas horas, sair à rua e ir se encontrar com as senhoras. Convenci-me disso pelos meus próprios olhos, na casa de um certo bêbado atropelado por uma carruagem e que morreu em consequência do acidente, e cuja filha, uma moça de má fama, ele deu ontem nada menos do que vinte rublos, com o pretexto de ajudar as despesas do enterro, coisa que muito me surpreendeu, sabendo quanto lhe teria custado juntar essa quantia. Sem mais, com o testemunho da minha particular estima pela respeitável Avdótia Românovna, peço-lhe que se digne aceitar a expressão dos sentimentos de respeitoso afeto do seu humilde servidor.

P. LÚJIN."

– Que devo fazer agora, Dmítri Prokófitch? – exclamou Pulkhiéria Alieksándrovna quase com lágrimas nos olhos. – Como vou avisar Rodka para não vir? Ele, que ontem exigiu tão altivamente a ruptura com Piotr Pietróvitch, e agora vem este e exige a ela que ele não venha! Se ele chegar a saber, virá intencionalmente. E o que vai acontecer depois?

– Faça aquilo que decidiu, Avdótia Românovna – disse Razumíkhin tranquila e imediatamente.

– Ai, meu Deus! Ela disse... Sabe Deus o que ela disse, sem me explicar por quê. Ela disse que o melhor é dizer, o melhor não, mas que terá de ser, fatalmente, e que Rodka esteja de propósito aqui às oito e que ambos não tenham outro remédio senão se encontrarem... Eu, em compensação, estava disposta a não lhe mostrar esta carta e pôr em prática, contando com o seu auxílio, algum plano para que ele não viesse, porque ele é tão irritável! E também não entendi nada a respeito desse caso do tal bêbado que morreu e dessa tal filha, e como é que ele pôde dar a ela o seu último dinheiro, que...

– Que lhe custou tão caro, mamãe – acrescentou Avdótia Românovna.

– Ontem, ele não estava no seu juízo perfeito – declarou Razumíkhin, pensativo. – Se soubessem o que ele fez, em uma certa taberna... se bem que com inteligência, isso sim, hum! É verdade que ontem ele me falou de um certo morto e de uma moça, sim, de fato, quando vínhamos para casa, só que eu não entendi nada... Se bem que, por outro lado, ontem eu também...

– O melhor é a própria mamãe ir vê-lo, e asseguro-lhe que, assim, poderemos decidir sem rodeios o que fazer. Sim, e seria agora... Meu Deus, onze horas! – exclamou, consultando o seu magnífico relógio de ouro e esmalte, que usava no pescoço suspenso por um delicado fio veneziano, e que destoava terrivelmente do resto da sua apresentação. "Presente de casamento", pensou Razumíkhin.

– Ah, sim, já está na hora! Anda, Dúnietchka, anda! – disse Pulkhiéria Alieksándrovna, alarmada. – Ele é capaz de pensar que ainda estamos zangadas por causa do que aconteceu ontem, se demorarmos a ir vê-lo. Ai, meu Deus!

Enquanto dizia isso, colocou o xale apressadamente por cima dos ombros e o chapéu. Dúnietchka acabou também de se arrumar. As suas luvas eram não só velhas mas até rotas, no que Razumíkhin reparou, e, no entanto, aquela evidente pobreza no vestir dava às duas mulheres um aspecto de dignidade especial que se encontra sempre nas pessoas que sabem usar um traje pobre. Razumíkhin olhou com admiração para Dúnietchka e sentiu-se orgulhoso por acompanhá-la. "Parece aquela rainha" pensou consigo, "que lavava as suas meias na prisão; não há dúvida nenhuma, parece uma verdadeira rainha neste momento, mais do que nos seus brilhantes triunfos e na sua coroação."

– Meu Deus – exclamou Pulkhiéria Alieksándrovna –, como eu poderia imaginar que viria a ter medo de me encontrar com o meu filho, com o meu tão querido Rodka? Pois tenho medo dele, Dmítri Prokófitch!

– Não tenha medo, *mámienhka* – disse Dúnia, beijando-a. – O melhor é ter confiança nele. Eu tenho.

– Ai, meu Deus! Eu também tenho e não consegui dormir durante toda a noite! – exclamou a pobre mulher.

Saíram.

– Olhe, Dúnietchka, tu sabes de uma coisa? Esta manhã, quando estava meio adormecida, a falecida Marfa Pietrovna me apareceu em sonhos... toda de branco... ela se aproximou de mim, me pegou por uma mão, inclinou a cabeça para mim, e estava com uma cara tão séria, tão séria, como se me censurasse... Será um bom agouro? Ai, meu Deus! Dmítri Prokófitch, o senhor ainda não sabe: Marfa Pietrovna morreu.

– Não, não sabia. Quem era Marfa Pietrovna?

– Morreu de repente! E imagine...

– Depois, mamãe – interveio Dúnia. – Lembra que ele ainda nem sabe quem é Marfa.

– Ah! Não sabe? E eu pensando que o senhor já estava a par de tudo... Desculpe-me, Dmítri Prokófitch... Desculpe-me, há uns dias que não ando bem da cabeça. Eu o considero verdadeiramente como a nossa providência, por isso estava convencida de que estava a par de tudo. Considero-o como da família... Não leve a mal que eu fale assim. Ai, meu Deus, que é isso que tem na mão direita? Machucou-se?

– Sim... – resmungou Razumíkhin, muito satisfeito.

– Eu, às vezes, me deixo levar demasiado pelos meus impulsos, tanto que Dúnia me chama atenção... Mas, meu Deus! Em que buraco ele vive! Será que já está acordado? Essa mulher, a senhoria, considera isto um quarto? Escute, o senhor disse que ele não gosta de demonstrar os seus sentimentos, por isso talvez eu o aborreça com as minhas... fraquezas... O senhor não quer me ajudar, Dmítri Prokófitch? Como devo agir com ele? O senhor sabe, eu estou desorientada.

– Não faça muitas perguntas se vir que ele franze o cenho, sobretudo não lhe fale muito acerca da saúde, isso o contraria.

– Ah, Dmítri Prokófitch, quanto custa ser mãe! Mas aqui está a escada... Que escada horrorosa!

– A mãe até está pálida, acalme-se, minha querida mãe – disse Dúnia, acariciando-a. – Ele deve considerar uma felicidade vê-la, e a mãe se martiriza dessa maneira! – acrescentou, de olhos faiscantes.

– Esperem que primeiro eu vou ver se ele já acordou ou não.

As duas mulheres começaram a andar devagar atrás de Razumíkhin, que já subia as escadas, e quando chegaram ao quarto andar e passaram diante da porta da senhoria, observaram que ela estava aberta de maneira que deixava uma fresta pela qual dois olhos negros e penetrantes espreitavam, na escuridão. Quando os olhos se encontraram, a porta tornou a se fechar, de repente, com tal estrépito, que Pulkhiéria Alieksándrovna quase deu um grito de medo.

CAPÍTULO III

– Está curado! Curado! – exclamou Zósimov alegremente, saindo para receber os que chegavam.

Há dez minutos que tinha chegado e sentara-se no mesmo canto da véspera, no divã. Raskólhnikov estava sentado no extremo oposto, completamente vestido e até cuidadosamente lavado e penteado, coisa que há tempo não lhe acontecia. O quarto ficou cheio, mas, fosse lá como fosse, Nastássia ainda coube lá, atrás dos visitantes, para ficar escutando.

De fato, Raskólhnikov estava quase completamente restabelecido, sobretudo comparando o seu estado com o da noite anterior, a não ser por estar muito pálido, cabisbaixo e extremamente sério. Pelo seu aspecto exterior parecia um homem ferido ou com de alguma forte dor física: tinha o cenho franzido, os lábios apertados e os olhos alucinados; falava pouco e de má vontade, como se o fizesse à força ou por obrigação, e de quando em quando manifestava uma certa inquietação nos gestos.

Só faltava um lenço do braço ao pescoço ou uma atadura num dedo para que fosse completa a sua semelhança com um indivíduo que, por exemplo, tivesse um abscesso ou estivesse ferido numa mão, ou qualquer outra coisa do gênero.

Aliás, aquele rosto pálido e sombrio iluminou-se num instante, como por efeito de uma luz, quando a mãe e a irmã entraram, mas isso não serviu senão para acrescentar à sua expressão, em vez da sua antiga melancolia, algo como uma dor concentrada. Esse vislumbre não tardou a desaparecer, mas a dor persistiu, e Zósimov, que observava e atendia o seu doente com todo o ardor juvenil de um médico que está em princípio de carreira, verificou, com espanto, que, à vista da família, em vez de alegria, nele surgiu alguma coisa como a resolução dolorosa e secreta de suportar um mau bocado... alguma contrariedade que não podia disfarçar. Mas pôde notar depois como cada palavra do diálogo seguinte parecia irritar e acirrar alguma ferida do doente, embora, ao mesmo tempo, se admirasse de vê-lo naquele dia com o poder de dominar a si mesmo e de ocultar os seus sentimentos de monomaníaco, prontos a explodirem, à menor palavra, num acesso de fúria.

– Sim, eu mesmo estou vendo agora que estou quase completamente curado – disse Raskólhnikov beijando afetuosamente a mãe e a irmã, o que deixou Pulkhiéria Alieksándrovna imediatamente radiante de alvoroço –, e não falo como ontem – acrescentou, dirigindo-se a Razumíkhin e estendendo-lhe amistosamente a mão.

– Hoje eu até fiquei admirado por encontrá-lo assim – começou Zósimov, muito contente em ver os que entravam, porque em dez minutos já tivera tempo de perder o fio da conversa com o seu doente. – Daqui a três ou quatro dias, se continuar assim, estará outra vez como antes, isto é, como há um mês ou dois, ou até como há três. Porque ele já estava incubando isto há muito tempo... Confesso agora que é possível até que o senhor mesmo tenha sido o culpado – acrescentou com um sorriso discreto, como se ainda temesse irritá-lo.

– Pode muito bem ser que sim – acrescentou friamente Raskólhnikov.

– Digo isso – continuou Zósimov em tom confidencial – porque o seu completo restabelecimento depende agora unicamente de si mesmo. Agora que já se pode falar com o senhor, gostaria de lhe dizer que é preciso investigar as causas primordiais, radicais, por assim dizer, que influíram na efetivação do seu estado mórbido, e só então é que curará completamente, pois, do contrário, talvez ainda fique pior. Ignoro quais sejam essas causas primordiais, mas não tem outro remédio senão identificá-las. O senhor é um homem inteligente e sem dúvida alguma observa a si mesmo. Me parece que o começo da sua doença coincidiu, em parte, com a sua saída da universidade. Para o senhor é impossível ficar sem fazer nada e, além disso, tenho a convicção de que o trabalho e a busca de um fim concreto lhe seriam muito benéficos.

– Sim, sim, o senhor tem toda a razão... Vou ver se entro o mais cedo possível na universidade, e então tudo caminhará sozinho... como sobre rodas.

Zósimov, que precipitara os seus sensatos conselhos em parte para impressionar as senhoras, ficou um tanto desconcertado quando, ao terminar o seu discurso e passar o olhar sobre o seu interlocutor, notou no rosto dele um acentuado sarcasmo. Aliás, isso durou apenas um momento. Pulkhiéria Alieksándrovna pôs-se imediatamente a expressar a sua especial gratidão a Zósimov pela sua visita da noite anterior à hospedaria.

– Mas como é que o senhor foi visitá-las de noite? – perguntou Raskólhnikov um tanto inquieto. – Então não descansaram da viagem?

– Ah, Rodka, isso foi às duas! Nós, em casa, tanto eu como Dúnietchka, nunca nos deitamos antes das duas.

– Eu também não sei como lhe agradecer – continuou dizendo Raskólhnikov, que franziu de repente as sobrancelhas e baixou a cabeça. – Tirando a questão do dinheiro – desculpe que eu me refira a isto (dirigindo-se a Zósimov) –, ignoro o que fiz para merecer da sua parte uma atenção destas. Não compreendo... simplesmente... e isso... até se torna aborrecido para mim por não o compreender, digo com toda a franqueza.

– Não se excite – sorriu Zósimov forçadamente. – Lembre-se de que tu és o meu primeiro cliente, e que no início, quando começamos a praticar a nossa profissão, criamos amizade ao primeiro doente, como se fosse nosso filho, e alguns de nós ficam quase apaixonados. E eu, tu já sabes, não tenho grande clientela.

– E nem quero falar desse – acrescentou Raskólhnikov, apontando Razumíkhin –, que só tem recebido de mim insultos e aborrecimentos.

– Não mintas! Estás sentimental hoje? – gritou Razumíkhin. Se fosse mais perspicaz, poderia ter percebido que tal sentimento estava muito longe de Raskólhnikov, e o que existia era completamente diferente. Avdótia Românova é que percebeu. Atenta e alarmada, não perdia o irmão de vista.

– Da senhora também não me atrevo a falar, mamãe – continuou, como se tivesse aprendido naquela manhã uma lição. – Só hoje pude imaginar mais ou menos o que deve ter sofrido aqui ontem, esperando o meu regresso.

Depois de ter dito essas palavras, de repente, em silêncio e sorrindo, estendeu a mão à irmã. Mas desta vez deixou transparecer no sorriso um sentimento real, autêntico. Dúnia pegou a mão que lhe estendia e segurou-a com entusiasmo, alvoroçada e reconhecida. Era a primeira vez que ele se dirigia a ela depois do desgosto do dia anterior. O rosto da mãe iluminou-se de entusiasmo e de felicidade à vista da reconciliação dos dois irmãos.

– Eia! É por isto que eu gosto dele – murmurou Razumíkhin, que observava a cena, recostando-se energicamente na sua cadeira.

– Ele tem uns ímpetos!

"Como as coisas correm bem com ele!" pensou a mãe consigo. "Ele tem uns impulsos tão nobres, e com que delicadeza pôs ponto final em todo aquele mal-entendido de ontem com a irmã: bastou estender-lhe a mão num momento e olhá-la com ternura! E que olhos tão lindos ele tem, e que cara bonita! É mais bonito ainda do que Dúnietchka... Mas, meu Deus, a roupa que ele usa, como está malvestido! Vássia, o caixeiro da mercearia de Afanássi Ivánovitch, anda mais bem-vestido!

Oh, que vontade eu tenho de abraçá-lo e... depois chorar! Mas não tenho coragem, não tenho coragem! Como isso pode ser assim, meu Deus! Embora ele fale com ternura, tenho medo dele! Mas por que eu tenho medo dele?"

– Ah, Rodka, talvez tu não acredites – disse ela de repente, apressando-se a responder à sua observação – que maus momentos passamos ontem, eu e Dúnietchka! Agora que tudo passou e todos voltamos a ser felizes... nós podemos contar. Imagina que viemos correndo até aqui para te abraçar, viemos correndo quase direto do trem, e esta mulher... sim, esta...! Bom dia, Nastássia! Vem e nos diz que tu estavas de cama com uma febre altíssima e que tinhas acabado de te levantar sem autorização do médico, que tinhas saído para a rua, delirante, e que estavam à tua procura. Tu não podes imaginar o que foi isso para nós! Veio logo à minha cabeça o trágico fim do tenente Potántchikoy, nosso conhecido, que era amigo do teu pai... não te lembras dele, Rodka?... que saiu também de casa com febre e de uma maneira parecida, e foi cair no pátio, num poço, de onde só conseguiram tirá-lo no dia seguinte. Mas não há dúvida de que nós exageramos mais ainda as coisas. Queríamos procurar Piotr Pietróvitch para pedir a ajuda dele... porque o certo é que nós estávamos sós – acrescentou com voz lastimosa e, de repente, parou, percebendo que mencionara Piotr Pietróvitch, e que isso era muito perigoso, apesar de "já estarem, agora, de novo, todos muito felizes".

– Sim, sim, posso imaginar tudo isso, sem dúvida – resmungou Raskólhnikov como única resposta, mas com uma cara tão pouco atenta, que Dúnia até o olhou atônita. – Não sei o que queria... – continuou ele, fazendo esforços para recordar. – Ah, sim, olha, mamãe, e tu, Dúnietchka, não pensem que eu não tinha intenção de ser o primeiro a ir vê-las hoje e que não estaria à espera de vocês.

– Por que estás dizendo isso, Rodka? – exclamou Pulkhiéria Alieksándrovna, também estupefata.

"Será que ele está nos respondendo por obrigação", pensou Dúnietchka, "fazendo as pazes e pedindo perdão como quem cumpre uma tarefa ou recita uma lição?"

– Assim que acordei, pensei ir vê-las, mas não pude por causa da roupa; havia me esquecido de pedir ontem... Nastássia... lava este sangue... Acabei de me vestir.

– Sangue? Que sangue? – exclamou, assustada, Pulkhiéria Alieksándrovna.

– Este... Não se assuste, mamãe. É o sangue de ontem, de quando saí daqui com febre e encontrei um homem atropelado por um coche... Um funcionário...

– Com febre? Mas tu te lembras de tudo! – interrompeu Razumíkhin.

– É verdade – concordou Raskólhnikov com certa preocupação –, lembro-me de tudo, até o último pormenor, mas espera: por que eu fiz aquilo, aonde ia, o que dizia? Isso é que não consigo explicar.

– É um fenômeno muito conhecido – interveio Zósimov. – A execução do ato costuma ser magistral, esplêndida, mas a reconstituição dos trâmites é alterada e depende de várias impressões mórbidas. Algo semelhante ao que acontece no sonho.

"No fim das contas, não deixa de estar certo que me tomem um pouco por um louco", pensou Raskólhnikov.

– Mas isso também acontece às pessoas sãs – observou Dúnietchka, olhando com inquietação para Zósimov.

– É uma observação absolutamente exata – respondeu ele. – Nesse sentido, efetivamente, todos nós, e com muita frequência, somos quase dementes, com a única diferença que os doentes são um pouco mais loucos do que nós, porque, repare, é preciso distinguir. Mas é verdade que não existe o homem normal, de maneira nenhuma; talvez entre dezenas, e pode até ser que entre centenas de milhares, apenas se encontre um, e, ainda assim, em exemplares bastante fracos...

Quando ouviu a palavra "loucos", que Zósimov, preocupado com o seu tema favorito, pronunciara indiscretamente, todos franziram o cenho. Raskólhnikov continuou pensativo, como se não tivesse dado atenção, e com um sorriso estranho nos lábios. Continuava pensando em alguma coisa.

– Bem, e que fim levou esse homem atropelado? Eu te interrompi! – exclamou Razumíkhin.

– O quê? – respondeu, como se despertasse. – Ah, sim; Bom!... É que estava sangrando quando eu ajudei a conduzi-lo para casa... Para dizer a verdade, mamãe, ontem eu fiz uma coisa imperdoável; de fato, ontem eu estava meio tolo. Então fui lá e dei todo o dinheiro que a senhora me mandou para a viúva... para o enterro! É claro que se trata de uma pobre mulher tísica, três orfãozinhos mortos de fome... e a casa vazia... e, além do mais, uma filha... Talvez a senhora, mãe, também tivesse dado, se tivesse... aquela gente... Eu reconheço que não tinha o mínimo direito, sobretudo sabendo o quanto lhe custou juntar esse dinheiro. Para socorrer o próximo é preciso começar por ter direito a fazê-lo, se não, *crevez, chiens, si vous n'êtes pas contents*![3] – e pôs-se a rir. – Não é verdade, Dúnia?

– Não, não é assim – respondeu Dúnia com firmeza.

– Ora! Tu também... com tuas opiniões! – resmungou ele, olhando-a quase com ódio e sorrindo sarcasticamente. – Eu devia ter contado com isso... Bem, seja como for, é louvável; para ti será melhor... e se está chegando a um limite do qual não podes passar, serás infeliz, mas se o transpões... talvez ainda sejas mais infeliz... Embora, no fim de contas, tudo isso seja absurdo! – acrescentou irritado, de mau humor pela sua involuntária franqueza. – Eu só queria dizer que lhe peço perdão, mamãe – terminou de modo cortante e brusco.

– Basta, Rodka, eu tenho a certeza de que tudo o que tu fazes é benfeito – exclamou a mãe, alvoroçada.

– Pois não deve ter essa certeza – respondeu ele, e franziu os lábios num sorriso. Continuou em silêncio. Havia qualquer coisa de inquietante para todos, naquele diálogo, naquele silêncio, naquela reconciliação e naquele pedido de perdão, e todos sentiam isso.

"Parece que tem medo de mim", pensou Raskólhnikov consigo, olhando de soslaio a mãe e a irmã. De fato, quanto mais durava o silêncio, mais Pulkhiéria Alieksándrovna se inquietava.

"Na sua ausência, parecia que as amava!", passou pela mente dele.

– Ouve, Rodka: sabes que Marfa Pietrovna morreu? – exclamou, de repente, Pulkhiéria Alieksándrovna.

– Qual Marfa Pietrovna?

– Oh, meu Deus! Marfa Pietrovna, a Svidrigáilova! Te escrevi tantas cartas a respeito dela..

– A... a... ah! Agora me lembro... E de que ela morreu? Ah! É sério? – e de repente estremeceu, como se acabasse de perder o equilíbrio. – De que morreu? De quê?

3. Rebentem, cães, se não estão contentes; isto é, cada um que se governe.

– Imagina, de repente! – disse primeiro Pulkhiéria Alieksándrovna, encorajada pela curiosidade. – Morreu quando eu estava te escrevendo aquela carta... morreu naquele mesmo dia! Dizem que foi aquele homem terrível a causa da sua morte! Dizem que lhe deu uma surra enorme!

– Mas eles se davam assim tão mal? – perguntou ele, dirigindo-se à irmã.

– Não, pelo contrário, ele era sempre muito paciente com ela, até carinhoso. Em muitas ocasiões, era até demasiado condescendente com o seu gênio, e assim durante sete anos... Simplesmente, agora, acabou a paciência dele de repente.

– Sendo assim, não deveria ter sido tão terrível, pois suportou sete anos! Mas tu, Dúnietchka, pareces defendê-lo.

– Não, não, ele era um homem terrível! Eu não posso imaginar nada mais terrível! – respondeu Dúnia quase num tremor, franzindo as sobrancelhas e ficando pensativa.

– Isso aconteceu na casa dele, de manhã – continuou dizendo precipitadamente Pulkhiéria Alieksándrovna. – Depois ela mandou atrelar os cavalos para ir à cidade, assim que tivessem almoçado, porque nesses casos ela ia sempre à cidade; ele sentou-se à mesa e almoçou, segundo dizem, com muito apetite...

– Depois da surra?

– ...Aliás, ela tinha esse costume, e logo a seguir, para não atrasar a partida, foi tomar banho... Ela fazia tratamento de banhos, tinha uma fonte fria em casa, e todos os dias, regularmente, dava um mergulho; e foi logo que ela entrou na água que lhe deu o ataque!

– Com certeza! – disse Zósimov.

– E ele batia nela até machucar?

– Isso tanto faz – respondeu Dúnia.

– Hum! A mãe tem uma predileção especial por certos assuntos! – declarou Raskólhnikov de repente, mal-humorado e quase aflito.

– Ai, meu querido, é que eu já não sabia do que o iria falar! – interrompeu-o Pulkhiéria Alieksándrovna.

– Mas a mãe tem medo de mim, todos têm medo de mim? – exclamou ele com um sorriso forçado.

– Nisso tu tens razão – disse Dúnia, olhando franca e severamente para o irmão. – Quando subia as escadas, mamãe, já vinha se benzendo de medo...

O rosto dele se transtornou como se tivesse tido uma convulsão.

– Ah! Mas o que estás dizendo, Dúnia!? Não fiques zangado, Rodka, por favor... Por que disseste isso, Dúnia? – gritou, fora de si, Pulkhiéria Alieksándrovna. – Na verdade, quando eu vinha para cá, no trem, não fazia outra coisa senão pensar no momento em que nos veríamos e poderíamos falar das nossas coisas... Eu me sentia tão feliz que nem via o caminho! Era assim que eu vinha! E agora também me sinto feliz... Tu não, Dúnia? Eu sou feliz só por te ver, Rodka.

– Chega, mãe – murmurou ele perturbado e, sem olhar para ela, apertou-lhe a mão. – Depois teremos tempo de falar disso!

Após ter pronunciado estas palavras tornou a ficar perplexo e empalideceu; outra vez como que uma nova e terrível sensação de frio mortal lhe correu pela alma, de repente compreendeu claramente que acabara de dizer uma mentira horrível, que não só não teria mais oportunidade de falar com ninguém, como jamais teria de que nem com quem falar. Foi tão violenta a impressão que essa dolorosa ideia causou que, por um momento, se esqueceu praticamente por completo de tudo, levantou-se do seu lugar e, sem olhar para ninguém, quase saiu do quarto.

– Que tens? – gritou Razumíkhin, pegando-lhe pelo braço.

Tornou a sentar-se e pôs-se a olhar silenciosamente à sua volta: todos olhavam para ele atônitos.

– Mas por que estão todos tão murchos? – exclamou de repente, de uma maneira completamente inesperada. – Digam alguma coisa! Afinal, por que estão aqui? Vamos, falem! Vamos conversar... Nos reunimos aqui e não dizemos nada. Vamos, digam alguma coisa!

– Louvado seja Deus! E eu que pensava que ia lhe dar a mesma coisa que lhe deu ontem... – disse Pulkhiéria Alieksándrovna benzendo-se.

– O que tens, Rodka? – perguntou Avdótia Românova com desconfiança.

– Nada, é que estava me lembrando de uma coisa – respondeu ele e, de repente, pôs-se a rir.

– Bom, se é assim, não tem problema! Eu também estava pensando – resmungou Zósimov, levantando-se do divã. – No entanto, tenho de me retirar, talvez passe por aqui em breve... se puder.

Cumprimentou e saiu.

– Que criatura boa! – observou Pulkhiéria Alieksándrovna.

– Sim, é muito bondoso, uma ótima pessoa. Culto, inteligente – disse de repente Raskólhnikov com uma rapidez inesperada e uma animação que até então não manifestara. – Eu não me lembro onde é que o conheci, ainda antes de adoecer... Creio que o conheci em algum lugar... Mas este também é uma excelente pessoa! – disse, apontando Razumíkhin. – Tu simpatizas com ele, Dúnia? – perguntou e, de súbito, sem saber por que, começou a rir.

– Muito – respondeu Dúnia.

– Tu sempre vens com essas coisas! Ordinário! – exclamou Razumíkhin, terrivelmente perturbado e corado, e levantou-se da cadeira. Pulkhiéria Alieksándrovna sorriu levemente e Raskólhnikov desatou numa gargalhada ruidosa.

– Mas onde é que tu que vais?

– É que eu também... tenho o que fazer.

– Tu não tens absolutamente nada para fazer! Fica! Zósimov foi-se embora e tu também queres ir. Não vai... Mas que horas são? Doze? Mas que relógio bonito que tu tens, Dúnia! E por que ficaram outra vez tão calados? Só eu que falo!

– Foi um presente de Marfa Pietrovna – respondeu Dúnia.

– Tem muito valor – acrescentou Pulkhiéria Alieksándrovna.

– Ah... ah... ah! Mas que grande, quase não parece de senhora!

– Gosto dele assim – declarou Dúnia.

“Pelo visto não é o presente de casamento”, pensou para si Razumíkhin e, sem saber por que, ficou alvoroçado.

– E eu pensando que era presente de Lújin... – observou Raskólhnikov.

– Não, ele ainda não ofereceu nada a Dúnietchka.

– Ah... ah... ah! Mamãe, lembra-se que eu estive apaixonado e com a intenção de me casar? – disse ele de repente, olhando para a mãe, que estava impressionada pelo caminho tão inesperado que a conversa estava tomando e pelo tom em que ele pronunciara aquelas palavras.

– Ah, sim, é verdade, meu querido! – Pulkhiéria Alieksándrovna olhou alternadamente para Dúnietchka e para Razumíkhin.

– Hum! Sim! Mas o que eu ia contar a vocês? Já quase não me lembro. Era uma moça doente – continuou, como se tornasse a mergulhar nos seus pensamentos íntimos, e de olhos baixos, perdidos no vazio –, gostava de socorrer os pobres e sonhava entrar para um convento, e uma vez começou a chorar quando me falou disso; sim... sim... eu me lembro, lembro muito bem. Feiosinha... de cara. Nem eu sei, verdadeiramente, por que me comprometi com ela; talvez por ela estar sempre doente... Se fosse entrevada ou corcunda gostaria ainda mais dela... – sorriu pensativo. – Aquilo foi... uma febre de primavera.

– Não, não foi uma febre de primavera – disse Dúnia comovida.

Ele olhou para a irmã, atento e perturbado; mas ou não ouviu ou não compreendeu as suas palavras. Depois, com um ar meditativo, levantou-se, aproximou-se da mãe, abraçou-a, voltou para o seu lugar e tornou a sentar-se.

– Ainda gostas dela! – exclamou, comovida, Pulkhiéria Alieksándrovna.

– Dela? Agora? Ah, sim... está se referindo a ela! Não. Tudo isso, agora, é como se fosse uma coisa de outro mundo... muito distante. E tudo que me rodeia parece que não acontece aqui!

Contemplou todos atentamente.

– Tu, por exemplo, é como se eu te visse a milhares de verstas de distância... Mas, sabe Deus por que eu estou dizendo estas coisas! Quem é que poderia saber? – acrescentou, desgostoso, e se calou, pondo-se a morder as unhas e afundando na sua meditação anterior.

– Este quarto é tão feio, Rodka, parece um sepulcro! – exclamou de repente Pulkhiéria Alieksándrovna, interrompendo o doloroso silêncio. – Tenho certeza de que metade da tua melancolia se deve a este quarto.

– Quarto? – respondeu ele, ensimesmado. – Sim, o quarto contribui muito... Eu também estava pensando nisso... Mas se soubesse o estranho pensamento que acaba de expressar, mamãe? – acrescentou de repente, sorrindo de um modo enigmático.

Um pouco mais e aquela reunião, aqueles parentes, que tornava a ver após três anos de separação, aquele tom familiar do diálogo, uma vez que não podia fazer nada... se tornariam, provavelmente, completamente insuportáveis. Mas havia um assunto inadiável que tinha de ficar irrevogavelmente resolvido naquele dia; era essa a decisão que tomara, havia pouco, quando acordara. Agora, esse assunto era uma saída, e isso o alegrava.

– Tu sabes de uma coisa, Dúnia? – começou, séria e secamente. – Desde já eu te peço perdão por aquilo que aconteceu ontem, mas acho que é um dever te prevenir de que, em relação ao principal, não cedo nem um milímetro. Ou eu ou Lújin. Suponhamos que eu seja uma má pessoa; mas tu não deves ser. Chega um. Se te casares com Lújin, deixarei imediatamente de te considerar como minha irmã.

– Rodka, Rodka! Mas, então, insistes no mesmo de ontem? – exclamou Pulkhiéria Alieksándrovna com amargura. – Por que estás tomando essa atitude? Não posso suportar isso! Ontem dizias o mesmo...

– Meu irmão – respondeu Dúnia com dignidade e também com secura –, em tudo isso há um erro da tua parte. Passei a noite meditando, à procura desse erro. Tudo consiste em que tu, pelo visto, supões que me entregam a alguém, e com algum fim, como uma vítima. Mas não é assim, de maneira nenhuma. Eu vou me casar, simplesmente, seguindo a minha inclinação, porque está se tornando desagradável para mim continuar solteira; além do mais, não há dúvida nenhuma de que me considerarei feliz se puder depois ser útil aos meus, só que este não é o principal motivo da minha decisão...

"Ela mente!" pensou ele consigo, mordendo as unhas quase com raiva. "Orgulhosa! Não quer confessar que está ansiosa para dizer que é uma benfeitora! Oh, que péssimos caracteres! Amam como se odiassem! Oh, e como eu... odeio a todos!"

– Em resumo: vou me casar com Piotr Pietróvitch – continuou Dúnietchka – porque de dois males escolho o menor. Tenho a honesta intenção de fazer tudo o que ele espera de mim e, por isso, não o engano. Por que sorris dessa maneira?

Ela também corara e por seus olhos passou um relâmpago de cólera.

– De fazer tudo? – perguntou ele sorrindo com rancor.

– Até certo ponto. Tanto a maneira como a forma com que Piotr Pietróvitch se comprometeu comigo demonstraram logo aquilo que ele quer. Não há dúvida de que ele tem demasiado amor-próprio, mas eu espero que também me aprecie... Por que estás sorrindo de novo?

– E tu, por que estás corando de novo? Tu estás mentindo, Dúnia, descaradamente, por simples teimosia feminina, para colocares as coisas do teu jeito diante de mim... Tu não podes sentir respeito por Lújin; eu o vi e falei com ele. Com certeza estás te vendendo por dinheiro, e não há dúvida de que, seja como for, te comportas com baixeza, mas estou muito satisfeito porque, ao menos, ainda és capaz de corar!

– Não é verdade, eu não estou mentindo! – exclamou Dúnietchka, perdendo toda a sua serenidade. – Não me casaria com ele se não estivesse convencida de que ele sabe me apreciar e me estima. Felizmente, posso me certificar disso, sem ficar com dúvidas, hoje mesmo. E este casamento não é nenhuma coisa baixa, como tu dizes. Mas, ainda admitindo que tu tenhas razão e que eu, de fato, estava decidida a cometer uma baixeza... de qualquer maneira, não seria uma crueldade que tu falasses comigo dessa maneira? Por que exiges de mim esse heroísmo, que tu talvez não tenhas? Isso se chama despotismo, coação. Se eu estou provocando a ruína de alguém, é apenas a minha! Mas eu não matei ninguém! Por que tu me olhas dessa maneira, Rodka? O que tens? Por que estás tão pálido? Rodka, o que estás sentindo? Rodka, meu querido...

– Meu Deus! Quase desmaiou! – exclamou Pulkhiéria Alieksándrovna.

– Não, não! Foi uma tontura! Não é nada! Uma breve vertigem! Não chegou a ser um desmaio... Vocês tem a mania dos desmaios! Hum! Sim... O que eu ia dizendo? Ah, já sei! Como é que tu pensas te certificar hoje de que podes ter respeito por ele e de que ele... te aprecia ou não, conforme disseste? Creio que disseste que seria ainda hoje, se é que eu ouvi bem!

– Mamãe, mostre a carta de Piotr Pietróvitch ao meu irmão – disse Dúnietchka.

Pulkhiéria Alieksándrovna entregou-lhe a carta com mãos trêmulas. Ele a recebeu com grande curiosidade. Mas, antes de abri-la, olhou de súbito para Dúnietchka com certa admiração.

– É estranho – exclamou, ato continuo, como se de repente uma ideia nova tivesse acabado de assaltá lo. Por quc me exalto tanto assim? Para que toda esta gritaria? Vai e te casa com quem quiseres!

Disse isso como que apenas para si, mas em voz alta, e, durante um momento, ficou olhando para a irmã com um ar preocupado.

Finalmente abriu a carta, conservando ainda a expressão de um certo espanto estranho; depois procedeu à leitura, devagar e atentamente, e repetiu-a duas vezes. Pulkhiéria Alieksándrovna estava numa grande inquietação, embora todos os outros esperassem também alguma coisa de especial.

– O que para mim é assombroso – começou ele, depois de uns momentos de reflexão e devolvendo a carta à mãe, mas sem olhar para ninguém em especial – é que ele seja advogado, homem de negócios, e, apesar disso, se expresse na conversa de uma maneira que é até... afetada... e escreva tão mal.

Houve um movimento geral, não esperavam de maneira nenhuma aquela saída.

– Toda essa gente escreve assim – observou bruscamente Razumíkhin.

– Mas tu leste a carta?

– Li.

– Nós demos a ele para ler, Rodka... Pedimos um conselho... – começou Pulkhiéria Alieksándrovna, muito confusa.

– É um estilo processual – atalhou Razumíkhin. – É assim que redigem todos as folhas processuais.

– Processuais? Sim, é isso: processual, de advogado... Nem demasiado vulgar, nem demasiado literato, advocatício!

– Piotr Pietróvitch não esconde que recebeu uma educação de meia tigela, e até se gaba de ter progredido por si próprio – observou Avdótia Românova um pouco ressentida pelo novo tom do irmão.

– Pois se se gaba, deve ter lá as suas razões para isso, não digo o contrário. Pelo visto, Dúnia, ficaste ofendida por eu ter tomado esta carta como pretexto para um comentário sem importância, e achas que falei intencionalmente desses pormenores para te aborrecer. Mas não é nada disso. Me ocorreu, a propósito de estilo, uma observação que não é supérflua, nesse caso. Há uma frase: "Não culpem mais ninguém, senão a si mesmas", que não pode ser mais taxativa e clara, sem contar com a ameaça de ir imediatamente embora se eu me intrometer. Essa ameaça de se retirar... equivale à ameaça de te abandonar se não fores obediente, e de abandoná-las agora que as fez vir a Petersburgo. Bem, vamos ver o que tu dizes: pode uma pessoa ficar ofendida diante dessa frase de Lújin, como se fosse ele que a tivesse escrito – e apontou Razumíkhin – ou Zósimov, ou qualquer um de nós?

– Não... não! – respondeu Dúnietchka exaltando-se. – Eu compreendo muito bem que se trata de uma expressão ingênua e pode ser que tudo se resuma ao fato de que ele não sabe escrever... Tu pensaste bem, irmão. Eu nem sequer esperava...

– Isso está escrito em estilo jurídico, e em estilo jurídico não seria possível escrever de outra maneira, embora talvez tenha saído mais tosco do que ele queria. Além disso, eu tenho a obrigação de te abrir um pouco os olhos: nesta carta há uma calúnia contra mim também, e muito baixa. Ontem eu dei aquele dinheiro a uma viúva tuberculosa e esgotada de trabalhar; e não com o pretexto de ajudar no enterro, mas, muito claramente, para o enterro, e não por causa da filha... uma moça, como ele escreve, de má fama (e que eu nunca na minha vida tinha visto, até ontem); dei sobretudo a uma viúva. Vejo claramente em tudo isso o confuso desejo de me ofender e de provocar a discórdia entre nós. Expressão essa também processual, quer dizer, dirigida para um fim evidente e com um cuidado dos mais ingênuos. É um homem com alguma inteligência, mas para agir com inteligência... é preciso mais alguma coisa. Tudo isso nos diz quem é esse homem... e me parece que ele não deve gostar muito de ti. Falo assim, irmã, unicamente para te ajudar, pois desejo sinceramente o teu bem...

Dúnietchka não respondeu, já havia tomado anteriormente a sua decisão e estava só à espera da noite.

– Bem, e o que tu resolveste, Rodka? – perguntou Pulkhiéria Alieksándrovna, ainda mais alarmada do que na véspera pelo súbito e novo tom prático da sua conversa.

– Que é isso de "resolver"?

– É que Piotr Pietróvitch nos disse que tu não deves estar presente esta noite, e que, em caso contrário, ele irá embora. Por isso... tu pensas em vir?

– Quanto a isso, não há dúvida alguma de que não compete a mim decidir, mas, em primeiro lugar, à senhora, se é que essa exigência de Piotr Pietróvitch não a ofende, e depois a Dúnia, se também não a ofende. Quanto a mim, farei o que lhes parecer melhor – acrescentou secamente.

– Dúnietchka já decidiu e eu estou completamente de acordo com ela – apressou-se a afirmar Pulkhiéria Alieksándrovna.

– Eu resolvi te pedir, Rodka, que comparecesses a esse encontro, sem falta – disse Dúnia. – Tu vens?

– Sim.

– E peço também ao senhor que venha nos ver às oito – acrescentou, dirigindo-se a Razumíkhin. – Mamãe, eu também quero convidá-lo.

– Fazes muito bem, Dúnietchka. Se é isso o que decidiram – acrescentou Pulkhiéria Alieksándrovna –, é o que há de ser! Para mim, isso também é um alívio, não gosto de fingimentos nem de mentiras, o melhor de tudo é falar com absoluta franqueza... E agora é contigo, Piotr Pietróvitch!

CAPÍTULO IV

NAQUELE MOMENTO, a porta se abriu devagarinho e, olhando timidamente à sua volta, uma mocinha entrou no quarto. Todos se voltaram para olhá-la com espanto e curiosidade. A princípio, Raskólhnikov não a reconheceu. Era Sônia Siemiônovna Marmieládova. Ele a tinha visto pela primeira vez na noite anterior, mas apenas por um instante, num ambiente e com um traje tal que na sua memória ficara a imagem de uma criatura totalmente diferente. Esta de agora era uma mocinha modesta e até pobremente vestida, muito nova ainda, quase uma menina, com uma carinha ingênua, mas um pouco assustada. Vestia uma roupinha simples, caseira; na cabeça, usava um chapeuzinho velho, fora de moda, mas trazia a sua sombrinha na mão, como na noite anterior. Ao ver o quarto cheio de gente, contra o que esperava, não só ficou embaraçada como completamente confusa, corou como uma criança e até fez menção de se retirar.

– Ah... é a menina? – disse Raskólhnikov profundamente admirado e, de súbito, também ficou perturbado.

Lembrou-se imediatamente de que a mãe e a irmã já estavam a par, graças à carta de Lújin, da existência de certa moça de má fama. Há apenas um momento ele protestara contra a calúnia de Lújin, declarando que nunca antes vira a referida moça, e eis que ela, de repente, vinha vê-lo. Tudo isso passou vagamente e durante um segundo pela sua imaginação. Mas, reparando mais atentamente, pôde ver que ela era uma criatura humilde, a tal ponto humilde que, de repente, lhe inspirou piedade. Quando a moça fez o movimento para se retirar, assustada... alguma coisa se lhe revelou a ele.

– Não a esperava – disse atropeladamente, detendo-a com o olhar. – Faça o favor de se sentar! Deve vir, com certeza, da parte de Ekatierina Ivánovna. Com licença, aí não, aqui; sentem-se todos!

Com a chegada de Sônia, Razumíkhin, que estava sentado em uma das três cadeiras de Raskólhnikov, junto da porta, levantou-se para que ela pudesse entrar. A princípio, Raskólhnikov indicou-lhe uma ponta do divã onde Zósimov estivera sentado, mas reconsiderando depois que o divã era um lugar demasiadamente "familiar", apressou-se a indicar-lhe a cadeira de Razumíkhin.

– Senta aqui – disse a Razumíkhin, acomodando-o na mesma ponta do divã que Zósimov tinha ocupado.

Sônia sentou-se quase tremendo de medo e olhou timidamente para as senhoras. Era evidente que nem ela própria compreendia como é que podia estar sentada ali, junto com elas. Quando pensou nisso sentiu-se tão atemorizada, que de repente tornou a se levantar e, completamente desorientada, exclamou, dirigindo-se a Raskólhnikov:

– Eu... eu... vim só por um momento, desculpe incomodá-lo – balbuciou. – Foi Ekatierina Ivánovna quem me mandou, porque não tinha outra pessoa a quem pedir... Ekatierina Ivánovna encarregou-me de lhe pedir que não faltasse ao funeral, amanhã pela manhã... depois da missa... em São Mitrofan, e depois na casa... na casa dela... para comer alguma coisa... Dará uma grande honra a ela... Mandou que lhe pedisse isso muito encarecidamente.

Sônia acabou ficando completamente confusa e não continuou.

– Farei todo o possível, sem dúvida alguma – respondeu Raskólhnikov levantando-se também, e, muito perturbado, não continuou. – Mas faça o favor de se sentar; me dê licença por dois minutos.

E ofereceu-lhe uma cadeira. Sônia tornou a sentar-se e a olhar timidamente, de soslaio e muito envergonhada, para aquelas duas senhoras, acabando por baixar os olhos...

O semblante lívido de Raskólhnikov ruborizou-se, o rapaz parecia completamente transtornado, seus olhos brilhavam.

– Mamãe – disse em tom firme e resoluto –, esta é Sônia Siemiônovna Marmieládova, a filha desse mesmo infeliz senhor Marmieládov que ontem, na minha presença, foi atropelado por um carro e do qual já lhe falei.

Pulkhiéria Alieksándrovna lançou um olhar a Sônia e piscou levemente os olhos. Apesar de toda a sua perturbação perante o firme e reprovador olhar de Rodka, não pôde privar-se desse gosto. Dúnietchka olhou séria e atentamente para o rosto da pobre moça e ficou a contemplá-la com perplexidade. Quando ouviu pronunciar o seu nome, Sônia ergueu os olhos de novo, mas ficou ainda mais embaraçada do que antes.

– Eu queria lhe perguntar – disse Raskólhnikov dirigindo-se a ela rapidamente – como é que passaram hoje. Não as incomodaram? Refiro-me à polícia.

– Não, tudo tem corrido bem... Como se sabia claramente de que ele tinha morrido, não nos incomodaram; os que se queixaram foram os vizinhos.

– Por quê?

– Porque o cadáver ficou muito tempo ali... Porque, o senhor vê, tem feito muito calor e o ar está tão abafado. Por isso ainda esta tarde o levarão para o cemitério, onde ficará até amanhã, na capela. A princípio, Ekatierina Ivánovna não queria, mas acabou compreendendo que não era possível outra coisa.

– De maneira que hoje...

– Por isso ela pede que lhe dê a honra de assistir amanhã ao funeral, na igreja, e de passar depois em sua casa para participar do jantar de enterro.

– Mas ela preparou um jantar?

– Sim, alguma coisa. Ela me encarregou com muita insistência de transmitir o seu agradecimento pelo donativo de ontem... Se não fosse o senhor, agora não teria com que fazer o enterro – e de súbito seus lábios e seu queixo tremeram, mas se controlou, se recompôs e se apressou mais uma vez a fixar o olhar no chão.

Durante o diálogo, Raskólhnikov observava-a, atento. Era uma criaturinha magra e pálida, de feições bastante irregulares, com qualquer coisa de agudo em todo o rosto, com um narizinho e um queixo bicudos. Rigorosamente, não se podia dizer que fosse bonita, mas em compensação tinha uns olhos azuis muito claros, e quando se animavam, a expressão do seu rosto assumia uma bondade e uma candura que cativavam involuntariamente. No seu rosto e em toda a sua figura havia um traço predominante, característico; apesar dos seus dezoito anos parecia ainda mais nova, quase uma menina, o que transparecia, de uma maneira até cômica, em alguns dos seus gestos.

– Mas como é que, com tão poucos recursos, Ekatierina Ivánovna pode pensar em jantares? – perguntou Raskólhnikov, prolongando o diálogo com insistência.

– É que, repare, a sepultura será muito simples... e tudo será simples, de maneira que não sairá caro. Eu e Ekatierina Ivánovna já fizemos a conta e vimos que ainda nos sobra alguma coisa para essa refeição... e Ekatierina Ivánovna fez o maior empenho para que fosse assim. Ela está... desolada... Ela é assim... O senhor já a conhece.

– É compreensível, é compreensível... Claro... Mas por que está olhando tanto para o quarto? Ouça: mamãe acaba de dizer que ele parece um sepulcro.

– O senhor nos deu tudo que tinha, ontem! – exclamou Sônia, de repente, como uma resposta, com um murmúrio forçado e rápido, tornando a cravar os olhos no chão. Seus lábios e seu queixo tremiam de novo. Um momento antes estava confusamente admirada perante o pobre quarto de Raskólhnikov, e agora aquelas palavras haviam escapado da sua boca espontaneamente. Seguiu-se um silêncio. Os olhos de Dúnietchka iluminaram-se um pouco e Pulkhiéria Alieksándrovna olhou para Sônia até com afetuosidade.

– Rodka – disse ela, levantando-se –, será desnecessário dizer que vamos almoçar juntas. Dúnietchka, vamos... Rodka, tu podias sair, passear um pouco, depois repousar, descansar e então venha nos buscar o mais depressa possível... Tenho medo de termos te cansado...

– Está bem, está bem, eu vou – disse, levantando-se com certa pressa.

– Mas vocês não vão almoçar cada um por seu lado! – exclamou Razumíkhin olhando com assombro para Raskólhnikov. – O que estás dizendo?

– Que sim, que irei, claro, claro... Mas fica aqui ainda um momento. Não precisa dele agora, não é verdade, mamãe? Ou será que eu o estou roubando de vocês?

– Oh, não, não! Mas o senhor, Dmítri Prokófitch, podia ter a bondade de vir almoçar conosco!

– Sim, por favor aceite – pediu Dúnietchka.

Razumíkhin fez-lhes um cumprimento e todo ele irradiou uma certa perturbação. Por um momento todos ficaram estranhamente confusos.

– Bem, então, adeus, Rodka, isto é, até logo! Não gosto de dizer adeus. Adeus, Nastássia! Ah, já disse outra vez adeus!

Pulkhiéria Alieksándrovna fez também menção de cumprimentar Sônia, mas o seu gesto não chegou a se definir bem, e saiu do quarto precipitadamente.

Mas Avdótia Românovna, como se esperasse a sua vez, ao passar atrás da mãe e diante de Sônia, fez-lhe um cumprimento atento, cortês e completo. Sônietchka ficou envergonhada, correspondeu ao cumprimento com outro, rápido e alvoroçado, e uma espécie de comoção doentia se refletiu no seu rosto, como se a deferência e a cortesia de Avdótia Românovna tivessem sido penosas e mortificantes.

– Dúnia, adeus a ti também! – exclamou Raskólhnikov já no patamar. – Me dá a tua mão, ao menos!

– Mas eu já te dei, não te lembras? – respondeu Dúnia, dirigindo-se a ele com um modo afetuoso e reprimido.

– Mas o que importa isso! Me dá outra vez!

E apertou com força os seus dedinhos. Dúnietchka sorriu, corou, apressou-se a retirar a mão e correu atrás da mãe, toda alvoroçada, sem saber por quê.

– Ora, assim é que é bom! – disse ele a Sônia quando voltou para o seu lado, e olhou francamente para ela. – Deus tenha os mortos na sua paz, mas que deixe os vivos viver! Não é assim? Não é assim? Não é verdade?

Sônia contemplava quase com espanto o seu rosto subitamente iluminado; ele permaneceu um instante olhando-a de alto a baixo, em silêncio; de repente, toda a história do pai dela lhe veio à memória...

– Meu Deus, Dúnietchka! – exclamou Pulkhiéria Alieksándrovna assim que chegaram à rua. – Olha, sinto-me muito contente por ter saído dali, mais à vontade. Como é que eu podia imaginar ontem, no trem, que até isto iria me alegrar!

– Torno a repetir, mamãe, que ele ainda está doente. Não reparou? Pode ser que tenha sofrido por causa de nós e esteja aflito. Temos de ser compreensivas, e perdoar muita, muita coisa.

– Pois tu não deste mostra de ser compreensiva! – interrompeu-a Pulkhiéria Alieksándrovna com veemência e aborrecimento. – Sabes uma coisa, Dúnia? É que eu estive olhando para vocês, os dois, e tu és o seu vivo retrato, não tanto na cara como na alma; os dois são melancólicos, os dois são arredios e arrebatados, os dois são altivos e generosos... Porque não é possível que ele seja um egoísta, não é verdade, Dúnia? E quando penso que vai nos encontrar esta noite, tenho um pressentimento!

– Não se preocupe, mamãe, será o que tem de ser.

– Dúnietchka! Mas vê um momento qual é a nossa situação! E se Piotr Pietróvitch se arrependesse? – exclamou, de repente, indiscreta, a pobre Pulkhiéria Alieksándrovna.

– Mas como é que ele vai se arrepender depois de tudo o que há pelo meio! – respondeu Dúnia em tom cortante e depreciativo.

– Fizemos muito bem em sair agora – Pulkhiéria Alieksándrovna interrompeu-a, atrapalhada –, ele tem de sair para tratar de algumas coisas, e no mínimo para tomar ar... Porque ali, naquele buraco, uma pessoa fica sufocada... Se bem que, onde é que se pode tomar ar? Aqui, nas ruas, é como em quartos sem janelas. Meu Deus, que cidade é esta... Cuidado, te afasta para um lado! senão te esmagam... Estão trazendo não sei o que para cá! É um piano... Como empurram essa... Olha, aquela moça também me inquieta um pouco...

– Que moça, mamãe?

– A tal Sônia Siemiônovna, a que acabou de chegar.

– E por quê?

– Porque o meu coração diz, Dúnia. Bem, quer tu acredites ou não, assim que ela entrou pensei logo que ela é que é a chave de tudo...

– Nada disso! – exclamou Dúnia com um ar desgostoso. – Lá vem a mamãe com os seus pressentimentos! Ele a conhece desde ontem apenas, tanto que, quando ela entrou, ele nem a reconheceu.

– Pois então vamos ver! Tive um mau pressentimento, vamos ver, vamos ver! Fiquei com muito medo, ele me olhou e me olhou com um olhar quando a apresentou que eu não conseguia ficar quieta na cadeira, tu te lembras? E o mais estranho para mim é Piotr Pietróvitch ter dito o que ela é e mesmo assim ele a apresentou a mim e a ti também! Pelo visto gosta muito dela!

– Se fôssemos fazer caso de tudo o que nos dizem! Também falaram e escreveram coisas de mim. A senhora já se esqueceu? Mas eu tenho certeza de que ela... é muito boa e de que tudo isso é mentira!

– Deus queira!

– Piotr Pietróvitch é um reles caluniador – disse Dúnietchka inesperadamente.

Pulkhiéria Alieksándrovna baixou a cabeça. A conversa foi interrompida.

– Olha, o que eu queria te falar – disse Raskólhnikov, levando Razumíkhin até a janela.

– Então posso dizer a Ekatierina Ivánovna que o senhor irá... – balbuciou Sônia, fazendo um cumprimento de despedida.

– Agora estamos juntos, Sônia Siemiônovna, nós não temos segredos, não está nos incomodando... Ainda tenho que lhe dizer umas coisas... Olha – disse, encarando Razumíkhin de repente, sem acabar a frase, e como se a tivesse interrompido. – Tu conheces esse... bem, já sabes a quem me refiro, não é verdade? Como se chama ele, Porfíri Pietróvitch?

– Sim. É meu parente. Mas de que se trata? – acrescentou com uma certa curiosidade.

– É daquele assunto... Bem, daquele crime... de que falamos ontem... e cujo processo ele está organizando, não é?

– Sim... mas... – e Razumíkhin arregalou os olhos de repente.

– É que ele anda investigando os nomes dos clientes da usurária e eu também tinha alguns lá; pouca coisa, é claro: um anel que a minha irmã me deu de recordação quando eu vim para cá, e um relógio de prata que era do meu pai. Tudo isso vale ao todo uns cinco ou seis rublos, mas têm muito valor para mim por serem recordações. O que vou fazer agora? Não queria que esses objetos fossem vendidos, sobretudo o relógio. Há pouco até tremi de medo que a minha mãe quisesse vê-lo, quando a conversa caiu sobre o relógio de Dúnietchka. É a única coisa que resta de meu pai. Ela ficaria doente se o vendessem! Coisas de mulheres! Por isso, me diz o que fazer! Já sei que será preciso prestar alguma declaração. Mas não seria melhor dizer ao próprio Porfíri? O que te parece? O caso é urgente. É que tu vês: é bem provável que mamãe me pergunte alguma coisa na mesa!

– Não é preciso declaração nenhuma, só é preciso falar com Porfíri! – exclamou Razumíkhin com uma comoção fora do comum. – Ah, como eu estou contente! Anda, vamos já até lá, é a dois passos daqui, ele vai estar lá, com certeza!

– Bem, então vamos!

– Ele vai ficar muito, muitíssimo, mil vezes contentíssimo por te conhecer. Eu tenho falado muito de ti com ele, em várias ocasiões... Ainda ontem falamos de ti. Vamos então... Então tu conhecias a velha! E esta agora! Olha como as coisas se encadeiam... tão bem! Ah, sim... Sônia Ivánovna...

– Sônia Siemiônovna – retificou Raskólhnikov. – Sônia Siemiônovna, este é o meu amigo Razumíkhin, uma excelente pessoa...

– Se precisa sair... – começou Sônia, sem olhar para Razumíkhin, e ainda mais envergonhada por isso mesmo.

– Anda, vamos! – disse Raskólhnikov. – Eu passarei por sua casa ainda hoje, Sônia Siemiônovna, mas me diga onde mora.

Não parecia perturbado, mas disse isso depressa e evasivamente e evitando o olhar da moça. Sônia deu-lhe o endereço e, quando fez isso, corou. Saíram todos juntos.

– Mas tu não fechas o quarto à chave? – perguntou Razumíkhin quando saía para o patamar atrás dele.

– Nunca fecho! Além disso, há dois anos que já ando pensando em comprar uma fechadura – acrescentou despreocupadamente. – Felizes aqueles que não têm nada para guardar! – acrescentou, dirigindo-se a Sônia.

E na rua pararam à porta.

– Tu vais para a direita, não é, Sônia Siemiônovna? E a propósito, como é que me encontrou? – perguntou, como se quisesse dizer a ela alguma coisa completamente diferente. Sentia vontade de olhar os seus olhos plácidos, transparentes, e não conseguia.

– O senhor deu ontem o seu endereço para Pólietchka!

– Para Pólia? Ah, sim... Pólietchka! É a sua irmãzinha... mais nova? Então ela lhe deu o meu endereço...

– Parece que o senhor já se esqueceu.

– Não... estou me lembrando.

– Eu já ouvira falar no senhor pelo meu falecido... Só que não sabia o seu nome... e hoje vim... e como já sabia o seu nome desde ontem, perguntei: "Onde mora o senhor Raskólhnikov?". Eu não sabia que o senhor também vivia num quarto subalugado... Mas adeus! Vou dizer a Ekatierina Ivánovna...

Estava contentíssima por poder finalmente se retirar, saiu apressada, para que eles a perdessem o mais rápido possível de vista e pudesse percorrer rapidamente os vinte passos de distância até a primeira embocadura, à direita, e ver-se finalmente sozinha, e então, andando rápido, sem olhar para ninguém nem reparar em nada, pôs-se a pensar, a recordar, a evocar na imaginação tudo o que tinha sido dito, todos os acontecimentos. Nunca, nunca sentira nada parecido. Todo um mundo novo, desconhecido e insuspeitado surgia na sua alma. Lembrou-se de repente que Raskólhnikov pretendia ir vê-la naquele mesmo dia, talvez naquela mesma manhã, quem sabe se naquele mesmo momento. "Deus, não seja hoje!", murmurava, de coração partido, como se implorasse a alguém, como uma criança assustada. "Senhor! A minha casa... aquele quarto... Ele verá... Oh, meu Deus!"

E, sem dúvida por causa disso, não reparou num cavalheiro, que ela não conhecia, que a seguia de perto e se atravessou em seu caminho. Ele a vinha seguindo desde a porta da casa. No momento em que os três, Razumíkhin, Raskólhnikov e ela, pararam para trocar as últimas palavras, já na calçada, esse transeunte, ao passar no lugar em que eles estavam, teve um estremecimento quando ouviu as palavras de Sônia:

"E perguntei: onde mora o senhor Raskólhnikov?" Rápida, mas atentamente, o homem olhou para os três, sobretudo para Raskólhnikov, ao qual Sônia se dirigia, depois olhou para a casa e reparou bem nela. Tudo isso durou apenas um segundo, e o transeunte não deixou de andar e procurou não chamar a atenção, passou ao largo, amortecendo os passos, como se esperasse alguém. Esperava por Sônia; viu que já estavam se despedindo e que Sônia ia seguir outra direção, que ia para sua casa.

"Mas onde será que ela mora? Me parece que seu rosto não me é desconhecido", pensava, recordando o rosto de Sônia. "Devo conhecê-la."

Assim que chegou à embocadura da rua, mudou de calçada, tornou a olhar e viu que Sônia já vinha atrás dele, seguindo o mesmo caminho e sem reparar em nada. Quando chegou à esquina, ela entrou também na embocadura. Ele caminhou atrás sem perdê-la de vista, na outra calçada; assim que andou cinquenta passos, atravessou para o lado em que Sônia ia, alcançou-a e ficou a uma distância de cinco passos dela.

Era um homem de uns cinquenta anos, de estatura acima da média, ombros largos e altos que o faziam parecer encurvado. Vestido com elegância e seriedade, parecia um cavalheiro importante. Carregava uma bonita bengala, com a qual batia no chão a cada passo, e calçava luvas flamantes. O seu rosto, largo, bochechudo, era bastante simpático, e a cor da pele, fresca, nada petersburguesa. Os cabelos, ainda fartos, eram completamente louros, e mal começavam a embranquecer, e a barba ampla, farta, que caía como uma pá, era ainda mais clara do que o cabelo da cabeça. Tinha os olhos azuis e o olhar frio, insistente e perscrutador, os lábios muito vermelhos. Era, de uma maneira geral, um homem muito bem conservado e parecia muito mais jovem.

Quando Sônia chegou junto ao canal, encontraram-se no mesmo ponto da calçada.

No momento em que olhou para ela, ele percebeu como estava pensativa e distraída do resto. Assim que chegou em casa, Sônia entrou e ele entrou atrás dela sentindo uma certa estranheza. Já no pátio, ela dobrou para a direita, para o canto, de onde a escada levava até o seu quarto.

"Espere!" murmurou o incógnito cavalheiro e começou a subir os degraus atrás dela. Foi só então que Sônia reparou nele. A moça subiu ao terceiro andar, entrou logo por um corredor e apertou no número nove, em cuja porta estava escrito a giz: "Kapernaúmov, alfaiate". "Espere!", tornou a repetir o desconhecido, espantado com a estranha coincidência, e apertou também no número oito. As duas portas ficavam a uns seis passos uma da outra.

– Então mora na casa de Kapernaúmov! – disse ele olhando para Sônia e sorrindo. – Ontem, ele fez um colete para mim. Eu estou vindo, agora, na casa de madame Reslich, a senhora Kárlovna. Como são as coisas!

Sônia olhou-o atentamente.

– Somos vizinhos – continuou ele dizendo com um bom humor especial. – Olhe, eu venho à cidade de três em três dias. Bem, até a vista!

Sônia não lhe respondeu, abriu a porta e entrou em casa. Sentia vergonha não sabia de que, e uma espécie de receio.

A caminho da casa de Porfíri, Razumíkhin ia num estado de espírito particularmente alegre.

– Isto é formidável, meu caro! – repetiu várias vezes. – Estou tão contente! Tão contente!

"Por que ele está tão contente?", pensava Raskólhnikov em silêncio.

– Olha, é que eu não sabia que tu também eras um dos clientes da velha... E... e... faz muito tempo que estiveste pela última vez na casa dela?

"Mas que tolo tão ingênuo!"

– Se faz muito tempo? – e Raskólhnikov parou para refletir. – Uns três dias antes da sua morte, eu creio. Aliás, não vou levantar os objetos neste momento – observou com uma certa pressa e como se eles o preocupassem muito – porque tenho outra vez apenas um rublo de prata... por causa desse três vezes maldito delírio de ontem.

Referiu-se ao delírio de uma maneira especialmente sugestiva.

– Bem, sim, sim, sim – concordou Razumíkhin apressadamente e sem saber por quê. – Foi por isso que, aquela vez... em parte, me chocou... Sabes uma coisa? No meio do delírio tu também falavas de umas correntes e de uns anéis! Era isso, era isso! Agora está tudo claro, claríssimo!

"Ah! Então isso já tinha lhe ocorrido! É um homem capaz de se sacrificar por mim e, no entanto, como ele está contente em poder explicar, agora, que, durante o delírio, eu tivesse falado de correntes! Essa ideia devia estar arraigada em todos eles!"

– Mas será que vamos encontrá-lo? – perguntou em voz alta.

– Vamos, vamos – respondeu Razumíkhin, rapidamente. – É um homem formidável, meu caro, tu vais ver. Um pouco tolo, quero dizer, é um homem mundano, lá isso é, mas eu o chamo de tolo noutro sentido. É um rapaz inteligente, muito inteligente mesmo, só que tem uma maneira de pensar um pouco estranha... É desconfiado, cético, cínico... Gosta de enganar, isto é, de enganar não, mas de confundir as pessoas... É materialmente agarrado aos velhos métodos... Embora conheça o seu ofício, lá isso ele conhece... Foi ele quem descobriu no ano passado o autor daquele crime cuja pista se perdera completamente. Ele tem muita, muita vontade de te conhecer.

– Mas por que ele tem tanta vontade assim?

– É porque... Olha, nos últimos tempos, quando tu ficaste doente, eu falava de ti a todo momento... Pois bem, ele me ouvia... e como sabia que não tinhas podido terminar o teu curso de Direito, por causa de certas circunstâncias, disse: "Que pena!". De onde eu concluí... bem... é tudo isso e mais uma coisa. Ontem, Zamiótov... Olha, Rodka, ontem, quando eu estava bêbado, contei uma história para ti, quando íamos para a tua casa, e tenho medo, meu amigo, que tu exageres as coisas, estás ouvindo?

– Mas e por que? Talvez me considerem um louco... Sim, e é possível que tenham razão. – E soltou um riso forçado.

– Sim, sim... isto é, ufa! Não... Bem, tudo isso que acabo de dizer... (e o resto também) era tolice e efeito da bebida.

– Mas por que estás te desculpando? Já estou tão farto disto tudo! – exclamou Raskólhnikov exageradamente aborrecido. Se bem que, além de tudo, estivesse em parte fingindo.

– Sei bem, sei bem, compreendo. Podes ter certeza de que compreendo. Até tenho vergonha de falar nisso...

– Então, se tens vergonha, não fales!

Ficaram ambos calados. Razumíkhin estava mais que entusiasmado e Raskólhnikov reparava nisso com repugnância. O que o outro lhe disse acerca de Porfíri acabou por inquietá-lo.

"Preciso inspirar pena neste também", pensou, empalidecendo e abatido, "e com toda a naturalidade. O mais natural de tudo seria não tentar inspirar, me controlar para não inspirar. Não, controlar-me não seria natural... Bem, já veremos como as coisas andam por lá... Será que eu faço bem ou mal em ir até lá? É a própria borboleta que voa para a chama. Sinto o pulsar do meu coração, sinal de que não estou agindo bem."

– É nesse prédio cinzento – indicou Razumíkhin.

"O mais importante de tudo é saber se Porfíri sabe que eu estive ontem no andar daquela bruxa e perguntei pelo sangue. É preciso saber isso imediatamente, no primeiro olhar, ler na cara dele, assim que entrar, do contrário... estou perdido, eu sei..."

– Tu sabes uma coisa? – disse, encarando Razumíkhin de repente e sorrindo com malícia. – Meu amigo, venho notando, desde esta manhã, que estás num estado de comoção fora do normal. É verdade ou não?

– Que comoção? Estás absolutamente enganado – rebateu Razumíkhin.

– Não, meu amigo, dá pra ver. Estavas sentado na cadeira de uma maneira como nunca te sentas, quase na beira dela, e parecia que tinhas convulsões. Tu te remexias para um lado e para o outro. E te aborrecias tão depressa e, de repente, sem saber por que, ficavas com uma cara derretida, até coravas, principalmente quando te convidaram para almoçar.

– Nada disso. Tudo isso é mentira! Por que estás me dizendo isso?

– Tu és tímido como um colegial! E já estás corado novamente!

– E tu és um porco!

– Mas por que ficas assim tão atrapalhado! Romeu! Deixa estar que ainda hoje eu vou contar isso num certo lugar. Ah, ah, ah! Vou fazer com que mamãe ria, e outra pessoa também.

– Ouve, ouve, ouve, olha que isso não é brincadeira, olha que... Que será que ele vai fazer?! – gritou finalmente Razumíkhin, espantado. – Mas o que vais contar? Meu amigo, eu... Tu és mesmo um porco!

– E tu és simplesmente um botão de rosa primaveril. Se tu soubesses como isso te cai bem! Um Romeu com dez verstas de altura! E como te arrumaste hoje, estás um primor. Mas onde é que se viu uma coisa destas?! Pôs até brilhantina! Ora deixa eu ver, baixa a cabeça!

– Seu porco!

Raskólhnikov riu com tal vontade, que parecia não poder se conter e, rindo assim, entraram ambos no quarto de Porfíri Pietróvitch. Era isso que Raskólhnikov desejava: que, no quarto, pudessem ouvi-los entrar rindo, com um riso que se prolongava até a entrada.

– Nem uma palavra, ali, senão... te faço em pedaços! – disse Razumíkhin para Raskólhnikov em voz baixa e furioso, puxando-lhe pelo ombro.

CAPÍTULO V

ENTRARAM NO QUARTO. E ele fez isso com o aspecto de quem se esforça ao máximo por reprimir o riso. Atrás dele, com a cara completamente crispada pelo furor, vermelho como um tomate, desajeitado, ia Razumíkhin. Tanto o seu rosto como toda a sua pessoa eram naquele momento verdadeiramente grotescos e justificavam os risos de Raskólhnikov. Este, antes que tivessem dado por ele, fez uma reverência, parando no meio da sala, e ficou olhando interrogativamente para o dono da casa enquanto lhe estendia a mão, esforçando-se no entanto, aparentemente, por conter o riso. Mas, mal tivera tempo de recompor a cara e murmurar alguns sons, quando, de repente, como se fosse involuntariamente, tornou a fixar os olhos em Razumíkhin e não pôde se reprimir: o riso contido brotou tanto mais irreprimível quanto mais esforço fizera até então para se dominar. A extraordinária indignação que aquele riso "cordial" infundia em Razumíkhin comunicava à cena um caráter de franca alegria e, sobretudo, de naturalidade. Razumíkhin a ajudava intencionalmente.

– Ufa, que diabo! – exclamou iracundo, gesticulando e dando uma pancada num pequeno candeeiro sobre o qual havia um copinho de chá. Caiu tudo ao chão ruidosamente.

– Mas para que tanta algazarra, meus senhores? Isso significa uma perda para o Estado – exclamou Porfíri Pietróvitch jovialmente.

A cena se passava desta maneira: Raskólhnikov, com as suas risadas, esquecera a sua mão na do dono da casa, mas, consciente disso, aguardava o momento de acabar o cumprimento da maneira mais rápida e natural; Razumíkhin, que acabara por ficar completamente atrapalhado com a queda do candeeiro e a quebra do copo, contemplou os cacos com uma expressão sombria, cuspiu e se afastou logo em direção à janela, onde ficou de costas para os amigos e de semblante ferozmente carregado, olhando para fora mas sem ver nada. Porfíri Pietróvitch pôs-se a rir, e ria com vontade, embora fosse evidente que era indiferente para ele ouvir uma explicação. Num canto, sentado na sua mesa, estava Zamiótov, que se levantara um pouco quando viu os visitantes entrarem e esperava, de boca aberta num sorriso, mas contemplando a cena, com perplexidade e até receoso e a Raskólhnikov, com uma evidente curiosidade. A inesperada presença de Zamiótov causou-lhe uma desagradável impressão.

"Eis aqui uma coisa que deve ser tomada em conta", pensou.

– Queira desculpar – começou Raskólhnikov, fingindo-se embaraçado.

– Ora essa! Tenho muito prazer, os senhores entraram de uma maneira muito engraçada. Mas o quê? Nem ao menos quer desejar um bom dia? – e Porfíri Pietróvitch apontou Razumíkhin com um gesto.

– Por amor de Deus, não sei por que agiste assim comigo! A única coisa que eu fiz foi dizer a ele durante o caminho que ele parecia um Romeu e... demonstrar isso, e, que eu saiba, não aconteceu mais nada.

– Porco! – respondeu Razumíkhin sem se voltar.

– Isso quer dizer que ele tem sérias razões, quando se aborrece, assim, só por uma palavrinha – observou Porfíri rindo.

– Bem, tu, juiz de instrução... Vão todos para o diabo que os carregue! – exclamou Razumíkhin e, de repente, pondo-se também a rir, com a cara mais alegre deste mundo, como se nada tivesse acontecido, aproximou-se de Porfíri Pietróvitch.

– Seu gozador! Vocês são todos uns imbecis. Vamos ao que interessa: aqui está o meu amigo Rodion Românitch Raskólhnikov, o qual, antes de mais nada, me ouviu falar de ti e tinha muita vontade de te conhecer, e, além disso, precisa falar num assunto. Olá, Zamiótov! Então estás aqui? Mas já se conhecem? Desde quando?

"Mais esta!", pensou Raskólhnikov.

Zamiótov pareceu ficar um tanto perturbado, mas não muito.

– Nos conhecemos ontem na tua casa – disse com despreocupação.

– Isso significa que Deus não dorme; desde a semana passada que não fazia outra coisa senão insistir comigo para que te apresentasse a ele, Porfíri, e afinal não precisaram de mim para se conhecerem... Onde está o tabaco?

Porfíri Pietróvitch estava em traje caseiro: de roupão, roupa interior muito limpa e chinelos. Era um homem de uns 35 anos, de estatura um pouco abaixo da média, um tanto cheio e até com o ventre proeminente, de cara completamente rapada, sem bigode nem suíças, com o cabelo cortado rente na sua cabeça grande e redonda, que formava uma protuberância muito arredondada, sobretudo atrás do pescoço. A cara, cheia, redonda e um pouco achatada, era de uma cor doentia, amarelo-escura, mas muito viva e até risonha. Se não fosse a expressão dos olhos de um certo brilho aquoso, cobertos por umas pestanas quase brancas, sempre em movimento, como se estivesse piscando os olhos para alguém, se poderia qualificá-la de bonachona. O olhar desses olhos formava um contraste estranho com toda a sua figura, em que havia algo de feminino, e transmitia uma seriedade maior do que, à primeira vista, se podia esperar.

Assim que ouviu dizer que o visitante tinha um assunto a tratar consigo, Porfíri Pietróvitch pediu-lhe imediatamente que se sentasse no divã, sentando-se ele na outra ponta, e ficou olhando-o, na expectativa imediata da exposição do assunto, com uma atenção forçada e demasiado séria que é até aborrecida e perturba na primeira vez, sobretudo a um desconhecido, e principalmente se aquilo que se tem a dizer não tem importância proporcional, em seu entender, a essa atenção demasiado grave que demonstram. Mas Raskólhnikov expôs-lhe o assunto em frases breves e despreocupadas, com toda a clareza e precisão, e ficou tão satisfeito consigo mesmo que até teve tempo para reparar muito bem em Porfíri. Porfíri Pietróvitch também não afastou dele o olhar nem uma só vez, durante todo o tempo. Razumíkhin, que se colocara em frente a eles na mesma mesa, seguia com ardor e impaciência a exposição do assunto, passando alternadamente o olhar de um para o outro, o que, de certa maneira, era inconveniente.

"Imbecil", murmurou Raskólhnikov consigo mesmo.

– Deve participar à polícia – respondeu Porfíri com o ar mais objetivo deste mundo – comunicando-lhe que, estando a par desse acontecimento, ou seja, desse crime... pede, por sua vez, que seja comunicado ao juiz de instrução, encarregado do processo, que tais e tais objetos lhe pertencem e que os deseja reaver... ou então... mas depois lhe escreverão.

– O pior é que, neste momento – objetou Raskólhnikov, fazendo o possível por parecer inquieto –, ando muito mal de dinheiro... e nem sequer essa insignificância poderia... Eu, repare, só queria, por agora, fazer constar que esses objetos são meus, e quando tiver dinheiro...

– Isso é indiferente – respondeu Porfíri Pietróvitch, acolhendo com toda a frieza aquela declaração financeira –, além disso, se desejar, o senhor pode escrever a mim, diretamente, nesse sentido, dizendo que, estando a par do caso, e como esses objetos lhe pertencem, pede...

– Em papel comum? – apressou-se a interrompê-lo Raskólhnikov, tornando a mostrar interesse pelo aspecto financeiro do assunto.

– Oh, em qualquer papel! – e, de repente, Porfíri Pietróvitch ficou olhando para ele com certo sarcasmo, pestanejou e pareceu piscar para ele os olhos. Embora pudesse ter sido uma ilusão de Raskólhnikov, porque foi coisa de um segundo apenas. Mas, pelo menos, houve alguma coisa. Raskólhnikov era capaz de jurar que ele lhe piscara os olhos, sabia-se lá por que.

"Sabe tudo!", passou-lhe pela mente, num relâmpago.

– Desculpe ter vindo incomodá-lo por essa ninharia – continuou, um tanto apressado. – Os referidos objetos valem, no máximo, cinco rublos; mas eu tenho uma estima especial por eles, porque são recordações daqueles que os deram para mim e, francamente, quando soube daquilo, tive muito receio...

– Ah! Por isso ficaste tão impressionado quando eu disse ontem a Zósimov que Porfíri andava investigando quais eram os clientes da velha! – disse Razumíkhin intencionalmente.

Aquilo já era insuportável. Raskólhnikov não pôde se conter e assestou sobre ele os olhos, fulgurantes de cólera. Mas em seguida se controlou.

– Meu caro, pelo visto, tu queres troçar de mim – disse, encarando-o numa excitação habilmente fingida. – Concordo que talvez eu tenha demonstrado excessiva inquietação por causa dessas velharias, mas por causa disso ninguém pode me acusar nem de egoísta nem de ambicioso, pois essas insignificâncias podem muito bem ter importância para mim. Eu te disse há pouco que esse relógio de prata, que não vale mais do que uns trocados, é a única coisa que me resta de meu pai. Podes rir de mim, mas a minha mãe é que me deu – e encarou, de repente, Porfíri –, e se ela soubesse – apressou-se a dirigir-se a Razumíkhin, esforçando-se sobretudo por fazer com que sua voz tremesse – que eu me desfiz desse relógio garanto que teria um desgosto enorme. Mulheres!

– Mas não é nada disso, não foi essa a minha intenção, muito pelo contrário! – gritou com amargura Razumíkhin.

"Será que eu disse isso com naturalidade? Não exagerei?", disse Raskólhnikov para si mesmo. "Por que eu disse isso de 'mulheres'?"

– Então a sua mãe veio visitá-lo? – perguntou Porfíri Pietróvitch, por algum motivo.

– Veio.

– E desde quando ela se encontra aqui?

– Desde ontem.

Porfíri ficou calado, como se refletisse.

– Os seus objetos não se encontram nesse caso e não podem ser vendidos – continuou a dizer, tranquila e friamente. – Há muito tempo que eu já o esperava aqui.

E, como se não tivesse dito nada, aproximou com cuidado o cinzeiro de Razumíkhin, que deixara cair a cinza do cigarro sobre o tapete. Raskólhnikov estremeceu, mas Porfíri parecia nem sequer olhar para ele, de tão preocupado com o cigarro de Razumíkhin.

– O quê? Já o esperavas? Mas por acaso tu sabias que ele tinha objetos empenhados? – exclamou Razumíkhin.

Porfíri Pietróvitch encarou diretamente Raskólhnikov.

– Os dois objetos que lhe pertencem, o anel e o relógio, ela tinha embrulhado num papelzinho, e nesse papelzinho estava escrito o seu nome, muito claro, a lápis, bem como o dia do mês em que os empenhara...

– É curioso como o senhor repara em tudo! – disse Raskólhnikov, sorrindo desajeitadamente e lutando, sobretudo, para olhá-lo direto nos olhos; mas não pôde se conter e em seguida acrescentou: – Há um momento eu imaginava que os clientes deviam ser muitos, com certeza... e que devia ser muito difícil recordar-se de todos... O senhor, em compensação, tinha todos afetuosamente no pensamento e... e – interrompeu-se. "Estúpido! Fraco! Por que acrescentei isto?", pensou.

– Já conhecemos quase todos os clientes, de maneira que o senhor é o único que ainda não apresentou a sua reclamação – respondeu Porfíri com uns assomos, quase imperceptíveis, de zombaria.

– Eu não estava bem de saúde.

– Sim, ouvi falar nisso. Me disseram também que o senhor estava muito excitado não sei por que motivo. Neste momento parece-me que também está um pouco pálido.

– Nada disso, pelo contrário, estou completamente restabelecido – disse Raskólhnikov, grosseiro e hostil, mudando subitamente de tom. Fervia de cólera e não podia se conter. "Vou me denunciar com esta cólera!", tornou a pensar. "Mas por que me martirizam?"

– Completamente bom, não está – contradisse Razumíkhin. – Ainda ontem estava quase sem consciência, delirando... Mas, podes acreditar, Porfíri... assim que ficou de pé, e assim que nós saímos de lá, eu e Zósimov, ontem, ele se vestiu, escapou e foi não sei onde, e por lá andou quase até de madrugada, e isso no mais completo estado de delírio, te garanto. Portanto, já podes imaginar. É um caso interessante!

– Disseste no "mais completo estado de delírio"? Faz o favor de falar – e Porfíri moveu a cabeça num gesto um pouco feminino.

– Oh, isso é um absurdo! Não acredite nele! Se bem que não é preciso que eu lhe diga que não acredite – e Raskólhnikov deixou transparecer uma ira excessiva. Mas Porfíri procedeu como se não tivesse ouvido aquelas estranhas palavras.

– Mas como é que tu podias sair de casa se não estivesses delirando? – insistiu Razumíkhin. – Por que saíste? Para quê? E, sobretudo, por que saíste escondido? Ora vejamos: será que estavas em teu perfeito juízo? Agora que o perigo já passou, posso te falar francamente.

– É que ontem todos me aborreceram – disse Raskólhnikov dirigindo-se a Porfíri com um sorrisinho indolente de censura – e eu saí de casa com a intenção de procurar outro quarto onde não pudessem me achar e levei a mão cheia de dinheiro. Ali está o senhor Zamiótov, que viu o dinheiro. Ora vamos ver, senhor Zamiótov: ontem, eu estava em meu perfeito juízo ou estava delirando? Vamos, decida sobre esta questão!

Naquele momento, de boa vontade ele teria estrangulado Zamiótov. O seu olhar e o seu silêncio desagradaram-lhe completamente.

– Em meu entender, o senhor falava muito sensatamente e até com malícia, apenas estava muito excitado – opinou secamente Zamiótov.

– Mas hoje, Nikodim Fomitch me informou – interveio Porfíri Pietróvitch – que, ontem, já bastante tarde, o encontrou na casa de certo funcionário, atropelado por um carro.

– Isso mesmo, a propósito desse funcionário – interpôs Razumíkhin. – Só isso bastaria! Não te portaste lá como um tolo? Deste à viúva tudo que tinhas contigo, para o enterro. Porque, está bem, se querias socorrê-la... podias ter lhe dado quinze rublos, vinte rublos, mas ficando ao menos com três para ti, mas tu, zás, entregaste nada mais nada menos do que vinte e cinco rublos a ela.

– Mas tu não sabes que é possível que eu tenha encontrado um tesouro? Foi por isso que, ontem, me mostrei tão liberal... Olha, o senhor Zamiótov sabe que eu encontrei um tesouro... Mas desculpe – disse, encarando Porfíri de lábios trêmulos – há meia hora que estamos entretidos com tolices. Estamos aborrecendo o senhor, não é verdade?

– Nada disso, pelo contrário. Se soubesse como me interessa! É curioso vê-lo e ouvi-lo... e, confesso, congratulo-me muito porque resolveu, finalmente, a reclamar.

– Mas sirva-nos ao menos um pouco de chá! Estamos com a garganta seca! – exclamou Razumíkhin.

– Ótima ideia! Vamos te fazer companhia. Mas não queres também alguma coisa de mais substancial, antes do chá?

– Claro que sim.

Porfíri Pietróvitch afastou-se para pedir o chá.

As ideias entrechocavam-se num redemoinho, no cérebro de Raskólhnikov. Estava terrivelmente excitado.

"O mais importante é que não procurem se esconder e não andem por portas transversais. E por que, se não me conhecias, falaste de mim com Nikodim Fomitch? Pelo visto nem sequer pretendem ocultar que me seguiam como cães de caça. E com que franqueza me cospem na cara!", e tremia de raiva. "Pois bem: batam de uma vez e não fiquem brincando como gato e rato. Isso não é delicado, Porfíri Pietróvitch, olha que eu posso não consentir! Vou levantar e dizer toda a verdade, na sua cara, a verdade toda, e verão como desprezo a todos!", respirava precipitadamente. "Mas se isto tudo fosse uma ilusão minha, se tudo isto fosse uma simples miragem, e eu estivesse enganado, e me enfurecesse pela minha inexperiência, e não soubesse sequer desempenhar o meu ignóbil papel? Pode ser que tudo isso não seja intencional! Todas as suas palavras são vulgares, mas querem dizer alguma coisa... Tudo isso se pode dizer sempre, mas, no entanto, há alguma coisa. Por que disse diretamente 'ela'? Por que Zamiótov acrescentou que eu falara 'com malícia'? Por que falam nesse tom? Aí é que está, o tom... Ora, vejamos Razumíkhin: por que ele não acha chocante nada disto? Não há nada que choque a esse simplório! Outra vez a febre! Foi realidade ou não o piscar de olhos que há pouco Porfíri me deu? Mas seria verdadeiramente absurdo que ele me piscasse os olhos. Serão os nervos ou querem me irritar, me exasperar? Será que tudo isto é uma miragem ou realmente sabem? Até Zamiótov se mostra insolente... Mostra-se insolente, Zamiótov? Zamiótov passou a noite apreensivo. Eu nem calculava que seria assim! Ele está aqui como em sua casa, e é a primeira vez que eu venho. Porfíri não o considera como uma visita: senta-se voltando-lhe as costas. Os dois se entendem os dois! É óbvio que se entendem a meu respeito! Deviam estar falando de mim quando nós chegamos. Devem saber do caso do andar. Ah, quanto eu daria para saber agora mesmo! Quando eu disse que saíra de casa com a intenção de procurar um quarto, eles não disseram nada... Foi uma bela ideia eu ter falado no quarto, pode vir a ser útil. A delirar, com mil diabos! Ah, ah, ah! Esse sujeito está informado de tudo que se passou ontem à noite. Da chegada da minha mãe não sabia... Então aquela bruxa tinha anotado a data a lápis! Mentira... essa eu não engulo! Nada disso é realidade também, é pura ilusão. Não, vocês tomam tudo isso como fatos. Mas isso do quarto não é um fato: é delírio. Eu sei o que vou lhes dizer. Será que sabem alguma coisa a respeito do quarto? Não sairei daqui sem averiguar isso. Mas por que eu vim? Vejamos: será um fato também eu estar aborrecido agora? Oh, e como estou excitado! Embora isso talvez não me caia mal: faço o papel de doente... Vais me provocar. Vais me fazer perder a cabeça. Por que eu viria?"

Tudo isso passou num relâmpago pela sua mente.

Porfíri Pietróvitch voltou passado um segundo. De repente pareceu ficar alvoroçado.

– Olha, meu amigo, desde a tua festa de ontem que a minha cabeça... Ainda me sinto tonto – começou num tom completamente diferente, dirigindo-se a Razumíkhin.

– O quê? A reunião estava boa? Casualmente tive que sair no ponto mais interessante... Quem é que levou a melhor?

– Ninguém, naturalmente. Discutiram as eternas questões, exaltaram-se.

– Imagina, Rodka, o que chegaram a discutir: se o crime existe ou não. Fartaram-se de dizer bobagens.

– E o que tem isso de extraordinário? É uma questão social vulgar – respondeu Raskólhnikov com ar distraído.

– Não foi assim que eles puseram a questão – observou Porfíri.

– É verdade – concordou logo Razumíkhin, atrapalhando-se e exaltando-se, conforme o seu costume. – Olha, Rodka, primeiro escuta, e depois dá a tua opinião. Gostaria que o fizesses. Ontem, eu estava numa ansiedade a tua espera, tinha prometido a eles que tu irias... A coisa começou pelo ponto de vista dos socialistas. Já se sabe qual é: o crime é um protesto contra a anormalidade do regime social... isso e só isso, e é desnecessário procurar outras causas. Acabou-se!

– Mentira! – exclamou Porfíri Pietróvitch. Era notório que estava entusiasmado, e sorria a cada instante, olhando para Razumíkhin.

– Mentira! Vou te mostrar os livros; segundo eles, todos os crimes se devem ao ambiente insalubre, e nada mais. Frase magnífica! De onde se deduz que, se a sociedade estivesse normalmente constituída, então acabariam todos os crimes, visto que já não haveria contra o que protestar e todos passariam instantaneamente a ser inocentes. Quanto à natureza, não a levam em consideração, puseram-na no olho da rua, não toleram a natureza. Para eles não é a natureza que, desenvolvendo-se de um modo histórico, vivo, até o fim, acabará por se transformar ela mesma numa sociedade normal, mas, pelo contrário, será o sistema social que, brotando de alguma cabeça matemática, procederá em seguida a estruturar toda a humanidade e, num abrir e fechar de olhos, a tornará justa e inocente, mais depressa do que qualquer processo vivo, sem seguir nenhum caminho histórico e natural. Por isso eles sentem instintivamente aversão pela história: nela só se encontra monstruosidade e estupidez; colocam todas as culpas em cima da estupidez. E por isso também não amam o processo "vital" da vida; não querem nada com a "alma viva". A alma viva da vida tem exigências; a alma viva não obedece mecanicamente; a alma viva é suspeita; a alma viva é retrógrada. E, embora cheire a mortos, eles podem construir com a alma de borracha... que não será viva nem terá vontade, será uma escrava e não se revoltará... E chegam ao ponto de idealizar um simples amontoado de tijolos, sim, a distribuição de corredores e quartos do falanstério. O falanstério está pronto, mas a vossa natureza não está preparada para o falanstério, anseia pela vida, o processo vital ainda não terminou, ainda é cedo para a cova. É simplesmente impossível saltar com a lógica por cima da natureza. A lógica pressupõe três casos, ao passo que há milhões deles. Pois façam tábua rasa desses milhões e reduzam tudo ao simples problema do conforto! Essa é a solução mais fácil do enigma. De uma clareza sedutora, e evita o incômodo de pensar. Porque o essencial é isto: não ter que pensar. Todos os mistérios da vida podem ser compendiados em duas folhas de papel impresso.

– Pronto, enlouqueceu?! É preciso botar a mão nele! – gracejou Porfíri. – Imagine seis pessoas metidas num quarto e, além disso, previamente encharcadas em álcool... Já pode fazer uma ideia! Não, meu amigo, tu mentes: o meio significa muito na criminalidade, isso eu te afirmo.

– Eu também sei que influi muito, mas me diz: um quarentão desonra uma menina de dez anos. Foi o meio que o induziu a isso?

– Sim, no estrito sentido da palavra, pode-se dizer que foi o meio – observou Porfíri com uma grave firmeza –, pode se explicar o crime, em grande parte, pela menina, e, em grande parte também, pelo meio.

Razumíkhin ficou furioso.

– Bem, pois se quiseres, eu te demonstrarei – disse, entusiasmando-se – que, se tu tens as pestanas brancas, é simplesmente porque Ivan, o Grande, tinha 35 braças de estatura, e demonstrarei de um modo claro, exato, progressivo, e até com os seus laivos de liberalismo. Vamos? Queres apostar?

– Aposto! Venha daí essa demonstração!

– Irra, ele não faz outra coisa senão jogar com as palavras, que diabo! – exclamou Razumíkhin fora de si, e saltou da cadeira gesticulando. – Vale a pena falar contigo? Faz isto tudo intencionalmente, tu ainda não conheces Rodka. Ontem ele se pôs ao lado deles só para gozá-los. E as coisas que ele disse ontem, meu Deus! E todos tão satisfeitos de ouvi-lo! E é capaz de continuar com a gracinha durante duas semanas. No ano passado quis nos convencer de que, por certos motivos, ia se tornar frade, nos levou dois meses nessa convicção! Há pouco resolveu vir com a história de que ia se casar e que já estava tudo pronto para o casamento. Até mandou fazer um terno novo. Nós já tínhamos começado a lhe dar os parabéns. Pois bem: era tudo mentira, nem sequer a noiva existia, era tudo chalaça.

– Mentira! Mandei fazer o terno antes. Foi precisamente o terno novo que me sugeriu a ideia dessa brincadeira.

– E, afinal de contas, por que o senhor é tão brincalhão? – perguntou Raskólhnikov com naturalidade.

– Mas pensava que eu não era? Deixe estar que também há de cair na minha rede... Ah, ah, ah! Não, olhe, vou lhe dizer toda a verdade. A propósito de todas essas questões de crime, o meio, a menina, me veio agora à memória, aliás, isso sempre me interessou, um artigo seu: "Acerca do crime...", ou alguma coisa do gênero, não me lembro bem do título. Tive a satisfação de lê-lo há dois meses na *Palavra Periódica*.

– Um artigo meu na *Palavra Periódica*? – perguntou Raskólhnikov, assombrado. – De fato, há coisa de um ano, ao deixar a universidade, escrevi um artigo a propósito de um livro, mas levei-o à *Palavra Semanal*, e não à *Periódica*.

– Pois foi parar na *Periódica*.

– Mas a *Palavra Semanal* havia deixado de publicar e o meu artigo ficou inédito!

– É verdade, mas quando parou de publicar, a *Palavra Semanal* fundiu-se com a *Palavra Periódica*, foi por isso que o seu artigo foi publicado, há dois meses, na *Palavra Periódica*. Mas não sabia disso?

Efetivamente, Raskólhnikov não sabia de nada.

– É que poderia reclamar o pagamento do artigo! Curioso, o seu caráter! Tem uma vida tão solitária que nem sequer vê as coisas que lhe dizem respeito mais diretamente. É um fato positivo.

– Bravo, Rodka! Eu também não sabia! – exclamou Razumíkhin. – Ainda hoje vou passar por um gabinete de leitura[4] para pedir um número. De dois meses atrás? Mas que número? Não faz mal, vou procurar. Bela partida! E não dizia uma palavra!

– Mas como é que soube que o artigo era meu? Eu só assino com as iniciais.

– Ah! Por casualidade e há apenas uns dias. Foi pelo diretor, é meu amigo. Fiquei muito interessado.

– Eu analisava, lembro-me, o estado psicológico de um criminoso no momento de cometer um crime.

– Isso mesmo, e afirmava que o ato de cometer o crime era sempre acompanhado de um estado mórbido. Muito... muito original, mas... se bem que não foi esta a parte do seu artigo que mais me interessou, mas sim algumas ideias que expunha no final e, é pena, de uma maneira pouco clara, sob a forma de alusões... Em resumo: se se recorda, havia lá uma certa alusão ao fato de existirem no mundo alguns indivíduos que poderiam... isto é, não se trata de poderem, mas que teriam completo direito de cometerem toda a espécie de atos desonestos e de crimes, e para os quais a lei não existisse.

Raskólhnikov sorriu perante aquela forçada e laboriosa explicação da sua teoria.

– Como? Mas o que é isso? O direito ao crime?! Mas não por culpa do ambiente deletério! – perguntou Razumíkhin um pouco assustado.

– Não, não, não é nada disso – respondeu-lhe Porfíri. – O cerne da questão está em que no seu artigo o senhor divide os

---

4. Muito comuns na Europa do século XIX, os gabinetes de leitura eram abertos ao público que, mediante pagamento, ali podiam ler periódicos e livros. (N.E.)

homens em ordinários e extraordinários. Os homens vulgares deviam viver na obediência e não ter direito a infringir as leis, pelo próprio fato de serem vulgares. Mas os extraordinários teriam direito a cometer toda a espécie de crimes e a infringir as leis de todas as maneiras, pelo próprio fato de serem extraordinários. Se não estou enganado, parece-me que era isso o que o senhor dizia.

– Mas que é isso? Não pode ser! – resmungou Razumíkhin, perplexo.

Raskólhnikov tornou a sorrir. Compreendia finalmente do que se tratava e por que queriam fazê-lo falar; lembrava-se do seu artigo. Decidiu aceitar o desafio.

– Não era precisamente isso o que eu dizia – declarou com simplicidade e em voz alta. – Se bem que, reconheço, o senhor expôs a minha ideia quase fielmente e, se quiser, até com absoluta fidelidade... (Parecia que lhe agradava reconhecer essa fidelidade absoluta.) A diferença é que eu nem de longe afirmava que os homens extraordinários sejam obrigados ou tenham infalivelmente de cometer todo gênero de atos desonestos, segundo o senhor diz. Parece-me até que a censura não o teria deixado passar. Eu me limitava simplesmente a insinuar que os indivíduos extraordinários tinham direito – claro que não um direito oficial – a autorizar a sua consciência a saltar por cima de certos obstáculos, e unicamente nos casos em que a execução do seu desígnio (às vezes salvador, talvez, para a humanidade) assim o exigisse. O senhor entendeu por bem me dizer que o meu artigo não estava claro; eu estou disposto a explicá-lo até onde puder. É provável que eu não me engane supondo que é esse o seu desejo. A meu ver, se as descobertas de Kepler e de Newton, em consequência de certos acontecimentos, não tivessem chegado ao conhecimento dos homens de outra maneira senão mediante o sacrifício da vida de um, dez, cem ou mais homens que se opusessem a essa descoberta ou se atravessassem no seu caminho como obstáculos, Newton, então, teria tido o direito, e até o dever... de eliminar esses dez ou esses cem homens, a fim de que as suas descobertas chegassem ao conhecimento de toda a humanidade. Disso não se conclui, no entanto, de maneira alguma, que Newton tivesse qualquer direito de assassinar quem muito bem lhe parecesse, à toa, nem de ir todos os dias roubar em a praça pública. Lembro-me também de que, no meu artigo, eu desenvolvia a teoria de que todos... digamos, por exemplo, os legisladores e os fundadores da humanidade, começando pelos mais antigos e continuando por Licurgo, Sólon, Maomé, Napoleão etc. etc., todos, desde o primeiro até o último, tinham sido criminosos, se mais não fosse porque, ao promulgarem leis novas, aboliam as antigas, tidas por sagradas pela sociedade e pelos antepassados, e certamente que não se teriam detido perante o sangue, sempre que isto (derramado às vezes com toda a inocência e virtude, em defesa das velhas leis) pudesse lhes ser útil. Também é significativo que a maior parte desses benfeitores e fundadores da humanidade fossem uns sanguinários, especialmente ferozes. Em resumo: eu concluía daqui que todos os indivíduos, não só os grandes, como também aqueles que se afastam um pouco da vulgaridade, isto é, aqueles que são capazes de dizer qualquer coisa de novo, teriam a obrigação, pela sua própria natureza, de serem infalivelmente criminosos... em maior ou menor grau, naturalmente. De outro modo, seria difícil saírem da vulgaridade, e eles não podem se conformar em ficar nela, até por sua natureza e, a meu ver, têm obrigação de não se conformarem. Em resumo: como o senhor vê até aqui, isto não tem nada de particularmente novo. Isto já se imprimiu e foi lido milhares de vezes. No que diz respeito à distinção entre homens vulgares e extraordinários, concordo em que é um tanto arbitrária, mas eu não citava números exatos. Eu só tenho fé na minha teoria essencial, que é aquela que diz concretamente que os indivíduos se dividem, segundo a lei da natureza, em duas categorias: a inferior (a dos vulgares), isto é, se me permite a expressão, a material, que unicamente é proveitosa para a procriação da espécie, e a dos indivíduos que possuem o dom ou a inteligência para dizerem no seu meio uma palavra nova. É claro que as subdivisões são infinitas, mas os traços diferenciais de ambas as categorias são bem nítidos: a primeira categoria, ou seja, a matéria, falando em termos gerais, é formada por indivíduos conservadores por natureza, disciplinados, que vivem na obediência e gostam de viver nela. A meu ver eles têm a obrigação de ser obedientes, por ser esse o seu destino e por não ter, de maneira nenhuma, para eles, nada de humilhante. A segunda categoria é composta por aqueles que infringem as leis, os destruidores e os propensos a isso, a julgar pelas suas qualidades. Os crimes destes são, naturalmente, relativos e muito diferentes; na sua maior parte exigem, segundo os mais diversos métodos, a destruição do presente em nome de qualquer coisa melhor. Mas se necessitarem, para bem da sua teoria, saltar ainda que seja por cima de um cadáver, por cima do sangue, então, no seu íntimo, na sua consciência, eles podem, em minha opinião, conceder a si próprios a autorização para saltarem por cima do sangue, atendendo unicamente à teoria e ao seu conteúdo, repare bem. E só neste sentido que eu falo no meu artigo do seu direito ao crime. (Lembre-se, o senhor, de que partimos de uma questão jurídica.) Embora, no fim de contas, não haja razão nenhuma para se assustar; quase nunca a massa reconhece esse direito deles e até os castiga e os manda enforcar (mais ou menos); e assim, com absoluta justiça, cumpre o seu destino conservador, o que não é obstáculo para que, nas gerações seguintes, essa mesma massa erga os castigados sobre pedestais e se curve diante deles (mais ou menos). A primeira categoria é sempre a verdadeira dominadora: a segunda é... a futura dominadora. Os primeiros conservam o mundo e multiplicam-no matematicamente; os segundos o movem e o conduzem para a sua finalidade. Tanto uns como outros têm perfeito direito de existir. Em resumo: para mim, todos têm o mesmo direito, e... *vive la guerre éternelle*![5]... até a nova Jerusalém, naturalmente...

– Mas, o senhor, apesar de tudo, crê na nova Jerusalém?

– Creio – acrescentou firmemente Raskólhnikov, e quando disse isso, e durante toda a sua explicação, estava com os olhos fixos no chão, depois de ter escolhido um ponto do tapete.

– E... e... e... acredita em Deus? Desculpe a curiosidade.

– Acredito – respondeu Raskólhnikov, erguendo os olhos para Porfíri.

– E... e na ressurreição de Lázaro, acredita?

– Creio. Mas qual é o propósito de tudo isso?

– Literalmente: acredita?

– Literalmente.

– Então... era só por curiosidade. Desculpe. Mas, me dê licença, voltando ao assunto: nem sempre esses homens extraordinários são castigados; alguns, pelo contrário...

5. "Viva a guerra eterna!", em francês no original. (N.E.)

– São festejados em vida? Sim, é verdade: alguns chegam a triunfar na vida, e então...

– Eles começam também a atormentar os outros?

– Se for necessário, sim; e repare: é isso o que acontece na maior parte das vezes. A sua observação foi muito precisa.

– Muito obrigado. Mas me diga uma coisa: em que se diferenciam esses homens extraordinários dos vulgares? Pelo nascimento ou por algum sinal especial? Parece-me que seria necessário mais exatidão, por assim dizer, mais distinção no exterior: desculpe em mim a natural inquietação de um homem prático e bem-intencionado, mas não seria possível, por exemplo, que usassem um traje especial, algum distintivo, alguma insígnia, qualquer coisa, enfim, que os desse a conhecer? Porque há de concordar, no caso de um engano e de algum indivíduo se julgar pertencente a qualquer dessas categorias, pertencendo a outra, e começar a eliminar toda a espécie de obstáculos, como o senhor disse, numa expressão muito feliz, que sucederia então?

– Oh, isso acontece com muita frequência! A observação que acaba de fazer ainda é mais aguda do que a anterior...

– Obrigado...

– Não tem de quê, mas não se esqueça de que esse engano só é possível em indivíduos da primeira categoria, isto é, em indivíduos vulgares (segundo, talvez muito impropriamente, eu os designo). Apesar da sua propensão inata para a obediência, por alguma travessura da natureza, do que nem uma vaca está livre, muitos deles se imaginam seres avançados, destruidores, e correm atrás da palavra nova, e isso com absoluta sinceridade. Na realidade, e com muita frequência, não sabem distinguir os novos e até os olham com desdém, como a pessoas atrasadas e que pensam baixamente. Mas, a meu ver, isso não é motivo sério para inquietação, e o senhor, verdadeiramente, não deve sentir a menor inquietação, pois esses indivíduos nunca vão longe. Sem dúvida que poderiam ser castigados uma vez, pela sua presunção, a fim de lhes recordar qual é o seu lugar; mas, para isso, nem sequer é preciso incomodar o algoz: são eles mesmos que se flagelam, porque possuem uma elevada moralidade, alguns se prestam mutuamente esse serviço e outros se açoitam com suas próprias mãos... além disso, se impõem diversas penitências públicas...

o que é belo e edificante, e em suma, o senhor não deve sentir a menor inquietação... essa é a regra.

– Muito bem; pelo menos, a esse respeito, tranquiliza-me um pouco; mas veja outra coisa: pode me dizer se são muitas essas pessoas que têm direito a assassinar os seus semelhantes, se são muitos esses homens "extraordinários"? Desde já eu estou disposto a me curvar perante eles, mas há de concordar comigo que causa um certo arrepio pensar que podem ser muitos!

– Oh, não se assuste também por causa disso! – continuou Raskólhnikov no mesmo tom. – De maneira geral, indivíduos com ideias novas, inclusive de algum modo capazes de dizerem algo novo, nascem pouquíssimos, são de uma escassez verdadeiramente estranha. A única coisa certa é que a ordem de geração dos indivíduos de todas essas categorias e divisões deve estar fixamente marcada e definida por alguma lei natural. Esta lei, claro, até agora é desconhecida para nós, mas eu creio que existe e que, portanto, poderemos chegar a conhecê-la. A enorme massa de indivíduos, a matéria, vem ao mundo apenas para, finalmente, por meio de algum esforço, em virtude de algum processo até agora ignorado e mercê de algum cruzamento de raças e de espécies, engendrar e trazer ao mundo, ainda que seja só na proporção de um por mil, um homem verdadeiramente independente. E, com uma independência superior, talvez só nasça neste mundo um indivíduo a cada dez mil (isto por alto, naturalmente). E com uma independência ainda maior, só um a cada cem mil. Homens geniais surgem um entre milhões, e os grandes gênios, os fundadores da humanidade, talvez ao longo de muitos milhões de milhões de seres sobre a Terra. Em resumo: eu não pude ver a retorta em que tudo isto se prepara. Mas não há dúvida de que deve haver uma determinada lei; isso não pode ser obra do acaso.

– Mas os dois estão de brincadeira, ou quê? – exclamou, finalmente, Razumíkhin. – Estão troçando mutuamente, fingindo se elogiarem? Sentaram-se aí para troçar um do outro? Falas a sério, Rodka?

Em silêncio, Raskólhnikov ergueu para ele o seu pálido rosto quase lúgubre e não respondeu nada. E pareceu estranho a Razumíkhin aquela cara tranquila e triste e, ao mesmo tempo, a cara franca, provocante, irritada e severa de Porfíri.

– Bem, meu amigo, se isso é a sério, então... Não há dúvida nenhuma que tu tens razão quando dizes que nada disso é novo e que é parecido com aquilo que já lemos e escutamos mil vezes; mas o que, de fato, é original em tudo isso... e, positivamente, pertence a ti, com horror eu vejo, é tu chegares a dizer que se pode "em consciência" derramar sangue, "conscientemente", e me desculpa, mas até com certo fanatismo... É possível que a ideia principal do teu artigo se resuma a isso. Mas essa autorização para derramar sangue conscientemente, isso... isso, a meu ver, é mais feroz do que a decisão oficial e legal de verter sangue.

– Perfeitamente... é mais feroz... – concordou Porfíri.

– Não, nisso tu vais demasiado longe! Isso é um erro. Eu vou ler... tu exageras! Não é possível que tu penses assim... Eu vou ler...

– No artigo não há nada disso, apenas insinuações – declarou Raskólhnikov.

– De fato, é isso mesmo, é isso mesmo – concordou Porfíri – agora percebo como que o senhor deve considerar o crime, mas... desculpe a minha insistência... (estou incomodando muito e já tenho remorsos!) mas veja uma coisa: há pouco tranquilizou-me a respeito dos casos de confusão entre as duas categorias, mas agora tornam a me inquietar alguns casos concretos. E se um dia, um homem já feito e refeito, ou um rapaz, desse para julgar um Licurgo ou um Maomé... futuro, naturalmente, e começasse a eliminar todos os obstáculos que se atravessassem no seu caminho? "Que diabo, tenho de fazer uma grande viagem e, para uma viagem dessas, é preciso dinheiro..." Bom, e começasse a se preparar para a viagem... Compreende?

De súbito, Zamiótov deu uma gargalhada, no seu canto. Raskólhnikov nem sequer ergueu os olhos para ele.

– Não tenho outro remédio senão concordar que, de fato – respondeu muito tranquilo –, podem acontecer casos desses. Especialmente os imbecis e os vaidosos costumam incorrer nesses erros, sobretudo os jovens...

– Ora, aí vê! E então?

– Mas, ainda que seja assim – disse Raskólhnikov sorrindo – a culpa não é minha. É assim e sempre há de ser assim. Aí está aquele – e apontou Razumíkhin – que acaba de dizer que eu autorizo o derramamento de sangue. E então? A sociedade está bem defendida disso mediante as deportações, as prisões, os juízes, os presídios... Para que se afligir? É só correrem atrás do ladrão!

– Bem, e se o apanhamos?

– É porque o merece!

– Ao menos, o senhor é lógico. Mas, e quanto à sua consciência?

– Que lhe interessa isso?

– Sim, me interessa por humanidade.

– Quem tem, sofre ao reconhecer o seu erro. É essa a sua expiação... sem contar com o presídio.

– Seja, quanto aos verdadeiramente geniais – exclamou Razumíkhin franzindo o cenho. – Mas aqueles aos quais se concede o direito de assassinar não deverão sofrer, de maneira nenhuma, inclusive por causa do sangue derramado?

– Mas por que "deverão"? Neste campo não há permissão nem proibição. Sofrerão, se sentirem piedade pela vítima... o sofrimento e a dor são inerentes a uma ampla consciência e a um coração profundo. Em minha opinião, os homens verdadeiramente grandes devem padecer neste mundo uma grande dor – acrescentou, de repente, pensativo, quase num tom diferente do diálogo.

Ergueu os olhos, olhou para todos com ar meditativo, sorriu e pegou seu gorro. Sentia-se muito tranquilo, em comparação com o que estava há pouco, quando entrou, e não escondia isso. Todos se levantaram.

– Bem, quer me censure ou não, se aborreça ou não comigo, o certo é que eu não posso me conter – declarou novamente Porfíri Pietróvitch. – Permita que lhe faça ainda uma pergunta (já o incomodei tanto!), uma única pequena pergunta, só para não esquecer...

– Bom, me diga do que se trata – e Raskólhnikov, sério e pálido, parou diante dele, na expectativa.

– Pois fique sabendo... na verdade não sei como vou me exprimir menos desajeitadamente... Trata-se de uma ideia demasiado engraçada... psicológica... Pronto, vou lhe dizer: quando o senhor escreveu esse artigo... com certeza... he... he... he... se considerava... ainda que fosse só um pouquinho... um desses seres extraordinários e que dizem alguma coisa nova... Quero dizer, no sentido que o senhor dá a essa frase... Não é verdade?

– É muito provável que sim – respondeu depreciativamente Raskólhnikov.

Razumíkhin fez um gesto.

– Sendo assim, então, o senhor também se julga com direito... no caso de contratempo e dificuldades na vida ou para acelerar o progresso da humanidade... de saltar por cima de todos os obstáculos... como, por exemplo, matar e roubar?

E, de repente, tornou a piscar-lhe o olho esquerdo e a rir de uma maneira imperceptível, exatamente como há um momento.

– Se eu saltasse por cima dos obstáculos, com certeza não lhe diria – respondeu Raskólhnikov com desdém, provocante e altivo.

– É claro que não... Eu apenas perguntei com o objetivo de compreender melhor o seu artigo, num sentido pura e exclusivamente literário...

"Oh, como tudo isto é palpável e claro!", pensou Raskólhnikov com repugnância.

– Permita que lhe esclareça – replicou secamente – que eu não me tenho por nenhum Maomé nem Napoleão... nem por nenhuma dessas personagens, e por isso não podia, não sendo nenhuma delas, lhe dar uma explicação satisfatória da maneira como me conduziria...

– Ora! Quem é que agora, entre nós, aqui, na Rússia, não se considera um Napoleão? – disse Porfíri com uma terrível familiaridade; até na entonação da sua voz havia, dessa vez, qualquer coisa de especialmente claro.

– Não terá sido algum futuro Napoleão que, na semana passada, matou a nossa Alíona Ivánovna a machadada? – lançou, inesperadamente, Zamiótov, do seu canto.

Raskólhnikov ficou calado e fixou um olhar atento, firme, em Porfíri.

Razumíkhin franziu lugubremente as sobrancelhas. Há um momento já começava a suspeitar de alguma coisa. Olhou, amuado, à sua volta. Decorreu um minuto de desconfiado silêncio. Raskólhnikov deu meia-volta para se retirar.

– Já vai embora? – perguntou afetuosamente Porfíri, estendendo-lhe a mão com extraordinária amabilidade. – Estou muito contente, muito contente, por tê-lo conhecido. E, quanto ao seu pedido, não se preocupe. Mas escreva da maneira que lhe indiquei. E o melhor será vir pessoalmente me entregar a petição... um dia destes... pode ser amanhã mesmo. Eu estarei aqui, sem falta, aí pelas onze. E trataremos de tudo... O senhor, como um dos que ultimamente estiveram lá, talvez pudesse nos dizer alguma coisa – acrescentou com um ar muito bonachão.

– Deseja me interrogar oficialmente, com todas as formalidades de praxe? – perguntou-lhe Raskólhnikov com rudeza.

– Para quê? Até agora não foi preciso. O senhor não compreendeu bem. Eu não quero perder a ocasião e... e já falei com todos os clientes... de alguns dos quais obtive informações... e o senhor, como é o último... Olhe, a propósito! – exclamou, subitamente alvoroçado por qualquer coisa. – A propósito: agora me lembro de uma coisa; veja como eu sou! – disse, voltando-se para Razumíkhin. – Ontem, tu encheste os ouvidos por causa desse Nikolachka... Bem, pois eu também sei, estou informado – disse, encarando Raskólhnikov – que o pobre rapaz é inocente, mas que se há de fazer? Também foi preciso dar um susto em Mitka, tudo se reduz a isto: quando subia a escada naquele momento... deixe-me fazer-lhe uma pergunta: esteve ali às oito?

– Às oito – respondeu Raskólhnikov, sentindo desagradavelmente nesse mesmo instante que não podia ter dito isso.

– E quando subiu a escada, às oito, não viu no segundo andar, naquele que está aberto, lembra-se?, uns operários ou, ao menos, um deles? Estavam pintando, não reparou? Isto é muito importante para eles, importantíssimo!

– Pintores de parede? Não, não vi nenhum... – respondeu Raskólhnikov lentamente e como se fizesse esforço para se lembrar, enquanto todo o seu ser ficava numa tensão e palpitava na ânsia de descobrir o mais depressa possível a que é que se resumia a armadilha e não cair nela. – Não, não os vi, nem também reparei que havia algum andar aberto..., mas olhe, no quarto andar – já tinha percebido qual era a armadilha e rejubilava com o seu triunfo – lembro-me bem de que um funcionário saiu do quarto... em frente ao de Alíona Ivánovna... estou me lembrando... estou me lembrando muito bem: uns soldados transportavam um divã e me obrigaram a me encostar à parede; mas, pintores, não me lembro de ter visto nenhum... não; nem havia nenhum andar aberto, que eu me lembre. Não, não havia...

– Mas o que estás dizendo? – exclamou de repente Razumíkhin, como se puxasse pela memória e reconsiderasse. – Se os pintores estiveram trabalhando lá no dia do crime e ele esteve três dias antes! Por que perguntas isso?

– Ah! Fiz confusão! – disse Porfíri dando uma palmada na testa. – Raios me partam, ainda hei de acabar louco por causa deste processo! – exclamou, dirigindo-se a Raskólhnikov com ar de desculpa. – É que, repare, seria tão importante para mim comprovar se alguém os viu às oito no andar, que pensei se o senhor não poderia me dizer alguma coisa a esse... mas que grande confusão!

– É preciso ter mais atenção! – observou Razumíkhin, mal-humorado.

As últimas palavras já foram ditas no vestíbulo. Porfíri Pietróvitch acompanhou-os até a porta, com muita amabilidade. Os dois saíram, amuados e desgostosos, e durante algum tempo não disseram uma palavra. Raskólhnikov lançou um profundo suspiro...

CAPÍTULO VI

– Não acredito! Não posso acreditar! – repetia Razumíkhin, preocupado, esforçando-se com toda a energia por refutar os argumentos de Raskólhnikov. Iam chegando à pensão de Bakaliéiev, onde estavam instaladas Pulkhiéria Alieksándrovna e Dúnia; há bastante tempo que já os esperavam. Razumíkhin parava a cada momento durante o caminho, no calor da discussão, perturbado e comovido pelo fato de ser a primeira vez que ambos falavam "daquilo" com toda a clareza.

– Então não acreditas! – acrescentou Raskólhnikov com um sorrisinho frio e indiferente. – Como de costume, tu não reparaste em nada, mas eu pesei cada uma das suas palavras.

– Tu és meticuloso e por isso é que as pesava... Hum! De fato, concordo que o tom de Porfíri era bastante estranho e, sobretudo, esse pulha de Zamiótov. Tens razão, parecia que havia algo subentendido... Mas por quê? Por quê?

– Devia ter passado a noite pensando nisso.

– Pelo contrário, pelo contrário! Se eles tivessem essa estúpida ideia, então procurariam dissimulá-la com todas as suas forças e esconder o seu jogo para te apanharem depois... Mas isso, agora... é absurdo e imprudente!

– Se eles dispusessem de fatos, isto é, de fatos positivos, ou as suas suspeitas tivessem o menor fundamento, nesse caso se esforçariam, efetivamente, por esconder o seu jogo, na esperança de tirarem depois maiores proveitos (embora, no fim de contas, já tenha havido tempo para fazerem uma busca). Mas, como eles não contam com um fato, nem um só, e têm apenas miragens, tudo é ambíguo e só tem uma ideia vaga, por isso procuram me apanhar descaradamente numa contradição. Pode ser que ele mesmo esteja furioso ao ver que não há provas e se deixe levar pelo despeito. Pode ser também que tenha alguma intenção... Pelo visto é um homem esperto... Talvez queira me meter medo, me deixar suspeitar de que sabe... Eis aí a psicologia dele, meu amigo! Mas, no fim de contas, é uma bobagem falar disso! Deixa-o! E, além disso, é ofensivo, ofensivo! Eu te compreendo! Mas... já que estamos falando com toda a franqueza, o que mais me agrada é que, finalmente, falemos disto com clareza; e eu te digo, com toda franqueza, que há algum tempo que eu já venho notando isso, essa ideia; durante todo este tempo, naturalmente, somente de maneira quase imperceptível, como uma insinuação; mas por que, mesmo como insinuação apenas? Como é que tem esse atrevimento? Onde, onde é que eles a fundamentam? Se tu soubesses como fico furioso! Só porque um pobre estudante, angustiado pela miséria e pela hipocondria, às vésperas de uma cruel enfermidade, talvez já com um princípio de febre (repara bem!), irritável, com o seu amor-próprio, imbuído da apreciação de si próprio, e depois de passar sete meses num buraco sem ver ninguém, com um traje esfarrapado e umas botas sem solas... comparece perante uns policiais e suporta os seus vexames, e de repente lhe metem pelos olhos uma suspeita inesperada, uma promissória protestada, do conselheiro da Corte, Tchebárov, e tudo isso junto com o cheiro da pintura fresca, a uma temperatura de trinta graus, numa atmosfera viciada, com muita gente, e a história de um crime ocorrido no dia anterior, e tudo isso... com a barriga vazia! Como é que uma pessoa não iria desmaiar! E é só nisso que eles se fundamentam? Vão para o diabo que os carregue! Eu compreendo que isso seja desagradável, mas, no teu lugar, Rodka, eu me poria a rir diante deles, na sua cara, ou, ainda melhor, cuspiria na cara de todos e, não contente com isso, escarraria bem na cara deles, pois assim é que se deve tratá-los; e pronto, tudo se acabaria. Cospe neles! Tem coragem! É vergonhoso!

"Nisso ele tem razão", pensou Raskólhnikov.

– Cuspir é fácil de dizer! E amanhã outra vez interrogatório! – exclamou com veemência. – Será preciso que eu dê uma explicação para eles? Já me custa ter me rebaixado perante Zamiótov na outra noite, na taberna!

– O diabo que os carregue! Eu mesmo irei procurar Porfíri! Falarei com ele como a um parente, não te preocupes; ficarei sabendo tudo, tudo! Quanto a Zamiótov...

"Até que enfim adivinhou!", pensou Raskólhnikov.

– Espera! – exclamou Razumíkhin segurando-o de repente por um ombro. – Para! Tu estás delirando! Já reconsiderarei; tu estás delirando! Ora vejamos: onde é que está essa armadilha? Tu dizes que a pergunta a respeito dos trabalhadores era uma armadilha! Pensa: se tu tivesses feito "aquilo", irias dizer que tinhas visto que estavam pintando o andar... e os pintores? Pelo contrário, não terias visto nada, ainda que tivesse visto eles! Quem é que faz declarações contra si mesmo?

– Se fosse eu que tivesse feito a coisa, teria infalivelmente dito que sim, que tinha visto que estavam pintando o quarto e os trabalhadores – respondeu Raskólhnikov de má vontade e com visível repugnância.

– Mas por que farias declarações contra ti próprio?

– Porque somente os camponeses e os mais inexperientes novatos mentem descarada e teimosamente nos interrogatórios. Em compensação, qualquer homem que tenha um pouco de inteligência e de prática, se esforçará o máximo possível para admitir todos os fatos exteriores que são impossíveis de negar; simplesmente irá atribuí-los a outras causas, apontará alguma nota especial e inesperada, que lhes dê outro significado e mostre outra luz. Porfíri podia contar que eu iria responder-lhe assim e dizer-lhe, sem dúvida alguma, o que tivesse visto, por causa da verossimilhança, ainda que introduzisse também algum detalhe à guisa de explicação...

– Mas ele teria te dito depois que dois dias antes os pintores não podiam estar ali e, portanto, não tinhas outro remédio senão teres estado ali no dia do crime, às oito. Teria te apanhado com uma ninharia!

– Mas contaria também com o fato de que eu não teria tempo de parar para refletir e que me apressaria a responder da maneira mais verossímil e esqueceria o detalhe de que os operários não podiam ter estado ali dois dias antes...

– Mas como iria esquecer isso?

– É facílimo! É com essas coisas insignificantes que se apanham mais facilmente os indivíduos mais espertos! Quanto mais astuto é o indivíduo, menos receia que vão apanhá-lo com essas bagatelas. É exatamente o homem mais esperto que é apanhado com a coisa mais simples. Porfíri nem de longe é tão tolo como tu imaginas!

– Neste caso é um malandro!

Raskólhnikov não pôde deixar de rir. Naquele momento pareceram-lhe estranhos o deleite e o gosto com que expusera a explicação anterior, tanto mais que tinha conduzido o diálogo até ali com notória aversão, somente em atenção ao fim proposto, por ser indispensável.

"Será que eu vou começar a gostar dessas questões?", disse para consigo.

Mas quase nesse mesmo momento foi assaltado por uma súbita inquietação, pois lhe ocorrera uma ideia inesperada e assustadora. E a sua inquietação crescia cada vez mais. Estavam quase à entrada da pensão Bakaliéiev.

– Entra sozinho – disse-lhe, de repente, Raskólhnikov –, eu já venho.

– Mas aonde vais, se já estamos aqui?

– Não tenho outro remédio, não tenho outro remédio, é um assunto... Dentro de meia hora estarei de volta. Diz isso a elas.

– Faz como quiseres, mas eu vou atrás de ti!

– Mas por que insistes em me incomodar? – exclamou ele com amarga irritação, com uma tal desolação no olhar que Razumíkhin deixou cair os braços.

Permaneceu ainda uns momentos na entrada e viu tristemente como o outro se dirigia rápido para a sua ruela. Por fim, rangendo os dentes e cerrando os punhos, jurando a si próprio que naquele mesmo dia haveria de espremer Porfíri como a um limão, subiu até o quarto para tranquilizar Pulkhiéria Alieksándrovna, que já estava assustada com a sua longa ausência...

Quando chegou em casa... Raskólhnikov estava com a testa banhada em suor e respirava com dificuldade. Subiu as escadas com toda a pressa, entrou no quarto, que estava aberto, e correu imediatamente o fecho. Depois, assustado e como louco, foi direto a um canto, àquele buraco por baixo do papel da parede onde guardara os objetos, meteu nele a mão e ficou um momento explorando todas as fissuras e todas as dobras do papel. Como não encontrou nada, levantou-se e deu um suspiro fundo. Quando, há um momento, chegara ao pátio de Bakaliéiev, ocorreu-lhe de repente que algum objeto, alguma pequena corrente, algum botão ou até o papel em que estavam embrulhados com a correspondente nota, do punho e letra da velha, podia ter resvalado e caído em alguma brecha e depois podia surgir diante dele como uma prova inesperada e irrefutável.

Estava como que afundado numa meditação, e um sorriso estranho, humilde e quase inconsciente vagueava sobre os seus lábios. As ideias se confundiam. Meditativo, atravessou a porta da rua.

– Olhem, aqui está! – gritou uma voz forte, e ele ergueu a cabeça.

O porteiro estava parado diante do seu cubículo e apontava para um indivíduo que lhe era desconhecido, baixinho, com uma cara de operário, que vestia uma espécie de bata, com colete, e que, de longe, se parecia muito com uma mulher. A cabeça, coberta por um gorro sebento, pendia para baixo e ele parecia corcunda. A sua cara decrépita, enrugada, indicava mais de cinquenta anos; os olhos pequeninos, encovados, tinham um ar agastado, severo e descontente.

– Que há? – perguntou Raskólhnikov aproximando-se do porteiro.

O operário olhou-o de soslaio e ficou a mirá-lo de alto a baixo, sem pressa, depois do que deu meia-volta devagarinho e, sem dizer uma palavra, saiu do pátio da casa para a rua.

– Mas de que se tratava? – perguntou Raskólhnikov.

– É que esse indivíduo veio perguntar se morava aqui um estudante com o seu nome e sobrenome, e com quem vivia. Foi nesse momento que o senhor apareceu, eu o indiquei, e ele se foi. Mais nada!

O porteiro também estava um pouco hesitante, embora a sua perplexidade tivesse durado pouco, porque, depois de ter pensado no que aconteceu mais uns momentos, deu meia-volta e entrou outra vez no seu cubículo.

Raskólhnikov pôs-se a andar atrás do operário e viu imediatamente que ele atravessava para a outra calçada, com o mesmo andar compassado e lento de antes, os olhos fixos no chão e como se pensasse em alguma coisa. Não tardou a alcançá-lo; mas foi seguindo-o durante algum tempo, até que, finalmente, emparelhou com ele e olhou-o de soslaio no rosto. O outro percebeu, lançou-lhe um olhar rápido mas tornou imediatamente a fixar os olhos no chão, e assim andaram durante um minuto um ao lado do outro e sem dizerem uma palavra.

– O senhor perguntou por mim... ao porteiro? – disse, finalmente, Raskólhnikov, mas em voz não muito alta.

O homem não respondeu e sequer olhou para ele. Continuaram outra vez em silêncio.

– Então o senhor... vai perguntar por mim... e agora se cala... que significa isto? – e a voz de Raskólhnikov era entrecortada, poderia se dizer que as palavras não queriam sair da sua boca.

Dessa vez o homem ergueu os olhos e fixou em Raskólhnikov o olhar mais sombrio e colérico.

– Assassino! – exclamou de repente, numa voz calma, mas clara e distinta.

Raskólhnikov ia andando ao seu lado. Suas pernas fraquejaram de repente, terrivelmente, um arrepio correu pelas suas costas e pareceu-lhe que o coração ia parar num instante, como se o tivessem arrancado do seu lugar. Caminharam assim uns cem passos, um junto do outro, e outra vez em silêncio.

O homem não olhava para ele.

– Mas por que o senhor diz... que...? Quem é o assassino? – murmurou Raskólhnikov numa voz quase imperceptível.

– O assassino és tu! – disse o outro numa voz ainda mais clara e enérgica, e, com um certo sorrisinho de ódio triunfante, tornou a olhar para o pálido rosto de Raskólhnikov e para os seus olhos agonizantes.

Chegaram ambos ao mesmo tempo a uma encruzilhada. O homem entrou pela rua da esquerda e não voltou os olhos. Raskólhnikov ficou parado no seu lugar e seguiu-o durante muito tempo com o olhar. E viu como o outro, depois de ter andado uns cinquenta passos, deu meia-volta e ficou olhando para ele, que continuava ainda imóvel no mesmo lugar. Teria sido impossível distingui-lo bem, mas a Raskólhnikov pareceu que o outro sorria também, dessa vez com um sorriso de ódio frio e de triunfo.

Com passos lentos, inseguros, de joelhos trêmulos e tremendo todo de espanto, Raskólhnikov fez meia-volta e dirigiu-se para o seu buraco. Tirou o gorro, colocou-o sobre a mesa e durante dez minutos permaneceu de pé, imóvel. Depois, sem forças, se deitou sobre o divã e, como um doente, se estendeu sobre ele com um fraco gemido; seus olhos se fecharam. Devia ter ficado assim deitado uma meia hora.

Não pensava em nada. Vinham-lhe apenas fragmentos de ideias, visões sem ordem nem coerência... Caras de pessoas que tinha visto quando criança ou encontrara em algum lugar apenas uma vez e que nunca recordara; o campanário da igreja de V***; o bilhar de certa taberna e certo oficial junto do bilhar, cheiro de tabaco de alguma loja de venda a varejo, num saguão, a escada negra de algum estabelecimento de bebidas, completamente às escuras, toda manchada de águas sujas e semeada de cascas de ovos, enquanto ao longe se ouvia o badalar dos sinos dominicais... os objetos mudavam e se sucediam num torvelinho. Alguns eram agradáveis e tentou se agarrar a eles, mas eles se extinguiam e, de maneira geral, qualquer coisa o oprimia por dentro, embora não muito. Às vezes até se sentia bem... Um ligeiro tremor não o deixava, e até essa sensação se tornava agradável.

Ouviu os passos apressados de Razumíkhin e a sua voz; fechou os olhos e fingiu que dormia. Razumíkhin entreabriu a porta e permaneceu uns momentos ali, indeciso. Depois, entrou devagarinho no quarto e se aproximou do divã com muito cuidado. Ouviu-se um murmúrio de Nastássia:

– Não o acordes; deixa-o dormir; comerá depois...

– Tens razão – respondeu Razumíkhin.

Saíram ambos com muito cuidado e fecharam a porta. Decorreu outra meia hora. Raskólhnikov abriu os olhos e se deixou cair outra vez sobre o divã, segurando a cabeça por trás, com as duas mãos.

"Quem seria? Quem seria esse homem saído do nada? Onde estava e o que viu? Viu tudo, disso não há dúvida. Mas onde é que estava e de onde é que olhava? E por que só agora é que surgiu de debaixo da terra? E o que ele podia ter visto...

por acaso era possível ver alguma coisa?... Hum! – continuou Raskólhnikov tiritando e estremecendo – e o estojo que Nikolai encontrou atrás da porta, seria possível isso? E as provas? Basta nos esquecermos de uma insignificância... e a prova se transforma numa pirâmide egípcia! Nem uma mosca voando podia ter visto! Deve ser isto!"

E sentiu de repente, com aborrecimento, que desfalecia, mas apenas fisicamente.

"Eu devia saber", pensou com um sorriso amargo, "e como me atrevi, sabendo como sou, pressentindo-me, a brandir a machadinha e a derramar o sangue? Eu tinha a obrigação de saber antècipadamente... Ah! Mas eu já sabia de antemão!", balbuciou, desolado.

Por um momento, ficou imóvel perante certa ideia.

"Não, esses indivíduos não são feitos dessa massa; o verdadeiro dominador, ao qual tudo é permitido, bombardeia Toulon, assola Paris, esquece o seu exército no Egito, aniquila meio milhão de soldados na retirada de Moscou e livra-se de dificuldades com um aforismo em Vilna[6]; e, no entanto, depois de morto levantam-lhe estátuas... Ao que parece, tudo lhe era permitido. Não, esses seres, pelo visto, não são feitos de carne e osso, mas de bronze!"

De súbito, uma ideia insignificante quase o fez sorrir.

"Napoleão, as pirâmides, Waterloo... e uma imunda e estúpida viúva de assessor, uma velhinha, uma usurária, com um cofre vermelho debaixo da cama... Como fazer tragar isto, mesmo a um Porfíri Pietróvitch? Como podiam tragá-lo? Até a estética o impedia. Um autêntico Napoleão se meteria debaixo da cama de uma velhota? Ora, fora daqui, porcalhão!"

Havia momentos em que parecia delirar: caía num estado de espírito febrilmente triunfal.

"Isso da velha é um absurdo!", pensava com veemência, de vez em quando. "Isso da velha é um erro, não pode se tratar dela. A velha estava simplesmente doente... Eu não queria mais nada senão passar o mais depressa possível por cima do obstáculo... Eu não matei nenhuma pessoa humana; apenas matei um princípio. Um princípio, foi o que eu matei; mas saltar o obstáculo, não saltei; fiquei do lado de cá... Não soube

6. Referência à frase proferida por Napoleão em Vilna (Rússia): "Entre o grandioso e o ridículo, há apenas um detalhe". (N.E.)

fazer mais nada senão matar. E nem sequer isso soube fazer, ao que parece. Um princípio? Por que, há pouco, esse imbecil do Razumíkhin recriminava os socialistas? São pessoas que gostam do trabalho e são comerciantes... ocupam-se da felicidade universal... Não, para mim só dão uma vida, e não terei outra, eu não quero esperar pela felicidade universal. Eu quero viver, eu, senão, mais vale não viver. O quê! Eu não queria passar em frente de uma mãe famélica, apertando na mão o meu único rublo, à espera da felicidade universal. Acarretarei, que diabo!, uma pedra para a felicidade universal, e assim gozarei a paz do coração. Ah, ah! Por que se esqueceram de mim? Reparem que só tenho uma vida e que quero vivê-la... Ah, eu sou um piolho estético, e nada mais", acrescentou, começando de repente a rir como um demente. "Sim, eu sou, de fato, um piolho", continuou, apoderando-se com uma alegria maliciosa dessa ideia, esquadrinhando-a, jogando e divertindo-se com ela, "em primeiro lugar, só pelo fato de estar discorrendo, agora, a propósito disso – de que era um piolho – e em segundo, porque durante um mês inteiro andei incomodando a Providência, que é infinitamente boa, tomando-a por testemunho de que eu não urdia tramas nem planos para meu proveito, que diabo!, mas apenas com os olhos num fim magnífico e simpático... Ah, ah! Além disso, em terceiro lugar, porque, com a maior justiça possível, me propus manter uns certos limites: de todos os piolhos escolhi o menos útil, e quando o matei apenas tomei dele exatamente aquilo de que eu precisava para dar o primeiro passo, nem mais nem menos (o resto iria parar no mosteiro, conforme o seu testemunho)... Ah, ah, ah! Depois, porque sou realmente um piolho", acrescentou, rangendo os dentes, "porque talvez eu mesmo seja um piolho ainda mais repugnante e indigno do que o piolho assassinado, e já de antemão tinha o pressentimento de que havia de dizer a mim próprio tudo isto depois de ter assassinado. Mas há alguma coisa que possa se comparar com este horror? Oh, vulgaridade! Oh, baixeza! Oh, e como eu compreendo o profeta, com a sua espada, a cavalo: é Alá que o manda, e inclina-se a trêmula criatura e... livra-te de desejar... porque isso não é da tua conta! Oh, por nada deste mundo, por nada deste mundo perdoarei a velhota!"

Tinha os cabelos encharcados em suor, os lábios trêmulos e secos, o olhar fixo apontando para o teto.

"Minha mãe, minha irmã, como amei vocês! Por que lhes odeio, agora? Sim, odeio-as, com um ódio físico, não posso suportá-las ao meu lado... Há pouco me aproximei e beijei minha mãe, me recordo... Abraçá-la e pensar que se ela soubesse... e se eu lhe tivesse dito tudo, nessa altura? Seria muito próprio de mim... Hum! Ela deve ser como eu", acrescentou, pensando com esforço, como se lutasse contra o delírio que ia se apoderando dele. "Oh, e que ódio eu tenho agora da velhota! Creio que se ela ressuscitasse eu voltaria a matá-la! Pobre Lisavieta. Por que ela apareceu ali? Mas é estranho que eu me lembre tão pouco dela, como se não a tivesse assassinado... Lisavieta! Sônia! Pobres, ingênuas, com uns olhinhos tão doces! Simpáticas! Por que não choram? Por que não se queixam? Dão tudo... têm olhar manso e doce... Sônia, Sônia! Doce Sônia!"

Perdeu os sentidos; pareceu-lhe estranho não compreender como é que conseguira chegar à rua. A tarde ia já avançada. As sombras adensavam-se, a lua cheia resplandecia cada vez mais radiante, mas no ambiente havia uma espécie de incandescência sufocante; as pessoas andavam em grupos pelas ruas; operários e homens atarefados voltavam para as suas casas, outros passeavam, cheirava a cal, a pó, a água estagnada. Raskólhnikov triste e pensativo; lembrava-se muito bem que saíra de casa com alguma intenção, que tinha de fazer alguma coisa e rápido, só que... que tinha se esquecido. De repente parou e viu que do outro lado da rua, na calçada, um homem estava parado e fazia sinais com a mão. Dirigiu-se para ele atravessando a rua; mas, de repente, o indivíduo deu meia-volta e se afastou, como se não tivesse dado por nada, de cabeça baixa, sem voltar os olhos e sem dar o menor sinal de tê-lo chamado.

"Mas, vamos lá, o senhor não me chamou?", pensou Raskólhnikov, e, no entanto, lançou-se no seu encalço. Ainda não tinha dado dez passos quando, de repente, o reconheceu e ficou assustado: era o mesmo operário de antes, com a mesma bata e a mesma corcunda. Raskólhnikov seguia-o a distância, seu coração pulsava: chegaram a uma ruela... O homem não se voltou.

"Pode ser que não tenha percebido que eu estou atrás dele", pensava Raskólhnikov. O homem atravessou o portão de uma grande casa. Raskólhnikov apressou-se a alcançar a porta e ficou olhando; não voltaria para olhá-lo e não o chamaria? De fato, depois de ter atravessado o portão e entrado no pátio, o homem voltou-se e pareceu outra vez chamá-lo com a mão. Raskólhnikov atravessou imediatamente o portão, mas o homem já não estava no pátio. Com certeza devia ter entrado imediatamente e começado a subir o primeiro lance da escada. Raskólhnikov seguiu-o. De fato, dois lances mais acima ainda se ouviam os passos lentos, cadenciados, de alguém. Coisa estranha: parecia-lhe que conhecia aquela escada. Aquela é a janela do primeiro andar: triste e misteriosa, a luz da lua filtra-se pelos vidros: já estão no segundo andar. Ah! Este é o mesmo andar em que trabalhavam os pintores... Como é que não reconheceu imediatamente? Os passos de homem que iam à frente sumiram. Naturalmente parou ou se escondeu em algum lugar. Este é o terceiro andar; continuemos. Que silêncio... É até espantoso... Mas ele continuou andando. O ruído dos seus passos o assustava e o sobressaltava. Santo Deus, que escuridão! O homem se escondeu por aí, com certeza, em qualquer canto. "Ah! a porta do quarto está escancarada." Refletiu um pouco e entrou. O vestíbulo estava muito escuro e deserto; nem vivalma, como se tivessem levado tudo; devagarinho, nas pontas dos pés, entrou na sala; todo o quarto estava iluminado pelo brilho da lua; estava tudo como antes: as cadeiras, o espelho, o divã amarelo e os quadros nas suas molduras. Uma lua enorme, redonda, de um vermelho acobreado, espreitava diretamente pela janela. "Todo este silêncio é por causa da lua", pensou Raskólhnikov, "com certeza ela deve estar decifrando algum enigma." Parou e esperou, esperou durante muito tempo; e quanto mais silenciosa estava a lua, com mais força lhe palpitava o coração, até ao ponto de incomodá-lo. E tudo em silêncio. De repente se ouviu um pequeno ruído seco, instantâneo, como se tivesse saltado uma lasca de lenha, e outra vez tudo voltou a ficar mergulhado em silêncio. Uma mosca desequilibrada se chocou, de súbito, durante o seu voo, com o espelho e cambaleou, machucada. Nesse momento, num canto entre o armário e a janela, distinguiu uma espécie de capa de mulher pendurada na parede. "O que esta capa está fazendo aqui?", pensou. "Antes não estava aqui." Aproximou-se devagarinho e imaginou que atrás daquela capa alguém se escondia. Cautelosamente, afastou a capa com a mão e viu que havia uma cadeira ali, e na cadeira, num cantinho, estava sentada uma velhinha, toda curvada e com a cabeça baixa, de maneira que ele não podia ver a sua cara, mas era a mesma. Ficou parado diante dela. "Está com medo", pensou. Tirou devagarinho a machadinha do nó corredio e descarregou-a sobre a velha, na sombra, uma e outra vez. Mas, coisa estranha: ela nem sequer estremecia debaixo dos golpes, como se fosse feita de pau. Ele se assustou, se agachou mais e se pôs a olhar para ela; mas ela, por sua vez, se agachou também. Então ele se pôs completamente de cócoras no chão e, de baixo, olhou-a no rosto; olhou-a e ficou duro de espanto: a velha continuava sentada, e ria... retorcia-se num riso abafado, inaudível, esforçando-se de todos os modos para que não a ouvissem. De repente, pareceu-lhe que a porta do quarto se abria suavemente e que ali dentro também soavam risos e murmúrios. A raiva se apoderou dele: pôs-se a bater na cabeça da velha com todas as forças; mas, a cada machadada, mais e mais fortes soavam os risos e os murmúrios no quarto, e a velha continuava a se retorcer toda de riso. Pôs-se a correr, mas o vestíbulo já estava cheio de gente; a porta do andar, aberta de par em par, e, no patamar, na escada e lá embaixo, tudo cheio de gente, cabeça contra cabeça, todos a olharem, mas todos escondidos e esperando em silêncio... Sentiu o coração oprimido, seus pés paralisaram, criaram raízes na terra... Quis gritar... e acordou.

Respirou ruidosamente; mas, coisa estranha, parecia que continuava sonhando: a porta do quarto estava aberta de par em par e junto dos gonzos estava parado um homem que lhe era completamente desconhecido e que o mirava de alto a baixo. Raskólhnikov mal tivera tempo para abrir completamente os olhos, mas voltou a fechá-los. Estava estendido de boca para cima e não se mexeu.

"Será que o sonho continua?", disse, e, pouco a pouco, com muito cuidado, foi erguendo outra vez as pestanas para olhar: o desconhecido permanecia no mesmo lugar e continuava olhando-o. De repente, transpôs o limiar da entrada, fechou a porta atrás de si, com muito cuidado, aproximou-se da mesa, esperou um minuto sem deixar de olhá-lo durante todo esse tempo, e, devagarinho, sem ruído, sentou-se numa cadeira, junto do divã; pôs o chapéu de lado, no chão, e colocou as duas mãos no pomo da bengala, apoiando depois o queixo sobre as mãos. Era evidente que se propunha a esperar muito tempo. Tanto quanto era possível ver através das pálpebras fechadas, verificou que aquele homem já não era jovem, mas era forte e tinha uma barba espessa, loura, quase branca...

Decorreram dez minutos. Ainda havia luz, mas a noite já estava próxima. Reinava um silêncio absoluto no quarto. Na escada também não se ouvia o menor ruído. Apenas volteava e zumbia por ali um moscão, que se chocava com o espelho nos seus volteios. Até que isso acabou por se tornar insuportável. Subitamente, Raskólhnikov ergueu-se e sentou-se no divã.

– Bem, diga, o que deseja?

– Eu já sabia que o senhor não estava dormindo, mas que fingia estar dormindo – respondeu o desconhecido de maneira estranha, sorrindo placidamente. – Permita que me apresente: Arkádi Ivánovitch Svidrigáilov...

Quarta Parte

CAPÍTULO I

"Será que o sonho continua?", tornou a pensar Raskólhnikov. Cauto e receoso, olhava para o visitante inesperado.

– Svidrigáilov? Que absurdo! Não pode ser! – exclamou finalmente em voz alta, perplexo.

Segundo parece, aquela exclamação não surpreendeu o visitante.

– Vim vê-lo por dois motivos; primeiro, porque desejava conhecê-lo pessoalmente, pois há algum tempo que ouço coisas muito curiosas e interessantes a seu respeito, e segundo, porque tenho a convicção de que não se negará a me prestar auxílio num caso que afeta diretamente a sua irmã Avdótia Românovna. Sozinho e sem qualquer recomendação, eu teria probabilidades de ser posto na rua por ela, ao passo que, devido a certos preconceitos, graças ao seu auxílio, eu conto, pelo contrário, que...

– Não conte com isso – atalhou Raskólhnikov.

– Elas chegaram ontem mesmo. Desculpe-me a pergunta... não é verdade?

Raskólhnikov não respondeu.

– Foi ontem, eu sei. Olhe, eu também só estou aqui há dois dias. Bem, preste atenção no que eu tenho a dizer a esse respeito, Rodion Románovitch; mas permita que lhe pergunte: que há de especialmente criminoso em tudo isto, do meu lado, quero dizer, sem preconceitos, usando só a razão?

Raskólhnikov continuou a contemplá-lo em silêncio.

– Eu sou aquele que perseguiu, na sua própria casa, uma moça indefesa e que a ofendeu com as suas feias propostas... Não é assim? (Eu mesmo me antecipo.) Mas basta que o senhor leve em conta que eu sou homem *et nihil humanum*... enfim, eu também sou capaz de me apaixonar e de amar (o que, não há dúvida, independe da nossa vontade), de maneira que assim tudo se explica muito naturalmente. Eis o problema: eu sou o algoz ou sou a vítima? Mas que vítima? Repare que eu, ao propor à minha adorada que fugisse comigo para a América ou para a Suíça, posso ter feito isso com os sentimentos mais respeitosos e até pensasse que, assim, faria a felicidade dos dois. A razão, como vê, está a serviço da paixão, mas faça a justiça de admitir que era possível que eu fosse aquele que teria mais a perder...

– Não é disso que se trata, de maneira nenhuma – atalhou Raskólhnikov com repugnância –, mas simplesmente de que, tenha ou não razão, o senhor é antipático, e eu não quero conviver com o senhor e vou expulsá-lo neste momento, por isso vá...

De repente, Svidrigáilov desatou numa gargalhada.

– Não há quem faça nada com o senhor! – exclamou, rindo francamente. – Eu pensava em me valer da astúcia das meias-palavras, mas o senhor acertou em cheio de uma só vez.

– Mas o senhor continua a empregar a astúcia.

– O quê? O que o senhor está dizendo? – respondeu Svidrigáilov, rindo às gargalhadas. – Olhe, isto é *bonne guerre*[1], o que se chama uma astúcia legítima... Mas a verdade é que o senhor me interrompeu. E insistirei de novo em que nada teria acontecido se Marfa Pietrovna não se encontrasse, por acaso, no jardim.

– Segundo dizem, foi o senhor também quem matou Marfa Pietrovna – atalhou Raskólhnikov, mal-humorado.

– Mas ouviu dizer isso? Embora, afinal, como não iria ouvir? Bem, à sua primeira pergunta, francamente, não sei como responder, ainda que tenha a consciência muito tranquila. Isto é, não vá pensar que eu corro algum perigo por causa disso, tudo foi feito na maior ordem e com absoluta exatidão: a investigação médico-legal declarou uma apoplexia em consequência de um banho frio tomado depois de uma refeição abundante, durante a qual bebeu quase uma garrafa inteira de aguardente; não foi possível provar mais nada, mais nada... Repare no que eu dizia a mim mesmo, durante o caminho, sentado na carruagem do comboio: "Será que eu contribuí para toda essa... desgraça, moralmente, com algum desgosto ou com qualquer outra coisa do gênero?". Mas acabei por chegar à conclusão de que também não podia se tratar disso, de maneira nenhuma.

Raskólhnikov pôs-se a rir.

– Está se arrependendo?

– Por que o senhor ri dessa maneira? Eu só bati nela duas vezes com um chicote, de maneira que não ficaram marcas... Faça o favor de não me tomar por um cínico, eu sei muito

---

1. Uma guerra justa.

bem que isso não foi certo, e tudo o mais, mas sei também que Marfa Pietrovna ficava muito contente com esse meu divertimento, vamos chamá-lo assim. Ela espalhou essa história a respeito de sua irmã por toda a cidade. No terceiro dia, Marfa Pietrovna teve de ficar em casa: não tinha com que se apresentar na cidade e, além disso, tinha aborrecido todos com aquela sua cartinha. (Não ouviu falar da leitura dessa carta?) E, de repente, essas duas chicotadas caíram do céu. A primeira coisa que fez foi mandar atrelar a carruagem... E isso para não dizer que há certas ocasiões em que agrada muito, mas muito, à mulher que a ofendam, apesar de todo o seu aparente aborrecimento. Todas elas passam por situações semelhantes; de maneira geral, ao homem também agrada muito, muito, que o ofendam: não tem observado? Bem, mas isso agrada sobretudo às mulheres. Até se pode dizer que é só assim que conseguem matar o tempo.

Houve um momento em que Raskólhnikov pensou em se levantar, sair correndo e dar assim por terminada a conversa. Mas a curiosidade e até uma certa intenção o detiveram.

– Gosta de usar o chicote? – perguntou com ar distraído.

– Não, nem por isso – respondeu Svidrigáilov tranquilamente. – Mal o usei com Marfa Pietrovna. Nós nos dávamos muito bem e ela estava sempre satisfeita comigo. Em sete anos de casados só devo ter aplicado o chicote nela umas duas vezes (para não falar de um terceiro caso, aliás, bastante ambíguo): a primeira vez foi depois de dois meses de casados, assim que chegamos à aldeia, e a outra, esta última, a de agora... Mas o senhor deve estar imaginando que eu era um monstro, um retrógrado, um partidário da escravatura? Ah, ah! A propósito, o senhor não se lembra, Rodion Románovitch, que há uns anos, ainda nos tempos da bendita liberdade de imprensa, difamaram pública e literariamente um nobre – cujo nome me esqueci – por ter batido numa alemã, num carro do trem? Não se lembra? Nessa época, no mesmo ano, houve aquele "horrível incidente do século[2]" (bem, as *Noites Egípcias*, leitura pública, lembra-se?). Olhos negros! Oh! Onde estás, tempo áureo da nossa mocidade? Bem, pois ouça a minha opinião: por esse cavalheiro que surrou uma alemã, não tenho eu a menor sim-

2. Título de um artigo de M.L. Mikháilov, propagandista da emancipação da mulher. (N.E.)

patia, por que, no fundo, eu teria? No entanto, ainda assim não posso deixar de reconhecer que às vezes se veem umas alemãs tão provocantes, que afirmo não existir um só progressista que pudesse se considerar seguro. Não era deste ponto de vista que as pessoas olhavam então as coisas, mas, no entanto, é o verdadeiro ponto de vista humano, não é verdade?

Depois de ter falado isso, de repente, Svidrigáilov irrompeu numa gargalhada. Raskólhnikov compreendeu que aquele homem estava firmemente decidido a fazer alguma coisa e que conseguiria.

– Com certeza há alguns dias seguidos que o senhor não fala com ninguém, não é verdade? – perguntou-lhe.

– Quase. Mas está de fato admirado com a minha complacência?

– Não, não me admira que tenha tanta complacência.

– Isso é porque eu me ofendi com a grosseria das suas perguntas? É por isso? Sim, mas por que se ofenderia? Eu lhe respondi de acordo com as suas perguntas – acrescentou, com uma surpreendente expressão de deboche. – Veja: nada me interessa, pessoalmente, juro por Deus – continuou, como se meditasse. – Particularmente agora, quase que não tenho nada para fazer... Aliás, o senhor está no seu direito de pensar que eu procuro lisonjeá-lo, ainda mais que comecei dizendo que tenho um assunto para tratar, a respeito da sua irmã... Mas confesso, francamente, ando muito aborrecido. Sobretudo nos últimos três dias, e fiquei muito contente por tê-lo encontrado... Não se aborreça, Rodion Raskólhnikov, mas, não sei por que, o senhor me parece muito estranho. Diga o que quiser, mas aconteceu alguma coisa com o senhor e, agora, quer dizer, não propriamente neste momento, mas de maneira geral, agora... Bem, não vou continuar, não vou continuar, não franza o cenho. Olhe que eu não sou nenhum urso, como posso parecer.

Raskólhnikov olhou para ele sombriamente.

– Pode ser que, realmente, o senhor não seja um urso – disse. – Me parece que o senhor é uma pessoa de boa sociedade, ou que pelo menos saberia, em certas circunstâncias, se portar como uma pessoa distinta.

– Não se esqueça de que a opinião dos outros não me interessa – respondeu Svidrigáilov secamente e até com um toque de altivez. – E por que uma pessoa não seria vulgar, quando estas maneiras são tão convenientes para o nosso país e... sobretudo, quando, por inclinação natural, uma pessoa já tem propensão para isso? – acrescentou, pondo-se outra vez a rir.

– Mas eu ouvi dizer que o senhor tinha muitas amizades aqui. O senhor não é o que se diz um homem sem relações. Sendo assim, porque o senhor veio me procurar?

– Nisso tem o senhor razão, eu tenho amigos – concordou Svridigáilov, deixando sem resposta o ponto mais importante. – Já os encontrei, ando há três dias passeando pelas ruas, reconheço os outros, e eles, pelo visto, também me reconhecem. Não há dúvida de que ando bem-vestido e passo por uma pessoa endinheirada; repare, a reforma agrária me respeitou, ainda me restam bosques e prados, que me dão um certo rendimento, mas... não reatarei antigas relações, já estava farto delas antes, já estou no terceiro dia e não me apresentei a ninguém... Para isso esta cidade é boa! Sabe me dizer como é que ela se formou? Cidade de empregados e de seminaristas de todo tipo? Para dizer a verdade, eu não reparei muito bem quando estive aqui, há uns oito anos... Mas agora todas as minhas esperanças se resumem na anatomia, felizmente.

– Em qual anatomia?

– Refiro-me a esses clubes, a esses restaurantes e, além disso, ao progresso... Bem, isso será quando já tivermos morrido – continuou, outra vez sem dar importância à pergunta. – Mas, no fim de tudo, é um prazer fazer trapaça no jogo!

– Então o senhor também é trapaceiro?

– Ah, não! Éramos um grupo notável, há uns oito anos, passávamos o tempo, e repare, éramos todos pessoas finas: poetas, empresários. De maneira geral, cá entre nós, os russos que têm os modos mais finos são aqueles que levaram pancada... Já reparou nisso? Olhe, agora eu me aproximei um pouco do povo. Mas, naquele tempo, um certo grego de Nietchin quis me meter na prisão por ser caloteiro, foi então que Marfa Pietrovna apareceu, e teve de entrar em contato com o meu credor e resgatou a minha dívida por trinta mil rublos de prata (eu devia sessenta mil ao todo). Me uni a ela por legítimo matrimônio e ela me levou imediatamente para a aldeia, como se eu fosse um tesouro. Era cinco anos mais velha do que eu. Gostava muito de mim. Durante sete anos não saí da aldeia. E repare que ela guardou a vida toda o documento contra mim, em outro nome, no valor de trinta mil rublos, caso eu tentasse alguma vez sacudir o jugo, então poderia logo colocar as mãos em mim. E teria feito isso! Essas coisas acontecem às mulheres todas ao mesmo tempo.

– Mas se não fosse esse documento, o senhor teria ido embora?

– Não sei como lhe responder. Aquele documento não me preocupava muito. Eu não tinha vontade de ir para nenhum lugar, e isso apesar de Marfa Pietrovna, vendo que eu me aborrecia, ter me oferecido duas vezes uma viagem ao estrangeiro. Mas o quê! Eu já tinha estado no estrangeiro e sempre me aborreci muito lá. Não que me aborrecesse verdadeiramente, mas depois de já ter visto o nascer do sol, o golfo napolitano, o mar, uma certa tristeza se apodera de nós. E o mais desagradável é que, de fato, por que a pessoa entristece? Não, estamos melhor na nossa terra; aqui, ao menos, coloca-se a culpa de tudo nos outros e a pessoa se sente justificada. Eu, agora, de boa vontade iria ao Polo Norte, porque *j'ai le vin mauvais*[3], a vodca não me agrada e, fora a bebida, nada mais me resta. E a propósito: dizem que no domingo Berg[4] subirá num globo enorme, no jardim de Iusúpovski, e que aceitará passageiros por uma determinada quantia. Será verdade?

– O quê? O senhor estaria disposto a subir?

– Eu? ... sim... – murmurou Svidrigáilov, como se de fato estivesse afundado em meditações.

"Mas qual será, no fundo, a sua ideia?", pensou Raskólhnikov.

– Não, esse documento não me preocupava – continuou Svidrigáilov, pensativo. – É que eu não queria deixar a aldeia. Além disso, há coisa de um ano, na época do meu aniversário, Marfa Pietrovna me entregou o documento com o dobro da quantia declarada nele. Porque fique sabendo o senhor que ela tinha posses. "É para que vejas a confiança que tenho em ti, Arkádi Ivánovitch", disse ela. Não acredita que ela tenha dito isso? Pois olhe que eu era um honrado proprietário na aldeia, era conhecido nos arredores. Eu também encomendava alguns livros. A princípio, Marfa Pietrovna não se importou, mas depois chegou a ter medo que eu me enfronhasse demais no estudo.

---

3. Não me dou bem com vinho.

4. Berg era um conhecido aeronauta de Petersburgo. (N.E.)

– Mas, ao que parece, a morte de Marfa Pietrovna o deixou muito aborrecido.

– A mim? Talvez. Pode ser que, de fato, tenha deixado. A propósito: o senhor acredita em aparições?

– Em que aparições?

– Nas aparições! Em quais havia de ser?

– E o senhor, acredita nelas?

– Talvez não acredite, *pour vous plaire*...[5] Isto é, não digo que não...

– Já viu alguma?

Svidrigáilov ficou olhando para ele de uma maneira estranha.

– Marfa Pietrovna se digna a me visitar – declarou, franzindo a boca num sorriso estranho.

– Se digna a visitá-lo?

– Sim, já me apareceu três vezes. A primeira foi no próprio dia do seu enterro, uma hora depois de eu ter voltado do cemitério. Na véspera da minha vinda para cá. A segunda vez foi há três dias, no caminho, ao amanhecer, na pousada da Málaia Víchiera, e a terceira foi há duas horas, no quarto onde estou hospedado, eu estava sozinho.

– Acordado?

– Completamente. Estava acordado, nas três vezes. Ela chega, fala um momento e sai pela porta, sempre pela porta. Até parece que a sinto.

– Eu tinha razão em supor que deviam acontecer coisas desse gênero ao senhor! – exclamou Raskólhnikov de repente, e no mesmo momento ficou espantado por ter dito. Estava muito comovido.

– O quê, o senhor supunha isso? – perguntou Svidrigáilov espantado. – É mesmo? Eu não lhe disse que nós tínhamos alguma coisa em comum?

– O senhor não disse nada disso! – respondeu Raskólhnikov com brusquidão e veemência.

– Não disse?

– Não.

– Pois me pareceu que tinha dito. Há pouco, quando entrei e o vi estendido, com os olhos fechados e fingindo que dormia... disse logo para mim mesmo: "É ele!".

5. Para lhe agradar.

– Que é isso de "é ele?" A que o senhor se referia? – exclamou Raskólhnikov.

– A quê? De fato, não sei... – respondeu Svidrigáilov com franqueza e como se tivesse ficado confuso.

Ficaram em silêncio durante um minuto. Olhavam um para o outro com os olhos muito abertos.

– Tudo isso é um absurdo! – exclamou Raskólhnikov mal-humorado. – E o que ela diz quando aparece?

– Ela? Pois imagine, diz as coisas mais vulgares, e veja como são as coisas, isso me deixa de mau humor. Da primeira vez (quer saber?, eu estava cansado: as cerimônias religiosas, a missa de réquiem, o enterro, o almoço fúnebre... até que, finalmente, me deixaram só no meu gabinete, acendi um cigarro e comecei a pensar), ela entrou pela porta: "Olhe", disse ela, "Arkádi Ivánovitch, hoje, com tanto que fazer, esqueceu de dar corda no relógio da sala de jantar". De fato, durante sete anos era eu quem dava corda nesse relógio, e quando me esquecia ela me lembrava sempre. No dia seguinte, me pus a caminho daqui. Ao clarear do dia, entro na pousada (eu estava cansado da noite, moído; meus olhos fechavam), tomei um pouco de café, olhei... e vi Marfa Pietrovna sentada junto de mim, com um baralho na mão. "Não queres que coloque as cartas por causa da viagem, Arkádi Ivánovitch?" Ela era mestra em colocar as cartas. Bom, nunca perdoarei a mim mesmo não ter dito que sim. Saí correndo, assustado, e, além disso, é verdade, já se ouvia a campainha dando o sinal da partida. Hoje eu estava sentado, descansando, depois de um péssimo almoço numa taberna, com o estômago pesado... estava sentado, fumando... e, de repente, outra vez me aparece Marfa Pietrovna, toda arrumada, com um vestido novo de seda verde com uma cauda compridíssima: "Bom dia, Arkádi Ivánovitch. Que achas do meu vestido? Aniska não sabia fazêlo assim." (Aniska era a sua costureira lá na aldeia; era filha de antigos servos e aprendera o ofício em Moscou; era uma moça bastante jeitosa.) Parou, deu uma volta diante de mim. Eu examinei o vestido, depois olhei-a atentamente, na cara. "Mas que vontade tu tens", disse eu, "Marfa Pietrovna, de me incomodar com essas ninharias!" "Ah, meu Deus, *bátiuchka*, nem sequer posso te fazer uma pergunta!" Então eu lhe disse, para incomodá-la: "Marfa Pietrovna, eu quero me casar". "Fique sabendo, Arkádi Ivánovitch, que não fica muito bem, com a mulher enterrada ainda há tão pouco tempo, que tornes já a casar. E mesmo que escolhesse acertadamente, isso não ficaria bem nem para ela nem para o senhor: o senhor seria sempre o bobo de toda a gente." Disse isto e desapareceu, e me pareceu ouvir o rumor da sua saia. Que absurdo, não é verdade?

– Mas isso não podia ser tudo mentira? – insinuou Raskólhnikov.

– Raramente minto... – respondeu Svidrigáilov, pensativo, e como se não tivesse, de maneira nenhuma, reparado na grosseria da pergunta.

– E, antes de agora, nunca havia visto aparições?

– Sim... Não, só uma vez na minha vida, há uns seis anos. Foi com Filhka, um servo nosso; mal ele acabara de ser enterrado, gritei, num momento de distração: "Filhka, o cachimbo!"; ele entrou e foi direto ao armário onde eu guardava os cachimbos. Eu continuei sentado e disse comigo mesmo: "Isto é uma vingança", porque um pouco antes da sua morte tivemos uma briga séria. "Como é que te atreves", disse-lhe eu, "a te apresentar diante de mim com os cotovelos rotos? Fora daqui!" Ele deu meia-volta, saiu e não voltou mais. Eu não disse nada a Marfa Pietrovna. Ainda tinha a intenção de mandar rezar uma missa pela alma dele, mas mudei de ideia.

– Devia consultar um médico.

– Mesmo que o senhor não me dissesse, eu sei muito bem que isto é doentio, embora, para dizer a verdade, eu tenha mais saúde do que muita gente. Como o senhor. Eu não lhe perguntei se acreditava ou não que os espíritos apareçam, mas sim se acredita ou não nos espíritos.

– Não, de jeito nenhum! – exclamou Raskólhnikov, até com certa cólera.

– O que costumam dizer, em geral? – murmurou Svidrigáilov, como para si mesmo, olhando de soslaio e baixando um pouco a cabeça. – As pessoas dizem: "Não há dúvida de que tu estás doente, isso que tu imaginas ver é um desvario fantástico". Mas, reparando bem, isso não é rigorosamente lógico. Concordo que os fantasmas só aparecem aos doentes, mas isso só demonstra que os fantasmas não podem aparecer senão para doentes, e não que não existam.

– Com certeza que não existem! – insistiu Raskólhnikov excitado.

– Não? Acha que não? – continuou Svidrigáilov, raciocinando lentamente. – Bem, e se pensássemos desta maneira (Vamos, me ajude!): "As aparições são, por assim dizer, pedaços ou fragmentos de outros mundos, o seu princípio. É claro que o homem são não tem motivo para vê-las, porque o homem são é o homem mais terreno e deve viver uma vida terrestre, em harmonia e ordem. Mas quando adoece, ou quando a ordem terrena se altera no organismo, começa imediatamente a se mostrar a possibilidade de outro mundo, e, quanto mais doente, mais em contato com esse outro mundo ele se encontra, de maneira que, quando morre completamente, o homem vai direto para esse mundo". Há muito tempo que já medito nisso. Se o senhor acredita na outra vida, pode acreditar também nesse raciocínio.

– Eu não creio na outra vida – disse Raskólhnikov.

Svidrigáilov parecia pensativo.

– E se nela não existissem senão aranhas ou outra coisa do gênero, nada mais? – disse de repente.

"Está doido!", pensou Raskólhnikov.

– Para mim a eternidade é uma ideia impossível de compreender, algo enorme, imenso. Mas por que seria precisamente enorme? E, de repente, em vez disso, imagine o senhor que existe lá um quarto, como uma sala de banho em pleno campo, negra de fumaça e com aranhas por todos os lados, e que a eternidade se resumisse a isso. Olhe, eu a imagino muitas vezes assim.

– Mas me diga: não pode imaginar nada mais consolador e justo? – exclamou Raskólhnikov com um sentimento doentio.

– Mais justo? Quem sabe não será isto o justo? Olhe, eu teria feito assim, infalivelmente, intencionalmente – respondeu Svidrigáilov com um vago sorriso.

Um certo frio se apoderou de repente de Raskólhnikov, diante daquela resposta monstruosa. Svidrigáilov ergueu a cabeça, ficou olhando para ele de alto a baixo e, de repente, soltou uma gargalhada.

– Não, o senhor é que pensa isto – exclamou. – Meia hora atrás nós não tínhamos visto um ao outro, éramos inimigos, e estava pendente entre nós um assunto por resolver, e o deixamos de lado e nos pusemos a falar de literatura...

Bem, eu não tinha razão quando lhe disse que éramos frutos da mesma terra?

– Me faça o favor – continuou Raskólhnikov irritado. – Permita que lhe peça que me explique o mais depressa possível e comunique a que devo a honra da sua visita... e... suponha que estou com pressa, que não disponho de tempo, que tenho de sair...

– Muito bem, muito bem. Sua irmã, Avdótia Românovna, vai se casar com o senhor Lújin, com Piotr Pietróvitch?

– Não poderia evitar perguntas a respeito da minha irmã e não pronunciar o seu nome? Eu não compreendo como é que se atreve a mencioná-lo diante de mim, se é, na verdade, o senhor Svidrigáilov!

– Mas eu vim precisamente para falar dela, como é que não vou pronunciar o seu nome?

– Bem, fale, mas seja breve.

– Tenho certeza de que já formou uma opinião acerca desse senhor Lújin, meu parente por parte de minha mulher, se já o viu pelo menos meia hora ou tenha referências seguras e exatas acerca da sua pessoa. Avdótia Românovna não faz um par conveniente com ele. A meu ver, neste assunto, ela está se sacrificando muito generosa e desinteressadamente por... pela família. A mim me pareceu, depois de tudo o que me disseram a seu respeito, que o senhor ficaria muito feliz se conseguisse desmanchar esse casamento sem prejuízo das conveniências. Agora que já o conheço pessoalmente, estou certo disso.

– Tudo isso é muito ingênuo da sua parte; desculpe, quero dizer insolente – disse Raskólhnikov.

– Isso significa que eu tenho cuidado com a minha bolsa. Não se preocupe, Rodion Románovitch, embora eu zele pelos meus interesses, não ia deixar transparecer assim, pois de tolo não tenho nada. A esse respeito, quero lhe expor uma singularidade psicológica. Há pouco, justificando o meu amor por Avdótia Românovna, eu disse que eu mesmo era uma vítima. Bem, pois fique sabendo que agora não sinto nada de amor e isso até me parece estranho, pois, de fato, cheguei a sentir algum.

– Isso é devido à libertinagem e à corrupção – atalhou Raskólhnikov.

– De fato, sou um pervertido e um libertino. Mas na verdade a sua irmã tem tantas boas qualidades, que não pôde deixar de me impressionar. Mas tudo isso é uma bobagem, como eu mesmo vejo agora.

– Faz muito tempo que percebeu isso?

– Já havia notado antes, mas fiquei definitivamente convencido antes de ontem, quase no momento da minha chegada a Petersburgo... Aliás, ainda em Moscou, imaginava que iria pedir a mão de Avdótia Românovna e competir com o senhor Lújin.

– Desculpe interrompê-lo, mas me faça o favor: não poderia abreviar e ir direto ao motivo da sua visita? Estou com pressa, tenho de sair.

– Com o maior prazer. Uma vez aqui, e como resolvi fazer uma certa... viagem, quis tomar as providências indispensáveis. Deixei os meus filhos com a tia: são ricos e não precisam de mim. Além disso, eu sou um bom pai. Fiquei apenas com o que Marfa Pietrovna me deixou há um ano. É o suficiente. Desculpe, já vou entrar no assunto. Antes da viagem, que é possível que não se realize, quero resolver o caso do senhor Lújin. Não é que eu não tenha muita coragem para enfrentá-lo, mas é que foi por culpa dele que eu tive aquele desgosto com Marfa Pietrovna, quando soube que fora ela quem armara esse casamento. O que eu queria, agora, era ter um encontro com Avdótia Românovna, por seu intermédio e, se assim preferir, na sua presença, para lhe dizer que não só não pode esperar a menor utilidade do senhor Lújin, como, pelo contrário, com certeza terá amargos dissabores. Isso, em primeiro lugar, depois queria lhe pedir perdão por todas as recentes contrariedades e, finalmente, pedir-lhe o consentimento para oferecer a ela dez mil rublos e suavizar desta maneira o rompimento com o senhor Lújin, rompimento que ela própria, tenho certeza, provocaria com gosto, se fosse possível.

– Mas o senhor não está verdadeiramente louco? – exclamou Raskólhnikov, mais indignado do que surpreendido. – Como é que o senhor tem o descaramento de falar dessa maneira?

– Eu já sabia que o senhor ficaria espantado com isso; mas, em primeiro lugar, embora eu não seja rico, disponho com toda a liberdade desses dez mil rublos, isto é, não me fazem absolutamente nenhuma falta. Se Avdótia Românovna não os aceitar, talvez eu os gaste mais tolamente. Isto em primeiro lugar. Em segundo, tenho a minha consciência completamente tranquila; ofereço sem nenhum interesse particular, quer acredite ou não; e depois verão que de fato isso é verdade, tanto o senhor como Avdótia Românovna. Tudo porque provoquei um certo desgosto, um dissabor à sua respeitabilíssima irmã; talvez por um sincero arrependimento, desejo cordialmente não compensar, não lhe pagar esses dissabores, mas simplesmente fazer algo em seu proveito, fundamentando-me no fato de que, no fundo, não tenho o privilégio de praticar somente o mal. Ainda que houvesse no meu oferecimento um milionésimo de interesse, não lhe ofereceria agora dez mil, quando há apenas umas cinco semanas lhe ofereci mais. Além do mais é bem possível que, em breve, muito em breve, eu me case com uma moça, e assim toda a suspeita de que eu tento seduzir Avdótia Românovna fica destruída. Por fim, devo dizer que, quando se casar com o senhor Lújin, Avdótia Românovna receberá essa mesma quantia, só que por outra via... Mas não se aborreça, Rodion Románovitch; pense com serenidade e sangue-frio.

Quando disse isso, o senhor Svidrigáilov estava muitíssimo tranquilo e indiferente.

– Peço-lhe que acabe – disse Raskólhnikov. – Isto é de uma insolência imperdoável.

– Nada disso. Será que um homem só pode fazer mal ao próximo, neste mundo, e nem uma amostra de bem, por causa de umas inúteis formalidades convencionais? Isso é absurdo. Repare bem: se, por exemplo, eu morresse e deixasse à sua irmã essa quantia no meu testamento, ela se negaria, então, a aceitá-la?

– Podia ser que sim.

– Não acredito. Mas, ainda que assim fosse! Simplesmente... dez mil rublos... não são de se desprezar. Em todo caso, peço-lhe que transmita a Avdótia Românovna o que acabo de lhe dizer.

– Não tenho intenção de fazer isso.

– Então, Rodion Románovitch, me verei obrigado a ter uma conversa pessoal com ela e provavelmente incomodá-la.

– E se eu me dispusesse a lhe comunicar o que disse, o senhor desistiria dessa conversa pessoal?

– Realmente, não sei o que lhe dizer. Desejava muito vê-la, ao menos uma vez.

– Não conte com isso.

– Isso me dói. Além do mais, o senhor não me conhece. Olhe, talvez possamos nos conhecer mais a fundo.

– O senhor acha que vamos chegar a nos conhecer mais a fundo?

– E por que não? – e o senhor Svidrigáilov sorriu, levantando-se e pegando o chapéu. – Repare: eu não quis incomodá-lo e, quando vim até aqui, não tinha muitas ilusões, embora, no fim das contas, a sua cara tenha me impressionado, esta manhã...

– Onde o senhor me viu esta manhã? – perguntou Raskólhnikov inquieto.

– Por acaso... Tenho a impressão de que o senhor tem alguma coisa de parecido comigo... Além disso, não se preocupe, eu não sou nada inconveniente: tenho convivido com patifes, e para o príncipe Svirbiéi, meu parente afastado, um grande senhor, eu nunca o oborreci, escrevi uns versinhos dedicados à madona de Rafael no álbum da senhora Prilúkova, vivi sete anos com Marfa Pietrovna sem tentar fugir, e dormi um tempo na casa Viásiemski, junto do Mercado do Feno, e é possível que suba no balão de Berg.

– Bem, permita que lhe faça uma pergunta: está pensando em se pôr a caminho?

– A caminho de quê?

– Referia-me a essa viagem... Foi o senhor quem falou nisso.

– Viagem? Ah, sim... De fato lhe falei numa viagem... Isso é uma questão muito importante... Se o senhor soubesse a pergunta que me fez! – acrescentou, e, de repente, desatou num riso ruidoso e breve. – Podia ser que, em vez de viajar, me casasse; apareceu uma noiva.

– Aqui?

– Sim.

– Mas já teve tempo para isso?

– No entanto, desejo ardentemente ver Avdótia Românovna. Suplico-lhe com toda a seriedade. Bem, até a vista! Ah, sim! Já me esquecia! Rodion Románovitch, diga a sua irmã que Marfa Pietrovna lhe deixou no seu testamento um legado de três mil rublos. Isto é absolutamente exato. Marfa Pietrovna fez um testamento uma semana antes da sua morte e na minha presença. Daqui a duas ou três semanas, Avdótia Românovna pode receber essa quantia.

– O senhor está falando a sério?

– A sério. Diga a ela. Pronto, às suas ordens. Olhe, eu não estou longe daqui.

Quando saiu, Svidrigáilov encontrou Razumíkhin à porta.

CAPÍTULO II

São já cerca de oito horas; encaminham-se os dois depressa para a pensão Bakaliéiev, para chegarem lá antes de Lújin.

– Bem, mas quem era esse tipo? – perguntou Razumíkhin, assim que se viu na rua.

– Era Svidrigáilov, o tal burguês em cuja casa ofenderam a minha irmã, daquela maneira que te disse, quando ela trabalhava lá como preceptora. Por causa dos assédios amorosos dele é que ela teve de sair da casa, expulsa pela sua mulher, Marfa Pietrovna. A tal Marfa Pietrovna depois pediu perdão a Dúnia, e agora ela morreu de repente. Já tinham me dito isso quando se referiram a ela. Não sei por que, mas esse homem me inspira muito receio. Veio imediatamente para cá depois do enterro da mulher. É um homem muito estranho e com certeza tem alguma intenção... Parece que sabe alguma coisa... É preciso defender Dúnia dele... Olha, queria te dizer isto, estás ouvindo?

– Defender! Mas o que ele pode fazer contra Avdótia Românovna? Bem, Rodka, agradeço que me fales dessa maneira... Vamos defendê-la, vamos defendê-la! Onde ele mora?

– Não sei.

– Por que não lhe perguntaste? Oh, que pena! Bom, não faz mal, vou me informar!

– Tu o viste? – perguntou Raskólhnikov depois de um breve silêncio.

– Claro que sim; reparei nele, reparei bem.

– Viste-o bem? Viste-o perfeitamente? – insistiu Raskólhnikov.

– Claro que sim, me lembro muito bem dele; eu o reconheceria entre mil, sou bom fisionomista.

Ficaram outra vez calados.

– Hum! É que... – balbuciou Raskólhnikov. – Sabes uma coisa? É que me lembrei... me parece... que tudo isso pode ser apenas uma fantasia.

– O que estás dizendo? Não te compreendo bem.

– Olha, vocês todos – continuou Raskólhnikov franzindo os lábios num sorriso – andam dizendo que eu estou louco, pois também me parece agora que pode ser que eu estivesse louco e tivesse apenas visto um fantasma.

– Mas o que estás dizendo?

– Sim, quem sabe! Pode ser que eu estivesse declaradamente louco e que tudo que aconteceu nestes dias tenha sido unicamente obra da imaginação.

– Ah, Rodka! Já te transtornaram outra vez! O que ele te disse e o que queria?

Raskólhnikov não respondeu, Razumíkhin ficou um momento pensativo.

– Bem, ouve o que vou te contar – começou. – Estive na tua casa: tu dormias. Depois almoçamos e a seguir fui ver Porfíri. Zamiótov está sempre na casa dele. Eu queria começar, mas não me ocorria nada. Não consigo falar de uma maneira positiva. É como se eles não me compreendessem, e não podem compreender, mas não se envergonham de maneira nenhuma. Levei Porfíri até a janela e comecei a lhe falar, mas não achava as palavras apropriadas; ele olhava para um lado e eu para outro. Até que finalmente coloquei um punho no queixo dele e lhe disse que iria parti-lo, como se fosse um parente. Ele ficou olhando para mim e nada. Eu dei uma cuspida e vim embora, não aconteceu mais nada. Uma estupidez completa. E não dei uma palavra com Zamiótov. Mas olha, pensava que tinha posto tudo a perder, quando, já na escada, me ocorreu uma ideia que foi um autêntico bálsamo: por que é que tu e eu andamos metidos nisto? Se tu corresses algum perigo ou qualquer coisa do gênero, então sim, com certeza. Mas o que te importa tudo isto? O que tu tens que fazer é desprezá-los, e depois vamos nos divertir à custa deles. Eu, no teu lugar, me divertiria troçando deles. Iria envergonhá-los! Ao desprezo, que depois poderemos chegar com força neles, e, por enquanto, o melhor é rirmos.

– Pois claro! – respondeu Raskólhnikov. "O que tu dirás quando souberes?" disse consigo. Coisa estranha: até aquele momento, nem uma só vez sequer essa ideia tinha lhe passado pela cabeça. "Que dirá Razumíkhin quando souber?" Depois de ter pensado isso ficou olhando para ele de alto a baixo.

A descrição que Razumíkhin acabara de fazer da sua visita a Porfíri o interessava muito pouco, muitas coisas tinham se passado e continuavam a se passar ainda agora!

No corredor, encontrou-se cara a cara com Lújin; este apareceu às oito em ponto e estava à procura do número, de maneira que entraram os três ao mesmo tempo, mas sem olharem uns para os outros e sem se cumprimentarem. Os rapazes passaram à frente e Piotr Pietróvitch, para se separar deles, entreteve-se um pouco no vestíbulo, tirando o paletó. Pulkhiéria Alieksándrovna veio imediatamente ao seu encontro. Dúnia cumprimentou o irmão.

Piotr Pietróvitch entrou e se inclinou perante as senhoras com muita amabilidade, se bem que com maior gravidade ainda. Aliás, parecia um tanto confuso, como se não tivesse serenado completamente ainda. Pulkhiéria Alieksándrovna, um pouco aturdida também, se apressou a fazê-los sentar em volta do suporte em que o samovar fervia. Dúnia e Lújin acomodaram-se um em frente do outro, nas extremidades da mesa. Razumíkhin e Raskólhnikov ficaram em frente de Pulkhiéria Alieksándrovna. Razumíkhin junto de Lújin, e Raskólhnikov junto da irmã.

Houve um silêncio momentâneo. Sem se apressar, Piotr Pietróvitch puxou o seu lencinho de batista, que exalou uma onda de perfume, e assoou o nariz com o ar de um homem bonachão, se bem que ofendido na sua dignidade e firmemente resolvido a pedir explicações. Tinha lhe ocorrido uma ideia no vestíbulo: não tirar o paletó e ir embora, castigando, assim, severamente as duas mulheres e dando tudo a entender de uma vez. Mas não foi capaz de se decidir. Além disso era homem que não gostava de mistérios e precisava de uma explicação: se não atendiam às suas ordens, de uma maneira tão ostensiva, era porque havia alguma coisa no meio, por isso era preferível tirar as dúvidas o mais depressa possível, haveria muito tempo para dar-lhes o castigo e o tinha na sua mão.

– Espero que tenham feito uma boa viagem – disse, dirigindo-se oficialmente a Pulkhiéria Alieksándrovna.

– Graças a Deus, Piotr Pietróvitch.

– Ainda bem. E Avdótia Românovna, não está cansada?

– Sou nova e forte, não me canso. A mamãe é que se ressentiu com a viagem – respondeu Dúnietchka.

– Que podemos fazer! As nossas estradas de ferro nacionais são tão longas... É grande a nossa "mãezinha Rússia"... como diz o povo. Eu, apesar de todo o meu desejo, não tive tempo para vir visitá-las ontem. Espero, entretanto, que não tenham tido alguma dificuldade maior!

– Ah, não, Piotr Pietróvitch! Estávamos muito aflitas, muito aflitas – apressou-se a confessar Pulkhiéria Alieksándrovna com uma entonação especial –, e se não fosse Deus ter nos enviado ontem Dmítri Prokófitch, não teríamos sequer sabido como resolver o caso. Aqui está o senhor Dmítri Prokófitch Razumíkhin – acrescentou, apresentando-o a Lújin.

– Já tive o prazer... ontem – murmurou Lújin olhando de revés para Razumíkhin, depois que franziu o cenho e se calou. De maneira geral, Piotr Pietróvitch pertencia a essa classe de indivíduos que se mostram extraordinariamente amáveis em sociedade e têm grandes pretensões de sê-lo, mas que, quando uma coisa não lhes interessa, perdem imediatamente todos os seus recursos e ficam mais parecidos com sacos de farinha do que com cavalheiros desenvoltos que amenizam uma reunião. Tornaram todos a ficar calados: Raskólhnikov mantinha um silêncio obstinado, Avdótia Românovna não se decidia a rompê-lo inesperadamente, Razumíkhin não tinha nada para dizer, e tudo isso voltou a inquietar Pulkhiéria Alieksándrovna.

– Marfa Pietrovna morreu, já sabia? – começou, acudindo ao seu recurso principal.

– Sim, já sabia. Soube pelos primeiros boatos, e, além disso, queria agora informá-los que Arkádi Ivánovitch Svidrigáilov se pôs a toda a pressa a caminho de Petersburgo, imediatamente após o enterro da mulher. Pelo menos é o que se conclui de notícias precisas que recebi.

– De Petersburgo? Vem para cá? – perguntou Dúnietchka, inquieta, e trocou um olhar com a mãe.

– Parece que sim e, naturalmente, é desnecessário dizer que, cheio de razões, considerando-se a precipitação da viagem e, de maneira geral, os acontecimentos precedentes.

– Meu Deus! É capaz de não deixar Dúnietchka em paz! – exclamou Pulkhiéria Alieksándrovna.

– Creio que nem a senhora nem Avdótia Românovna têm motivo para ficar assustadas, uma vez que não pretendem manter qualquer espécie de relação com ele. Quanto a mim, ando atrás dele, quero ver se consigo saber onde é que está hospedado...

– Ah, Piotr Pietróvitch, não és capaz de calcular até que ponto me deixaste assustada! – continuou Pulkhiéria Alieksándrovna. – Eu só vi esse homem umas duas vezes, e me pareceu horrível, horrível! Estou convencida de que é ele o culpado da morte de Marfa Pietrovna.

– A respeito desse assunto, não se chegou a nenhuma conclusão. Tenho informações precisas. Não discuto se ele não teria contribuído para acelerar o curso dos acontecimentos, por assim dizer, com a influência moral da ofensa, mas quanto à sua conduta e, de maneira geral, às características morais dele, sou, em tudo, da sua opinião... Não sei se, atualmente, ele está rico, nem sei ao certo o que Marfa Pietrovna lhe deixou, me informaram disto muito depressa, mas uma vez aqui em Petersburgo, não há dúvida de que, se tiver dinheiro, voltará imediatamente a fazer das suas. É o homem mais pervertido e vicioso de todos os indivíduos dessa laia. Tenho grandes razões para supor que Marfa Pietrovna, que teve a infelicidade de se apaixonar por ele e de pagar as suas dívidas, há sete anos, lhe prestou ainda outro grande serviço, em outro ponto: graças unicamente aos seus esforços e sacrifícios um processo criminal de caráter bestial foi interrompido logo no início e, por assim dizer, de uma crueldade fantástica, que poderia muito bem, muito bem mesmo, levá-lo direto à Sibéria. Se queriam conhecê-lo, esse é o homem.

– Ah, meu Deus! – exclamou Pulkhiéria Alieksándrovna.

Raskólhnikov escutava atento.

– É verdade que tem informações precisas sobre isso? – perguntou Dúnia, séria e com ênfase.

– Eu só digo aquilo que a falecida Marfa Pietrovna me contou em segredo. É preciso reparar que, do ponto de vista jurídico, esse assunto é muito obscuro. Segundo parece, uma tal Resslitch, estrangeira e, além disso, agiota em pequena escala, que também tratava de outros assuntos, vivia aqui e continua vivendo. O senhor Svidrigáilov há algum tempo mantinha relações muito íntimas e secretas com essa tal de Resslitch. Morava com ela uma parenta afastada, uma sobrinha, segundo parece, surda-muda, uma mocinha dos seus quinze anos, talvez não tivesse mais de catorze; a tal Resslitch tinha um ódio infinito por ela, jogando na cara até a menor casca de pão que ela comia; era desumana. Um dia encontraram a menina enforcada na água-furtada. Julgaram que se tratava de um suicídio. Depois das investigações próprias do caso, deram o assunto por terminado; no entanto, mais tarde, houve uma denúncia, segundo a qual a mocinha fora objeto de... de um insulto cruel por parte de Svidrigáilov. De fato, tudo isso estava um tanto turvo, a denúncia fora feita por outra alemã, uma mulher de má fama, que não merecia a mínima consideração; finalmente, na realidade, também não houve denúncia; graças aos cuidados e ao dinheiro de Marfa Pietrovna, ficou tudo reduzido a um boato. No entanto, o tal boato era bastante significativo. A senhora, Avdótia Românovna, com certeza ouviu falar da história a respeito do tio Filip, que morreu na casa deles em consequência de maus-tratos há seis anos, ainda no tempo da escravatura.

– Pelo contrário, ouvi dizer que o tal Filip se enforcou.

– De fato, só que foi obrigado ou, melhor dizendo, foi compelido a se matar por causa do sistema de constante perseguição e vexames do senhor Svidrigáilov.

– Não sabia disso – respondeu Dúnia secamente. – Só tinha ouvido uma estranha história a respeito do tal Filip, que ele era um hipocondríaco, uma espécie de filosofastro; as pessoas diziam que ele tinha lido demais e que se enforcara mais por causa das troças do que das pancadas do senhor Svidrigáilov. Mas durante todo o tempo em que estive na casa dele, tratava todos muito bem, e todos tinham até amizade por ele, embora, de fato, o culpassem pela morte de Filip.

– Vejo que a senhora, Avdótia Românovna, se sente desde já inclinada a justificá-lo – observou Lújin franzindo a boca num sorriso ambíguo. – De fato, para as senhoras ele é um homem esperto e sedutor, e Marfa Pietrovna, se não tivesse acabado de morrer de uma maneira tão estranha, poderia dar um lamentável testemunho disso. Eu só queria fazer um favor, à senhora e à sua mãe, com o meu conselho, por causa das novas e sem dúvida eminentes proezas dele. Quanto a mim, estou absolutamente convencido de que esse homem vai parar outra vez, inevitavelmente, na prisão, devido às suas tramoias. Marfa Pietrovna nunca teve a menor intenção de lhe deixar qualquer coisa dos seus rendimentos, por causa dos filhos, e, supondo que tenha deixado alguma coisa para ele, deve ter sido o mais dispensável, pouca coisa, algo de efêmero, que apenas chegará um ano para um homem com os hábitos dele.

– Piotr Pietróvitch, eu te peço – disse Dúnia – que deixe o assunto do senhor Svidrigáilov. Ele me dá pena.

– Há pouco, ele veio me visitar – disse Raskólhnikov de repente, interrompendo o silêncio pela primeira vez.

Ouviram-se exclamações em todos os lados, todos se voltaram para ele. Até Piotr Pietróvitch deu sinais de comoção.

– Há uma hora e meia, quando eu estava dormindo, ele entrou no meu quarto, me acordou e se apresentou – prosseguiu Raskólhnikov. – Parecia bastante despreocupado e alegre, está certo de que seremos amigos íntimos. Entre outras coisas, pediu e quer ter um encontro contigo, Dúnia, e me pediu que servisse de intermediário para esse encontro. Quer te fazer uma proposta, que já expôs a mim. Além disso me comunicou que Marfa Pietrovna, uma semana antes de sua morte, teve tempo de deixar para ti, Dúnia, no seu testamento, três mil rublos, quantia esta que poderás receber dentro de pouquíssimo tempo.

– Louvado seja Deus! – exclamou Pulkhiéria Alieksándrovna e persignou-se. – Reza por ela, Dúnia, reza!

– De fato, isso é verdade – deixou escapar Lújin.

– Bem, bem. E que mais? – disse Dúnietchka apressadamente.

– Depois me disse que não é rico e que deixou todos os seus bens aos filhos, que se encontram atualmente com a tia. Depois disse que está morando perto de mim, só que, onde... não sei, não me perguntem...

– Mas o que ele quer propor a Dúnietchka? – perguntou Pulkhiéria Alieksándrovna, assustada. – Ele te disse?

– Sim, me disse.

– Então, o que é?

– Depois eu te direi. – Raskólhnikov se calou e bebeu o seu chá.

Piotr Pietróvitch puxou o relógio e consultou-o.

– Não tenho outro remédio senão sair para tratar de um assunto, mas não me demoro – disse com um certo ar ofendido e se levantou do seu lugar.

– Fique, Piotr Pietróvitch – disse Dúnia. – Olhe, nós pretendíamos passar a tarde em sua companhia. Além disso, foi o senhor mesmo quem nos disse que desejava uma conversa com mamãe acerca não sei do quê.

– De fato é, Avdótia Românovna – declarou Piotr Pietróvitch com ênfase, tornando a sentar-se, mas sem largar o chapéu. – Efetivamente, eu queria ter uma conversa, tanto com a senhora quanto com a sua respeitabilíssima mãe acerca de pontos importantíssimos. Mas visto que o seu irmão não pode ser mais explícito na minha presença a respeito das propostas do senhor Svidrigáilov, eu também não quero nem posso ser mais explícito... diante de outras pessoas, a respeito de certos assuntos importantíssimos. Além do que ninguém levou em conta o meu pedido, tão importante e categórico...

Lújin fez um gesto de desconsolo e caiu num silêncio solene.

– O seu pedido acerca da presença do meu irmão no nosso encontro não foi atendido unicamente devido à minha insistência – disse Dúnia. – Quando me escreveu, o senhor me disse que meu irmão o ofendera; eu creio que é preciso esclarecer imediatamente esse ponto e que os dois façam as pazes. E se de fato Rodka o ofendeu, então tem a obrigação de lhe pedir e pedirá perdão.

Piotr Pietróvitch recuperou logo o seu ar digno.

– Avdótia Românovna, há ofensas que, por maior que seja a nossa boa vontade, não é possível esquecer. E em tudo há um limite que é perigoso transpor, porque, uma vez transposto, já não há como voltar atrás.

– Eu não estava falando precisamente disso, Piotr Pietróvitch – interrompeu-o Dúnia com certa impaciência. – O senhor há de compreender perfeitamente que todo o nosso futuro depende agora de se esclarecer e de se arranjar tudo o mais depressa possível ou não. Desde já eu lhe digo francamente: não posso ver as coisas de outra maneira, e se o senhor me estima, por pouco que seja, ainda que lhe custe, toda essa história deve acabar hoje. Repito-lhe que, se o meu irmão é culpado, ele lhe pedirá perdão.

– Me admira que ponha a questão nesses termos, Avdótia Românovna – Lújin estava cada vez mais excitado. – Estimando-a e, por assim dizer, adorando-a, eu posso muito bem, ao mesmo tempo, não sentir o menor apreço por qualquer um dos seus parentes. Mesmo aspirando à felicidade da sua mão, eu posso não suportar obrigações incompatíveis.

– Ah, deixe de todos esses melindres, Piotr Pietróvitch! – disse-lhe Dúnia sinceramente – e seja o homem inteligente e digno que sempre considerei e quero continuar a considerar. Eu lhe fiz uma grande promessa: sou sua noiva. Tenha confiança em mim neste assunto e creia que vou me esforçar para julgar imparcialmente. Que eu tivesse de assumir o papel de árbitro foi uma surpresa tanto para o meu irmão como para o senhor. Quando eu o convidei hoje, depois da sua carta, para que participasse sem falta do nosso encontro, não lhe disse nada das minhas intenções. Veja se compreende que, se não se reconciliarem, então me verei obrigada a escolher entre os dois: ou o senhor ou ele. Foi assim que foi posta a questão por sua parte e pela dele. Eu não quero nem devo me enganar na escolha. Por sua causa terei de cortar relações com o meu irmão; por causa do meu irmão terei de romper com o senhor. Eu quero e posso saber agora o que importa: ele é ou não meu irmão? Quanto ao senhor, gosta de mim, me aprecia, é meu marido?

– Avdótia Românovna – disse Lújin em tom de ressentimento –, as suas palavras são muito dignas de meditação, e digo mais: são até ofensivas, dada a posição que tenho a honra de ocupar nas minhas relações com a senhora. E isto para não dizer nada sobre essa insultante ideia de me colocar num mesmo plano com... com um rapaz despreocupado, pois as suas palavras deixam transparecer a possibilidade de uma ruptura da promessa que me fez. A senhora disse: "Ou o senhor ou ele", o que já está demonstrando o pouco que eu significo para si... Eu não posso tolerar isso, dadas as relações... e os compromissos que existem entre nós.

– O quê? – e Dúnia corou. – Então eu ponho o seu interesse no mesmo plano de tudo que tem sido até agora para mim de mais valor nesta vida, que até agora tem constituído a minha vida inteira, e o senhor me ofende assim, de um momento para o outro, dizendo que tenho pouca amizade pelo senhor!

Raskólhnikov sorria sarcasticamente, em silêncio; Razumíkhin encolhia-se no seu lugar; mas Piotr Pietróvitch não admitia réplicas; pelo contrário, tornava-se mais arrogante e irritado a cada palavra, como se estivesse muito à vontade.

– O amor ao futuro companheiro de toda a vida deve se antepor ao amor fraterno – disse sentenciosamente –, e, seja como for, eu não posso me colocar no mesmo plano. Embora eu tivesse dito anteriormente que, na presença de seu irmão, não podia explicar tudo que é preciso e para o que vim, no entanto tenho a intenção, agora, de me dirigir a sua respeitabilíssima mãe em busca de explicação para um ponto muitíssimo importante e que, para mim, considero ofensivo. Sua filha – disse, encarando Pulkhiéria Alieksándrovna – ontem, na presença do senhor Rassúdkin...[6] (é assim? desculpe, esqueci do seu nome) – e fez uma amável referência a Razumíkhin – me ofendeu ao censurar uma ideia minha, que eu comunicara à senhora há tempos, numa conversa particular, depois de termos tomado o café, ou seja, disse que casar com uma menina pobre que já tivesse conhecido as amarguras da vida era, a meu ver, mais conveniente para as relações conjugais do que se casar com uma menina que não as tivesse conhecido, por ser mais útil quanto à moral. O seu filho exagerou intencionalmente o sentido das minhas palavras, me ofendendo ao me atribuir intenções maldosas, e, em minha opinião, apoiado na sua aprovação pessoal. Eu me consideraria feliz, Pulkhiéria Alieksándrovna, se pudesse me convencer do contrário, ficaria muitíssimo tranquilo com isso. Me diga a senhora os termos exatos em que reproduziu as minhas palavras na sua carta a Rodion Románovitch!

– Não me lembro – respondeu, aturdida, Pulkhiéria Alieksándrovna. – Eu disse isso à minha maneira. Não sei como é que Rodka repetiu... Talvez tenha exagerado alguma coisa.

– A não ser por sugestão sua, não podia ter exagerado nada.

– Piotr Pietróvitch – protestou com dignidade Pulkhiéria Alieksándrovna –, a prova de que nem eu nem Dúnia interpretamos mal as suas palavras é estarmos aqui.

---

6. Literalmente: sensato, ponderado. De *rassúdok*, inteligência, juízo, bom-senso. Note-se o evidente propósito do autor nessa deturpação que faz do nome Razumíkhin, de manifestar outra opinião a respeito deste personagem. Já no capítulo III da parte I Dostoiévski recorreu a uma outra deturpação do nome do mesmo personagem.

– Muito bem, mamãe! – disse Dúnia, encorajando-a.

– De maneira que, então, sou eu o culpado! – disse Lújin ressentido.

– Escute, Piotr Pietróvitch: o senhor coloca todas as culpas sobre Rodka, e o senhor mesmo ainda há pouco nos dizia coisas injustas acerca dele na sua carta – acrescentou Pulkhiéria Alieksándrovna, ganhando coragem.

– Não me recordo do que disse de injusto sobre ele.

– Pois disse – declarou bruscamente Raskólhnikov, sem se dirigir a Lújin – que eu, ontem, dei uma quantia não à viúva de um funcionário atropelado, como de fato aconteceu, mas à filha dela (à qual até ontem nunca vira na minha vida). E o senhor disse isso com o objetivo de me indispor com a minha família e ainda com o mesmo fim acrescentou algumas declarações grosseiras acerca da reputação dessa moça, à qual não conhece. Tudo isto é calúnia e maldade.

– Desculpe-me, senhor – respondeu Lújin tremendo de cólera – Na minha carta, eu falei muito acerca das suas qualidades e defeitos unicamente para responder às perguntas que as suas próprias mãe e irmã me fizeram na delas; falei da maneira como o encontrara e da impressão que me causou. Quanto ao que escrevi na minha carta, demonstre o senhor que há uma só linha injusta nela, ou seja, que não é verdade que o senhor deu dinheiro, e que nessa família, por mais desgraçada que seja, não há uma pessoa de conduta indigna.

– Em minha opinião, o senhor, com toda a sua dignidade, não vale o dedo mínimo dessa infeliz moça na qual atira pedras.

– Ora vejamos: será que resolveu introduzi-la no convívio de sua mãe e da sua irmã?

– Se lhe interessa saber, digo-lhe que isso eu já fiz. Já a fiz sentar hoje junto de mamãe e de Dúnia.

– Rodka! – exclamou Pulkhiéria Alieksándrovna.

Dúnietchka corou; Razumíkhin franziu o cenho. Lújin sorriu, sarcástico e altivo.

– Faça o favor de me dizer, Avdótia Românovna, me diga se é possível algum acordo! Espero que, agora, este assunto fique esclarecido e concluído de uma vez para sempre. Vou me retirar para não atrapalhar o andamento ulterior de uma reunião e troca de segredos familiares – levantou-se e pegou o chapéu. – Mas antes, permita-me esclarecer que, daqui por diante, espero poder me considerar a salvo de semelhantes encontros e, por assim dizer, compromissos. É especialmente à senhora, respeitabilíssima Pulkhiéria Alieksándrovna, que dirijo este pedido, pois era à senhora e a mais ninguém que era dirigida a minha carta.

Pulkhiéria Alieksándrovna ficou um pouco ressentida.

– Mas o senhor quer nos ter completamente nas suas mãos agora, Piotr Pietróvitch? Dúnia lhe explicou o motivo por que não atendeu o seu desejo: teve boa intenção. Mas o senhor me escreveu como se me desse ordens. Será que o senhor considera como ordens cada um dos seus desejos? Pois então lhe digo que, pelo contrário, o senhor devia se mostrar agora especialmente delicado e benévolo conosco, uma vez que nós deixamos tudo e viemos para cá por sua causa, e assim estamos quase à sua mercê.

– Isso não é completamente exato, Pulkhiéria Alieksándrovna, sobretudo no momento em que acabam de anunciar a vocês que Marfa Pietrovna lhes deixou três mil rublos no seu testamento, os quais, segundo parece, não podiam ter vindo mais a propósito, como se pode perceber pelo tom que usam para falar comigo – acrescentou Lújin sarcástico.

– A julgar por essa observação, não temos outro remédio senão concluir, de fato, que o senhor contava com o nosso desamparo – observou Dúnia irritada.

– Pelo menos agora não posso contar com isso e, sobretudo, não desejo ser um estorvo para a comunicação das propostas secretas de Arkádi Ivanovitch Svidrigáilov, a respeito das quais deu plenos poderes a seu irmão, e que, segundo vejo, tem para a senhora uma importância capital e talvez muito agradável.

– Ah, meu Deus! – exclamou Pulkhiéria Alieksándrovna.

Razumíkhin não podia ficar quieto na sua cadeira.

– Não te sentes envergonhada agora, irmã? – perguntou Raskólhnikov.

– Sinto sim, Rodka – disse Dúnia. – Piotr Pietróvitch, saia daqui! – intimou, pálida de cólera.

Pelo visto, Piotr Pietróvitch não esperava um desenlace semelhante. Confiava demasiado em si mesmo, no seu poder e no desamparo das suas vítimas. E ainda não queria acreditar. Ficou lívido e contraiu os lábios.

– Avdótia Românovna, a partir do momento em que eu transpuser esta porta com uma despedida destas... fique sabendo... que será para nunca mais voltar! Pense bem! A minha palavra é firme.

– Que descaramento! – exclamou Dúnia se levantando rapidamente do seu lugar. – Sou eu que desejo que nunca mais volte na sua vida!

– O quê? O quê? – exclamou Lújin, resistindo até o último momento em acreditar neste desfecho e, além disso, completamente fora de si. – Mas como é possível? Fique sabendo, Avdótia Românovna, que eu poderia protestar!

– Que direito o senhor tem para falar com ela dessa maneira? – exclamou com veemência Pulkhiéria Alieksándrovna. – Contra o que o senhor vai protestar? Qual é o seu direito? O de termos dado a um homem como o senhor a minha Dúnia? Vamos, saia e nos deixe em paz! Nós é que somos as culpadas por termos nos metido numa história como esta, e eu sou a principal culpada!

– No entanto, Pulkhiéria Alieksándrovna – disse Lújin furioso – a senhora me deu a sua palavra e agora muda de ideia... e, finalmente... finalmente, eu tive, por assim dizer, despesas.

Esta ultima alegação se ajustava tão bem ao caráter de Lújin, que Raskólhnikov, pálido de cólera, foi incapaz de se conter e, de repente... largou uma gargalhada. Mas Pulkhiéria Alieksándrovna parecia desvairada.

– Despesas? Mas que despesas foram essas? Refere-se talvez ao nosso baú? Mas se o condutor o trouxe gratuitamente... Meu Deus, o teríamos comprometido! Reconsidere, Piotr Pietróvitch, e verá que não fomos nós, mas o senhor, quem nos atou de pés e mãos!

– Basta, mamãe... por favor, basta! – pediu Avdótia Românovna. – Piotr Pietróvitch, faça favor, vá-se embora!

– Irei, sim; mas uma última palavra! – disse, perdera quase completamente o domínio de si próprio. – A sua mãe, pelo visto, se esquece completamente de que eu decidira tomá-la por esposa depois do boato que se espalhou por toda a comarca acerca da sua reputação. Ao desafiar a opinião pública por sua causa e ao reabilitar a sua boa fama, eu podia, sem dúvida alguma, contar com uma indenização e até exigir a sua gratidão... Eu estava cego! Mas agora vejo que talvez tenha cometido um erro enorme ao desafiar a voz do povo...

– Mas o senhor está querendo que lhe rachem a cabeça ao meio? – exclamou Razumíkhin, saltando do seu lugar e se dispondo a atacá-lo.

– O senhor é um homem vil e cruel! – disse Dúnia.

– Nem uma palavra, nem um gesto! – gritou Raskólhnikov, contendo Razumíkhin; depois, aproximando-se de Lújin, que já estava quase na porta. – Faça o favor de sair de uma vez – intimou-o com uma voz surda, mas audível –, e nem uma palavra mais, senão...

Piotr Pietróvitch ficou olhando para ele durante alguns segundos com a cara lívida e contraída de cólera; depois, deu meia-volta e saiu, e não há dúvida de que seria difícil encontrar quem levasse no seu coração tanto ódio como o daquele homem contra Raskólhnikov. Era nele e só nele que lançava a culpa de tudo. E vejam que, quando descia a escada, continuava imaginando que as coisas talvez pudessem ainda se ajeitar, no que respeitava às duas mulheres, que a situação era ainda muito reparável.

CAPÍTULO III

O MAIS IMPORTANTE é que até o último momento não foi capaz de suspeitar de tal desenlace. Agiu com força até o último momento, sem supor sequer a possibilidade de duas pobres e desamparadas mulheres pudessem fugir de seu domínio. Para isso contribuíram muito a sua vaidade e essa confiança em si mesmo, que antes devia se chamar amor-próprio. Piotr Pietróvitch, saído do nada, tinha um amor doentio por si mesmo, tinha em grande estima a sua inteligência e as suas aptidões, e até às vezes as solas dos seus sapatos, e apaixonava-se pela sua cara no espelho. Mas, acima de tudo neste mundo, amava e estimava o seu dinheiro, adquirido à custa de trabalho e de todos os meios: punha esse dinheiro ao nível de tudo que considerava superior.

Ao se recordar agora de Dúnia, com amargura, e que decidira se casar com ela apesar dos boatos prejudiciais à sua reputação, Piotr Pietróvitch julgava com absoluta sinceridade e sentia até uma profunda indignação perante tão negra ingratidão.

E no entanto, quando começou seu relacionamento com Dúnia, estava absolutamente convencido da estupidez daquelas calúnias, publicamente desmentidas pela própria Marfa Pietrovna, e que há muito tempo já não se ouviam no vilarejo, onde todos estimavam muito Dúnia. Mas, por nada deste mundo teria reconhecido agora que tudo isso ele já sabia então. Pelo contrário: punha muito alto a sua resolução de erguer Dúnia à sua altura e considerava isso uma façanha. Há um instante, ao falar disso a Dúnia, deixou claro um pensamento secreto que há mais tempo já o assediava, do qual por mais de uma vez tinha se orgulhado, e não podia compreender como é que as outras pessoas não se divertiam com sua proeza. Quando visitou Raskólhnikov, entrou em sua casa com o sentimento do protetor que se dispõe a colher os frutos do seu bom procedimento e a escutar os mais lisonjeiros cumprimentos. E agora também, sem dúvida, ao descer a escada, considerava-se altamente ofendido e incompreendido.

Dúnia era imprescindível para ele; não podia renunciar a ela, nem sequer podia pensar nisso. Há algum tempo, alguns anos, que vinha pensando com prazer em se casar, enquanto ia acumulando dinheiro e esperava. Sonhava com embriaguez, no mais profundo do seu íntimo, com uma mocinha decente e pobre (tinha fatalmente de ser pobre), muito nova, muito graciosa, boa e instruída, muito pacata, que tivesse passado grandes dificuldades na vida e se encontrasse completamente desamparada perante ele, de maneira a considerá-lo por toda sua vida... como o seu salvador e que se mostrasse submissa, dócil e cheia de admiração por ele e só por ele. Quantas cenas, quantos doces episódios representava na sua imaginação acerca deste tema sedutor e gracioso, quando descansava das suas ocupações! E eis que o sonho de tantos anos já tinha quase se realizado; a beleza e a educação de Avdótia Românovna o impressionaram; a sua situação de desamparo ainda mais o interessou. Era até mais do que aquilo que sonhara: aparecia-lhe uma moça digna, enérgica, virtuosa, com mais experiência e cultura do que ele próprio (assim pensava), e era uma criatura assim que ficaria agradecida a ele durante toda a sua vida por seu gesto heroico, e se humilharia docilmente, ele poderia dominá-la ilimitada e plenamente... Como se fosse de propósito, algum tempo antes, depois de muitos sonhos e expectativas, por fim havia decidido mudar definitivamente de rumo e entrar num círculo de atividades mais amplo e, ao mesmo tempo, pouco a pouco, ir abrindo caminho numa sociedade mais elevada, com a qual havia algum tempo sonhava com prazer...

Enfim, decidiu tentar fortuna em Petersburgo. Sabia que por meio das mulheres pode-se conseguir muito. O prestígio que irradiava uma mulher honrada e culta podia abrir prodigiosamente o seu caminho, granjear-lhe simpatia, criar-lhe uma auréola... e eis que, agora, tudo desabava! Aquela ruptura imprevista, brutal, provocava nele o mesmo efeito que um raio. Aquilo era uma farsa absurda, uma estupidez! Ele não tinha feito nada além de mostrar um pouquinho de impertinência, mal tivera tempo de falar. Não fizera mais do que gracejar; distraiu-se um momento, e tudo acabou tão seriamente! E, além disso, à sua maneira, ele amava Dúnia, já a via dominada nos seus sonhos... e, de repente...

Não! Amanhã mesmo, amanhã mesmo é preciso colocar outra vez o problema, procurar um remédio, emendar e, o mais importante... aniquilar aquele rapaz insolente que era o culpado de tudo.

Lembrava-se também involuntariamente de Razumíkhin, com uma sensação dolorosa... se bem que, no entanto, não tardasse em se tranquilizar a este respeito: "Era o que faltava, pô-lo em pé de comparação comigo!". Mas era a Svidrigáilov quem no seu íntimo temia seriamente. Em resumo, muitas dificuldades o aguardavam...

– Não! Eu sou a mais culpada! – dizia Dunietchka abraçando-se à mãe e beijando-a. – Me deixei seduzir pelo seu dinheiro; mas eu te juro, meu irmão... Não podia imaginar que ele fosse um homem tão indigno! Se tivesse compreendido isso antes, por nada deste mundo teria lhe dado atenção... Não me culpes, irmão!

– Deus me livre disso! Deus me livre! – murmurou Pulkhiéria Alieksándrovna, um pouco inconscientemente, como se ainda não tivesse compreendido bem o que acontecera.

Todos ficaram mais alegres e, passados cinco minutos, até já riam. Somente Dúnietchka empalidecia de quando em quando e franzia o cenho, lembrando-se do que acontecera. E Pulkhiéria Alieksándrovna mal podia supor que ela iria se alegrar também; ainda nessa manhã a ruptura com Lújin lhe parecia uma terrível desgraça. Mas Razumíkhin estava contentíssimo. Não se atrevia a manifestar o seu alvoroço; mas logo ele começou a tremer como se estivesse com febre, como se tivessem tirado uma tonelada de cima do seu coração. Agora já tinha direito a dedicar toda a sua vida a elas, a servi-las... tudo o mais já não lhe importava! Mas, no fundo, repelia ainda com mais temor pensamentos ulteriores e receava que eles se impusessem. Raskólhnikov era o único que continuava no mesmo lugar, quase mal-humorado e até ensimesmado. Ele, que fora quem mais insistira para que Lújin fosse afastado, parecia o que menos se interessava pelo sucedido. Sem querer, Dúnia pensava que ele continuava zangado com ela e Pulkhiéria Alieksándrovna, e olhava-o timidamente, de soslaio.

– O que Svidrigáilov te disse? – perguntou-lhe Dúnia aproximando-se.

– Ah, sim, sim! – exclamou Pulkhiéria Alieksándrovna.

Raskólhnikov levantou a cabeça.

– Que tem o maior interesse em te oferecer dez mil rublos e ao mesmo tempo gostaria de ter uma conversa contigo na minha presença.

– Uma conversa! Mas para quê? – exclamou Pulkhiéria Alieksándrovna. – E como ele se atreve a nos oferecer dinheiro?

Depois Raskólhnikov contou-lhes (muito secamente) a sua conversa com Svidrigáilov, passando por alto no caso das aparições de Marfa Pietrovna, para não se demorar muito, e sentindo repugnância em relatar o que não fosse absolutamente indispensável.

– E tu, o que lhe respondeste? – perguntou Dúnia.

– Primeiro lhe disse que não te diria nada. Ao que ele me respondeu que, nesse caso, procuraria por todos os meios ter um encontro contigo. Que está convencido de que a paixão que tu lhe inspiraste, noutros tempos, foi uma tolice, e que, hoje, não sente nada por ti. Não quer que te cases com Lújin... De maneira geral, exprimiu-se em termos vagos.

– Que ideia tu tens acerca desse homem, Rodka? O que achas dele?

– Confesso que não o compreendo bem. Oferece dez mil rublos e diz que não é rico. Diz que tem a intenção de ir não sei para onde e, passados dez minutos, já se esqueceu do que dissera. De repente, começa a dizer que também quer se casar e que já tem noiva... Não há dúvida de que tem algum objetivo e, com certeza... mau. Mas, nesse caso, também é estranho que se comporte tão estupidamente, se tem más intenções contra ti. Eu recusei decididamente esse dinheiro em teu nome. De maneira geral, ele me pareceu estranho e... até com certos indícios de alienação mental. Mas pode ser que eu esteja enganado: talvez se trate apenas de uma artimanha dele. Parece que a morte de Marfa Pietrovna o tocou...

– Que o Senhor tenha a sua alma em descanso! – exclamou Pulkhiéria Alieksándrovna. – Enquanto eu for viva, hei de pedir a Deus por ela! Que seria agora de nós sem esses três mil rublos? Meu Deus, realmente caem do céu! Ah, Rodka! Esta manhã tínhamos ao todo apenas três rublos de prata, e eu e Dúnia já tínhamos pensado em empenhar o relógio para não termos de pedir nada a Lújin, pois ele não compreendia a nossa situação!

Dúnia parecia ter ficado muito impressionada com a oferta de Svidrigáilov. Estava pensativa.

– Anda tramando alguma coisa terrível! – declarou, quase num fio de voz, para si mesma, quase tremendo.

Raskólhnikov reparou naquele medo exagerado.

– Naturalmente ainda terei oportunidade de vê-lo – disse-lhe Dúnia.

– Temos de ir atrás dele! Eu farei isso! – exclamou Razumíkhin. – Não o perderei de vista! Rodka não vai se opor a isso. Ainda há pouco me dizia: "Cuida de minha irmã!". A senhora também vai consentir, não é verdade, Avdótia Románovna?

Dúnia sorriu e lhe estendeu a mão, mas a preocupação continuava visível no seu rosto. Pulkhiéria Alieksándrovna olhava para ela com timidez; aliás, aqueles três mil rublos pareciam tê-la tranquilizado.

Durante um quarto de hora todos mantiveram um diálogo animadíssimo. Até Raskólhnikov, se bem que não tomasse parte na conversa, acompanhou-a com interesse durante algum tempo. Razumíkhin esbanjava eloquência.

– Mas por que vão embora? – dizia com exaltação, na sua veemência oratória. – O que vão fazer naquela aldeiazinha? O principal é estarmos todos aqui reunidos e precisarmos uns dos outros... e até que ponto precisamos uns dos outros... não sei se me faço entender. Bom, ainda que seja só por algum tempo... Podem me considerar como companheiro de vocês, como amigo, e tenho certeza de que vamos fazer uma boa sociedade. Escutem, vou explicar tudo pormenorizadamente... todos os meus projetos. Esta manhã, quando ainda não tinha acontecido nada disso, me ocorreu uma ideia... Eis do que se trata: eu tenho um tio (já o apresentei a vocês, é um velhinho muito bondoso e respeitável), e esse meu tio tem um capital de mil rublos e, além disso, vive de uma pensão, de maneira que não precisa de dinheiro. Há dois anos que me vem insistindo que eu aceite esses mil rublos e que eu lhe os pague depois a seis por cento. Eu estou vendo o jogo: o que ele quer é, simplesmente, me ajudar; no ano passado não precisei deles; mas este ano estava só à espera de que ele viesse para pedir o dinheiro. De maneira que, se depois vocês acrescentarem outros mil rublos aos três mil, já teríamos o bastante para começar e poderíamos nos associar. Que poderíamos fazer?

A partir daí, Razumíkhin começou a apresentar um projeto e falou durante muito tempo e com desenvoltura dos nossos livreiros e editores, dos quais poucos ou nenhum conhecem o seu ofício e, além disso, costumam ser maus editores, ao passo que o negócio editorial, bem conduzido, pode às vezes dar um lucro considerável. Era com o comércio editorial que Razumíkhin sonhava, há dois anos que já trabalhava para outros e conhecia muito bem três línguas europeias, apesar de seis dias antes ter dito a Raskólhnikov, em alemão, que estava fraco, a fim de convencê-lo a aceitar metade do seu trabalho de tradução e para que ganhasse assim três rublos; nessa ocasião mentiu e Raskólhnikov bem o sabia.

– Sim, por que, por que perder a oportunidade, se temos afinal um dos principais elementos: dinheiro próprio? – dizia Razumíkhin entusiasmado. – É claro que é preciso trabalhar duramente, mas trabalharemos: a senhora, Avdótia Românovna, eu, Rodka... Há edições que agora dão um lucro formidável. Mas a base principal da edição é sabermos o que é preciso traduzir. Traduziremos e editaremos, e estudaremos ao mesmo tempo. Agora posso ser útil, porque já tenho experiência. Reparem que há dois anos que já convivo com editores e conheço bem o negócio: não é nada do outro mundo, acreditem. E por que, por que não iríamos experimentar? Eu conheço e tenho em meu poder duas ou três obras que, só pela ideia de traduzi-las e editá-las podia pedir cem rublos por exemplar, e uma delas eu não daria nem por quinhentos. O que pensam? Se eu o propusesse a algum deles, apesar disso diriam que não, de tão imbecis que são. E quanto ao trabalho de impressão, ao papel, à venda, isso fica a meu cargo. Conheço todos os meandros. Começaremos pouco a pouco, iremos alargando depois o negócio; pelo menos ganharemos a vida e, em qualquer dos casos, não perderemos.

Os olhos de Dúnia brilhavam.

– Tudo isso que diz me agrada muito, Dmítri Prokófitch – disse.

– É claro que eu não entendo nada – concordou Pulkhiéria Alieksándrovna. – Mas acho isso tudo muito bom; no entanto, Deus é quem sabe. É uma coisa nova, desconhecida. Com certeza teremos de ficar aqui, ainda que seja só por algum tempo...

Lançou um olhar a Rodion.

– Que pensas, irmão? – disse Dúnia.

– Penso que ele teve uma excelente ideia – respondeu. – Com uma casa editorial em um grande ponto, é claro que não se pode sonhar; mas cinco ou seis livros, de fato, podem ser editados com indubitável êxito. Eu também conheço uma obra que teria um êxito infalível. Quanto à sua capacidade para dirigir o negócio, não há a menor dúvida, ele conhece o assunto... Aliás, depois teremos oportunidade de continuar falando disto.

– Viva! – gritou Razumíkhin. – Agora esperem; aqui há uma parte da casa, neste mesmo prédio, dos mesmos senhorios. É independente, não tem comunicação com estes e a alugam mobiliada, por um preço módico; tem três divisões. Podem se instalar ali, logo. Amanhã eu vou empenhar o seu relógio, trago o dinheiro e tudo vai se arranjar. O principal é poderem viver os três juntos, contando com Rodka... Mas, Rodka, onde é que vais?

– Mas o que é isso, Rodka? Já vais embora? – perguntou também Pulkhiéria Alieksándrovna, inquieta.

– Logo agora! – exclamou Razumíkhin.

Dúnia olhou para o irmão com um espanto receoso: ele estava com o gorro nas mãos, pronto para partir.

– Parece que estão saindo para o meu enterro ou se despedindo de mim para sempre – disse de uma maneira um pouco estranha.

Pareceu sorrir, mas aquilo não era um sorriso.

– E, afinal, quem sabe se não será a última vez que nos vemos! – acrescentou num tom desolado.

Pensara aquilo consigo mesmo, mas escapara em voz alta.

– Mas o que tens? – exclamou a mãe.

– Aonde vais, Rodka? – perguntou Dúnia de um modo singular.

– Não tenho outro remédio – respondeu ele com um ar vago, como se hesitasse a respeito daquilo que desejava dizer. Mas no seu rosto pálido se notava uma resolução.

– Eu queria dizer, quando vim aqui... Eu queria te dizer, mamãe... e a ti também, Dúnia, que será melhor não nos vermos durante algum tempo. Não me sinto bem, não estou tranquilo... Eu mesmo virei depois, eu mesmo virei quando... for possível. Lembrarei de vocês e as amo... Mas me deixem em paz! Me deixem sozinho! Era isso que eu tinha resolvido... Já tinha decidido seriamente... Aconteça o que acontecer, quer eu me perca ou não, quero ficar só. Esqueçam completamente de mim. É o melhor... Não procurem saber de mim. Quando for preciso, eu mesmo virei ou mandarei chamar vocês. Pode ser que tudo ressuscite... mas, por agora, se me querem bem, me deixem, me deixem... Senão, terei ódio por vocês, eu sinto... Adeus!

– Meu Deus! – exclamou Pulkhiéria Alieksándrovna.

Mãe e filha sentiam um medo horrível, e Razumíkhin também.

– Rodka! Rodka! Te reconcilia conosco, vamos ser como éramos antes... – exclamou a pobre mãe.

Ele se dirigiu lentamente para a porta e lentamente saiu do quarto. Dúnia correu atrás dele e o alcançou.

– Irmão! Que estás fazendo à nossa mãe? – murmurou com um olhar de indignação.

Ele a fitou longamente.

– Não é nada, eu já volto, eu já volto! – murmurou ele em voz baixa, como se não se apercebesse completamente do que queria dizer e saiu do quarto.

– Egoísta, insensível, mau! – exclamou Dúnia.

– Louco é o que ele é, e não insensível! Louco! Mas não estão percebendo? A senhora é que é insensível – murmurou ardentemente Razumíkhin aos seus ouvidos, ao mesmo tempo em que lhe apertava a mão com força.

– Eu já volto! – exclamou, dirigindo-se à pobre Pulkhiéria Alieksándrovna, e saiu do quarto correndo.

Raskólhnikov o esperava no fim do corredor.

– Eu sabia que tu virias atrás de mim. Volta para lá e fica com elas... Fica com elas amanhã também... e para sempre. Eu... talvez venha... se puder. Adeus!

E afastou-se dele sem estender-lhe a mão.

– Mas para onde vais? Que aconteceu? Será possível que ajas assim? – murmurou Razumíkhin completamente atônito.

Raskólhnikov tornou a parar.

– De uma vez por todas não me perguntes mais nada, porque nunca te daria uma resposta... Não vá me visitar. Talvez eu passe por aqui... Me deixa e não as deixe. Estás compreendendo?

O corredor já estava escuro, eles tinham parado perto da luz. Por um momento, se olharam os dois, em silêncio, e Razumíkhin recordou-se por toda a sua vida daquele momento. O ardente e fixo olhar de Raskólhnikov parecia se tornar mais forte a cada momento, penetrar na sua alma, na sua consciência. De repente, Razumíkhin recuou. Parecia que qualquer coisa de estranho acontecera entre eles... Uma ideia, como que uma insinuação, lhe passara pela cabeça, algo horrível, monstruoso e subitamente compreensível para ambos... Razumíkhin ficou pálido como um morto.

– Compreendes agora? – disse de súbito Raskólhnikov, com o rosto dolorosamente crispado. – Volta, fica ao lado delas – acrescentou de repente e, girando com rapidez sobre os calcanhares, saiu do prédio...

Não me demorarei a descrever o que se passou naquela noite em casa de Pulkhiéria Alieksándrovna, quando Razumíkhin voltou para o lado das duas mulheres; tentou tranquilizá-las, garantiu-lhes que era preciso deixar Raskólhnikov apanhar um pouco de ar, já que estava doente, e que com certeza ele iria vê-las todos os dias, todos os dias, que ele estava muito cansado, muito cansado mesmo, e que ninguém deveria irritá-lo, que ele, Razumíkhin, não ia perdê-lo de vista, procuraria um bom médico, o melhor, que lhe faria um exame completo... Em resumo, desde aquela noite, Razumíkhin passou a ser para elas filho e irmão.

CAPÍTULO IV

QUANTO A RASKÓLHNIKOV, foi direto para a casa onde morava Sônia Siemiônovna, junto do canal. Era um prédio de três andares, velho, pintado de verde. Perguntou ao porteiro e este lhe deu vagas indicações sobre a residência de Kapernaúmov, o alfaiate. Depois de procurar num canto do pátio a passagem para a escada escura e estreita, subiu finalmente até o segundo andar e deu em uma galeria que rodeava o prédio pelo lado do pátio. Enquanto procurava no escuro, hesitante, onde é que poderia ser a entrada do andar de Kapernaúmov, de súbito, a três passos de distância de si mesmo, se abriu uma porta onde ele entrou, maquinalmente.

– Quem é? – perguntou, inquieta, uma voz de mulher.

– Sou eu... que vim visitá-la – respondeu Raskólhnikov, e entrou pelo estreito corredor. Ali ardia uma vela, sobre uma mesa descambada e num candeeiro amolgado.

– Mas é o senhor? – exclamou Sônia com uma voz fraca, e ficou petrificada.

– Por onde é que se entra? Por aqui?

E Raskólhnikov, esforçando-se por não olhar para ela, entrou no quarto.

Um minuto depois Sônia também entrava com uma luz; pousou-a e ficou parada na frente dele, estupefata, tomada de uma indescritível comoção e visivelmente assustada com aquela inesperada visita. De súbito o sangue subiu-lhe ao rosto pálido e lágrimas chegaram aos seus olhos... Sentiu uma sufocação, uma vergonha e uma doçura... Raskólhnikov se afastou bruscamente e sentou-se numa cadeira, junto da mesa. Num momento abrangera com um olhar todo o quarto.

Era um quarto espaçoso, mas com um teto baixíssimo, o único que os Kapernaúmov tinham alugado, e cuja porta, fechada, ficava na parede do lado esquerdo. À frente, na parede da direita, havia outra porta, sempre hermeticamente fechada. Havia também outro quarto, contíguo, que tinha outro número. O quarto de Sônia parecia, de certa maneira, um alpendre;

tinha a forma de um triângulo irregular, o que o tornava muito feio. A parede, com três janelas que davam para o canal, cortava o quarto a viés, e por isso um dos ângulos, terrivelmente agudo, sumia lá no fundo, de tal maneira que, quando havia pouca luz, não se via bem o fim do quarto; o outro ângulo, em compensação, era excessivamente obtuso. Em todo esse quarto espaçoso, quase não havia móveis. Num canto, à direita, via-se uma cama: junto dela, próximo da porta, uma cadeira. Na mesma parede, na qual estava a cama, junto à porta que dava para o outro quarto, havia uma mesa simples de pinho branca, coberta com um pano azul; junto da mesa, duas cadeiras de palha. Depois, na parede oposta, perto do ângulo agudo, havia uma cômoda simples de pinho, como se estivesse abandonada num deserto. E isso era tudo que havia no quarto. O papel que forrava as paredes, amarelecido, defumado e gasto, estava escuro em todos os cantos; com certeza ali devia haver umidade e fuligem no inverno. A miséria era evidente; a cama nem sequer tinha cortinados.

Sônia contemplava em silêncio o visitante, o qual examinava o seu quarto atenta e despreocupadamente, e, por fim, começou a tremer de medo, como se estivesse diante de um juiz que fosse decidir a sua sorte.

– Cheguei tarde... Já são onze horas? – perguntou ele sem levantar os olhos para ela.

– Já – balbuciou Sônia. – Já são, já! – disse apressadamente, de súbito, como se aquilo lhe parecesse uma escapatória. – Acabaram de dar agora mesmo no relógio do senhorio... Eu ouvi... Já deram.

– Venho vê-la pela última vez – continuou Raskólhnikov, grave, apesar de ser aquela a primeira. – É possível que não torne mais a vê-la...

– Vai... embora?

– Não sei... amanhã...

– Então, amanhã, não vai visitar Ekatierina Ivánovna? – e a voz de Sônia tremia.

– Não sei. Tudo depende de amanhã... Mas não se trata disso, eu vim para lhe dizer uma coisa...

Ergueu o seu olhar pensativo para ela, e de repente reparou que, enquanto estava sentado, ela continuava de pé, diante dele.

– Mas por que está de pé? Sente-se – disse ele com uma voz que, de repente, se tornara suave e afetuosa.

Ela se sentou. Ele a contemplou por um momento com afabilidade e quase compassivamente.

– Está tão magra! Que mãozinhas tão transparentes! Esses dedinhos parecem os de uma morta.

Pegara-lhe uma mão. Sônia sorriu debilmente.

– Fui sempre assim – disse.

– Quando vivia na sua casa também?

– Também.

– Está-se vendo mesmo! – disse ele com rudeza, e a expressão do seu rosto e o timbre da sua voz mudaram de repente. Tornou a passar novamente os olhos à sua volta.

– São os Kapernaúmov que lhe alugam isto?

– São.

– E eles vivem aí, atrás dessa porta?

– Sim... o quarto deles é como este.

– Vivem só num quarto?

– Só num.

– Eu teria medo num quarto destes, à noite – observou ele com ar sombrio.

– Os senhorios são muito bons, muito amáveis – respondeu Sônia como se reconsiderasse e não estivesse ainda refeita –, e todos os móveis, e tudo... é tudo dos senhorios. São muito bons, e as crianças também vêm aqui muitas vezes.

– São gagos?

– São. Ele é gago e, além disso, também é estrábico. E a mulher também... Ela não é realmente gaga, mas custa muito a pronunciar as palavras. Também é muito bondosa. Ele foi servo. E tem sete filhos, todos rapazes... só o mais velho é gago, os outros estão todos doentes, mas não tem esse defeito... Mas como é que os conhece? – acrescentou, um pouco admirada.

– Foi o seu pai que me contou tudo... também me falou de si... E me contou que saíra uma tarde às seis e voltara para casa às nove, e que Ekatierina Ivánovna se lançou de joelhos aos pés da sua cama.

Ficou desorientada.

– Eu ainda hoje o vi – murmurou indecisa.

– A quem?

– A meu pai. Tinha ido à rua, aí ao lado, na esquina, às dez, e me pareceu que ele passou diante de mim. Era tal qual ele. Eu até já queria ir para a casa de Ekatierina Ivánovna.

– Foste dar um passeio?

– Sim – balbuciou Sônia rapidamente, tornando a ficar perturbada e baixando a cabeça.

– Agora me diga: Ekatierina Ivánovna não lhe batia, na casa de seu pai?

– Ah, não! O que o senhor está dizendo? Como é que pode pensar isso? Não! – e Sônia olhou para ele com uma certa inquietação.

– Gosta muito dela?

– Dela? Sim, muito! – exclamou Sônia condoída e, num impulso de piedade, juntou de repente as mãos. – Ah! Se o senhor, se o senhor a conhecesse... Olhe, é absolutamente como uma criança... Parece que não está completamente boa da cabeça... dá pena. E era tão inteligente! Tão generosa! Tão boa. O senhor não a conhece, o senhor não a conhece, não a conhece de maneira nenhuma... Ah!

Sônia disse isso em um tom desesperado, comovido e apiedada, juntando as mãos. As suas faces pálidas coraram, os olhos exprimiram sofrimento. Era evidente que estava terrivelmente comovida, que sentia uma grande vontade de falar, de dizer qualquer coisa, de defender a madrasta. Uma compaixão insaciável, se é possível nos exprimirmos assim, transpareceu subitamente em todas as suas feições.

– Que me batia... Mas que o senhor disse? Que me batia! E, se me batesse? O senhor não sabe nada, não sabe nada... É tão infeliz, ah, tão infeliz! É doente... Procura sempre a justiça em tudo. É pura. Pensa que a justiça deve reinar sempre em tudo e reclama-a... E mesmo que alguém a fira, não comete uma injustiça. Não compreende que não é possível que as pessoas sejam sempre justas e se irrita... É como uma criança, uma criancinha! Ela é justa, justa!

– Mas quem vai lhe ajudar?

Sônia interrogou-o com o olhar.

– A menina é a única coisa que lhes resta. É verdade que antes já era assim: estavam todos a seu cargo, e até o falecido, quando se embriagava, ia pedir dinheiro a ela. Mas agora, que vai ser de vocês?

– Não sei – proferiu Sônia tristemente.

– Eles continuam ali?

– Não sei. Estavam endividados com a senhoria; ela lhe disse hoje mesmo que tem de abandonar o quarto, e Ekatierina Ivánovna respondeu que não queria ficar ali mesmo nem mais um minuto.

– Mas como é que ela consegue se manter, assim, tão corajosa? Talvez dependa da senhora.

– Ah, não, não fale assim! Nós duas vivemos como se fôssemos uma só – e Sônia tornou outra vez a ficar agitada e até irritada, tal como um canário ou qualquer outro passarinho quando se irrita. – Mas como é que ela deveria ser? De que outra maneira ela deveria ser? – perguntou, exaltando-se e comovendo-se. – Como ela tem chorado! Está transtornada, não reparou? Está transtornada: se sobressalta como uma criança para que amanhã não falte nada, até aperitivos; torce as mãos, expectora sangue, chora e, de repente, começa a dar cabeçadas contra a parede e a chorar, desesperada. E depois se consola, deposita todas as suas esperanças no senhor, diz que o senhor, agora, é o seu amparo, e que vai pedir a alguém uma quantia e voltará para a sua terra comigo, e abrirá lá uma pensão para meninas e que me porá como vigilante e começará uma nova e linda vida para nós, e me beija e me abraça e me consola e, veja, acredita nisso tudo. Acredita nessas fantasias! Será possível contradizê-la? Passou hoje o dia inteiro esfregando o chão, lavando e passando a roupa a ferro; fraca como está, mudou a banheira de lugar e teve até falta de ar, então se deixou cair esgotada sobre a cama; e além disso, de manhã saímos para comprar uns sapatinhos para Pólienhka e Liena, porque os que tinham já estavam gastos, mas o dinheiro não chegava, ainda nos faltava muito; entretanto, ela escolheu uns sapatinhos muito engraçados, porque é uma mulher de bom gosto, o senhor não sabe... Olhe, começou a chorar ali mesmo, na loja, porque o dinheiro não chegava... Ah, como dava pena vê-la!

– Sim, depois disso compreende-se que a menina... viva assim – disse Raskólhnikov com um sorriso amargo.

– Mas o senhor, não sente pena? Não lhe inspira dó? – exclamou Sônia outra vez. – Eu sei que o senhor lhe deu tudo que lhe restava, e isso antes de saber! Que faria se soubesse! Oh, quantas vezes eu a fiz chorar! Ainda a semana passada, para não ir mais longe. Na semana antes da morte do meu pai. Me comportei de uma maneira cruel. E quantas, quantas vezes eu agi assim! Ah, como me custa agora recordar aquele dia!

Sônia juntou as mãos perante essa lembrança.

– Tu te comportaste de maneira cruel?

– Sim, eu, eu! Um dia – continuou ela, chorando – o meu pai me disse: "Lê um pouco para mim, Sônia, porque me dói a cabeça... me lê alguma coisa... olha, aqui está o livro". Era um livrinho que, entre outros, Andriéi Siemiônitch Liebiesiatnikov, que mora ali, tinha lhe emprestado; ele lhe emprestava uns livrinhos engraçados. E eu lhe respondi: "Tenho de ir embora agora". Não queria ler para ele porque eu tinha ido lá principalmente para mostrar umas golas para Ekatierina Ivánovna; porque Lisavieta, a revendedora, me trazia golas e punhos muito baratos, bonitos, novinhos e com bordados. Ekatierina Ivánovna gostou muito das golas, experimentou-as e se olhou no espelho com elas: agradavam-lhe muitíssimo. "Por que não me dás, Sônia? Me faz esse favor, me faz esse favor", dizia, porque estava realmente interessada. Mas com que vestido ela iria pô-los? É assim: ela não se esquece dos bons tempos antigos. Olha-se ao espelho, se admira, e não tem, e é exatamente isso, roupa para vestir, nem uma coisa bonita para pôr há tantos anos... E por nada deste mundo pede qualquer coisa a alguém; como é orgulhosa, era capaz até de dar a última coisa que tivesse do que ter de pedir a alguém; mas nesse momento pedia, de tanto que as golas tinham lhe agradado! Mas me custava dá-las. "Para que quer as golas", disse eu, "Ekatierina Ivánovna?" Foi isso o que eu lhe disse e não devia ter feito. Ela me olhou de uma maneira e sentiu aquilo tanto, tanto, que dava pena vê-la! E não era por causa das golas, mas porque eu havia negado, estava claro. Ah, se eu pudesse agora mudar tudo isso, voltar atrás, apagar aquelas palavras! Oh, eu... mas para quê, se tudo isto é indiferente para ela?

– Conhecia Lisavieta, a revendedora?

– Conhecia... E o senhor também a conhecia? – interrogou-o Sônia por sua vez, com um certo espanto.

– Ekatierina Ivánovna está tuberculosa em último grau, não vai demorar a morrer – disse Raskólhnikov depois de uma pausa e sem responder à pergunta.

– Oh, não, não, não! – e Sônia, inconscientemente, pegou as mãos dele, como se lhe implorasse que isso não acontecesse.

– Sim, no fim de contas, é melhor que ela morra!

– Não, não é melhor, não é melhor! – exclamou ela assustada e inconsciente.

– E os filhos? Que vai fazer com eles, se não pode mantêlos consigo?

– Oh, não sei! – exclamou Sônia quase desesperada e levando as mãos ao rosto. Era evidente que aquela ideia já lhe passara pela cabeça muitas vezes e que ele não fizera mais do que acordá-la.

– Além disso, se a menina ficar doente, ainda que Ekatierina Ivánovna continue viva, se a levarem para o hospital, por exemplo, que acontecerá então? – insistiu ele, inexorável.

– Ah! O que o senhor está dizendo, o que o senhor está dizendo? Isso não é possível! – e o rosto de Sônia se contraiu numa careta de espanto horrível.

– Não é possível? – prosseguiu Raskólhnikov com um sorriso cruel. – Tem algum seguro contra a doença? O que acontecerá com eles então? Irão parar todos de uma vez no meio da rua, e ela vai tossir, e suplicar, e dar cabeçadas contra a parede, como fez hoje, e as crianças a chorar... E acabará rolando pelo chão, e vão apanhá-la e levá-la à delegacia, e então a um hospital, onde morrerá, e os filhos...

– Oh, não! Deus não há de permitir que seja assim! – foi o grito que saiu finalmente do peito oprimido de Sônia.

Tinha escutado tudo em silêncio, de olhos fixos nele e as mãos juntas numa prece muda, como se tudo dependesse dele.

Raskólhnikov se levantou e começou a passear pelo quarto. Passou-se um minuto. Sônia continuava de pé, de testa e mãos baixas, angustiada.

– E não há maneira de economizar, de guardar dinheiro para os dias mais difíceis? – perguntou ele parando, de repente, diante dela.

– Não – balbuciou Sônia. – Claro que não!

Mas já experimentou? – acrescentou quase com um sarcasmo.

– Já experimentei, sim.

– E não deu resultado, naturalmente! Para que perguntar?

E pôs-se outra vez a andar pelo quarto. Passou outro minuto.

– Não ganha alguma coisa todos os dias?

Sônia ficou ainda mais confusa do que antes e tornou a corar.

– Não – murmurou, fazendo um esforço doloroso.

– Com certeza Pólietchka vai ter a mesma sorte – disse ele de repente.

– Não! Não! Não é possível, não! – exclamou Sônia em voz alta, num desespero, como se, de repente, a tivessem atravessado com um punhal. – Deus, Deus não há de permitir tamanho horror!

– Para outras permitiu.

– Não, não! Ela não, Deus há de protegê-la, Deus! – Sônia, fora de si... repetiu.

– Sim, mas é possível até que Deus não exista – respondeu Raskólhnikov com uma espécie de alegria maldosa; começou a rir e ficou olhando para ela.

O rosto de Sônia mudou de repente de uma maneira terrível; parecia ter convulsões. Fixou nele os olhos cheios de censura; quis dizer alguma coisa, mas não conseguiu dizer nada, e a única coisa que fez foi romper em soluços, cobrindo a cara com as mãos.

– A menina disse que Ekatierina Ivánovna está quase doida, pois está quase acontecendo o mesmo com você – disse, depois de um certo silêncio.

Decorreram cinco minutos. Ele continuava dando grandes passadas de um lado para o outro, em silêncio e sem olhar para ela. Finalmente, se aproximou dela: as suas pupilas brilhavam. Pôs as mãos sobre os ombros dela e a olhou diretamente nos olhos assustados. O olhar dele era sanguinário, agudo, e os seus lábios tremiam com força... Subitamente se agachou e, ajoelhando-se no chão, beijou os pés dela. Sônia, assustada, se afastou dele como de um louco. E, de fato, ele tinha todo o aspecto de um demente.

– Que o senhor está fazendo, o que o senhor está fazendo diante de mim? – balbuciou ela, depois de ter empalidecido, e de repente sentiu seu coração apertando dolorosamente.

Ele se ergueu imediatamente.

– Eu não me ajoelhei diante de ti, mas diante de toda a dor humana – disse ele num tom estranho, e foi para junto da janela. – Escuta – acrescentou, voltando a se aproximar dela, após um minuto –, há pouco, eu disse a um sem-vergonha que ele não valia nem o que vale o teu dedo mínimo... e que eu tinha dado uma honra à minha irmã ao sentá-la ao teu lado.

– Ah! Mas o senhor disse isso? Diante dela? – exclamou Sônia assustada. – Sentar-se ao meu lado? Uma honra! Mas eu... olhe... eu sou desonrada... Ah, o que o senhor lhe disse!

– Não foi pela desonra nem pelo pecado que eu disse isso de ti, mas pelo teu grande sofrimento. Que tu és uma grande pecadora, é verdade – acrescentou quase com solenidade – mas o pior de tudo, aquilo em que mais pecaste foi por teres te entregado e sacrificado em vão. Não é um horror, não é um horror que tu vivas neste lodo que eu tanto odeio, e ao mesmo tempo tu mesma saibas (não precisas de mais nada senão abrir os olhos) que não és útil a ninguém, com isto, e que não salvas ninguém de nada? Mas me diz – continuou, como num paroxismo –, como é possível que tanta baixeza e outros sentimentos opostos e sagrados coexistam em ti? Teria sido muito melhor, mil vezes melhor, se atirar na água e acabar de uma vez com tudo!

– E o que seria deles? – perguntou Sônia com voz fraca, olhando-o dolorosamente mas, ao mesmo tempo, como se a proposta não lhe causasse grande admiração.

Raskólhnikov olhava-a de uma maneira estranha.

E compreendeu tudo nesse olhar. Com certeza essa ideia já passara pela cabeça dela. Talvez até muitas vezes, e com toda a seriedade tivesse pensado, no seu desespero, em acabar de uma vez com tudo, e por isso, agora, aquelas palavras já não a admiravam. Nem sequer reparava na crueldade da sua linguagem (não havia dúvida de que não reparara no sentido das suas censuras e na sua maneira especial de considerar a sua desonra), foi o que ele notou. Mas Raskólhnikov sabia perfeitamente até que ponto de monstruoso suplício a torturava já há algum tempo a ideia da desonra e da vergonha da sua situação. "O que será, o que será", pensava ele, "que impediu até agora a sua resolução de acabar de uma vez com tudo?" E só então percebeu cabalmente o que significavam para ela aqueles pobres orfãozinhos e aquela lamentável Ekatierina Ivánovna, meio ensandecida, com a sua tísica e as suas cabeçadas contra as paredes.

Mas, ao mesmo tempo, também sabia claramente que Sônia, com o seu caráter e a educação que recebera, não podia, de maneira nenhuma, continuar assim. Fosse como fosse, o problema surgia diante dele: como ela pudera continuar tanto tempo naquela situação sem enlouquecer, visto que lhe faltara coragem para se atirar à água? Ele compreendia que a situação de Sônia representava um fenômeno acidental na sociedade, embora, infelizmente, estivesse longe de ser único e exclusivo. Mas essa mesma acidentalidade, essa sua vaga educação e toda a honestidade da sua vida teriam podido matá-la de um golpe no primeiro passo daquele repugnante caminho. O que a mantia, então? Não seria o gosto pela libertinagem? Toda aquela vergonha, que era evidente, só a roçava de um modo maquinal; ainda não chegara ao seu coração nem uma ponta da verdadeira corrupção, era bem evidente.

"Há três caminhos", pensava Rodion, "se atirar no canal, ir parar num manicômio ou... ou, por fim, se atirar ao vício, embrutecendo a alma e petrificando o coração."

Este último pensamento lhe pareceu o mais repugnante de todos, mas ele já era um cético, era novo, indiferente e talvez cruel, e não podia acreditar que esse último recurso, isto é, o vício, fosse o mais provável.

– Mas, e se fosse certo – murmurou para si – se até esta criatura, que ainda conserva a sua pureza de alma, entrasse conscientemente nessa terrível e hedionda cloaca? E se já tivesse começado essa queda, se ela só tivesse aguentado até agora aquela vida porque o vício não lhe parecia tão repugnante? Não, não, isso não pode ser – exclamava ele, como Sônia, há pouco. – Não, a ideia do pecado a tem afastado até agora do canal, e eles também... Se até agora não endoideceu... Mas quem é que disse que ela já não enlouqueceu? Por acaso está em seu perfeito juízo? É possível, por acaso, falar como ela fala? É possível ficar sentado assim, à beira de um abismo, em cima de um cano de esgoto fétido, no qual já começou a afundar, e a agitar as mãos, e a tapar os ouvidos, quando se ouve falar do perigo? Que milagre ela espera? Naturalmente, algum. E isto tudo não será um indício de loucura?

Aferrava-se a essa ideia, com teimosia. Agradava-lhe mais essa saída do que as outras. Pôs-se a considerá-la com mais atenção.

– Tu rezas muito a Deus, Sônia? – perguntou-lhe.

Sônia permanecia calada; ele estava de pé ao seu lado e esperava a resposta.

– Que seria de mim sem Deus? – balbuciou ela rápida, energicamente; fixou nele por momentos os seus olhos brilhantes e, pegando-lhe a mão, estreitou-a fortemente entre as suas.

"Lá isso é verdade!", pensou ele.

– Mas o que Deus faz por ti? – perguntou, levando mais longe a sua experiência.

Sônia ficou muito tempo calada, como se não pudesse responder. O seu peito fraco tremia de emoção.

– Cale-se! Não me pergunte! O senhor não é digno! – gritou, de repente, lançando-lhe um olhar severo e colérico.

"É verdade, é verdade!", repetia ele, teimoso, consigo mesmo.

– Há muito tempo! – murmurou ela rapidamente, tornando a baixar a cabeça.

"Aí está o recurso! Aí está a explicação!", concluiu ele mentalmente, olhando-a com uma curiosidade ávida.

Contemplava com uma sensação quase doentia aquela carinha pálida, vincada e de feições irregulares e angulosas, com aqueles olhinhos pequeninos, azuis, capazes de lançar tais cintilações, de brilhar com uma expressão tão austera e enérgica; aquele corpinho frágil, que tremia ainda de indignação e de cólera, e tudo aquilo lhe parecia cada vez mais estranho, quase impossível. "Louca, louca!", concluiu no seu íntimo.

Havia um livro sobre a cômoda. Cada vez que passava em frente a ele, enquanto andava de um lado para o outro, fixava os olhos sobre ele; então pegou-o e examinou-o. Era o *Novo Testamento*, na sua versão russa. Era um livro velho e engordurado, encadernado em couro.

– De onde vem isto? – gritou-lhe, através do quarto. Ela continuava de pé, imóvel no mesmo lugar, a três passos da mesa.

– Trouxeram para mim – respondeu ela, como se fizesse isso de má vontade e sem olhar para ele.

– Quem é que trouxe?

– Foi Lisavieta, a meu pedido.

"Lisavieta? É estranho!", pensou ele.

Tudo que dizia respeito a Sônia lhe parecia cada vez mais estranho e assombroso. Aproximou o livro da luz e se pôs a folheá-lo.

– Onde é que está a passagem sobre Lázaro? – perguntou de repente.

Sônia olhava obstinadamente para o chão e não respondeu. Estava um pouco afastada da mesa.

– O lugar em que fala da ressurreição de Lázaro? Procura para mim, Sônia.

Ela olhou para ele de soslaio.

– Procure aí... no quarto Evangelho... – murmurou com dureza, sem dar um passo para ele.

– Procura para mim e lê – disse ele.

Raskólhnikov sentou-se, pôs os cotovelos em cima da mesa, segurou a cabeça com as mãos e se inclinou um pouco de lado para escutar.

"Dentro de três semanas, para o manicômio! Eu também, provavelmente, irei para lá, senão para outro lugar pior!", murmurou consigo mesmo.

Sônia se aproximou, indecisa, da mesa, escutando com receio o pedido de Raskólhnikov. Mas pegou o livro.

– Ainda não o leu? – perguntou, olhando para ele do outro lado da mesa. A sua voz era cada vez mais dura.

– Há muito tempo... Na escola... Lê!

– E na igreja, não leu?

– Eu... não vou à igreja. E tu, vais muitas vezes?

– Não! – balbuciou Sônia.

Raskólhnikov começou a rir.

– Compreendo... E amanhã, não vais ao enterro do teu pai?

– Vou. Já estive lá a semana passada. Mandei rezar um responso.

– Por quem?

– Por Lisavieta. Foi morta à machadada.

Ele sentia os nervos cada vez mais crispados. Começou a sentir a cabeça rodando.

– Eras amiga de Lisavieta?

– Sim... Ela era muito boa... Vinha me visitar... de quando em quando... não podia. Líamos e... falávamos. Ela irá para o céu.

Soavam de uma maneira estranha aos seus ouvidos aquelas palavras livrescas; e outra vez a novidade: as conversas misteriosas com Lisavieta, e as duas... umas loucas.

"Também vou acabar assim. É contagioso!", pensou.

– Lê! – exclamou, de repente, imperativo e excitado.

Sônia continuava indecisa. O seu coração batia com violência. Não se atrevia a ler para ele, que contemplava quase com pena aquela pobre louca.

– Mas para que devo ler seja o que for? O senhor não acredita! – balbuciou em voz baixa e anelante.

– Lê! Quero que leias! – insistiu ele. – Não lias para Lisavieta?

Sônia abriu o livro e procurou o trecho. Suas mãos tremiam, sua voz não saía. Começou a leitura por duas vezes e não chegou a articular claramente nem a primeira palavra.

– "Estava então enfermo um certo Lázaro, de Betânia..." – disse finalmente, fazendo um esforço; mas, subitamente, na terceira palavra a sua voz vibrou aguda e se quebrou, como uma corda demasiado tensa. Sua respiração faltou e o seu peito se oprimia.

Raskólhnikov compreendia, em parte, por que é que Sônia não se decidia a ler, e quanto melhor compreendia, mais grosseiramente e com maior nervosismo insistia para que ela lesse. Compreendia perfeitamente que aqueles sentimentos eram, de certo modo, o seu segredo, talvez desde a sua adolescência, quando vivia ainda com a família, junto de seu desgraçado pai e da madrasta, enlouquecida de amargura, entre umas criaturinhas famintas, gritos e imprecações monstruosas. Mas ao mesmo tempo, percebia decididamente, que, ainda que agora ela estivesse aflita e tivesse um medo horrível de começar a leitura, por qualquer motivo, ela sentia no entanto uma ansiedade dolorosa de fazê-lo, apesar de toda a sua tristeza e inquietação, e sobretudo para ele, para que ele escutasse agora, infalivelmente... acontecesse depois o que acontecesse... Era isto o que ele lia nos olhos dela e deduzia da sua comoção tão séria... Ela fez um esforço, dominou o aperto da garganta, que cortara a sua voz, e continuou a ler o capítulo XI do Evangelho de S. João. Chegou assim ao versículo XIX:

– "E muitos dos judeus tinham vindo para junto de Marta e de Maria, para consolá-las por causa do irmão. Então Marta, como ouviu que Jesus vinha, saiu ao seu encontro; Maria ficou em casa. E Marta disse a Jesus: 'Senhor, se tivesses estado aqui, o meu irmão não estaria morto. Mas também sei agora que tudo o que pedires a Deus, Deus te dará...'."

Então tornou a parar, pressentindo, envergonhada que sua voz voltava a tremer e a ficar entrecortada..

– "...Disse-lhe Jesus: 'O teu irmão ressuscitará'. Marta disse-lhe: 'Eu sei que ressuscitará na ressurreição, ao último dia'. Disse-lhe Jesus: 'Eu sou a ressurreição e a vida; aquele que acreditar em mim, ainda que esteja morto, viverá. E todo aquele que vive e crê em mim não morrerá eternamente. Acreditas nisso?'." – Disse-lhe.

E, como se dolorosamente lhe faltasse o mesmo, Sônia leu distintamente e com energia, como se estivesse fazendo a sua profissão de fé:

– "...Sim, Senhor, eu acreditei que Tu eras o Cristo, o Filho de Deus, que veio ao mundo..."

Fez uma pausa, lançou um olhar rápido aos olhos dele, mas em seguida se dominou e continuou a leitura. Raskólhnikov escutava-a sem fazer um movimento, sem se voltar, de cotovelos sobre a mesa e olhando-a de soslaio. Ela chegou ao versículo XXXII:

– "...E como Maria tivesse vindo para o lugar onde estava Jesus, lançou-se a seus pés, dizendo-lhe: 'Senhor, se tivesses estado aqui, o meu irmão não estaria morto'. Como Jesus a visse chorar, a ela e aos judeus que tinham vindo juntamente com ela, comoveu-se em espírito e perturbou-se. E disse: 'Onde o pusestes?'. Disseram-lhe: 'Senhor, vem e vê'. E Jesus chorou. Disseram então os judeus: 'Olhai como o amava'. E alguns deles disseram: 'Não podia Este, que abriu os olhos do cego, fazer com que este homem não morresse?'..."

Raskólhnikov voltou-se para ela e contemplou-a comovido. "É isso mesmo." Ela tremia toda, como se estivesse com febre. Era o que ele esperava. Ela se aproximava da narrativa do maior e mais inaudito milagre, e um sentimento de grande solenidade a possuía. A sua voz se tornou vibrante, metálica; o entusiasmo e a alegria ressoavam na sua voz e a apoiavam. As linhas confundiam-se diante dos seus olhos, porque estavam nublados de lágrimas; mas ela sabia de cor o que ia lendo. Quando chegou ao último versículo: "Não podia Este, que abriu os olhos do cego...?", baixando a voz, ela exprimiu ardente e apaixonadamente a dúvida, a censura e a maldade dos incrédulos, dos torpes judeus, que logo a seguir, um minuto depois apenas, como feridos por um raio, iam tombar por terra, romper em soluços e acreditar. "E ele, ele também, cego e incrédulo, também ele ouvirá imediatamente e também acreditará, sim, sim. Agora mesmo!", sonhava ela, e tremia na sua jubilosa expectativa.

– "...Jesus disse-lhe: 'Não te disse eu que se acreditasses verias a glória de Deus?'. E Jesus, comovendo-se outra vez no seu íntimo, veio até ao sepulcro. Era uma cova, que tinha uma pedra em cima. Jesus disse: 'Tirem a pedra'. Marta, a irmã do morto, disse-lhe: 'Senhor, vede que está já de quatro dias'. E pronunciou intencionalmente a palavra 'quatro'."

– "...Jesus disse-lhe: 'Não te disse eu que se acreditasses verias a glória de Deus?'. Então tiraram a pedra da cova onde o morto tinha sido posto. E Jesus, erguendo os olhos ao alto, disse: 'Pai, dou-Te graças por me teres ouvido. Eu sabia que Tu me ouves sempre, mas disse-lhe isto por causa do povo que está à minha volta, para que acreditem que foste Tu que me enviaste'. E, depois de ter dito isto, gritou em voz muito alta: 'Lázaro, sai'. E aquele que estava morto saiu..."

Ela lia com voz forte e solene, tremendo e encolhida de frio, como se tivesse visto tudo aquilo com os seus próprios olhos.

– "...tinha as mãos e os pés ligados com ataduras, e o rosto envolvido num sudário. Disse-lhe Jesus: 'Desatem-no e deixem-no ir'. Então muitos dos judeus que tinham vindo ter com a casa de Maria e viram o que Jesus fizera, acreditaram nele."

A leitura ficou por aqui, pois ela já não podia continuar, e, fechando o livro, levantou-se rapidamente da cadeira.

– Isto é tudo o que há a respeito da ressurreição de Lázaro – murmurou com voz cortante e dura, e ficou imóvel, meio de costas, sem se atrever a erguer os olhos para ele, como se estivesse envergonhada. Um tremor febril continuava a agitá-la. A luzinha que, há algum tempo, já começara a se consumir no candeeiro iluminava vagamente naquele mísero quarto um assassino e uma prostituta, estranhamente reunidos para ler o livro eterno. Passaram-se cinco ou mais minutos.

– Vim para te dizer uma coisa – declarou Raskólhnikov de repente, com voz rouca e franzido o cenho; levantou-se e se aproximou de Sônia. Esta ergueu os olhos para ele, em silêncio. Os dele estavam especialmente severos e denunciavam uma selvagem resolução.

– Abandonei hoje a minha família – disse –, a minha mãe e a minha irmã. Não voltarei para junto delas.

– Por quê? – perguntou Sônia, assombrada. O seu encontro recente com a mãe e com a irmã dele lhe deixara uma impressão extraordinária, embora confusa para si mesma. Escutou a notícia da ruptura quase com espanto.

– Agora, eu não tenho mais ninguém senão a ti – acrescentou ele. – Vamos viver juntos. Vim te buscar. Se somos os dois malditos, vamos nos unir então!

Seus olhos cintilavam: "Parece um louco!", pensou Sônia por sua vez.

– Mas para onde vamos? – perguntou ela, assustada e, involuntariamente, retrocedeu.

– Sei lá! Só sei que temos de seguir um mesmo caminho, isso é o que eu sei... Apenas isso! Um mesmo fim!

Ela olhava para ele e não compreendia. Compreendia unicamente que ele era terrível, infinitamente desgraçado.

– Ninguém nunca te compreenderá se lhes falares – continuou –, mas eu te compreendo. Tu eras necessária para mim, por isso vim te buscar.

– Não compreendo... – balbuciou Sônia.

– Mais tarde vais me compreender. Tu não fizeste, por acaso, o mesmo que eu? Tu também infringiste a norma... Foste capaz de infringi-la. Tu levantaste a mão contra ti própria, perdeste para sempre a tua vida... A tua (tanto faz!). Tu podias ter vivido pelo espírito e pela razão e vieste parar no Mercado do Feno... Mas tu não podes te manter e, se ficares sozinha, acabarás enlouquecendo, como eu. Já estás meio louca; nós dois devemos caminhar juntos pelo mesmo caminho. Vamos!

– Por quê? Por que diz isso? – exclamou Sônia, estranha e violentamente comovida por aquelas palavras.

– Por quê? Porque é impossível ficarmos assim... Por isso! Acaba sendo necessário julgar as coisas reta e seriamente e não chorar e gritar como crianças, porque Deus não consentirá isso! Porque, vamos ver, afinal: que será de ti se amanhã te levarem para um hospital? A outra está transtornada e tísica, e não vai demorar a morrer. E os pequenos? Pólietchka não vai cair na perdição? Não vês por aqui, pelas ruas, crianças que as mães mandam pedir esmola? Eu sei muito bem onde vivem essas mães e em que cubículos. Ali não é possível que as crianças se conservem crianças. Ali há prostitutas e ladrões de sete anos. E, bem sabes, as crianças são a imagem de Cristo: delas é o reino de Deus. Ele mandou que as honrássemos e amássemos; eles são o futuro da humanidade...

– Mas o que vou fazer? – repetia Sônia com um choro histérico e torcendo as mãos.

– Que fazer? Romper de uma vez para sempre, só isso, e suportar a dor. O quê? Não me compreendes? Vais me compreender depois... Liberdade, poder, sobretudo poder! Sobre toda a criatura que treme e sobre todo o formigueiro! É esse o objetivo! Vê se compreendes! É esse o testamento que eu te deixo! Talvez eu esteja falando contigo pela última vez. Se não vier te ver amanhã, vais saber de tudo por ti mesma, e então te recorda das palavras que agora te digo. E talvez algum dia, passados anos, ao longo da vida, chegues a compreender o que elas significam. Se vier amanhã vou te dizer quem matou Lisavieta. Adeus!

Sônia tremia de medo.

– Mas sabe quem a matou? – perguntou, transida de espanto e olhando para ele assombrada.

– Sei e vou te dizer... A ti, só a ti! Escolhi a ti. Não virei te pedir perdão, mas simplesmente te dizer. Há algum tempo que te escolhi para te dizer, desde que o teu pai me falou de ti, e quando Lisavieta ainda era viva já tinha pensado nisso. Adeus! Não me dês a mão. Até amanhã!

Saiu. Sônia o seguiu com os olhos, como a um louco; e ela própria também se sentia como louca. Sua cabeça rodava.

"Senhor! Como é que ele pode saber quem é que matou Lisavieta? Que quis dizer com aquelas palavras? Que horrível é tudo isto!" Mas, no entanto, aquela ideia não lhe passava pelo pensamento. "Nunca! Nunca! Oh, ele deve ser espantosamente infeliz! Abandonou a mãe e a irmã. Por quê? Que teria acontecido? Quais serão as suas intenções? O que ele dissera? Beijou-lhe os pés e disse-lhe... disse-lhe (sim, isso disse com bastante clareza) que não podia viver sem ela... Oh, Senhor!"

Passou a noite toda com febre e delirando. Às vezes se sobressaltava, chorava, torcia as mãos; depois voltava a cair numa sonolência febril e sonhava com Pólietchka, com Ekatierina Ivánovna, com Lisavieta, com a leitura do Evangelho e com ele... Com ele, com o seu rosto pálido e os seus olhos de fogo... Beijava os pés dela, chorava... Oh, Senhor!

Do outro lado da porta da direita, daquela mesma porta que separava o quarto de Sônia do de madame Kárlovna Resslich, havia um quarto que há muito tempo estava vazio, pertencente ao andar da senhora Resslich, que estava para alugar, e ela tinha posto um cartãozinho na porta da casa e escrito nas janelas que davam para o canal. Há algum tempo que Sônia se acostumara a considerar esse quarto como desabitado. E no entanto, durante todo esse tempo, por trás da porta do aposento vazio, o senhor Svidrigáilov estivera espreitando e escutando. Quando Raskólhnikov saiu ele continuou no seu posto, meditando, e depois voltou nas pontas dos pés para o seu quarto, que ficava ao lado desse que estava desabitado, pegou uma cadeira e, sem fazer barulho, encostou-a à porta que dava para o quarto de Sônia. O diálogo tinha lhe parecido interessante e significativo, e muito a seu gosto... tão de seu gosto que colocou a cadeira ali a fim de, na outra vez, no dia seguinte, por exemplo, não ter de suportar novamente o incômodo de ficar de pé uma hora inteira e poder se instalar comodamente, para poder estar a seu gosto, em todos os sentidos.

CAPÍTULO V

Quando na manhã seguinte, às onze em ponto, Raskólhnikov entrou na delegacia, na seção do juiz de instrução, e pediu que anunciassem a sua visita a Porfíri Pietróvitch, ele mesmo se admirou que demorassem tanto a recebê-lo; decorreram pelo menos dez minutos até que o mandassem entrar. Segundo os seus cálculos, deviam tê-lo feito entrar imediatamente. E, no entanto, ali estava ele no vestíbulo e pela sua frente passavam indivíduos que, evidentemente, não reparavam na sua presença. Na sala contígua, que tinha aspecto de repartição, havia alguns escriturários de pena em punho, e era evidente que nenhum deles fazia a menor ideia de quem fosse o tal de Raskólhnikov. Ele seguia com olhos inquietos e desconfiados tudo que se passava à sua volta, inspecionando: "Será que não havia por ali algum guarda, algum olhar secreto encarregado de espiá-lo, para que não fugisse?". Mas não havia nada disso, apenas as caras dos empregados, muito atentos ao seu trabalho, e um ou outro indivíduo, e nenhum reparava nele, ainda que percorresse os quatro cantos da sala. Cada vez se firmava nele com mais força a ideia de que se, de fato, aquele homem enigmático do dia anterior, aquele fantasma saído debaixo do chão soubesse de tudo e tivesse visto tudo... por acaso deixariam ele, Raskólhnikov, esperando ali tranquilamente até às onze, até que lhe tivesse apetecido apresentar a sua declaração... De onde se concluía que, ou aquele homem não tinha vindo ainda acusá-lo, ou... ou, simplesmente, que ele também não sabia nada, nem vira nada com seus próprios olhos (e como poderia ter visto?), e que tudo o que lhe acontecera, a ele, Raskólhnikov, no dia anterior, não fora mais que uma aparição, ampliada pela sua imaginação excitada e doente. Esta explicação já no dia anterior, no momento do seu maior medo e desolação, começara a criar raízes dentro dele. Depois de pensar em tudo isso, agora, e quando se preparava para uma nova luta, sentiu de repente que estava tremendo... e até ferveu de indignação só com a ideia de que podia tremer de medo diante daquele odioso Porfíri Pietróvitch. O mais terrível para ele era ter de se ver outra vez em frente àquele homem; sentia uma aversão sem limites por ele, infinita, e até temia que esse ódio pudesse fazê-lo se trair de alguma maneira. E a sua indignação era tão veemente que o seu tremor cessou de imediato; preparou-se para entrar com um aspecto sereno e altivo, e jurou a si mesmo que iria se limitar, na medida do possível, a ficar calado, a olhar, e que dessa vez pelo menos, acontecesse o que acontecesse, haveria de dominar o seu temperamento, doentiamente irritável. Precisamente naquele instante o chamaram da parte de Porfíri Pietróvitch.

Por acaso, naquele momento, Porfíri Pietróvitch se encontrava só em seu gabinete. Era uma sala de tamanho razoável, na qual havia uma grande mesa-escrivaninha diante de um divã forrado de oleado encerado, uma escrivaninha, um armário num canto e algumas cadeiras, tudo móveis do Estado, de madeira amarela, que começava já a perder o verniz.

Num canto, na parede do fundo, ou, para melhor dizer, no tabique, havia uma porta fechada; ali, do outro lado do tabique, devia haver, provavelmente, outras salas. Quando Raskólhnikov entrou, Porfíri Pietróvitch fechou imediatamente a porta por onde ele entrara e ficaram os dois absolutamente sozinhos. Aparentemente acolheu o seu visitante da maneira mais jovial e amável, e só passados alguns minutos, em virtude de certos indícios, Raskólhnikov notou uma certa ansiedade nele... como se o tivessem vindo distrair de repente ou o tivessem apanhado em alguma atitude muito íntima e secreta.

– Olá, meu caro! Aqui o temos... nos nossos domínios... – começou Porfíri, estendendo-lhe as duas mãos. – Bem, sente-se, *bátiuchka*! Ou talvez não queira que lhe chame meu caro nem... *bátiuchka*... assim, *tout court.*[7] Não considere isto uma familiaridade... Para cá, venha para cá, para o divãzinho.

Raskólhnikov sentou-se sem tirar os olhos de cima dele.

"Nos nossos domínios"; aquela desculpa por causa da familiaridade, aquela frasezinha francesa *tout court* etc. etc. tudo aquilo eram sinais característicos. "Mas, no entanto, me estendeu as duas mãos e não chegou a me dar nenhuma, retirou-as a tempo", pensou, desconfiado. Vigiavam-se mutuamente, mas, quando os seus olhares se cruzavam, ambos os desviavam com uma rapidez fulminante.

– Trago-lhe um documento referente ao relogiozinho... Aqui está. Está bem redigido ou será preciso fazê-lo outra vez?

– O quê? O documento? Sim, sim, não se preocupe, está bem – disse Porfíri Pietróvitch, como se tivesse pressa de qualquer coisa e, dizendo isto, pegou no papel e deu uma olhada. – Sim, é isto, precisamente. Não é preciso mais nada – afirmou com a mesma precipitação nas palavras e deixou o papel em cima da mesa. Depois, passado um minuto, falando já de outra coisa, tornou a tirá-lo dali e colocou-o no seu escritório.

– O senhor, segundo me parece, me disse ontem que desejava me interrogar... oficialmente... acerca do meu relacionamento com essa... mulher que foi assassinada – disse Raskólhnikov retomando o diálogo. "Mas, vamos a ver, com que propósito veio isto de, 'segundo me parece'?" foi a ideia que lhe passou pela cabeça, como um raio.

7. "Simplesmente", em francês no original. (N.E.)

E de repente sentiu que a sua irritação, só pelo contato com Porfíri e por causa daquelas duas palavras e dois olhares, já tinham se expandido num instante em proporções assombrosas e que isso era terrivelmente perigoso; os seus nervos se crispavam e a sua agitação aumentava cada vez mais. "Mau! Mau, mau! Vou outra vez dar com a língua nos dentes!"

– Sim... sim... sim! Não se preocupe! Temos tempo, temos tempo – murmurou Porfíri Pietróvitch dando voltas em torno da mesa, mas sem objetivo algum, dirigindo-se ora para a janela, ora para o gabinete, voltando outra vez para junto da mesa, evitando o olhar desconfiado de Raskólhnikov e ficando outras vezes parado a olhá-lo fixamente no rosto. A sua figura pequenina, gorducha e redonda como uma bola que parecia rolar em várias direções e bater em seguida contra todas as paredes e todos os cantos ficava muito estranha assim. – Temos tempo, temos tempo! Fuma? Tem cigarros? Então aqui tem um – continuou, oferecendo um cigarro ao seu visitante. – Olhe, recebo-o aqui, mas tenho a minha casa ali, do outro lado do tabique... fornecida pelo Estado; mas agora, de momento, tenho uma casa noutro lugar. Era preciso fazer umas obras, aqui. Agora já estão quase prontas... Moradia à custa do Estado, sabe? É uma grande coisa, não é verdade? Não lhe parece?

– Lá isso é, é uma grande coisa – respondeu Raskólhnikov olhando-o quase com sarcasmo.

– Uma grande coisa, uma grande coisa... – repetia Porfíri Pietróvitch como se, de repente, tivesse começado a pensar em alguma coisa de completamente diferente. – Sim, uma grande coisa! – exclamou quase gritando, para terminar, fixando subitamente o olhar sobre Raskólhnikov e parando a dois passos dele. Essa monótona e estúpida reiteração, de que a moradia à custa do Estado era uma grande coisa, contrastava demais, pela sua vulgaridade, com o olhar sério, preocupado e enigmático com que fulminava agora o seu visitante.

E isso veio agravar ainda mais a cólera de Raskólhnikov, o qual não pôde se dominar e proferiu um desafio sarcástico e bastante imprudente:

– Sabe de uma coisa? – perguntou de repente, olhando-o quase com insolência e como se encontrasse prazer nessa insolência. – Ao que parece, há uma regra jurídica, um procedimento jurídico aplicável a todos os processos possíveis, que é o de começar de longe, por pormenores ou por qualquer coisa séria mas completamente secundária, com o fim de, por assim dizer, animar; ou, para melhor dizer, distrair o interrogado, adormecer a sua vigilância e, depois, de repente, da maneira mais inesperada, fazer de chofre uma pergunta fatal e perigosa. Não é assim? Parece que esse processo continua a ser mencionado religiosamente em todos os manuais e textos, não é verdade?

– De fato, é assim... Mas o senhor acha que eu lhe falei da moradia do Estado para... hein? – e depois de dizer isso Porfíri Pietróvitch fez uma carda e piscou os olhos; as rugas miúdas da sua testa se tornaram mais visíveis, mas se apagaram logo a seguir, seus olhos se tornaram ainda menores, suas feições se dilataram e, de repente, ele desatou num riso nervoso, longo, ao mesmo tempo em que retorcia todo o corpo e olhava Raskólhnikov de frente, nos olhos. Este começou também a rir um pouco, fazendo um esforço grande; mas quando Porfíri, ao ver que ele também ria, teve um acesso de riso que ficou quase completamente vermelho, então a repugnância de Raskólhnikov ultrapassou repentinamente toda a prudência; deixou de rir, franziu o cenho e ficou olhando longa e rancorosamente para Porfíri, sem tirar os olhos de cima dele, enquanto durava aquele riso prolongado, que parecia intencionalmente não desejar dominar. Aliás, a imprudência era visível nos dois; era como se Porfíri risse na própria cara do visitante, ao qual aquele riso ficava tão mal, e não se perturbava de maneira alguma por semelhante circunstância. Este último fato era muito significativo para Raskólhnikov; ele compreendia que Porfíri Pietróvitch não se atrapalhara, e que, pelo contrário, ele, Raskólhnikov, é quem se deixara cair na armadilha; que com certeza havia nesse meio alguma coisa que ele ignorava, alguma intenção; que talvez estivesse tudo planejado, e que logo a seguir, naquele mesmo instante, fosse se revelar e ficar claro...

Foi imediatamente ao assunto, levantou-se do seu lugar e pegou o gorro:

– Porfíri Pietróvitch – disse resolutamente, mas bastante excitado. – Ontem o senhor exprimiu o desejo de que eu viesse aqui para me fazer não sei que interrogatório – acentuou especialmente a palavra “interrogatório”. – Aqui estou, e se quiser me interrogar, pode começar já; senão, permita que me retire. Não posso perder tempo, tenho de ir tratar de um assunto...

Tenho de assistir ao enterro desse funcionário atropelado por uma carruagem, que o senhor... já sabe... – acrescentou, e imediatamente ficou aborrecido consigo mesmo por causa daquela declaração, e ficou mais excitado ainda. – Tudo isto me aborrece muito, o senhor sabe? E há muito tempo... pode ser que, em parte, a minha doença seja por causa disto tudo; em resumo: queira me interrogar ou deixe-me sair... agora mesmo; mas se me interrogar, faça-o de acordo com a lei. De outra maneira não me presto a isso e, adeus, pois agora nós dois não temos nada que fazer a fazer.

– Senhor! Mas o que lhe aconteceu? Sobre o que eu vou interrogá-lo? – exclamou Porfíri mudando imediatamente de tom e de aspecto e acabando com o seu riso num abrir e fechar de olhos. – Mas não se preocupe, por favor – pediu, solícito, tornando a andar ansiosamente de um lado para o outro e parando de repente para tentar fazer Raskólhnikov sentar. – Há tempo de sobra, há tempo de sobra, e tudo isto são apenas pormenores! Eu, pelo contrário, estou muito contente que tenha vindo me visitar... Considero-o como uma visita. E me desculpe por este maldito riso, meu caro Rodion Románovitch, desculpe-me... É Rodion Románovitch? É este o seu nome? Sou muito nervoso e o senhor me fez rir com a agudeza da sua observação; às vezes, é verdade, me ponho a rebolar como uma bola de borracha e fico assim uma boa meia hora... Gosto de rir. Tenho medo de uma paralisia, dado o meu temperamento. Mas sente-se... o que tem? Faça favor, meu caro, senão vou achar que está aborrecido...

Raskólhnikov se conservava calado, escutava e observava, cada vez mais furioso. Aliás, sentou-se sem largar o gorro das mãos.

– Vou lhe dizer uma coisa a meu respeito, meu caro Rodion Románovitch, para lhe explicar, por assim dizer, o meu caráter – continuou Porfíri Pietróvitch, dando voltas pela sala e parecendo, como há pouco, querer evitar que o seu olhar se cruzasse com o do visitante. – Eu, repare, sou solteiro, sou desconhecido e também não conheço ninguém e, além disso, sou um homem acabado, um homem endurecido, que se deixou ficar na sua concha e... e... e não sei se já reparou, Rodion Románovitch, que entre nós, aqui, na Rússia, e sobretudo no nosso ambiente petersburguês, quando dois homens inteligentes se encontram, que ainda não se conhecem bem, mas que, por assim dizer, se respeitam mutuamente, como nós, neste caso, ficam uma meia hora sem acharem um tema para a conversa... e ficam muito hirtos um em frente do outro, atrapalhados. Todo mundo tem um assunto para conversar; as senhoras, por exemplo... e as pessoas da alta sociedade, nunca falta a elas sobre o que falar, mas os indivíduos da classe média, como nós, ficam atrapalhados e não conseguem dizer nada... Quero dizer com isso que são tímidos. E por que será isso, meu caro? Será que não possuem interesse pelos assuntos sociais ou porque somos muito honestos e não queremos nos enganar uns aos outros? Eu não sei. Que lhe parece? Mas largue o gorro, assim parece que está disposto a ir já embora; me dá verdadeira pena vê-lo assim... Eu, pelo contrário, estou tão contente...

Raskólhnikov largou o gorro e continuou calado, sério e sombrio, escutando o vazio e incoerente discurso de Porfíri. "Será que a sua verdadeira intenção é a de distrair a minha atenção com a sua estúpida loquacidade?"

– Não lhe ofereço café, porque não é lugar para isso; mas por que pode passar cinco minutos com um amigo, para se distrair? – continuou Porfíri sem interrupção. – E já sabe, todos esses deveres de cortesia... Olhe, meu caro, não se ofenda por eu andar de um lado para o outro; desculpe-me, *bátiuchka*; tenho muito medo de ofendê-lo, mas este exercício é imprescindível para mim. Estou sempre sentado e é uma alegria poder estar cinco minutos em movimento... as hemorroidas... tenho a intenção de tratá-las por meio da ginástica; dizem que homens de Estado e até conselheiros secretos saltam corda regularmente; repare, é o que a ciência quer, hoje em dia... é assim mesmo... Mas quanto a esses deveres daqui, interrogatórios e outros requisitos... repare, meu caro, foi o senhor quem se referiu a isso há pouco; de fato, foi o senhor quem falou disso... e veja uma coisa: na realidade, esses interrogatórios às vezes desorientam mais o que interroga do que o interrogado... A este respeito o senhor, meu caro, já fez há pouco uma observação tão justa quanto aguda – Raskólhnikov não tinha feito tal observação. – É um engano! Um autêntico engano! Porque, afinal, continua tudo na mesma, tudo na mesma, como a lesma! Mas qualquer dia temos aí a reforma[8] e, pelo menos,

8. Trata-se da reforma do judiciário, realizada após 1864 na Rússia. (N.E.)

vão nos tratar de outra maneira, he... he... he! Mas quanto aos nossos costumes jurídicos – segundo a sua exata expressão –, estou absolutamente de acordo com o senhor. Mas vamos lá, diga-me uma coisa: qual dos nossos acusados, inclusive o mais idiota, não sabe que a começam interrogando acerca de coisas secundárias (conforme a sua feliz expressão), para depois, de repente, darem uma machadada em cheio, na cabeça, he, he, he! Segundo o seu acertado símile! He... he! De tal maneira que, por causa disso, o senhor chegou a pensar que eu estava falando da moradia por conta do Estado... He, he! É um trocista. Bem, não faço isso com o senhor! Ah, sim, de fato, uma palavra chama outra, um pensamento sugere outro! Foi o que o senhor disse ontem também, referindo-se à forma dos interrogatórios, não sei se sabe, dos interrogatórios... Mas que importa a forma! A forma, em muitos casos, fique sabendo, é um absurdo. Às vezes dá mais resultado conversar amigavelmente. A forma nunca desaparecerá; a respeito disso eu posso lhe responder; mas o que é a forma, na realidade, eu lhe pergunto. Não é possível manietar a cada passo o juiz de instrução por causa da forma. A função do juiz de instrução é, por assim dizer, uma arte livre, no seu gênero, ou qualquer coisa do gênero... He... he!

Porfíri Pietróvitch parou um momento para tomar fôlego. Falava sem parar, atirando à toa frases ocas, e de repente soltava algumas palavras enigmáticas para, ato contínuo, continuar a dizer asneiras desatinadamente. Agora já eram verdadeiras corridas que ele dava pelo gabinete, movimentando cada vez mais depressa as suas pernas gorduchas, de olhos fixos no chão, com a mão direita encarapitada nas costas e agitando sem cessar a esquerda em múltiplos gestos que, de maneira espantosa, nunca correspondiam às suas palavras. Raskólhnikov observou de repente que, enquanto corria assim pela sala, parou duas vezes junto da porta, mas apenas por um momento e com a intenção de escutar... "Será que esta à espera de alguém?"

– Olhe, o senhor, de fato, tem razão – encareceu de novo Porfíri, alegremente, olhando para Raskólhnikov com um ar extraordinariamente bonachão, que o fez estremecer e ficar imediatamente desconfiado. – O senhor tem, de fato, razão em rir das fórmulas jurídicas com tanta graça... He, he! Porque não há dúvida de que algumas das nossas fórmulas, com as suas pretensões de profundidade psicológica, são sumamente risíveis, sim senhor, e, além disso, inúteis no caso de nos coibirem demasiado. Lá isso é... Voltando novamente às fórmulas, vamos ver: suponhamos que eu reconheço ou, para melhor dizer, suspeito deste, daquele ou de outro indivíduo como culpado de um crime cujo processo me foi confiado... O senhor estudava Direito, não é verdade, Rodion Románovitch?

– Sim, estudava...

– Bem, pois aqui tem um pequeno exemplo que poderá lhe ser útil no futuro... Isto é, não vá supor que eu me proponho a lhe dar lições, ao senhor, que escreveu aquele artigo sobre os crimes! Não se trata disso, mas apenas de lhe apresentar um fato, como um pequeno exemplo... Vamos supor que eu passei a ter suspeitas deste, daquele ou daquele outro, por me parecer que é o autor de um crime; vejamos: por que eu iria incomodá-lo antes de tempo, embora possua algumas provas contra ele? Umas vezes me vejo obrigado, por exemplo, a mandar prender um indivíduo urgentemente; mas outras, a pessoa em questão é de outro caráter, e, de fato, por que eu não lhe daria tempo para que passeasse um pouco pela cidade? He... he! Não, o senhor, eu vejo, não está compreendendo o que eu lhe digo, e por isso vou lhe explicar com mais clareza: se eu mando prende-lo demasiado cedo, estou lhe prestando, por assim dizer, um auxílio moral. He... he! O senhor ri.

Raskólhnikov nem de longe pensava em rir, pelo contrário, rangia os dentes, não afastando o seu olhar inflamado dos olhos de Porfíri Pietróvitch.

– E, no entanto, é assim, sobretudo em relação a alguns indivíduos, porque são tipos muito diferentes e, com eles, só a prática é que vale. O senhor pode me dizer: e as provas? Suponhamos que as provas existam; mas repare, meu caro, as provas são, na sua maior parte, facas de dois gumes, e eu sou juiz de instrução, um homem fraco, reconheço; o que uma pessoa gostaria era de estabelecer os resultados do seu processo com uma exatidão, por assim dizer, matemática; desejaria encontrar uma prova de tal natureza, qualquer coisa do gênero dois-e-dois-são-quatro. O que uma pessoa gostaria seria de uma prova clara e incontestável! E veja, se o prendo antes do tempo, embora eu esteja convencido de que é "ele", sou eu mesmo que acabo me privando do meio de desmascará-lo mais à vontade; e como? Porque dessa maneira lhe destino uma posição, por assim dizer, definida; defino-o psicologicamente e tranquilizo-o, e ele se escapa e se mete na sua concha; compreende, finalmente, que está preso. Dizem que em Sebastópol, quando do caso de Alma[9], algumas pessoas inteligentes temiam que o inimigo atacasse o povoado declaradamente e o tomasse de um golpe; mas vendo que o inimigo iniciava um assédio segundo todas as regras e abria a sua primeira trincheira, as tais pessoas inteligentes se alvoroçaram e se tranquilizaram; pelo menos durante dois meses a coisa se dilataria, até que a tomassem por um assalto em regra! Ri-se outra vez, duvida outra vez? Sim, é claro; também tem razão nisto. Tem razão, tem razão! Tudo isso são casos particulares, concordo com o senhor; o caso que lhe apresentei é, de fato, um caso particular. Mas repare, meu muito excelente Rodion Románovitch, é preciso se lembrar de uma coisa; o caso geral, esse que apresenta todas as fórmulas e regras jurídicas, o que os livros consideram e escrevem, não existe na realidade, pela simples razão de que cada assunto, cada crime, por exemplo, assim que aconteceu, passa imediatamente a se converter num caso particular; e às vezes em circunstâncias tais que não se parece em nada com o anterior. Às vezes acontecem casos muito cômicos, nesse gênero. Bem, eu deixo o homem completamente só; não o prendo nem o incomodo, mas de maneira que fique sabendo, em todas as horas e em todos os minutos, ou pelo menos suspeite que eu sei tudo, que sei tudo ponto por ponto, que sigo a sua pista dia e noite, inutilizo as suas cautelas, e para que viva numa eterna suspeita e com medo de mim, de tal maneira o envolvo, juro, que ele próprio acaba nas minhas mãos ou fazendo alguma coisa que será muito parecida com o dois-e-dois-são-quatro, isto é, que tenha uma aparência, por assim dizer, matemática... Isso é que é agradável. Isso pode acontecer com um parvo, mas também com o nosso irmão, com um homem perfeitamente inteligente e até culto na sua especialidade, e há pouco tempo aconteceu! Porque, caríssimo, é uma coisa muito importante saber no que uma pessoa é culta. E depois há os nervos, os nervos, dos quais o senhor se esqueceu! Porque todos eles andam hoje doentes, débeis, excitados! E a bílis, todos eles têm tanta bílis! Olhe, sou eu

9. Alusão à Guerra russo-turca (1853-1856). (N.E.)

quem lhe diz: chegando a ocasião, pode ser esse o filão! O que me importa que ele ande à solta pelas ruas? Que passeie o quanto quiser; eu não preciso de mais nada para saber que ele é a minha pequena vítima e que não vai me escapar! Pois, para onde poderia ele fugir? He, he! Para o estrangeiro? Para o estrangeiro poderá fugir um polaco, mas não "ele", ainda mais que eu estou seguindo a sua pista e tomei as minhas medidas. Iria fugir para os confins do país? Mas lá vivem os camponeses verdadeiros, autênticos russos, e um homem com uma cultura contemporânea vai preferir sempre ir para o presídio a suportar o convívio com pessoas que lhe são tão estranhas, os nossos camponeses, he... he... he! Mas tudo isso são absurdos e superficialidades! O que significa fugir? Isso é uma pura fórmula; o essencial não é isso; não só ele não escapa por não ter para onde fugir, como também não escapa por razões psicológicas, he... he! Esta frasezinha, hein? Não escapa pela lei da natureza, ainda que tivesse para onde fugir. Já reparou numa borboleta à volta da luz? Bem, pois da mesma maneira ele se porá a dar voltas e voltas ao meu redor, como em torno de uma vela; a liberdade deixará de ser agradável para ele, começará a matutar, a viver numa inquietação, a ficar preso nas suas próprias redes e a sofrer angústias mortais... E isso ainda não é tudo: ele próprio, espontaneamente, me proporcionará alguma prova matemática, do gênero de dois-e-dois-são-quatro... assim que eu lhe dê um intervalo mais longo... E não fará mais do que traçar círculos e mais círculos cada vez mais apertados à minha volta, até que... pumba! Num desses voos virá cair na minha boca e eu vou engoli-lo com todo o gosto, he... he! Não lhe parece?

Raskólhnikov não respondeu: continuava sentado, pálido e imóvel, contemplando com a mesma atenção concentrada o rosto de Porfíri.

"Boa lição!" pensava, encolhido de frio. "Isto já não é sequer o jogo de gato e rato, como ontem; e não iria me demonstrar inutilmente a sua força e... me sugerir... é demasiado esperto para isso... Não há dúvida de que persegue outro objetivo, mas qual? Ah, é absurdo, meu caro, que tu queiras me assustar e usar estratagemas comigo! Tu não tens provas, e o homem de ontem não existe! O que tu queres é unicamente me confundir; o que queres é me irritar e, uma vez que eu caia nessa disposição, põe as garras em mim; mas estás enganado, estás enganado, não vais levar a melhor! Mas por que, por que ele me espreme até este ponto? Está contando com os meus nervos doentes? Não, meu caro, não, estás enganado, vais ter uma desilusão, embora andes tramando alguma. Bem, vamos ver o que andavas tramando."

E fez um esforço, juntando todas as suas energias, preparando-se para uma terrível e imprevista catástrofe. Às vezes sentia uma grande vontade de dar um salto e estrangular Porfíri ali mesmo. Quando entrou já sentia medo desses impulsos. Sentia que sua boca secava, que seu coração palpitava e que subia espuma aos seus lábios. Mas, no entanto, decidiu se calar e não falar senão quando chegasse a ocasião propícia. Compreendia que essa era a melhor tática, na sua situação, porque, assim, não só não se comprometia, como também, pelo contrário, provocava o adversário com o seu silêncio, e talvez ele soltasse alguma palavra imprudente. Pelo menos era o que ele esperava.

– Não, o senhor, eu bem vejo, não acredita, pensa que tudo o que eu estou dizendo são graças inocentes – insistiu Porfíri tornando-se cada vez mais alegre e satisfeito e começando outra vez a dar voltas pelo gabinete. – O senhor, sem dúvida, tem razão, no seu ponto de vista; Deus me deu até uma aparência que só inspira aos outros ideias cômicas; sou um bobo; mas digo e repito que o senhor, Rodion Románovitch, deve me perdoar, pois é um jovem na primeira juventude, por assim dizer, e eu sou um velho, e além disso deve me perdoar também, porque aprecia acima de tudo a inteligência humana, como todos os jovens. A sutileza da inteligência e as deduções abstratas da razão o seduzem. E veja como é igual, sem tirar nem pôr, ao antigo Hofskriegsrat[10] austríaco, por exemplo, pelo que eu posso julgar das coisas da guerra; no papel, eles é que denotaram Napoleão e o aprisionaram, e ali, no seu gabinete, entregaram-se da maneira mais sutil aos seus cálculos, mas eis senão quando o general Mack se rende com todo o seu exército, he... he... he! Já vejo, já vejo, meu caro Rodion Románovitch, que ri de mim por ser um civil e procurar exemplos na crônica militar. Mas o que se há de fazer? É o meu fraco: gosto muito de assuntos marciais e perco a cabeça ao

10. Conselho militar da Corte.

ler descrições de guerras... Não há dúvida de que errei a minha carreira. Devia ter ido para o Exército, é verdade. Pode ser que não tivesse sido nenhum Napoleão, mas teria sido major, isso sim, he... he... he! Bem, pois agora, meu filho, vou lhe dizer com todos os pormenores toda a verdade acerca desse caso particular; a realidade, e a natureza também, meu caro senhor, são coisas importantes, e de vez em quando os cálculos mais espertos falham por culpa dela. Ah! Escute um velho, porque estou falando sério, Rodion Románovitch, quando digo isto. – Porfíri Pietróvitch, apenas com 35 anos, pareceu ter envelhecido de repente; até a voz mudara e todo ele pareceu se encurvar – Além disso, sou um homem franco... Sou franco ou não sou? Que lhe parece? Não tem outro remédio senão reconhecer isso; estou lhe confiando tantas coisas desinteressadamente e sem pedir recompensa alguma, he... he! Bem, continuemos; a inteligência, a meu ver, é uma coisa magnífica; é, por assim dizer, uma beleza da natureza e um consolo na vida; podem-se fazer muitas travessuras com ela e desorientar um pobre juiz de instrução, que, além disso, se deixou levar pela sua fantasia, como costuma acontecer sempre, pois, e aí é que está o mal, ele é homem! Mas o pior é que a natureza vem em auxílio do pobre juiz! E é isso o que o jovem compreende, deslumbrado pela sua sabedoria, que salta por cima de todos os obstáculos (segundo o senhor disse ontem numa frase agudíssima e sutilíssima). Suponhamos que ele mente, refiro-me a esse indivíduo, a esse caso particular, ao desconhecido, e que mente da maneira mais astuta e sábia; qualquer pessoa poderá dizer que ele venceu e se vangloria com os frutos da sua esperteza, quando, de repente, puff!, no lugar mais interessante, mais escandaloso, vai e desmaia. Admitamos que está doente, que às vezes há uma atmosfera irrespirável nas salas... Mas, apesar de tudo, apesar de tudo, isso dá o que pensar! Soube fingir de uma maneira sem precedentes, mas, no entanto, não contou com a natureza! Foi aí que acabou toda a sua astúcia! Outra vez, seduzido pela sua inteligência, põe-se a troçar do homem que suspeita dele; empalidece como se fosse de propósito; ou de brincadeira; mas empalidece com demasiada naturalidade, demasiadamente a sério, e dá outra vez o que pensar. Embora tenha enganado a primeira vez, durante a noite reconsidera e se pergunta se não terá cometido alguma tolice!

Isso acontece a ele a cada passo! Que digo? Ele próprio toma a dianteira, começa a se meter onde não foi chamado, se põe a falar pelos cotovelos daquilo que, pelo contrário, não deveria falar, se atreve a formular hipóteses... he... he! Ele mesmo se apresenta e começa a perguntar: "Por que estão demorando tanto a me prender?". He... he... he! E isso, repare bem, pode acontecer ao homem mais esperto, com as suas pretensões de psicólogo e literato. – A natureza é um espelho, um espelho, e o mais transparente! Olhe para ele e se veja, é assim mesmo! Mas por que se pôs tão pálido, Rodion Románovitch? Falta-lhe o ar, quer que abra a janela?

– Oh, não se preocupe, por favor! – exclamou Raskólhnikov e, de repente, pôs-se a rir. – Não se incomode!

Porfíri parou diante dele, esperou um momento e, de repente, imitando-o, também desatou numa gargalhada. Raskólhnikov levantou-se do divã e reprimiu de súbito aquele riso, absolutamente convulsivo.

– Porfíri Pietróvitch! – disse numa voz forte e sonora, embora mal se aguentasse sobre as pernas trêmulas. – Até que enfim vejo claramente que o senhor suspeita decididamente de mim como autor do duplo assassinato dessa velha e de Lisavieta. Aviso-o de que, por meu lado, há muito tempo que estou farto de tudo isto. Se julga que tem o direito de me perseguir legalmente, ou de me prender, faça-o. Mas não lhe consentirei nem mais um momento que ria na minha cara.

De repente, seus lábios tremeram, seus olhos cintilaram de raiva e sua voz, que até ali mantivera firme, se quebrou.

– Não consinto! – exclamou, de repente, dando um soco sobre a mesa com toda a força. – Ouviu bem, Porfíri Pietróvitch? Não o consinto!

– Ah, senhor! Mas o que tem, outra vez? – exclamou Porfíri Pietróvitch, aparentemente assustado. – Caríssimo Rodion Románovitch! Meu caro! Pai! Que aconteceu?

– Não consinto! – tornou a gritar Raskólhnikov.

– Meu caro, mais baixo, que podem ouvi-lo e aparecem por aí! E depois, o que vai lhes dizer? – murmurou com espanto Porfíri Pietróvitch, aproximando a sua cara da de Raskólhnikov, até roçá-la.

– Não consinto, não consinto! – Repetia Raskólhnikov

maquinalmente, mas de repente também, em voz baixa.

Porfíri deu rapidamente uma meia-volta e correu para abrir a janela.

– É preciso ar fresco! E também devia beber um pouquinho de água, meu querido amigo; isso é um ataque! – e correu para a porta em busca de água, embora ali mesmo, num canto, houvesse uma garrafa com ela. – Meu caro, beba um gole – murmurou, aproximando-se dele com a garrafa – talvez lhe faça bem... – o susto e a compaixão de Porfíri Pietróvitch eram tão naturais que Raskólhnikov ficou calado a olhá-lo com uma curiosidade verdadeiramente ávida. Mas não provou a água.

– Rodion Románovitch! Meu amigo! Vamos ver! Parecia mesmo que tinha enlouquecido! Ai, ai! Beba um golinho de água! Beba, nem que seja só um golinho!

Obrigou-o a segurar o copo de água na mão. Ele o levou aos lábios maquinalmente, mas, percebendo a tempo, pousou-o com repugnância sobre a mesa.

– Foi isso mesmo, tornou a ter um ataque! Meu amigo, o senhor recaiu na sua doença – ponderou Porfíri com afetuosa simpatia, mas com um ar altivo. – Meu Deus! Mas é possível se deixar arrebatar dessa maneira? Olhe, Dmítri Prokófitch também esteve aqui para me ver ontem... Concordo, concordo que tenho um caráter mau, antipático. Mas precisamos ver o que ele concluiu dali! Meu Deus! Veio me ver ontem, depois do senhor ter ido embora. Estávamos jantando e se pôs a falar, a falar, e eu não podia fazer mais nada senão abrir os braços, espantado; bem, mas eu creio... Ah, meu Deus! Não viria da sua parte? Mas sente-se, meu caro, sente-se por amor de Cristo!

– Não, da minha parte, não! Mas sabia que ele ia vê-lo, e também o motivo – respondeu Raskólhnikov com brusquidão.

– Sabia?

– Sabia. Que tem isso de especial?

– Vamos, meu caro Rodion Románovitch, como se eu não conhecesse também todos os seus passos! Estou informado de tudo! É para que veja: sei que foi alugar um quarto, e quase de noite, ao escurecer, e que se pôs a puxar a campainha, e que perguntou pelo sangue, e que irritou os trabalhadores e o porteiro. Olhe, eu compreendo o seu estado de espírito naquele momento... Mas, apesar de tudo, o senhor se expõe, simplesmente, a enlouquecer! Por amor de Deus! Olhe que pode endoidecer! A cólera arde dentro do senhor com demasiada violência, por causa das ofensas recebidas, primeiro, do destino e depois dos policiais, e o senhor sonhava em obrigá-los todos a falar, e acabar assim de uma vez, porque já está farto de todas essas parvoíces e de todas essas suspeitas. Não é verdade? Adivinhei o seu estado de espírito? Simplesmente, com isso, não só se expõe à loucura, como expõe a nós, Razumíkhin e eu; ele é muito bom para que isso não lhe suceda; o senhor sabe. O senhor está doente, mas ele é bom, e essa doença podia pegar nele... Olhe, meu caro, quando estiver mais tranquilo, vou lhe contar... Mas sente-se, pelo amor de Cristo! Faça favor, descanse um pouco, está transtornado, sente-se.

Raskólhnikov sentou-se; um calafrio lhe percorreu todo o corpo. Escutava com a maior estupefação Porfíri Pietróvitch que, assustado e solícito, o obrigava a sentar-se. Mas não acreditava em nenhuma das suas palavras, embora sentisse uma estranha inclinação para acreditar nelas. Sobressaltou-se com a inesperada alusão de Porfíri ao aluguel do quarto: "Como é possível que ele saiba sobre o quarto?", pensou de repente. "Foi ele mesmo quem me falou isso!"

– Sim, senhor, uma vez já encontrei um caso semelhante, psicológico, na minha vida judicial, um caso assim doentio – prosseguiu Porfíri, falando rapidamente –, também se tratava de um indivíduo que se acusara de um crime. E de que maneira se acusara! Era vítima de um autêntico estado alucinatório, apresentou fatos, referiu todos os pormenores, despistou-os e deixou todo mundo desorientado. E, no fim, ele fora apenas, em parte, só em parte, o causador absolutamente involuntário de um crime, e quando soube que dera oportunidade ao assassino, ficou impressionado, começou a pensar, a pensar, desorientou-se e acabou acreditando que tinha sido ele o verdadeiro criminoso. Até que o Tribunal de Cassação interveio no assunto e absolveu o infeliz, submetendo-o a uma observação. Graças ao Tribunal de Cassação! E então... então... e... e... o que o senhor diz disso, meu caro? É que uma pessoa até pode ficar com febre quando está com os nervos fracos e começa a ir de noite puxar as campainhas e perguntar pelo sangue! Eu aprendi toda essa psicologia na prática. Às vezes acontece a um indivíduo sentir a tentação de se atirar de uma janela ou do alto de uma torre, e essa sensação tem algo de sedutora... Pois pode-se dizer o mesmo disso de puxar as campainhas... É uma doença, Rodion Románovitch, uma doença! O senhor descuidou excessivamente da sua doença. Devia ter consultado um médico experimentado e não esse tipo gordo... O senhor está delirando! Tudo o que se passa é apenas o efeito do delírio!

Por um momento, tudo se pôs a dar voltas em torno de Raskólhnikov.

"E se, e se", foi o que passou pela sua cabeça, "tudo isto for fingimento? É impossível, é impossível!", e repudiava esse pensamento, sentindo antecipadamente até que extremos a raiva e o furor podiam conduzi-lo, sentindo que se pode até enlouquecer de puro ódio.

– Eu não estava delirando, eu estava em meu perfeito juízo! – exclamou, usando toda a capacidade da sua inteligência para ver com clareza o jogo de Porfíri. – No meu juízo, no meu juízo! Está ouvindo?

– Sim, compreendo e ouço. O senhor também dizia, ontem, que não estava delirando, e insistiu especialmente nesse ponto, em que não delirava! Compreendo tudo que o senhor possa dizer. Ah! Mas escute também Rodion Románovitch, meu amigo, ainda que seja só um pormenor. Suponhamos que, no fundo, o senhor fosse de fato culpado, ou que tivesse intervindo de qualquer forma neste maldito assunto. O senhor, faça o favor de me dizer, poderia afirmar que não tinha feito tudo isso num estado de delírio, mas, pelo contrário, em seu perfeito juízo? Mais ainda: afirmar especialmente, afirmar com especial teimosia... seria possível isso, seria possível isso, compreende? Mas veja: eu afirmo redondamente o contrário. Se o senhor se sentisse culpado, de qualquer modo, então, o que lhe conviria afirmar seria precisamente que, sem dúvida alguma, que diabo!, estava delirando. Não é assim? Não tenho razão?

Algo de insidioso transparecia na pergunta. Raskólhnikov atirou-se para trás, para o recosto do divã, evitando Porfíri, que se inclinava para ele e o olhava perplexo, em silêncio e tenazmente.

– Agora, quanto ao senhor Razumíkhin, isto é, quanto a esclarecer se ele veio me ver ontem espontaneamente, por sua livre vontade ou por mandado seu, o que o senhor devia dizer era que tinha vindo espontaneamente e não por recomendação sua. Mas repare que não disse! O senhor afirma precisamente que ele veio por mandado seu.

Raskólhnikov não afirmara tal coisa. Um arrepio percorreu as suas costas.

– Isso é tudo mentira – declarou lenta e debilmente, com um sorriso crispado e doloroso nos lábios. – O senhor está outra vez querendo me demonstrar que percebe o meu jogo, que conhece de antemão todas as minhas contestações – sentindo ele próprio que as palavras já não saíam como ele desejava. – O senhor quer me meter medo... e está simplesmente troçando de mim.

Continuou olhando-o fixamente enquanto dizia aquilo e, de súbito, nos seus olhos tornou a brilhar uma cólera imensa.

– Tudo o que disse é mentira! – exclamou. – O senhor sabe muito bem que, para um criminoso, o melhor recurso é dizer a verdade, na medida do possível. Não acredito no que disse.

– Mas que cara o senhor faz! – riu Porfíri. – Com o senhor, meu caro, não é possível uma pessoa se entender, o senhor é um monomaníaco. Então não acredita em mim? Pois eu lhe digo que acredita, que acredita em mim um quarto de *archin* e vou fazê-lo acreditar um *archin* inteiro, porque tenho sincera amizade pelo senhor e desejo verdadeiramente o seu bem.

Os lábios de Raskólhnikov tremiam.

– Sim, lá isso é, gosto do senhor, digo isso com franqueza – continuou, pegando leve, amistosamente, um braço de Raskólhnikov, um pouco acima do cotovelo –, digo isso francamente: trate da sua doença. Além do mais, foi para isso que a sua família veio, e lembre-se dela. É preciso tranquilizar as pessoas da sua família e tratá-las com todo carinho; mas o senhor não faz outra coisa senão assustá-las.

– E o que importa isso ao senhor? Como sabe? Segue-me e pretende me demonstrar isso?

– Meu caro! Mas eu sei tudo pelo senhor mesmo! Por acaso não percebe que no meio da sua comoção começa a dizer tudo diante de mim e dos outros? Pelo senhor Razumíkhin, Dmítri Prokófitch soube também alguns pormenores interessantes. Não, o senhor nega, mas eu devo lhe dizer que, devido à sua irritabilidade, apesar de toda a sua astúcia, o senhor chega até a perder a noção das coisas. Porque, vamos ver, embora tenhamos de voltar outra vez ao tema das campainhas: uma preciosidade dessas, um fato dessa importância (porque isso é, afinal, um fato), sou eu, o juiz de instrução, que revelo assim, com toda a franqueza para o senhor! E o senhor não vê nada nisso? Se eu suspeitasse decididamente do senhor, iria agir desta maneira? Pelo contrário, o que me competia era começar por adormecer as suas desconfianças e não dar a entender que tinha conhecimento desse fato; procurar distraí-lo pelo lado contrário, e, de repente, aniquilá-lo com uma machadada na cabeça (segundo a sua expressão): "Olá, cavalheiro! Ora vamos a ver: o que o senhor estava fazendo no quarto da assassinada às dez e tanto da noite, quase às onze? E a que propósito tocou a campainha e perguntou pelo sangue? E por que procurou depois desorientar os porteiros e disse que o levassem à delegacia, à presença do tenente?". Eis a maneira como eu devia ter procedido, se tivesse a mais leve suspeita contra o senhor. Devia tê-lo submetido a um interrogatório formal, efetuar uma busca em sua casa e, além disso, mandado prendê-lo... Uma vez que me comporto de um modo tão diferente, é sinal de que não suspeito do senhor de maneira nenhuma. O senhor perdeu a noção das coisas e não vê nada de nada, repito.

Todo o corpo de Raskólhnikov estremeceu, de tal maneira que Porfíri notou claramente.

– Tudo que diz é mentira! – exclamou. – Não sei qual o seu objetivo; mas não faz mais nada senão mentir... Há pouco, não me falava dessa maneira, e eu não devo estar enganado... O senhor mente!

– Eu minto? – insistiu Porfíri, exaltando-se aparentemente, mas sem perder o seu aspecto jovial e brincalhão e sem se preocupar absolutamente nada com a opinião que o senhor Raskólhnikov pudesse fazer dele. – Eu minto? Vamos ver como é que eu (eu, o juiz), há pouco, me comportei com o senhor, indicando-lhe e proporcionando-lhe todos os meios para a sua defesa e apontando-lhe todas essas demonstrações psicológicas – doenças... que diabo!, o delírio, o amor-próprio ofendido, a melancolia, e, para cúmulo, todos esses policiais – e tudo o mais. Não foi isso? He, he, he! Embora, no fim das contas – não ocultarei – todos esses meios psicológicos de defesa, pretextos e subterfúgios sejam muito inconsistentes e semelhantes a facas de dois gumes. "Doença, ó diabo! Delírio, sonhos, tive uma alucinação, não compreendo" tudo isto está muito bem; mas vamos ver: por que, meu caro, embora admitindo a doença e o delírio, teve precisamente essas alucinações e não outras? Porque, afinal, podia ter tido outras. Não é assim? He, he, he!

Raskólhnikov lançou-lhe um olhar orgulhoso e de desprezo.

– Em resumo – disse com altivez e em voz forte, levantando-se e dando, ao fazê-lo, um pequenino empurrão em Porfíri –, em resumo, eu quero saber: me reconhece definitivamente fora de toda a suspeita ou não? Fale, Porfíri Pietróvitch, fale redonda e categoricamente, e já, neste momento!

– Mas que trabalho! Mas que trabalho que o senhor me dá! – exclamou Porfíri com uma cara perfeitamente jovial, insidiosa e sem uma ponta de inquietação. – Mas o que o senhor quer saber, o que o senhor quer saber com tanto empenho, se ainda não começaram a maçá-lo? Olhe, o senhor é como uma criança brincando com fogo. Mas por que se preocupa tanto? Por que me fez essa pergunta e com que razão? Hein? He, he, he!

– Repito-lhe – exclamou Raskólhnikov com veemência – que não posso suportar mais...

– Mas o quê? A incerteza? – interrompeu-o Porfíri.

– Não me exaspere! Não quero! Digo-lhe que não quero! Não posso nem quero! Ouça bem! Ouça bem! – gritou, tornando a dar um soco sobre a mesa.

– Mais baixo, mais baixo! Olhe que podem ouvi-lo! Previno-o seriamente. Contenha-se. E não estou brincando! – declarou Porfíri em voz baixa; mas, dessa vez, o seu rosto não tinha aquela expressão efeminada, bonacheirona e açodada de há pouco; pelo contrário, agora mandava severamente, franzindo o cenho e como se descobrisse de uma só vez todos os seus mistérios e todas as suas ambiguidades. Mas isso durou apenas um instante.

O encolerizado Raskólhnikov ia se entregar a um verdadeiro acesso de furor, mas, coisa estranha, voltou outra vez a obedecer à intimação de falar baixo, apesar de se encontrar em pleno paroxismo.

– Eu não me deixo torturar! – murmurou de repente, como se percebendo imediatamente, com dor e cólera, que não conseguira deixar de se submeter àquela ordem, pensamento que aumentava a sua fúria. – Mande me prender, efetuar uma busca em minha casa, mas faça tudo isso segundo as regras, em vez de brincar comigo! Não se atreve, eu sei.

– Não se preocupe com as formalidades – atalhou Porfíri com o mesmo sorriso insidioso de antes e como se derretesse em ternura com Raskólhnikov. – Meu caro, eu o convidei agora de uma maneira absolutamente familiar, amistosa.

– Eu não quero a sua amizade, cuspo em cima dela. Está ouvindo? Olhe, vou pegar meu gorro e vou embora. O que o senhor diz disso, se tem a intenção de me prender?

Pegou o gorro e se dirigiu à porta.

– Mas o senhor não quer, talvez, ter uma surpresa? – exclamou Porfíri rindo às gargalhadas e tornando a segurá-lo um pouco mais acima do cotovelo e parando junto da porta. Segundo parecia, conservava-se jovial e gracejador como antes, o que acabou de exasperar Raskólhnikov.

– Qual surpresa? De que se trata? – perguntou, parando e olhando para Porfíri com medo.

– Uma surpresa que está preparada aí, do outro lado da porta. He, he, he! – apontou com o dedo a porta fechada do tabique que conduzia à sua residência oficial. – Até a fechei à chave para que não fugisse.

– Mas quem? Onde está? De que se trata?

Raskólhnikov se aproximou da porta e tentou abri-la, mas estava fechada.

– Está fechada, mas aqui está a chave.

E, de fato, mostrou-lhe uma chave, que tirara do bolso.

– Tudo isso são patranhas! – gritou Raskólhnikov, já sem poder se conter. – Estás mentindo, maldito polichinelo!

E se atirou sobre Porfíri, que se retirava em direção à porta, sem dar o menor sinal de medo.

– Agora compreendo tudo, tudo! – disse ele. – Tu mentes e me irritas para que me entregue.

– Mas não é possível te entregares mais, caro Rodion Románovitch! Olhe, o senhor está desesperado. Não grite, senão terei de chamar...

– Mentes, nada vai acontecer! Pois chama e que venham! Tu sabias que eu estava doente e querias excitar-me até me ver colérico para que eu me entregasse, era este o teu objetivo. Mas não: arranja provas! Eu compreendo tudo! Tu não tens provas, só tens conjeturas porcas, miseráveis, as que Zamiótov te sugeriu... Tu conhecias o meu caráter, querias me lançar no desespero e depois me pores em poder dos sacerdotes e dos delegados... Estás à espera deles? Eh! Por que esperas? Onde é que estão? Que venham!

– Mas de que delegados está falando, meu caro? Os homens sempre têm muita imaginação! Mas se não é possível proceder de acordo com as formalidades, como diz... Olhe, meu caro, o senhor não sabe... Mas as formalidades não hão de faltar, como verá... – murmurou Porfíri, escutando à porta.

Efetivamente, naquele momento, junto da porta da outra sala ouviu-se um ruído.

– Aí vem! – exclamou Raskólhnikov. – Mandaste chamá-los por minha causa... Estavas à espera deles! Contavas com... Bem, pois que venham todos: delegados, testemunhas, tudo o que quiseres... Que venham. Estou pronto! Pronto!

Mas então aconteceu uma coisa estranha, algo tão inesperado no curso normal dos acontecimentos, que não há dúvida alguma de que nem Raskólhnikov nem Porfíri Pietróvitch podiam imaginar tal desenlace.

CAPÍTULO VI

Eis a recordação que esta cena deixou no espírito de Raskólhnikov. Aquele ruído que ouvira na sala contígua cresceu rapidamente e a porta pouco a pouco se entreabriu.

– Quem é? – perguntou Porfíri Pietróvitch contrariado. – Mas eu recomendei...

A resposta demorou, mas percebia-se perfeitamente que do outro lado da porta se encontravam vários homens que pareciam se esforçar por afastar alguém.

– Mas o que vem a ser isso? – repetiu Porfíri Pietróvitch, alarmado.

– Trazemos o preso, Nikolai – disse alguém.

– Não é preciso! Vão embora! Esperem! Mas para que o trouxeram para cá? Mas que desordem! – exclamou Porfíri, precipitando-se para a porta.

– É que ele... – tornou a dizer a voz de há pouco, e depois se calou.

Durante uns segundos se travou uma pequena batalha; depois, de repente, pareceu que tinham conseguido afastar alguém por meio da violência, e depois, finalmente, entrou um homem muito pálido no gabinete de Porfíri.

O aspecto daquele individuo, à primeira vista, não podia ser mais estranho. Olhava para frente, mas sem ver ninguém. Uma decisão brilhava nos seus olhos, mas, ao mesmo tempo, uma palidez mortal cobria o seu rosto, como se o conduzissem ao suplício. Seus lábios tremiam, completamente descoloridos.

Muito novo ainda, vestia-se com humildade; era de estatura mediana, magro, com o cabelo cortado em redondo, de feições finas e um tanto secas. O homem do qual ele escapara entrou na sala atrás dele e conseguiu segurá-lo por um ombro: era um guarda; mas Nikolai estendeu o braço e conseguiu escapar novamente.

Juntaram-se alguns curiosos à porta. Alguns se esforçavam para entrar. Tudo o que acabamos de contar aconteceu rapidamente.

– Saiam daqui! Ainda é cedo! Esperem que os chamem! Por que o trouxeram tão cedo? – murmurava Porfíri Pietróvitch, extremamente contrariado e como se estivesse fora de si. Mas, de repente, Nikolai ajoelhou-se no chão.

– Que é isso? – exclamou Porfíri estupefato.

– Eu sou culpado! A culpa é minha! Sou eu o assassino! – declarou inesperadamente Nikolai, como se lhe faltasse o fôlego, mas com uma voz bastante firme.

O silêncio prolongou-se durante dez segundos, como se todos tivessem caído em catalepsia; até o guarda deixou cair os braços e se afastou para a porta, onde ficou imóvel.

– Mas o que estás dizendo? – exclamou Porfíri Pietróvitch, saindo do seu espanto momentâneo.

– Que eu... que eu é que sou o assassino... – repetiu Nikolai, depois de um breve silêncio.

– O quê? Tu? Quem é que tu mataste?

Porfíri Pietróvitch estava visivelmente desconcertado.

Por um momento, Nikolai tornou outra vez a ficar calado.

– Alíona Ivánovna e a irmã Lisavieta Ivánovna... eu... fui eu quem as matou... com a machadinha. Não estava em meu perfeito juízo... – acrescentou de repente, e novamente ficou calado. Continuava de joelhos...

Porfíri Pietróvitch permaneceu mudo uns segundos, como se refletisse; mas de repente estremeceu violentamente e gesticulou com a mão, afugentando os curiosos. Estes desapareceram logo e a porta voltou a fechar-se. Depois olhou para Raskólhnikov, que permanecia a um canto, de pé, olhando avidamente para Nikolai, e de repente fez o gesto de correr para ele, mas se deteve, ficando a olhá-lo; pousou depois o olhar sobre Nikolai e, súbito, como por impulso, tornou a dirigir-se para Nikolai.

– Já queres de antemão arranjar uma desculpa com isso de que não estavas em teu juízo? – interpelou-o, quase colérico. – Eu não te fiz perguntas; se estavas ou não no teu juízo... fala. És tu o assassino?

– Sou eu o assassino... Posso provar... – disse Nikolai.

– Ah! Com que cometeste o crime?

– Com a machadinha. Tinha-a levado.

– Ah, estás com muita pressa! Sozinho?

Nikolai não compreendeu a pergunta.

– Foste tu sozinho quem cometeu o crime?

– Sozinho. Mitka é completamente inocente, não participou de nada.

– Mas por que tens tanta pressa de falar em Mitka, hein? Vamos a ver, me diz: como é que tu conseguiste fugir pela escada? O porteiro não viu vocês?

– Fiz isso para despistar... Depois corri atrás de Mitka – disse Nikolai, como se estivesse confuso e disposto de antemão a tudo.

– Pois sim! – exclamou Porfíri colérico. – Decoraste bem a lição! – murmurou Porfíri como se falasse consigo mesmo, e de voltou a fixar os olhos em Raskólhnikov.

Aparentemente ficara tão entretido com Nikolai que até chegou, por um momento, a se esquecer de Raskólhnikov. Agora, de repente, tornava a recordar-se dele e até parecia envergonhado.

– Rodion Románovitch, meu caro! Desculpe – disse-lhe. – Não é possível, na verdade... Faça o favor... O senhor não é necessário aqui... Eu mesmo... Veja que surpresa! Faça o favor...

E, pegando-lhe por um braço, indicou-lhe a porta.

– Pelo visto, o senhor não esperava isto? – disse Raskólhnikov, de fato sem compreender nada ainda, mas se apressando a recobrar o ânimo.

– Não, nem o senhor tampouco esperava, meu caro. Olhe como o seu braço treme! He... he.

– Sim, e o senhor também está tremendo, Porfíri Pietróvitch.

– Sim, eu também estou tremendo. Não esperava isto!

Já tinham chegado à porta, Porfíri esperava impacientemente que Raskólhnikov passasse.

– E aquela surpresa de que falava, não quer me mostrar? – perguntou Raskólhnikov, de repente.

– O senhor fala dos outros mas até os seus dentes batem! He, he! É um trocista! Bem, até à vista!

– De minha parte, adeus!

"Será o que Deus quiser, o que Deus quiser!", murmurou Porfíri com um sorriso contrafeito.

Quando passou pela sala da repartição, Raskólhnikov reparou que muitas pessoas o olhavam curiosamente. Por acaso viu, no vestíbulo, no meio das outras pessoas, os dois porteiros "daquela casa", aqueles aos quais desafiara para que o levassem à delegacia na tal noite. Estavam de pé e pareciam esperar alguma coisa. Mas mal chegara à escada, quando ouviu outra vez às suas costas a voz de Porfíri Pietróvitch. Voltou-se e verificou que ele corria para alcançá-lo.

– Uma palavrinha, Rodion Románovitch: quanto ao passado, será o que Deus quiser; mas, no entanto, para cumprir as formalidades, terei de interrogá-lo... Por isso tornaremos a nos ver em breve!

E Porfíri parou diante dele, sorrindo.

– Em breve – tornou a acrescentar.

Parecia que ainda tinha mais alguma coisa para dizer, mas que não conseguia.

– Porfíri Pietróvitch, desculpe-me aquilo que há pouco... Me excitei – começou Raskólhnikov, já completamente reanimado, sentindo até vontade de gracejar.

– Não fale mais disso, não fale mais disso – insistiu Porfíri, quase alvoroçado. – Eu também... Maldito caráter o meu; confesso, reconheço! Bem, então tornaremos a nos ver. Se Deus quiser, voltaremos a nos ver muitas vezes!

– E acabaremos finalmente nos conhecendo bem – acrescentou Raskólhnikov.

– E acabaremos finalmente nos conhecendo bem – concordou Porfíri Pietróvitch e, piscando um olho, ficou depois olhando-o fixamente. – E agora, vai a um aniversário?

– A um enterro.

– Ah, é verdade, a um enterro! Cuidado, cuidado!

– Eu, pelo meu lado, não sei o que vou lhe desejar – acrescentou Raskólhnikov, que já começava a descer a escada e, de repente, voltou-se para Porfíri. – Eu lhe desejo muitos êxitos, pois, de fato, a sua profissão é bem engraçada!

– Engraçada, por quê? – e imediatamente Porfíri, que já dera também meia-volta para se retirar, aguçou o ouvido.

– Porque, veja: esse pobre Mikolka[11], o senhor deve tê-lo torturado e mortificado psicologicamente, à sua maneira, até que ele confessou; deve ter a lhe dito dia e noite: "És o assassino, és o assassino...". Bem, mas agora que ele já confessou, o senhor vai tornar a moer os miolos dele, dizendo: "Mentes, estupor; tu não és o assassino! Não é possível! Tu estás repetindo uma lição decorada!". Podes me dizer, depois disso, que a tua profissão não é ridícula?

– He... he... he! Mas o senhor reparou que eu disse a Nikolai que ele estava repetindo uma lição decorada?

– Como é que não iria reparar?

– He... he! É engraçado, é engraçado. O senhor repara em tudo! É um grande pândego! E sabe escolher as notas mais cômicas... He... he! Ouça, dizem que Gogol, o escritor, possuía essa qualidade em alto grau.

– Sim, Gogol.

– É isso, Gogol... até o nosso próximo e agradabilíssimo encontro.

Raskólhnikov foi direto a sua casa. Estava tão cansado, esgotado, que logo que chegou lá se estendeu no divã e assim ficou um quarto de hora, simplesmente descansando e se esforçando para coordenar de qualquer maneira as suas ideias. Acerca de Nikolai, nem sequer formava qualquer juízo; era simplesmente espantoso; na confissão de Nikolai havia alguma coisa de obscuro, de assombroso, alguma coisa que, nesse momento, não conseguia explicar. Mas a confissão de Nikolai era um fato positivo. As consequências de tal fato lhe apareceram imediatamente com clareza: a mentira não iria se manter e então se voltariam outra vez contra ele. Mas pelo menos até

11. Forma popular de Nikolka.

lá estaria livre, e deveria, sem dúvida alguma, fazer qualquer coisa que lhe fosse útil, visto que o perigo era iminente.

Mas, até que ponto? A situação começava a se aclarar. Quando recordava, *a posteriori*, por cima, a recente cena com Porfíri, não podia deixar de estremecer de espanto. É certo que ainda ignorava todas as intenções de Porfíri e não podia adivinhar os seus últimos planos. Mas o jogo estava descoberto, em parte, e já podia compreender melhor do que ninguém, sem dúvida, como era terrível para si aquela vaza no jogo de Porfíri. Um pouco mais e se encontraria no terreno dos fatos. Conhecendo o aspecto mórbido do seu caráter, e tendo adivinhado isto desde o primeiro olhar, Porfíri procedia, se bem que com demasiada segurança, de um modo certeiro. É preciso andar depressa. Raskólhnikov também andava depressa, e agora acabara de se comprometer demasiado, não no terreno dos fatos, mas faltara pouco, tudo é relativo. No entanto, como, como ele interpretaria tudo isso agora? Não estaria enganado? A que resultado Porfíri teria chegado agora? Teria, de fato, preparado qualquer coisa? O quê, concretamente? Não estaria à espera de alguma coisa? Como teriam se separado hoje os dois se não tivesse acontecido aquela inesperada catástrofe provocada por Nikolai?

Porfíri descobrira quase todo o seu jogo; não há dúvida que se arriscava, mas tinha-o descoberto, e (isto tudo era o que parecia a Raskólhnikov) se efetivamente houvesse mais alguma coisa, ele também teria descoberto. Que surpresa seria aquela? Alguma brincadeira? Significaria qualquer coisa ou não? Poderia ser alguma coisa parecida com um fato, com uma acusação categórica? O homem da véspera? Onde ele estaria hoje? Porque se Porfíri contava com qualquer coisa de concreto, não havia dúvida de que isso devia estar relacionado com o homem da véspera...

Sentou-se no divã, deixando pender a cabeça, com os cotovelos sobre os joelhos e ocultando a cara com as mãos. Um tremor nervoso ainda agitava todo o seu corpo. Finalmente se levantou, pegou o gorro, parou um momento para refletir e depois se encaminhou para a porta.

Tinha o pressentimento de que, pelo menos naquele dia, podia-se considerar com toda a certeza isento de perigo. De súbito, sentiu uma espécie de alvoroço; desejava ir o mais depressa possível para a casa de Ekatierina Ivánovna. Já era tarde para ir ao enterro, mas chegaria ainda a tempo para o banquete fúnebre, e aí, dentro de um momento, veria Sônia.

Parou, reconsiderou, e um sorriso doentio surgiu em seus lábios.

– Hoje! Hoje! – repetia consigo mesmo. – Sim, hoje mesmo... Devo fazer isso...

Preparava-se para abrir a porta, quando, de repente, ela se abriu sozinha. Deu um pulo e retrocedeu. A porta se abriu lenta e suavemente, e logo apareceu a figura... do homem da véspera, aquele que saíra "de baixo da terra"...

O homem parou à entrada, examinou Raskólhnikov em silêncio e entrou uns passos dentro do quarto. Era precisamente o mesmo da véspera; a mesma figura, o mesmo traje, mas no seu rosto e no seu olhar notava-se uma grande mudança; agora parecia mortificado e, parando por um momento, lançou um profundo suspiro. Só faltou, nesse instante, levar a palma da mão à face e inclinar a cabeça para um lado para que parecesse completamente uma mulher.

– O que tem? – perguntou Raskólhnikov meio morto.

O homem ficou calado e, de súbito, inclinou-se profundamente perante ele, quase tocando o chão. Pelo menos roçou o chão com o anel da mão direita.

– O que o senhor está fazendo? – exclamou Raskólhnikov.

– Sou culpado – disse o homem em voz baixa.

– De quê?

Olharam-se ambos um ao outro.

– Estava ressentido. Quando o senhor quis ir até lá, naquele dia, talvez embriagado, e desafiou os porteiros a que o levassem à delegacia e perguntou pelo sangue, eu me senti ofendido quando vi que eles não faziam caso das suas palavras e que o tomavam por um bêbado. Fiquei tão incomodado que nem pude dormir naquela noite. Mas, como me lembrava da sua casa, viemos aqui ontem e perguntamos pelo senhor...

– Quem é que veio? – interrompeu-o Raskólhnikov, que começava a se lembrar naquele momento.

– Eu queria dizer que o ofendi.

– Então o senhor é daquela casa?

– Estava lá também, à porta, com os outros, não se lembra? Tenho uma oficina lá, há algum tempo. Sou peleiro estabelecido, trabalho em minha casa; mas o que mais me revoltou...

E então Raskólhnikov recordou toda a cena de três dias antes, atrás da porta; calculava que, além dos porteiros, haveria ali também alguns homens e mulheres. Lembrava-se de uma voz que tinha proposto que o levassem diretamente à delegacia. Não conseguia se lembrar da cara daquele que dissera isso, nem seria capaz de reconhecê-la agora; mas se lembrava de ter respondido a ele alguma coisa então, encarando-o.

Pode-se ver assim, por aqui, no que vinha dar todo aquele terror da véspera. O mais terrível de tudo era pensar que, de fato, quase tinha se perdido por causa daquele insignificante incidente. Via-se agora que, afora o caso do aluguel do quarto e a pergunta sobre o sangue, aquele homem nada mais poderia contar. De onde se inferia que Porfíri também nada mais tinha em seu poder senão aquele delírio, não tinha nenhum fato, a não ser este, psicológico, que é uma faca de dois gumes, de maneira nenhuma categórica. E assim, desde que não viessem a se revelar mais fatos (e não deviam vir a se revelar, não deviam, não deviam!) que podiam lhe fazer? Como poderiam acusá-lo de culpado, ainda que o prendessem? E, além disso, há apenas um momento que Porfíri acabava de saber aquilo do quarto, coisa que, até aí, ignorava.

– O senhor disse hoje a Porfíri... sobre eu ter estado ali? – exclamou, assaltado por uma ideia.

– A qual Porfíri?

– Ao juiz de instrução.

– Disse. Os porteiros não foram, mas eu me apresentei.

– Hoje?

– Um minuto antes do senhor entrar. E ouvi tudo, a maneira como ele o torturou...

– Onde? Como? Quando?

– Ali mesmo, atrás do tabique, estive todo o tempo sentado.

– O quê? Então a surpresa era essa? Mas é possível que tenha sido assim? Por favor!

– Quando eu vi – começou dizendo o outro – que os porteiros não queriam atender a minha indicação de irem à delegacia, alegando que já era tarde e que, além disso, iriam censurá-los por não terem ido antes, me aborreci, não consegui dormir e me pus a pensar. E, de acordo com o que pensei, fui lá hoje. Na primeira vez... ele não estava lá. Voltei uma hora mais tarde... Não me receberam; mas voltei a terceira vez e me mandaram entrar. Contei tudo o que acontecera, e ele começou a dar passos rápidos pela sala e a dar socos no peito: "Que pretendes fazer comigo, bandido?", dizia. "Se soubesse disso, mandava trazê-lo com um guarda." Depois saiu correndo, chamou não sei quem e se pôs a falar com ele num canto, veio outra vez então para me fazer perguntas e me insultar. Fazia uma porção de censuras; eu lhe contei tudo, disse-lhe que o senhor não se atrevera a responder às minhas perguntas do dia anterior e que não me reconhecera. E então ele começou outra vez com as suas correrias e os seus socos no peito, e vociferava e corria, e quando vieram anunciá-lo ao senhor... "Vamos", disse ele, "fica atrás do tabique, te senta ali e não te mexe, ouça o que ouvir"; e ele próprio me deu uma cadeira e me deixou ali escondido. "Pode ser", disse ele, "que eu te interrogue." E só me libertou quando trouxeram Nikolai, depois que o senhor foi embora; e ainda me disse: "Preciso de ti, vou te interrogar...".

– E interrogou Nikolai na tua presença?

– Quando mandou o senhor sair, também me despediu e começou a interrogar Nikolai.

O homem parou e de repente tornou a fazer outra reverência, roçando o chão com o anel.

– Desculpe a minha delação e o mal que lhe causei.

– Que Deus te perdoe – respondeu-lhe Raskólhnikov, e, mal acabara de dizer isso, o homem fez outra reverência, não até ao chão, mas de meio corpo para cima, deu lentamente meia-volta e saiu do quarto. – Tudo tem, agora, dois aspectos, tudo tem, agora, dois aspectos – afirmou Raskólhnikov, e, mais animado do que nunca, saiu do quarto.

"Agora podemos continuar lutando", disse com um sorriso malicioso, já na escada. Essa malícia era dirigida para si próprio; recordava com desprezo e vergonha a sua pusilanimidade.

Quinta Parte

CAPÍTULO I

A manhã seguinte à conversa para ele fatal, de Piotr Pietróvitch com Dúnietchka e Pulkhiéria Alieksándrovna, também provocou em Piotr Pietróvitch uma ação libertadora. Com grande contrariedade se viu obrigado pouco a pouco a reconhecer o fato como consumado e irrevogável, aquele mesmo fato que na noite anterior lhe parecera um acontecimento quase fantástico e, embora desorientador, algo impossível. Toda noite a negra serpente do amor-próprio ferido lhe mordeu o coração. Quando se levantou da cama, Piotr Pietróvitch foi imediatamente se olhar no espelho. Receava ter tido um derramamento de bílis durante a noite. Mas quanto a isso estava tudo bem, e quando olhou para o seu rosto digno, branco e um pouco tumefacto nos últimos tempos, Piotr Pietróvitch se consolou quase instantaneamente, com a plena convicção de que encontraria uma noiva em qualquer outro lugar, sim, e até talvez de melhor posição social. Mas em seguida caiu em si e cuspiu energicamente um esguicho de saliva, o que provocou um silencioso mas sarcástico sorriso no seu jovem amigo e vizinho de quarto, Andriéi Siemiônovitch Liebiesiatnikov. Piotr Pietróvitch notou esse sorriso e o pôs na conta muito pesada, havia já algum tempo, daquele rapaz. A sua cólera redobrou quando compreendeu de repente que não devia ter dito nada a Andriéi Siemiônovitch, no dia anterior, acerca do que aconteceu naquela noite. Essa era a segunda tolice que cometera naquela noite, no seu arrebatamento, por causa da sua excessiva expansividade, devido à sua excitação... Depois, durante toda aquela manhã, como de propósito não fez outra coisa senão sofrer contratempo atrás de contratempo. Até no Senado houve um certo revés num assunto com o qual tivera muita preocupação. O dono da casa que alugara e reformara a suas custas irritou-o especialmente por causa do seu próximo casamento; o referido senhorio, um operário alemão que enriquecera, não queria de maneira nenhuma modificar o contrato que tinha sido assinado há tão pouco tempo, e exigia o cumprimento de tudo que fora combinado, em todas as suas cláusulas, apesar de Piotr Pietróvitch querer devolver o quarto para ele quase todo renovado. O armazém de móveis também não se prestava, de maneira nenhuma, a lhe devolver nem um só rublo dos que dera para pagamento dos móveis, que ainda não tinham sido mudados para o andar: "Não vou me casar à força agora por causa dos móveis!", vociferava Piotr Pietróvitch para si mesmo, e, ao mesmo tempo, com uma esperança desesperada: "Mas será possível que tudo isso tenha ficado em nada, tenha acabado irrevogavelmente? Não se poderia tentar ainda alguma coisa?". A lembrança de Dúnietchka voltou a comovê-lo com um sedutor encanto, e não há dúvida de que se tivesse sido possível, nesse momento, suprimir Raskólhnikov do mundo dos vivos só pela força da vontade, imediatamente Piotr Pietróvitch teria formulado esse desejo.

"Cometi também outro erro em não ter lhe dado nenhum dinheiro", pensou, quando regressou tristemente ao cubículo de Liebiesiatnikov. "Mas por que, o diabo que me carregue, fui tão avarento? Nem sequer se tratava de uma questão de interesse! Eu queria mantê-las na miséria, depois tirá-las, para que me considerassem como a sua salvação, e, em troca elas... Ufa! Não, se durante todo este tempo tivesse dado a elas, por exemplo, mil e quinhentos rublos para o enxoval de noiva, e algum pequeno presente, algumas caixinhas, estojos com objetos de toucador, joias de cornalina, bagatelas, tudo comprado na casa de Knop ou no armazém inglês, a coisa teria ficado mais clara e... mais séria! Não teriam me repudiado, assim, tão facilmente! Essa gente é de tal natureza que teriam se julgado obrigadas a devolver, em caso de ruptura, os presentes e o dinheiro, e devolver ambas as coisas se tornaria muito duro e doloroso! Além disso, ficariam com dor de consciência. Que diabo, como puderam me mandar passear assim, sem mais nem menos, um homem que, até então, fora tão generoso e tão delicado! Hum! Fiz uma tolice!". E, rangendo outra vez os dentes, Piotr Pietróvitch chamou a si mesmo de imbecil... no seu íntimo, é claro.

Quando chegou a essa conclusão, voltou para casa mais furioso e irritado do que quando saiu. Os preparativos para o repasto fúnebre na casa de Ekatierina Ivánovna despertaram muito a sua curiosidade. Já no dia anterior ouvira alguma coisa a respeito do tal repasto fúnebre, parecia até se lembrar de que também tinha sido convidado, só que as suas ocupações particulares tinham absorvido toda a sua atenção. Apressou-se a se informar pessoalmente com a senhora Lippewechsel, que, na ausência de Ekatierina Ivánovna (que naquele momento estava no cemitério), se encarregara de pôr a mesa, e ficou sabendo que o tal festim seria solene, que quase todos os inquilinos haviam sido convidados, inclusivamente aqueles que não tinham convivido com o falecido, até o próprio Andriéi Siemiônovitch Liebiesiatnikov, apesar do grande aborrecimento que tivera com Ekatierina Ivánovna, e que, finalmente, ele mesmo, Piotr Pietróvitch, não só era convidado, como até o esperavam com grande impaciência, como o hóspede de mais categoria. A própria Amália Ivánovna era convidada com muita honra, apesar dos problemas passados, e agora fazia as vezes de dona de casa e trabalhava, quase com prazer; além disso estava toda enfeitada, embora de luto, com um vestido de seda novo com grandes flores estampadas, do qual se mostrava muito orgulhosa. Todos esses pormenores e as informações que recebeu sugeriram a Piotr Pietróvitch uma certa ideia, e se dirigiu para o seu quarto, isto é, para o quarto de Andriéi Siemiônovitch Liebiesiatnikov, bastante preocupado. Tudo isso porque acabara de ouvir dizer que Raskólhnikov fazia parte dos convidados.

Fosse lá pelo que fosse, Andriéi Siemiônovitch não saíra de casa toda a manhã. Piotr Pietróvitch tinha uma relação um tanto estranha com esse cavalheiro, embora natural, de certo modo; Piotr Pietróvitch o desprezava e o aborrecia muito, desde o próprio dia em que se instalara em sua casa; mas ao mesmo tempo ele lhe inspirava um certo receio. Veio se hospedar na casa dele, quando chegou a Petersburgo, não pelo simples motivo de economia, embora essa fosse a razão principal, mas por um outro motivo. Ainda na província, ele ouvira falar de Andriéi Siemônovitch, seu antigo pupilo, como um dos jovens progressistas mais avançados, e que ele desempenhava um papel importante em alguns círculos muito curiosos e já lendários. Isto impressionou Piotr Pietróvitch. Esses círculos desavergonhados, que sabiam tudo e desprezavam e denunciavam todo mundo, há algum tempo que provocavam um certo medo em Piotr Pietróvitch, aliás um medo vago. Porque, quando estava ainda na província, não conseguira de maneira nenhuma formar uma opinião justa, ainda que apenas aproximada, de tudo que fosse daquela índole. Ouvira dizer, como todo mundo, que existiam, sobretudo em Petersburgo, progressistas, niilistas, planejadores de reformas etc. etc.; mas, como muitas outras pessoas, exagerava e deturpava até ao absurdo a intenção e o significado dessas designações. O que mais lhe infundia terror, há alguns anos, era a denúncia pública, e era esse o fundamento do seu constante e exagerado desassossego, sobretudo no que dizia respeito aos seus sonhos de mudar as suas atividades para Petersburgo. A esse respeito estava, como costuma se dizer, amedrontado, como as crianças costumam estar às vezes. Acontece que soube, alguns anos antes, na província, no começo da sua carreira, de dois casos de pessoas importantes que sofreram cruelmente por causa dos denunciadores, e os quais ele defendeu e depois foi recompensado com a sua proteção. Um desses casos terminou de um modo bastante escandaloso e custou muita incomodação. Eis aqui o motivo por que Piotr Pietróvitch decidira, assim que chegou a Petersburgo, averiguar imediatamente do que se tratava e, caso fosse necessário, se antecipar aos acontecimentos e se apressar a ganhar as simpatias das nossas novas gerações. Para isso confiava em Andriéi Siemiônovitch, e, por exemplo, quando visitou Raskólhnikov, já sabia se virar, bem ou mal, com algumas frases aprendidas de cor...

É claro que não tardou a considerar Andriéi Siemiônovitch como um homem vulgar e ordinário. Mas isso de maneira nenhuma dissuadiu ou desencorajou Piotr Pietróvitch. Embora estivesse convencido de que os progressistas eram todos uns imbecis, nem por isso ficava mais sossegado. Pessoalmente não lhe interessavam absolutamente nada essas teorias, ideias e sistemas (com que Andriéi Siemiônovitch lhe enchia os ouvidos). A única coisa que lhe interessava esclarecer imediatamente era: "O que estava acontecendo ali? E tinham força esses indivíduos ou não tinham? Havia razão para receio ou não havia? Se se metesse em alguma coisa, iriam denunciá-lo ou não? E, se denunciavam, por que, concretamente, e por que, em particular, costumavam denunciar agora?". Mas isso era pouco: "Não haveria maneira de fingir perante eles e de enganá-los, se tivessem realmente força? Era necessário fazer isso ou não? Não poderia, por exemplo, usá-los para prosperar na sua carreira?". Em resumo, tinha uma quantidade de problemas.

Aquele Andriéi Siemiônovitch era um homem achacado e escrofuloso, baixinho, e fora funcionário em algum lugar, era louro-claro, com suíças em forma de costeleta, de que se orgulhava muito. Além disso, seus olhos estavam quase sempre doentes. Tinha um caráter demasiadamente suave, mas às vezes falava com muita dignidade e até com grande altivez... o que, dado o contraste com a sua pequena figura, o tornava quase sempre ridículo. E na casa de Amália Ivánovna era considerado um dos hóspedes mais distintos, pois não se embebedava e pagava pontualmente. Apesar de todas essas boas qualidades, Andriéi Siemiônovitch era, de fato, um imbecil. Aderira ao progresso e à nossa nova geração... apaixonadamente. Pertencia a essa inúmera e variada legião de indivíduos medíocres, de fracassados que não aprenderam nada a fundo, que aderem de um momento para o outro às ideias que estão na moda para logo em seguida a degradarem e desacreditarem e, num abrir e fechar de olhos, ridicularizarem tudo que anteriormente apoiaram, ainda que fosse da maneira mais sincera.

Aliás, Liebiesiatnikov, apesar de ser muito bonachão, já começava também a não poder suportar o seu companheiro de quarto e antigo tutor, Piotr Pietróvitch. Fora, dos dois lados, algo à primeira vista e recíproco. Por mais ingênuo que Andriéi Siemiônovitch fosse, começou a ver que Piotr Pietróvitch estava enganando-o e que, no seu íntimo, o desprezava, e que não era de maneira nenhuma o homem que aparentava. Tentou lhe expor o sistema de Fourier e a teoria de Darwin, mas Piotr Pietróvitch, sobretudo nos últimos tempos, costumava escutá-lo com uma expressão bastante sarcástica, e, ultimamente... começara até a contradizê-lo. O caso era que, no fundo, ele começara a compreender instintivamente que Liebiesiatnikov não só era um tipo vulgar e grosseiro como também um impostor que estava muito longe de possuir relações importantes, mesmo no seu próprio círculo, e que inclusive sabia apenas as coisas por vias indiretas; e como se isso ainda fosse pouco, não compreendia como devia ser a sua missão de "propagandista", porque às vezes descaía-se, e portanto... como poderia ser um denunciador?

A propósito: note-se, de passagem, que Piotr Pietróvitch durante essa semana e meia aceitara com gosto, sobretudo no princípio, os mais estranhos elogios de Andriéi Siemiônovitch, isto é, não fazia objeções, por exemplo, e ficava calado quando Andriéi Siemiônovitch lhe atribuía a capacidade de contribuir para a futura e rápida organização da nova comuna em qualquer parte da rua Miechtchánskaia, ou, por exemplo, a capacidade de não levantar dificuldade nenhuma para Dúnietchka, se esta resolvesse de arranjar um amante logo no primeiro mês de casada, ou não batizar os seus futuros rebentos etc. etc., e outras coisas do gênero. Segundo o seu costume, Piotr Pietróvitch não se opunha a essas qualidades que lhe atribuíam, e se deixava lisonjear, inclusive dessa maneira... De tanto que os elogios lhe agradavam.

Piotr Pietróvitch, que por alguma razão trocara, naquela manhã, vários títulos de cinco por cento, estava sentado à mesa contando maços de notas e de papéis de crédito. Andriéi Siemiônovitch, que àquela altura não tinha quase nenhum dinheiro, andava de um lado para o outro no quarto e parecia olhar todos esses maços com indiferença e até com desprezo. Por nada deste mundo Piotr Pietróvitch teria acreditado que Andriéi Siemiônovitch fosse capaz de olhar com indiferença todo aquele dinheiro; por seu lado, Andriéi Siemiônovitch pensava com amargura que, no fundo, Piotr Pietróvitch era bem capaz de pensar isso dele e até talvez de se alegrar por poder provocar inveja e humilhar o seu jovem amigo com aqueles valores ali exibidos, recordando a ele a sua insignificância e toda a distância que existia entre os dois.

Dessa vez, porém, ele estava mais nervoso e desatento do que nunca, apesar de Andriéi Siemiônovitch ter começado a desenvolver na sua presença o seu tema favorito, a organização da nova comuna especial. Objeções bruscas e certas observações lançadas por Piotr Pietróvitch, enquanto movia as bolinhas do seu ábaco, deixavam transparecer o sarcasmo mais aguerrido e intencionalmente grosseiro. Mas o "humanitário" Andriéi Siemiônovitch atribuía essa disposição de espírito de Piotr Pietróvitch à impressão que, na noite anterior, a ruptura com Dúnietchka lhe provocara, e ardia de desejo de tocar no assunto o mais brevemente possível; tinha algumas coisas a dizer a esse respeito, que serviriam de consolo ao seu estimado amigo e redundariam em proveito da sua evolução ulterior.

– Que preparativos de festim fúnebre são esses que estão fazendo ali... no quarto da viúva? – perguntou Piotr Pietróvitch de repente, interrompendo Andriéi Siemiônovitch no ponto mais interessante.

– O quê?! Não sabe? Mas eu não lhe falei ontem disso e não lhe expus as minhas ideias acerca de todas essas cerimônias?

Pois ela também o convidou, segundo ouvi dizer. Além disso, o senhor esteve ontem falando com ela...

– Eu nunca imaginaria que a imbecil dessa pobretona fosse capaz de gastar tanto dinheiro nessa comezaina, um dinheiro que talvez tenha sido dado por esse outro palerma do Raskólhnikov. Há pouco, até fiquei admirado, quando passei; mas que preparativos... até vinhos caros! Convidaram algumas pessoas... Sabe-se lá quem! – continuou Piotr Pietróvitch, que tinha feito aquela pergunta e iniciado este diálogo com alguma intenção. – O quê? Que me diz? Que eu também fui convidado? – acrescentou, de repente, erguendo a cabeça. – Quando é que foi isso? Não me lembro. Aliás, não irei. O que tenho a fazer ali? Ontem falei com ela, de passagem, da possibilidade de que lhe dessem, na qualidade de viúva pobre de um funcionário, um ano de ordenado a título de gratificação única e definitiva. Seria talvez por isso que ela me convidou... He... he!

– Eu também não pretendo ir – disse Liebiesiatnikov.

– Era o que faltava! Depois de bater nela com as próprias mãos! Compreende-se que esteja ofendida, he... he... he!

– Quem é que lhe bateu? Em quem? – interveio Liebiesiatnikov com vivacidade, e até se ruborizou.

– O senhor, em Ekatierina Ivánovna, há um mês. Soube disto ontem... Ora veja, com as suas ideias! É assim que os senhores resolvem a questão feminina. He... he... he!

E Piotr Pietróvitch, como se tivesse se consolado com isso, embrenhou-se outra vez nas suas contas.

– Tudo isso é um disparate e uma calúnia! – replicou furioso Liebiesiatnikov, que tinha muito medo de que trouxessem à luz aquela história. – Não aconteceu nada disso! Foi uma coisa muito diferente... O senhor não compreendeu bem. Intrigas! A única coisa que eu fiz, simplesmente, foi me defender. Foi ela a primeira a se atirar sobre mim com unhas e dentes... Me arrancou o cabelo inteiro. Acho que todas as pessoas têm o direito de defender o seu físico. Além disso eu não autorizo ninguém a usar a violência comigo... É uma questão de princípio. Porque isso é um despotismo. O que eu devia ter feito, ficado quieto? O que eu fiz foi apenas repeli-la.

– He... he... he! – continuou Lújin com um risinho maldoso.

– O senhor está querendo discutir comigo, assim, porque está aborrecido e de mau humor... Mas isso é um absurdo e não tem absolutamente, absolutamente relação nenhuma com o problema da mulher. O senhor ouviu mal; eu até estava pensando que, se já é uma coisa admitida que a mulher é igual ao homem em tudo, até na força, segundo afirmam, então não há outro remédio senão aceitar também a igualdade nesse terreno. É claro que depois há de se compreender que, na realidade, esse problema não deve existir, pois não deve haver lutas, e não devemos pensar que venham a existir na sociedade futura... de onde se vê que é um pouco estranho procurar a igualdade numa briga. Eu não sou tão tolo... embora, aliás, lutas, se... isto é, depois vão deixar de existir, mas, por enquanto, ainda há... Ufa! Que diabo! O senhor deixa uma pessoa estonteada! Não seria por causa desse pequeno aborrecimento que eu deixaria de ir ao banquete. Não vou simplesmente por uma questão de princípio, para não tomar parte nesse indigno preconceito dos banquetes fúnebres, e nada mais! Se bem que, no fim de contas, ainda pode ser que vá, mesmo que seja só para rir um pouco. Mas é pena que não venham sacerdotes. Nesse caso eu iria sem falta.

– Isto é, ia comer o pão e o sal alheios e cuspir em cima deles, e ao mesmo tempo naqueles que o convidaram, não é?

– Cuspir, não, nada disso, mas protestar. Eu persigo um fim útil. De uma maneira indireta, eu posso contribuir para a evolução e para a propaganda. Todos nós temos obrigação de fomentar a cultura e a propaganda, e talvez quanto mais rudemente, melhor. Eu posso semear a ideia, a semente... Da semente brotará o tato. A quem eu ofendo com isso? A princípio se sentirão ofendidos, mas depois eles mesmos verão que eu lhes trago alguma coisa de proveitoso. Pois veja, a Tieriébieieva foi acusada (aquela que pertence agora à comuna) de sair de casa e... de se entregar a um homem, de escrever aos pais dizendo que não queria viver no meio de preconceitos, de se casar só pelo civil, e de que isso era tratar com demasiada dureza os pais, e diziam que podia tê-los tratado com mais consideração e escrito em termos mais suaves. A meu ver, tudo isso são absurdos, e não havia absolutamente nenhuma razão para ela lhes escrever com mais suavidade, até pelo contrário, até pelo contrário, visto que se tratava de um protesto.

Repare: a senhora Varents viveu sete anos com um homem, abandonou os dois filhos e terminou de uma vez com o marido lhe escrevendo isto: "Reconheço que não posso ser feliz com o senhor. Nunca lhe perdoarei por ter me enganado, escondendo de mim que existia outra organização social: a comuna. Soube disto há pouco tempo por um homem generoso, ao qual me entreguei, e, juntamente com ele, fundarei uma comuna. Falo francamente, porque considero pouco honesto enganá-lo. Arranje-se como puder. Não espere que eu volte para o seu lado, pois é reacionário demais. Desejo-lhe felicidade". É assim que se escrevem esse gênero de cartas!

– Essa Tieriébieieva é a mesma que o senhor me contou uma vez que teve três uniões livres?

– Não passou da segunda, se virmos as coisas como devem ser. Mas mesmo que tivesse chegado à quarta, mesmo que tivesse chegado à décima quinta, tudo isso é bobagem! E, se alguma vez eu senti pena por os meus pais já não serem vivos, foi por certo agora. Algumas vezes imagino que se eles ainda fossem vivos eu faria um protesto. E intencionalmente. Eles ficariam espantados! Eu lhes mostraria... É pena que já não estejam mais aqui!

– Para ficarem espantados? He... he! Bem, o senhor pode fazer o que lhe apetecer – acrescentou Piotr Pietróvitch –, mas ouça, diga-me uma coisa: conhece essa moça, a filha do falecido, essa magricela? É verdade o que dizem dela?

– E então? Na minha opinião, a situação dela é a situação mais normal que existe para a mulher. Por que não seria? Isto é, *distinguons.*[1] Na sociedade atual, não há dúvida nenhuma que não é absolutamente normal, porque é uma situação forçada, mas na sociedade futura será completamente normal, porque será livre. Mas, mesmo agora, estava no seu direito; sofria, e isso constitui, por assim dizer, os seus fundos, o seu capital, do qual tinha o pleno direito de dispor. É claro que na sociedade futura não existirá o capital, mas a sua profissão poderá ser designada por outro nome e regulada de maneira racional e normal. No que se refere pessoalmente a Sófia Siemiônovna, nos tempos atuais, eu considero o seu procedimento como um enérgico e concreto protesto contra a estrutura da sociedade, e respeito-a profundamente por isso; até sinto alegria em olhá-la!

1. Distingamos.

– Pois me contaram que o senhor, quando ela começou, fez com que a expulsassem daqui!

Liebiesiatnikov ficou vermelho de cólera.

– Isso é outro mexerico! – gritou. – Nada disso, de maneira nenhuma, de maneira nenhuma! Tudo isso foi obra de Ekatierina Ivánovna, porque ela não compreende nada! Se calhar fiz alguma vez a corte a Sófia Ivánovna, não? Eu apenas procurei instruí-la, de uma maneira completamente desinteressada, me esforçando por despertar nela a atitude de protesto... O meu único fim era o protesto, e a própria Sófia Siemiônovna compreendeu muito bem que não podia continuar aqui.

– Destinava-se à comuna, não é verdade?

– O senhor faz chacota de tudo e de maneira que não vem nada a propósito, deixe que lhe diga! O senhor não entende nada! Na comuna não existe essa profissão. A comuna funda-se para que não haja essa profissão. Na comuna essa profissão perde todo o seu significado, e o que aqui é uma coisa estúpida, ali é inteligente, e o que aqui, nas circunstâncias atuais, é antinatural, ali é algo naturalíssimo. Tudo depende do ambiente, do meio em que o homem se encontra; tudo consiste no meio; o homem, em si mesmo, não é nada. Me dou agora muito bem com Sófia Ivánovna, o que deve servir para lhe demonstrar que ela nunca me considerou nem seu inimigo nem seu ofensor. Aí é que está! Agora procuro atraí-la para a comuna, mas com outro objetivo, absolutamente, absolutamente. Por que ri? Nós queremos estabelecer a nossa comuna especial, mas sobre bases mais amplas que as anteriores. Nós vamos mais longe! Se Dobrolíubov[2] pudesse se levantar do túmulo, teria muito que ver! E Bielínski[3] também teria de nos ouvir! Mas no momento continuo a instruir Sófia Siemiônovna. Tem uma belíssima alma, belíssima!

– Claro; e o senhor se aproveita dessa alma belíssima... não? He... he!

– Não, não! Oh, não! Pelo contrário!

– Bem, pelo contrário! He... he... he! É ele quem diz!

– E pode me acreditar! Por que eu teria com segredinhos com o senhor, quer fazer o favor de me dizer? Pelo contrário,

---

2. Dobrolíubov, Nicolai (1836-1861): poeta, crítico e publicista russo pertencente ao campo dos democratas revolucionários. (N.E.)

3. Bielínski, Vissarion (1811-1848): figura de ideias socialistas, proeminente no mundo intelectual russo. (N.E.)

eu mesmo acho isto estranho, ela age de maneira um pouco forçada comigo, parece tímida e envergonhada!

– E o senhor, naturalmente, vai instruindo-a. He... he! Trata dc dcmonstrar lhe que todos esses pudores são absurdos!

– Nada disso! De maneira nenhuma! Oh, desculpe, mas que grosseria, o que o senhor compreende da palavra instruir! O senhor não entende nada! Oh, meu Deus, como o senhor está mal preparado! Nós procuramos a liberdade da mulher, e o senhor só pensa numa coisa... Deixando de lado a questão da castidade e do pudor femininos, como coisas inúteis e até preconceituosas, eu compreendo plenamente, plenamente, a sua reserva para comigo, porque... essa é a sua vontade, e o senhor está no seu direito. Claro que se ela me dissesse: "Quero que sejas meu!", eu, então, consideraria isso como um grande triunfo, porque a moça me agrada muitíssimo; mas até agora, até agora, nunca ninguém a tratou com mais deferência e respeito do que eu, com mais consideração pela sua dignidade... Eu aguardo e espero! Eis tudo!

– O senhor devia oferecer-lhe de vez em quando algum presentinho. Eu poderia jurar que o senhor nunca se lembrou disso...

– O senhor não entende nada, eu repito! Claro que a sua situação é de tal índole, mas... isso é outra questão! Completamente diferente! E o senhor a despreza, simplesmente! Ao se referir a um fato que erroneamente considera digno de desprezo, o senhor está negando consideração humana a um ser humano. O senhor ainda não conhece a sua natureza! A única coisa que me dói é que nos últimos tempos ela deixou de ler e já não me pede livros. Antes eu os emprestava. Também tenho pena que, apesar de toda a sua energia e resolução para protestar, que já revelou uma vez, tenha ainda uma certa falta de firmeza, por assim dizer, falta de independência, pouca decisão para romper de uma vez com todo gênero de preconceitos... e estupidez. Mas, apesar disso, ela compreende muito bem algumas questões. Compreende magnificamente, por exemplo, a questão do beija-mão, isto é, que um homem ofende moralmente uma mulher ao lhe beijar a mão. Esta questão foi muito discutida entre nós e eu a expus logo a ela. Escutou também com muita atenção tudo o que diz respeito às associações operárias da França. Agora ando tentando explicar a ela a questão referente à entrada livre nos quartos da sociedade futura.

– Que questão é essa?

– Uma questão que ultimamente tem sido muito discutida: se um membro da comuna deve ter ou não o direito a entrar a qualquer hora no quarto de outro membro, homem ou mulher... Acabou por ficar decidido que sim, que tinha...

– Mesmo que nesse preciso instante estivessem envolvidas com alguma necessidade imprescindível? He... he!

Andriéi Siemiônovitch acabou se aborrecendo.

– O senhor vem sempre com essas malditas "necessidades"! – exclamou, mal-humorado. – Que raiva me dá e como me contraria que, ao expor-lhe o sistema, mencionasse antes essas malditas necessidades! Raios me partam! Essa é a pedra de toque para todos os que se parecem com o senhor, e o pior de tudo... é que se põem a falar antes de se informarem do assunto a fundo! Quem o ouvisse diria que tem razão! E ficam todos orgulhosos, como se tivessem razão! Ufa! Eu já afirmei várias vezes que não se pode expor essa questão aos noviços, mas sim ao mais antigo de todos, quando já tiverem se transformado em homens bem-informados e convictos. Além disso, pode me dizer o que vê de tão vergonhoso e desprezível nas retretes? Eu sou o primeiro a me dispor a limpar todas as retretes que o senhor quiser. Não há o menor sacrifício nisso! Isso é simplesmente um trabalho, uma atividade honesta, útil à sociedade, tão digna como qualquer outra e até mais elevada do que a de um Rafael ou Púchkin, já que é mais útil.

– E mais nobre, mais nobre... He... he!

– Que significa ser mais elevada? Eu não compreendo tais expressões aplicadas a um determinado trabalho do homem. "Mais nobre, mais generoso"... Tudo isso são absurdos, tolices, velhas palavras preconceituosas que eu abomino! Tudo o que é útil à humanidade é nobre. Eu só compreendo a palavra útil. Ria o que quiser, mas é assim.

Piotr Pietróvitch ria a valer. Já acabara de contar e guardar o dinheiro, embora ainda houvesse um resto sobre a mesa. Aquela questão das retretes várias vezes já fora motivo de ruptura e de desentendimento entre Piotr Pietróvitch e o seu jovem amigo, apesar da sua vulgaridade. A estupidez do caso era que Andriéi Siemiônovitch chegava a ficar zangado a sério. Lújin, pelo contrário, aliviava assim o espírito, e agora sentia uma vontade especial de irritar Liebiesiatnikov.

– O senhor está assim tão mal-humorado por causa do seu fracasso de ontem – exclamou finalmente Liebiesiatnikov, o qual, para falar em termos gerais, apesar de toda a sua "independência" e de toda a sua atitude de protesto, parecia não ousar enfrentar a Piotr Pietróvitch e ainda sentia um pouco daquele respeito que em outra época tivera por ele.

– Deixe para lá essas coisas e me diga – interrompeu-o Piotr Pietróvitch altivamente e com maus modos – se poderia... ou, para melhor dizer, se realmente tem tanta amizade por essa moça a que há pouco se referiu, poderia pedir a ela que venha aqui um momento... Segundo parece, já regressaram todos do cemitério... Ouvi barulho de passos... Gostaria muito de falar com essa criatura.

– O senhor, por quê? – perguntou Liebiesiatnikov assombrado.

– Sim, tenho necessidade. Tenho de ir embora, ou hoje ou amanhã, e gostaria de dizer a ela... Aliás, pode assistir ao nosso encontro. Até será melhor. Sabe Deus o que o senhor pode imaginar...

– Eu não imagino absolutamente nada... Só lhe pergunto se deseja isso realmente, porque, nesse caso, nada mais fácil de que trazê-la aqui. Eu venho já. Pode ficar descansado que não os incomodarei.

De fato, cinco minutos depois Liebiesiatnikov já estava ali outra vez com Sônietchka. Ela entrou, muito espantada, e como de costume, no maior sobressalto. Ficava sempre muito sobressaltada nestes casos e tinha sempre muito medo de encontrar caras novas e novos conhecimentos; desde a infância que os temia, e agora mais do que nunca... Piotr Pietróvitch recebeu-a afetuoso e cortês, embora com certos laivos de familiaridade alegre, que em sua opinião ficava muito bem a um homem tão respeitável e sério como ele, no trato com uma pessoa tão nova e, em certo sentido, tão interessante como aquela. Apressou-se a animá-la e a fez sentar junto da mesa, em frente a ele. Sônia sentou-se e olhou ao redor, fixando o olhar... em Liebiesiatnikov, no dinheiro que ficara em cima da mesa, e depois voltou outra vez a olhar para Piotr Pietróvitch, e não desviou mais os olhos dele, como se alguma coisa os fixasse sobre a sua figura. Liebiesiatnikov fez menção de se dirigir para a porta. Piotr Pietróvitch levantou-se, fez sinal a

Sônia para que continuasse sentada e interrompeu Liebiesiatnikov, que ia já saindo.

– Está aí um tal de Raskólhnikov? Ele veio? – perguntou em voz baixa.

– Raskólhnikov? Sim, está aí. Por quê? Sim, ali está... Chegou há um momento, apenas já o vi... Mas por que pergunta isso?

– Bem, peço-lhe que fique aqui conosco e não me deixe a sós com essa... moça. Trata-se de um assunto sem importância, mas sabe Deus o que seriam capazes de dizer. Não quero que Raskólhnikov vá para ali dar à língua... Está percebendo?

– Estou, estou! – de súbito, Liebiesiatnikov adivinhou. – Sim, tem razão... Em minha opinião o senhor leva as suas apreensões longe demais, mas... no entanto, tem razão. Fico, com sua licença. Fico aqui, junto da janela, e não os incomodo... A meu ver, o senhor tem razão...

Piotr Pietróvitch voltou para o divã, sentou-se em frente a Sônia, olhou-a atentamente e, de repente, adquiriu um ar seriíssimo e até um tanto severo: "Diabos, o que estás pensando de tudo isto, moça?". Sônia acabou ficando completamente alvoroçada.

– Em primeiro lugar, peça desculpa por mim, Sônia Siemiônovna, a sua respeitabilíssima mamãe... É assim, não? Ekatierina Ivánovna faz as vezes de sua mãe, não é verdade? – começou Piotr Pietróvitch muito seriamente, mas, aliás, bastante afetuoso. Era evidente que estava com as melhores intenções.

– Faz sim, senhor; faz, sim, senhor, é como se fosse minha mãe – respondeu Sônia já sobressaltada.

– Pois peça desculpas, por mim, a ela, já que, por circunstâncias que não dependem de mim, sou obrigado a não assistir à reunião que ela está dando... isto é, ao repasto fúnebre, apesar do amável convite da sua mãe.

– Está muito bem, eu lhe digo; vou já dizer – e Sônia se levantou do seu lugar, pressurosa.

– Ainda não lhe disse tudo – continuou Piotr Pietróvitch fazendo-a parar e sorrindo da sua simplicidade e da sua ignorância das conveniências. – Bem se vê que ainda não me conhece, amabilíssima Sônia Siemiônovna, se acha que eu ia incomodar e fazer uma pessoa como a senhora vir aqui, apenas por um motivo insignificante, que só a mim diz respeito. As minhas intenções são outras.

Sônia sentou-se logo. As notas de banco de várias cores, que ainda continuavam sobre a mesa, tornaram a atrair o seu olhar, mas depois afastou imediatamente os olhos delas e ergueu-os para Piotr Pietróvitch; pareceu-lhe de repente terrivelmente indecoroso, sobretudo tratando-se dela, olhar para o dinheiro alheio. Olhou, então, para as lunetas de ouro de Piotr Pietróvitch, que este tinha na mão esquerda, e também para um grande anel maciço, muito bonito, com uma pedra amarela, que ostentava no dedo anelar da mesma mão; mas também afastou subitamente o olhar dali, e, sem saber para onde havia de olhar, acabou por fixar outra vez os olhos no rosto de Piotr Pietróvitch. Depois de uma pausa, agora ainda mais sério do que antes, aquele prosseguiu:

– Tive ontem oportunidade de trocar, de passagem, duas palavras com a infeliz Ekatierina Ivánovna. Duas palavras que foram suficientes para compreender que ela se encontra numa situação.. antinatural... se é que posso falar assim..

– Sim, sim... – apressou-se Sônia concordando.

– Embora fosse mais breve e claro dizer... mórbida.

– Sim, sim... mais breve e claro... pois é... mórbida.

– Pois bem; levado por um sentimento de humanidade... e... e, por assim dizer, de compaixão, eu gostaria de ser útil a ela em alguma coisa, pois vejo o destino inevitavelmente desgraçado que ela vai ter. Ao que parece, esta misérrima família, agora, só conta consigo.

– Permita que lhe faça uma pergunta – interpôs Sônia, de repente –, foi o senhor quem ontem se dignou a lhe falar da possibilidade de uma pensão? Porque ontem mesmo ela me disse que o senhor se oferecera para procurar obter-lhe uma pensão. É verdade?

– Não é bem isso e, em certo sentido, isso é até uma tolice. Eu me limitei a lhe falar da possibilidade de obter um socorro, uma vez, para a viúva de um funcionário falecido em atividade, desde que ela pudesse contar com pessoas influentes; mas, segundo parece, o seu falecido pai não só não serviu o tempo necessário, como tinha abandonado completamente o serviço nos últimos tempos. Em resumo: ainda que possa haver esperanças, são muito inseguras, porque, na realidade, ela não tem nenhum direito a socorro no caso presente, e até pelo contrário... E ela já estava contando com a pensão, he, he, he! A senhora é desembaraçada!

– Sim, com a pensão... Porque é muito crédula e muito boa, e por ser tão boa é que acredita em tudo e... e... e... tem esse jeito... É verdade. – E o senhor desculpe – disse Sônia, e dispôs-se outra vez a se retirar.

– Permita-me, ainda não acabei.

– É verdade, ainda não acabou – balbuciou Sônia.

– Por isso, sente-se.

Sônia ficou terrivelmente sobressaltada e tornou a se sentar pela terceira vez.

– Vendo a situação em que ela se encontra, com filhinhos pequenos, infelizes, eu desejaria... conforme já disse... ser útil a ele em alguma coisa, na medida das minhas possibilidades, isto é, apenas na medida das minhas possibilidades e nada mais. Poderia, por exemplo, organizar uma subscrição em seu benefício ou, por assim dizer, uma loteria... ou alguma coisa do gênero... como costumam fazer as pessoas chegadas e até as estranhas que, nestes casos, desejam ajudar o próximo. Era precisamente acerca disso que eu queria falar com a senhora. Isso eu poderia fazer.

– Lá isso é; está bem... Deus o ajude por isso... – balbuciou Sônia, olhando fixamente Piotr Pietróvitch.

– A coisa é viável, mas... depois falaremos disso; isto é, poderíamos começar hoje mesmo. Esta noite nos encontraremos, trocaremos ideias e lançaremos, por assim dizer, os fundamentos. Venha aqui esta noite às sete. Espero que Andriéi Siemiônovitch também esteja presente... Mas há uma questão de que preciso tratar antes com toda a atenção. Foi precisamente por isso que a incomodei, Sônia Siemiônovna, ao lhe pedir que passasse por aqui. A minha opinião concreta... é que é impossível e também perigoso entregá-lo nas mãos de Ekatierina Ivánovna; a prova disso... é esse ágape que hoje se realiza. Ela não conta, por assim dizer, com uma côdea de pão para o dia seguinte e... nem sequer com um par de meias, mas hoje comprou rum da Jamaica e, ao que parece, até vinho de Madeira e café. Vi tudo isso quando passei. Amanhã todos voltarão a ficar a seu cargo e terá de prover a todas as suas necessidades, arranjar até o último pedaço de pão para elas, o que é um absurdo. Por esse motivo, em minha opinião, a subscrição deverá ser feita de maneira que a pobre viúva, por assim dizer, não tome conhecimento da sua existência, e a menina seja, por exemplo, a única pessoa a saber. Concorda?

– Eu não sei. Ela só fez isso hoje... uma só vez na vida... Tinha muita vontade de honrar a memória do falecido... e é muito inteligente. Mas eu farei o que o senhor me disser e ficarei muito, muito, muito... e todos ficarão muito... e Deus também... e os orfãozinhos...

Sônia não conseguiu acabar de falar e começou a chorar.

– Bem, não se esqueça do que acabamos de dizer; e agora queira aceitar esta quantia, pela primeira vez, para sua mãe, o que representa a minha contribuição pessoal para a subscrição. E desejaria muito que não se fizessem referências ao fato. Aqui está. Como também tenho os meus encargos, não estou em condições... – E Piotr Pietróvitch estendeu a Sônia uma nota de dez rublos bem aberta. Sônia pegou-a, corou, balbuciou umas palavras e se apressou a fazer-lhe uma reverência. Piotr Pietróvitch acompanhou-a até a porta com muita solenidade. Ela saiu finalmente daquele quarto, muito comovida e admirada, e voltou para junto de Ekatierina Ivánovna na maior perturbação.

Durante todo o tempo em que a cena durou, Andriéi Siemiônovitch ou permanecia junto da janela ou dava voltas pelo quarto para não interromper o diálogo; assim que Sônia saiu, aproximou-se imediatamente de Piotr Pietróvitch e estendeu-lhe solenemente a mão.

– Ouvi tudo e vi tudo – disse, acentuando a última palavra de maneira especial. – Isso é nobre, isso é, humano. O senhor queria evitar a gratidão, eu bem vi. E confesso-lhe, embora, por princípio, não admita a caridade privada, porque ela não só não extirpa radicalmente o mal como até o fomenta, não posso, no entanto, deixar de reconhecer que vi o seu procedimento com satisfação... Sim, senhor, foi uma boa ação.

– Tudo isso é absurdo! – murmurou Piotr Pietróvitch um tanto comovido e como se olhasse com certo receio para Liebiesiatnikov.

– Não, não é absurdo. Um homem que, ofendido e amargurado como o senhor está, por causa do que aconteceu ontem, ainda é capaz de pensar na desgraça alheia... um homem assim, ainda que com a sua conduta cometa um erro social... no entanto... é digno de respeito! De maneira nenhuma eu esperava isso do senhor, Piotr Pietróvitch, tendo em conta as suas ideias, oh! E o quanto elas prejudicam o senhor! Como aquele insucesso de ontem o perturbou! – exclamou o bonachão Andriéi Siemiônovitch, sentindo outra vez renascer a sua amizade por Piotr Pietróvitch. – Mas por que, por que o senhor, meu bom Piotr Pietróvitch, tinha tanto interesse nesse casamento legal? Por que o senhor exigiu infalivelmente essa legalidade no casamento? Bem, se quiser, pode me bater, mas estou tão contente, tão contente que isso tenha falhado, que o senhor continue a ser livre e não seja um homem completamente perdido para a humanidade... Pronto, já desabafei!

– Pois fique sabendo que é por isto: não quero que me ponham os cornos com esse tal de amor livre, nem quero sustentar filhos alheios, por isso é que eu exijo o casamento legal – disse Lújin, para responder alguma coisa. Estava muito preocupado e pensativo.

– Filhos? O senhor falou em filhos? – exclamou Andriéi Siemiônovitch dando um pulo como um cavalo de guerra que ouve um clarim. – Filhos! Eis aí um problema social e de importância capital, concordo; mas esse problema dos filhos se resolve de outra maneira. Alguns não só repudiam essa ideia de ter filhos, como toda e qualquer alusão à família. Mas deixemos os filhos para depois e vamos agora aos cornos. Confesso-lhe que esse é o meu ponto fraco. Essa repugnante expressão, própria de hussardos e tão peculiar a Púchkin, também não terá sentido algum no dicionário do futuro. Que vêm a ser os tais cornos? Oh, que deturpação! O que é isso de cornos? E por que, precisamente, cornos? Que absurdo! Pelo contrário, no amor livre não haverá cornos. Os cornos são simplesmente a consequência natural de todo matrimônio legal, são o seu corretivo, por assim dizer, o protesto, de maneira que, nesse sentido, não têm nada de humilhante... E se alguma vez – suposição absurda – eu chegar a casar legalmente, terei até muita honra nesses malvados cornos; nesse caso, direi à minha mulher: “Minha amiga, até hoje, a única coisa que sentia por ti era amor; mas agora também te respeito, pois tiveste coragem para protestar”. O senhor ri? Isso é porque não tem coragem para se desprender dos preconceitos. Raios me partam, mas eu vou explicar qual é precisamente o aspecto desagradável de ser enganado no casamento legal, mas isso é simplesmente a vil consequência de um ato reles, no qual são ambos humilhados. Quando os cornos aparecem, como no amor livre, então não existem, são uma coisa sem sentido e até perdem o nome de cornos. Pelo contrário, a sua mulher vai demonstrar-lhe lindamente o quanto o respeita ao julgá-lo incapaz de se opor à sua infelicidade, e bastante culto para não se vingar dela porque arranjou um novo esposo. Raios me partam, mas às vezes sonho que, se me dessem uma mulher, ora!, se me casasse (dentro do amor livre ou legalmente, tanto faz), eu mesmo levaria um amante para a minha mulher, se ela não se decidisse a procurá-lo. "Minha amiga", eu lhe diria, "eu te amo, mas, além disso, quero que tu me estimes... é assim mesmo." Está certo ou não está?

Piotr Pietróvitch pôs-se a rir, enquanto o escutava, mas sem nenhum prazer especial. Não tinha prestado uma grande atenção nele. De fato, parecia pensar noutra coisa, e o próprio Liebiesiatnikov acabou reparando nisso. Tudo isso Andriéi Siemiônovitch recordou mais tarde.

CAPÍTULO II

Seria difícil apontar com precisão as razões pelas quais na cabeça alterada de Ekatierina Ivánovna se arraigou a ideia daquele disparatado festim. De fato, nele se foram quase dez rublos dos vinte que Raskólhnikov lhe entregara precisamente para o enterro de Marmieládov. Talvez Ekatierina Ivánovna se sentisse na obrigação de honrar a memória do falecido como devia ser, para que todos os vizinhos, a começar por Amália Ivánovna, ficassem sabendo que o falecido não só não era de classe inferior à deles, mas até muito superior, e que ninguém ali tinha direito de o menosprezar. Também pode ser que, em grande parte, tivesse obedecido a esse orgulho especial que faz com que em algumas cerimônias sociais, obrigatórias para todos, dentro dos nossos costumes de vida, muitos pobres esgotem as suas últimas forças e até o último copeque apenas para não fazerem pior do que os outros e os outros não fazerem má opinião sobre eles. É também provável que Ekatierina Ivánovna desejasse nessa ocasião, precisamente nessa ocasião em que ficara só no mundo, demonstrar a todos aqueles insignificantes e antipáticos vizinhos que ela não só sabia viver e receber as pessoas, como até fora educada para aquela vida, pois fora criada numa casa nobre, e podia até se dizer aristocrática, na casa de um coronel, e, portanto, não nascera para esfregar o chão e lavar à noite os trapinhos dos seus filhos. Estes paroxismos de vaidade costumam acontecer com as pessoas mais pobres e desvalidas, e às vezes se tornam uma necessidade irritante, irresistível. Mas Ekatierina Ivánovna não era pessoa que se deixasse abater: as circunstâncias podiam oprimi-la, mas abatê-la moralmente, isto é, amedrontá-la e subjugá-la à dor, nunca. Além disso, conforme Sônietchka dissera com muito acerto, ela estava meio transtornada. É claro que isso não era uma coisa que se pudesse desde já afirmar de maneira categórica, mas era verdade que já fazia algum tempo que a sua pobre cabeça sofria tanto que não tivera outro remédio senão ressentir-se até certo ponto. A violenta evolução da tísica, como os médicos diziam, contribuíra também para a perturbação das suas faculdades mentais

Não havia vinho em abundância e de marcas variadas; Madeira, tampouco; tinham exagerado, mas havia vinho, de fato. Também havia vodca, rum e Porto, tudo de classe inferior, mas em quantidade suficiente. E quanto a iguarias, além da torta de arroz, havia três ou quatro pratos (entre eles, um de filhós), tudo preparado na cozinha de Amália Ivánovna, e além disso viam-se também, em fila, dois samovares para servir chá e ponche depois do repasto. Os aperitivos tinham sido preparados pela própria Ekatierina Ivánovna, ajudada por um dos convidados, um certo polaco famélico que só Deus sabe por que vivia na casa da senhora Lippewechsel, e que se ofereceu logo para ajudar Ekatierina Ivánovna, que durante o dia anterior e toda aquela manhã andara numa correria, abanando a cabeça e de língua de fora, esforçando-se, especialmente, segundo parecia, para que esse último pormenor não passasse em branco. Consultava logo Ekatierina Ivánovna a propósito de qualquer minúcia e corria para buscá-la no Gostíni Dvor, e chamava-a a todo instante *Pani joruntchina*[4], e acabou finalmente por incomodá-la terrivelmente, embora no princípio ela tivesse dito que, se não fosse aquele homem prestativo e bondoso, não sabia como teria se virado. Era próprio de Ekatierina Ivánovna pintar imediatamente a primeira pessoa que lhe

4. Senhora "tenenta", em polonês.

aparecesse no caminho com as cores mais belas e simpáticas, elogiá-la com um exagero que às vezes a desconcertava, inventar, para louvá-la, diversos detalhes que de fato não existiam, acreditando com a mais absoluta boa-fé na sua realidade, e depois, de repente, ficava desiludida, se desdizia, condenava ao desprezo e a expulsava do seu convívio essa pessoa que ainda umas horas antes lhe inspirara uma verdadeira adoração. Era por natureza uma criatura de gênio alegre, jovial e aprazível, mas, devido a contínuas infelicidades e decepções, queria e exigia ardentemente que todos vivessem em paz e alegria, e a mais leve desarmonia na vida, o mais insignificante contratempo logo a afundavam no desespero, e a seguir, às mais brilhantes ilusões e fantasias, começava a acusar o destino, a quebrar e estragar tudo que lhe caía nas mãos e a dar cabeçadas contra as paredes.

Amália Ivánovna também inspirara repentinamente em Ekatierina Ivánovna uma certa ideia de raro prestígio e estima, talvez apenas por ter realizado este festim e por Amália Ivánovna ter se oferecido com a maior boa vontade para tomar parte nos preparativos; ela se encarregara de pôr a mesa, de fornecer a toalha, a baixela e tudo mais, e de preparar as iguarias na sua cozinha. Ekatierina Ivánovna deu-lhe todos os poderes e deixou-a em casa enquanto foi ao cemitério. De fato, ficou tudo muito bem arranjado; a mesa foi posta com muito esmero; a louça, os garfos, as facas, as taças, os copos, não há dúvida de que tudo isso era desirmanado, de formas e tamanhos variados, emprestados pelos vizinhos, mas, na hora marcada, estava tudo no seu lugar, e Amália Ivánovna, sentindo que se desempenhara bem da sua função, veio receber, até com certo orgulho, toda enfeitada, com uma touca de fitas pretas e com um vestido de luto, os que voltavam do cemitério. Esse orgulho, embora merecido, por alguma razão desagradou Ekatierina Ivánovna: "Afinal, iria parecer que, se não fosse Amália Ivánovna, não havia ali quem pusesse aquela mesa". Também não lhe agradou a touca com as fitas novas. "Só porque é a senhoria e porque, por caridade, se dignou a prestar auxílio a uns pobres inquilinos, é capaz de estar toda orgulhosa, esta estúpida alemoazinha, que não serve para nada! Por compaixão! Ora vejam! Na casa do pai de Ekatierina Ivánovna, que era coronel e quase foi governador, se punha às vezes uma mesa para quarenta pessoas, de tal maneira que uma Amália Ivánovna qualquer, ou melhor, Liúdvigovna, nem sequer na cozinha seria admitida...” Aliás, Ekatierina Ivánovna resolveu não deixar transparecer o que sentia, se bem que decidira também intimamente que não havia outro remédio senão dar uma lição em Amália Ivánovna ainda naquele dia e recordar a ela o seu verdadeiro lugar; senão, sabe Deus o que ela seria capaz de imaginar; mas, no momento, se limitaria a agir friamente com ela. Outro contratempo contribuiu também, em parte, para irritar Ekatierina Ivánovna: dos vizinhos convidados para o funeral, além do polaco, que também se apressou a ir até lá, correndo, não estava quase ninguém no cemitério; para o festim, isto é, para a comezaina, só apareceram os mais insignificantes e pobretões, alguns sem sequer se arrumarem, todos esfarrapados. Os mais antigos e mais respeitáveis, todos eles, como se estivessem de acordo, tinham-se abstido de ir. Piotr Pietróvitch, por exemplo, que podia se considerar o mais importante, não apareceu, e, no entanto, ainda no dia anterior, à noite, a própria Ekatierina Ivánovna se apressara a dizer a todos, isto é, Amália Ivánovna, Pólietchka, Sônia e o polaco, que ele era um homem muito bondoso, muito generoso, com relações muito importantes e pessoa de posição, que fora amigo de seu primeiro marido e frequentara a casa de seu pai, e que lhe prometera fazer tudo que estivesse ao seu alcance para arranjar-lhe uma boa pensão. Note-se que quando Ekatierina Ivánovna pensava nas relações e na posição social de alguém, o fazia sem interesse algum, sem nenhum cálculo pessoal, de maneira completamente desinteressada, com o coração transbordante de satisfação, por assim dizer, por poder elogiar as pessoas e aumentar ainda mais os méritos de elogio.

Além de Lújin, provavelmente levado pelo seu exemplo, aquele antipático libertino de Liebiesiatnikov também não comparecera ao repasto fúnebre. “Mas o que esse indivíduo teria imaginado? Se o convidamos foi apenas por caridade e também por ser companheiro de quarto e amigo de Piotr Pietróvitch.” Também não apareceu certa dama importante, com uma filha solteirona que, apesar de estar há apenas duas semanas na casa de Amália Ivánovna, já por várias vezes se queixara do burburinho e da gritaria que se ouvia no quarto dos Marmieladóvs, sobretudo quando o falecido voltava embriagado para casa, o que Ekatierina Ivánovna sabia pela própria Amália Ivánovna, quando esta, ralhando com ela e ameaçando-a expulsá-la de sua casa, dizia em altos gritos que eles estavam incomodando "uns hóspedes muito distintos, dos quais estavam muito longe de poder chegar aos calcanhares".

Ekatierina Ivánovna resolvera então intencionalmente convidar essa tal senhora e a filha, aquelas aos calcanhares das quais estava muito longe de poder chegar, tanto mais que, até então, todas as vezes que se encontravam por acaso, ela lhe voltava as costas altivamente... para que ficassem também sabendo que ela pensava e sentia mais dignamente e que a convidava sem se importar com o mal recebido, e para que vissem ainda que Ekatierina Ivánovna não estava habituada a viver em semelhantes lugares. Resolvera com toda a decisão ter uma conversa com ela à mesa e falar também de seu falecido pai, o governador e, ao mesmo tempo, dar a entender, de passagem, que isso de voltar-lhe as costas não servia para nada, e que considerava isso até uma ingenuidade. Também não apareceu aquele obeso tenente-coronel (na verdade, capitão reformado), mas veio a se saber que desde a manhã do dia anterior não podia se levantar. Em resumo: compareceram apenas o polaquinho, um empregadinho achacado e sardento, que não falava, com um fraque ensebado, sujo e malcheiroso, e um velhote surdo e quase cego, que noutros tempos trabalhara nos Correios, e ao qual alguém, desde tempos imemoriais e sem que se soubesse por que, pagava a pensão na casa de Amália Ivánovna. Veio também um tenente reformado, embriagado (na realidade era um simples empregado da Administração Militar), que não fazia outra coisa senão rir às gargalhadas de uma maneira indecente e estrepitosa e – calculem! – sem colete! Um desses convidados sentou-se direto à mesa, sem cumprimentar sequer Ekatierina Ivánovna. E, por fim, apareceu outro em roupão, pois não tinha um traje para vestir; mas aquilo foi tão vergonhoso que Amália Ivánovna e o polaquinho juntaram os seus esforços para correrem com ele. O polaquinho, por sua vez, levou consigo outros dois polaquinhos, que nunca tinham morado na casa de Amália Ivánovna nem ninguém nunca vira na pensão. Tudo isso irritou extraordinariamente Ekatierina Ivánovna: "Afinal, para quem é que eu fiz todos estes preparativos?". Para arranjar mais espaço até deixara de sentar as crianças à mesa, que, mesmo sem eles, ocupava todo o quarto, e puseram a mesa deles num canto, em cima de uma arca, junto da qual se sentaram os dois menores num banquinho, e Pólietchka, por ser a mais velha, ficou encarregada de atendê-los, de dar comida e de assoar os narizinhos deles, como meninos de boa família. Em suma, Ekatierina Ivánovna, quer quisesse, quer não, teve de receber a todos com a maior gravidade e até com soberba. Olhava alguns com especial severidade e foi com altivez que os convidou a se sentarem à mesa. Como imaginasse que Amália Ivánovna era a culpada de os outros não terem vindo, começou de súbito a tratá-la com a maior indiferença, tanto que ela o notou logo e ficou altamente ofendida. Semelhante começo não prometia um bom fim. Até que se sentaram.

Raskólhnikov entrou quase no mesmo instante em que regressavam do cemitério. Ekatierina Ivánovna ficou contentíssima quando o viu, em primeiro lugar por ser o único conviva bem-educado, e, além disso, porque, como já se sabia, daí a dois anos iria ocupar uma cátedra na universidade, e em segundo lugar, porque veio imediatamente lhe pedir desculpas, com o maior respeito, por não ter podido, contra sua vontade, comparecer ao funeral. Ela se ocupou logo dele, obrigou-o a sentar à mesa ao seu lado, à sua esquerda (à direita estava Amália Ivánovna), e, apesar da sua contínua vigilância e cuidado para que as iguarias fossem devidamente distribuídas e chegassem a todos, apesar da tosse que a afligia e que a obrigava a se interromper a cada momento, sufocada, e que, segundo parecia, se agravara nos dois últimos dias, dirigia-se constantemente a Raskólhnikov e se apressava a desabafar com ele em voz baixa todos os sentimentos que naquele instante a possuíam, e toda a sua justa indignação pelo fracasso do repasto fúnebre, indignação que se transformava logo a seguir num riso alegre e irreprimível, à vista dos comensais ali reunidos, sobretudo à vista da senhoria.

– A culpada de tudo é aquela ali, não sei se percebe a quem me refiro: é ela; ela! – e Ekatierina Ivánovna piscou um olho, indicando a senhoria. – Olhe para ela: está arregalando os olhos, percebe que estamos falando dela; como não pode ouvir, abre os olhos! É uma coruja mesmo! Ah... ah... ah! Hi... hi... hi! Não sei o que ela parece com aquela touca! Hi... hi... hi! Já reparou? O que ela quer é que todos fiquem pensando que ela me protege e me dá uma grande honra em sentar-se à minha mesa. Como é natural, eu lhe pedi que convidasse algumas pessoas que tivessem sido amigas do falecido, e veja que espécie de gente ela me trouxe: camponeses e mendigos! Olhe para aquele, nem sequer lavou a cara; parece um animalzinho sobre duas patas! E aqueles polaquinhos? Ah... ah... ah...! Hi........ hi! Ninguém, nunca nunca ninguém os viu aqui, nunca os vi na minha vida! Ora, vamos ver, por que eles teriam vindo, é capaz de me dizer? Estão sentados em fila, muito cerimoniosamente. *Pan*[5] escute – exclamou de repente, dirigindo-se a um deles – já comeu filhós? Coma mais! Cerveja, beba cerveja! Não quer vodca? Repare: levantou-se e cumprimenta, parece que estavam mortos de fome, os pobrezinhos! Não fazem outra coisa senão mastigar. Mas ao menos não fazem barulho; simplesmente... simplesmente, para dizer a verdade, tenho medo, por causa das colheres de prata da senhoria... Amália Ivánovna – disse, de repente, encarando-a e quase em voz alta – se por casualidade lhe roubarem as colheres, fique sabendo que eu não me responsabilizo por elas, já a previno. Ha... ha... ha! – riu, dirigindo-se outra vez a Raskólhnikov, piscando outra vez o olho para indicar a senhoria e muito contente da sua esperteza. – Não deu por nada. Continua sentada, de boca aberta; olhe, parece um mocho, um autêntico mocho, com a sua touca de fitas novas... Ha... ha!

Mas, de repente, aquele riso se transformou numa tosse irreprimível que durou cinco minutos. Apareceu um pouco de sangue no seu lenço e corriam-lhe grossas gotas de suor pela sua testa. Em silêncio, mostrou o sangue a Raskólhnikov e, respirando com dificuldade, tornou a falar ao ouvido dele, extraordinariamente agitada e com manchas vermelhas nas faces:

– Ora veja: eu confiei a ela a missão, bem delicada, de convidar uma senhora e a filha... sabe a quem me refiro? Para isso era preciso empregar maneiras muito corretas, proceder com a maior habilidade, mas ela se portou de tal maneira que a burra dessa forasteira, essa velha carga de ossos, essa insignificante provinciana, que não passa de uma viúva de um major que veio para cá tratar de uma pensão e varrer as antecâmaras com a cauda do vestido, e que com 55 anos ainda pinta o cabelo, se empoa e põe carmim (todo mundo sabe)... essa velha,

5. Senhor, em polonês.

como lhe disse, não só não se a dignou vir, como nem sequer me mandou pedir desculpas, uma vez que não podia vir, como manda a mais elementar cortesia nestes casos. Também não consigo compreender como é que Piotr Pietróvitch não veio. Mas onde está Sônia? Ah, foi lá dentro. Olhe, aqui está, finalmente. Que houve, Sônia? Onde é que foste? É estranho que tu também tenhas sido tão pouco pontual no enterro de teu pai. Rodion Románovitch, ela fica ao teu lado. Aqui está teu lugar, Sônia. Te serve do que quiseres. Come peixe, é o melhor. Os bolinhos já vêm... E aos meninos, deram bolinhos? Pólietchka, tens de tudo aí? Hi... hi! Bem, bem. Vê se tens juizinho, Liena, e tu, Kólia, não mexas assim os pés, te senta como um menino bem-educado. Que dizes, Sônietchka?

Sônia apressou-se a transmitir-lhe as desculpas de Piotr Pietróvitch, esforçando-se por falar alto, para que todos pudessem ouvir, e escolhendo as palavras, as mesmas que usara Piotr Pietróvitch e que ela acentuava ainda mais. Acrescentou que Piotr Pietróvitch a encarregara especialmente de dizer que logo que fosse possível ele viria para tratar de certos "assuntos" a sós e ver o que se poderia tentar fazer dali para diante etc. etc.

Sônia sabia que aquilo aplacaria o mau humor e tranquilizaria Ekatierina Ivánovna, que a lisonjearia e, o que era mais importante, satisfaria o seu orgulho. Estava sentada junto de Raskólhnikov, ao qual fizera um leve cumprimento e lançara um olhar breve e curioso. Mas durante o resto do tempo evitou olhá-lo e falar com ele. Estava também com um ar pensativo, embora olhasse de frente Ekatierina Ivánovna, para lhe agradar. Nem ela nem Ekatierina Ivánovna estavam de luto, por não terem a roupa necessária, mas Sônia usava um vestido cinza-escuro, e Ekatierina Ivánovna usava o único que tinha, de algodão simples, escuro e com rigor. A notícia de Piotr Pietróvitch correu rapidamente. Depois de ter escutado gravemente Sônia, Ekatierina Ivánovna perguntou-lhe com a mesma gravidade:

– Como está de saúde Piotr Pietróvitch? – Depois, devagar e quase em voz alta, "sussurrou" a Raskólhnikov que, de fato, teria sido estranho um cavalheiro tão respeitável e digno como Piotr Pietróvitch pôr-se ao lado daquela gente tão estranha, apesar de todas as ligações com a sua família e da velha amizade com seu pai.

– Já pode ver como eu agradeço a você, muito especialmente, Rodion Románovitch, por não ter recusado a minha hospitalidade,[6] apesar do ambiente – acrescentou, quase em voz alta – embora eu tenha certeza de que foi apenas a sua especial amizade pelo meu falecido marido que o levou a cumprir a sua palavra.

Depois tornou outra vez a correr os olhos, com altivez e dignidade, pelos convidados e, de repente, perguntou num tom especialmente preocupado e em voz alta ao velhote surdo: "Não quer mais carne assada? Deram-lhe vinho do Porto?". O velhote não respondeu e demorou muito a compreender aquilo que lhe perguntavam, até que os seus companheiros de mesa lhe explicaram, para se divertirem. Ela ficou olhando, com a boca muito aberta, o que aumentou ainda mais a hilaridade geral.

– Mas que tolo! Repare, repare! Mas por que o trouxeram? Quanto a Piotr Pietróvitch, nunca duvidei – continuou a lhe dizer Ekatierina Ivánovna –, e é claro que não se parece... – e falando assim, com uma voz rude e forte, e com uma cara muito severa, encarou Amália Ivánovna de tal maneira que esta ficou assustada – que não se parece com essas tipas pretensiosas, de casaquinho, que na casa do papai não seriam aceitas nem como cozinheiras, e às quais o meu falecido marido fez uma honra em receber, e isso devido apenas à sua grande bondade.

– Sim, ele gostava de beber, era um apaixonado pela bebida – exclamou, de repente, o oficial reformado, esvaziando o seu duodécimo copo de vodca.

– O meu falecido marido, de fato, tinha esse fraco, todo mundo sabe – respondeu, de repente, Ekatierina Ivánovna. – Mas era uma pessoa boa e séria, que gostava da família e a respeitava. O problema é que, na sua bondade, confiava demasiado em indivíduos reles e sabe Deus os companheiros que arranjava para a bebida, alguns dos quais não valiam nem a ponta do seu dedo mínimo. Calcule, Rodion Románovitch, que encontramos no bolso dele um pequeno galo de pão de especiarias; andava meio morto, na sua bebedeira, mas se lembrava dos filhos.

– Um galo? Disse um... galo? – exclamou o oficialzinho.

Ekatierina Ivánovna não se dignou a lhe responder. Por algum motivo ficou pensativa e suspirou.

6. Literalmente: o meu pão e o meu sal.

– O senhor há de pensar com certeza, como todo mundo, que eu era demasiado severa com ele – continuou, dirigindo-se a Raskólhnikov. – Mas olhe que eu não era. Ele me estimava muito, me estimava muito. Era uma boa alma! E que pena eu tinha dele algumas vezes! Sentava-se num canto e começava a olhar para mim, eu tinha muita pena dele e vontade de acariciá-lo, mas depois pensava: "Dá carinho que ele volta logo a se embebedar". Só com severidade se podia conseguir alguma coisa dele.

– Sim, às vezes eu tinha que puxá-lo pelos cabelos, isso acontecia – tornou a dizer a mesma pessoa de antes, enchendo outro copo de vodca.

– Para alguns brutamontes não só seria conveniente puxar-lhes os cabelos como também surrá-los com um pau de vassoura. Fique sabendo que não estou me referindo ao falecido! – disse Ekatierina Ivánovna.

As manchas vermelhas das suas faces tornavam-se cada vez mais vivas, seu peito arquejava. Um minuto mais e estaria pronta a armar um escândalo. Muitos se puseram a rir, outros deram mostras de se divertirem com aquilo. Começaram a atiçar o oficial reformado e a sussurrar-lhe qualquer coisa ao ouvido. Parecia que queriam excitá-lo.

– Permita que lhe pergunte a quem se refere... – começou o ex-oficial – isto é, a que propósito... pode me dizer? Embora, no fim das contas, não seja preciso. Isso é um absurdo! Como se trata de uma viúva, de uma pobre viúva, eu lhe desculpo... Vá lá! – e tornou a encher o copo de vodca.

Raskólhnikov continuava sentado e escutava em silêncio e com repugnância. Por delicadeza fingia comer as iguarias que a todo momento Ekatierina Ivánovna lhe punha no prato, e apenas para não decepcioná-la. Olhava para Sônia com muita atenção. Mas Sônia estava muito inquieta e preocupada: tinha o pressentimento de que o festim fúnebre não iria acabar bem e acompanhava com receio o crescente nervosismo de Ekatierina Ivánovna. Sabia que, entre outros motivos, o que levara as tais duas senhoras de fora a recusarem tão depreciativamente o convite de Ekatierina Ivánovna fora ela, Sônia. Ouvira a própria Amália Ivánovna dizer que a mãe até se ofendera com o convite e que fizera esta pergunta: "Como seria possível ela sentar a sua filha ao lado 'daquela moça'?". Sônia pressentia que Ekatierina Ivánovna devia estar mais ou menos a par daquilo, e a ofensa que tinham feito a ela, Sônia, significava para Ekatierina Ivánovna mais do que se a tivessem ofendido pessoalmente, aos seus filhos, ou ao marido; enfim, aquilo era uma ofensa terrível, e Sônia sabia bem que Ekatierina Ivánovna não sossegaria enquanto não tivesse demonstrado àquelas duas pretensiosas que elas eram... etc. etc. Houve alguém que, do outro extremo da mesa, enviou a Sônia um prato no qual pusera dois corações de pão preto atravessados por uma flecha. Ekatierina Ivánovna ficou vermelha e declarou imediatamente em voz alta que aquele que fizera aquilo era com certeza um bêbado estúpido.

Amália Ivánovna, que também pressentia qualquer coisa de desagradável e ao mesmo tempo estava ofendida até o mais profundo da sua alma pela altivez de Ekatierina Ivánovna, pôs-se a contar, de repente, com o pretexto de distrair a aborrecida disposição de espírito dos convivas e também de se exibir perante eles, que um certo amigo seu, Karl, o moço da farmácia, certa noite pegara uma carruagem e que "o cocheiro quisera matá-lo, que Karl pedira muito, muito, que não o matasse, e que se pusera a chorar, se assustara, e o seu coração se rebentara de medo". Ekatierina Ivánovna ainda riu, mas logo a seguir fez Amália Ivánovna notar que ela não tinha jeito para contar anedotas em russo. Ela ficou ainda mais ofendida e respondeu-lhe que o seu *Vater aus Berlin*[7] era uma personagem de muita, muita importância mesmo, e que andava sempre de mãos nos bolsos... A trocista da Ekatierina Ivánovna não pôde se conter e desatou numa tremenda gargalhada, a tal ponto que Amália Ivánovna acabou perdendo a paciência e só com muito custo conseguiu se reprimir.

– Olhe para aquela coruja! – tornou a murmurar Ekatierina Ivánovna ao ouvido de Raskólhnikov, quase com alegria. – O que ela queria dizer era que o pai metia as mãos nos bolsos dos outros... Hi... hi... hi! Não sei se já reparou bem, Rodion Románovitch, que todos esses estrangeiros que há aqui em Petersburgo, principalmente os alemães, que vieram sabe Deus de onde, são todos mais grosseiros do que nós? Porque há de concordar comigo que não é possível uma pessoa contar isso de que o moço da farmácia, Karl, "lhe rebentou de susto o

7. Pai de Berlim.

coração", e que ele (mostrengo!), em vez de bater no cocheiro, "juntou as mãos, pôs-se a chorar e pediu-lhe muito"... Ah, que imbecil! E ainda se julga muito engraçada, sem perceber que é uma tola! Parece-me bem que esse oficialzinho reformado é mais inteligente do que ela; pelo menos vê-se bem que é um vadio que afogou toda a inteligência no copo, ao passo que esses... Olhe para eles, como estão ali pespegados, tão sérios... Olhe para os olhos que ela abre! Está aborrecida! Está aborrecida! Ah... ha... ha! Hi... hi... hi!

Já de bom humor, Ekatierina Ivánovna pôs-se a enumerar um sem-fim de detalhes e, de repente, começou a dizer que assim que recebesse aquela pensão que andavam tentando lhe arranjar, fundaria, por certo, na cidade onde nascera, T***, um internato para meninas nobres. Sobre isso Ekatierina Ivánovna ainda não falara com Raskólhnikov, e pôs-se a descrever-lhe imediatamente o seu plano, com os pormenores mais sedutores. O certo é que, sem se saber como, apareceu de súbito nas suas mãos aquele diploma do qual o falecido Marmieládov já falara a Raskólhnikov, na taberna, ao lhe explicar que Ekatierina Ivánovna, sua mulher, quando saíra do Instituto dançara com um xale "na presença do governador e de outras personalidades". Esse diploma devia agora, pelo visto, servir de justificativa para o direito que Ekatierina Ivánovna tinha de fundar o referido colégio; mas, no fundo, a sua finalidade era outra: era calar definitivamente aquelas duas pretensiosas, se por acaso tivessem vindo ao jantar, demonstrando-lhes com toda a clareza que Ekatierina Ivánovna era originária de uma casa muito digna, podia mesmo dizer-se aristocrática; era filha de um coronel e, portanto, valia mais do que muitas aventureiras que abundavam tanto há algum tempo. O diploma andou em seguida pelas mãos dos convivas embriagados, ao que Ekatierina Ivánovna não se opôs, pois, de fato, nele estava escrito, com todas as letras, que ela era filha de um conselheiro da Corte, de um cavalheiro, o que equivalia quase a ser filha de um coronel.

Entusiasmada, Ekatierina Ivánovna começou em seguida a expor as circunstâncias da sua futura e plácida existência em T***, dos professores do Liceu, que convidaria para dar lições no seu internato; de um respeitável ancião, o francês Mangot, que ensinara a sua língua à própria Ekatierina Ivánovna no

Instituto, e que vivia ainda em T*** e, que, com certeza, ela poderia contratar por uma módica quantia. Chegou a vez de falar de Sônia, "que se mudaria para T***, juntamente com Ekatierina Ivánovna, e que lá a ajudaria em tudo." Mas nesse momento houve alguém que deixou escapar um risinho contido, no outro extremo da mesa. Embora se esforçasse por fingir que não tinha notado aquele risinho sufocado na outra ponta da mesa, Ekatierina Ivánovna se apressou a elevar a voz, pôs-se a falar comovidamente das indubitáveis aptidões de Sônia Siemiônovna para lhe servir de auxiliar, "da sua suavidade, da sua paciência, abnegação, bondade e cultura", e, enquanto dizia isso, deu umas palmadinhas nas faces de Sônia e, levantando-se, abraçou-a duas vezes. Sônia corou e Ekatierina Ivánovna começou a chorar de repente, afirmando que era "uma tola fraca dos nervos, que estava muito cansada e que já era hora de acabar com aquele jantar e, visto que a comida já se acabara, trariam a seguir o chá".

Nesse mesmo instante, Amália Ivánovna, profundamente ressentida por não ter podido falar, e também por não a terem escutado antes, lançou-se de repente numa última tentativa e, com uma certa angústia interior, permitiu-se fazer uma observação muito prática e sensata a Ekatierina Ivánovna: que no seu futuro pensionato deveria dar uma atenção especial ao asseio da roupa branca das meninas, e que "iriam precisar, sem dúvida, de uma senhora séria para tratamento da roupa branca", e também "para vigiar as moças, para que elas não lessem romances à noite". Ekatierina Ivánovna, que, de fato estava cansada, nervosa e farta do jantar de enterro, "fechou logo a boca" de Amália Ivánovna, dizendo-lhe que "só pensava em bobagens" e que não percebia nada do que ela queria dizer; que isso da roupa branca era da competência da despenseira e não da diretora do internato e, quanto à leitura de romances, tratava-se simplesmente de uma inconveniência e pedia-lhe que se calasse. Amália Ivánovna corou de cólera e disse que ela "apenas velava pelo seu bem e que lhe desejava as maiores felicidades" e que "já há algum tempo que ela não lhe pagava o *Geld*[8] que lhe devia pelo quarto". Ekatierina Ivánovna caiu imediatamente em cima dela, dizendo-lhe que mentia ao afirmar que "velava pelo seu bem", pois, para não ir mais longe,

8. Dinheiro, em alemão.

na noite anterior, quando o defunto ainda estava sobre a mesa, tinha vindo afligi-la por causa do quarto. Amália Ivánovna respondeu muito oportunamente dizendo que ela "convidara aquelas senhoras, mas que elas não foram porque eram senhoras de boa família e não podiam conviver com quem não era". Ekatierina Ivánovna sublinhou em seguida que ela era uma qualquer e não podia avaliar o que era a verdadeira distinção. Amália Ivánovna não pode suportar isso e declarou imediatamente que o seu *Vater aus Berlin* era uma pessoa muito importante e andava com as mãos nos bolsos, dizendo sempre puf! puf! e, para dar uma ideia ainda melhor do que era o seu pai, Amália Ivánovna saltou da cadeira, meteu as duas mãos nos bolsos, encheu as bochechas de ar e começou a fazer uns ruídos vagos com a boca, semelhantes a puf!, puf!, em meio às gargalhadas gerais de todos os hóspedes, que provocavam intencionalmente Amália Ivánovna com o seu aplauso, calculando que daí a pouco estariam puxando os cabelos uma da outra. Mas Ekatierina Ivánovna não se conteve e declarou imediatamente, de maneira que todos ouvissem, que Amália Ivánovna nunca tivera pai, e que era simplesmente Amália Ivánovna, uma finlandesa de Petersburgo, uma bêbada, que antes devia ter sido cozinheira em algum lugar, se é que não fora alguma coisa de pior. Amália Ivánovna ficou vermelha como um tomate e levantou a voz dizendo que aquilo talvez se pudesse aplicar a ela, Ekatierina Ivánovna, porque "com certeza não tivera *Vater aus Berlin*, ao passo que ela tivera um, que usava um sobretudo muito comprido e que estava sempre fazendo puf! puf! puf!". Ekatierina Ivánovna observou, com um ar de desprezo, que a sua origem era bem conhecida de todos, e que naquele diploma que acabavam de ver constava, em letra de forma, que o pai era coronel, ao passo que o pai de Amália Ivánovna (supondo que realmente tivesse um pai) devia ter sido com certeza algum finlandês de Petersburgo, algum leiteiro, embora o mais certo era que não tivesse tido pai, pois ainda não se sabia como se chamava Amália Ivánovna por parte do pai, se era Ivánovna ou Liúdvigovna. Quando ouviu isso, Amália Ivánovna, já fora de si, deu um soco sobre a mesa e começou a gritar que o seu *Vater* "se chamava Ivan e que era burgomestre", ao passo que o *Vater* de Ekatierina Ivánovna "nunca fora burgomestre na sua vida." Ekatierina Ivánovna levantou-se do seu lugar e, com uma voz severa e aparentemente tranquila (embora estivesse pálida e seu peito arfasse), respondeu-lhe que, se ela se atrevesse "a pôr outra vez no mesmo nível o porco do seu *Vater* e o seu pai, ela, Ekatierina Ivánovna, lhe tiraria então a touca da cabeça e pisaria nela com seus pés." Quando ouviu aquilo, Amália Ivánovna começou a correr pelo quarto, gritando com todas as forças que ela era a senhoria e que Ekatierina Ivánovna "tinha que abandonar o quarto naquele mesmo instante"; depois se pôs a tirar as colheres de prata da mesa. Armou-se um grande burburinho e uma grande algazarra: as crianças começaram a chorar; Sônia correu para amparar Ekatierina Ivánovna, mas quando Amália Ivánovna fez uma alusão a respeito do documento amarelo, Ekatierina Ivánovna afastou Sônia bruscamente e se atirou sobre Amália Ivánovna para cumprir imediatamente a ameaça de arrancar a sua touca. Nesse momento a porta se abriu e Piotr Pietróvitch Lújin apareceu inesperadamente. Ficou ali parado e percorreu com um olhar severo e perscrutador toda a plateia. Ekatierina Ivánovna foi ao encontro dele.

CAPÍTULO III

– Piotr Pietróvitch! – gritou. – Defenda-me o senhor, pelo menos! Faça ver a essa estúpida criatura que não tem o direito de tratar desta maneira uma senhora de boa família que se encontra na desgraça; lá estão os juízes... Eu, ao general governador... Há de prestar contas... Lembre-se da hospitalidade de meu pai, defenda uma órfã!

– Com licença, minha senhora! Com licença, minha senhora! – balbuciou Piotr Pietróvitch. – Como sabe, não tive o prazer de conhecer o seu pai... Com licença, minha senhora! – alguém se pôs a rir em voz alta. – E não pretendo tomar parte nas suas contínuas discussões com Amália Ivánovna... Eu vim para tratar de um assunto específico... e quero ter imediatamente uma conversa com sua enteada, Sófia... Ivánovna... Creio que é este o seu nome, não é? Faça o favor de me deixar passar.

E Piotr Pietróvitch, passando por trás de Ekatierina Ivánovna, dirigiu-se para o canto oposto, onde estava Sônia.

Ekatierina Ivánovna ficou no mesmo lugar em que estava, como se tivesse sido atingida por um raio. Não podia compreender como é que Piotr Pietróvitch negava a hospitalidade do seu pai. Depois de ter inventado essa história da hospitalidade, ela mesma acabara acreditando. Ficou também impressionada com o tom decidido, seco e até com uma ponta de desdém e ameaça de Piotr Pietróvitch. E, além do mais, quando ele apareceu, todos foram se calando pouco a pouco. Aliás, aquele homem decidido e sério estava em franca desarmonia com o resto dos presentes, além de que era evidente que ele fora ali por causa de alguma coisa importante, algum motivo extraordinário o levara a se misturar com semelhante gente, e que de um momento para o outro iria acontecer alguma coisa. Raskólhnikov, que estava de pé ao lado de Sônia, afastou-se para um lado para deixá-lo passar; aparentemente, Piotr Pietróvitch nem sequer reparou nele. Passado um minuto surgiu na porta também Liebiesiatnikov; não chegou a entrar, mas também parou ali com curiosidade especial, quase espantado e, ao que parece, ficou durante muito tempo sem entender nada do que se passava.

– Desculpem, se venho talvez interrompê-los, mas é que se trata de um assunto bastante importante – observou Piotr Pietróvitch, sem se dirigir especialmente a qualquer pessoa – e fico até contente por ser tratado em público. Amália Ivánovna, peço-lhe encarecidamente que, como senhoria do quarto, preste especial atenção à conversa que vou ter com Sófia Ivánovna. Sófia Ivánovna – continuou, dirigindo-se a Sônia, que estava assombrada e assustadíssima –, em cima da mesa do quarto do meu amigo Andriéi Siemiônovitch Liebiesiatnikov, imediatamente depois da sua visita, desapareceu uma nota de cem rublos que me pertencia. Se for capaz de me dizer, seja lá como for, onde é que essa nota se encontra neste momento, lhe dou a minha palavra de honra, e tomo todos por testemunhas, de que daremos o assunto por terminado. De outro modo, serei obrigado a tomar medidas muitíssimo sérias, e então... a culpa será sua!

Reinava o maior silêncio no quarto. Até as crianças, que estavam chorando, se acalmaram. Sônia empalideceu mortalmente, olhava para Lújin e não sabia o que responder. Parecia que também não conseguia compreender. Decorreram alguns segundos.

– Bem, vamos ver, o que me diz? – perguntou Lújin olhando-a de alto a baixo.

– Eu não sei... Eu não sei nada... – declarou Sônia, finalmente, com uma voz fraca...

– Não? Não sabe nada? – respondeu Lújin e ficou calado ainda por uns segundos. – Pense bem, *mademoiselle* – começou severamente, mas como se a advertisse –, veja se lembra; é de boa vontade que lhe dou ainda algum tempo para que reconsidere. Faça o favor de reparar nisto: se eu não tivesse a certeza, então, é claro, dado a minha experiência, não teria me arriscado a acusá-la diretamente, pois que de uma acusação deste gênero, direta e terminante, mas que fosse falsa ou simplesmente errônea, eu teria, de certa maneira, que ficar responsável. Não ignoro isso. Esta manhã negociei, para atender às minhas necessidades, alguns títulos de cinco por cento por um valor nominal de três mil rublos. Tenho a conta anotada num livrinho. Quando voltei para casa, e Andriéi Siemiônovitch é testemunha disso, contei o dinheiro e, separando dois mil e trezentos rublos, guardei-os numa carteira, que pus no bolso lateral do meu sobretudo. Em cima da mesa ficaram cerca de quinhentos rublos em notas, e, entre elas, três de cem rublos. Nesse momento chegou a menina (fui eu que a chamei), e, durante todo o tempo que ela esteve ali, mostrou-se muito agitada; tanto que, durante metade da conversa, por três vezes se levantou para ir embora, não sei por que, apesar de a conversa ainda não ter acabado. Andriéi Siemiônovitch é testemunha de tudo que eu digo. Com certeza a *mademoiselle* também não se negará a confirmar e corroborar que eu a chamei, por intermédio de Andriéi Siemiônovitch, única e exclusivamente para lhe falar da orfandade e da desamparada situação de sua madrasta, Ekatierina Ivánovna (a cujo jantar não pude comparecer), e de como seria conveniente abrir uma subscrição a seu favor e organizar uma loteria ou qualquer coisa do gênero. A senhora agradeceu e até chorou (eu conto tudo, tal como ocorreu, em primeiro lugar, para ajudá-la a se lembrar e, além disso, para demonstrar-lhe que não se apagou nem o menor detalhe da minha memória). Depois tirei da mesa uma nota de dez rublos e a dei para contribuir pessoalmente para a subscrição a favor da sua madrasta, e a título de primeiro socorro. Tudo isso foi presenciado por Andriéi Siemiônovitch. Então a acompanhei até à porta; a menina continuava muito agitada, como antes, e depois disso, quando fiquei só com Andriéi Siemiônovitch, conversamos uns dez minutos... ele saiu, e então me dirigi outra vez para a mesa e para o dinheiro que ficara lá, com a intenção de contá-lo e depois separar uma quantia, como já decidira. Com grande espanto verifiquei que faltava uma das notas de cem rublos. Faça o favor de ver: seria impossível para mim suspeitar de Andriéi Siemiônovitch, só de pensar isso me envergonho. Que me tenha enganado na conta também não é possível, porque um minuto antes de a menina ter entrado, eu já acabara a contagem e verificara que o total estava exato. Há de concordar que, ao recordar a sua perturbação, a sua pressa de se ir embora, e que durante algum tempo suas mãos estavam em cima da mesa e, por último, levando em conta a sua situação, de modo geral, e os costumes a ela inerentes, eu me vi obrigado, por assim dizer, com horror e até contra minha vontade, a levantar uma suspeita... cruel, sem dúvida, mas... justa! Acrescento e repito que, apesar de toda a minha aparente segurança, compreendo que, no entanto, há um certo risco para mim nesta acusação. Mas, como vê, eu não hesitei um minuto: me revoltei e vou lhe dizer por que: unicamente, minha senhora, unicamente por causa da sua ingratidão! Como não? Então eu a chamo por causa da sua pobre madrasta, dou-lhe um auxílio de dez rublos, e a senhora, a senhora, imediatamente, vai e me paga com semelhante procedimento! Não, isso não está certo! Repare bem, apesar de tudo, como um amigo sincero (porque melhor amigo do que eu a senhora não pode ter neste momento), peço-lhe que reconsidere! Senão, serei inexorável! Portanto, vamos lá: o que responde?

– Eu não tirei nada do seu quarto – balbuciou Sônia, horrorizada. – O senhor me deu dez rublos, aqui estão, fique com eles. – Sônia tirou um lenço do bolso, procurou o nó que tinha dado, desatou-o, tirou a nota de dez rublos e estendeu a mão para Lújin.

– De maneira que não reconhece o caso dos outros cem rublos? – perguntou ele em tom recriminativo e insistente, sem aceitar a nota.

Sônia olhou à volta. Todos a fitavam com caras terríveis, severas, sarcásticas. Lançou um olhar a Raskólhnikov... que estava de pé, junto da parede, de braços cruzados e a contemplava com olhos de fogo.

– Oh, meu Deus! – deixou escapar Sônia.

– Amália Ivánovna, é preciso chamar a polícia, e, nesse meio-tempo, peço-lhe encarecidamente que vá chamar o porteiro – disse Lújin em voz baixa e até afetuosa.

– *Gott der barmherzige!*[9] Eu já sabia que ela era uma ladra! – exclamou Amália Ivánovna esfregando as mãos.

– Já sabia? – sublinhou Lújin. – Com certeza deve ter tido algum motivo para pensar assim, antes disto. Pois então lhe peço, respeitável Amália Ivánovna, que não se esqueça das palavras que acaba de pronunciar diante de testemunhas.

De todos os lados se ergueu um forte vozerio. Todos se agitavam.

– O quê? – gritou Ekatierina Ivánovna, caindo em si, de repente, como se tivessem lhe carregado numa mola, e atirando-se sobre Lújin. – O quê? Então a acusa de roubo? Sônia? Ah, malvados, malvados! – e, dirigindo-se a Sônia, apertou-a nos seus braços descarnados, como num torno.

– Sônia! Como te atreveste a aceitar esses dez rublos dele! Oh sua tonta! Devolva-os já! Devolva-os agora mesmo esses dez rublos! Tome!

E, tirando a nota de Sônia, Ekatierina Ivánovna, depois de amarrotá-la entre as mãos, atirou-a na cara de Lújin. A bolinha acertou num olho dele e depois foi rebolando pelo chão. Amália Ivánovna se agachou para pegar o dinheiro. Piotr Pietróvitch ficou furioso

– Segurem essa doida! – gritou.

Nesse momento, ao lado de Liebiesiatnikov, apareceram algumas pessoas, entre elas as duas senhoras de fora.

– O que é isso? Com que então eu estou doida? Idiota! – gritou Ekatierina Ivánovna. – Tu que és um idiota, um advogado sem causas, um malvado! Sônia, Sônia agora tirava o teu dinheiro! Sônia, uma ladra! Se ela tem o suficiente para dar para ti, imbecil! – e Ekatierina Ivánovna desatou num riso histérico. – Já se viu maior idiota do que este? – disse, encarando todos e apontando Lújin. – O quê? Tu também? – disse de repente, ao ver a senhoria. Também tu, ignorante, afirmas que ela é uma ladra, reles prussiana, que pareces uma galinha choca com crinolina! Ai de ti! Ai de ti! Ela não saiu do quarto e, assim que veio lá de dentro, sentou-se logo ao lado de Rodion Románovitch! Reviste-a! Uma vez que ela não foi

9. Deus misericordioso!

a parte alguma, ainda deve ter o dinheiro com ela! Procura, procura, procura! Se não encontrares nada, *golubtchik*, então, vais pagá-la! Ao soberano, ao soberano, será ao próprio czar que eu recorrerei, porque ele é misericordioso, e me lançarei a seus pés agora mesmo, hoje mesmo! Eu... uma órfã! Me deixa entrar! Achas que não me deixarão passar? Pois estás enganada, que eu vou entrar! Vou entrar! Contavas com a timidez dela? Era nisso que punhas as tuas ilusões? Pois em troca, meu caro, eu sou ousada! Vais te haver comigo! Vamos, procura, procura, procura!

E Ekatierina Ivánovna enfurecida, sacudia freneticamente Lújin e arrastava-o para junto de Sônia.

– Eu estou disposto a isso, eu responderei... mas, veja se se acalma, veja se se acalma! Eu sei muito bem que a senhora é ousada! É... é... isso – balbuciou Lújin – é com a polícia... Embora, no fim de contas, haja bastantes testemunhas... E eu estou disposto a isso... Mas, em todo caso, para um homem é difícil... por uma questão de sexo... Só com a ajuda de Amália Ivánovna... Embora, aliás, não seja assim que se fazem as coisas... Mas o que eu posso fazer?

– Escolha quem quiser! Quem quiser que a reviste! – gritou Ekatierina Ivánovna. – Sônia, mostra a ele o forro dos bolsos. Isso mesmo! Olha, monstrengo, está vazio, era aqui que estava o lenço, o bolso está vazio! Estás vendo? Agora o outro bolso: aqui está, aqui está! Vês, vês?

E Ekatierina Ivánovna não ficou satisfeita enquanto não virou do avesso os dois bolsos. Mas, do segundo, do da direita, voou de repente um papelzinho que, fazendo uma parábola no ar, foi cair aos pés de Lújin. Todos viram; muitos soltaram uma exclamação. Piotr Pietróvitch se agachou, apanhou do chão o papelzinho, com os dedos, ergueu-o à vista de todos e o desdobrou. Era a nota de cem rublos, dobrada em oito partes. Piotr Pietróvitch passou a mão à volta, para que todos vissem a nota.

– Grande ladra! Fora desta casa! À polícia, à polícia! – gritou Amália Ivánovna. – Deviam ser mandadas para a Sibéria! Fora!

De todo os lados se ergueram exclamações. Raskólhnikov estava calado, sem tirar os olhos de Sônia e lançando de quando em quando rápidos olhares a Lújin. Sônia continuava no mesmo lugar, alheada. Quase nem dava mostras de espanto. De súbito, todo o seu rosto se ruborizou, deu um grito e cobriu o rosto com as mãos.

– Não, eu não sou isso! Eu não roubei! Eu não sei de nada! – exclamou com uma voz entrecortada pelos soluços e se lançou nos braços de Ekatierina Ivánovna. Esta a recebeu e a estreitou com força, como se quisesse defendê-la de todos contra o seu peito.

– Sônia! Sônia! Eu não acredito! Olha, eu não acredito! – gritava ainda Ekatierina Ivánovna, embalando-a nos braços como se ela fosse uma criancinha, dando-lhe muitos beijos, acariciando-lhe e beijando-lhe também as mãos, como se as sorvesse. – Diz que tu não o tiraste! Mas que gente tão estúpida! Oh, meu Deus! São todos uns imbecis, uns tolos! – gritava, encarando todos. – Não sabem que coração ela tem, que mulher ela é! Ela não tiraria nada, ela... Ela é capaz de se desfazer do seu último vestido, vendê-lo e andar descalça para dar tudo a vocês, se precisarem! Ela é assim! E se tem o documento amarelo é porque os meus filhos estavam morrendo de fome! Foi por nós que ela se vendeu! Ah, homem que já estás morto, homem que já estás morto! Ah, homem que já estás morto, homem que já estás morto! Estás vendo? Estás vendo? Olha o jantar fúnebre que tiveste! *Góspod*![10] Mas defendam-na! Que fazem aí todos parados? Rodion Románovitch! Por que não a defende? Também acredita nisto? Todos juntos, todos, todos, todos não valem nem o seu dedo mínimo! *Góspod*! Defendam-na...

O choro da pobre Ekatierina Ivánovna, tísica, desprotegida, pareceu produzir finalmente uma grande impressão sobre os presentes. Havia tanto sofrimento, tanta dor naquela cara contraída pelo sofrimento, vincada pela tuberculose, naqueles lábios descorados, salpicados de sangue, naquela voz estertórica, naquele pranto entrecortado de soluços, parecido como o choro de uma criança, naquela imploração ingênua, infantil e, ao mesmo tempo, desolada de defesa, que todos pareceram se condoer da infeliz. Piotr Pietróvitch compadeceu-se também.

– Senhora! Senhora! – exclamou com ênfase. – Não é nada contra a senhora! Ninguém se atreveu a culpá-la, nem de má intenção nem sequer de conivência, tanto mais que foi a senhora mesma quem esclareceu as coisas, ao esvaziar os

---

10. Senhor! Meu Deus!, em alemão.

bolsos dela; com certeza a senhora não supunha nada! Eu estou disposto a ter piedade pela senhora, por assim dizer, pois o motivo que impulsionou Sófia Ivánovna foi a miséria. Mas por que não quis a menina confessar logo? Tinha medo da vergonha? Mas este foi o seu primeiro passo nesse caminho? Naturalmente não estava boa da cabeça! Compreende-se. Mas, no entanto, por que se deixou chegar a esta situação? Meu Deus! – encarou todos os presentes. – Meu Deus! Como tenho pena e estou, por assim dizer, condoído, sinto-me disposto a perdoar, apesar da ofensa que recebi. Mas olhe, menina, que esta vergonha lhe sirva de lição daqui por diante – disse, dirigindo-se a Sônia –, e eu considero o assunto terminado e não o levarei adiante. Já chega.

Piotr Pietróvitch lançou, de soslaio, um olhar a Raskólhnikov. Os seus olhares se encontraram. O olhar em brasas de Raskólhnikov parecia querer pulverizá-lo. Enquanto tudo isto acontecia, Ekatierina Ivánovna dava mostras de não conseguir entender nada; estava abraçada a Sônia e beijava-a loucamente. As crianças também tinham se agarrado a Sônia por todos os lados, com as suas mãozinhas, e Pólietchka – embora não compreendesse claramente o que se passava – tinha começado a chorar, com todo o corpo sacudido pelos soluços e escondendo a sua linda carinha, intumescida pelo choro, sobre um ombro de Sônia.

– Que maldade! – gritou, de repente, uma voz forte, à porta.

Piotr Pietróvitch voltou-se rapidamente para olhar.

– Que baixeza! – repetiu Liebiesiatnikov, olhando-o nos olhos.

Piotr Pietróvitch deu um pulo. O que não passou despercebido a nenhum dos presentes. Lembraram-se disso, depois. Liebiesiatnikov entrou no aposento.

– Como se atreve a me tomar como testemunha – disse, aproximando-se de Piotr Pietróvitch.

– Que quer dizer isso, Andriéi Siemiônovitch? A quem se refere? – resmungou Lújin.

– Quer dizer que o senhor... é um caluniador, isso é o que significam as minhas palavras! – declarou Liebiesiatnikov com veemência, olhando-o severamente com os olhinhos míopes. Estava terrivelmente zangado. Raskólhnikov parecia beber os seus olhares, como se estivesse ansioso por compreender e pesar cada palavra sua. Piotr Pietróvitch parecia também transtornado, principalmente no primeiro momento.

– Se o senhor, a mim... – começou, balbuciando. – Que lhe importa isso? O senhor perdeu o juízo?

– Não, ainda o tenho todo. O senhor é que é... um canalha. Ah, e que vil! Eu ouvi tudo e esperava de propósito para ver se conseguia compreender, porque, confesso-lhe, até mesmo agora, ainda não vejo a lógica do caso... O que não consigo explicar é... por que o senhor fez isso...

– Mas o que eu fiz? Pare de falar por enigmas! Deve ter bebido...

– Você, seu velhaco, é que deve ter bebido, e não eu! Eu nunca tomo vodca, porque as minhas convicções me proíbem! Calculem os senhores que foi ele, ele mesmo, quem, com sua própria mão, deu essa nota de cem rublos a Sônia Siemiônovna... Eu vi muito bem, sou testemunha disso, e declararei diante de todos os juízes. Ele, ele – repetia Liebiesiatnikov, dirigindo-se a todos em geral e a cada um em particular.

– Mas você está maluco, seu pateta! – gritou Lújin. – Ela, aqui mesmo, na sua frente, na sua cara... ela mesma aqui, há um momento, declarou... que, além desses dez rublos, eu não lhe dera nada! Como é que, então, eu podia ter dado?

– Eu vi, eu vi! – gritou e afirmou Liebiesiatnikov. – E, ainda que tenha de ir contra as minhas convicções, estou disposto a declarar isso agora mesmo perante o juiz que escolher, porque vi muito bem como o senhor o entregou dissimuladamente! Simplesmente eu, grande tolo, julguei que o senhor o fazia por bondade! À porta, ao despedir-se dela, quando ela se virou, o senhor, enquanto lhe apertava uma mão, com a outra, com a esquerda, o senhor colocou muito dissimuladamente a nota no bolso. Eu vi! Vi!

Lújin empalideceu.

– Isso é mentira! – exclamou com voz cortante. – Como é possível que você, que estava junto da janela, pudesse distinguir a nota? Você fez confusão... por causa dos seus olhos míopes. Você está delirando!

– Não, eu não fiz confusão! Embora estivesse um pouco afastado, vi tudo, tudo, tudo, e embora seja de fato difícil distinguir uma nota da janela, e nisso o senhor tem razão, eu, neste caso, percebi muito bem que se tratava, sem dúvida nenhuma, de uma nota de cem rublos, porque quando o senhor deu a outra nota de dez, vi muito bem que tirava de cima da mesa uma nota de cem rublos (nessa ocasião eu estava perto da mesa e depois me ocorreu uma ideia; de maneira que, por isso, não me esqueci que tinha essa nota na mão). O senhor pegou-a e apertou-a na mão durante todo o tempo. Depois esqueci esse pormenor, mas quando se levantou, passou-a da mão direita para a esquerda, quase feita numa bolinha, e então voltei a me lembrar, porque tornou a me ocorrer a ideia anterior, ou seja, que o senhor queria lhe dar essa quantia sem que eu soubesse. Já pode ver qual não seria a minha curiosidade... e realmente vi muito bem como o metia, escondido, dentro do bolso. Eu vi, eu vi, e estou disposto a declarar isso.

Liebiesiatnikov estava quase arquejante. De todos os lados começaram a se ouvir várias exclamações que, na sua maior parte, exprimiam assombro, mas também se ouviam algumas que exprimiam um tom de ameaça. Todos se aglomeraram ao redor de Piotr Pietróvitch, e Ekatierina Ivánovna correu para Liebiesiatnikov!

– Andriéi Siemiônovitch, eu estava enganada a seu respeito! Defenda-a! O senhor é a única pessoa que a defende! Ela é uma órfã; foi Deus quem o enviou! Andriéi Siemiônovitch, bom amigo, *bátiuchka*!

E Ekatierina Ivánovna, como se estivesse transtornada, lançou-se de joelhos a seus pés.

– Tolices! – exclamou Lújin, furioso. – Você só diz disparates. "Me esqueci, me lembrei, tornei a me esquecer!" Que quer dizer isso? Vai dizer que eu lhe meti o dinheiro no bolso intencionalmente? Com que fim? Com que fim? Que há de comum entre mim e essa...?

– Para quê? É isso, precisamente, o que eu não consigo explicar, mas o que eu acabo de contar é um fato certo, irrefutável! E tenho tanta certeza de que não estou enganado, seu reles canalha, que me lembro muito bem que, ao ver aquilo, imediatamente me fiz esta pergunta, enquanto o felicitava e lhe apertava a mão: "Por que será que ele colocou escondido no bolso? Isto é, por que fez isso às escondidas?". Pensei que o fazia por querer ocultar de mim esse gesto, por saber que eu tenho convicções opostas e sou inimigo da beneficência privada, que não resolve nada de uma maneira radical. Pois bem: eu pensei, eu concluí que, de fato, lhe custava oferecer essa quantia e que também, supus igualmente, quisesse fazer uma surpresa a ela, deixá-la admirada quando encontrasse no bolso nada mais nada menos do que cem rublos (porque eu sei que há muitas pessoas que gostam de praticar as suas obras caritativas dessa maneira). Depois também pensei que o senhor queria testá-la: isto é, ver se ela, quando tornasse a encontrá-lo, lhe agradeceria! Pensei ainda que queria evitar os agradecimentos e, bom, para fazer como se costuma dizer: que a tua mão direita... não saiba... enfim, qualquer coisa dessas. Bem, pela minha cabeça passaram então muitos pensamentos, sobre os quais resolvi refletir depois com mais vagar, mas o certo é que me pareceu pouco delicado lhe dar a entender que tinha descoberto o seu segredo. Mas, no entanto, também fiz a mim mesmo outra pergunta: "E se Sófia Siemiônovna acabasse perdendo o dinheiro, antes de achá-lo?". Foi esse o motivo que me fez vir até aqui, para chamá-la e avisá-la de que tinham metido cem rublos no seu bolso, mas antes passei pelo quarto da senhora Kobiliátnikova para levar-lhe a Apreciação Geral do Método Positivo e recomendar-lhe especialmente um artigo de Piderit (e, é claro, o de Wagner também); e depois vim aqui e aconteceu toda esta história! Bem, vamos ver: eu poderia, de fato, ter tido todas essas ideias e perplexidades se não tivesse visto que o senhor metera os cem rublos no bolso dela?

Quando Andriéi Siemiônovitch acabou os seus loquazes raciocínios, conduzindo com tanta lógica a sua demonstração até o final, ficou muito cansado e até lhe corria o suor pelo rosto. Mas infelizmente não sabia se explicar corretamente em russo (e também não conhecia nenhuma outra língua); por isso disse aquilo tudo de uma assentada e até parecia ter enfraquecido quando acabou aquela proeza de advogado. Mas nem por isso o seu discurso deixou de causar uma extraordinária impressão. Exprimira-se com tanta propriedade, com tal convicção, que, via-se bem, todos acreditavam nele; Piotr Pietróvitch percebia que o seu caso tomava um mau aspecto.

– O que eu tenho a ver com o fato de que lhe passassem pela cabeça essas perguntas estúpidas? – exclamou. – Isso não prova nada, de maneira nenhuma! Tudo isso o senhor podia ter sonhado, e é o que deve ter sido! Eu afirmo que mente, Súdar! Mente e me calunia, levado por algum ressentimento contra mim; isto é, para falar claro, tem raiva de mim por que eu não aderi às suas ideias socialistas, de livre-pensador e ateu! Essa é que é a verdade!

Mas essa objeção não foi de nenhuma utilidade para Piotr Pietróvitch. Pelo contrário, por toda a parte se ouviram murmúrios.

– Olha o que foste buscar! – exclamou Liebiesiatnikov. – Mentes! Chama a polícia que eu farei a declaração sob juramento! Só há uma coisa que não consigo explicar! Por que ele cometeu um ato tão baixo? Oh, que miserável, que vil!

– Eu posso explicar por que ele cometeu semelhante baixeza, e, se for preciso, farei também a declaração sob juramento! – disse Raskólhnikov com voz firme, dando um passo para frente.

Aparentemente estava sereno e tranquilo. Todos compreenderam, ao olhá-lo, que, de fato, sabia do que se tratava e que o desenlace da história estava iminente.

– Agora compreendo tudo – continuou Raskólhnikov encarando diretamente o Liebiesiatnikov. – Logo, desde o princípio do incidente, eu suspeitei que devia se tratar de um enredo vil; essa suspeita nasceu devido a certos pormenores, que só eu conhecia, e que agora mesmo vou explicar a todos. Foi o senhor, Andriéi Siemiônovitch, com a sua valiosa declaração, quem acabou por me explicar tudo! Peço a todos, a todos, que me escutem. Este cavalheiro – e apontou Lújin – estabeleceu relações, há pouco tempo, com uma jovem, falando claramente, que é minha irmã, Avdótia Românovna Raskólhnikov. Mas quando há três dias chegou a Petersburgo, no nosso primeiro encontro entrou logo em uma discussão comigo e eu o expulsei de minha casa, do que posso apresentar duas testemunhas. Trata-se de um indivíduo mau... Ainda há três dias eu ignorava que ele estava hospedado aqui, nesta pensão, em sua companhia, Andriéi Siemiônovitch, e no mesmo dia em que nós tivemos aquela discussão, ele assistiu à entrega que eu fiz de dinheiro para o enterro, à viúva do falecido senhor Marmieládov, Ekatierina Ivánovna. Ele escreveu imediatamente uma carta a minha mãe participando-lhe que eu dera dinheiro não a Ekatierina Ivánovna, mas a Sófia Siemiônovna, e nessa carta falava os termos mais reles acerca do... caráter de Sófia Siemiônovna; isto é, aludia à índole das minhas relações com Sófia

Siemiônovna. Tudo isso, como devem compreender, ele fazia apenas com o fim de me indispor com minha mãe e minha irmã, dando-lhes a entender que eu esbanjava, com objetivos censuráveis, os últimos cobres com que elas me ajudavam. Ontem, diante de minha mãe e de minha irmã, e na sua presença, me empenhei em demonstrar a verdade, isto é, que dera aquele dinheiro a Ekatierina Ivánovna, para o enterro, e não a Sófia Siemiônovna, e que, três dias antes disso, eu ainda não conhecia Sófia Siemiônovna nem nunca a vira. E acrescentei que ele, Piotr Pietróvitch, com toda a sua soberba, não valia sequer o dedo mínimo de Sófia Siemiônovna, da qual falava tão mal. E quando ele me perguntou se eu seria capaz de sentar Sófia Siemiônovna ao lado de minha irmã, respondi que já o fizera naquele mesmo dia. Furioso por ver que nem a minha mãe nem a minha irmã queriam se indispor comigo, apesar das suas intrigas, pôs-se a lhes dizer grosserias imperdoáveis. Deu-se o rompimento e expulsaram-no de casa. Tudo isso se passou ontem. Agora peço a sua especial atenção: imaginem que ele conseguisse provar agora que Sófia Siemiônovna... era uma ladra: em primeiro lugar teria demonstrado à minha mãe e à minha irmã que tivera razão nas suas suspeitas, que era com razão que se aborrecera por eu ter posto ao mesmo nível a minha irmã e Sófia Siemiônovna; e que ao pôr-se contra mim não fizera mais do que defender e velar pela honra de minha irmã, sua noiva. Em resumo: com toda esta intriga podia me indispor com a minha família e tinha assim a ilusão de que ganharia de novo as suas boas graças. Sem contar que também se vingaria, pessoalmente, de mim, já que tem motivos para supor que a honra e a felicidade de Sófia Siemiônovna me são muito caras. Aí tem o senhor os planos que ele fazia! É assim que eu explico toda esta história! É essa a razão e não pode haver outra.

Com estas ou semelhantes palavras Raskólhnikov pôs fim ao seu discurso, a cada passo interrompido pelas exclamações dos presentes, que o escutavam, atentos. Mas apesar de todas essas interrupções, ele tinha se exprimido com dignidade e tranquilidade, com palavras exatas, claras e firmes. A sua voz vibrante, o seu tom convicto e o seu rosto severo produziram em todos uma impressão extraordinária.

– É isso, é isso! – concordou Liebiesiatnikov, entusiasmado.

– Há de ser isso, com certeza, porque assim que Sófia Siemiônovna entrou no nosso quarto, me perguntou se o senhor estava aqui, se eu não o vira entre os convidados de Ekatierina Ivánovna. Levou-me à janela de propósito para isso e me fez ali a pergunta em voz baixa.

– Pelo visto estava muito interessado em que o senhor estivesse aqui! Isso, assim fica tudo explicado!

Lújin sorria em silêncio, com uma expressão de desprezo. Mas estava muito pálido. Parecia meditar sobre a maneira de se livrar daquele aperto. É possível que de boa vontade tivesse deixado tudo e largado a correr; só que, naquele instante, tal coisa teria sido impossível, pois equivaleria a se reconhecer culpado da dupla acusação e a confessar que, de fato, caluniara Sófia Siemiônovna. Além disso, os que estavam presentes já tinham bebido à mesa e estavam muito excitados. Embora o oficial reformado, no fundo, não tivesse chegado a compreender tudo muito bem, era o que mais gritava e propunha a adoção de medidas muito desagradáveis para Lújin. Mas havia alguns que não estavam embriagados e até tinham acudido, reunindo-se nos quartos. Os três polaquinhos estavam terrivelmente excitados e gritavam continuamente: *Pan laidak*[11], resmungando ao mesmo tempo algumas ameaças em polaco. Sônia escutara com custo e parecia também não ter compreendido tudo, e parecia que acabava de sair de um desmaio. A única coisa que fazia era não afastar os olhos de Raskólhnikov, sentindo que nele se resumia todo o seu amparo. Ekatierina Ivánovna arquejava, num estertor, e dava mostras de estar completamente esgotada. A mais comprometida de todas era Amália Ivánovna, que estava ali de boca aberta e sem compreender nada. Só via que Piotr Pietróvitch dera um mau passo. Raskólhnikov tornou a pedir que o deixassem falar, mas não lhe deram tempo de acabar; todos gritavam e se amontoavam à volta de Lújin, insultando-o e ameaçando-o. Mas Piotr Pietróvitch não se intimidava. Quando viu que o caso da acusação de Sônia estava definitivamente perdido, apelou para o recurso do espalhafato:

– Façam o favor, *gospodá*[12]; façam o favor, não me empurrem dessa maneira e deixem-me passar! – disse abrindo

11. Senhor canalha, alcoviteiro, em polonês.

12. Senhores, em alemão.

caminho por entre a assistência. – E façam também o favor de não me ameaçar; garanto-lhes que não acontecerá nada, que vocês não vão fazer nada, pois eu não sou nenhum menino tímido de dez anos e, pelo contrário, hão de responder por terem encoberto um crime pela violência. O roubo está mais que provado e não levarei o assunto adiante. Os juízes não são tão cegos... nem tão bêbados e não hão de acreditar nesses dois ateus convictos, rebeldes e livres-pensadores que me acusam por motivos de vingança pessoal, o que eles mesmos, apesar de serem estúpidos como são, reconhecem... Bem, vamos, me deem licença!

– Que o meu quarto fique imediatamente livre do seu hálito; faça o favor de sair e, a partir deste momento, tudo acabou entre nós! E pensar que eu cansei a voz de tanto lhe reclamar.

– Não se esqueça que eu mesmo lhe disse que iria embora antes que a senhora me expulsasse; agora acrescento unicamente que você é uma tola. Desejo-lhe que cure a sua alma e os seus olhinhos míopes! Deem-me licença, *gospodá*!

Abriu caminho por entre aquele aperto; entretanto, o oficial não queria deixá-lo passar, assim, sem mais nem menos, só com insultos, e, pegando um copo que estava sobre a mesa, atirou-o contra Piotr Pietróvitch, mas o copo voou em direção a Amália Ivánovna. Esta guinchou, e o oficialzinho, que tinha perdido o equilíbrio naquele lance, rebolou e foi parar debaixo da mesa. Piotr Pietróvitch foi para o seu quarto e, meia hora depois, já tinha saído do prédio.

Sônia era tímida por natureza e sabia muito bem que podiam persegui-la mais facilmente do que a ninguém, e que, quem quer que fosse, podia ofendê-la sem se expor a ser castigado. Mas, no entanto, até aquele momento lhe parecera que podia se afastar da desgraça com prudência, humildade e submissão para com todos. É certo que suportara tudo com paciência e quase sem abrir boca... até aquilo. Mas, a princípio, custou-lhe muito. Apesar do seu triunfo e da sua reabilitação, quando passou o primeiro susto e o primeiro espanto, quando pôde compreender e ver tudo claramente, um sentimento de desamparo e de vergonha lhe oprimiu dolorosamente o coração. Teve um ataque de histeria. Finalmente, não podia mais, saiu do quarto correndo e se dirigiu para a sua casa. Isso aconteceu logo depois de Lújin ter se retirado. E quando, por entre as risadas sonoras dos presentes, Amália Ivánovna se viu atingida pelo copo destinado a Lújin, também não pôde se conter e, dando um grito, lançou-se furiosamente contra Ekatierina Ivánovna, considerando-a culpada de tudo:

– Saia de minha casa! Agora mesmo! Marche! – e, enquanto dizia isto, começou a apanhar tudo quanto encontrava ao alcance da mão e pertencia a Ekatierina Ivánovna e a atirar para o chão.

Ekatierina Ivánovna, que até sem isso já estava extenuada e arquejava penosamente, e tinha o rosto lívido, saltou da cama (na qual se deixara cair, esgotada) e lançou-se contra Amália Ivánovna. Mas a luta era muito desigual: a senhoria a sacudiu como a uma pena.

– O quê? Como se não chegasse essa impiedosa calúnia contra a outra... vem agora esta tipa se meter comigo! O quê! Me expulsar do quarto no próprio dia do enterro de meu marido, depois do meu jantar, me pôr na rua com os meus órfãos? Mas para onde vou eu? – gritava, soluçava e arquejava a pobre mulher. – Meu Deus! – gritou, de repente, de olhos chamejantes. – Não existe a justiça? A quem tu defendes, se não defendes os órfãos? Mas já veremos! No mundo há juízes e justiça, irei vê-los! Agora mesmo, bruxa, ateia! Pólietchka, fica tomando conta dos meninos, por um momento, que eu já volto. Esperem por mim, ainda que seja na rua! Vamos ver se há ou não justiça neste mundo!

E, lançando sobre a cabeça aquele mesmo manto verde quadriculado ao qual o falecido Marmieládov se referira, Ekatierina Ivánovna abriu caminho por entre o desordenado e embriagado grupo dos vizinhos, que continuavam apinhados no quarto, e por entre choros e soluços correu para a rua com a vaga intenção de ir a algum lugar, imediatamente, fosse onde fosse, ao encontro da Justiça. Pólietchka, assustada, acocorou-se num canto com as crianças, em cima da arca, onde, abraçada aos dois irmãos, tremendo, ficou à espera do regresso da mãe. Amália Ivánovna andava no quarto de um lado para o outro; guinchava, esbravejava, atirava ao chão tudo quanto apanhava à mão e dizia insolências. Os vizinhos falavam aos gritos e desatinadamente. Alguns diziam o que tinham compreendido do incidente, outros discutiam e se insultavam; alguns cantavam...

"Agora é a minha vez" pensou Raskólhnikov. "Ora, Sófia Siemiônovna, que me diz disto tudo?"

E se encaminhou para casa de Sônia.

CAPÍTULO IV

RASKÓLHNIKOV se fizera de ativo e corajoso advogado de Sônia contra Lújin, apesar de ele próprio sentir um horror e uma dor especiais no seu íntimo. Mas depois de ter sofrido tanto naquela manhã, era como se recebesse com alegria a oportunidade de mudar de impressões, que haviam se tornado insuportáveis, sem saber quanto havia de pessoal e cordial no seu impulso para defender Sônia. Além disso, pensava no seu próximo encontro com Sônia, e isso o afligia, às vezes, mais que tudo; tinha de lhe explicar quem é que matara Lisavieta e pressentia que isso seria uma terrível tortura para si, quase já se sentia sem força nos braços. Por isso, quando, ao sair de casa de Sófia Ivánovna, lançou aquela exclamação: "Bem, vamos ver agora o que diz disto tudo, Sófia Siemiônovna?", encontrava-se ainda sob a influência do estado de excitação interior da sua corajosa, justa e recente vitória sobre Lújin. Mas sucedeu-lhe uma coisa estranha. Quando chegou ao andar de Kapernaúmov, sentiu-se, de repente, desanimado e assustado. Parou à porta, pensativo, formulando esta estranha pergunta: "Mas será realmente necessário revelar quem assassinou Lisavieta?". A pergunta era estranha, porque, de repente, ao mesmo tempo sentia que não só era impossível não pensar nisso, mas que, além disso, era impossível também retardar esse momento, por pouco que fosse. Não sabia ainda por que seria impossível; apenas sentia, e essa dolorosa confissão da sua covardia perante o imprescindível quase o sufocava. Para não se perder em meditações e para não se torturar, apressou-se a abrir a porta e logo à entrada procurou Sônia com os olhos. Ela estava sentada de cotovelos sobre o velador, e ocultava o rosto nas mãos, mas quando viu Raskólhnikov, levantou-se logo e correu ao seu encontro, como se estivesse à espera dele.

– Que teria sido de mim sem o senhor? – exclamou, pressurosa, regressando com ele para o centro do compartimento. Via-se bem que foi isso o que lhe ocorreu mais rapidamente para lhe dizer. Depois ficou à espera.

Raskólhnikov aproximou-se da mesa e sentou-se numa

cadeira, na mesma que ela acabava de deixar. Ela estava de pé diante dele, a dois passos de distância, tal como no dia anterior.

– Então, Sônia? – disse ele, e de repente sentiu que a sua voz tremia. – Veja bem: toda essa confusão foi em função da sua posição social e dos costumes a ela inerentes. Não lhe pareceu?

O sofrimento refletia-se no rosto da moça.

– Não venha me falar como ontem! – interrompeu-o. – Por favor, não comece com isso. Já sofri bastante.

E em seguida sorriu, como se tivesse receio de que aquela censura não fosse do agrado dele.

– Saí dali quase tonta. Como é que acabou aquilo? Há um momento estive tentada a voltar, mas pensei que... o senhor viria.

Ele contou como Amália Ivánovna os expulsara do quarto e como Ekatierina Ivánovna se desarvorara para a rua, em busca da justiça.

– Ai, meu Deus! – exclamou Sônia. – Vamos lá imediatamente.

E pegou o xale.

– É sempre a mesma coisa! – exclamou Raskólhnikov, mal-humorado. – Só tem a eles no seu pensamento! Fique aqui um pouco comigo!

– Mas... e Ekatierina Ivánovna?

– Ekatierina Ivánovna não pode viver com sua ausência: ela mesma virá buscá-la, visto que saiu de casa – acrescentou bruscamente. – Se vier e não a encontrar, a culpa é sua.

Sônia sentou-se na outra cadeira, numa indecisão dolorosa. Raskólhnikov estava calado, de olhos fixos no chão, e parecia refletir.

– Admitamos que não era isso o que Lújin queria... – começou, sem olhar para Sônia. – Mas se tivesse desejado e isso tivesse entrado nos seus planos... teria podido metê-la na prisão, se não fôssemos nós, eu e Liebiesiatnikov, não é verdade?

– É! – concordou ela com voz fraca. – É! – repetiu, pensativa e assustada.

– De fato, podia ser que eu não estivesse lá! Quanto a Liebiesiatnikov, foi uma casualidade ele ter voltado.

Sônia estava calada.

– Bem, e vamos ver: se a tivessem metido na prisão, que teria acontecido então? Lembra-se do que lhe disse ontem?

Ela também não respondeu. Ele ficou à espera.

– Eu pensava que já ia começar a gritar: "Ah, não fale assim, não continue!" – disse Raskólhnikov sarcasticamente, mas um pouco forçado. – O quê? O silêncio continua? – perguntou, passado um minuto. – Olhe que é preciso falar de alguma coisa. Eu tinha um interesse especial em saber como é que resolveria essa questão, como diz Liebiesiatnikov. (Já começava a ficar amuado.) Não, no fundo, eu lhe falei seriamente. Imagine, Sônia, que sabia de todas as intenções de Lújin antecipadamente, que teria sabido (isto é, com certeza) que esse tipo ia causar a perdição de Ekatierina Ivánovna e dos seus filhos, e a sua também, indiretamente (já sei que nunca se lembra dela mesma, por isso digo indiretamente). E a de Pólietchka também... porque ela também há de seguir esse caminho. Ora bem, aí está: se, de repente, estivesse na sua dependência resolver tudo isto, se era ele ou os outros que deviam continuar neste mundo, isto é, se Lújin devia continuar vivendo e cometendo más ações, ou Ekatierina Ivánovna morrer, qual teria sido a sua decisão, qual deles condenaria à morte? É o que eu lhe pergunto.

Sônia fixou sobre ele um olhar inquieto; percebia qualquer coisa de especial naquelas palavras inseguras e que lhe lembravam vagamente alguma coisa.

– Eu já calculava que iria me perguntar alguma coisa desse gênero – disse, olhando para ele com curiosidade.

– Está bem, seja; mas qual seria a sua decisão?

– Por que me pergunta aquilo que é impossível? – disse Sônia com uma expressão aborrecida.

– Naturalmente optaria por consentir que Lújin vivesse e continuasse a fazer canalhices. Não tem coragem de admitir?

– É que eu não posso conhecer os segredos da Providência Divina... Mas por que me faz perguntas sobre um caso impossível? Como é que a existência de um homem poderia depender da minha decisão, e quem me incumbiu de ser juiz para decidir quem deve viver ou não?

– Quando se trata da Divina Providência já não consigo nada – exclamou Raskólhnikov, mal-humorado.

– Diga com toda a franqueza o que deseja! – exclamou Sônia, magoada. – Com certeza anda urdindo alguma... Veio aqui só para se atormentar?

Não pôde se conter e, de repente, começou a chorar. Olhou para ele sombriamente triste. Passaram-se cinco minutos.

– Olha, tens razão, Sônia – disse ele, finalmente, em voz baixa. E, de súbito, mudou de expressão: aquele seu tom de fingida insolência e provocação impotente desapareceu. Até a sua voz se tornou mais fraca. – Já te disse, ontem, que não tinha vindo para te pedir perdão, mas, com isso, já quase comecei a te pedir... Isso de Lújin e da Providência eu dizia para mim... Por isso é que eu pedia perdão, Sônia!

Tentou sorrir, mas havia qualquer coisa de desalentado e de incompleto no seu pálido sorriso. Baixou a cabeça e cobriu o rosto com as mãos.

E, de repente, um estranho e inesperado sentimento, uma espécie de ódio amargo por Sônia se ergueu no seu coração. Como se estivesse admirado e assustado com esse sentimento, levantou de repente a cabeça e olhou-a de alto a baixo, mas encontrou o olhar da moça, que estava aflitivamente inquieta e preocupada: ali havia amor; o seu ódio desapareceu como um fantasma. Não era o que ele pensava; tomara um sentimento por outro. Isso só significava que o momento chegara.

Tornou a cobrir o rosto com as mãos e baixou a cabeça. De súbito empalideceu, levantou-se da cadeira, ficou olhando para Sônia e, sem dizer nada, sentou-se maquinalmente no seu leito.

Aquele minuto era terrivelmente parecido com aquele em que estava atrás da velha, quando já tirara a machadinha do nó corredio e sentia que já não havia um momento a perder.

– O que tem? – perguntou Sônia, terrivelmente assustada.

Ele não pôde responder. A sua intenção não fora, de maneira nenhuma, explicar aquilo, assim, e nem ele mesmo poderia dizer o que se passava. Devagarzinho, ela se aproximou dele, sentou-se na cama, ao seu lado, e esperou, sem tirar os olhos dele. O seu coração batia forte. Aquilo era insuportável; ele voltou o rosto para ela, mortalmente pálido; os seus lábios crispavam-se, sem forças, esforçando-se por dizer alguma coisa. Sônia sentia um autêntico pavor.

– Que tem? – repetiu, afastando-se um pouco dele.

– Nada, Sônia. Não tenhas medo. Tolices. De fato, se pensarmos nisso... – balbuciou, com o aspecto de um homem que não percebe que está delirando. – Por que eu teria vindo te afligir? – acrescentou, de repente, olhando para ela. – Sim, por quê? É a pergunta que faço a mim mesmo constantemente, Sônia.

É possível que tivesse feito essa pergunta um quarto de hora antes, mas agora falava no maior abatimento, quase sem se dar conta do que dizia e sentindo um contínuo tremor em todo o corpo.

– Oh, como sofre! – disse ela, compassiva, olhando para ele.

– Tudo isso é absurdo! Ouve uma coisa, Sônia – sorriu de repente, por algum motivo, pálido e exangue, durante alguns segundos –, te lembras daquilo que eu queria te dizer ontem?

Sônia aguardava, inquieta.

– Quando me despedi, eu te disse que talvez me despedisse de ti para sempre, mas que, se hoje voltasse, te diria... quem matou Lisavieta.

Todo o corpo dela se pôs a tremer, de repente.

– Pois bem, vim para te dizer.

– De fato... o senhor, ontem... – balbuciou ela com dificuldade. – Mas como é que sabe disso? – perguntou rapidamente, como se apercebesse de repente.

Sônia começava a respirar com dificuldade. Tinha o rosto cada vez mais pálido.

– Eu sei.

Ela ficou calada por um minuto.

– Encontraram-no? – perguntou timidamente.

– Não, não o encontraram.

– Então, como é que sabe? – tornou a perguntar com uma voz quase imperceptível e também passado um minuto de silêncio.

Ele se voltou para ela e ficou olhando-a fixamente.

– Vê se adivinhas – disse com o mesmo sorriso crispado e cada vez mais fraco.

Era como se uma convulsão lhe percorresse todo o corpo.

– Mas por que me assusta... por que me... assusta dessa maneira? – exclamou ela, sorrindo como uma criança.

– Pode ser que eu seja muito amigo dele... visto que sei – prosseguiu Raskólhnikov, e continuou a olhá-la no rosto, como se não tivesse coragem para afastar os olhos. – Ele... não queria matar... a Lisavieta... Matou-a só por desespero... Era a velha que ele queria matar... quando estava sozinha... e foi... Mas nesse instante chegou Lisavieta... Ele estava... e a matou...

Decorreu um minuto de espanto. Olharam-se um ao outro.

– Então não consegues adivinhar? – perguntou ele de repente, com a mesma sensação que experimentaria se se lançasse de uma torre, de cabeça para baixo.

– Não... não – balbuciou Sônia com uma voz quase imperceptível.

– Pensa bem.

E mal pronunciara estas palavras quando, outra vez, aquela sensação já conhecida lhe gelou a alma de repente; olhou para ela e, de súbito, pareceu-lhe ver o rosto de Lisavieta no rosto dela. Lembrava-se claramente da expressão da cara de Lisavieta quando ele se aproximou dela com a machadinha e ela se afastou recuando até a parede, estendendo a mão, com um medo completamente pueril no rosto, tal como uma criancinha quando, de súbito, começam a assustá-la com alguma coisa e quando, de uma maneira tenaz e inquieta, fixa os olhos no objeto do seu terror, recua e, estendendo a mãozinha para a frente, se põe a chorar. Pois era mais ou menos o que se passava agora com Sônia; ficou olhando para ele durante algum tempo, com o mesmo desamparo, com o mesmo pavor e, de repente, estendendo de leve a mão esquerda para diante, como se apontasse com os dedos para o seu peito, pouco a pouco levantou-se da cama e se afastou cada vez mais dele, com o olhar imóvel, fixo nos seus olhos. O pavor dela contagiou Raskólhnikov imediatamente, um espanto semelhante se refletiu no seu rosto; ficou também olhando para ela fixamente e quase também com aquele mesmo sorriso pueril.

– Adivinhaste? – balbuciou finalmente.

– Meu Deus!

E um terrível soluço escapou do peito dela. Desfalecida, tombou sobre a cama, de braços sobre a almofada. Mas, passado um momento, ergueu-se rapidamente, correu para ele, pegou nas duas mãos dele e, apertando-as com força, como numa tenaz, com os seus dedinhos finos, fitou-o novamente com um olhar fixo, insistente. Com esse derradeiro e desolado olhar ela esperava descobrir algum último motivo de esperança. Mas já não havia esperança: era impossível duvidar; tudo tinha sido assim. Inclusive depois, mais adiante, quando ela recordava aquele momento, parecia-lhe estranho e singular precisamente porque ela vira assim, de um golpe, que já não havia nenhuma esperança. Ela poderia dizer também que pressentira algo de semelhante? E, no entanto, agora, ainda mal ele dissera aquilo, lhe pareceu, de repente, que já pressentira.

– Basta, Sônia, basta! Não me aflijas! – implorou ele, dolorido. Não pensara de maneira nenhuma, de maneira nenhuma, em lhe fazer assim a revelação; mas foi assim.

Ela saltou da cama com uma expressão de alheamento e, juntando as mãos, dirigiu-se para o meio do quarto, mas voltou-se logo rapidamente e tornou a se sentar ao lado dele, quase ombro com ombro. De repente, estremeceu, deu um grito e, transfigurada, lançou-se a seus pés, de joelhos.

– Que fez, que fez contra si mesmo? – clamou, desolada, e levantando-se da sua prostração, atirou-se ao pescoço dele, abraçou-o e apertou-o com muita força, com as suas mãos.

Raskólhnikov retrocedeu e olhou-a com um sorriso triste.

– Como és estranha, Sônia! Me abraças e me beijas, quando acabo de te dizer isso. Tu não me compreendes.

– Não, não, é que tu, agora, és mais desgraçado do que ninguém neste mundo – exclamou ela, transtornada, sem ouvir as suas observações. E, de súbito, começou a chorar de um modo entrecortado, como se estivesse com um ataque de histeria.

O sentimento da dor, que há muito já lhe era desconhecido, penetrou na sua alma e abrandou-a imediatamente. Não opôs resistência; duas lágrimas brotaram dos seus olhos e ficaram suspensas das suas pestanas.

– Então não me abandonarás, Sônia? – disse, olhando-a quase sem esperança.

– Não, não, nunca e em parte alguma! – exclamou Sônia. – Irei atrás de ti, te seguirei para todos os lados! Oh, meu Deus! Oh, como eu sou infeliz! Mas por que, por que não te conheci antes? Por que não vieste? Oh, meu Deus!

– Aqui estou.

– Agora! Oh, que fazer, agora! Juntos, juntos! – repetia da, alheada, e tornando a abraçá-lo. – Irei contigo para a prisão.

De repente ele pareceu sentir uma dor aguda, e o sorriso odioso e quase altivo de antes assomou aos seus lábios.

– Apesar de tudo, Sônia, é possível que eu não queira ir para a prisão – disse ele.

Sônia lançou-lhe um olhar rápido.

Depois da primeira compaixão dolorosa e lacerante pelo infeliz, outra vez a horrível ideia do crime voltava a horrorizá-la. Na mudança de tom da voz dele reconhecera, de repente, o assassino. Olhou para ele, espantada. Ela ainda ignorava por que, como e para que ele se tornara um criminoso. Agora todas essas perguntas se amontoavam de súbito na sua consciência. E outra vez custou a acreditar: "Ele, ele, assassino? Mas isso é possível?".

– Mas que é isso? Onde eu estou? – exclamou, na maior perplexidade, como se ainda não tivesse voltado a si. – Mas como é que o senhor, sendo como é, pôde decidir isso? Por quê?

– Foi para roubar! Não continues, Sônia! – respondeu ele com um certo cansaço e um certo aborrecimento.

Sônia estava aterrada; mas, de repente, exclamou:

– Tinhas fome! Tu... para ajudar a tua mãe... Não foi?

– Não, Sônia, não – murmurou ele, voltando-se e deixando cair a cabeça. – Não tinha tanta fome assim... Eu, de fato, queria ajudar a minha mãe; mas... isso também não é completamente verdade... Não me atormentes, Sônia!

Sônia juntou as duas mãos.

– Mas é possível que tudo isso seja verdade? Senhor, que verdade! Quem poderia acreditar? E como, como é que o senhor, que dá tudo que tem, matou para roubar? Ah! – tornou a exclamar de repente. – Esse dinheiro que deu a Ekatierina Ivánovna... esse dinheiro... Meu Deus, sim, esse dinheiro.

– Não, Sônia – apressou-se ele a interrompê-la. – Esse dinheiro não era... fica descansada. Esse dinheiro foi a minha mãe quem enviou, chegou às minhas mãos quando eu estava doente, no mesmo dia em que os dei... Razumíkhin viu; também lhe dei algum. Esse dinheiro era meu, meu particularmente, verdadeiramente meu.

Sônia escutava-o perplexa e juntava as forças para concentrar os seus pensamentos.

– Quanto ao tal dinheiro... eu, no fim das contas, nem sequer sei se havia dinheiro lá – acrescentou ele em voz baixa e como se falasse para si. – O que eu levei foi um porta-moedas de camurça que estava cheio... e não vi o que tinha dentro, não tive tempo, com certeza... Bem, e algumas joias, quase tudo botões de punho, correntes... Todos esses objetos eu deixei no pátio de uma casa qualquer, juntamente com o porta-moedas, no Próspekt V***, enterrados debaixo de uma pedra, na manhã seguinte... Ainda deve estar tudo lá...

Sônia escutava-o corajosamente.

– De maneira que foi para... o senhor mesmo disse que foi para roubar, e não levou nada? – perguntou ela rapidamente, amparando-se a uma ombreira.

– Não sei... Ainda não decidi se ficarei ou não com esse dinheiro...

Tornou a se calar, pensativo e, de repente, caindo em si, sorriu irônica e rapidamente:

– Ah, mas que bobagens acabo de dizer!

Pelo pensamento de Sônia, passou uma ideia: "Será que ele não está louco?". Mas imediatamente afugentou essa ideia. Não, aquilo era outra coisa. Não, não conseguia compreender aquela intriga!

– Olha, Sônia – disse ele, de repente, com uma espécie de inspiração –, presta atenção no que eu vou te dizer: se eu tivesse matado apenas por ter fome – continuou, acentuando cada palavra e olhando-a de uma maneira enigmática, mas sincera – então, agora... seria feliz. Fixa bem isso... Mas a ti, o que isso interessa, o que isso interessa? – exclamou ele, passado um momento, olhando-a com uma espécie de desespero. – Que interessa a ti que eu acabe concluindo que procedi mal? A que propósito vem esse estúpido triunfo sobre mim? Ah, Sônia, por que eu teria vindo te ver agora?

Sônia tentou outra vez dizer alguma coisa, mas ficou calada.

– Ontem eu te convidei para vir comigo porque és a única coisa que me resta.

– Para onde querias me levar? – perguntou Sônia timidamente.

– Nem para roubar, nem para matar, não te preocupes, não era para nada disso – sorriu amargamente. – Nós somos seres diferentes... E olha, Sônia, até este momento, até há um momento, eu ainda não consegui compreender para onde é que queria te levar ontem. Ontem, quando te convidei para vir comigo, nem eu mesmo sabia para onde era. Eu te chamava só para uma coisa, só tinha vindo para uma coisa: para que não me abandonasses. Não me abandonarás, Sônia?

Ele lhe apertou a mão.

– Mas por que, por que terei dito isso a ela, por que terei revelado? – exclamou ele, desesperado, após um minuto, olhando-a com infinita ternura. – Tu esperas de mim uma explicação, Sônia; estás aí e esperas, eu bem vejo; mas o que eu hei de dizer? Porque, vê: tu não compreenderias nada e não farias mais do que sofrer profundamente por minha causa. Bem, já estás outra vez chorando e me abraçando... Ora, vamos ver, por que me abraças? Porque eu mesmo não pude aguentar mais e vim desabafar com alguém: "Sofre tu também, porque, assim, tudo se tornará mais leve para mim". E tu podes amar um homem tão reles?

– Mas tu também não sofres? – exclamou Sônia.

Outra vez o sentimento de dor atravessou a sua alma e imediatamente a abrandou.

– Sônia, eu sou mau, te lembra, e isto pode explicar muitas coisas; foi por isso que vim, porque sou mau. Muitos outros não teriam vindo. Mas eu sou covarde e vil. Mas... bom! Não é disto que se trata... Agora é preciso falar e não sei por onde começar...

Deteve-se e reconsiderou:

– Ah, nós somos seres diferentes! – exclamou outra vez. – Não fazemos um par igual. Mas por que, por que eu teria vindo? Nunca perdoarei a mim mesmo.

– Não, não, não há mal nenhum em teres vindo – exclamou Sônia. – Foi melhor que eu ficasse sabendo. Muito melhor!

Ele olhou para ela dolorosamente.

– De fato, assim é – disse ele, pensativo. – Assim tinha de ser. Ouve uma coisa: eu queria ser um Napoleão... Foi por isso que matei... Pronto, compreendes agora?

– Não... Não! – balbuciou Sônia, ingênua e timidamente. – Mas fala, fala! Eu compreendo, cá para comigo compreendo tudo! – pediu-lhe.

– O que tu compreendes? Bem, está bem, vamos ver. – Conservou-se em silêncio e ficou pensativo. – O fato é este: uma vez, eu fiz a mim mesmo esta pergunta: Se Napoleão, por exemplo, se encontrasse no meu lugar e não tivesse tido, para começar a sua carreira, nem Toulon, nem o Egito, nem a passagem de Mont-Blanc, e em vez de todas essas coisas belas e monumentais tivesse tido simplesmente uma ridícula velhota, viúva de um assessor, à qual fosse preciso matar para lhe tirar o dinheiro que tinha no baú (para fazer a sua carreira, compreendes?), vamos ver, o que ele teria feito, então, se não tivesse outro recurso? Não teria tido vergonha de que aquilo não fosse demasiadamente pouco monumental e delituoso? Pois bem, eu te confesso que essa questão me atormentou horrivelmente durante muito tempo, e que senti uma vergonha atroz quando percebi finalmente (como se fosse de repente) que ele não só não teria tido vergonha, como nem sequer lhe teria passado pela cabeça que aquilo não era monumental... e até não teria de maneira alguma compreendido por que havia de ter vergonha. E visto que não tinha outro recurso, teria estrangulado sem a menor hesitação, sem parar para refletir. Bem, pois eu... afugentei as minhas considerações... e matei, como teria feito a autoridade. E isso foi exatamente como eu te digo. Te parece ridículo? Sim, Sônia, pode ser que o mais ridículo de tudo seja o fato de que tenha sido precisamente assim.

Sônia estava muito séria.

– Seria melhor que me falasse francamente, sem exemplos – pediu ela com mais timidez ainda e com uma voz quase imperceptível.

Ele se voltou, olhou-a tristemente e pegou-lhe uma mão.

– Também tens razão, agora, Sônia. Tudo isso é um absurdo, é quase falar por falar. Olha, tu sabes que a minha mãe quase não tem nada. A minha irmã recebeu alguma educação por casualidade, e vê-se condenada a trabalhar como preceptora. Todas as suas esperanças se resumem unicamente em mim. Eu andava estudando, mas não podia continuar pagando a universidade e tive de abandoná-la por algum tempo. Supondo ainda que tivesse continuado lá, ao fim de dez, doze anos (se, por acaso, as coisas tivessem corrido bem), teria podido me colocar como professor ou empregado com mil rublos de ordenado... – falava como quem recita uma lição. – Mas, nesse meio-tempo, a minha mãe teria ficado reduzida à pele e aos ossos, à força de preocupações e de desgostos, e eu não teria podido lhe proporcionar o sossego; quanto à minha irmã... bem... à minha irmã poderia ter acontecido alguma coisa pior ainda. Olhem que prazer passar a vida desejando as coisas e privando-se de tudo, abandonar a mãe e suportar a desonra da irmã. Para quê? Para, depois de elas terem morrido, poder fundar outro lar... com mulher e filhos, e deixá-los depois também sem um centavo e sem um pedaço de pão? Ora, ora! Por isso decidi me apoderar do dinheiro da velha, usá-lo nos primeiros anos da minha careira, não fazer a minha mãe sofrer com a minha saída da universidade... e fazer tudo dentro de uma certa amplitude, de maneira radical, de modo que pudesse arranjar uma nova carreira e caminhar por um caminho novo, independente... Bem, bem, e foi isso... É claro que matei a velha, naturalmente... Fiz mal, mas... já chega!

Chegou ao final da sua narrativa um pouco deprimido e baixou a cabeça.

– Oh, não é isso, não é isso! – exclamou Sônia desgostosa. – Talvez pudesse ser assim... Não, não é assim, não é!

– Tu mesma vês que não é assim... Mas olha, eu te disse a verdade, com toda a sinceridade.

– Mas que verdade é essa? Oh, meu Deus!

– E repara: eu só matei um piolho, Sônia, e um piolho inútil, repugnante, prejudicial.

– Esse piolho era um ser humano!

– Eu sei que não era um piolho – respondeu ele, olhando-a de modo estranho. – Aliás, estou mentindo, Sônia – acrescentou –, há muito tempo que minto... Não era isso, tu tinhas razão. Havia outras razões completamente, completamente diferentes... Há muito tempo que eu já não falava com ninguém, Sônia... Agora me dói muito a cabeça.

Seus olhos brilhavam com um ardor de febre. Estava quase delirando; um sorriso inquieto errava sobre os seus lábios. Para além do seu estado de excitação psíquica transparecia um terrível esgotamento. A cabeça dela também lhe começava a rodar. E ele falava de maneira tão estranha... Podia se perceber alguma coisa mas... "Que seria? Que seria aquilo? Oh, Santo Deus!" E deixava cair os braços, desolada.

– Não, Sônia, não é isso! – começou ele outra vez, erguendo a cabeça, como se um novo surto do seu pensamento o surpreendesse e tornasse a reanimá-lo. – Não era isso! Mais vale supor... (assim, de fato, mais vale!) supor que eu sou orgulhoso, invejoso, mau, reles, vingativo, sim, e, além disso, um tanto propenso à loucura. (Admitamos tudo isso de uma vez. Foi devido à loucura que eu falei há pouco da maneira que falei. Eu sei.) Bem, eu tinha te dito que não podia continuar pagando os estudos na universidade. Pois olha, talvez pudesse tê-lo feito... A minha mãe me mandava o suficiente para continuar lá, e para o calçado, para a roupa e para a alimentação eu poderia ganhar, com certeza. Apareciam-me lições: ofereciam-me cinquenta copeques. Razumíkhin também trabalhava. Mas eu ficava amuado e não queria. "Amuado" (é esta a palavra exata). E, como uma aranha, me metia no meu canto. Tu já estiveste no meu cubículo, viste-o... E tu sabes, Sônia, que os quartinhos de teto baixo e estreitos oprimem a alma e o espírito? Oh, e que ódio eu tinha a esse muquifo! E, no entanto, não queria largá-lo. Passava 24 horas consecutivas sem sair, e não queria trabalhar nem comer. Só queria ficar deitado. Se Nastássia me levava alguma coisa, comia; se não me trazia nada, passava assim o dia inteiro; não lhe pedia nada, por ódio. Durante as noites, não tinha luz: ficava deitado na escuridão e nem para me alumiar eu me esforçava. Precisava estudar e vendera os livros, e, em cima da mesa, sobre apontamentos e sobre os cadernos, havia pó da altura de um dedo. Preferia ficar estendido, pensando. Não fazia outra coisa senão meditar... E os meus pensamentos eram como sonhos, sonhos estranhos e diferentes. Que sonhos! Mas foi então que comecei a lembrar que... Não, não foi assim. Já estou outra vez desfigurando a verdade! Olha, nessa época, eu não fazia outra coisa senão perguntar a mim mesmo: "Se eu vejo a estupidez dos outros, por que não procuro ser mais inteligente do que eles?". Porque eu sabia, Sônia, que se ficasse à espera de que os outros todos se tornassem inteligentes, teria que esperar muito... Além disso reconhecia que os homens não mudam e não há quem seja capaz de mudá-los, e que não vale a pena uma pessoa se incomodar em vão. Sim, é assim mesmo! É essa a tua lei... é a lei, Sônia! É assim mesmo! E agora sei também, Sônia, que quem é forte de alma e inteligência tem domínio sobre eles. Para eles, quem se arrisca muito é que tem razão. Quem é capaz de desprezar muitas coisas é que é para eles o legislador, e o que for mais atrevido de todos, é esse o que tem mais razão. Tem sido assim até hoje e assim será para sempre! Só o cego é que não vê!

Enquanto dizia isto, embora continuasse olhando para Sônia, Raskólhnikov já não se preocupava com o fato de que ela pudesse ou não compreendê-lo. A febre se apoderara completamente dele. Parecia tomado de um sombrio entusiasmo.

(De fato, há muito tempo que já não falava com ninguém.) Sônia compreendia que aquela lúgubre catequese era sincera, que era a sua verdade.

– Então adivinhei, Sônia – continuou com entusiasmo –, que o poder apenas se entrega a quem se atreve a se inclinar e a apanhá-lo. Só é preciso uma coisa, só uma coisa: atrevimento para fazer isso. Então me ocorreu, pela primeira vez na minha vida, um pensamento que anteriormente nunca me ocorrera. Nunca! De repente, se tornou claro como a água, surgiu em toda a evidência que, até hoje, ninguém se atrevera, nem se atreveria, ao passar junto a toda essa estupidez, a pegá-la simplesmente pelo rabo e a atirá-la com ela para o diabo. Eu... eu queria me atrever, e matei, Sônia: aí tens a verdadeira razão.

– Oh, cala-te, cala-te! – exclamou Sônia, juntando as mãos. – O senhor tinha-se afastado de Deus, e Deus o feriu, o entregou ao poder do diabo!

– Mas me diz, Sônia; quando eu estava ali, deitado na escuridão, e imaginava tudo isso, era o diabo que me tentava? Hein?

– Cala-te! Não se ria, não blasfeme, e não percebe nada, nada! Oh, meu Deus! Nada, não compreende absolutamente nada!

– Fica calada, Sônia, eu não estou rindo. Olha, eu mesmo sei que foi o diabo que me arrastou. Cala-te, Sônia, cala-te! – repetiu, sombria e teimosamente. – Eu sei tudo. Já pensei nisso, e disse a mim mesmo quando estava estendido ali, no escuro... Tudo isso eu discutia comigo mesmo, até aos seus mínimos pormenores, e sei tudo, tudo. E como me aborrecia, como me aborrecia, então, todo esse discurso! Eu queria esquecer tudo e começar de novo, Sônia, e deixar de pensar bobagens. Achas que eu cheguei até onde cheguei como um imbecil, como quem vai bater com a cabeça numa parede? Eu cheguei até lá pelo raciocínio, e foi isso que me perdeu. Tu imaginas, por acaso, que eu não sabia que, por exemplo, se começasse a perguntar a mim mesmo e a analisar:

"Tenho ou não o direito ao poder?", era porque então, provavelmente, não tinha esse direito? Ou que, se fizesse a pergunta: "É um piolho ou um ser humano?", então, com certeza que o ser humano já não seria para mim um piolho, mas só para aquele a quem isso não tivesse passado pela imaginação e que fosse direto até lá, sem fazer essas perguntas? Quando levei tantos dias neste tormento: "Napoleão faria isso ou não?", eu já compreendia claramente que eu não era um Napoleão... Eu sofri todo o suplício desses pensamentos, Sônia, e foi tudo isso que quis sacudir de cima dos meus ombros; Sônia, eu queria matar sem motivo, matar para mim, só para mim. Não queria mentir, nem a mim mesmo! Não foi para ajudar a minha mãe que eu matei... Que absurdo! Também não foi para me tornar um benfeitor da humanidade, uma vez que já dispusesse de meios e poder, que eu matei. Que absurdo! Matei, simplesmente; matei só para mim, para mim apenas e, se em consequência disso eu tivesse podido me tornar um benfeitor, ou tivesse passado toda a vida, como a aranha, apanhando presas na teia e alimentando-me dos seus sucos vitais, para mim tudo isso teria sido indiferente... E também não precisava de dinheiro, nem isso era o principal, Sônia; quando matei, precisava mais de outra coisa do que de dinheiro... Tudo isso eu sei agora... Vê se me compreendes; pode ser que, se tivesse de percorrer o mesmo caminho, já não tornasse a repetir o crime. Eu precisava conhecer outra coisa, outra coisa me puxava pelo braço: então, eu precisava saber, e saber o mais depressa possível, se eu também era um piolho, como todos, ou um homem. Estava capacitado para transgredir a lei ou não estava? Tinha ousadia para ultrapassar os limites, para tomar este poder, ou não? Eu era uma criatura que treme ou tinha o direito?

– De matar? Se tinha o direito de matar? – exclamou Sônia, juntando as mãos.

– Ah, Sônia! – exclamou ele, irritado, e parecia que ia objetar qualquer coisa, mas se calou, despeitado. – Não me interrompas, Sônia. Eu queria te mostrar uma coisa: é que foi o diabo que me impeliu; mas depois disso me explicou que eu não tinha o direito de fazer aquilo, porque eu era precisamente um piolho como os outros e nada mais. Riu-se de mim, e aqui me tens; vim te ver agora. Recebe o hóspede! Se eu não fosse um piolho teria vindo te procurar? Escuta: quando eu fui à casa da velha, fiz isso apenas para provar... Fica sabendo!

– E matou! E matou!

– Mas o que é isso de matar? É assim que se mata por acaso? É assim que as pessoas vão matar, como eu fui? Um dia vou te contar os pormenores... Eu matei a velha? Eu matei a mim mesmo, eu não matei a velha! Me matei ali, de uma vez para sempre! Quem matou a velha foi o diabo e não eu... Basta, basta, Sônia, basta, basta! Deixa-me! – exclamou, de repente, num aborrecimento desesperado. – Deixa-me!

Deixou cair a cabeça sobre os joelhos e pegou-os com as duas mãos, como com duas tenazes.

– Que sofrimento! – Sônia deixou escapar, por entre um doloroso soluço.

– Mas vamos, me diz, o que fazer agora? – perguntou ele erguendo de súbito a cabeça e olhando-a no rosto com uma monstruosa aparência de desolação.

– Que fazer? – exclamou ela levantando-se, de repente, do seu lugar, e os seus olhos, até ali afogados em lágrimas, brilharam. – Te levanta! – pegou-lhe por um ombro; ele se endireitou, olhando-a, estupefato. – Agora mesmo, neste mesmo instante, irás a uma encruzilhada, e te ajoelharás, beijarás primeiro a terra que manchaste e depois te ajoelharás perante todo o mundo, perante os quatro pontos cardeais, e dirás para todos, em voz alta: "Eu matei!". Então Deus tornará a te dar a vida. Vais, vais? – perguntou ela, tremendo toda, como se estivesse sofrendo um ataque; puxou-o com as duas mãos, apertou-o com força entre as suas e ficou olhando para ele com os olhos ardentes.

Ele ficou atônito, até irritado, por aquele ataque súbito.

– Estás te referindo ao presídio, Sônia? Queres que eu vá me apresentar? – perguntou ele sombrio.

– Aceitar o sofrimento e se redimir por meio dele: é isso que é preciso fazer.

– Não, não me apresentarei, Sônia!

– Mas, então, como é que vais viver, como é que vais viver? De que viverás? – exclamou Sônia. – Por acaso isso é possível? Como é que ousarás falar com tua mãe? (Oh! Que vai ser delas, agora?) Mas o que eu estou dizendo? Tu já abandonaste a tua mãe e a tua irmã! Oh, meu Deus! – exclamou. – Ele mesmo já sabe tudo isto! Mas vamos ver: como é possível viver sem ninguém? O que vai ser de ti agora?

– Não sejas criança, Sônia – disse ele com voz mansa. – Do que eu sou culpado perante eles? Para que hei de ir até lá? O que vou dizer a eles? Tudo isso é apenas uma alucinação... Eles mesmos degolam milhões de seres e se consideram virtuosos. São uns reles velhacos, Sônia! Não vou. E o que iria dizer a eles? Que matei, que não me atrevi a ficar com o dinheiro e que o escondi debaixo de uma pedra? – acrescentou com um sorriso amargo. – Com certeza eles ririam de mim e me diriam: "Imbecil, por que não ficaste com ele? Covarde e idiota!". Nada, não compreenderiam nada, Sônia; são até indignos de compreender. Para que hei de ir? Não vou. Não sejas criança, Sônia.

– Vais sofrer, vais sofrer! – repetia ela implorando desesperada, estendendo-lhe as mãos.

– É possível que eu tenha caluniado a mim mesmo – observou ele sombriamente, como se reconsiderasse. – Talvez, apesar de tudo, eu seja um homem, e não um piolho, e tenha me julgado com demasiada precipitação... Apesar de tudo vou lutar...

Um sorriso de escárnio assomou aos seus lábios.

– Que enorme tormento tu vais sofrer! Toda a vida, toda a vida!

– Me acostumarei! – declarou ele, severo e pensativo. – Escuta – começou, passado um minuto –, já chega de lágrimas, é hora de começar a agir; eu vim para te dizer que andam à minha procura, agora, que me vão prender...

– Ah! – exclamou Sônia assustada.

– Bem, por que essas exclamações? Eras tu mesma quem querias que eu fosse me entregar ao presídio e agora te assustas? Ouve bem isto: eu não vou me render. Ainda hei de lutar com eles e não vão poder fazer nada. Não têm nenhuma prova terminante. Ontem corri um grande perigo e cheguei a me considerar perdido; mas hoje as coisas já se ajeitaram – todas as provas que eles têm são facas de dois gumes, isto é, posso pegar as suas acusações e pô-las a meu favor, compreendes? E as porei, porque agora já estudei o caso... Mas vão acabar me mandando para a prisão. Se não fosse por um acaso, é bem possível que já tivessem me enviado hoje, e pode ser que ainda me mandem hoje... Isso simplesmente não tem importância, Sônia; se entrar lá, hão de ter que me soltar... porque eles não têm nem uma prova autêntica, nem terão, palavra! E, com aquilo que possuem, não é possível encarcerar um homem. Mas já chega! Isso era só para que ficasses sabendo... Quanto à minha mãe e à minha irmã, hei de fazer qualquer coisa para convencê-las e para não inquietá-las... A minha irmã, alias, segundo parece, encontra-se agora a salvo da necessidade; a minha mãe, com certeza... Bem, é tudo. Mas, sê prudente. Queres vir comigo para o presídio, se me mandarem para lá?

– Oh, sim, sim!

Os dois estavam sentados um junto do outro, tristes e extenuados, como se tivessem sido lançados, depois de uma tempestade, para uma margem deserta. Ele olhava para Sônia e sentia quanto amor havia nela e, coisa estranha, de repente se tornou doloroso que ela o amasse tanto. Sim, era um sentimento estranho e espantoso! Quando se encaminhava para casa de Sônia, sentia que era nela que se encontrava toda a sua esperança e todo o seu amparo; pensava em se libertar, ainda que fosse apenas de parte dos seus tormentos, e agora que o coração dela se voltara completamente para ele, sentia e reconhecia de repente que era muito mais infeliz do que antes.

– Sônia – disse – é melhor que não me acompanhes quando eu for para o presídio!

Sônia não respondeu; chorava. Decorreram alguns minutos.

– Tens alguma cruz contigo? – perguntou ela de modo inesperado, como se tivesse se lembrado daquilo de repente.

A princípio, ele não compreendeu a pergunta.

– Não tens? Então toma esta, de madeira de cipreste. Ainda tenho outra, de cobre, que era de Lisavieta. Eu troquei uma cruz com Lisavieta, que me deu uma imagenzinha. A partir deste momento passarei a usar a de Lisavieta, e esta é para ti. Toma... que é minha! Que é minha! – implorou ela. – Sofreremos os dois juntos, levaremos juntos a cruz!

– Me dá! – disse Raskólhnikov. Não queria desgostá-la. Mas depois retirou a mão, que já lhe estendia. – Agora, não, Sônia. É melhor depois – acrescentou para tranquilizá-la.

– Sim, sim, é melhor, é melhor! – concordou ela, admirada. – Quando partirmos para o sofrimento, então, hei de pô-la. Virás me encontrar e eu hei de colocá-la; rezaremos e partiremos.

Naquele momento alguém chamou três vezes à porta.

– Sófia Siemiônovna, pode-se entrar? – disse uma voz conhecida e afetuosa.

Sônia se dirigiu para a porta, assustada. A cabeça loura do senhor Liebiesiatnikov lançou um olhar ao aposento.

CAPÍTULO V

LIEBIESIATNIKOV parecia assustado.

– Vim vê-la, Sófia Siemiônovna. Desculpe... Bem que me pareceu que iria encontrá-lo aqui – disse, dirigindo-se de repente a Raskólhnikov. – Isto é, não pensava nada... neste gênero... Mas pensava... Ekatierina Ivánovna está ali, como louca – disse logo depois para Sônia. Sônia deu um grito. – Pelo menos é o que parece. E... nós não sabemos o que fazer, esse é o caso! Voltou... Parece que a expulsaram não sei de onde, até é possível que tenham lhe batido... Pelo menos é o que parece... Foi procurar o chefe de Siemion Zakháritch e não o encontrou em casa; fora convidado para comer na casa de não sei que general... Calcule que ela, então, se dirigiu à tal casa para onde ele fora convidado... Foi à casa desse general, e imagine... Tanto teimou que queria ver o chefe de Siemion Zakháritch, que, segundo parece, o obrigou a levantar da mesa. Já pode calcular o rebuliço que houve. É claro que correram com ela, mas ela disse que o cobriu de insultos e que até lhe atirou não sei o que à cabeça. É muito provável... O que eu não entendo... é como não a prenderam! Agora está ali contando tudo a todo mundo, até para Amália Ivánovna, mas não estava percebendo, e grita e estrebucha... Ah, sim! Diz e grita que todos estão abandonando-a, que vai pegar as crianças e se jogar na rua, que vai arranjar um realejo, e as crianças vão cantar e dançar, e ela também, e assim arranjará dinheiro, e irá cantar todos os dias debaixo da janela do general... "Para que vejam", disse, "como os honestos filhos de um falecido funcionário público têm que andar pedindo esmola pelas ruas!" Bate nos filhos e eles choram. Ensinou Liena a cantar a *Pequena Herdade*; ensinou o rapazinho a dançar, e Polina Mikháilovna também, e rasgou os vestidinhos para fazer para eles uns gorros como os dos palhaços; e vai levar uma frigideira para fazer uma musiquinha com ela... Não dá importância nenhuma ao que lhe dizem... Já pode ver o que está acontecendo ali! Está, simplesmente, impossível de se aturar!

Liebiesiatnikov teria continuado a falar, mas Sônia, que o escutara, de respiração suspensa, pegou de repente o xale e o chapéu e saiu do quarto correndo, vestindo-se enquanto corria. Raskólhnikov saiu atrás dela e Liebiesiatnikov atrás dele.

– Está completamente doida! – dizia para Raskólhnikov, quando já estavam na rua. – Eu simplesmente não queria assustar Sófia Siemiônovna e foi por isso que disse "segundo parece", mas não tenho dúvida sobre isso; dizem que costumam se formar tubérculos na cabeça dos tísicos; é pena eu não saber medicina. Além disso tentei dissuadi-la, mas ela não fez caso.

– Falou para ela dos tubérculos?

– Não disse uma palavra a respeito disso. Ela não teria me compreendido. O que eu quero dizer é isto: se conseguirmos convencer uma pessoa por meio da lógica, de que, na realidade, não tem motivos para chorar, ela deixará de chorar. Isso está se vendo. Que lhe parece?

– Nesse caso, a vida seria muito fácil – respondeu Raskólhnikov. – Com licença, com licença; não há dúvida de que Ekatierina Ivánovna teria muita dificuldade em compreender, mas o senhor sabe que em Paris estão sendo realizadas sérias experiências a respeito da possibilidade de curar os loucos usando unicamente a persuasão lógica? Um professor dessa cidade, recentemente falecido, pensava que eles poderiam se curar dessa maneira. A sua ideia fundamental era a de que no organismo do louco não existe nenhum transtorno especial, e que a loucura é, por assim dizer, um erro de lógica, um erro no raciocínio, uma visão falsa das coisas. Ele ia refutando as palavras do doente, paulatinamente e, imagine!, dizem que obtinha resultados. Mas como, para isso, usava argumentos psicológicos, os resultados desse tratamento sugerem dúvidas, indubitavelmente... Pelo menos é o que parece...

Já há algum tempo que Raskólhnikov não o escutava. Quando chegou junto da sua casa, fez uma inclinação de cabeça a Liebiesiatnikov e entrou. Liebiesiatnikov caiu em si, deu um olhar à sua volta e depois começou a correr.

Raskólhnikov subiu ao seu cubículo e parou no meio dele: "Para que eu voltei?". Passou os olhos por aquele papel de parede, amarelado e rasgado, por todo aquele pó, pela sua tarimba... Subia um ruído seco do pátio, insistente; parecia que, em algum lugar, alguém pregava pregos... Foi até a janela, pôs-se nas pontas dos pés e, durante muito tempo, ficou contemplando o pátio com um ar muito atento. Este estava deserto e não se via quem é que dava aquelas marteladas. À esquerda, nos prédios, havia umas janelas abertas, viam-se vasos com uns gerânios murchos no peitoril. Das janelas pendia roupa estendida... Tudo isso estava gravado na sua memória. Deu meia-volta e foi sentar-se no divã.

Nunca, nunca, até então, se sentira tão espantosamente só...

Sim, sabia mais uma vez que podia, de fato, vir a sentir ódio por Sônia, sobretudo agora que a tornara mais infeliz. "Por que fui vê-la, implorar as suas lágrimas? Por que fui envenenar a sua vida? Oh, que malvadez! Vou ficar só!", disse, de súbito, resolutamente. "Ela não vai para o presídio!"

Cinco minutos depois ergueu a cabeça e sorriu de um modo estranho. Tinha-lhe ocorrido um pensamento extraordinário: "Pode ser que, de fato, esteja melhor no presídio", foi o que pensou de repente.

Perdeu a noção do tempo que já estava no seu cubículo, com a cabeça alvoroçada de vagos pensamentos. Subitamente, a porta se abriu e Avdótia Românovna entrou. A princípio deteve-se e ficou olhando para ele, na entrada, como ele fizera um pouco antes com Sônia, depois avançou e sentou-se em frente a ele, numa cadeira, no mesmo lugar do dia anterior. Ele estava calado e parecia olhá-la sem pensar em nada.

– Não fiques aborrecido, meu irmão, vim só por um momento – disse Dúnia.

A expressão do seu rosto era pensativa, mas não severa. O seu olhar, claro e tranquilo. Ele percebia que ela também se aproximava dele com amor.

– Irmão, agora eu já sei tudo, Dmítri Prokófitch me explicou e me contou tudo. Te perseguem e te atormentam por causa de uma estúpida e ignóbil suspeita... Dmítri Prokófitch me disse que tu não corres perigo nenhum e que não deves levar isso tão a sério. Eu não penso assim, e compreendo perfeitamente como tudo isso deve ter te transtornado, e que essa tua indignação pode te deixar uma marca para toda a vida. É disso que eu tenho medo. Quanto ao motivo por que nos abandonas, não te julgo nem me atrevo a te julgar, e me desculpa por te ter censurado. Eu sinto por mim mesma que, se me visse numa situação tão amarga, também me afastaria de todos. Não direi nada disto à mãe, mas vou falar constantemente de ti e direi a ela, da tua parte, que não vais demorar a voltar. Não te preocupes por causa dela: eu vou tranquilizá-la, mas não a deixes aflita... vem nos ver, nem que seja só uma vez, te lembra de que é a tua mãe! Eu vim agora só para te dizer que (Dúnia começou a se levantar) se por acaso precisares de mim para alguma coisa... toda a minha vida, seja o que for... não deixes de me chamar que eu virei. Adeus!

Deu bruscamente meia-volta e se dirigiu para a porta.

– Dúnia! – chamou Raskólhnikov, levantando-se e indo ao seu encontro. – Esse Razumíkhin, Razumíkhin Prokófitch, é um bom rapaz. – Dúnia pareceu ruborizar-se.

– E então? – perguntou, depois de ter esperado um momento.

– É um homem ativo, trabalhador, honesto e capaz de amar para valer... Adeus, Dúnia!

Dúnia corou fortemente, e depois, de repente, mostrou espanto:

– Mas o que queres dizer com isso, irmão? Parece que vamos nos separar em breve, para sempre, uma vez que... estás me fazendo semelhante testamento.

– Vem a ser o mesmo... Adeus!

Deu meia-volta e, afastando-se dela, aproximou-se da janela. Ela continuava de pé, olhando para ele, inquieta, e, finalmente, saiu alarmada.

Não, não a tratara com frieza. Houve um momento (o último) em que sentiu um ímpeto terrível de abraçá-la e de se despedir dela e lhe dizer tudo, mas nem sequer se atreveu a lhe dar a mão:

"Talvez depois estremecesse ao se lembrar de que eu a abraçara agora e dissesse que eu lhe roubei esse abraço!"

"Mas a outra resistirá, ou não?" acrescentou para si, passados uns instantes. "Não, não resistirá; essas, assim, não resistem! Essas nunca suportariam!"

E pensou em Sônia.

Entrava uma brisa fresca pela janela. No pátio já havia menos luz. De repente pegou o gorro e saiu.

Não havia dúvida nenhuma de que não queria nem podia se preocupar com o seu estado doentio. Mas todo aquele incessante alarme e todo aquele terror espiritual não podiam deixar de ter consequências. E se já não estava deitado com autêntica febre, pode ser que fosse por causa daquela inquietação interior, contínua, que o mantinha de pé e ainda lúcido, mas de uma maneira artificial, por algum tempo.

Perambulou sem rumo. O sol já se punha. Uma tristeza especial se apoderara dele nos últimos tempos. Não tinha nada de especialmente agudo ou azedo, mas dele emanava algo de constante, de eterno; fazia pressentir anos sem refúgio, dessa dor fria, mortal; fazia pressentir toda uma eternidade num espaço de um *archin*. Essa sensação costumava afligi-lo com mais força ao cair da tarde.

– Como é que uma pessoa pode não fazer disparates, com estes estúpidos desmaios, puramente físicos, dependentes do pôr do sol! Não só vais ver Sônia, como também Dúnia –, murmurou, mal-humorado.

Chamaram-no. Olhou em volta; Liebiesiatnikov corria para ele.

– Imagine só, estive em sua casa, à sua procura! Imagine que fez aquilo que dizia e saiu para a rua com as crianças! Nós a encontramos com muito custo, eu e Sófia Siemiônovna. Ela fica batendo uma frigideira e obriga os pequenos a dançar. As crianças choram, ela os faz parar nas esquinas e nas portas das lojas. Uma multidão de patetas corre atrás delas. Vamos até lá.

– E Sônia? – perguntou Raskólhnikov, alarmado, acelerando o passo atrás dele.

– Está doida, simplesmente. Quero dizer, quem está louca não é Sófia Siemiônovna, mas Ekatierina Ivánovna, embora, afinal de contas, Sófia Siemiônovna também esteja. Asseguro-lhe que a outra perdeu completamente o juízo. Vão levá-la ao Comissariado. Pode calcular a impressão que isso vai lhe causar... Agora estão eles no canal, na ponte de ***, muito perto da casa de Sófia Siemiônovna. É logo ali.

No canal, perto da ponte, e apenas duas casas depois do lugar onde Sônia vivia, apinhara-se um grupo de pessoas.

Corriam para lá, sobretudo, rapazes e moças. Ouvia-se já na ponte a voz rouca, entrecortada, de Ekatierina Ivánovna. E, de fato, era um espetáculo digno de interesse para a população do bairro. Ekatierina Ivánovna, com o seu vestido esfiapado, com aquele manto quadriculado e com o seu chapeuzinho amassado de palha, todo de lado, parecia verdadeiramente louca. Estava esgotada e respirava com dificuldade. O seu rosto vincado de tísica parecia agora mais doente do que nunca (pois na rua, ao sol, os tuberculosos parecem sempre mais doentes e desfigurados do que em casa), mas o seu estado de excitação continuava o mesmo e parecia cada vez mais nervosa, de momento para momento. Corria para os filhos, gritava, ralhava, ensinava a eles ali mesmo, diante das pessoas, a maneira como tinham de dançar e de cantar, e se punha a lhes explicar por que tinham de fazer isso, se desesperava quando não a compreendiam, batia neles... Depois, ainda antes de ter acabado, se dirigia ao público; assim que via algum sujeito bem-vestido, que tivesse parado para olhar, aproximava-se imediatamente dele e se punha a lhe explicar que podia ver ali, que diabo!, o extremo a que tinham chegado os filhos "de uma família distinta e até aristocrática". Ouvia-se no círculo algum risinho ou alguma palavra que soava mal? Logo ela notava o engraçado e ralhava com ele. Alguns, de fato, riam; outros abanavam a cabeça; de maneira geral, era curioso ver aquela louca, com os filhinhos assustados. A frigideira de que Liebiesiatnikov falara não existia; pelo menos Raskólhnikov não chegou a vê-la, mas, à falta de frigideira, Ekatierina Ivánovna batia palmas com as suas esquálidas mãos, quando obrigava Pólietchka a cantar e Liena e Kólia a dançar, e, além disso, ela também se punha a cantarolar em voz baixa, embora tivesse de se interromper logo na segunda nota, por causa da maldita tosse, o que voltava a exasperá-la, fazendo-a amaldiçoar aquela tosse, até que começava a chorar. O que mais a enfurecia era o choro e o medo de Kólia e de Liena. De fato, tentara vestir os pequenos com trajes semelhantes aos que os cantores e cantoras de rua usavam. O rapazinho usava na cabeça uma espécie de turbante vermelho e branco, para imitar um turco. Para Liena o pano não fora o suficiente, e pusera na cabeça dela um gorro encarnado, de pelo de camelo (ou, para melhor dizer, o gorro de dormir do falecido Siemion Zakháritch), e no referido gorro prendera o resto de uma pluma branca de avestruz que pertencera à avó de Ekatierina Ivánovna e que esta guardara até ali, numa arca, como relíquia de família. Pólietchka usava o mesmo vestidinho de sempre. Olhava para a mãe com olhos tímidos e alheados, sorvendo as suas lágrimas, adivinhando a sua loucura e observando inquieta à sua volta. A rua e as pessoas infundiam-lhe um medo enorme. Sônia seguia de perto Ekatierina Ivánovna, chorando e suplicando-lhe insistentemente que voltasse para casa. Mas Ekatierina Ivánovna era inexorável.

– Deixa-me, Sônia, deixa-me! – gritava, com pressa, respirando com dificuldade e tossindo. – Tu não sabes o que estás pedindo, pareces uma criança! Já te disse que não voltarei para junto daquela bêbada alemã. E quero que toda a cidade de Petersburgo veja como andam pedindo esmola os filhos de um pai honesto, um homem que toda a sua vida serviu lealmente e com fidelidade o Estado, e que, pode-se dizer, morreu em serviço – Ekatierina Ivánovna apressara-se em criar para si mesma essa fantasia e a acreditar nisso. – Que antipático esse generalzinho, veja! Mas tu estás tonta, Sônia? Que vamos comer agora, não me dizes? Já te exploramos bastante, não quero continuar assim! Ah, é o senhor, Rodion Románovitch – exclamou, ao ver Raskólhnikov, e se dirigiu a ele. – Pois faça o favor de fazer esta tolinha ver que isto é a coisa mais acertada que eu podia fazer! Até os tocadores de realejo ganham alguma coisa, e, a nós, vão nos distinguir imediatamente, pois verão que eu sou uma pobre órfã, de boa família, que se viu reduzida à miséria, e até esse generalzinho vai ficar com a carreira arruinada! Vamos nos colocar todos os dias ao pé da janela dele, e quando o imperador passar, vou me prostrar a seus pés, de joelhos, empurrarei estes na minha frente e direi: "Protege-os, pai!". Ele é o pai dos órfãos. Ele é misericordioso e há de protegê-los, vai ver; mas esse generalzinho... Liena! *Tenez vous droite!*[13] E tu, Kólia, vamos lá dançar outra vez. Por que choramingas? Outra vez chorando? Vamos ver: de que tens medo, meu tolo? Senhor! Que hei de fazer com eles, Rodion Románovitch? Se soubesse como são tontinhos! Que hei de eu fazer com eles?

E, ela própria, também quase chorando (o que não era um óbice para a sua rápida e incessante loquacidade), apontava os filhos, que lamuriavam. Raskólhnikov tentou convencê-la a voltar para casa, e até lhe disse, pensando assim feri-la em seu amor-próprio, que não era nada decente andar pelas ruas como tocadora de realejo, uma vez que pretendia ser diretora de um pensionato para meninas...

– O pensionato, ha, ha, ha! Castelos no ar – exclamou Ekatierina Ivánovna depois de dar umas risadas, interrompidas pela tosse. – Não, Rodion Románovitch, os sonhos se desvaneceram! Todos nos abandonaram! E esse generalzinho...

13. "Fica direita!", em francês no original. (N.E.)

Olhe, Rodion Románovitch, eu cheguei a atirar um tinteiro na cabeça dele... Havia um lá no vestíbulo, estava em cima da mesa, junto a uma folha de papel, com o qual os visitantes escreviam o seu nome e eu também escrevi o meu; pois atirei-o nele e saí correndo. Oh, que canalhas, que canalhas! Me dão nojo; pois, agora, quem vai dar de comer a estes aqui sou eu e não terei de me inclinar diante de ninguém! Já abusamos bastante dela! – e apontava para Sônia. – Pólietchka, quanto é que recolheste? Me diz quanto! Dez copeques ao todo? Oh, que avarentos! Não nos dão nada, não fazem mais nada senão vir atrás de nós e colocar a língua de fora! Olhe como esse estúpido ri! – e apontou para um do círculo. – Este tonto do Kólia é quem tem culpa de rirem de nós! Que aconteceu, Pietchka? Fala em francês: *parlez-moi français.*[14] Olha que eu te ensinei e tu sabes algumas palavras! Se não for assim, como vocês vão dar a entender que são de boa família, crianças bem-educadas, e não como esses tocadores de realejo? E também não viemos para a rua com "Pietruchka"[15], mas com canções nossas, de bom-tom. Ai, não! Que vamos cantar? Vocês só fazem me interromper, e eu... repare, Rodion Románovitch, nós paramos aqui para escolher o que íamos cantar. Alguma coisa própria para Kólia cantar, porque, tu vês, ficamos nesta situação inesperadamente; precisamos ficar todos de acordo para ensaiarmos tudo perfeitamente, depois iremos ao Próspekt Niévski, onde há muita gente importante, e logo vão reparar em nós. Liena canta a *Hospedaria*... Simplesmente ela transforma tudo em *Hospedaria* e mais *Hospedaria*, e não sabe cantar mais nada. Nós temos de cantar alguma coisa mais distinta... Vamos ver: que achas, Kólia? Se, ao menos, tu ajudasses um pouquinho a tua mãe... Memória, memória, é coisa que eu não tenho, porque, se tivesse! Não poderíamos cantar o *Hussardo* apoiado na sua espada? Ah, vamos cantar em francês *Cinq sous*! Foi isso o que eu ensinei a vocês, o que ensinei a vocês, sim. E o mais importante é que, como está em francês, eles não têm outro remédio senão compreender imediatamente que nós somos

---

14. "Fala francês comigo", em francês no original. (N.E.)

15. O autor escreve este nome entre aspas por ser o nome tradicional da personagem principal do *guignol*, o polichinelo, como seria o equivalente em português no teatro de marionetes; e para caracterizar o personagem dostoievskiano assim chamado de engraçado.

nobres, e assim vão se comover mais... Também poderíamos cantar aquela de *Marlborough s'en va-t-en guerre*!, que é uma canção infantil e que em todas as casas aristocráticas se canta para embalar as crianças:

Malborough s'en va-t-en guerre,
ne sait quand reviendra...

Ela começou a cantarolar.

– Não, é melhor os *Cinq sous*. Vamos ver, Kólia: mãos nos quadris, imediatamente, e tu, Liena, te vira para o outro lado, que eu vou cantar e bater palmas com Pólietchka!

Cinq sous, cinq sous,
pour manter notre ménage.

– Hi... hi... hi! – e a tosse lhe cortou a voz. – Ajeita a roupa, Pólietchka, está caindo dos ombros – observou, no meio dos acessos de tosse, respirando com dificuldade. – Agora, mais do que nunca, devem se portar bem e com distinção, para que todos vejam que são meninos nobres. Eu já disse que essa blusa devia ter sido cortada mais comprida e com o dobro da largura. Tu é que foste a culpada, Sônia, com os teus conselhos: "mais curta, mais curta", do mal que ela fica a esta garotada... Bem, vamos começar tudo outra vez! Mas o que vocês têm, tolinhos? Vamos ver, Kólia, começa já, já... Oh, que criança insuportável!

Cinq sous, cinq sous...

– Outra vez o guarda! Mas tu achas que és necessário aqui?

De fato, um guarda municipal abrira caminho por entre as pessoas. Mas, ao mesmo tempo, um senhor com uniforme e capote, um respeitável funcionário público de uns cinquenta anos, com uma condecoração ao pescoço (este último pormenor agradou muito a ela e influenciou o guarda), aproximou-se e, em silêncio, entregou para Ekatierina Ivánovna uma nota esverdeada de três rublos. O seu rosto exprimia sincera compaixão. Ekatierina Ivánovna aceitou o donativo e fez uma vênia cortês e até cerimoniosa para ele.

– Muito obrigada, senhor – começou, com uma expressão de altivez –, há motivos que nos obrigam... Toma o dinheiro, Pólietchka. Oh, ainda existem no mundo pessoas nobres e generosas, sempre dispostas a ajudar uma senhora nobre, caída na pobreza. Estes que aqui vê, cavalheiro, são orfãozinhos de uma família distinta e, pode-se dizer até, ligada a linhagens muito aristocráticas. Mas aquele generalzinho estava lá sentado, comendo perdizes.. e batendo com os pés no chão; dizia que eu tinha ido incomodá-lo... "Excelência", eu disse a ele, "proteja uma órfã, já que conheceu bem o falecido Siemion Zakháritch e a sua filha legítima; o mais vil entre os vis caluniou-o no próprio dia de sua morte..." Outra vez aquele guarda! Nos proteja! – exclamou, dirigindo-se ao funcionário. – Por que tem tanto interesse em mim? Já tivemos de fugir de um, antes, em Miechtchánskaia. Bem, vamos ver, perdeu alguma coisa aqui, seu idiota?

– É proibido fazer isso na rua. Faça o favor de não armar confusão!

– Tu é que estás fazendo confusão! É a mesma coisa que se eu trouxesse um realejo; o que te importa?

– Quanto ao realejo, é preciso tirar licença; e só com essas coisas já estão atraindo pessoas. Diga-me o seu endereço.

– Então é preciso licença – trovejou Ekatierina Ivánovna. – O meu marido foi sepultado hoje; essa é a licença!

– Senhora, senhora, senhora, acalme-se – começou o funcionário. – Vamos, eu a levo... Aqui, no meio das pessoas, não fica bem, não fica bem... A senhora está doente..

– Senhor, senhor, o senhor não sabe nada! – exclamou Ekatierina Ivánovna. – Nós vamos à Niévski... Sônia, Sônia! Mas o que vocês têm? Kólia, Liena, onde é que vocês estão? – gritou de repente, assustada. – Oh, que crianças tolas! Kólia, Liena, onde é que vocês se meteram?

Aconteceu que Kólia e Liena, assustados com a presença da multidão da rua e com os disparates da mãe enlouquecida, quando, por fim, viram um guarda que queria pegá-los e levá-los não sabiam para onde, de repente, como se tivessem combinado, deram as mãozinhas e saíram correndo. A pobre Ekatierina Ivánovna, com soluços e choros, correu atrás deles. Era horrível e triste vê-la correr, chorando, sufocada. Sônia e Pólietchka foram também correndo atrás dela.

– Pega eles, Sônia, pega! Oh, que crianças tão tolas e tão más! Pólia! Pega eles! Eu vou dizer...

Na correria, tropeçou e caiu.

– Está toda ensanguentada! Oh, meu Deus! – exclamou Sônia inclinando-se sobre ela.

Todos correram e se apinharam à volta dela. Raskólhnikov e Liebiesiatnikov foram os primeiros a acudir; o funcionário se apressou também e, atrás dele, o guarda, que resmungava "Ah!" e agitava os braços, pressentindo que o incidente ia dar o que fazer.

– Afastem-se! Afastem-se! – dizia dispersando as pessoas, que tinham formado um círculo.

– Está morrendo! – gritou alguém.

– Enlouqueceu! – disse outro.

– Senhor, salve-a! – exclamou uma mulher, benzendo-se. – Não acharam as crianças? Sim, ali estão, uma velhinha conseguiu pegá-los... Seus malandrinhos!

Mas assim que examinaram bem Ekatierina Ivánovna, viram que não estava sangrando devido à pedra em que tropeçara, conforme Sônia havia pensado, mas que o sangue que encharcava o chão saía às golfadas dos seus pulmões.

– Eu sabia, sabia que isso iria acontecer – murmurou o funcionário dirigindo-se a Raskólhnikov e a Liebiesiatnikov. – Está tísica: por isso o sangue corre assim e a sufoca. Há não muito tempo eu presenciei isto numa parenta minha, perdeu um copo e meio de sangue, e de repente... Mas o que se há de fazer! E não vai tardar a morrer!

– Aqui, aqui, em minha casa! – gritou Sônia. – Eu moro aqui! Olhem, nessa casa, é a segunda, ali... Já, já para a minha casa! – dizia para todos. – Corram à procura de um médico... Oh, meu Deus!

Graças aos esforços do funcionário tudo se arranjou, e até o guarda ajudou a transportar Ekatierina Ivánovna. Levaram-na quase morta para a casa de Sônia e a estenderam na cama. A hemorragia continuava, mas parecia que ela já estava recuperando os sentidos. Entraram logo no quarto, além de Sônia, Raskólhnikov e Liebiesiatnikov, o funcionário, e o guarda, depois de ter dispersado os curiosos, alguns dos quais a escoltaram até a porta de casa. Pólietchka entrou, trazendo pela mão Kólia e Liena, que tremiam e choravam. Da casa dos

Kapernaúmovi também vieram ajudar: ele, um homem coxo e estrábico, com uma cara estranha, os cabelos e a barba espetados e duros como os pelos de uma escova; a sua mulher, que parecia estar sempre assustada, e alguns dos filhos, com os rostos sem expressão e as bocas muito abertas. Entre toda essa assistência apareceu também Svidrigáilov. Raskólhnikov olhou para ele espantado, sem saber de onde é que ele tinha saído, pois não se lembrava de tê-lo visto entre as pessoas.

Houve quem falasse de um médico e de um padre. O funcionário, apesar de ter dito ao ouvido de Raskólhnikov que o médico já não era necessário, mandou chamá-lo. Foi o próprio Kapernaúmov quem se encarregou disso.

Entretanto, Ekatierina Ivánovna tinha-se tranquilizado, a hemorragia parara. Pousou o seu olhar fixo e penetrante na trêmula e pálida Sônia, que, com um lenço, secava gotas de suor na testa dela; por fim pediu que a erguessem um pouco. Levantaram-na sobre a cama, amparada de ambos os lados.

– E as crianças, onde estão? – perguntou com voz fraca. – Tu os trouxeste, Pólia? Oh, que tolinhos... Vamos lá: por que fugiram? Oh!

Seus lábios estavam ressequidos de sangue. Olhou à volta, com um olhar perscrutador.

– Então é aqui que tu moras, Sônia? Não estive uma só vez na tua casa... Agora é que...

Contemplou-a, apiedada.

– Nós te exploramos, Sônia! Pólia, Liena, Kólia, venham cá. Bem, aqui estão todos, Sônia, pegue-os... Com as duas mãos... pois para mim já chega... Acabou-se o sofrimento! Ah! Vão todos embora, deixem-me ao menos morrer em paz.

Tornaram a recliná-la na almofada.

– Que é isto? Um padre? Não é preciso... Tem um rublo que não lhe faça falta? Eu não tenho nenhum pecado! Deus tem obrigação de perdoar sem necessidade disso... Ele sabe muito bem o que eu sofri! Mas se não perdoar, tanto pior!

Um delírio ia se apoderando dela cada vez com mais força. Estremecia de vez em quando, olhava à volta, reconhecendo a todos por um minuto, mas voltava logo a perder a consciência, no seu delírio. Respirava com dificuldade e dor, parecia que alguma coisa fervia na sua garganta.

– Eu lhe conto, Excelência! – exclamou ela, parando para respirar a cada palavra. – Essa Amália Ivánovna! Ah! Liena, Kólia! Nas pontas dos pés, imediatamente, imediatamente, *glissez, glissez, pas de basque*![16] Batam com os pés... Isso, com graça, filho!

Du hast Diamanten und Perlen...

Então, que tal? Vocês deviam cantar...

Du hast die schonsten Augen,
Mädchen, was willst du mehr?...[17]

Está mau, não é assim! *Was willst du mehr...* Isso é o que pensa o imbecil! Ah, sim, aqui está outro:

No ardor da sesta, no vale de Daguestão

Ah, como eu gostava disso! Gostava loucamente dessa *romanza*, Pólietchka... Olha, quando o teu pai ainda era apenas meu noivo, ele a cantava... Oh, que dias aqueles! Isso, isso é que nós devíamos cantar! Vamos lá! Vamos ver... Como! Já me esqueci! Lembram-se como era?

Estava extremamente agitada e esforçava-se para se erguer. Finalmente, com uma voz terrível, entrecortada pelos estertores, começou a cantar, gritando e se sufocando a cada palavra, com uma expressão de medo crescente:

No ardor da sesta... No vale de Daguestão
Com chumbo dentro do peito![18]

– Excelência! – exclamou de repente com um soluço dilacerante e chorando. – Proteja estes órfãos! Em memória do pão e do sal que provou na casa do falecido Siemion Zakháritch! Pode-se até dizer aristocrática! Ah! – estremeceu, recuperando de repente a memória, olhou para todos com certo

16. Denominação de passos de dança. (N.E.)

17. Este e os dois versos seguintes pertencem a um poema de Heine: *Tens diamantes e pérolas,/ Tens os mais lindos olhos,/ Mocinha, que mais queres?*

18. Verso inicial de um poema de Liérmontov.

terror e, tendo reconhecido Sônia nesse momento. – Sônia, Sônia! – exclamou tímida e carinhosamente, como se estivesse muito admirada de vê-la ali, na sua frente. – Sônia, querida, tu também estás aqui?

Tornaram a soerguê-la.

Tens diamantes e pérolas,
Tens os mais belos olhos.
Mocinha, que mais queres?

– Chega! Já está na hora! Adeus, pobrezinha! Rebenta! – gritou desesperadamente, com raiva, e deixou cair a cabeça na almofada.

Voltou a ficar prostrada, mas esse último torpor não durou muito. O seu rosto, lívido e descarnado, caiu para trás, sua boca se abriu, suas pernas se estiraram convulsivamente. Lançou um profundo, profundo suspiro e morreu.

Sônia se jogou sobre o cadáver, agarrou-se a ele com as duas mãos e ficou com a cabeça reclinada no peito encovado da morta. Pólietchka ajoelhou-se aos pés da mãe e pôs-se a beijá-los, sem parar de chorar. Kólia e Liena, que ainda não tinham compreendido o que acabara de acontecer, mas pressentiam alguma coisa medonha, colocaram as mãos nos ombros um do outro e ficaram se olhando até que, de repente, abriram a boca ao mesmo tempo e começaram a gritar. Ainda estavam usando os seus trajes cômicos: um, o turbante; a outra, o gorro com a pluma de avestruz.

E como é que aquele certificado de honra ao mérito veio parar na cama, ao lado de Ekatierina Ivánovna? Estava ali, junto da almofada; Raskólhnikov o viu.

Aproximou-se da janela. Liebiesiatnikov não tardou a aparecer.

– Morreu! – disse.

– Rodion Románovitch, preciso lhe dizer duas palavras – falou Svidrigáilov, aproximando-se. Liebiesiatnikov cedeu a ele imediatamente o lugar e retirou-se discretamente. Svidrigáilov levou Raskólhnikov, que estava muito admirado, para um canto da sala.

– Toda esta confusão, quero dizer, o funeral e tudo mais ficam por minha conta. O senhor sabe que tudo isto vai custar dinheiro e já lhe disse que tenho bastante. Vamos colocar esses dois pequeninos e a Pólietchka em algum bom orfanato e vou depositar para cada um, até a sua maioridade, mil e quinhentos rublos, para que Sófia Siemiônovna possa ficar tranquila. E também pretendo tirá-la da lama, já que é uma boa moça, não é verdade? Suponho que vá dizer a Avdótia Románovna a maneira como usei os seus dez mil rublos.

– Por que o senhor está sendo tão generoso? – perguntou Raskólhnikov.

– Ah! Que homem desconfiado! – sorriu Svidrigáilov. – Já lhe disse que esse dinheiro não me faz falta. Bem, mas diga lá: o senhor não acha que eu posso agir assim por humanidade? Olhe, aquela ali não era um piolho – e apontou com o dedo para o canto onde jazia a morta – como qualquer velha agiota. Bem, há de concordar comigo: o que será melhor, que Lújin continue vivendo e cometendo canalhices, ou que ela morra? E, se eu não os ajudo, Pólietchka há de ir pelo mesmo caminho...

Dizia tudo isso com o ar de um patife de bom humor, piscando os olhos sem os afastar de Raskólhnikov. Este empalideceu e gelou ao escutar as suas próprias palavras, aquelas que ele dissera para Sônia. Retrocedeu rapidamente e olhou para Svidrigáilov.

– Como é que sabe isso? – balbuciou, quase sem poder respirar.

– Olhe, porque eu estou morando aqui, atrás desta parede, na casa de madame Resslich. Aqui mora Kapernaúmov e ali madame Resslich, uma antiga e leal amiga. Vizinhos.

– O senhor?

– Eu – continuou Svidrigáilov retorcendo-se de rir. – E posso lhe afirmar, sob palavra de honra, querido Rodion Románovitch, que o senhor me provoca muito interesse. Olhe, eu lhe disse que ainda havíamos de conviver, e isso disse antes... está vendo como acertei. O senhor vai ver como eu sou um homem maleável. Vai ver como se pode conviver comigo...

Sexta Parte

CAPÍTULO I

PARA RASKÓLHNIKOV começou então uma época estranha, era como se uma bruma tivesse se erguido de repente diante dele, envolvendo-o numa solidão irrespirável e densa. Ao lembrar mais tarde esse tempo, percebeu como sua consciência estava escurecida, e como esse estado se prolongou, com leves intervalos, até que sobreveio a catástrofe definitiva. Estava firmemente convencido de que se enganara em muitos pontos, por exemplo, na data e na duração de certos acontecimentos. Pelo menos depois, quando se recordava e se esforçava por explicar o que lembrava, não eram poucas as vezes que reconhecia que estava se guiando por testemunhos alheios. Confundia, por exemplo, um acontecimento com outro, ou considerava-os como consequência de acontecimentos que só tinham acontecido na sua imaginação febril. De quando em quando uma grave e dolorosa inquietação se apoderava dele, e chegava a degenerar em terror e pânico. Mas se lembrava também que havia minutos, horas e até dias, talvez, cheios de uma apatia que se apoderava dele como uma reação contra o espanto passado, uma apatia semelhante a esse estado de doentia indiferença de alguns moribundos. De maneira geral, naqueles últimos dias se esforçara para se convencer de que compreendia clara e plenamente a sua situação; certos fatos vulgares que necessitavam de uma elucidação imediata lhe causavam uma preocupação especial, mas, como ficaria contente se pudesse se libertar e evitar algumas precauções cujo esquecimento, aliás, na sua situação, seria uma ameaça de realizada e irreparável rotina...

Svidrigáilov era quem especialmente o assustava; poderia até dizer-se que, agora, a sua grande preocupação era Svidrigáilov. Desde que Svidrigáilov lhe dissera aquelas palavras tão ameaçadoras e demasiadamente explícitas, no quarto de Sônia, por ocasião da morte de Ekatierina Ivánovna, parecia que o curso habitual das suas ideias se interrompera. Mas apesar de esse novo fato inquietá-lo demais, Raskólhnikov não tinha a mínima pressa de esclarecer o assunto. Às vezes, quando se via de súbito em algum bairro solitário e afastado da cidade, em qualquer taberna miserável, sozinho, sentado a uma mesa, ensimesmado e quase sem saber como é que fora para ali, recordava-se de repente de Svidrigáilov, e logo admitia claramente, e com inquietação, que era preciso falar o mais depressa possível com aquele homem e, se fosse possível, pôr um fim no assunto. Uma vez em que passeava pelos arredores, chegou até a imaginar que Svidrigáilov estava à espera dele e que tinham combinado um encontro naquele lugar. Outra vez acordou ao romper do dia, prostrado no chão, sobre a relva, e quase não conseguia explicar a si mesmo como é que fora parar ali. Aliás, nos dois ou três dias que se seguiram à morte de Ekatierina Ivánovna, encontrou-se umas duas vezes com Svidrigáilov, quase sempre no quarto de Sônia, onde ia sem objetivo, mas constantemente. Trocavam umas breves palavras e nem uma só vez sequer tocaram no ponto capital, como se entre eles existisse uma combinação tácita para não falarem daquilo por enquanto. O cadáver de Ekatierina Ivánovna ainda não tinha sido retirado. Svidrigáilov se encarregara do funeral e andava muito atarefado. Sônia também estava muito ocupada. No seu último encontro com Svidrigáilov, este comunicou a Raskólhnikov que tratara, e bem, do caso dos filhos de Ekatierina Ivánovna, que, graças a certas amizades, conseguira chegar até certas pessoas que poderiam ajudá-la a internar imediatamente os três orfãozinhos numa instituição muito indicada para esse fim, o dinheiro que lhes doara também contribuíra muito, pois colocar órfãos que possuíam algum capital sempre era mais fácil do que colocar órfãos pobres. Também lhe falou de Sônia, prometeu que iria visitá-lo dali a alguns dias, em sua casa, e disse que queria lhe pedir uns conselhos, que era muito importante conversarem, que se tratava de um certo assunto... Tiveram esse diálogo no patamar, já na escada. Svidrigáilov olhou para Raskólhnikov de alto a baixo e, subitamente, depois de uma pausa, perguntou-lhe em voz baixa:

– Mas o que aconteceu, Rodion Románovitch, o senhor não parece o mesmo? Ouve e olha, mas parece que não compreende nada do que ouve e vê. Coragem! Olhe, temos de conversar, é pena eu ter tantos assuntos dos outros para resolver e não ter tempo para tratar dos meus... Ah, Rodion Románovitch – acrescentou de repente –, todo mundo precisa de ar, ar, ar! Isso antes de mais nada!

Afastou-se para deixar passar o padre e o sacristão, que subiam a escada. Iam rezando uma oração. Conforme as instruções de Svidrigáilov, faziam duas orações por dia, escrupulosamente.

Svidrigáilov saiu. Raskólhnikov ficou pensativo e entrou atrás do padre no quarto de Sônia.

Parou junto da porta. O rito, tranquilo, solene e triste, já começara. A ideia da morte e a comoção da presença de um morto sempre lhe infundiam uma espécie de espanto sufocante e místico, desde a infância, e, além disso, há muito tempo que não ouvia uma oração. Mas havia ainda outra coisa, muito terrível e inquietante. Olhava para as crianças, elas estavam todas de joelhos, junto do caixão. Pólietchka chorava. Atrás deles, Sônia rezava em voz baixa e timidamente chorosa. "Durante estes dias nem sequer olhou para mim uma só vez, e nem me disse uma só palavra", pensou Raskólhnikov. O sol iluminava bem o cômodo, a fumaça do incensório se erguia em redemoinhos, o sacerdote lia: "Dai-nos a paz, Senhor!". Raskólhnikov assistiu a todo o responso. Quando deu a bênção e se despediu, o sacerdote olhou à sua volta com um ar estranho. Terminada a cerimônia, Raskólhnikov se aproximou de Sônia. Esta, de súbito, segurou-se a ele com as duas mãos e reclinou a cabeça sobre o seu ombro. Esse gesto simples e afetuoso deixou Raskólhnikov perplexo; também tinha algo de estranho. O quê? Nem a menor repugnância, nem o menor espanto, nem o mais leve tremor na sua mão! Aquilo era o cúmulo da abnegação pessoal. Pelo menos era o que lhe parecia. Sônia não disse nada. Raskólhnikov apertou a mão dela e saiu. Sentia um abatimento espantoso. Se tivesse sido possível a ele ir naquele momento a algum lugar e ficar completamente sozinho, ainda que fosse para toda a vida, teria se considerado feliz. Mas a verdade era que, nos últimos tempos, embora estivesse quase sempre sozinho, não conseguia se sentir só. Às vezes saía pelos arredores, ia até a estrada e, certa vez, até se meteu no meio de um arvoredo, mas quanto mais deserto estava o lugar, mais vivamente ele sentia a seu lado como que uma presença inquietante, não a presença de algum estranho, mas alguma coisa há muito esperada, e acabava regressando logo à cidade, e se misturando entre as pessoas, entrava em algum restaurante ou numa taberna, ia até Tolkútchi, ao Mercado do Feno. Ali sentia-se mais à vontade e mais só. Numa pequena taberna, à tardinha, cantavam canções; ficou ali sentado durante uma hora inteira, ouvindo, e se recordava que isso lhe agradara muito. Mas acabara levantando repentinamente, num desassossego, como se tivesse sendo atormentado por remorsos de consciência.

"Esta agora! Estou sentado, ouvindo canções; mas é isso, por acaso, o que eu devo fazer?", aliás, sabia que não era só isso o que o inquietava, mas algo que reclamava uma solução urgente e acerca do que não era possível pensar nem dizer uma palavra. Tudo girava num torvelinho. "Não, o melhor seria um confronto franco. O melhor seria outra vez Porfíri... ou, Svidrigáilov... Um novo desafio, um novo ataque, o mais depressa possível... Sim, sim!", pensava. Saiu quase correndo da pequena taberna. A recordação de Dúnia e da mãe voltou a lhe infundir de repente, sem que soubesse por que, terror e pânico. Nessa mesma noite, antes de amanhecer, despertou também no meio do arvoredo da ilha Kriestóvski, tremendo, com muita febre; regressou para casa já de manhã, bem cedo. Após algumas horas de sono, a febre cessou, mas acordou já tarde, às duas horas.

Lembrou-se que o enterro de Ekatierina Ivánovna estava marcado para aquele dia e ficou satisfeito por não ter assistido. Nastássia levou-lhe comida; comeu e bebeu com grande apetite, quase com sofreguidão. Sua cabeça estava mais aliviada, e sentia-se mais tranquilo do que nos últimos três dias. Até se admirou, por um momento, do seu terror e seu pânico anterior. A porta se abriu e Razumíkhin entrou.

– Ah! Estás comendo, portanto não estás doente – disse Razumíkhin pegando uma cadeira e sentando-se à mesa, em frente de Raskólhnikov. Estava muito excitado e não fazia esforços para disfarçar; falava com visível aborrecimento, mas sem se atrapalhar nem levantar a voz de maneira especial. Poderia-se pensar que tinha alguma intenção pessoal e até exclusiva. – Escuta – disse de modo firme – pessoalmente, quero tu que vás para o diabo; pelo que estou vendo agora, percebo perfeitamente que não consigo entender nada, mas, por favor, não imagina que estou vindo te interrogar. Quero lá saber disso! Sou eu quem não quer! Agora já podes me contar tudo, todos os teus segredos, que eu talvez nem perca tempo escutando, vire as costas e vá embora. Vim apenas com o objetivo de saber de uma maneira definitiva se é verdade, em primeiro lugar, que tu estás doido. Tu bem sabes que há quem esteja convencido (quem, não sei ao certo) de que tu estás completamente doido ou que falta pouco para isso. Confesso que eu me sinto muito inclinado a concordar com essa opinião, em primeiro lugar, pela tua estúpida e, até certo ponto, sórdida conduta (absolutamente inexplicável), e, além disso, levando em conta a maneira que tu te portaste com a tua mãe e a tua irmã na última vez. Só um homem reles e indigno, não se tratando de um louco, poderia se comportar com elas como tu te comportaste; portanto, estás louco.

– Quanto tempo faz que estiveste com elas?

– Agora mesmo. Mas tu não voltaste a vê-las até agora? Por onde tens andado? Me diz, por favor, pois já vim aqui três vezes, sem nunca te encontrar. Desde ontem que a tua mãe está muito doente. Ela queria vir te ver, mas Avdótia Románovna não a deixa, e ela não aceita as razões. "Se ele está doente", diz a tua mãe, "se perdeu o juízo, quem poderá cuidar dele melhor do que eu?" Por isso viemos todos até aqui, para não deixá-la sozinha. Ficamos pedindo a ela que se tranquilizasse até o momento de chegarmos aqui, à porta. Entramos, tu não estavas. Olha, foi neste lugar que ela se sentou. Ficou dez minutos sentada; eu estava de pé, ao seu lado, sem falar. Até que ela se levantou e disse: "Se ele saiu é sinal de que está bom e se esqueceu de sua mãe, por isso não é muito decente, é até um pouco vergonhoso que uma mãe esteja aqui, à sua porta, mendigando a sua amizade, como uma esmola". Voltou para casa e se deitou; agora está com febre. "Afinal, para ela, ele tem tempo." Supõe que "ela" é Sófia Siemiônovna, tua noiva ou amante, ou seja lá o que for. Eu fui imediatamente procurar Sófia Siemiônovna, porque queria tirar as coisas a limpo, meu amigo, mas assim que cheguei, deparei um caixão e duas criancinhas chorando. Sófia Siemiônovna estava provando uns vestidinhos de luto neles. Tu não estavas lá. Dei uma olhada naquilo tudo, apresentei as minhas desculpas e fui contar tudo a Avdótia Románovna. Não havia dúvida de que tudo aquilo era mentira, tu não tinhas nenhuma "ela", e o mais provável era que tu estivesses louco. Mas agora chego aqui e te encontro muito bem sentado, devorando o teu assado, como se não comesses há três dias. É claro que os loucos também comem, mas, neste exato momento, e sem precisar que tu me digas nada, declaro que... tu não estás louco. Eu juro! De maneira nenhuma, não estás louco. Por isso, vão todos para o diabo, aqui deve haver algum mistério, algum segredo, e eu não tenho a mínima vontade de quebrar a cabeça com os teus enigmas. Vim apenas para te passar uma descompostura – concluiu, levantando-se para aliviar a alma –, e agora já sei o que vou fazer.

– Então o que vais fazer agora?

– O que te interessa o que eu vou fazer agora?

– Olha, tu bebes demais.

– Quem te disse?

Razumíkhin ficou calado por um momento.

– Tu foste sempre um rapaz muito ajuizado, nunca foste louco – disse, de repente, com veemência. – Mas é verdade que bebo. Adeus! – e dispunha-se a partir.

– Há três dias, se não me engano, falei de ti à minha irmã, Razumíkhin.

– De mim? Como é que tu falaste há três dias com ela?

E Razumíkhin parou imediatamente, até corando um pouco. Era evidente que tivera imediatamente um palpite em relação a isso.

– Foi ela quem veio aqui, sozinha; ficou aí sentada conversando comigo.

– Sozinha?

– Sozinha, sim.

– Mas o que tu disseste... a meu respeito?

– Disse-lhe que tu eras um bom rapaz, honesto e capaz de amar de verdade. Que tu gostas dela, isso eu não disse, porque ela já sabe.

– Já sabe?

– Claro! Para onde quer que eu vá, aconteça o que me acontecer... fica junto delas, como um anjo da guarda. Por assim dizer, eu as entrego para ti, Razumíkhin. Falo isso porque sei perfeitamente que gostas muito dela e estou convencido da pureza do teu coração. Também sei que ela, pelo seu lado, pode gostar de ti e é possível até que já goste. Agora já podes decidir, visto que já estás melhor informado, se deves ou não deves beber.

– Rodka... Olha... Ora esta! Ah, malandro! Mas para onde é que tu pretendes ir? Olha, se isso é um segredo, está bem. Mas eu... eu conheço o segredo... E estou convencido de que se trata, com toda a certeza, de algum absurdo e de alguma insignificância, e que tu estás exagerando tudo. Embora, no fundo, sejas um excelente rapaz... um excelente rapaz!

– Eu também queria te dizer, quando tu me interrompeste, que pensavas muito bem, há pouco, ao dizeres que não querias conhecer estes mistérios e estes segredos. Me deixa em paz agora, não me perturbes. Vais saber tudo a seu tempo, quando for preciso. Ontem um indivíduo me disse que o homem precisa de ar, ar, ar. E eu quero ir imediatamente à procura dele para que me explique o que queria dizer com isso.

Razumíkhin continuava de pé, comovido, pensando em alguma coisa.

"Deve ser um conspirador político! Com certeza! E ontem deve ter dado um passo decisivo, não há dúvida. Não pode ser outra coisa... e... e Dúnia sabe...", pensou, de repente.

– Então Avdótia Românovna veio aqui te ver – disse, acentuando as palavras – e tu queres te encontrar com um indivíduo que diz que o ar é necessário... O ar, e... provavelmente aquela carta... também deve ser do mesmo – concluiu intimamente.

– Que carta?

– Uma que ela recebeu hoje e que a deixou muito perturbada. Muito. Talvez até demais, talvez. Eu me referi a ti... Ela pediu que eu me calasse. Depois... depois me disse que talvez nos tivéssemos de nos separar muito em breve. Então se pôs a me agradecer encarecidamente, não sei o que, e finalmente foi para o quarto e se fechou por dentro.

– Então recebeu uma carta? – perguntou Raskólhnikov pensativo.

– Sim, uma carta. Mas não sabias? Hum!

Ficaram ambos calados.

– Adeus, Rodka! Meu amigo, eu... houve um tempo... mas nada, adeus! Eu também tenho de ir embora. Mas não vou beber. Agora já não é preciso... tu estás mentindo...

Saiu rapidamente, mas, depois de ter saído e quase fechado a porta, voltou outra vez e disse, olhando de soslaio:

– A propósito, lembras daquele crime, bem, daquele que Porfíri investiga, o assassinato da tal velha? Pois bem, fica sabendo que já pegaram o criminoso e ele confessou tudo e apresentou várias provas. Imagina que é um daqueles operários pintores, lembras? E eu defendendo-os tão acaloradamente! Toda aquela cena de briga e das risadas pela escada, com os seus companheiros, quando chegaram os tais indivíduos, o porteiro e as duas testemunhas, foi para despistar! Que astúcia, que presença de espírito em uma complicação dessas! É difícil de acreditar, mas ele confessou, e com todos os pormenores! O que te parece? Acho que se trata simplesmente de um gênio da imaginação e da dissimulação, de um gênio do álibi jurídico... embora, no fundo, talvez não haja razão para nos admirarmos. Não pode haver esses gênios, por acaso? E o fato de não ter sido suficientemente firme para resistir e confessar, é mais uma razão para que eu creia nele. Torna-se mais verossímil... Mas como, como é que eu me deixei enganar, naquele momento! Era capaz de ter posto as mãos no fogo por causa deles!

– Mas me diga: quem te disse e por que estás tão interessado nisso? – perguntou Raskólhnikov, visivelmente comovido.

– Essa é boa! Por que estou interessado? Que pergunta! Soube por Porfíri, entre outros. Embora tenha sido ele quem me contou quase tudo.

– Porfíri?

– Porfíri.

– E o que... o que ele disse? – perguntou Raskólhnikov com receio.

– Ele me explicou tudo muito bem. Ele me explicou psicologicamente, à sua maneira.

– Foi ele quem te contou? Ele mesmo?

– Ele mesmo! Ele mesmo! Adeus! Depois te darei mais pormenores, porque agora tenho o que fazer. Antes... houve um tempo em que eu pensava... Mas não, depois... Para que beber agora? Tu é que, sem vinho, me embriagaste. Estou bêbado, Rodka. Até sem vinho, já estou embriagado; bem, vamos lá, adeus. Eu passarei por aqui em breve.

Saiu.

"É um conspirador político, com certeza, com certeza", concluiu Razumíkhin para consigo, enquanto descia a escada devagar, "também deve ter metido a irmã nisso, é bem provável, é bem provável, com o caráter de Avdótia Românovna. Tiveram um encontro... Ela já me deu a entender. A julgar por muitas das suas palavras... e palavrinhas... e alusões... não há dúvida, deve ser isso. Se não fosse isso, como é que se poderia explicar toda esta embrulhada? Hum! E eu que supunha... Oh, meu Deus, o que eu cheguei a pensar! Sim, foi uma alucinação, e agora me sinto culpado em relação a ele. Foi ele, naquela noite, junto da lâmpada, no corredor, quem me provocou essa alucinação! Irra! Que repugnante, estúpido e vil o meu pensamento! Ainda bem que Mikolka confessou! Agora todas as coisas se explicam! Aquela doença dele, há tempos, aquela maneira estranha de agir e até aquele seu estranho caráter sombrio, sempre sério, já muito antes, quando estava ainda na universidade... Mas o que será que diz aquela carta? Deve haver alguma coisa escondida ali. De quem será? Me faz suspeitar... Hum! Não, vou pôr tudo isso a limpo..."

Não fazia outra coisa senão se lembrar de Dúnietchka e pensar nela, e o seu coração batia com força. Conseguiu finalmente sair dali e se pôs a correr.

Assim que Razumíkhin saiu, Raskólhnikov se levantou, aproximou-se da janela, pôs-se a andar de um lado para o outro, como se tivesse esquecido da falta de espaço do seu cubículo... e depois voltou a sentar no divã. Parecia cheio de novas energias: a luta ia recomeçar, isto é, encontrara uma saída. "Sim, quer dizer que encontrei uma saída!" Um meio de escapar à situação terrível que o asfixiava, que o oprimia dolorosamente e começara a lhe provocar vertigens. Desde aquela cena entre Mikolka e Porfíri que vinha se sentindo asfixiado, com falta de ar, em lugares pequenos. Depois do caso de Mikolka, nesse mesmo dia tinha havido aquela cena na casa de Sônia, que ele não conduziu nem terminou como imaginara, tinha fraquejado, isto é, fraquejara muito, radicalmente. Fora de uma vez! Porque tinha finalmente reconhecido, de acordo com Sônia, tinha reconhecido, e reconhecido sinceramente, que não conseguiria viver sozinho com aquele peso sobre a alma. E Svidrigáilov? Svidrigáilov sabia... Não havia dúvida de que Svidrigáilov o inquietava, mas não por esse lado. Era possível que ainda tivesse que enfrentar uma luta com Svidrigáilov. Talvez Svidrigáilov também fosse uma saída, mas, com Porfíri, o caso era diferente.

De fato, fora o próprio Porfíri quem explicara as coisas a Razumíkhin, explicara-as psicologicamente. Já começava ele outra vez a persegui-lo com a sua maldita psicologia! E Porfíri podia lá acreditar, por um instante que fosse, que era Mikolka o culpado, depois do que acontecera entre os dois, depois daquela cena dos dois, a sós, até a chegada de Mikolka, coisa que só podia ter uma explicação racional, uma só! Em todos esses dias, Raskólhnikov recordara mais de uma vez, em fragmentos, toda aquela cena com Porfíri, a cuja lembrança completa não seria capaz de resistir. Naquele dia, tinham trocado tais palavras entre eles, realizados tais gestos e movimentos, trocados tais olhares, dito algumas coisas num tal tom de voz e chegado a tais extremos, que, depois, Mikolka (em cujo íntimo Porfíri penetrara desde a primeira palavra e o primeiro gesto), já não podia abalar os fundamentos da sua convicção.

Mas como! Razumíkhin também já começava a suspeitar! A cena do corredor, junto da lâmpada, não se dera em vão, porque ele correra a ir ao encontro de Porfíri... Mas por que Porfíri começaria a enganá-lo? Com que objetivo pretendia desviar o olhar de Razumíkhin para Mikolka? Não, andava tramando alguma coisa, com certeza, havia ali alguma intenção, mas qual? Na verdade, já passara muito tempo desde aquela manhã... muito, muito, e não havia a menor notícia de Porfíri. O que, evidentemente, não era um bom sinal...

Raskólhnikov pegou o gorro e, depois de reconsiderar um instante, saiu do quarto. Era o primeiro dia, durante todo aquele tempo, em que, pelo menos, se sentia num estado de perfeita lucidez. "Preciso arrumar as coisas com Svidrigáilov", pensou, "seja como for e o mais depressa possível; ele parece também estar à espera de que eu vá procurá-lo." E nesse momento se ergueu de repente tal ódio no seu coração cansado, que é possível que nesse instante matasse algum dos dois, Svidrigáilov ou Porfíri. Pelo menos sentia que, se não fosse naquele momento, depois estaria em condições de fazê-lo. "Veremos, veremos", repetia para consigo.

Mas mal abriu a porta, quando deu de cara com o próprio Porfíri. Este vinha precisamente procurá-lo. Raskólhnikov ficou estupefato por um momento, mas apenas por um momento. Coisa estranha: não se admirou muito de ver Porfíri ali e quase não sentiu medo algum. Teve apenas um leve sobressalto, do qual se refez imediatamente. Talvez seja agora o tal desenlace! Mas como é que ele veio tão devagarzinho, como um gato, de tal maneira que eu nem o senti? Será que estava escutando?

– Não esperava a minha visita, Rodion Románovitch – exclamou Porfíri Pietróvitch, sorrindo. – Há algum tempo que já pretendia vir vê-lo. – "Vou até lá", pensava, "por que não ficar com ele uns cinco minutos?" – Mas onde é que estava indo? Não quero atrasá-lo. É só o tempo de fumar um cigarrinho, se me dá licença.

– Mas sente-se, Porfíri Pietróvitch, sente-se – pediu Raskólhnikov ao visitante, com um ar aparentemente tão satisfeito e amistoso, que ele mesmo teria ficado admirado se pudesse se ver.

As suas impressões anteriores esfumaram-se. Às vezes um homem pode suportar meia hora de pânico mortal com um bandido e, quando este põe, finalmente, o punhal sobre a sua garganta, o medo passa de repente. Sentou-se em frente de Porfíri e, sem pestanejar, ficou olhando para ele.

Porfíri piscou um olho e pôs-se a acender lentamente o cigarro. "Vamos, fale, fale!" de boa vontade Raskólhnikov teria gritado para ele, do fundo do coração. "Vamos! O que é isso? Então por que não falas?"

CAPÍTULO II

– Estes cigarros! – disse finalmente Porfíri, que acabara de acender o seu e lançar uma fumaça. – Um veneno, um autêntico veneno e, no entanto, não posso deixá-los. Tusso, tenho pigarro na garganta e estou começando a sofrer de asma. Olhe, eu estou muito apreensivo e não faz muito tempo que fui consultar o doutor B***, que observa cada doente pelo menos durante meia hora... "O senhor", disse-me ele, entre outras coisas, "deve se abster do tabaco. Está com uma leve dilatação dos pulmões." Mas vamos lá: como é que eu vou deixar o tabaco? E substituí-lo com o quê? É pena eu não beber... he... he... he! Aí é que está o mal, eu não bebo... Olhe, tudo é relativo, Rodion Románovitch, tudo é relativo.

"Será que ele está pensando em voltar às suas trapaças?", pensou Raskólhnikov com aversão. Toda a cena recente do seu último encontro lhe veio à memória, e o sentimento de ira de então tornou a agitar-lhe o coração.

– Sabia que eu vim procurá-lo anteontem? – perguntou Porfíri, passando em revista o quarto. – Estive aqui, aqui mesmo. Tal como hoje, passei por aqui... e disse para comigo: "Por que não fazer uma visita a ele?". Subi e encontrei o quarto aberto; olhei... esperei e saí sem dizer o meu nome à sua criadinha... O senhor não costuma fechar a porta?

O rosto de Raskólhnikov tornava-se cada vez mais sombrio. Porfíri pareceu adivinhar o seu pensamento.

– Vim para lhe dar uma explicação, meu caro Rodion Románovitch, para lhe dar uma explicação. Tenho a obrigação, o dever de lhe dar uma explicação – continuou com um sorrisinho e até deu uma leve palmadinha nos joelhos de Raskólhnikov. Mas, no mesmo instante o seu rosto adquiriu uma expressão séria e preocupada e pareceu até condoído, para espanto de Raskólhnikov. Nunca o vira com essa expressão, nem podia suspeitar que ele pudesse fazer semelhante cara. – Foi uma cena estranha aquela que aconteceu entre nós, da última vez, Rodion Románovitch. Na primeira vez em que nos vimos também houve uma cena estranha, mas naquele momento... Enfim, tanto faz. Olhe, eu vou lhe dizer do que se trata. O fato é que eu me considero culpado em relação ao senhor, é o que eu sinto. Lembra-se da maneira como nos separamos? O senhor estava nervoso e as suas pernas tremiam; eu também estava nervoso e as minhas pernas também tremiam. E olhe, houve também alguma coisa estranha entre nós, algo impróprio de um *gentleman*. E, no entanto, nós somos *gentlemen*, isto é, seja em que circunstâncias for e acima de tudo, *gentlemen*, não devemos esquecer. Bem, o senhor deve se lembrar até onde foi que as coisas chegaram... até a incorreção.

"Mas onde é que ele querer chegar, por quem será que ele me toma?", perguntou a si mesmo Raskólhnikov, estupefato, erguendo a cabeça e olhando Porfíri de alto a baixo.

– Pensei melhor e acho que, agora, o melhor é falarmos com franqueza – continuou Porfíri Pietróvitch, inclinando um pouco a cabeça e desviando os olhos, como se não quisesse mais inibir a sua antiga vítima e como se desprezasse agora os seus antigos lemas e artimanhas. – Porque, de fato, essas suspeitas e cenas semelhantes não podem se prolongar por muito tempo. Mikolka nos interrompeu naquela ocasião, mas, se não fosse isso, não sei até aonde teríamos chegado. Aquele maldito operário ficou escutando em minha casa, do outro lado do tabique... O senhor já sabia, não é verdade? O senhor com certeza já sabia, e eu também sei que, depois, ele veio vê-lo, mas não foi nada daquilo que o senhor, então, supunha, eu não tinha mandado chamar ninguém, nem tinha tomado ainda nenhuma posição. O senhor há de se perguntar por que eu não tinha tomado nenhuma atitude ainda. Mas o que eu posso lhe dizer? Tudo aquilo, naquele momento, me desorientou. Ainda bem que mandei chamar os porteiros (o senhor viu os porteiros entrarem?). Então me ocorreu uma ideia, rápida como o relâmpago. Preste atenção: e naquele momento, eu estava convencido, Rodion Románovitch. "Ora", pensava eu, "mesmo que o deixe à solta, por enquanto, qualquer um dos outros, em compensação, eu pego pelos fundilhos, e este, quanto a este pelo menos, eu não vou largar." O senhor é muito irritável por natureza, Rodion Románovitch, até demais, e isso junto com todas as outras propriedades fundamentais do seu caráter e do seu coração, que eu me gabo de conhecer um pouco. Bem, não há dúvida de que, naquele momento, eu não podia deixar de dizer a mim mesmo que nem todos os dias acontece de vir um indivíduo que se põe a contar para uma pessoa tudo o que tem na alma. Embora aconteça algumas vezes, sobretudo quando a paciência dele se esgotou; seja como for, não é frequente. Eu não podia deixar de compreender isto. "Não", eu pensei, me deem nem que seja um só pequeno ponto de apoio. Por menor que seja, e ainda que seja um apenas, mas de tal espécie, que eu possa agarrá-lo com as mãos, que seja uma coisa palpável e não apenas psicologia. "Porque", dizia eu para comigo, "se o indivíduo é culpado, pode-se, sem dúvida alguma, esperar dele algo de real, e até contar com o resultado mais imprevisto." Eu contava com o seu caráter, Rodion Románovitch, apenas com o seu caráter. Naquela altura eu tinha muitas ilusões a seu respeito!

– Mas... qual é o propósito de tudo isso? – resmungou, finalmente, Raskólhnikov, até sem pensar na pergunta. "A que será que ele se refere?", dizia para consigo, embrenhando-se em suposições. "Será que ele, no fundo, me considera culpado?"

– O propósito de tudo isto? É que vim lhe dar uma explicação que, por assim dizer, considero um dever sagrado. Quero lhe explicar tudo, com todas as letras, como se passou toda esta história, a história dessa, por assim dizer, miragem de então. Eu o fiz sofrer muito, Rodion Románovitch, mas eu não sou nenhum monstro. Fique sabendo que compreendo como tudo isto pode afetar um homem abatido pelo destino mas altivo, dominante e impaciente, sobretudo impaciente. No entanto, eu o considero uma excelente pessoa, até com lampejos de grandeza da alma, embora não concorde com suas convicções, o que considero meu dever informá-lo, antes de mais nada, francamente e com a maior sinceridade, porque, acima de tudo, não quero enganá-lo. Quando o conheci, senti uma grande simpatia pelo senhor. Pode ser que ria ao ouvir as minhas palavras. Tem razão para isso. Sei que, para o senhor, desde o primeiro momento eu fui antipático, porque realmente não tenho nada de simpático. Mas, pense o que pensar, agora, por meu lado, devo desfazer essa má impressão por todos os meios e lhe demonstrar que eu também sou um homem de coração e de consciência. Estou lhe falando com toda a sinceridade.

Porfíri Pietróvitch fez uma pausa e tomou um ar digno. Raskólhnikov sentia-se profundamente admirado. A ideia de que Porfíri o considerava culpado começou, de repente, a assustá-lo.

– Creio que não é necessário lhe contar tudo pela ordem em que aconteceu – continuou Porfíri Pietróvitch – e até considero isso supérfluo. E, além do mais, não vejo como poderia fazê-lo. Porque, como eu poderia lhe explicar? Em primeiro lugar, surgiram boatos. Onde surgiram estes boatos, quem, quando e por que vieram a pensar no senhor especialmente... também é desnecessário dizer. Quanto a mim, a coisa começou casualmente, por um acaso dos acasos, que tanto podia ser como não ser, absolutamente... Qual? Hum! Creio que também será desnecessário falar disto. E tudo, boatos e casualidades, se fundiu então, em mim, numa só ideia. Confesso-lhe francamente, já que estamos na hora das confissões, e é preciso haver uma confissão geral, que... o primeiro a reparar no senhor, então, fui eu. Aquelas anotações da velha nos objetos etc. etc., tudo isto é um absurdo. Pormenores como esses podem ser encontrados às centenas. Tive também oportunidade de saber da cena da delegacia, com todos os pormenores, por pura casualidade, e não levianamente, mas da boca de uma testemunha minuciosa que, sem suspeitar, descrevera maravilhosamente a cena. Olhe, meu caro Rodion Románovitch, todas essas coisas foram se ligando umas às outras, umas às outras. Bem, estando as coisas neste pé, como eu poderia não me inclinar para certo lado? "De cem coelhos, nunca se faz um cavalo; de cem suspeitas, nunca se faz uma prova", diz um provérbio inglês, e veja quanta cautela contém; mas as paixões... experimente lutar contra as paixões, porque o juiz também é homem. Eu me lembrei então igualmente do seu artigo naquele jornal, recorda-se?, do qual já me falou pormenorizadamente, na sua primeira visita. Eu ri, naquele dia, mas foi para levá-lo a falar. Repito que o senhor é muito impaciente e irritável, Rodion Románovitch. Tive também oportunidade de verificar que era imprudente, arrebatado, e que já sentira, sentira muito, e tudo isso eu já sabia muito antes. Eu já conhecia todas essas sensações e li o seu artigo como alguma coisa que me era familiar. Fora concebido em noites de insônia e de desespero, com palpitação e baques de coração, com um entusiasmo reprimido. Como é perigoso esse entusiasmo reprimido, orgulhoso, na juventude! Naquela época, eu troçava, mas agora lhe digo que me agrada muitíssimo, de maneira geral – falo como apaixonado – esse primeiro ensaio juvenil, fogoso, da sua pena. Vapores, brumas, a corda vibra por entre as névoas... O seu artigo é absurdo e fantástico, mas a sinceridade palpita nele, há nele um orgulho juvenil indomável, respira-se ali a ousadia do desespero; o seu artigo é sombrio, mas está benfeito. Eu o li, coloquei-o de lado e... quando fiz isso, pensei: "Um homem destes não se contenta com isto!". Por isso me diga agora: como é que, depois de um começo desses, eu podia não querer, depois, a continuação? Ah, meu Deus! Mas estou dizendo alguma coisa? Estou afirmando alguma coisa, por acaso? Naquele momento, eu me limitava a observar. "O que haverá em tudo isto?", pensava. "Pois em tudo isto não há nada, simplesmente nada, é provável que não haja absolutamente nada." E me lançar nessas deduções, eu, um juiz, era até altamente indecoroso. Então Mikolka caiu nas minhas mãos, e já contava com fatos... ali, diga-se o que se disser, havia fatos. E recorri também à psicologia, era preciso pensar, pois se tratava de um assunto de vida ou de morte. Mas por que estou lhe contando tudo isso agora? Para que fique sabendo e, na sua inteligência e no seu coração, me considere culpado pela minha má conduta de então. Não agia de má-fé, digo sinceramente, he... he! O que o senhor achava? Que eu não iria fazer uma busca em sua casa? Pois sim, eu fiz, fiz... he, he! Fiz, quando o senhor estava doente, na cama. Não oficialmente, e na sua própria cara, mas fiz. Examinamos até a última insignificância que havia no seu quarto, como primeira providência, mas... mas... *umsonst.*[1] Então eu pensei: "Agora esse indivíduo há de aparecer, ele vai se apresentar, e muito em breve; se for culpado, não deixará de aparecer. Outro não viria, mas este, sim, há de vir". E lembra-se de como o senhor Razumíkhin o censurou? Tínhamos planejado isso para provocar, no senhor, a revolta; eu fiz correr intencionalmente o boato para que ele ralhasse com o senhor, pois o senhor Razumíkhin é um homem incapaz de dominar a sua indignação. O que chocou o senhor Zamiótov, em primeiro lugar, foi a sua cólera e a sua evidente ousadia, sobretudo aquilo que o senhor atirou na cara dele, de repente, na taberna: "Eu matei!". Audacioso demais, brusco demais, e, se é culpado, acho que é um tremendo campeão! O que eu disse para mim mesmo, naquele momento, foi: "Vou esperar". E o esperava-o com o maior ardor, enquanto que o senhor tinha deixado Zamiótov simplesmente aterrado... E olhe, a questão é esta: quem tem a culpa é essa maldita psicologia de dois gumes. Bem, eu fiquei à sua espera. Olhe, foi Deus quem o entregou a mim. O senhor veio! Eu sempre tive um pressentimento! Ah! por que o senhor veio, então? Aquelas suas risadas quando entrou, aquelas risadas, lembra-se? Vi tudo através delas como através de um cristal, mas se eu não estivesse à espera, como estava, não teria notado nada. Por aqui já pode ver o que significa estar de sobreaviso. Mas o senhor Razumíkhin, naquela altura, lembra-se? Ah, Ah! E aquela pedra, aquela pedra... aquela pedra autêntica debaixo da qual estão enterrados os objetos? Eu estou vendo o senhor ali, no pátio... porque primeiro o senhor falou do pátio para Zamiótov, e na segunda vez falou para mim. Mas quando começamos a discutir o seu artigo, quando o senhor se pôs a explicar... cada uma das suas palavras continha um duplo sentido, como se debaixo delas houvesse outra coisa. Eis aqui, Rodion Románovitch, a maneira como a minha convicção se firmou pouco a pouco, e

1. Em vão, em alemão.

depois, quando já tinha certeza, caí em mim: "Não", disse para comigo, "o que estou fazendo? Para que querer tudo isso, até o último pormenor?", disse, "tudo isso pode se explicar de outra maneira e até será mais natural." Que suplício! "Não", pensei, "seria muito mais conveniente para mim uma provinha." E então, quando soube das tais tocadelas de campainha, quase tremi. "Vamos", disse para comigo, "já tenho a prova! Já tenho uma..." Porque eu, naquele momento, nem parava para pensar, não queria. Naquele momento eu seria capaz de dar mil rublos do meu bolso só para ter podido vê-lo com os meus próprios olhos quando andou aqueles cem passos junto com o operário, depois de ele lhe chamar de assassino na sua própria cara, sem se atrever, durante esses cem passos, a lhe perguntar por que ele o chamava assim... E o tremor na espinha? Aquelas tocadelas de campainha foram obra da doença, do estado de quase delírio em que se encontrava! Vamos ver, me diga agora, Rodion Románovitch, por que é que iria se admirar, depois disso, que eu lhe dissesse umas gracinhas? E por que se apresentou espontaneamente naquele momento? Poderia-se dizer que alguém o impelira, e juro que se não tivessem levado Mikolka até ali... então, lembra-se de Mikolka, nesse dia? Lembra-se bem? Aquilo foi como se um raio tivesse caído das nuvens, uma faísca de tempestade. A maneira como eu o recebi! Não acreditei nem um pouco naquele raio, e o senhor bem viu. E, além disso, depois, quando o senhor se retirou e ele começou a contar mais e mais concretamente alguns pontos, eu mesmo fiquei admirado e não acreditei em patavina do que ele disse. É isso que significa se tornar duro como uma pedra. "Não", disse para comigo, "*morgen früh*."[2] Ora esse Mikolka!

– Razumíkhin acabou de me dizer que o senhor, agora, considerava Nikolai como culpado, e até convencera o próprio Razumíkhin disso.

Faltou-lhe a respiração e não acabou. Ouvira com inexprimível comoção o homem que lhe adivinhara as intenções desdizer-se. Através de palavras ainda ambíguas, procurava avidamente captar algo de mais preciso e importante.

– O senhor Razumíkhin! – exclamou Porfíri, como se tivesse ficado contente com aquela pergunta de Raskólhnikov,

2. Até amanhã de manhã, em alemão. Equivalente a: ora, vai passear.

que estivera calado até então – He, he, he! Seria conveniente não metermos o senhor Razumíkhin nisso; com dois dá gosto, três é demais. Com o senhor Razumíkhin, o caso é outro. É um homem estranho, veio me procurar, muito pálido... Bem, Deus o proteja. Para que metê-lo nisto? Quanto a Mikolka, quer saber que espécie de homem é, de que maneira eu o vejo? Em primeiro lugar, é um rapazinho, ainda menor, e não é nenhum covarde, é uma espécie de artista. Digo isto a sério, não ria por eu defini-lo desta maneira. É um inocente, que fica impressionado com qualquer coisa. Tem coração e imaginação. Canta e dança, e conta histórias de tal maneira que vêm pessoas de toda parte para ouvi-lo. Quando ainda estava na escola, caía no chão, rebolando de riso, perante a mais insignificante brincadeira, e ele bebe até perder os sentidos não por vício, mas às vezes, quando o fazem beber, por criancice. Já houve tempo em que roubou, mas ele não se apercebe disso, porque pegar uma coisa do chão não é roubar. E sabe que ele é cismático? Não é bem cismático, mas simplesmente dissidente: na família dele houve alguns a quem chamam vagabundos, e ele mesmo há pouco tempo viveu no campo durante dois anos inteiros, sob a direção espiritual de um estaroste. Sei tudo isso pelo próprio Mikolka e pelos seus conterrâneos de Zaraisk. Mas há mais: queria ir viver no deserto. Estava num estado de ardente fervor, implorava a Deus durante a noite, lia e relia velhos livros, verdadeiros. Petersburgo causou-lhe grande impressão, sobretudo as mulheres... bom, e o álcool também. Ele se deixou influenciar e esqueceu-se do estaroste e de tudo. Pelo que me consta, havia aqui um artista que ficou seu amigo e se interessava por ele, quando, de repente, eis que acontece esse incidente. Bom, ele ficou colérico, furioso! Fugir! Mas o que fazer, se levar em conta a ideia que as pessoas têm da nossa justiça? Para alguns, a justiça parece uma palavra assustadora. Quem é que tem culpa disso? Esperemos que a nova jurisprudência arranje tudo. Oh, Deus queira! Ora, agora, na prisão, deve ter-se lembrado, provavelmente, do estaroste, e a Bíblia também deve ter influído. Sabe, senhor Rodion Románovitch, o que significa sofrer para essa gente, e não sofrer por algo determinado, mas, simplesmente, que é preciso sofrer? Significa aceitar o sofrimento, e, se for da parte do poder, melhor. Houve no meu tempo um preso muito pacífico, que passou um ano inteiro na prisão, e à noite, encarrapitado no fogão, lia e relia a Bíblia, e não se cansava de lê-la, até que, quer saber, um dia, sem motivo nenhum, pegou um tijolo e atirou-o no diretor, sem ter recebido deste a menor ofensa. E como é que ele atirou? Intencionalmente, de um *archin* de distância, para não lhe fazer mal nenhum. Pois bem, o senhor deve saber o que espera o preso que atenta com armas contra os seus superiores, mas aquele queria precisamente aceitar a dor.[3] Pois agora eu suspeito também que o que Mikolka quer é aceitar a dor, inclusive é uma convicção apoiada em fatos. Só que ele ignora que eu sei. O senhor acha que entre essa gente não há também indivíduos fantásticos? Pois é muito frequente. O estaroste deve ter começado agora a influir nele, sobretudo quando se lembrar que quis se enforcar. Mas, além disso, ele mesmo vai acabar me contando tudo. Imagina que não? Vamos aguardar, vamos ver quem é que se retrata! Espero, a todo momento, que ele venha desdizer a sua declaração. Eu tenho simpatia por esse Mikolka, e estudo-o a fundo. E o que acha? Em alguns pontos ele me respondeu muito concretamente, deu-me os pormenores que me faltavam, pelo visto estava preparado; mas sobre as outras questões ele deixou uma lacuna, simplesmente. Ele não sabe absolutamente nada, não dá pormenor algum e nem sequer suspeita que não deu. Não, meu caro Rodion Románovitch, não pode ser Mikolka. Isto é muito mais um assunto fantástico, lúgubre, um assunto contemporâneo, um episódio do nosso tempo, em que o coração do homem anda tão torturado, em que se cita essa frase de que o "sangue remoça", em que toda a vida se consome numa luta pelo bem-estar. Aqui, trata-se de sonhos livrescos, de algum coração desesperado; aqui é notória a resolução de dar o primeiro passo, mas uma resolução de índole especial... e se decidiu, sim, mas como quem despenca montanha abaixo ou se atira de cabeça de uma torre, e pode-se dizer literalmente que ele não foi levado ao crime pelos seus próprios pés. Esqueceu de fechar a porta atrás de si e matou, matou duas pessoas, mas para pôr a sua teoria em prática. Matou, mas não conseguiu pegar o dinheiro, e o que pegou ele escondeu debaixo de uma pedra. O menor tormento para ele ainda deve

3. Este episódio é mencionado por Dostoiévski na obra *Memórias da casa dos mortos*.

ter sido quando estava atrás da porta e começaram a sacudi-la e a puxar a campainha... Não, depois, já no quarto vazio, quase em delírio, ao recordar aquela campainha deve ter sentido outra vez calafrios na espinha... Bem, suponhamos que isso fosse devido à doença, mas repare também nisto: matou, mas se considera um homem honesto, despreza as pessoas e quer se fazer passar por santo... E esse não foi Mikolka, meu caro Rodion Románovitch, esse não é Mikolka!

Estas últimas palavras, depois de tudo quanto fora dito anteriormente, tão semelhantes a uma retratação, eram muito inesperadas. Raskólhnikov tremia dos pés à cabeça.

– Então... quem... é o assassino? – perguntou, sem poder se conter, com uma voz ansiosa.

Porfíri Pietróvitch deitou-se para trás na sua cadeira, como se essa pergunta também o tivesse apanhado de surpresa e o tivesse deixado estupefato.

– Quem é o assassino? – repetiu, como se não acreditasse no que acabara de ouvir. – Pois o assassino é o senhor, Rodion Románovitch! É o senhor o assassino! – acrescentou, quase em voz baixa, num tom de absoluta convicção.

Raskólhnikov saltou do divã, permaneceu de pé uns segundos e tornou a sentar sem dizer uma palavra. Uma leve convulsão correu, de súbito, por todo o seu rosto.

– Aí está o seu lábio tremendo como da outra vez – murmurou Porfíri Pietróvitch, quase com pena. – Parece-me que o senhor, Rodion Románovitch, não me compreendeu – acrescentou, depois de um silêncio –, e foi essa a causa do meu espanto. Eu vim precisamente para lhe dizer tudo e ventilar o assunto claramente.

– Eu não sou o assassino – balbuciou Raskólhnikov, tal qual uma criança assustada, quando é apanhada em flagrante.

– Sim, é o senhor, Rodion Románovitch, é o senhor e só o senhor – exclamou Porfíri com voz severa e convicta.

Ficaram ambos em silêncio, e esse silêncio foi de uma duração extraordinariamente longa, pois se prolongou por dez minutos. Raskólhnikov apoiou os cotovelos sobre a mesa e pôs-se a revolver a cabeleira com os dedos. Porfíri Pietróvitch estava sentado e aguardava. De repente, Raskólhnikov olhou com desprezo para Porfíri.

– Voltou outra vez com as mesmas cantigas, Porfíri Pietróvitch! Tudo isto está de acordo com as suas máximas. Como é que isso, no fundo, não o aborrece?

– Ah, deixe disso! O que as minhas máximas têm que ver, agora? Se houvesse testemunhas, seria outra coisa, mas repare que estamos os dois conversando sozinhos! O senhor bem vê que eu não vim a sua casa para tirá-lo da sua toca e caçá-lo como uma lebre. Quer reconheça isso, quer não, neste momento, tanto faz. Eu estou convencido, embora o senhor negue.

– Então, se é assim, para que veio? – perguntou Raskólhnikov, nervoso. – Torno a fazer-lhe a pergunta da outra vez: se me considera culpado, por que não me prende?

– Olhem que pergunta! Mas vou lhe responder ponto por ponto. Em primeiro lugar, porque não me convém mandar prendê-lo.

– Não lhe convém! Se o senhor está convencido, é esse o seu dever!

– Ah, que importa que eu esteja convencido? Até agora, tudo isso são fantasias minhas. E por que eu iria mandá-lo para lá, para "descansar"? O senhor bem sabe, visto que pergunta. Se eu trouxesse, por exemplo, o tal operário, para fazer declarações contra o senhor, o senhor podia responder para ele: "Mas tu deves estar bêbado? Quem é que nos viu juntos? Eu limito-me a te tomar simplesmente por um bêbado e, de fato, estavas bêbado!". O que eu poderia eu objetar a isto, ainda mais que a sua resposta seria mais verossímil que a dele, pois as declarações dele não teriam outro fundamento senão a psicologia, ao passo que o senhor teria acertado no alvo por todo mundo saber que esse animal bebe como uma esponja! Não confessei ao senhor, sinceramente, por mais de uma vez, que essa psicologia tem dois gumes e que o segundo oferece mais verossimilhança do que o primeiro, e que, além disso, eu não disponho, por enquanto, nada de positivo para alegar contra o senhor? Eu mandarei prendê-lo, sem dúvida, e embora eu tenha vindo (contra todas as regras) avisá-lo disso, declaro-lhe, no entanto (também contra as regras), que não me convém fazê-lo. Em segundo lugar, vim para...

– Por que em segundo lugar? – Raskólhnikov continuava a ouvi-lo ainda arquejante.

– Já lhe disse, porque lhe devo explicações; não quero que o senhor me tome por um monstro, tanto mais que, quer acredite, quer não, tenho as melhores intenções a seu respeito. Por conseguinte, e esse é o terceiro ponto, vim lhe fazer uma proposta franca e sem segundas intenções: que faça rebentar o tumor indo se denunciar. Para o senhor, será infinitamente mais vantajoso, e para mim também, porque me verei livre deste peso. E então? Não estou sendo bastante franco?

Raskólhnikov refletiu ainda um instante.

– Olhe, Porfíri Pietróvitch, foi o senhor mesmo quem disse: em tudo isto não há mais do que psicologia e, no entanto, o senhor invoca a matemática. E se estivesse enganado neste momento?

– Não, Rodion Románovitch. Seja como for, por outro lado, a partir deste momento, já não tenho o direito de contemporizar; devo prendê-lo e o prenderei. Por isso, pense: agora pouco me importa a sua atitude e só faço isso pelo senhor. Ponho Deus por testemunha, Rodion Románovitch, o melhor é o senhor mesmo ir se denunciar.

Raskólhnikov riu maquinalmente.

– De fato, isto já deixou de ser ridículo, para ser simplesmente insolente. Ainda que eu fosse culpado (declaração que eu não fiz, de modo nenhum), por que eu iria me entregar, uma vez que foi o senhor mesmo quem me disse que lá na prisão eu descansaria?

– Eh, Rodion Románovitch, não tome as minhas palavras ao pé da letra! Isso está muito longe de ser um descanso. Trata-se simplesmente de uma teoria pessoal, que eu sustento. Mas que autoridade sou eu para o senhor? Talvez, neste momento, eu esteja lhe escondendo alguma coisa. O senhor não pode ter a pretensão de ouvir todas as minhas confidências de uma só vez e utilizá-las a seu bel-prazer. Quanto ao segundo ponto: que vantagem o senhor terá... faz uma ideia da comutação de pena que poderia conseguir assim? Pense nisso. Se outra pessoa tomar conta do assassinato e der um novo aspecto à causa... No que me diz respeito, juro perante Deus que vou tomar providências e me mexer de tal maneira que o senhor vai sair o melhor possível desta situação, sem sequer suspeitar. Poremos de lado todos estes suportes psicológicos. Reduzirei a nada as suspeitas que foram levantadas contra o senhor, de maneira que o seu crime pareça o resultado de uma obsessão, pois, no fim de contas, foi isso, uma obsessão. Eu sou um homem honesto, Rodion Románovitch, e cumprirei a minha palavra.

Triste e silencioso, Raskólhnikov baixou a cabeça, refletiu longamente e, por fim, sorriu de novo, mas com um sorriso doce e melancólico.

– Não é preciso – disse, sem pensar sequer em fingir perante Porfíri. – Não vale a pena, não preciso da sua indulgência!

– Era isso, precisamente, o que eu receava! – exclamou Porfíri com impetuosidade involuntária. – Era isso o que eu temia: que não quisesse aceitar a minha indulgência.

Raskólhnikov lançou-lhe um olhar triste e penetrante.

– Não tenha esse desgosto de viver – continuou Porfíri – porque ainda tem um longo caminho à sua frente! Como é que não vai precisar de indulgência, como é que não vai precisar? O senhor é muito exigente!

– Que perspectiva me espera?

– A vida! O senhor é profeta para saber tantas coisas? Procure que encontrará. Pode ser que Deus esteja lá à sua espera. A prisão não será perpétua.

– Haverá diminuição de pena... – disse Raskólhnikov sorrindo.

– O quê? Será possível que o que o coíbe seja uma falsa vergonha burguesa? Pode ser que sim, sem que o senhor saiba, porque é novo. Mas o senhor não devia ter medo nem sentir vergonha de confessar o mal que o corrói.

– Eu cuspo em tudo isso! – exclamou Raskólhnikov com nojo e desprezo, e sem parecer decidido a falar. Fez até menção de se levantar, como se pensasse em sair, mas tornou a sentar, visivelmente desesperado.

– Cuspa, se quiser! O senhor é desconfiado e pensa que eu estou tentando convencê-lo de uma maneira grosseira. Mas será que já viveu tanto? O que sabe o senhor de todas essas coisas? Criou uma teoria e está muito envergonhado por ela ter falhado, e por verificar que o resultado dela é muito pouco original! Bem pior é o que ela lhe fez, mas, o senhor, apesar de tudo, não é um patife sem remédio! O senhor não é nenhum patife, de maneira nenhuma. Pelo menos, o senhor não hesitou, pôs as cartas todas na mesa, desde o primeiro momento.

Sabe o que eu penso do senhor? Eu o considero como um desses homens que prefeririam ser cortados em pedaços do que serem abatidos, e olhariam sorrindo para os seus algozes, contanto que possuíssem uma fé qualquer ou acreditassem em Deus. Pois bem, encontre estas coisas e viverá. Em primeiro lugar, há muito tempo que o senhor precisa mudar de ares. O sofrimento também é uma coisa boa. Sofra. Talvez Mikolka tenha razão em querer sofrer. Eu sei que o senhor não acredita em nada. Mas não seja tão radical. Deixe-se levar francamente pela corrente da vida, sem raciocinar, afugente as inquietações, que ela mesma o conduzirá diretamente à margem e o porá de pé novamente. Que margem será essa? Como vou saber? Eu acredito unicamente que ainda tem muito que viver. Já sei que tudo isto que lhe digo neste momento soa aos seus ouvidos como um sermão decorado, mas talvez mais tarde venha a repetir para si mesmo estas palavras, que então poderão ser proveitosas, é por isso que as digo. Foi uma grande sorte não ter matado senão uma velha má. Se tivesse lhe ocorrido outra teoria, teria cometido uma ação mil vezes pior... Talvez ainda deva dar graças a Deus... Quem sabe? Pode ser que Deus o tenha reservado para alguma coisa. Eleve o seu coração e não seja tão covarde. Sente medo da grande tarefa que tem a cumprir? Seria vergonhoso sentir esse medo! Já que passou a fronteira, não pense em retroceder. Aqui há uma questão de justiça... Faça aquilo que a justiça exige. Eu sei que não acredita em mim, mas ponho Deus por testemunha de como a vida há de ser mais forte. Não tardará a ter apego a ela. Hoje, precisa apenas de ar. Precisa de ar, ar!

– Mas quem é o senhor – exclamou – para adotar esse tom de profeta? Do alto de que Sinai o senhor me lança essas sentenças?

– Quem sou eu? Sou um homem acabado, nada mais. Um homem sensível e que sente compaixão, não completamente desprovido de saber, mas completamente gasto. Quanto ao senhor, a coisa é outra coisa. Deus lhe reserva a vida (e quem sabe se tudo isto não se desvanecerá da sua memória, como fumaça, sem deixar rastro?) O que importa que agora faça parte de outra categoria de pessoas? Com um caráter como o seu, o senhor vai sentir falta das comodidades? Ou será o fato de estar preso muito tempo, longe de todos os olhares?

O tempo, em si, não é nada; quem importa é o senhor mesmo. Transforme-se num sol e todo o mundo o verá. O sol deve ser, antes de tudo, sol. Por que outra vez esse sorriso? Pensa que eu estou recitando Schiller? Era capaz de apostar qualquer coisa em como imagina que eu estou querendo levá-lo com elogios! Juro que é bem possível, he, he, he! Pois bem, Rodion Románovitch, não creia em mim pelas minhas palavras, nem acredite absolutamente em nada do que eu lhe digo; eu estou cumprindo com o meu dever, concordo, mas quero apenas acrescentar uma coisa: compete ao senhor avaliar se eu sou um homem honesto ou um patife.

– Quando é que pensa em me prender?

– Ainda posso deixá-lo passear livremente durante um dia e meio ou dois. Reflita, meu amigo, vá pedindo a Deus, que com ele sairá ganhando, eu lhe garanto, sairá ganhando.

– E se eu fugir? – perguntou Raskólhnikov, sorrindo com um ar estranho.

– Não, o senhor não fugirá. Um camponês, um partidário das ideias em voga, lacaio do pensamento alheio, fugiria, porque basta lhe pôr as mãos em cima uma vez para que acredite em tudo que a pessoa quiser. Mas vamos ver: o senhor não acredita nas suas teorias? Então, por que fugiria? E, como fugitivo, que existência levaria? A vida do fugitivo é indigna e penosa, e o senhor precisa, antes de tudo, de uma vida tranquila, ordenada, de uma atmosfera confortável, e em algum lugar, no estrangeiro, não estaria no seu ambiente. Se partisse, voltaria. Não poderia viver sem nós. Quando eu o tiver metido na prisão, passado um, dois, vamos dizer três meses, as minhas palavras vão voltar à sua memória, o senhor vai se confessar consigo mesmo e talvez no momento em que menos esperar. Uma hora antes o senhor ainda não saberá que está maduro para essa confissão. Estou até convencido de que acabará aceitando o sofrimento. Neste momento não acredita no que eu lhe digo, mas vai chegar a sua hora. A dor, Rodion Románovitch, é, de fato, uma coisa grandiosa. Não se admire de me ouvir falar assim, eu, um homem autoindulgente; sei muito bem que isto o faz rir, mas há um sentido na dor, e Nikolai tem razão. O senhor não vai fugir, Rodion Románovitch.

Raskólhnikov levantou-se e pegou o gorro. Porfíri levantou-se também.

– Pretende dar um passeio? Vai fazer uma tarde bonita, desde que não haja uma tempestade. Embora, no fim das contas, fosse melhor, pois refrescaria a atmosfera.

Pegou também o seu gorro.

– Porfíri Pietróvitch – insistiu Raskólhnikov em tom duro – seria bom que não metesse na sua cabeça que eu, hoje, lhe fiz confissões. O senhor é tão estranho, que eu fiquei escutando-o por pura curiosidade. E não lhe confessei absolutamente nada. Não se esqueça disso.

– Eu sei, eu sei, e não me esqueço. Mas veja como está tremendo. Não se preocupe, meu amigo, respeitaremos a sua vontade. Vá dar um passeio, mas não vá muito longe. De qualquer maneira, tenho de lhe fazer um pequeno pedido – acrescentou, baixando a voz –, é uma coisa delicada, mas tem a sua importância: no caso de ter a intenção, embora eu não acredite, considero-o incapaz disso, mas é bom prever tudo; no caso de lhe ocorrer a ideia, durante estas quarenta e oito horas, de acabar com a existência e atentar contra a sua vida (desculpe-me esta suposição absurda), deixe então uma cartinha suficientemente explícita. Apenas duas linhas, duas simples linhazinhas, dizendo onde fica aquela pedra, isso será mais cavalheiresco. Bem, vamos lá... até a vista... Queira Deus que lhe ocorram bons pensamentos e que os ponha em prática.

Porfíri saiu. Poderia-se dizer que o seu corpo se dobrava, que evitava olhar para Raskólhnikov. Este foi até à janela e esperou com impaciência febril o momento em que, segundo os seus cálculos, o juiz de instrução já teria saído e se afastado suficientemente. Depois saiu também do quarto, com toda a pressa.

CAPÍTULO III

PRECISAVA URGENTEMENTE falar com Svidrigáilov. O que podia esperar desse homem, nem ele mesmo sabia. Mas esse homem exercia sobre ele um poder misterioso. A partir do momento em que compreendera isso, deixara de ter sossego e, além disso, já chegara o momento de esclarecer tudo.

Durante o caminho havia uma pergunta que o torturava acima de tudo: Svidrigáilov teria falado com Porfíri? Tanto quanto ele podia perceber... não tinha. Raskólhnikov era capaz de jurar que não. No entanto, Raskólhnikov relembrou ainda a visita de Porfíri, e chegava sempre a esta conclusão: não, Svidrigáilov não se encontrara com o juiz de instrução, não, com certeza!

Mas se Svidrigáilov ainda não tinha ido, iria ou não procurar Porfíri? Pelo menos, de momento, parecia-lhe que essa visita não se realizaria. Por quê? Não sabia por que, mas se fosse possível explicar, também não cansaria a cabeça por causa disso. Todas essas coisas o torturavam, mas, ao mesmo tempo, ainda eram a menor das suas preocupações. Coisa estranha e até difícil de acreditar: a sua sorte atual, imediata, só muito levemente o preocupava, e pensava nela distraidamente. O que o atormentava era outra coisa, algo muito mais grave e excepcional, que só dizia respeito a ele, mas que era diferente e de importância capital. Sentia, além disso, um enorme cansaço moral, apesar de nessa manhã se encontrar em melhores condições para raciocinar do que nos dias anteriores.

E, além disso, depois de tudo que acabara de acontecer, que necessidade ele tinha agora de tentar vencer todas essas míseras dificuldades, que de novo surgiam no seu caminho? Valia a pena, por exemplo, procurar se envolver com Svidrigáilov para que este não fosse procurar Porfíri, perder tempo desmascarando e desarmando um Svidrigáilov qualquer? Já estava farto de tudo isso. E, no entanto, corria em busca de Svidrigáilov, não se poderia esperar alguma coisa nova dele, alguma sugestão, algum meio de acabar com aquilo tudo? Às vezes acontece de nos agarrarmos a uma palha! Será que o destino ou o instinto os impeliria um para o outro? Talvez no caso de Raskólhnikov se tratasse simplesmente de cansaço, de desespero, talvez tivesse necessidade não de Svidrigáilov, mas de outra pessoa; se socorria com ele porque não tinha outro recurso. E Sônia? Mas por que iria ver Sônia naquele momento? Para mendigar de novo as suas lágrimas? Além disso, Sônia lhe inspirava medo. Sônia representava a sentença irrevogável, sem apelação. Ir vê-la era abdicar. Naquele instante, sobretudo, não se sentia capaz de suportar a sua presença. Portanto, não valia mais tentar a sorte com Svidrigáilov? Por que não, afinal? Não podia deixar de reconhecer no fundo que, há muito tempo, aquele homem lhe era necessário. Mas, no entanto, que podia haver de comum entre eles? Inclusive aquele homem tinha algo de extraordinariamente antipático; era, evidentemente, um libertino consumado, cauteloso e hábil com toda a segurança, talvez até um refinado malandro. Corriam muitas histórias desse gênero acerca dele. É verdade que tomara a seu cargo os filhos de Ekatierina Ivánovna, mas sabia-se lá com que intenção? Um homem da sua laia, com certeza andava tramando alguma coisa.

Há vários dias que um certo pensamento obcecava Raskólhnikov, o qual tentava em vão afugentar, de tão doloroso que era. Às vezes dizia para consigo: "Svidrigáilov anda sempre em volta de mim e, neste momento, está me rondando; Svidrigáilov descobriu o meu segredo; Svidrigáilov tinha intenções sobre Dúnia. E se ainda tivesse? Pode-se quase afirmar que sim, sem receio de engano. Agora que conhece o meu segredo e me tem na mão, de certa maneira, irá usar isso como uma arma contra Dúnia?".

Até em sonhos essa ideia, às vezes, o perturbava, mas a primeira vez que veio à consciência, com toda a clareza, foi no momento em que se dirigia para a casa de Svidrigáilov. Bastou esse pensamento para lhe provocar um surdo ataque de raiva. Em primeiro lugar, a situação mudava por completo, até mesmo naquilo que pessoalmente o afetava; não tinha outro remédio senão revelar o mais depressa possível o seu segredo a Dúnia. Não seria bom se ele próprio fosse se denunciar, a fim de proteger Dúnia de algum passo imprudente? E aquela carta? Dúnia recebera nessa mesma manhã uma carta? Quem é que, em Petersburgo, poderia lhe escrever? Seria de Lújin, essa carta? É certo que Razumíkhin era uma boa sentinela, mas Razumíkhin não sabia de nada. Não seria bom se fosse franco com Razumíkhin? Mas Raskólhnikov, diante dessa ideia, teve uma sensação de medo.

"Seja como for, é preciso ir imediatamente procurar Svidrigáilov", decidiu finalmente. "Graças a Deus, os pormenores aqui têm menos importância que o principal do assunto, mas se for capaz disso... desde que Svidrigáilov tente a menor coisa contra Dúnia, nesse caso...

Raskólhnikov estava tão esgotado por aquele longo mês de lutas e comoções que não se sentia capaz de resolver questões semelhantes senão com estas palavras de frio desespero: "Nesse caso, eu o matarei". Um doloroso sentimento lhe oprimia o coração; parou no meio da rua e olhou à sua volta. Que caminho tinha seguido? Onde é que estava? Estava na avenida de X***, a trinta ou quarenta passos do Mercado do Feno, que atravessara. O primeiro andar do prédio da esquerda era ocupado por uma taberna. As janelas estavam abertas de par em par. A avaliar pelas figuras que via nas janelas, a taberna estava apinhada. Da sala, onde tocavam clarinete e violino ao compasso de um repique de tambor, chegava um rumor de canção. Ouviam-se gritos agudos de mulher. Raskólhnikov estava quase decidido a voltar atrás, perguntando a si mesmo por que tomara o rumo da avenida X***, quando, de súbito, numa das últimas janelas do estabelecimento, viu Svidrigáilov, de cachimbo na boca, sentado a uma mesa de chá.[4] Sentiu uma mescla de assombro e terror. Svidrigáilov observava-o e em silêncio, e o que acabou de deixar Raskólhnikov estupefato foi que pareceu ter notado que Svidrigáilov queria se levantar e sair de mansinho antes que ele o visse. Raskólhnikov fingiu não tê-lo visto e olhou para o outro lado com ar perplexo, embora sem perdê-lo de vista com o canto do olho. Seu coração pulsava de angústia. Era isso, sem dúvida, Svidrigáilov queria passar despercebido. Tirou o cachimbo da boca e procurou se esconder, mas ao se levantar para afastar a cadeira reparou, provavelmente, que Raskólhnikov o tinha visto e o estava contemplando. Passou-se entre ambos qualquer coisa semelhante à cena do seu primeiro encontro na casa de Raskólhnikov, no momento em que este dormia. Um sorriso de patifaria surgiu no rosto de Svidrigáilov que, aliás, se pavoneou. Um e outro se sabiam mutuamente observados. Até que por fim Svidrigáilov rompeu numa estrepitosa gargalhada.

– Vamos! Entre, se quiser, aqui estou eu! – gritou da janela.

Raskólhnikov subiu à taberna.

Encontrou Svidrigáilov num pequeno gabinete nos fundos, contíguo a um salão onde, diante de umas vinte mesinhas, uma multidão de comerciantes, de funcionários e de pessoas de todos os gêneros tomava chá em meio a horrível algazarra dos cantadores, que berravam em coro. De qualquer lugar chegava um barulho de bolas de bilhar se entrechocando. Svidrigáilov

4. Nas tabernas servia-se também chá, uma das bebidas nacionais russas.

tinha na sua frente, em cima da mesa, uma garrafa de champanhe e um copo pela metade. Nesse pequeno gabinete havia também um rapazinho que tocava realejo, acompanhado de uma cantora, uma mocinha de uns dezoito anos, bochechuda e corada, embrulhada numa saia listada, de mangas arregaçadas e com um chapéu tirolês de fitas. Cantava umas *coplas* vulgares, apesar do coro ruidoso que se elevava do salão vizinho, acompanhada pelo realejo, com uma voz de contralto, muito rouca.

– Vamos! Já chega! – interrompeu-a Svidrigáilov, quando Raskólhnikov entrou.

A moça suspendeu a cantoria e ficou aguardando numa atitude respeitosa. Até quando estava cantando aquelas brejeirices com acompanhamento de música, também conservava no rosto essa mesma expressão de respeito e gravidade.

– Eh, Filip, um copo! – gritou Svidrigáilov.

– Eu não bebo vinho – disse Raskólhnikov.

– Como quiser, mas não estava chamando por sua causa. Vamos Kátia, bebe e vai-te embora! Já não preciso de ti.

Ofereceu-lhe um copo de vinho e meteu-lhe na mão uma pequena nota. Kátia bebeu o vinho como as mulheres costumam fazê-lo, sem tirar os lábios do copo, em vinte golinhos; depois pegou a nota, beijou a mão de Svidrigáilov, que a deixou beijar com o ar mais sério deste mundo, e abandonou a sala, seguida do rapaz do realejo. Eram ambos vindos da rua. Svidrigáilov estava apenas há oito dias em Petersburgo, mas já se encontrava tão à vontade ali como na aldeia. O moço da sala, Filip, já era conhecido seu e se arrastava de um modo servil. Uma volta de chave na porta e Svidrigáilov estava como em sua casa, seria até possível que passasse ali dois dias inteiros. Aquela taberna suja, reles, nem sequer podia ser classificada como de segunda categoria.

– Ia a sua casa, andava à sua procura! – começou Raskólhnikov. – Mas, não sei por que, de repente dobrei na avenida ao sair do Mercado do Feno! Nunca passo nem venho por aqui. Entro sempre à direita do Mercado. Este também não é o caminho para ir a sua casa. E mal dera a volta, eis senão que o vejo. É estranho!

– Por que o senhor não diz, simplesmente, que é um milagre?

– Porque pode ser que não passe de casualidade.

– Que gente engraçada! – disse Svidrigáilov pondo-se a rir. – Ainda que estejam intimamente convencidos do milagre, não querem reconhecê-lo! O senhor mesmo diz que pode ser que não se trate senão de uma casualidade. E como são covardes a respeito das suas opiniões, o senhor não faz ideia, Rodion Románovitch! O senhor possui uma opinião e não teve medo de expressá-la. Foi precisamente por isso que despertou a minha curiosidade.

– Só por isso?

– E já é suficiente!

Era visível que Svidrigáilov se encontrava num estado de excitação, mas não muito acentuado, não bebera mais do que meio copo de vinho.

– Tenho a impressão de que o senhor veio ao meu encontro antes de saber se eu tinha ou não aquilo que chama uma opinião – insinuou Raskólhnikov.

– Naquele momento era diferente. Cada um age à sua maneira. Quanto ao milagre, noto no senhor uma cara como se estivesse dormindo durante estes dois ou três últimos dias. Eu mesmo lhe indiquei esta taberna, por isso não é nada estranho que tivesse vindo direto aqui. Eu havia lhe dito o caminho que devia seguir, o lugar em que fica e a que horas poderia me encontrar aqui. Não se lembra?

– Havia me esquecido – respondeu Raskólhnikov surpreendido.

– Acredito. Eu lhe disse duas vezes. O endereço deve ter ficado gravado maquinalmente na sua memória e maquinalmente o senhor deve ter-se encaminhado para cá, sem se lembrar bem ao certo do endereço. Aliás, eu não tinha a menor ilusão de que estivesse me escutando enquanto eu lhe falava, o senhor é muito distraído, Rodion Románovitch. E, além disso, estou convencido de que há muitas pessoas, em Petersburgo, que andam pelas ruas falando sozinhas. Esta é uma cidade de gente meio doida. Se nós tivéssemos um pouco de ciência, alguns médicos, juristas e filósofos poderiam fazer as observações mais interessantes, nas suas respectivas especialidades, em Petersburgo. Será difícil encontrar outra terra onde influxos tão tenebrosos, tão intensos e tão estranhos atuem sobre a alma humana, como em Petersburgo. Talvez seja o clima! Mas, como é o centro administrativo do país, o seu caráter deve se refletir na Rússia inteira. Mas não é disso que se trata agora: o que eu queria lhe dizer era que o tenho observado mais de uma vez. Quando sai de casa, está com a cabeça erguida, mas, apenas vinte passos depois, logo abaixa e cruza as mãos atrás das costas. E percebe-se muito bem que não vê nada, nem do que se passa à sua frente nem ao seu lado. Até que acaba mexendo os lábios e falando sozinho; além disso gesticula muito enquanto fala, e depois para de repente no meio da rua e ali fica durante muito tempo. Isso não está certo. Outras pessoas poderiam observá-lo e, francamente, isso não seria conveniente. No fundo, a mim tanto faz, e não sou eu quem vai curá-lo desse mau costume, mas espero que me compreenda.

– O senhor sabe se estou sendo espiado? – perguntou Raskólhnikov, olhando-o com curiosidade.

– Não, não sei nada disso – respondeu Svidrigáilov espantado.

– Bem, bem, não falemos mais no caso – resmungou Raskólhnikov franzindo o cenho.

– Muito bem, não falemos mais.

– O melhor seria que me dissesse por que é que, se eu vim aqui para beber e o senhor me indicou por duas vezes este lugar para que viesse procurá-lo, por que é que, agora, quando eu olhava da rua para a janela, o senhor se escondeu e quis sair sem que eu visse... Reparei muito bem.

– He, he! E o senhor, outro dia, quando eu estava à sua porta, não ficou de olhos fechados, no seu divã, fingindo dormir, embora estivesse perfeitamente acordado? Eu também percebi isso muito bem.

– Podia ter... as minhas razões... O senhor bem sabe.

– Pois eu também podia ter as minhas razões, que o senhor não sabe.

Raskólhnikov apoiou o cotovelo direito sobre a mesa, segurando o queixo com a mão, e olhou fixamente para Svidrigáilov. Há um minuto que contemplava aquela cara, que sempre o chocara. Era uma cara singular, que parecia uma máscara: branca, vermelha, com uns lábios de vermelhão, uma barba de um louro avermelhado e o cabelo branco, ainda bastante espesso. Tinha os olhos demasiado azuis, de um olhar muito parado e fixo. Havia algo de terrivelmente antipático naquele belo rosto que se conservara, apesar dos anos, incrivelmente jovem. Svidrigáilov vestia um traje de verão, de um tecido fino e leve, e distinguia-se sobretudo pela camisa. Um grande anel, com uma pedra preciosa, brilhava num dos seus dedos.

– O senhor pretende me dar ainda mais preocupações? – perguntou Raskólhnikov de repente, indo direto ao assunto com uma impaciência febril. – Embora o senhor seja talvez o mais perigoso dos homens, se decidir fazer o mal, não procurarei dissimular por mais tempo e vou lhe provar agora mesmo que eu não ando querendo me esconder. Fique sabendo, portanto, que eu vim para lhe dizer que, se continua com os mesmos propósitos em relação a minha irmã e pensa em tirar partido do segredo que descobriu há pouco, eu vou matá-lo antes que tenha tempo de me mandar para a prisão. Acredite no que eu lhe digo, já sabe que sou capaz de cumpri-lo. Além disso, se tem alguma confidência a me fazer, e há muito tempo me parece que o senhor tem alguma coisa para me dizer, apresse-se, porque o tempo é precioso e talvez muito em breve seja tarde demais...

– Mas para que tanta pressa? – perguntou Svidrigáilov olhando-o com curiosidade.

– Todos nós temos os nossos assuntos para tratar – respondeu Raskólhnikov impaciente e com um ar sombrio.

– O senhor acaba de convidar-me a ser franco e já evita responder a primeira pergunta – observou Svidrigáilov sorrindo. – O senhor sempre acha que eu trago nas mãos certos projetos e por isso me olha com desconfiança. No fim das contas, quando uma pessoa se encontra na sua situação, é perfeitamente compreensível. Mas, por mais que eu deseje viver em boas relações com o senhor, não me darei ao trabalho de tirá-lo desse erro. Meu Deus, isso não valeria a pena e, além do mais, eu não tinha a intenção de lhe falar de maneira particular.

– Então por que eu era tão necessário para o senhor? Por que não para de me rondar?

– Simplesmente por curiosidade, como objeto de observação. Tenho interesse pelo lado fantástico do seu caso. Eis o porquê. Além disso o senhor é irmão de uma pessoa que me interessava muito e, finalmente, eu ouvi essa pessoa, há tempos, falar muito seguidamente do senhor, de onde pude deduzir que tem uma grande influência sobre ela; ainda lhe parece pouco tudo isto? He, he, he! Além disso, confesso-lhe que a sua pergunta é demasiado complexa e é muito difícil respondê-la. Ora vejamos, por exemplo: o senhor não teria vindo agora mais para me dizer algo de novo do que para de falar de algum assunto? Não será isso? Não será isso? – insistiu Svidrigáilov com um sorriso ladino. – Imagine, depois disto, que eu mesmo, quando ainda estava a caminho daqui, no trem, tinha a ilusão de que o senhor iria me revelar alguma coisa de novo e que eu iria conseguir tirar de ti[5] algum proveito. Já vês como nós somos, nós, os ricos.

– Tirar algum proveito? De que maneira?

– Como vou explicar? Eu sei, por acaso? Olha, eu passo a vida nas tabernas e sinto prazer nisto, quero dizer, não o faço tanto por prazer quanto porque é preciso estar sentado em algum lugar. Ainda que apenas com essa pobre Kátia... Viu-a? Bem, se eu fosse, por exemplo, um glutão, um gastrônomo de clube, mas olhe para o que eu como! – estendeu o dedo para um canto onde, em cima de uma mesinha redonda, numa travessa de latão, se viam os restos de um horrível bife com batatas. – E, a propósito, já almoçou hoje? Eu já comi um pouco e não quero mais. Vinho, por exemplo, também não bebo, a não ser champanhe, e apenas um copo numa tarde, e até isto me faz doer a cabeça. Se o pedi, hoje, foi para me animar, porque tenho de ir a um lugar e preciso ter uma certa disposição de espírito. Há pouco me escondi como um colegial porque julguei que o senhor vinha me roubar tempo, mas pelo visto – puxou o relógio – ainda posso lhe dedicar uma hora. Sabe que são já quatro e meia? Ainda se eu fosse alguma coisa! Bem, proprietário ou pai de família, fotógrafo, jornalista. Mas nada, não tenho nenhuma profissão determinada! Às vezes me aborreço. Eu pensava, de fato, que o senhor me traria novidades.

– Mas quem é o senhor e por que veio até aqui?

– Quem sou eu? O senhor já sabe: um nobre que serviu dois anos na Cavalaria e depois veio parar aqui, em Petersburgo, deu voltas pelas ruas e, finalmente, se casou com Marfa Pietrovna e foi viver no campo. Aí tem o senhor a minha biografia resumida!

– Segundo dizem, o senhor é jogador.

– Jogador, não. Trapaceiro.

– Trapaceiro?

---

5. Svidrigáilov passa assim do tratamento de senhor para o tu, no texto.

– Acho que sim.

– E nunca lhe deram uma surra?

– Algumas vezes. E daí?

– É que podiam provocá-lo para um duelo... e, em geral, isso põe uma certa animação na vida.

– Não digo que não, e neste ponto não sou forte em filosofias. Confesso-lhe que, acima de tudo, vim aqui por causa das mulheres.

– Logo depois da morte de Marfa Pietrovna?

– Claro – respondeu Svidrigáilov com subjugadora franqueza –, o que tem isso de especial? Não acha correto que eu fale assim das mulheres?

– Isso significa perguntar se eu condeno o vício?

– O vício! Deixe disso! Mas vou lhe responder em ordem a respeito das mulheres. Primeiro em termos gerais; repare: eu tenho tendência a falar. Mas me diga: por que virar as costas às mulheres, se elas nos agradam? Ao menos é uma ocupação.

– De maneira que, então, o que o trouxe aqui foi apenas o vício.

– Seja, já que insiste, vamos chamar de vício. Admitamos. Ao menos, a sua pergunta, franca, me agrada. É o principal. Neste vício, pelo menos, há alguma coisa de positivo, inclusive baseada na natureza e não gerada pela fantasia, algo que persiste como uma brasa acesa no sangue e que nem debaixo do peso dos anos se extingue facilmente. Há de concordar comigo que esta é uma ocupação, à sua maneira!

– Não é caso para felicitá-lo. Isso é uma doença, e perigosa.

– O que diz? Eu estou convencido de que isso é uma doença, como tudo o que ultrapassa os limites, e aí ultrapassamos infalivelmente. Mas repare: em primeiro lugar, cada um tem os seus limites, este tem um, aquele outro, e além disso, em tudo é preciso ter comedimento, embora isto seja um reles cálculo, mas o que se há de fazer? Se agirmos de outra maneira, não nos resta mais nada senão darmos um tiro na cabeça. Concordo que o homem bem comportado tem obrigação de se aborrecer, mas, apesar de tudo...

– E o senhor seria capaz de dar um tiro na cabeça?

– O quê! – respondeu Svidrigáilov com repugnância. – Faça o favor de não falar dessas coisas – apressou-se a acrescentar, agora sem ponta da fanfarronice que deixara transparecer nas palavras anteriores, até mudou a expressão do seu rosto. – Reconheço que se trata de uma fraqueza imperdoável, mas o que se há de fazer? Tenho medo da morte e não me agrada sequer que falem nela. O senhor não sabe que eu tenho um pouco de místico?

– Ah, sim! As aparições de Marfa Pietrovna! Ainda continuam a lhe aparecer?

– Ah, não me faça lembrar dela! Em Petersburgo, ainda não tive; que vão para o diabo! – exclamou com uma certa irritação.

– Não, não falemos disso... mas, aliás... Hum! Tenho pouco tempo, tenho pena de não poder continuar com o senhor! Tinha uma coisa para lhe contar.

– Mas por que está com essa pressa? Por causa de alguma mulher?

– Sim, é uma mulher, um caso completamente inesperado... Não me refiro a isto.

– Mas a indignidade de todo este ambiente não o impressiona? O senhor não tem forças para se controlar?

– O senhor se faz de forte, não? He, he, he! O senhor me deixa admirado, Rodion Románovitch, embora eu soubesse já de antemão que seria assim. É o senhor que vem falar para mim de vício e de estética? O senhor... um Schiller! O senhor... um idealista! Mas, de fato, tudo isto tem a sua razão de ser, e seria de admirar se não fosse assim, embora, apesar de tudo, seja um tanto estranho, na realidade... Ah, é pena eu não ter mais tempo, porque o senhor é um indivíduo muito curioso! E, a propósito, o senhor aprecia Schiller? Eu sou doido por ele.

– O senhor é sempre um grande exibido! – disse Raskólhnikov com uma certa repugnância.

– Juro que não sou! – respondeu Svidrigáilov rindo. – Embora, no fim das contas, não discuta isso, admitamos que seja um exibido; mas por que não se gabar quando não se ofende ninguém com isso? Eu vivi anos na aldeia com Marfa Pietrovna, e depois, quando me encontrei agora com um homem inteligente como o senhor... inteligente e extremamente curioso, me pus a falar, simplesmente por alegria, sem contar com o que bebi, aliás só este meio copo de vinho e já me subiu um pouquinho à cabeça. Mas o principal foi uma certa circunstância que me causou um grande alvoroço, mas da qual... não direi nada. Onde é que vai? – perguntou de repente Svidrigáilov com receio.

Raskólhnikov pôs-se de pé. Custava-lhe muito e parecia cometido uma vileza em ter ido ali. Estava convencido de que Svidrigáilov era o malandro mais vazio e insignificante do mundo.

– Ah! Sente-se, sente-se! – pediu-lhe Svidrigáilov. – E ao menos peça que lhe tragam chá. Vamos, sente-se, não pense que vou lhe contar disparates, isto é, continuar a falar de mim. Vou lhe contar uma coisa. Vamos, fique, que eu vou lhe contar como é que uma mulher, usando a sua linguagem, me salvou. Com isso responderei também à sua primeira pergunta, visto que essa mulher é... a sua irmãzinha. O que? Posso lhe contar? Assim mataremos o tempo.

– Conte, mas espero que...

– Oh! Não se preocupe! Até a um homem abjeto e depravado como eu, Avdótia Românovna só pode inspirar o mais profundo respeito.

CAPÍTULO IV

– É POSSÍVEL QUE o senhor saiba (e, além disso, eu mesmo lhe contei) – começou Svidrigáilov – que eu estive aqui preso por dívidas, dívidas enormes, e que não tinha condições de pagá-las. É desnecessário lhe contar com todos os pormenores como é que Marfa Pietrovna veio me resgatar. O senhor sabe até que grau de loucura as mulheres podem se apaixonar, às vezes? Esta era uma mulher honesta, muito esperta, embora sem a mínima cultura. Pois imagine que essa mulher ciumenta e honesta decidiu assinar comigo, depois de muitas cenas e censuras, um contrato que cumpriu escrupulosamente durante todo o tempo que estivemos casados. É que ela era muito mais velha do que eu e, além disso, mascava constantemente um cravo-da-índia. Eu tinha uma alma bastante vil e, ao mesmo tempo, era honesto, à minha maneira, e, para falar com toda a franqueza, não conseguia absolutamente ser fiel. Esta confissão a deixou estupefata, mas, ao que parece, a minha rude franqueza lhe agradou, de certo modo – “Que diabo, isso é sinal de que ele não quer me enganar, pois já começa por dizê-lo" –, e, vamos lá, para uma mulher ciumenta, isso é o principal. Depois de muitos choros assinamos entre nós um contrato verbal com este teor: primeiro, que eu nunca abandonaria Marfa Pietrovna e seria sempre seu marido; segundo, que nunca me ausentaria sem a sua permissão; terceiro, que nunca teria a mesma amante; quarto, que, em troca disto Marfa Pietrovna me autorizava a brincar uma vez por outra com as nossas criadas, mas informando-a sempre, e em segredo; quinto, que Deus me livrasse de me apaixonar por uma mulher da nossa classe; sexto, que se por acaso (Deus me livrasse disso) eu chegasse a me apaixonar a sério, ficava obrigado a avisar Marfa Pietrovna. A respeito desta última cláusula, Marfa Pietrovna esteve sempre completamente tranquila. Ela era uma mulher inteligente, portanto, não podia me considerar senão como um ser corrompido, um libertino incapaz de amar seriamente. Mas uma mulher inteligente e uma mulher ciumenta... são duas coisas diferentes, e aí, precisamente, é que está o mal. Aliás, para julgar imparcialmente certas pessoas é preciso primeiro nos desprendermos de certos hábitos cotidianos, nos abstermos de julgar os indivíduos e os objetos que costumam nos rodear. Eu tenho razão ao confiar mais no seu juízo do que no das outras pessoas. É possível que eu tenha lhe descrito Marfa Pietrovna como uma mulher ridícula e tola. De fato, ela tinha alguns hábitos muito ridículos, mas digo-lhe francamente que eu deploro com toda a sinceridade os inumeráveis desgostos que lhe causei. E, vamos lá, creio que isso já é bastante como decentíssima oração fúnebre do mais carinhoso marido para a sua amantíssima esposa. Quando nos desentendíamos eu me calava, geralmente, e não me zangava, essa conduta de *gentleman* quase sempre produzia efeito, influía nela e até lhe agradava, e às vezes ela até se mostrava orgulhosa de mim. Mas, apesar de tudo, não pôde suportar a sua irmã. Mas como foi que ela se atreveu a meter em casa uma beldade daquelas como preceptora! Eu explico isso calculando que Marfa Pietrovna era uma mulher inflamável e sensível, que se apaixonou, simplesmente – essa é a palavra – pela sua irmã. Além disso foi Avdótia Românovna quem deu o primeiro passo. Não acredita? Eu mesmo não quero acreditar também que Marfa Pietrovna chegou ao extremo de se zangar comigo, no princípio, por causa do meu eterno silêncio em relação a sua irmã e por eu me mostrar tão indiferente perante os contínuos e apaixonados elogios que fazia a Avdótia Românovna. Eu não sei o que ela pretendia! É claro que Marfa Pietrovna deve ter posto Avdótia Românovna a par da minha maneira de ser. Ela tinha um hábito infeliz: contava a todo mundo os nossos segredos conjugais e se queixava constantemente de mim a todos. Como não faria isso também com uma nova e tão bonita amiga? Imagino que as duas não deviam ter outro assunto que não fosse eu, e sem dúvida que todos esses sombrios e misteriosos boatos que corriam a meu respeito... deviam ter chegado ao conhecimento dela: aposto como o senhor também deve ter ouvido alguma coisa do gênero.

– Ouvi. Lújin acusava o senhor até de ter sido a causa da morte de uma menina. É verdade?

– Faça-me favor de deixar em paz todas essas vilanias – respondeu Svidrigáilov com repugnância e brusquidão –, se o senhor quer de fato saber a fundo todo esse disparate, talvez algum dia eu lhe conte, mas, agora...

– Também falou de certo criado seu da aldeia e de que o senhor também tivera a culpa não sei de quê.

– Por favor, já chega! – atalhou Svidrigáilov com impaciência colérica.

– Não será o tal criado que, depois de morto, foi buscar o seu cachimbo, como o senhor me contou? – insistiu Roskólhnikov com irritação crescente.

Svidrigáilov olhou firme para Raskólhnikov, e pareceu a este que houve por um momento um brilho fulminante e mau naquele olhar, mas Svidrigáilov conteve-se e respondeu com muita delicadeza:

– É esse mesmo. Vejo que isso também lhe impressiona muito, e considero um dever satisfazer a sua curiosidade com todos os pormenores na próxima oportunidade. Que vão para o diabo! Vejo que, de fato, posso passar por uma personagem de novela romântica. Portanto, sendo assim, veja até que ponto eu tenho obrigação de agradecer a Marfa Pietrovna por já ter contado a sua irmã tantas coisas secretas e curiosas a meu respeito. Não me atrevo a avaliar a impressão que isso lhe causou, mas, em todo caso, foi muito proveitoso para mim. Apesar de toda a sua natural repugnância por mim, e apesar do meu eterno aspecto sombrio e repelente, Avdótia Românovna acabou por sentir compaixão, compaixão pelo homem pervertido. E quando o coração de uma mulher começa a se apiedar, isso, para ele é, evidentemente, o mais perigoso. Então ela começa a sentir infalivelmente anseios de salvar e de regenerar, de ressuscitar, de guiar para fins mais elevados, de chamar a uma nova vida e a uma nova atividade... bem, já sabe o que se pode imaginar dentro deste teor. Eu compreendi imediatamente que a borboleta andava rondando a chama, e me pus de sobreaviso. Mas, parece que o senhor franze o cenho, Rodion Románovitch. Não é caso para isso, porque, como sabe, a coisa não foi além disso. (Raios partam o vinho que eu bebi!) Olhe, fique sabendo que, desde o primeiro momento, eu sempre lamentei que o destino não tivesse feito sua irmã nascer no segundo ou terceiro século da nossa era, em algum lugar, filha de um poderoso príncipe ou de algum governador ou procônsul da Ásia Menor. Não há dúvida nenhuma de que teria sido uma daquelas mulheres que sofriam o martírio, e certamente teria sorrido quando dilacerassem o seu peito com ferros em brasa. Ela teria se oferecido para isso espontaneamente, e nos séculos quarto ou quinto, teria se retirado para o deserto do Egito e lá teria vivido trinta anos alimentando-se de raízes, de fé e de visões. O que ela deseja e pede é unicamente sofrer o mais depressa possível um martírio por alguém e, desde que não o façam sofrer, é possível que se atire ponte abaixo. Ouvi dizer alguma coisa a respeito de um certo senhor Razumíkhin. Segundo dizem, é um rapaz sensato (o que o seu nome já indica[6], provavelmente é um seminarista). Pois bem, ele que cuide de sua irmã. Em resumo: eu creio que a compreendi, e isso muito me honra. Mas, naquele momento, quero dizer, quando se conhece uma pessoa, a princípio, o senhor bem sabe que se fica sempre um pouco desorientado e incorremos sempre em incompreensão, não somos muito clarividentes, vemos aquilo que não existe; tentei tirar proveito disso, além do mais ela era tão bonita! Eu não tinha culpa! Em resumo: desde o primeiro momento ela me inspirou uma paixão irresistível. Avdótia Românovna é terrivelmente casta, de maneira inaudita e nunca vista. (Repare que eu digo isto da sua irmã como uma realidade. Ela é casta, talvez até a um grau doentio, apesar de toda a sua largueza de espírito, e isso a prejudica). Lá em nossa casa

6. Ver nota 16, cap. IV, parte I (pág. 63).

havia uma moça, Paracha, a Paracha dos olhos negros, que tinham enviado da outra aldeia como aia, e a qual eu não vira até então: uma moça muito engraçada, mas extraordinariamente estúpida; era muito chorona, enchia a casa de gritos e até provocou um escândalo. Uma vez, depois do jantar, Avdótia Românovna foi intencionalmente me procurar a sós numa alameda do jardim, e exigir, com olhos faiscantes, que eu deixasse Paracha em paz. Essa foi a nossa primeira conversa a sós. Eu, é claro, considerei uma honra atender ao seu desejo, mas me esforcei para me fingir contrariado, mortificado, numa palavra: desempenhei muito bem o meu papel. Devido a isso se estabeleceram entre nós certas relações, diálogos secretos, lições de moral, admoestações, pedidos e até lágrimas... pode acreditar, até lágrimas. Veja o senhor onde a paixão pela catequese conduz algumas moças. Eu, é claro, coloquei a culpa de tudo no meu destino, pintei-me como um homem ávido de luz, usei o recurso mais poderoso e infalível para me apoderar do coração de uma mulher, um recurso que nunca falha e que produz efeito em todas elas, da primeira a última. Esse recurso, como todos sabem, é a lisonja. Não há no mundo coisa mais difícil do que a sinceridade e mais fácil que a lisonja. Se à sinceridade se mistura a mais mínima nota falsa, surge imediatamente a dissonância e, atrás dela... o escândalo. Ao passo que a lisonja, ainda que seja falsa até a última nota, torna-se simpática e ouve-se com satisfação: com satisfação grosseira, sim, mas com satisfação. E, por mais tosca que seja a lisonja, metade dela, pelo menos, parece sempre verdadeira. E isto em todos os graus de cultura e hierarquia social. Seria possível seduzir até uma vestal com a lisonja. E nem é preciso falar das pessoas vulgares. Não posso deixar de sorrir quando me lembro de como seduzi uma vez uma mulher casada, com filhos e virtuosa, e que além disso gostava muito do marido. Como aquilo foi divertido e me deu tão pouco trabalho! Mas, de fato, a senhora era extremamente virtuosa, à sua maneira. Toda a minha tática se reduziu unicamente a me mostrar sempre como se me sentisse esmagado pela sua castidade e cheio de adoração por ela. Eu a adulava de uma maneira descarada, e apenas conseguia segurar a mão dela ou dar um olhar, logo recriminava a mim mesmo por ter conseguido aquilo à força, porque ela não queria, e tanto não queria que eu, se não fosse tão pervertido, provavelmente nunca teria conseguido nada; na sua inocência, ela não pressentia sequer o mal e entregou-se inconscientemente, sem saber... sem suspeitar etc. etc. Enfim, consegui tudo dela, e a boa da senhora estava convencida de que era inocente e pudica, e que cumpria todos os seus deveres e obrigações e que caíra de um modo inesperado. E como ela ficou zangada comigo quando eu, no fim de tudo, acabei por lhe dizer com toda a sinceridade que estava plenamente convencido de que, em tudo aquilo, ela procurara tanto o prazer quanto eu. A pobre Marfa Pietrovna também se rendia terrivelmente à lisonja, e se eu tivesse pedido, não há dúvida de que, se ainda fosse viva, teria me cedido todos os seus bens. (Mas eu estou bebendo e falando sem pensar). Espero que não fique admirado agora por eu lhe dizer que esse mesmo efeito começou a se manifestar em Avdótia Românovna. Simplesmente eu fui tolo e impaciente e pus tudo a perder. Antes disso algumas vezes (e sobretudo uma certa vez) uma terrível expressão dos meus olhos já a impressionara pessimamente, acredita? É que fulgurava neles cada vez com mais violência e clareza um fogo que a assustava e que acabou por se tornar odioso. Não quero lhe contar pormenores, mas brigamos. E então cometi outra estupidez. Comecei a troçar, da maneira mais grosseira, de toda aquela catequese e conversão; Paracha voltou a entrar em cena, e não apenas ela... Numa palavra, eu comecei a levar uma vida infernal! Oh, se o senhor, Rodion Románovitch, tivesse visto, ao menos uma vez na vida, como os olhos da sua irmã brilhavam em certas ocasiões! Não é por eu estar agora embriagado e ter bebido um copo de vinho que estou lhe dizendo a verdade. Afirmo-lhe que aquele olhar não me deixava dormir, e por fim, já nem sequer podia suportar o rumor da sua saia. Era como se fosse me dar um ataque de epilepsia, nunca pensei que pudesse chegar a me ver tão embevecido. Em resumo: era absolutamente necessário haver uma reconciliação, só que isso já era impossível. E imagine o que eu fiz então. Até que grau de estupidez a raiva pode levar um homem! Nunca faça nada quando estiver furioso, Rodion Románovitch. Pensando que Avdótia Românovna, no fundo, era uma pobre... (ah!, desculpe-me, eu não queria... mas que importa a expressão, sempre que designe a ideia?) enfim, que vivia do trabalho das suas mãos, que tinha de sustentar a mãe e a si mesma (oh, diabo, já vai ficar outra vez aborrecido!), resolvi lhe oferecer todo o meu capital (trinta mil rublos era tudo eu podia arranjar naquele momento) se ela quisesse fugir comigo e vir para cá, para Petersburgo. É claro que eu lhe jurei amor eterno, felicidade etc. etc. Será capaz de acreditar que eu, então, estava tão louco que, se ela tivesse me dito "Corta o pescoço ou envenena Marfa Pietrovna e casa comigo", eu teria feito isso imediatamente? Mas tudo acabou numa catástrofe, como o senhor já sabe, e pode calcular também como eu fiquei furioso quando soube que Marfa Pietrovna fora buscar o patife do Lújin e andava preparando um casamento... que, no fundo, teria sido o mesmo que eu lhe propunha. Não é assim? Não é assim? Não é verdade? Reparo que me escuta com muita atenção... é um rapaz interessante!

Impaciente, Svidrigáilov deu um soco sobre a mesa. Estava vermelho. Raskólhnikov via claramente que aquele copo ou copo e meio de champanhe que ele bebera sem perceber, aos golinhos, lhe fazia mal... e decidiu se aproveitar dessa circunstância. Svidrigáilov lhe inspirava um grande receio.

– Muito bem... tudo isso me faz crer que o senhor veio a Petersburgo com intenções a respeito da minha irmã – disse a Svidrigáilov, francamente e sem a mínima dissimulação, para irritá-lo ainda mais.

– Ah, basta! – disse Svidrigáilov, como se tivesse se apercebido de repente. – Já lhe disse... E, além disso, a sua irmã não me suporta.

– Disso eu tenho certeza, mas não é disso que se trata agora.

– Está certo de que ela não me suporta? – Svidrigáilov piscou um olho e sorriu com sarcasmo. – Tem razão, ela não gosta de mim, mas nunca ponha as mãos no fogo quando se trata de coisas entre marido e mulher ou entre apaixonados. Há sempre aí um cantinho que permanece ignorado para todo mundo, e que só eles, os dois, conhecem. É capaz de afirmar que Avdótia Románovna me olha com aversão?

– A julgar por algumas frases e palavras que disse durante a nossa conversa, pude concluir que o senhor ainda tem intenções, e das mais urgentes, sobre Dúnia, intenções, naturalmente, vis.

– O quê? Eu disse alguma frases ou palavras? – e Svidrigáilov manifestou um terror muito ingênuo, mas sem dar a menor atenção ao epíteto atribuído às suas intenções.

– Acabou de dizê-las. Mas por que tem tanto medo?

– Eu tenho medo? Eu estou com medo? Eu, ter medo do senhor? O senhor é que deve ter medo de mim, *mon cher*. Ora esta! Além do mais, estou bêbado, bem vejo! Por pouco que não dei outra vez com a língua nos dentes. Raios partam o vinho! Vou é beber água! – Pegou a garrafa e, sem mais cerimônias, atirou-a pela janela. – Tudo isso são tolices – continuou Svidrigáilov, molhando um guardanapo que passou nas têmporas. – Posso esclarecer tudo com uma só palavra e reduzir a pó todas as suas suspeitas. O senhor, por exemplo, sabe que eu estou para casar?

– Já me disse isso outro dia.

– Já lhe dissera? Pois não me lembrava. Mas, naquele momento não devo ter dito de uma maneira definitiva, porque ainda não conhecia a minha futura noiva, a coisa não passava de uma intenção. Mas agora já tenho noiva e o assunto está decidido e, embora não se trate de nenhum assunto urgente, já vou agarrá-lo e levá-lo para vê-la, sem falta... porque quero pedir a sua opinião. Oh, diabo! Só temos dez minutos! Olhe para o relógio; aliás, vou lhe contar, porque, no seu gênero, o meu casamento é uma coisa interessante... Mas que o senhor está fazendo? Quer ir embora outra vez?

– Não, não vou já.

– Não vai? Sério? Vejamos. Eu ainda vou levá-lo até lá, com certeza, para que conheça a minha futura esposa, mas agora não, porque agora o senhor está com pressa. O senhor vai para a direita; eu, para a esquerda. Conhece essa tal de Resslich? Essa mesma Resslich em cuja casa estou hospedado... hein? Já ouviu falar dela? Mas em que o senhor está pensando? É aquela que é acusada de ter provocado o suicídio de uma moça, neste inverno... Bom, já ouviu o seu nome? Já ouviu falar dela? Bem, pois foi ela quem me sugeriu esta ideia: "Olha", disse-me ela, "tu andas aborrecido, precisas te distrair". Porque eu, não sei se sabe, sou um homem triste, entediado. Pensava que eu era alegre? Não, sou um homem sombrio, mas não faço mal a ninguém, fico sentadinho num canto e, às vezes, não digo uma palavra durante três dias. Mas essa cabra da Resslich, é claro, digo isso francamente, tem um objetivo: diz que eu vou me aborrecer, vou abandonar a minha mulher, e então ela tomará conta dela e vai explorá-la no nosso meio ou noutro mais elevado. Dizem que tem um pai decrépito, funcionário aposentado, que passa a vida sentado numa poltrona e fica três dias sem arredar pé dali. Dizem que também tem mãe, uma senhora muito decente, a sua *mamacha*. Além disso o filho faz um serviço não sei onde, em algum governo, só que não os ajuda. Uma filha se casou e não sabem dela, mas tomam conta de dois sobrinhos pequenos (como se já não tivessem bastantes bocas a sustentar); a outra filha, a mais nova, só daqui a um mês é que faz dezesseis anos, o que significa que daqui a um mês já podem casá-la. É esta que me destinam. Fomos ver essa gente. Que ridículo aquilo tudo! Eu me apresento: proprietário, viúvo, um nome conhecido, com relações, com dinheiro... Ora! Que importa que eu tenha já cinquenta anos e ela ainda não tenha feito dezesseis? Quem é que se preocupa com isso? Então eu não sou um bom partido? Hein? Eu não sou um bom partido, bem? Ha... ha! Devia Ter me visto falando com os pais dela! Impagável! Ela aparece, senta-se – bom, já pode imaginar, com as saias ainda pelo joelho, uma flor em botão –, cora, ruboriza-se como a alvorada (deviam tê-la enchido de recomendações). Eu não sei o que o senhor pensa quanto às mulheres, mas esses dezesseis anos, esses olhares ainda infantis, essa timidez e essa vergonha, que chega até às lágrimas... são para mim alguma coisa de superior à beleza, isso para não dizer que, nesse sentido, ela é também uma perfeição. Cabelo louro claro, fino, ondulado, com cachinhos; lábios carnudos, vermelhos, e uns pezinhos... um encanto! Bem, pois ficamos amigos; eu digo a eles que, por certas razões domésticas, tenho pressa, e no dia seguinte, isto é, anteontem, já estávamos oficialmente noivos. Desde então, sempre que vou até lá sento-a nos joelhos e não a largo... Ela, é claro, fica corada como uma romã, mas eu a beijo a todo o momento; a mãe, naturalmente, faz-lhe ver que, "para isso, que diabo!, é que ele é teu marido, assim é que é"; enfim, uma pérola! E esta situação atual, de noivo, talvez seja verdadeiramente melhor que a de marido. Isto é o que se chama *la nature est la vérité*. Ha... ha! Eu devo ter falado com ela umas duas vezes... e a pequena não é tola: às vezes me olha de uma maneira, às escondidas... e fica toda vermelha. Olhe, tem uma carinha que parece uma Madona de Rafael. Porque a Madona da Sistina tem uma cara fantástica, uma cara de paixão louca, não o impressionou? Bem; pois ela é desse tipo. Assim que ficamos noivos, eu, no dia seguinte, fui até lá e levei para ela presentes no valor de mil e quinhentos rublos: um adereço de brilhantes, outro de pérolas, uma caixinha de prata para o toucador... olhe... assim, grande, com tudo quanto é preciso para que ela também, como a Madona, transfigure a carinha. Ontem à noite, sentei-a nos joelhos e, como pode calcular, sem fazer cerimônias... e ela ficou toda vermelha e derramou umas lagrimazinhas, não queria render-se, e toda ela ardia. Todos se retiraram por um momento, de maneira que ficamos os dois a sós e, de repente, ela se atirou ao meu pescoço e me abraçou com as suas mãozinhas, e me beijou, e me jurou que será obediente, fiel e boa esposa, que me fará feliz, que me dedicará toda a sua vida, cada minuto da sua vida, que se sacrificará completamente, e que, em troca disso, deseja de mim unicamente estima e "nada", disse ela, " nada, não preciso de nada, de presente nenhum". Há de concordar comigo que, escutar semelhante declaração, a sós, dos lábios de um anjo como esse, de dezesseis anos incompletos, cheia de rubores virginais e com lagrimazinhas de entusiasmo nos olhos... há de concordar comigo que é bastante sedutor. Não é para arrebatar qualquer homem? Não vale qualquer coisa? Bem; ouça.. há de vir ver a minha noiva... mas hoje.

– Em resumo: essa enorme diferença de idade e de experiência provoca volúpia no senhor. Mas pensa em se casar de fato?

– E o que tem isso? Certamente... Cada um se arranja como pode e, de todos, aquele que melhor vive é o que melhor sabe iludir a si mesmo... Ah... ah! O senhor, afinal, é um homem sério! Tenha piedade de mim, paizinho, que sou um pecador, He, he, he!

– No entanto, o senhor tomou a seu cargo os filhinhos de Ekatierina Ivánovna. Se bem que, no fim das contas... no fim das contas, deve ter tido as suas razões para isso... e agora já compreendo tudo...

– As crianças, de maneira geral, agradam-me, agradam-me muito as crianças – disse Svidrigáilov rindo às gargalhadas. – A propósito disso posso até lhe contar um episódio muito curioso, que se prolonga até agora. No próprio dia em que cheguei percorri todos estes bordéis, há sete anos que não os frequentava. O senhor, provavelmente, já notou que quando estou ao seu lado não tenho pressa de ir ver as minhas antigas amizades e conhecidos. Não, e até faço o possível para evitar encontrá-los. Repare numa coisa: com Marfa Pietrovna, lá na aldeia, era um suplício mortal me lembrar de todos estes lugarzinhos secretos, nos quais sabe lá as coisas que se podem encontrar. Raios me partam! As pessoas de baixa condição embriagam-se; a juventude instruída, devido à ociosidade, consome-se em sonhos e desvarios imprecisos, excita-se com teorias; de todos os lados acorrem os judeus, escondem o dinheiro, e o restante entrega-se ao vício. Por isso, desde o princípio esta cidade me enjoou. Um dia fui parar numa *soirée* dançante, como lhe chamam: um prostíbulo horrível (e me agradam precisamente os prostíbulos sujos); é claro que se dançava ali um cancã tão descarado como em nenhum outro lugar e como até no meu tempo não se dançava. Nisso, sim, houve progresso. De repente, olho e vejo uma mocinha dos seus treze anos, muito bem-vestida, dançando com um virtuose e com outro à frente, como seu *vis-à-vis*. A mãe estava sentada numa cadeira, junto da parede. Já pode ver que espécie de cancã era esse. A moça se sobressalta, cora e por fim se dá por ofendida e desata a chorar. O virtuose segura-a e começa a obrigá-la a dar voltas e a fazer piruetas diante dele, e todos em volta riem e... Nesses momentos, a sua sociedade me agrada, ainda que seja a do cancã, eles riem e gritam: "É isso mesmo, é assim que se faz! Ou, então, não tragam meninas para cá!". É claro que tudo aquilo me repugnava, mas, com lógica ou sem ela, a gente vai-se divertindo. Saí imediatamente do meu lugar, me aproximei da mãe e lhe disse que eu também não era da cidade, que ali todos eram muito indelicados, que não sabiam contribuir para a educação da moça ensinando-lhe o francês e informei-a de que era um homem de dinheiro; convidei-a para subir na minha carruagem, levei-a para casa e tornamo-nos amigos (elas estavam instaladas numa casa de hóspedes, pois tinham acabado de chegar à cidade). Elas me confessaram que tanto ela como a filha não podiam considerar a minha amizade senão como uma honra, me disseram que estavam sem eira nem beira e que tinham vindo a Petersburgo tratar não sei de que assunto numa repartição do Estado. Ofereço a elas a minha ajuda, o meu dinheiro; dizem-me que tinham caído naquela *soirée* por engano, pensando que, de fato, ensinavam a dançar; ofereço-me, por meu lado, para contribuir para a educação da rapariga ensinando-lhe o francês e a dança. Aceitam, entusiasmadas, consideram isso como uma honra e somos amigos até hoje. Se quiser, podemos ir até lá... mas, agora, não.

– Acabe, acabe com as suas mesquinhas e vis anedotas, homem corrompido, patife e vil sedutor!

– Mas será o senhor Schiller, o nosso Schiller? Schiller! *Où la vertu va-t-elle se nicher*![7] Mas ouça uma coisa: eu lhe contei tudo isso intencionalmente, para ouvir as suas recriminações. É um prazer!

– Era o que faltava, que eu servisse de motivo de riso ao senhor, neste momento! – resmungou Raskólhnikov mal-humorado.

Svidrigáilov pôs-se a rir a plenos pulmões, finalmente chamou Filip, pagou a conta e se levantou.

– Vamos, que eu já estou bêbado! *Assez causé*.[8]

– Era o que faltava, não ter reação! – exclamou Raskólhnikov levantando-se também. – Naturalmente não é um prazer para um libertino consumado falar de coisas semelhantes, tendo em perspectiva alguma intenção monstruosa do gênero... sobretudo em tais circunstâncias e diante de um homem como eu? Isso o excita!

– Pois bem, sendo assim – respondeu Svidrigáilov até com certo espanto, examinando Raskólhnikov –, sendo assim, o senhor me saiu um cínico de marca. Matéria para isso o senhor tem, e grande. O senhor é capaz de imaginar muitas coisas... vamos lá... e também de fazê-las. Mas já chega. Só lamento que a nossa conversa tenha sido tão breve. Mas não se vá ainda... Espere um momento... – Svidrigáilov saiu da taberna. Raskólhnikov correu atrás dele. Apesar de tudo, Svidrigáilov não estava muito embriagado, o vinho tinha subido à sua cabeça apenas por um momento e sua embriaguez passava de minuto para minuto. Parecia preocupado com alguma coisa muito grave e franzira o cenho. Era evidente que tinha alguma expectativa que o agitava e inquietava. Pareceu mudar de repente de atitude para com Raskólhnikov, nos últimos momentos, e foi se tornando cada vez mais grosseiro e sarcástico.

---

7. Onde a virtude se foi esconder.

8. Chega de conversa.

Raskólhnikov observava tudo isso e também estava inquieto. Svidrigáilov levantava muitas suspeitas; resolveu segui-lo. Saíram juntos para a rua.

– O senhor pela direita e eu pela esquerda, ou, se preferir, ao contrário... *Adieu, mon plaisir*![9] Até o próximo agradável encontro! – e dirigiu-se, pela direita, para o Mercado do Feno.

CAPÍTULO V

Raskólhnikov pôs-se a segui-lo.

– Que é isso! – exclamou Svidrigáilov, voltando-se. – Se não me engano, já tinha lhe dito...

– Isto quer dizer que, agora, não o largarei.

– O quê?

Pararam ambos e olharam-se mutuamente, como se estivessem se medindo.

– De todas as suas histórias de meio-bêbado – disse bruscamente Raskólhnikov –, concluí categoricamente que o senhor não só não abandonou as suas baixíssimas intenções a respeito de minha irmã, como são elas que mais o preocupam. Sei que a minha irmã recebeu esta manhã uma carta. O senhor, durante todo este tempo, não fez outra coisa senão agitar-se, num desassossego. Pode ser que, por enquanto, o senhor tenha encontrado alguma mulher, mas isso não quer dizer nada. Eu quero me convencer pessoalmente...

Teria sido difícil para Raskólhnikov precisar o que desejava naquele momento e o que gostaria de ter certeza.

– Não há dúvida! O senhor, pelo visto, quer que eu chame já um policial!

– Pois chame!

Pararam novamente por um momento um em frente ao outro. Finalmente o rosto de Svidrigáilov mudou de expressão. Depois de ter se convencido de que as suas ameaças não assustavam Raskólhnikov, adotou, de súbito, um semblante muito jovial e amistoso.

– O senhor é forte! Eu não quis falar do seu caso intencionalmente, embora a curiosidade me torture. É um caso fantástico. Queria deixar isso para outra vez, mas o senhor,

9. Adeus, meu encanto!, por ironia.

de fato, é capaz de irritar um morto... Seja, iremos! Só que, antes, vou lhe dizer uma coisa: tenho de ir para casa, ainda que apenas por um momento, buscar dinheiro; depois fecho o quarto, chamo uma carruagem e vou passar a tarde nas ilhas. Que interesse tem em me seguir?

– Porque eu também tenho de ir, não ao seu quarto, mas ao de Sófia Siemiônovna, pedir desculpas por não ter ido ao enterro.

– Como quiser, mas Sófia Siemiônovna não está em casa. Foi levar os pequenos na casa de uma senhora, uma senhora de idade, minha conhecida, uma antiga amiga que dirige algumas instituições para órfãos. Essa senhora ficou encantada comigo quando eu levei o dinheiro correspondente aos três pequeninos de Ekatierina Ivánovna, e além disso dei uma quantia à instituição e, por fim, contei a ela a história de Sófia Siemiônovna em todos os seus detalhes e sem esconder nada. Surtiu um efeito extraordinário. E foi assim que disseram a Sófia Siemiônovna que fosse hoje mesmo direto ao hotel de***, onde a referida senhora se encontra atualmente, de regresso do seu veraneio.

– Não faz mal, seja como for, eu irei.

– Como quiser, só que eu não posso acompanhá-lo. O que eu teria a fazer ali? Olhe, já chegamos na minha casa. Agora me diga: eu tenho certeza de que o senhor me olha com suspeita pela simples razão de eu ter sido tão delicado que, até agora, não o importunei com perguntas... entende? Isto lhe parece um pouco fora do normal, seria capaz de apostar qualquer coisa que é isso. É a retribuição pelas delicadezas!

– E ficou escutando atrás das portas!

– Ah, então era isso! – e Svidrigáilov desatou a rir. – Já estava admirado de que, no fim de tudo, se esquecesse desse comentário. Ah, ah! Eu já sabia alguma coisa sobre aquilo que o senhor naquele momento... ali... estava contando para Sófia Siemiônovna, mas, no entanto, não cheguei a entender tudo. Talvez eu seja um indivíduo atrasado e incapaz de entender o que quer que seja. Explique-me, por amor de Deus, meu amigo! Esclareça com as novíssimas teorias!

– O senhor não pode ter ouvido nada, está mentindo!

– Não é disso que eu estou falando, não é disso que eu estou falando (embora, aliás, tenha ouvido alguma coisa), não, eu me refiro ao fato de que o senhor está sempre se queixando, sim, queixando-se. O Schiller que há dentro do senhor o atormenta o tempo todo. E o senhor vem me dizer, agora, que não escute atrás das portas. Nesse caso, vá imediatamente à delegacia e explique, com mil demônios!, que isto e mais aquilo, aconteceu-me uma coisa, um leve erro nas minhas teorias filosóficas. Se tem certeza de que não se pode escutar atrás das portas, mas que se pode matar à mão armada uma velha que nos incomoda, então fuja o mais depressa possível para algum lugar da América. Corra, rapaz! Pode ser que ainda haja tempo. Falo com toda a sinceridade. Tem dinheiro russo? Eu lhe darei para a viagem.

– Nem de longe penso numa coisa dessas – respondeu Raskólhnikov enfadado.

– Compreendo (e aliás, não se preocupe, se não quiser, não fale), compreendo os problemas que deve ter; morais, não é verdade? Problemas que dizem respeito ao homem e ao cidadão, não é verdade? Mas o senhor já não os pôs de lado? Por que se preocupa agora com eles? He, he! Além disso, o que significa isso de cidadão e de homem? Se fosse assim não devia ter-se metido nessa embrulhada, ninguém deve se jogar em nenhuma empreitada superior às suas forças. Olhe, meta uma bala na cabeça. O que, não quer?

– Pelo que vejo, o senhor quer me provocar, para que eu vá embora e o deixe em paz...

– Que homem singular! Mas já que estamos aqui, entre e suba a escada. Veja, aqui é a entrada do quarto de Sófia Siemiônovna. Está vendo como não há ninguém? O quê, não acredita? Então pergunte aos Kapernaúmov: ela deixa sempre a chave com eles. Aqui está a senhora Kapernaúmova em pessoa. Quê? (É um pouquinho surda.) Saiu? Onde foi? Aí está! Ouviu? Saiu e só voltará para casa ao fim da tarde. Então não quer vir? Bem, já estamos em minha casa. A senhora Resslich também não está. É uma mulher que anda sempre para cá e para lá, mas é uma boa pessoa, eu posso garantir... talvez lhe fosse útil, se o senhor tivesse juízo... Vamos... dê-me licença por um momento; entro e tiro um título de cinco por cento do gabinete (olhe o quanto me resta ainda!), que ainda hoje será trocado em dinheiro-moeda! Viu? Não quero mais perder tempo. Fecho o escritório, fecho o quarto, e cá estamos outra vez na escada. Bem, quer que tomemos uma carruagem? Olhe, eu vou para as ilhas. Não lhe agradaria dar um passeio de carruagem? Vou tomar essa caleche, que vai me levar a Ieláguin, quer ir? Não quer? Está cansado? Venha, vamos dar um passeiozinho. Parece que vai chover, mas não tem importância, levantaremos a capota.

Svidrigáilov já subira na caleche, Raskólhnikov pensou que as suas suspeitas, pelo menos naquele momento, não tinham fundamento. Sem responder uma palavra deu meia-volta e se dirigiu ao Mercado do Feno. Se ao menos tivesse virado a cabeça no caminho teria podido ver que Svidrigáilov, depois de fazer um trajeto de cem passos apenas, pagou ao cocheiro e apeou. Mas não viu nada e dobrou a esquina. Uma profunda repugnância o impelia a se afastar de Svidrigáilov.

"O que eu poderia eu esperar, nem que fosse por um momento, desse tipo ordinário, desse pervertido, vil sedutor e patife!", exclamou involuntariamente. De fato, Raskólhnikov pronunciou esse juízo demasiado depressa e levianamente. Havia alguma coisa na maneira de Svidrigáilov se comportar que, pelo menos, lhe conferia uma certa originalidade, para não dizer um mistério. No que dizia respeito a sua irmã, Raskólhnikov ficou convencido, apesar de tudo, de que Svidrigáilov não a deixaria em paz. Mas como era aborrecido e insuportável para ele pensar em tudo isso!

Como de costume, assim que se ficou só e andou vinte passos, afundou-se em reflexões. Quando chegou à ponte, parou junto do peitoril e pôs-se a olhar para a água. E, entretanto, Avdótia Románovna chegara junto dele.

Esbarrou com ela à entrada da ponte, mas passou ao largo, sem vê-la. Dúnietchka nunca o encontrara assim, na rua, e ficou desorientada e até assustada. Parou, sem saber se deveria chamá-lo ou não. Subitamente, viu Svidrigáilov, que vinha muito ligeiro do lado do Mercado do Feno.

Mas pelo visto ele estava se aproximando misteriosa e cautelosamente. Não atravessou a ponte e parou de um lado, na calçada, esforçando-se o máximo possível para que Raskólhnikov não o visse. Já vira Dúnia há algum tempo e fazia-lhe sinais. Parecia a ela que, com aqueles sinais, ele lhe pedia que não chamasse o irmão, que o deixasse em paz, e foi se aproximando, por outro lado, do lugar onde ela estava.

Foi o que Dúnia fez. Devagarzinho, passou por trás do irmão e aproximou-se de Svidrigáilov.

– Vamos sair daqui o mais depressa possível – disse-lhe Svidrigáilov em voz baixa. – Não quero que Rodion Románovitch saiba deste nosso encontro. Acabo de me encontrar com ele, perto daqui, numa taberna, onde ele foi me procurar, e tive de me livrar dele quase à força. Ele sabe da carta que eu lhe escrevi e suspeita de alguma coisa. A senhora, com certeza, não lhe disse nada. Mas, se não foi a senhora, quem poderia ter sido?

– Já viramos a esquina – interrompeu-o Dúnia –, agora o meu irmão já não pode nos ver. Aviso-o de que não irei mais longe na sua companhia. Diga-me tudo aqui, tudo isso pode ser dito também em plena rua.

– Em primeiro lugar, é impossível falar disto na rua, e, além do mais, temos de ouvir Sófia Siemiônovna, e, finalmente, tenho de lhe mostrar alguns documentos... Bom, em resumo: se não concorda em vir à minha casa, não vou lhe contar nada e vou embora agora mesmo. Peço-lhe, a propósito, que não se esqueça de que estou de posse de um segredo curiosíssimo do seu queridíssimo irmão.

Dúnia parou indecisa e fixou um olhar penetrante em Svidrigáilov.

– Mas de que tem medo? – observou ele tranquilamente. – Aqui não é a aldeia. E na aldeia a senhora me faz mais mal do que eu à senhora, por isso...

– Sófia Siemiônovna já sabe?

– Não, eu não lhe disse nem uma palavra e, além disso, não tenho certeza se ela estará em casa neste momento, embora esteja, provavelmente. Hoje teve que tratar do enterro da madrasta. Não é um dia muito adequado para ir visitá-la. Por agora não quero falar disto a ninguém, e até já estou arrependido, de certa maneira, de ter sido franco. Neste campo, a mais leve imprudência equivale a uma delação. Olhe, eu moro aqui, nesta casa em frente. Esse é o porteiro do prédio, ele me conhece muito bem. Veja como já está me cumprimentando. Vê que estou acompanhado de uma senhora e com certeza já deve ter fixado o seu rosto, o que é bom para a senhora, uma vez que tem tanto medo e suspeita de mim. Desculpe lhe falar com tanta franqueza. Eu sou inquilino da casa. Sófia Siemiônovna e eu vivemos parede a parede, ela também subaluga. Está com medo, como uma criança? Eu inspiro assim tanto medo?

O rosto de Svidrigáilov se contraiu num sorriso indulgente, mas que não chegou a se definir completamente. Seu coração pulsava e faltava-lhe a respiração. Falava com voz forte de propósito para disfarçar a sua crescente emoção, mas Dúnia não notou essa agitação especial: estava irritada por aquela observação sua de que ela tinha medo como uma criança e de que ele lhe inspirava terror.

– Embora saiba muito bem que o senhor é um homem... desonesto, não tenho medo do senhor, de maneira nenhuma. Vá em frente – disse, aparentemente tranquila, embora o seu rosto estivesse muito pálido.

Svidrigáilov parou diante do quarto de Sônia.

– Deixe-me ver se ela está em casa. Não. Que fiasco! Mas eu sei que não vai demorar a regressar. Saiu apenas para ir ver uma senhora, por causa dos orfãozinhos. A mãe deles morreu. Eu entrei no assunto e tomei providências. Se Sófia Siemiônovna não tiver regressado dentro de dez minutos, eu a mandarei hoje mesmo a sua casa, se quiser. Bem, aqui está o meu número. Aqui estão os meus dois aposentos. Atrás desta porta vive a minha senhoria, a senhora Resslich. Agora olhe para cá, porque vou lhe mostrar os meus principais documentos; a porta do meu quarto de dormir dá para dois quartos que estão completamente vazios, que estão para alugar. Estas são... mas é preciso que repare com mais atenção...

Svidrigáilov alugara dois quartos mobiliados, bastante espaçosos. Dúnietchka examinou-os, desconfiada, mas não observou nada de particular nem no mobiliário nem na disposição dos quartos, embora pudesse ter reparado muito bem em alguma coisa, por exemplo, que o quarto de Svidrigáilov ficava entre outros dois, quase completamente desabitados. A entrada não era diretamente pelo corredor, mas por dois quartos pertencentes à senhoria e que estavam quase vazios. Do seu quarto de dormir, Svidrigáilov, abrindo uma porta fechada com uma chave, mostrou a Dúnietchka aquele quarto desocupado, que estava para alugar. Dúnietchka ficou parada à entrada sem compreender por que ele a convidava a olhar, mas Svidrigáilov apressou-se a lhe explicar.

– Venha, olhe para o lado de lá, para esse outro quarto grande. Repare nesta porta, está fechada a chave. Junto da porta há uma cadeira, que é o único móvel existente no quarto. Fui eu quem a trouxe para cá, do meu quarto, para poder escutar mais comodamente. Olhe, a mesa de Sófia Siemiônovna fica bem atrás da porta, e ela sentou-se ali para conversar com Rodion Románovitch. Eu, aqui, sentadinho na minha cadeira, fiquei a escutá-los durante duas noites seguidas, durante duas horas... e é claro que alguma coisa fiquei sabendo, que lhe parece?

– Ficou escutando?

– Sim, fiquei escutando. Agora venha para os meus aposentos, aqui não há onde sentar.

Levou outra vez Avdótia Românovna para o seu primeiro quarto, que fazia as vezes de sala, e ofereceu-lhe uma cadeira. Ele se sentou na outra extremidade da mesa, pelo menos a um metro e meio de distância, mas nos seus olhos brilhava aquele mesmo fogo que tanto assustara Dúnietchka em outra época. Ela estremeceu e tornou a olhá-lo com muito medo. Foi um gesto involuntário, era evidente que não queria deixar transparecer a sua desconfiança. Mas a solidão do quarto de Svidrigáilov acabou por impressioná-la. Quis perguntar se a senhoria estava em casa, mas não o fez... por orgulho. Além disso, outro sofrimento, incomparavelmente maior do que o medo por si mesma, dilacerava o seu coração. Era uma tortura insuportável.

– Aqui está a sua carta – disse, colocando-a em cima da mesa. – É possível, aquilo que escreveu nela? O senhor alude a um crime que o meu irmão teria cometido. Alude a isso com demasiada clareza, não vai ter o atrevimento de negar isso. Sabe que antes eu já tinha ouvido essa história estúpida e não acreditei em nem uma palavra dela? Essa suspeita é reles e ridícula. Eu conheço essa história, como e quem a inventou. Não é possível que o senhor tenha alguma prova da sua veracidade. O senhor prometeu me provar, então fale! Mas fique sabendo desde já que não vou acreditar no senhor. Não vou!

Dúnietchka disse tudo isso precipitadamente e sem pensar e, por um instante, as cores afluíram ao seu rosto.

– Se não acreditasse, por que teria vindo comigo até aqui? Por quê? Por simples curiosidade?

– Não me torture! Fale, fale!

– Não preciso dizer que é uma mulher corajosa. Juro que eu pensei que a senhora iria pedir ao senhor Razumíkhin que a acompanhasse até aqui. Mas não o vi nem no seu lado nem perto da senhora, e olhei com atenção. Ótimo, isso significa que está empenhada em salvar Rodion Románovitch! Aliás, na senhora, tudo é divino... O que vou dizer, a respeito de seu irmão? A senhora mesma acabou de ver. Então, que tal?

– Mas é nisso, unicamente, que o senhor se baseia?

– Não, não é nisso, mas nas próprias palavras dele. Olhe, ele veio duas noites seguidas visitar Sófia Siemiônovna. Já lhe mostrei o lugar onde eles conversaram. Ele fez uma confissão integral. É um criminoso. Matou uma velha, viúva de um funcionário, usurária, à qual levava coisas para empenhar, e matou também a irmã dela, uma revendedora chamada Lisavieta, que entrou inesperadamente na casa quando ele acabara de assassinar a outra. Matou as duas com uma machadinha que levara junto. Matou-as para roubá-las e roubou, ficou com o dinheiro e com uns objetos... Tudo isso ele mesmo contou, palavra por palavra, para Sófia Siemiônovna, que é a única que sabe o segredo, mas que não teve a menor participação no crime, nem por palavras nem por ações, e até pelo contrário, isso causou a ela o mesmo horror que à senhora, neste momento; fique tranquila, ela não o denunciará.

– Isso não pode ser! – balbuciou Dúnietchka, pálida, de lábios exangues; respirando com dificuldade. – Isso não pode ser, não existe nenhuma, nem a mínima razão, motivo algum... Isso é mentira! Isso é mentira!

– Ele roubou, e essa é toda a razão. Ficou com dinheiro e com objetos. Segundo ele mesmo confessou, não usou nem o dinheiro nem os objetos, mas enterrou-os em algum lugar, debaixo de uma pedra, onde ainda se encontram, porque não se atreveu a usá-los.

– Mas será possível que ele foi capaz de roubar, de fato? Será que a intenção dele não era outra? – exclamou Dúnietchka saltando do seu lugar. – O senhor o conhece, falou com ele? Acha que ele pode ser um ladrão?

Parecia implorar a Svidrigáilov, todo o seu medo desaparecera.

– Nisso, Avdótia Românovna, há milhares e milhões de combinações e categorias. Há ladrões que roubam e sabem que estão cometendo um ato vil; ouvi falar de um indivíduo decente que assaltou um correio, e, quem sabe, pode ser que ele acreditasse, no fundo, que havia praticado uma ação digna! É claro que, se a senhora me ouvisse dizer, teria acontecido a mesma coisa, não acreditaria. Mas, nos meus ouvidos, não tenho outro remédio senão acreditar. Ele explicou também os motivos a Sófia Siemiônovna, mas ela, a princípio, também não queria acreditar nos seus ouvidos, até que acabou acreditando em seus olhos, em seus próprios olhos. Ele contou a ela pessoalmente.

– Mas quais foram... os motivos?

– É uma longa história, Avdótia Românovna. Trata-se, não sei como lhe explicar, de uma teoria especial, criada por ele, pela qual se pode, por exemplo, considerar lícito um só crime, desde que tenha um bom motivo. Um só crime e cem ações boas! Não há dúvida, é humilhante para um jovem, com méritos e com incomensurável amor-próprio, saber que se tivesse três mil rublos, toda a sua carreira, todo o seu futuro, a sua vida inteira, tomaria outro rumo, e, no entanto, não tem esses três mil rublos... acrescente a isso o mau humor causado pelo frio, o cubículo estreito, os farrapos, o reconhecimento claro da sua brilhante posição social e, além disso, da posição da mãe e da irmã. O pior de tudo é a vaidade, o orgulho e a vanglória, embora no fim das contas, Deus é quem sabe a verdade; é possível que ele tenha boas inclinações... Porque fique sabendo que eu não o culpo, não vá pensar... isso não compete a mim. No meio disso tudo há também uma teoria dele, pessoal, segundo a qual os homens se dividem em seres materialistas e em seres especiais; isto é, em indivíduos para os quais, pela sua alta posição, a lei não foi escrita, antes pelo contrário, são eles quem ditam a lei aos outros homens, isto é, aos materialistas, ao povo. Essa é a sua teoria, contra a qual nada há a dizer, *une théorie comme une autre.*[10] Napoleão o atrai muito, quer dizer, encantava especialmente a ele que uns tantos seres geniais não se detivessem perante um só crime e passassem por cima dele sem pararem para pensar sobre o fato. Pelo visto ele imaginou que era um desses homens geniais. Isto é, acreditou nisso durante algum tempo. Sofreu muito, e agora sofre também ao pensar que soube escrever a sua teoria, sim, mas que não é capaz de saltar a barreira sem

10. "Uma teoria como qualquer outra." Em francês no original. (N.E.)

pensar sobre o caso, isto é, que não é um homem genial. Bom, isso, para um rapaz com amor-próprio, também é humilhante, sobretudo hoje em dia. Será que ele nega todo o sentimento moral? Será que ele é assim?

– Ah, Avdótia Románovna! Agora anda tudo revirado, embora, no fundo, nunca tenha havido tanta ordem. Os russos, de maneira geral, são gente de visão ampla, como a sua terra, e muito propensos para o fantástico, para o desordenado, mas, infelizmente, trata-se de uma amplitude sem generalidade especial. E lembre-se das vezes em que falamos dessas coisas e desses assuntos, sentados à noite no terraço do jardim, depois do jantar. E mais: a senhora me censurava por essa tal amplitude. Quem sabe se, enquanto nós falávamos lá dessas coisas, ele, aqui, deitado sobre o divã, não estava meditando sobre a sua teoria! Entre nós, sobretudo nas classes cultas, não existe uma tradição sagrada, Avdótia, há quem a encontre nos livros... ou tire algo desse gênero da História. Mas isso os eruditos costumam fazer e, repare, eles são tão antiquados que as pessoas comuns até os acham indecentes. Aliás, já sabe a minha opinião, em termos gerais: eu não culpo absolutamente ninguém. Eu vivo na ociosidade e não passo disso. Mas já falamos desse assunto mais de uma vez. Até tive a sorte de interessá-la com as minhas opiniões... Mas está muito pálida, Avdótia Románovna!

– Conheço a teoria dele. Eu a li num artigo que ele publicou numa revista acerca dos indivíduos aos quais tudo é permitido... Foi Razumíkhin quem me deu para ler.

– O senhor Razumíkhin? Um artigo do seu irmão? Numa revista? Então tinha escrito um artigo! Pois eu não sabia. Olhe, deve ser interessante! Mas onde vai, Avdótia Románovna?

– Vou ver Sófia Siemiónovna – disse Dúnia com voz fraca. – Por onde é que se vai ter ao quarto dela? Pode ser que já tenha voltado, tenho de vê-la sem falta, imediatamente. Talvez ela...

– Sófia Siemiónovna só voltará à noite. É o que eu suponho. Ou vinha muito cedo ou muito tarde.

– Ah, como tu mentes![11] Agora vejo que tu mentiste! Tudo o que disseste é mentira! Eu não acredito em ti! Não

11. Nesta altura, conforme o texto, Dúnietchka passa a tratar Svidrigáilov por tu.

acredito em ti! Não acredito em ti! – gritou Dúnietchka, completamente desorientada, fora de si.

Quase desmaiada, deixou-se cair numa cadeira, que Svidrigáilov se apressou a aproximar dela.

– O que aconteceu, Avdótia Românovna? Aqui tem água... Beba um golinho. – Salpicou-a com água. Dúnietchka estremeceu e voltou a si. – Ficou muito impressionada –, murmurou Svidrigáilov, franzindo o cenho.

– Avdótia Românovna – disse em voz alta –, sossegue, sossegue! Olhe que ele tem amigos. Nós vamos salvá-lo, vamos salvá-lo. Quer que o leve comigo para o estrangeiro? Eu tenho dinheiro, em três dias lhe arranjo um passaporte. E, quanto ao fato de ter matado ou não, ainda pode praticar muitas boas ações e tudo ficará compensado, tranquilize-se. Ainda pode ser um grande homem, mas, vamos, o que aconteceu? Como se sente?

– Homem malvado! Ainda ri. Leve-me daqui...

– Para onde? Para onde?

– Até ele. Onde é que ele está? Onde é que ele está? Para onde dá essa porta fechada? Entramos aqui por essa porta e agora ela está fechada a chave. Como é que teve oportunidade de fechá-la a chave?

– Não era conveniente que, dos outros quartos, ouvissem a nossa conversa. Eu não estou rindo, de maneira nenhuma. Só falar disso já me aborrece. Mas vamos ver: onde é que a senhora vai, assim? Quer entregá-lo às autoridades? Ficará furioso e irá ele mesmo se entregar. Não sabe que já o seguem, que não perdem a pista dele? A única coisa que a senhora conseguirá é que o entreguem. Olhe, eu acabei de vê-lo e de falar com ele, ainda é possível salvá-lo. Espere, sente-se, pensaremos os dois juntos. Foi precisamente para isso que lhe pedi este encontro, para falarmos disso a sós e pensarmos melhor no caso. Mas sente-se!

– Mas como é que o senhor pode salvá-lo?

Dúnia sentou-se. Svidrigáilov sentou-se junto dela.

– Tudo depende da senhora, da senhora e só da senhora – começou, de olhos chamejantes, quase em voz baixa, precipitadamente e até sem atinar, algumas vezes, com as palavras.

Dúnia, assustada, afastou-se um pouco dele. Além disso, ele tremia todo.

– Da senhora! Uma palavra sua e ele está salvo! Eu... vou salvá-lo! Eu tenho dinheiro e amigos. Resolverei isso imediatamente e arranjo também um passaporte... e a sua mãe... Que lhe interessa Razumíkhin? Eu a amo tanto... Amo-a infinitamente. Deixe-me beijar, ao menos, a fímbria da sua saia, deixe! Não posso suportar o barulho que ela faz. Basta que me diga: "Faz isto!", que eu farei imediatamente. Farei o impossível. Naquilo que a senhora acreditar, eu acreditarei. Farei tudo, farei tudo! Não me olhe, não me olhe dessa maneira! Não sabe que me mata...

Estava começando até a delirar. De súbito foi como se lhe tivesse subido qualquer coisa à cabeça. Dúnia saltou da cadeira e correu para a porta.

– Abram! Abram! – gritou, chamando as pessoas e batendo na porta com as mãos. – Abram! Mas não há ninguém aqui?

Svidrigáilov levantou-se e se deu conta de tudo. Um sorriso maldoso e sarcástico assomou imediatamente aos seus lábios ainda trêmulos.

– Não há ninguém em casa – disse em voz baixa e lentamente. – A senhoria saiu e é inútil gritar assim. Não conseguirá nada além de agitar-se em vão.

– Onde está a chave? Abra imediatamente, seu canalha!

– Perdi a chave, não consigo encontrá-la!

– Ah! Então apela para a violência! – exclamou Dúnia.

Empalideceu como uma morta e atirou-se para um canto, onde se protegeu com um suporte de vela que se encontrava à mão. Não gritava, mas fulminava o seu algoz com os olhos e seguia todos os seus movimentos com atenção. Svidrigáilov também não se mexia do seu lugar e estava de pé, em frente a ela, no outro extremo do quarto. Parecia perfeitamente sob controle. Mas o seu rosto estava tão pálido como há pouco. O seu sorriso sarcástico não o abandonara.

– A senhora acaba de falar em violência, Avdótia Românovna, sendo assim, pode calcular como eu devo ter tomado bem as minhas providências. Sófia Siemiônovna não está em casa, os Kapernaúmovi estão muito longe daqui, há cinco quartos fechados entre nós. Finalmente, eu sou mais forte do que a senhora e não tenho medo de nada, porque a senhora não poderá me denunciar, pois não vai querer provocar, assim, a ruína de seu irmão. Além de que, ninguém acreditaria na senhora. "Ora, por que essa mulher foi à casa de um homem, sozinha?" Por isso, ainda que provocasse a ruína de seu irmão, nada provaria, é muito difícil provar a violência, Avdótia Românovna.

– Canalha! – balbuciou Dúnia com indignação.

– Como quiser, mas lembre-se de que eu falo apenas por hipótese. Segundo a minha convicção pessoal, a senhora tem razão de sobra; a violação... é uma indignidade. Só queria dizer que, em sua consciência, não teria nada a se censurar, se bem que... de boa vontade, conforme lhe propus, nada mais teria acontecido, senão que a senhora, simplesmente, teria se rendido perante as circunstâncias, perante a força, se é que quer teimar em manter esta palavra. Pense nisto: o destino do seu irmão e o da sua mãe estão nas suas mãos. Eu serei seu escravo... toda a vida... Por isso, repare: estou aqui, à espera.

Svidrigáilov sentou-se no divã, a oito passos de Dúnia. Ela já não tinha a menor dúvida a respeito da sua inflexível decisão. Além disso, ela o conhecia...

De repente puxou de um revólver, carregou-o e apoiou a mão, que segurava o revólver, em cima da mesinha. Svidrigáilov saltou do seu lugar.

– Ah! Então é assim! – exclamou, assombrado mas sorrindo malevolamente. – Então, agora o caso toma outro aspecto. E tira um peso de cima de mim, Avdótia Românovna! Será que foi o senhor Razumíkhin que lhe deu? Ah! Mas é o meu revólver! Um velho amigo! E eu o procurei tanto! Pelo visto as lições que tive a honra de lhe dar na aldeia surtiram efeito.

– Não é o teu revólver, mas o de Marfa Pietrovna, que tu assassinaste, bandido! Tu não tinhas nada teu naquela casa. Fiquei com ele quando comecei a suspeitar do que eras capaz. Se te atreveres a dar um passo, eu juro que te mato!

Dúnia estava desorientada. Empunhava o revólver carregado.

– Bem, e o seu irmão? Pergunto por curiosidade – perguntou Svidrigáilov, ainda imóvel em seu lugar.

– Podes denunciá-lo, se quiseres! Não te mexas! Não avança! Envenenaste a tua mulher, eu sei, tu também és um assassino.

– Tens certeza de que eu envenenei Marfa Pietrovna?

– Foste tu! Tu mesmo me falaste de um veneno... Sei que andaste à procura dele... Tu tinhas preparado... Foste tu e só tu. Canalha!

– Supondo-se que isso fosse verdade, teria sido por tua causa... Tu é que serias a culpada.

– Tu estás mentindo! Eu nunca suportei te ver, nunca...

– Ah, Avdótia Românovna! Pelo visto já te esqueceste de como te inclinavas para mim, no entusiasmo da catequese, toda embevecida... Eu via nos teus olhos. Tu te lembras daquela noite de lua em que até um rouxinol cantava?

– Estás mentindo! – o furor brilhava nos seus olhos. – Tu mentes, caluniador!

– Eu minto? Bem, suponhamos que eu esteja mentindo. Sim, eu menti. Não convém às mulheres recordar-lhes certas pequenas coisas – e pôs-se a rir. – Sei que és capaz de atirar em mim, minha linda ferazinha! Vamos, então, atira!

Dúnia ergueu o revólver, e, mortalmente pálida, o lábio inferior tremendo, com os seus grandes olhos negros que chispavam como brasas, apontou e ficou à espera do primeiro movimento do homem. Ele nunca a vira tão bela. O fogo que os seus olhos expediam no momento de erguer o revólver atingiu-o como uma queimadura, e seu coração se apertou de dor. Deu um passo e ouviu-se um disparo. A bala passou roçando os cabelos dele e foi dar atrás das suas costas, na parede. Ele parou, sorrindo tranquilamente.

– A vespa me picou! Tinha apontado para a minha cabeça... Mas o que é isto? Sangue!

Tirou o lenço para enxugar o sangue que corria em um fio grosso pela têmpora direita; provavelmente, a bala tinha arranhado a pele do crânio dele. Dúnia largou o revólver e ficou olhando para Svidrigáilov não com medo, mas com uma imensa perplexidade. Parecia não compreender o que acabara de fazer, nem o que acontecera.

– Bem, falhou! Atire outra vez, estou aqui à espera – disse tranquilamente Svidrigáilov, sem deixar de sorrir, mas com uma expressão um tanto sombria. – Senão, terei tempo para agarrá-la, antes que carregue a arma!

Dúnietchka estremeceu, carregou às pressas o revólver e ergueu-o de novo para o alto.

– Deixe-me! – disse desolada. – Juro-lhe que vou atirar de novo... Eu... te mato!

– Vamos... a três passos de distância é impossível não matar. Mas se não me matar... então... – os seus olhos brilhavam e deu mais dois passos.

Dúnietchka disparou, mas o tiro não saiu.

– Carregou mal. Não importa! Ainda tem uma bala. Carregue-o, que eu espero.

Estava parado diante dela, a dois passos de distância: esperava-a e olhava para ela com uma selvagem decisão, com os olhos inflamados de paixão, fixos. Dúnia compreendeu que ele preferia morrer do que deixá-la. E... não tinha dúvidas de que o mataria, agora que ele estava a dois passos... De repente, largou o revólver.

– Largou-o! – exclamou Svidrigáilov, atônito, e respirou profundamente. Parecia que alguma coisa tinha sido tirada de súbito de cima de seu coração, e era talvez mais do que o simples peso do terror da morte, embora fosse provável que se desse conta disso naquele instante. Era a libertação de outro sentimento, mais lúgubre e sombrio, que ele mesmo não conseguia definir, por mais que se esforçasse.

Aproximou-se de Dúnia e, suavemente, envolveu a cintura com as mãos. Ela não se opôs, mas, tremendo como a folha de uma árvore, olhou-o com olhos implorativos. Ele quis dizer alguma coisa, mas não fez mais do que crispar os lábios, como se não fosse capaz de articular um som.

– Me deixa! – disse Dúnia, implorante.

Svidrigáilov estremeceu, aquele "me" foi pronunciado de maneira diferente da anterior.

– Então não me queres? – perguntou-lhe com medo.

Dúnia moveu negativamente a cabeça.

– E... não poderá? Nunca? – balbuciou ele com desespero.

– Nunca! – murmurou Dúnia.

Houve um momento de medo e de muda batalha na alma de Svidrigáilov, e ele olhou para a mulher com uma expressão indescritível. De repente deixou cair a mão, deu meia-volta, dirigiu-se rapidamente para a janela e ficou parado diante dela. Passou-se um instante.

– Aqui está a chave! – Tirou-a do bolso esquerdo do casaco e colocou-a atrás de si, em cima da mesa, sem se virar nem olhar para Dúnia. – Tome-a e saia imediatamente! – Olhava teimosamente para a janela.

Dúnia aproximou-se da mesa para pegar na chave.

– Imediatamente! Imediatamente! – repetia Svidrigáilov sem fazer um movimento e sem se voltar.

Mas percebia-se que naquele "imediatamente" vibrava um tom terrível. Foi o que pareceu a Dúnia, que pegou a chave, correu para a porta, abriu-a rapidamente e saiu do quarto. Passado um minuto, como louca, sem saber por que, pôs-se a correr para o canal e dirigiu-se à ponte.

Svidrigáilov permaneceu de pé junto da janela, durante três minutos, até que por fim, devagarzinho, voltou-se, deu uma olhada ao seu redor e, tranquilamente, levou a mão à testa. Um estranho sorriso contraiu o seu rosto, um pobre sorriso, triste, desesperado. O sangue, que já coagulara, ficou empapado sobre a sua mão. Olhou para o sangue com ódio, depois molhou um lenço e estancou a têmpora. De súbito, o revólver que Dúnia largara e que estava ali no chão, junto da porta, chamou a sua atenção. Pegou-o e pôs-se a examiná-lo. Era um revólver pequeno, de bolso, de três tiros, de fabricação antiga, ainda lhe restavam dois carregadores e uma bala. Ainda podia disparar uma vez. Refletiu um momento, guardou o revólver no bolso, pegou o chapéu e saiu.

CAPÍTULO VI

NAQUELA NOITE ANDOU por várias tabernas e espeluncas, de uma para outra. Numa delas encontrou Kátia, que estava cantando outra canção própria das pessoas humildes, alusiva a alguém mau e tirano que tinha ousado beijá-la.

Svidrigáilov deu de beber a Kátia, ao rapaz do realejo, aos cantores, aos criados e a dois escriturariozinhos. Conversou especialmente com os dois escriturariozinhos porque tinham o nariz torto: um tinha o nariz torcido para a direita e o outro para a esquerda, o que impressionou Svidrigáilov. Até que por fim o levaram a um parque de diversões, onde pagou a eles a entrada. Nesse parque havia um pequeno abeto muito delgado, de uns três anos, e três arbustos. Além disso havia ali um lugar chamado *vauxhall*[12], mas que na realidade era uma taberna,

12. Denominação inglesa de subúrbio transformado em parque de diversões. (N.E.)

onde também se podia tomar chá, e havia ainda algumas mesinhas e candeeiros pintados de verde. Alegravam o público um coro de cantoras repugnantes e um alemão de Munique, embriagado, com jeito de camponês, de nariz vermelho, mas, sem se saber por que, muito triste. Os escriturários começaram a se envolver em discussões com outros escriturários que encontraram por ali e começou uma grande discussão. Svidrigáilov foi escolhido por eles como árbitro. Julgou-os em um quarto de hora, mas eles gritavam tanto que não havia meio de averiguar nada ao certo. Um deles roubara alguma coisa e vendera a um judeu, mas, depois de ter vendido, não queria repartir a importância com o companheiro. Verificou-se, finalmente, que o objeto vendido era uma colherzinha de chá que pertencia à casa, ele a apanhara ali. E o caso começou a tomar proporções aborrecidas. Svidrigáilov pagou o valor da colher, levantou-se e abandonou o parque. Eram cerca de dez horas. Durante todo esse tempo não bebera nem uma gota de vinho, e no *vauxhall* só tinha tomado chá e apenas por obrigação. Estava uma noite pesada e sombria. Às dez horas começaram a se erguer por todo o lado nuvens terríveis, um trovão ribombou e começou a chover caudalosamente. A água caía, não em gotas grossas, mas como verdadeiras torrentes que se precipitavam sobre a terra. Os relâmpagos brilhavam a cada momento e duravam o tempo de contar até cinco. Molhado até os ossos, encaminhou-se para casa, entrou, fechou a porta, abriu o gabinete, tirou todo o seu dinheiro de dentro e rasgou dois ou três papéis. A seguir meteu o dinheiro nos bolsos, começou a mudar de roupa, mas, depois de olhar para a janela e ouvir a tempestade e a chuva, deixou cair as mãos, pegou o chapéu e saiu, sem fechar a porta. Encaminhou-se diretamente para o quarto de Sônia, que estava em casa.

Não estava sozinha, os quatro filhinhos da Kapernaúmova estavam à sua volta. Sófia Siemiônovna tinha convidado todos para tomar chá. Viu Svidrigáilov entrar em silêncio e respeitosamente; reparou, com espanto, em seu traje encharcado, mas não disse uma palavra. As crianças fugiram, apavoradas. Svidrigáilov sentou-se à mesa e pediu a Sônia que se sentasse a seu lado. Ela se preparou timidamente para escutá-lo.

– É possível que eu vá para a América, Sófia Siemiônovna – disse Svidrigáilov –, e como, por conseguinte, é muito provável que esta seja a última vez que nos vejamos, vim visitá-la para concluir algumas determinações. Então foi visitar a tal senhora hoje? Já sei o que ela lhe disse, por isso não precisa me contar – Sônia fez um gesto e corou. – Já sabemos como essa gente é. Quanto aos seus irmãozinhos, o caso está resolvido, e o dinheiro foi posto em nome de cada um, e já o entreguei onde devia, em boas mãos. Além disso a senhora deve ficar com esses recibos, pode precisar deles. Aqui estão, guarde-os! De maneira que este assunto já está resolvido. Aqui tem três títulos de cinco por cento; ao todo, três mil rublos. Isto eu dou à senhora, só à senhora, e não diga nada a ninguém, que ninguém chegue a saber disto, por mais coisas que possa ouvir. Esse dinheiro é necessário para ti, porque viver como viveu até aqui, Sônia Siemiônovna... é horrível, e agora não é mais preciso.

– Fico muitíssimo grata ao senhor, bem como os pequeninos e a falecida – disse Sônia apressadamente –, e se até agora ainda não lhe agradeci devidamente... não pense que...

– Ah, chega, chega!

– Oh, este dinheiro, eu lhe agradeço muitíssimo, Arkádi Ivánovitch, mas, de fato, agora não preciso dele. Para mim, sozinha, sempre terei o suficiente, não considere isso uma ingratidão, mas já que é tão bondoso, este dinheiro...

– É para a senhora, para a senhora, Sônia Siemiônovna, e deixe de cumprimentos, pois, além do mais, não tenho muito tempo. Ele será necessário. Rodion Románovitch tem à sua frente dois caminhos: ou mete uma bala na cabeça ou raspa-se para a Vladimirka.[13] – Sônia olhou para ele avidamente e estremeceu.

– Não se preocupe, eu sei tudo, da sua própria boca, e não sou tagarela, não direi a ninguém. O melhor que ele podia fazer seria se apresentar e confessar tudo. Atenuariam a pena dele. Bem, vamos ver: como é que vão ir para Vladimirka? Ele primeiro e a senhora depois? Assim? Dessa maneira? Bem, se for assim, isso quer dizer que vão precisar de dinheiro. Vão precisar de dinheiro para ele, compreende? Dar à senhora é o mesmo que entregar a ele. Além disso, a senhora tinha pro-

---

13. Expressão idiomática: mandar às galés. Dava-se esse nome à condenação aos trabalhos forçados na Sibéria. Talvez seja um topônimo derivado de algum policial chamado Vladimir.

metido pagar a dívida dele para Amália Ivánovna, segundo ouvi dizer. Mas como é que a senhora, Sófia Siemiônovna, assume tais compromissos e deveres tão levianamente? Porque quem devia para essa alemã era Ekaterina Ivánovna e não a senhora; por isso podia mandar a alemã passear. Não se pode viver assim neste mundo. Bem, agora escute: se alguém lhe perguntar um dia por mim ou a meu respeito, amanhã ou depois de amanhã (e vão perguntar, com certeza), não fale nesta visita que eu lhe fiz, nem mostre a ninguém o dinheiro que acabo de lhe dar. E, agora, até à vista – levantou-se da cadeira. – Os meus cumprimentos a Rodion Románovitch. E, a propósito, dê o dinheiro a ele para guardar até o momento oportuno, ainda que seja para o senhor Razumíkhin. Conhece o senhor Razumíkhin? Com certeza deve conhecê-lo. É um bom rapaz. Leve o dinheiro amanhã, ou quando tiver tempo. Mas enquanto isso guarde-o bem.

Sônia levantou-se também e olhou para ele assustada. Queria lhe dizer alguma coisa, perguntar-lhe alguma coisa; mas nos primeiros momentos não se atrevia nem sabia como começar.

– De maneira que... Como é que o senhor vai sair, assim, com esta chuva?

– Ora! Então eu vou partir para a América e ter medo da chuva! He, he! Adeus, caríssima Sófia Siemiônovna! Tenha muita saúde e viva muitos anos, porque há de ser muito útil a todos. A propósito... diga ao senhor Razumíkhin que eu lhe mando cumprimentos. Diga-lhe assim: "Arkádi, vamos, Ivanovitch Svidrigáilov, apresenta-lhe os seus cumprimentos". Não se esqueça.

Saiu deixando Sônia estupefata, assustada e possuída de uma vaga e aborrecida suspeita.

Depois, naquela mesma noite, à meia-noite, Svidrigáilov fez ainda outra excêntrica e inesperada visita. Ainda não parara de chover. Todo molhado, dirigiu-se à meia-noite ao mesquinho cubículo onde viviam os pais da noiva, na ilha Vassílievski, na Terceira Linha, no Próspekt Máli. Chamou em voz alta e, a princípio, provocou grande alarme, mas Arkádi Ivánovitch, quando queria, era um homem de modos sedutores, de maneira que a primeira suspeita (aliás muito justificada) dos pais da noiva, de que Arkádi Ivánovitch tinha provavelmente se embriagado em algum lugar e já não sabia o que fazia... acabou por se desfazer automaticamente. A condescendente e discreta mãe da noiva ofereceu a poltrona do marido paralítico e, como de costume, começou a fazer perguntas indiretas. (Essa senhora nunca fazia perguntas francas, e começava sempre por sorrir e esfregar as mãos, e depois, se precisava informar-se de alguma coisa de maneira certa e precisa, por exemplo: para quando Arkádi Ivánovitch pensava marcar a data do casamento, começava a fazer perguntas cheias de curiosidade e até prementes acerca de Paris e da vida da alta sociedade parisiense, e depois ia se aproximando gradualmente da Terceira Linha da ilha Vassílievski. Tudo isso, noutra ocasião, teria inspirado, sem dúvida, um grande respeito, mas naquele momento Arkádi Ivánovitch parecia particularmente impaciente e manifestara imediatamente o desejo de ver o mais depressa possível a sua noiva, embora tivessem lhe dito que ela já estava deitada. Será desnecessário dizer que ela apareceu logo. Arkádi Ivánovitch participou-lhe, sem rodeios, que precisava ausentar-se por algum tempo de Petersburgo para tratar de um assunto importantíssimo, e por isso lhe deixava quinze mil rublos, sob várias formas, e lhe pedia que os aceitasse a título de presente, já que pensara em lhe oferecer essa bagatela antes do casamento. Não havia relação lógica entre o presente, a viagem iminente e a necessidade imprescindível de aparecer ali, com aquela chuva, e à meia-noite, mas ninguém fez a mínima objeção. Até os inevitáveis oh! e ah!, perguntas e espantos foram muito comedidos e discretos; em compensação demonstraram a sua gratidão nos termos mais calorosos e exaltados e não faltaram sequer as lágrimas da discreta mãe. Arkádi Ivánovitch levantou-se e pôs-se a rir, deu um beijo na noiva e uma palmadinha na face, afirmou-lhe que não tardaria a estar de volta e, percebendo nos olhos dela uma espécie de curiosidade infantil, e ao mesmo tempo uma séria e tácita interrogação, reconsiderou um pouco, tornou a beijá-la e lamentou sinceramente que o pequeno presente que acabara de lhe dar fosse parar imediatamente nas mãos da discreta mamã, que o guardaria à chave, muito bem guardado. Saiu deixando todos num estado de extraordinária agitação. Mas a compassiva *mamacha* resolveu imediatamente, em voz baixa e sem pensar, algumas dúvidas gravíssimas e, sobretudo, considerou que Arkádi Ivánovitch era um homem importante, um homem que tinha negócios, negócios, relações ricas... Sabe Deus o que ele teria resolvido lá para consigo; devia ter pensado bem e estava partindo, considerava isso oportuno e deixava aquele dinheiro, o que, com certeza, não tinha nada de extraordinário! É verdade que era estranho ele ter-se apresentado ali todo encharcado, mas os ingleses, por exemplo, ainda eram mais excêntricos, e isto para não falar nas pessoas da alta sociedade que não se preocupam com o que possam dizer delas e não fazem cerimônias. Era até muito provável que ele tivesse vindo intencionalmente ali, daquela maneira, para demonstrar que não tinha medo de nada. Mas o mais importante era não dizer uma palavra a ninguém, pois só Deus sabia como é que tudo aquilo iria acabar; quanto ao dinheiro, o melhor era ir fechá-lo imediatamente à chave, e era uma sorte que Fiedóssia estivesse lá na cozinha e, sobretudo, era preciso não dizer absolutamente nada do que se passara à Resslich etc. etc. Ficaram acordados tagarelando em voz baixa até às duas. Aliás, a noiva foi dormir muito mais cedo, admirada e um pouco triste.

Quanto a Svidrigáilov, atravessou às doze em ponto a ponte de ***, em direção ao Lado Petersburguês. A chuva parara, mas o vento zunia. Começou a tremer e, por um instante, com certa curiosidade e até de um modo interrogativo, olhou para as águas do Pequeno Nievá. Mas a seguir achou que apanhava frio parado assim em cima da água; deu meia-volta e se encaminhou para o Próspekt ***. Caminhou bastante tempo pelo interminável Próspekt ***, cerca de meia hora, tropeçando na escuridão mais de uma vez, no piso de madeira, mas sem deixar de procurar com curiosidade qualquer coisa no lado direito da avenida. Ao longe, no fim da avenida, notara ao passar por ali, não muito tempo antes, que havia uma estalagem de madeira, mas ampla, e o seu nome, tanto quanto podia recordar, era qualquer coisa assim como Adrianopol. Não se enganara nos seus cálculos; aquele hotel, que ficava num extremo do bairro, era um ponto tão visível que podia ser visto até no meio da escuridão. Era um grande edifício, comprido, de madeira, denegrido, no qual, apesar da hora avançada, ainda havia luz e se notava certa animação. Entrou e pediu um número ao criado que veio recebê-lo. O criado olhou Svidrigáilov de alto a baixo, espreguiçou-se e conduziu-o a um quarto afastado, abafado e pequeno, ao fundo do corredor, a um canto, ao pé da escada. Não havia outro, estavam todos ocupados. O criado ficou olhando para ele interrogativamente.

– Tem chá? – perguntou Svidrigáilov.

– Pode-se arranjar.

– Que mais tem?

– Carne assada, aguardente, aperitivos.

– Me traz carne assada e chá.

– Não deseja mais nada? – perguntou o criado com certa perplexidade...

– Mais nada, mais nada!

O homem se afastou completamente desiludido. "Deve ser um lugar magnífico", pensou Svidrigáilov. "Como é que não havia de conhecê-lo! Naturalmente devo ter o ar de um homem que regressa de algum café-concerto e teve alguma aventurazinha pelo caminho. No entanto será curioso saber que espécie de gente vem aqui dormir à noite!"

Acendeu a vela e inspecionou mais demoradamente o aposento. Era um muquifo tão pequeno que Svidrigáilov quase batia com a cabeça no teto, e tinha apenas uma janela; uma cama muito suja, uma mesa simples, pintada, e uma cadeira ocupavam quase completamente o espaço do quarto. As paredes pareciam feitas de madeira sólida, eram forradas de papel velho e desbotado, tão cheio de pó e esfrangalhado que mal se podia adivinhar a sua cor (amarelo), e, quanto ao desenho, era impossível distingui-lo. Uma parte da parede e do teto eram inclinados obliquamente como os das águas-furtadas, e por cima desse declive passava a escada. Svidrigáilov acendeu a luz, sentou-se na cama e ficou pensativo. Mas um estranho e contínuo murmúrio, que às vezes chegava quase a se transformar num grito, acabou por lhe prender a atenção. Esse murmúrio não cessara um momento desde que ele entrara ali. Pôs-se à escuta, ouviu alguém que censurava e, quase chorando, inventava outra pessoa, mas só se ouvia uma voz. Svidrigáilov se levantou, cobriu a vela com a mão, e imediatamente uma fresta brilhou na parede; aproximou-se e olhou. Naquele quarto, um pouco maior do que o seu, havia dois hóspedes. Um deles, sem sobretudo, com a cabeça muito desgrenhada e uma cara vermelha e congestionada, estava de pé, numa atitude de oratória, de pernas excessivamente abertas para manter o equilíbrio, e, dando socos no peito, censurava pateticamente o outro, dizendo-lhe que era miserável, que nem sequer tinha um ofício, que ele o tirara da lama e que, quando quisesse, poderia atirá-lo outra vez lá, e que só Deus era testemunha de tudo isto. Aquele que era recriminado estava sentado numa cadeira e parecia um homem com muita vontade de espirrar e que não podia. De quando em quando pousava uns olhos mortiços e compungidos no orador, mas era evidente que não entendia nada do que aquele queria dizer e mal o escutava. Em cima da mesa uma vela acabara de se apagar e viam-se ali também uma garrafa de aguardente, quase vazia, copos pequenos e um serviço de chá que já tinha sido utilizado. Depois de observar atentamente aquele quadro, Svidrigáilov afastou-se da fresta com indiferença e sentou-se outra vez na cama.

O criado, quando voltou com o chá e com a carne, não pôde se conter e tornou a lhe perguntar se não queria mais nada; e como ouviu outra vez uma resposta negativa, afastou-se definitivamente. Svidrigáilov atirou-se ao chá, para se aquecer, e bebeu um copo, mas não conseguiu comer absolutamente nada por ter perdido completamente o apetite. Começava a sentir febre. Tirou o casaco e a túnica, embrulhou-se no cobertor e se deitou. Estava contrariado. "Seria muito melhor me sentir bem, agora", pensou, e sorriu com sarcasmo. O ar do quarto era pesado; a luz ardia mortiça; mas lá fora o vento soprava, em algum lugar se ouvia um rato bulir, e em todo o quarto cheirava a ratos e a couro. Estava deitado e delirava completamente, passava de um pensamento para outro. Parecia que queria fixar na imaginação alguma coisa especial. "Ali, debaixo da janela, deve haver um jardim", pensou, "sente-se o farfalhar das árvores; não me agrada nada o barulho das árvores à noite, quando há tempestade e escuridão; que impressão tão antipática..."

E lembrou-se de como sentira quase repugnância, ao passar pouco antes pelo parque Pietróvski. Lembrou-se também, a propósito disto, da ponte de *** e do Pequeno Nievá, e tornou outra vez a sentir frio, como há pouco... quando parara para olhar a água. "Nunca na minha vida gostei de água, nem sequer na paisagem", pensou outra vez, e voltou a rir, sarcasticamente, perante esse estranho pensamento. "Agora, pelo visto, quanto à estética e à comodidade, tudo devia ser indiferente para mim, e, no entanto, invento esquisitices, como o animal que tem de procurar sem falta o lugar para o seu ninho... num caso destes. O que devia ter feito era me dirigir antes para Pietróvski. O céu estava escuro, fazia frio, he! he! Aquilo que eu necessitava era precisamente de sensações desagradáveis... E, a propósito: por que eu não apago a vela?", e apagou-a. "Os vizinhos já se deitaram" pensou, uma vez que já não viu luz pela fresta. "Pronto, Marfa Pietrovna! Agora podes vir me recriminar; está tudo às escuras, o lugar não pode ser mais adequado, e o momento tem a sua originalidade. E, no entanto, precisamente agora que tu não vais aparecer."

De súbito, sem saber por que, lembrou-se que há pouco, antes do encontro com Dúnietchka, recomendara a Raskólhnikov que a entregasse aos cuidados de Razumíkhin. "No fundo, disse-lhe isso por pura fanfarronice, como Raskólhnikov imaginou. Mas que velhaco, apesar de tudo, é esse Raskólhnikov! Sempre faz uma! Pode ser que, com o tempo, venha a ser um grande homem, quando tiver passado a sua loucura, mas por enquanto, que ânsia tem de viver! Quanto a isso, todos esses tipos são... uns covardes. Mas bem, o diabo que o carregue e que faça o que quiser! E eu?"

Não podia dormir. Pouco a pouco, a imagem recente de Dúnietchka começou a surgir na sua frente, e de repente um tremor correu por todo o seu corpo. "Não, vamos deixar isso, por enquanto", pensou num instante de lucidez, "é preciso pensar em alguma outra coisa. Coisa estranha e ridícula, nunca tive tanto ódio por ninguém e nunca tive ideias de vingança, e isso é um mau sinal, mau sinal. Também nunca gostei de brigas nem de me acalorar... outro mau sinal. E as promessas que eu lhe fiz... que vá para o diabo! No fim das contas, quem sabe ela não teria feito de mim outro homem..." Tornou a se calar e a ranger os dentes; a imagem de Dúnietchka, tal como era na realidade, lhe pareceu outra vez, como se fosse ela mesma, quando, ao disparar sobre ele pela primeira vez, teve um susto tremendo, atirou fora o revólver e, meio morta, ficou olhando para ele de tal maneira que ele tivera tempo para se apoderar dela por duas vezes e ela não teria levantado uma mão para se defender, se ele não a tivesse despertado. Lembrava-se da pena que lhe inspirou naquele instante, de como se sentira confrangido... Ah, que fosse para o diabo! Outra vez essas ideias! É preciso afugentar, afugentar, tudo isso!

Finalmente, caiu..., o tremor da febre diminuiu, de repente, pareceu que qualquer coisa corria por baixo do cobertor, por cima da mão e da pele dele. Estremeceu. "Que diabo! Seria um rato?", pensou "Como deixei a carne em cima da mesa..." Repugnava-lhe muito ter de se destapar, levantar e apanhar frio, mas, de súbito, algo desagradável lhe fez cócegas na pele, tirou o cobertor e acendeu a vela. Tremendo de febre, se agachou para examinar a cama... não havia nada; sacudiu o cobertor e, de repente, saltou lépido sobre a cama um rato. Correu para pegá-lo, mas o rato não corria por cima da cama, ziguezagueava por todos os lados, esgueirava-se entre os dedos dele, se escapulia mão acima e, de repente se metia por baixo da almofada. Puxou a almofada, mas por um momento sentiu que alguma coisa lhe saltara sobre o ventre, lhe fazia cócegas por todo o corpo e até pelas costas, por baixo da camisa.

Começou a sentir um tremor, enervou-se e ficou alerta. O quarto estava às escuras, e ele, estendido no leito, embrulhado, como há pouco, no cobertor; o vento assobiava junto da janela. "Que nojo!", pensou com aborrecimento.

Levantou-se e sentou-se na beira da cama, de costas para a janela. "O melhor é não dormir", resolveu. Além disso, entrava frio e umidade pela janela; sem se levantar do seu lugar, puxou o cobertor e embrulhou-se nele. Não acendera a luz. Não pensava nem queria pensar em coisa alguma, mas os sonhos sucediam-se uns atrás dos outros, e pelo seu cérebro deslizavam fragmentos de ideias, sem princípio nem fim, e sem coerência. Parecia que tinha caído num meio torpor. O frio, o aspecto lúgubre daquele quarto, o vento que zunia e sacudia as árvores junto da janela, tudo isso lhe infundia uma propensão e um desejo tenazes e fantásticos... mas, afinal, só via flores. A sua imaginação mostrou-lhe uma paisagem admirável; um dia claro, tépido, quase quente, um dia de festa, o dia da Trindade. Uma chácara no campo, rica, luxuriante, de estilo inglês, toda rodeada de túrgidos viveiros de flores e de platibandas que davam volta à quinta; a pequena escada, afogada em trepadeiras e coberta de rosas; na escada principal, clara e fresca, atapetada com uma passadeira, havia em cada degrau jarros chineses com flores raras. Reparou especialmente nuns vasos com água que havia nas janelas e que tinham narcisos brancos que se inclinavam sobre os seus longos caules, esguios e vaporosos, de forte aroma. Não queria se afastar deles, mas subia a escada e entrava num grande salão, de teto alto; e aí também havia flores por todos os lados, junto das janelas e em volta da porta aberta sobre o terraço, e no próprio terraço. O chão estava todo atapetado de relva recém-cortada e cheirosa; as janelas abertas, um ar fresco, leve penetrava no salão; os passarinhos gorjeavam junto das janelas e no meio do aposento; em cima da mesa, coberta com uma toalha branca de cetim, havia um caixão. Esse caixão estava forrado de tecido branco de Nápoles, guarnecido com uma *ruché*.[14] E rodeado de grinaldas de flores por todos os lados. Dentro dele jazia, completamente envolvida pelas flores, uma moça toda vestida de branco, com as mãos cruzadas sobre o peito, como se fossem esculpidas em mármore. Mas seus cabelos, de um louro claro, estavam revoltos e molhados; uma coroa de rosas lhe cingia a fronte. O severo e já rígido perfil do seu rosto parecia também esculpido em mármore, mas o sorriso dos lábios pálidos deixava transparecer uma certa tristeza infantil, uma vaga e grande dor. Svidrigáilov conhecia aquela moça; em volta do caixão não havia imagens sagradas nem velas, e não se ouvia o rumor das orações. Aquela moça se matara... afogando-se. Parecia não ter mais de quatorze anos, mas já tinha os sentimentos formados e se perdera, ofendida por uma afronta que enchera de horror e de assombro a sua terna, infantil consciência, repleta de imerecida vergonha a sua alma de pureza angelical, arrancando-lhe um supremo grito de desolação que ninguém ouvira, mas que ressoara agudamente na noite escura, nas trevas, no frio, no úmido degelo, quando o vento soprava.

Svidrigáilov acordou, levantou-se da cama tateando, abriu a janela do quarto. O vento irrompeu impetuoso no seu apertado cubículo e, como um sopro glacial, açoitou seu rosto e seu peito, coberto apenas pela camisa. De fato, por baixo da janela devia haver qualquer coisa semelhante a um jardim, e segundo parecia, de recreio; provavelmente durante o dia entoavam canções ali e serviam chá nas mesinhas. Agora, caem grossas gotas de chuva das árvores e dos arbustos na janela; a noite era um poço de escuridão, a tal ponto que mal se podiam distinguir algumas manchas informes, que indicavam

14. Folho: babado vincado ou pregueado que é colocado em roupas.

os objetos. Svidrigáilov se agachou e, apoiando os cotovelos no parapeito, ficou olhando durante cinco minutos, sem poder afastar os olhos daquela escuridão. No meio do nevoeiro e da noite se ouviu um estampido de canhão, e depois outro.

"Ah, é o sinal! As águas sobem[15]", pensou, "quando amanhecer elas se infiltrarão por ali, onde a terra está mais baixa; se estenderão pelas ruas, inundarão os porões e as covas, farão as ratazanas sair dos porões e, no meio da chuva e do vento, as pessoas, coitadas, se porão a lançar insultos, todas molhadas, enquanto mudam os móveis para os andares mais altos... Mas que horas serão neste momento?" E ainda mal dissera isso quando, num relógio de parede que devia haver por ali perto, soaram as três, como se estivessem com muita pressa. "Ah, dentro de uma hora vai amanhecer! Para que esperar mais? Vou sair já e seguir direto para Pietróvski; ali, em qualquer lugar, escolho um grande molho de verdura todo regado pela chuva, de maneira que, assim que o roçar com o ombro, milhões de gotas orvalho caem sobre a cabeça de uma pessoa..."

Afastou-se da janela, acendeu a vela, pôs o colete e o casaco, enfiou o chapéu e saiu com a vela para o corredor, à procura do criado, que dormia num cubículo, entre todo tipo de trastes e de velhos utensílios, para lhe entregar a conta do quarto e sair do hotel. "Este é o melhor momento; não podia escolher melhor."

Caminhou durante bastante tempo pelo corredor, ainda dentro de casa, sem encontrar ninguém, e já se dispunha a chamar com voz forte, quando, de repente, descobriu um estranho objeto entre um velho armário e a porta, alguma coisa que parecia viva. Agachou-se com a vela na mão e viu com espanto que era uma criança, uma pequenina de uns cinco anos no máximo, embrulhada num vestidinho todo molhado, como um pano de cozinha, trêmula e choramingando. Parecia não ter medo nenhum de Svidrigáilov, mas o olhava com os seus grandes olhos negros, de profundo assombro, e de quando em quando soluçava como as crianças que choraram muito mas que, embora já tenham se calado e até distraído, ainda não se aquietaram completamente. A carinha da menina estava pálida e tinha um ar cansado; estava trêmula de frio, mas... "Como

---

15. Na Fortaleza de Pedro e Paulo, a subida das águas do Nievá era anunciada por disparos de canhão.

ela teria ido parar ali? Provavelmente se escondeu aqui e não deve ter dormido durante toda a noite." Começou a lhe fazer perguntas. A pequenina, então, animou-se e, muito depressa, lhe disse alguma coisa na sua linguagem infantil. Falava de mamãezinha e que a mamãezinha lhe bateria por causa de uma tigela que ela tinha quebrado. A criança falava sem parar; podia se imaginar, por toda aquela tagarelice, que se tratava de uma pequenina que não queriam em casa, na qual a mãe, alguma cozinheira, eternamente embriagada, provavelmente daquele mesmo hotel, batia e metia medo; que a pequenina quebrara uma tigela da sua *mamacha* e que ficara tão amedrontada que fugira de casa naquela tarde; com certeza devia estar escondida em algum lugar, no pátio, suportando a chuva e, finalmente, tinha vindo se meter ali, escondendo-se atrás do armário, e ali teria passado a noite inteira, chorando, tremendo de frio, de medo da escuridão, e agora de que lhe batessem também por tudo aquilo. Pegou a mão dela, levou-a para o seu quarto, sentou-a na cama e começou a despi-la. Os sapatos rotos da menina, nos seus pés sem meias, estavam tão molhados como se ela tivesse passado a noite deitada num charco. Após tê-la despido, deitou-a na cama e cobriu-a dos pés à cabeça com a manta. Depois disto tornou a pensar, mal-humorado: "Eu não estou, agora, para assumir compromissos!", decidiu, de repente, com uma impressão de contrariedade e de cólera. "Que absurdo!"

Aborrecido, pegou a vela com o fim de encontrar o criado a todo o custo e sair logo dali. "Ora, ainda está nos cueiros!", pensou, praguejando. E já abrira a porta quando tornou a olhar outra vez para a pequenina, para ver se dormia e como dormia. Com muito cuidado, levantou a manta. A criancinha dormia com um sono profundo, plácido. Aquecera-se debaixo do pano e as cores tinham já afluído à sua carinha pálida. Mas, coisa estranha: aquelas cores eram mais ardentes e intensas do que costumam ser as cores das crianças. "É o ardor da febre", pensou Svidrigáilov, "mas parece mesmo... o rubor do vinho; parece que bebeu um grande copo. Seus lábios vermelhos ardem, soltam fogo; mas o que é isto?" De repente lhe pareceu que as suas compridas e negras pestanas se punham a tremer e a palpitar, como se se erguessem, e por baixo delas escapava um olhar malicioso, trocista, nada infantil, como se a pequenina estivesse fingindo que dormia. Sim, é isso: os seus lábios estremecem num sorriso, suas comissuras tremem, como se ainda se reprimisse. Mas eis que já deixou completamente de se reprimir, agora o riso brotou, um riso sarcástico. Algo de insolente, de provocante, brilha naquele rosto, que nada tem de infantil; é o vício, é o rosto de uma camélia,[16] o descarado rosto de uma camélia francesa. Já sem fingimentos, abriu os dois olhos, que lançam o seu olhar inflamado e impudico, o chamam, sorriem... Algo de infinitamente monstruoso e afrontoso havia naquele sorriso, naqueles olhos, em toda aquela vileza num rosto de menina. "O quê?! Aos cinco anos!", balbuciou Svidrigáilov espantado. "Mas... será possível?" E eis que ela se voltou para ele, com toda a sua carinha afogueada, e lhe estendeu os braços. "Ah, maldita!", diz Svidrigáilov com horror, erguendo a mão sobre ela... Mas nesse instante acordou.

Estava na sua cama, enrolado no cobertor, a vela já estava gasta, e na janela branquejava a luz do novo dia.

"Toda esta noite foi um autêntico pesadelo!"

Levantou-se de mau humor, sentindo o corpo todo moído; seus ossos doíam. No pátio havia ainda uma grande escuridão e não se distinguia nada. Eram perto de cinco horas; dormira demasiado. Levantou-se, pôs o colete e o casaco, ainda úmidos. Apalpou o revólver no bolso, tirou-o e pôs uma bala nele, depois sentou-se, tirou um pequenino caderno do bolso e, sobre a mesa de cabeceira, escreveu rapidamente algumas linhas na folha mais visível. Releu-as, ficou pensativo e apoiou os cotovelos na mesa. O revólver e o caderninho estavam ali, debaixo do seu cotovelo. As moscas, que já tinham despertado, atiravam-se sobre a travessa do assado, que ficara ali intacto também, em cima da mesa. Olhou-os durante muito tempo e, finalmente, tentou apanhar uma mosca com a mão direita, que estava livre. Esforçou-se durante muito tempo para ver se o conseguia, mas em vão. Por fim, ao dar consigo mesmo naquela interessante ocupação, voltou a si, estremeceu, levantou-se e saiu resolutamente do quarto. Um minuto depois estava na rua.

Uma névoa densa e esbranquiçada pesava sobre a cidade. Svidrigáilov caminhou pelo escorregadio e sujo piso de madeira, rumo ao Pequeno Nievá. Em imaginação via as águas do

16. Alusão à *Dama das Camélias*.

Pequeno Nievá, que crescera durante a noite, a ilha Pietróvski, os carreirinhos molhados, a grama úmida, as árvores e os arbustos molhados e, finalmente, o mato... Contrariado, pôs-se a olhar para as casas para pensar em qualquer outra coisa.

Em toda a avenida não se via nem uma carruagem nem um transeunte. As pequenas casas de madeira tinham uma aparência insignificante e suja, de um amarelo claro, com as suas janelas fechadas. O frio e a umidade deixavam seu corpo transido e começou a tiritar. De quando em quando parava diante das vitrines das lojas de comestíveis, ou das casas de frutas, e punha-se a olhá-las com toda a atenção. "Até que enfim acabou o caminho de tábuas!" Estava junto de um grande prédio de pedra. Um cãozinho sujo, tiritando, de rabo entre as pernas, cruzou o seu caminho. Alguém, perdido de bêbado, embrulhado num capote, estava caído de bruços e atravessado no meio da calçada. Olhou-o um momento e seguiu adiante. À esquerda surgiu uma torre alta. "Ora!", pensou. "Aqui também há lugar. Para que ir até Pietróvski? Pelo menos há uma testemunha oficial..." Quase a riu daquele novo pensamento, e voltou à esquina da rua de ***. Se erguia ali um alto edifício com uma torre. Um homenzinho baixo estava encostado na porta fechada da casa, ele vestia um casaco cinzento de soldado e sua cabeça estava coberta com um capacete de bronze como o de Aquiles. Quando Svidrigáilov passou, olhou-o de soslaio com olhos sonolentos. Notava-se no seu rosto a eterna melancolia tão acentuadamente se imprime, sem exceção, em todos os rostos de raça hebraica. Contemplaram-se ambos, Svidrigáilov e Aquiles, durante um momento, em silêncio, mutuamente.

Até que aquele indivíduo acabou parecendo um tanto estranho a Aquiles, que embora não estivesse embriagado, se escorou diante dele, olhando-o a três passos de distância e sem dizer nada.

– Que quer aqui? – disse, sem se mexer e sem mudar de posição.

– Eu, nada, meu caro. Bom dia – respondeu Svidrigáilov.

– Isto não é lugar...

– Eu vou para o estrangeiro, meu amigo.

– Para o estrangeiro?

– Para a América.

– Para a América?

Svidrigáilov puxou o revólver e pôs uma bala no tambor. Aquiles franziu o cenho.

– O que pretende com essa gracinha? Isto não é lugar.

– E por que não é lugar?

– Porque não.

– Bem, meu amigo, tanto faz. É um bom lugar; se te perguntarem, dirás, com mil diabos, que fui para a América.

Apoiou o revólver sobre a fronte direita.

– Ah, isso não, aqui não é lugar! – gritou Aquiles, abrindo cada vez mais os olhos. Svidrigáilov puxou o gatilho...

CAPÍTULO VII

NAQUELE MESMO DIA, mas já perto da noite, Raskólhnikov foi ver a mãe... naquele mesmo quarto, na casa de Bakaliéiev, que Razumíkhin arranjara para eles. A escada começava logo na rua. Raskólhnikov começou a subir, retendo, no entanto, os passos e como se titubeasse. Entraria ou não? Mas não voltou atrás; a sua decisão estava tomada. "Além disso, tanto faz, elas não sabem de nada", pensou, "e já estão acostumadas a me olhar como um ser estranho."

Sua roupa estava num estado deplorável, toda suja, enrugada e esfarrapada por ter passado a noite inteira debaixo de chuva. O rosto, quase desfigurado pelo cansaço, pelo mau tempo, pela fadiga física e pela luta de quase 24 horas consigo mesmo. Passara toda a noite sozinho, sabe Deus onde. Mas pelo menos tomara uma decisão.

Chamou à porta, foi a mãe quem veio abrir. Dúnietchka não estava em casa e a criada também não. A princípio, Pulkhiéria Alieksándrovna ficou muda de alegre espanto, depois pegou a mão dele e puxou-o para dentro do quarto.

– Ah, és tu! – exclamou, balbuciando de pura alegria. – Não fiques aborrecido comigo, Rodka, por te receber assim, tão tolamente, de lágrimas nos olhos, mas é porque estou rindo e não chorando. Achas que estou chorando? É de alegria, tenho este costume tão tolo: as lágrimas saltam. Isto acontece desde que o teu pai morreu, por qualquer coisa fico logo chorando. Mas te senta, querido, que deves estar cansado, eu estou vendo. Ah, e como estás sujo!

– Apanhei uma chuvarada ontem, mamãe – disse Raskólhnikov.

– Não, não! – exclamou Pulkhiéria Alieksándrovna, interrompendo-o. – Tu achas que eu vou começar a te fazer perguntas segundo o meu antigo costume de bisbilhoteira, mas não, fica sossegado. Agora, sabes, compreendo tudo, compreendo tudo; já me habituei a isto aqui, e sei muito bem que é o melhor. Tomei esta decisão comigo mesma: "Para que me meter a adivinhar teus pensamentos e te pedir que contes de tudo?". Sabe Deus os problemas e os planos que tu tens na cabeça, os pensamentos que andas amadurecendo. Para que te obrigar a dizer aquilo em que pensas? Qual! Porque, olha, eu... Ah, meu Deus! Mas por que andar a esbracejar para cá e para lá, como se me sentisse asfixiada? Rodka, fica sabendo que li o teu artigo no jornal três vezes seguidas; foi Dmítri Prokófitch que o trouxe. Dei um grito de surpresa quando o vi, porque eu, tonta que sou, pensava: "Olha, vê no que ele se ocupa: eis aí a explicação de tudo. Acontece o mesmo a todos os sábios. Pode ser que ele ande revolvendo novas ideias na sua cabeça neste momento, que esteja a amadurecê-las, enquanto eu o importuno e distraio". Li o teu artigo, meu querido, e é claro que não compreendo muitas coisas que há nele, e, aliás, é assim mesmo. Como é que eu poderia compreender tudo?

– Mostre-me, mamãe.

Raskólhnikov pegou o jornal e deu uma olhada em seu artigo. Por mais que estivesse em contradição com a sua situação e estado atuais, teve um estranho sentimento de acre doçura, como todo o autor que vê pela primeira vez qualquer coisa sua impressa; além disso tinha 23 anos. Isso durou apenas um instante. Depois de ler algumas linhas, franziu o cenho e uma tristeza horrível se apoderou do seu coração. Toda a sua luta espiritual dos últimos meses lhe veio de uma vez à memória. Atirou com o artigo para cima da mesa, com repugnância e aborrecimento.

– Mas olha, Rodka, por mais ignorante que eu seja, consegui compreender que, dentro de pouco tempo, tu serás uma das primeiras figuras do nosso mundo literário. E eles pensando que tu tinhas enlouquecido. Ah, ah, ah. Tu não sabes que eles chegaram a pensar isso? Coitados! Como poderiam compreender que tu tinhas tanto talento? E olha, fica sabendo que até Dúnietchka, até Dúnietchka estava quase dando razão a eles. Que dizes disso? O teu falecido pai também enviou por duas vezes coisas aos jornais: primeiro, versos (ainda conservo um caderninho, vou te mostrar um dia), e depois uma novela completa (eu mesma lhe pedi que me deixasse copiá-la), e apesar dos grandes esforços que nós fizemos para que as publicassem... não quiseram. Eu, há seis ou sete dias que andava preocupada pensando na roupa que está usando, Rodka, na maneira como tu vives, no que comes e por onde andas. Mas agora vejo bem como fui tola, porque agora tudo que tu quiseres vais conseguir facilmente com o teu talento e a tua inteligência. Só que no momento não desejas nada e te dedicas a coisas muito mais importantes...

– Dúnia não está em casa, mamãe?

– Não, Rodka. Agora não para muito em casa, me deixa sozinha. Dmítri Prokófitch, Deus lhe pague, vem me fazer companhia, e não faz outra coisa senão falar de ti. Não quero falar da tua irmã, pois ela me trata agora com muita indiferença. Mas não julgues que me queixo. Ela tem o seu jeito, e eu, o meu; ela guarda os seus pequenos segredos, e eu não tenho nenhum para vocês. Claro que eu estou convencida de que Dúnia é muito sensata, e que além disso gosta de nós dois, mas no entanto não sei em que tudo isto vai acabar. Deste-me uma grande alegria por teres vindo, Rodka, porque ela saiu; quando voltar, vou lhe dizer: "O teu irmão esteve aqui e não te encontrou. Por onde é que andaste?". Rodka, não te contraries por minha causa; se puderes, vens, se não... não vens, não te preocupes, que eu esperarei. Eu já sei que tu gostas de mim e é o quanto me basta. Lerei as tuas obras, ouvirei todos falarem de ti, ainda que não, não... eu mesma irei me informar, é o melhor. Agora vieste para consolar a tua mãe, não julgues que não compreendo...

E, de súbito, Pulkhiéria Alieksándrovna rompeu a chorar.

– Lá estou eu outra vez com isto! Não faças caso, eu sou uma tola! Ah, meu Deus, então eu não estou aqui sentada? – exclamou, saltando do seu lugar. – E tenho café e não te o ofereço! É para que se veja o egoísmo dos velhos! Eu já venho, eu já venho!

– Deixe, mamãe, que eu já vou embora. Não vim por causa disso. Olhe, faça o favor de me escutar.

Pulkhiéria Alieksándrovna aproximou-se dele timidamente.

– Mãezinha, aconteça o que acontecer, ouça de mim o que ouvir e digam de mim o que disserem, vai me querer sempre como quer agora? – perguntou ele de repente, de modo impetuoso, como se não se desse conta das suas palavras nem parasse para pesá-las.

– Rodka, Rodka, que tu tens? Como é possível que me perguntes isso? Quem é que vai falar mal de ti? Eu não acreditaria em ninguém, fosse quem fosse, simplesmente expulsaria de minha frente.

– Vim para lhe afirmar que sempre gostei da senhora e que estou contente por tê-la encontrado agora sozinha e por Dúnietchka não estar em casa – continuou no mesmo ímpeto. – Vim para lhe dizer com toda a sinceridade que, por mais infeliz que seja, fique certa de que o seu filho a ama mais do que a si mesmo e que tudo isso que a mãe pensava de mim, que eu era um degenerado e não a queria, não era verdade. Eu nunca deixei de amá-la... E pronto, já chega; achei que devia fazer isto e começar por aqui...

Pulkhiéria Alieksándrovna abraçou-o em silêncio, apertou-o contra o seu peito e chorou brandamente.

– Não sei, Rodka, o que está acontecendo contigo – disse finalmente.

– Pensei durante todo este tempo que tu estavas simplesmente farto de mim, mas vejo agora, a avaliar por todos os indícios, que tiveste algum grande desgosto e que isto te abateu. Há muito já pressentia. Desculpa que te diga, mas não faço outra coisa senão pensar nisso e, durante a noite, não consigo dormir. A tua irmã também passou esta noite muito inquieta, falava, sonhando, e dizia o teu nome. Eu ouvi algumas coisas que ela dizia, mas não compreendia nada. Passou toda a manhã como se a esperasse um suplício, à espera de não sei o que, cheia de pressentimentos, e olha... aí está ela. Rodka, Rodka, que te aconteceu? Pensas em partir daqui?

– Sim, penso.

– Era isso mesmo que eu supunha! Mas, olha, eu também posso ir contigo, se precisares. E Dúnia também; ela te ama, te ama muito, e até Sófia Siemiônovna também poderá ir conosco, se for preciso; olha, eu teria muito gosto em perfilhá-la. Dmitri Prokófitch nos ajudaria a nos reunir... Mas... onde pensas... ir?

– Adeus, mãezinha.

– O quê? É hoje? – exclamou ela, como se fosse perdê-lo para sempre.

– Não posso me demorar; tenho que ir agora...

– E não posso ir contigo?

– Não, mas ajoelhe e implore a Deus por mim. Talvez a sua prece chegue até Ele.

– Deixa eu te persignar, te abençoar! Assim, assim. Oh, meu Deus, que teria acontecido!

Sim, ele estava muito satisfeito, estava muito satisfeito porque ninguém estava presente, por se encontrar sozinho com a mãe. Era como se depois de todo aquele tempo horrível seu coração se abrandasse de repente. Caiu de joelhos, beijou-lhe os pés, e os dois choravam abraçados. E agora ela já não mostrava nenhum espanto nem lhe fazia pergunta nenhuma. Há algum tempo que já tinha percebido que alguma coisa de horrível se passava com o seu filho e que aquele era um instante decisivo para ele.

– Rodka, meu querido, meu primeiro filho! – disse soluçando. – Agora é como se fosses pequenino, quando vinhas para perto de mim e me beijavas; o teu pai ainda era vivo, e quando tínhamos algum desgosto, tu nos servias de consolo por estares conosco e, depois de o teu pai ter morrido, quantas vezes choramos os dois abraçados, como agora, sobre a sua sepultura! E se eu, de um tempo para cá choro tanto, é porque o meu coração de mãe adivinhava, tu bem vês. Assim que te vi a primeira vez naquela noite, te lembras?, quando acabávamos de chegar de viagem, só de olhar para ti adivinhei tudo, de tal maneira que estremeci toda por dentro, e agora, quando te abri a porta, quando te vi, disse para comigo: "Chegou a hora fatal". Rodka, Rodka, não vai já, assim, tão depressa.

– Não.

– E virás me visitar?

– Sim... virei.

– Rodka, não te aborreças, porque eu não me atrevo a te perguntar. Sei que não me atrevo, mas me diz ao menos duas palavrinhas. Vais para muito longe?

– Para muito longe.

– Mas o que te leva para lá? Tens algum objetivo, é o teu futuro, o que é? Me diz!

– Será o que Deus quiser... Limite-se a rezar por mim..

Raskólhnikov dirigiu-se para a porta, mas ela o fez parar e ficou a olhá-lo nos olhos com uma expressão desolada. Tinha o rosto transtornado de assombro.

– Basta, mãezinha – disse Raskólhnikov, profundamente arrependido da ideia que tivera de ir ali.

– Não há de ser para sempre! Não há de ser para sempre, não é verdade? Porque tu virás, virás amanhã, sim?

– Virei, virei, adeus!

Finalmente, afastou-se.

Estava uma tarde fresca, suave e clara; o mau tempo cessara desde a manhã. Raskólhnikov dirigiu-se para a sua casa, e ia apressado. Queria terminar tudo antes do cair da tarde. Até lá não queria se encontrar com ninguém. Quando subia até o seu quarto, reparou que Nastássia, ao retirar o samovar, não tirava os olhos dele e seguia todos os seus gestos. "Será que alguém esteve aqui?", pensou. Lembrou-se de Porfíri com aborrecimento. Mas, ao se dirigir para o seu quarto e abri-lo, ficou surpreendido por encontrar Dúnietchka. Ela estava ali completamente sozinha, profundamente meditativa e, segundo parecia, há muito tempo que o esperava. Levantou-se do divã, assustada, e parou diante dele. O seu olhar, teimosamente fixo sobre ele, exprimia horror e uma dor infinita. E bastou aquele olhar para ele compreender imediatamente que ela sabia tudo.

– Devo entrar ou ir embora? – perguntou ele, receoso.

– Passei todo o dia com Sófia Siemiônovna, e estávamos as duas à tua espera. Pensávamos que, com certeza, irias até lá.

Raskólhnikov entrou no quarto e deixou-se cair sobre uma cadeira, assustado.

– Estou um pouco fraco, Dúnia, muito cansado, e queria, neste momento, ter pleno domínio sobre mim mesmo.

Olhou rapidamente para ele, desconfiada.

– Onde estiveste durante a noite passada?

– Não me lembro bem; olha, minha irmã, eu queria morrer, e mais de uma vez me aproximei do Nievá; só disso é que me lembro. Queria acabar ali para sempre; mas... me faltou coragem... – balbuciou, tornando a olhar para Dúnia, receoso.

– Louvado seja Deus! Era isso que nós receávamos, eu e Sófia Siemiônovna! Afinal, ainda acreditas na vida; louvado seja Deus, louvado seja Deus!

Raskólhnikov pôs-se a rir sarcasticamente.

–Eu não acreditava em nada disso, mas ainda há pouco estive abraçado à mãe, chorando junto com ela, e pedi-lhe que rezasse por mim. Talvez Deus saiba o que isto significa, porque eu não compreendo.

– Estiveste com a mãe? E disseste a ela? – exclamou Dúnia horrorizada. – Tiveste coragem para lhe dizer?

– Não, não disse... com palavras, mas compreendeu, em parte. Te ouviu delirar esta noite. Tenho certeza de que já sabe metade, pelo menos; é possível que eu tenha feito mal em ir vê-la. Nem sequer sei por que fui. Eu sou vil, Dúnia.

– És vil e estás disposto a suportar a dor! Porque é o que tu vais fazer, não é verdade?

– É. Agora mesmo. Sim, para evitar esta vergonha é que eu queria me atirar na água, Dúnia; mas quando já estava à beira dela pensei que, se até agora me considerei forte, também não hei de morrer por causa da vergonha – disse, erguendo-se. – Será isto orgulho, Dúnia?

– É orgulho, Rodka.

Uma espécie de fogo brilhou nos seus olhos encovados; aquilo de ainda conservar o seu orgulho o lisonjeava.

– E não vai imaginar que era a água que me dava medo – perguntou, olhando-a no rosto com um sorriso indolente.

– Oh, Rodka, basta! – exclamou Dúnia com amargura.

Houve dois minutos de silêncio. Ele estava sentado, de cabeça baixa e de olhos fixos no chão; Dúnietchka falava-lhe de pé, no outro extremo da mesa, e contemplava-o com dor. De repente, ele se levantou.

– Esta tarde, chegou o momento. Vou agora mesmo me entregar. Mas não sei por que tenho de fazer isso.

Grossas lágrimas correram pelas faces dela.

– Tu choras, minha irmã, e queres me ajudar?

– Tens dúvidas?

Ele a abraçou com força.

– Então, ao te entregares ao castigo, não estarás lavando já metade do teu crime? – exclamou ela sem deixar de abraçá-lo e de beijá-lo.

– Crime? Que crime? – exclamou ele de repente, como se tivesse sido acometido de um furor súbito. – O de ter matado um asqueroso e daninho piolho, uma velha agiota, que não fazia falta a ninguém, e por tê-la matado deviam ser perdoados quarenta pecados, e que se alimentava do sangue dos pobres? Isso é um crime? Eu não creio que seja, nem penso em lavá-lo. Porque vão gritar todos, por todos os lados: "É um crime, é um crime!"? Só agora vejo claramente toda a estupidez da minha pusilanimidade, agora que já decidi enfrentar essa vergonha inútil! Foi simplesmente pela minha vileza e fraqueza que tomei essa decisão, e talvez também por conveniência, como supunha esse Porfíri!

– Irmão, irmão, que estás dizendo? Mas tu não derramaste o sangue? – exclamou Dúnia desolada.

– O que todos derramam – insistiu ele, como se estivesse fora de si – o que se verte e sempre se há de verter no mundo como uma torrente, o que corre como champanhe e pelo qual se coroam no Capitólio e chamam depois benfeitores da humanidade. Bastava que abrisses bem os olhos e olhasses! Eu também queria o bem das pessoas, e teria feito cem, mil boas ações em troca dessa única estupidez, que nem sequer foi estupidez, mas simplesmente uma inépcia, visto que todas essas ideias nunca são tão estúpidas como parecem depois, quando fracassam... (No fracasso tudo parece estúpido!) Com essa estupidez eu queria me fixar numa posição independente, dar o primeiro passo, arranjar recursos, e então tudo teria ficado compensado com uma utilidade relativamente incomparável... Mas eu, eu não consigo aguentar o primeiro passo porque sou... reles! Aí tens tudo! E, no entanto, não posso ver as coisas com os mesmos olhos que tu; se tivesse triunfado, teriam me coroado, ao passo que, assim, caí por terra!

– Mas não é assim, de maneira nenhuma! Irmão, o que estás dizendo?

– Ah! Não é esta a forma, não é uma forma esteticamente boa! Pronto, não há dúvida de que não consigo compreender! Por que matar as pessoas com granadas, manter um cerco em forma é uma coisa mais honrosa? A preocupação com a estética é o primeiro sinal da impotência! Nunca, nunca reconheci isto mais claramente do que agora, e menos do que nunca compreendo agora o meu crime! Nunca estive tão forte e tão convencido como agora!

As cores tinham subido ao seu pálido e vincado rosto. Mas ao proferir a última exclamação, os seus olhos se encontraram com os olhos de Dúnia e percebeu nela tanta, tanta dor que, involuntariamente, se dominou. Sentia que, apesar de tudo, tornava desgraçadas aquelas duas pobres mulheres. E que, entretanto, ele era a causa disso.

– Querida Dúnia... Sim, eu sou culpado, me perdoa. Se bem que não é possível me perdoar, uma vez que eu sou culpado. Adeus! Não vamos agora brigar! Já é hora, está entardecendo. Não me sigas, eu te peço. Ainda tenho de ir... Tu, vai já ficar com a mãe. Eu te peço! Este é o último e o maior favor que te peço. Nunca te separes dela; eu a deixei numa inquietação que será difícil de suportar: ou ela morre ou enlouquece. Fica ao lado dela! Razumíkhin acompanhará vocês; foi o que ele disse... Não chores por minha causa; hei de procurar ser corajoso e honesto toda a vida, embora seja um assassino. Pode ser que ouças falar no meu nome alguma vez. Não servirei para envergonhar vocês, vais ver; ainda hei de mostrar... mas, por enquanto, até à vista – apressou-se a concluir, pois observara outra vez uma estranha expressão nos olhos de Dúnia ao proferir as últimas palavras e promessas. – Mas por que choras dessa maneira? Não chora, não chora; olha, não vamos nos separar para sempre! Ah, sim! Espera, já me esquecia!

Aproximou-se da mesa, pegou um volumoso e poeirento livro, abriu-o e tirou do meio de suas páginas um pequenino retrato em aquarela sobre marfim. Era o retrato daquela filha da senhoria que fora sua noiva e morrera de febre, daquela estranha moça que desejara ser freira. Contemplou por um momento aquele rosto expressivo e dolente, beijou o retrato e entregou-o a Dúnietchka.

– Olha, eu falei muito disso com ela – disse pensativo. – Confiei-lhe muitas coisas a respeito disso que depois me correu tão mal. Não te preocupes – disse, voltando-se para Dúnia – ela não estava de acordo comigo, como tu também não estás, e estou contente por ela já não existir. O mais importante, o mais importante, nisto, é que tome agora um novo rumo e que tudo mude – exclamou de repente, recaindo na sua tristeza. – Tudo, tudo. Mas será que eu estarei preparado para isso? Será que desejo isso? Dizem que há de ser uma experiência necessária para mim! Mas para que, para que todas estas absurdas experiências? Por que verei melhor as coisas depois, do que as vejo agora, abatido pelos sofrimento, pela idiotice, pela impotência física, depois de vinte anos de presídio, e para que viver depois disso? Por que concordo em viver desse modo? Oh, eu não sabia que era covarde, quando esta manhã, ao clarear o dia, me encontrava à beira do Nievá!

Finalmente saíram os dois. Dúnia custava a suportar isso, mas ela gostava dele. Caminhou para a frente, e ainda mal andara cinquenta passos, quando se voltou novamente para olhá-lo. Ao chegar à embocadura de uma rua, ele se voltou também, e os seus olhos se encontraram pela última vez; mas quando reparou que ela o olhava, agitou a mão com impaciência e até com aborrecimento, para que ela se fosse embora, e virou rapidamente a esquina.

"Sou mau, bem vejo!", pensava, envergonhando-se, passado um minuto, do seu último gesto de aborrecimento para com Dúnia.

– Mas por que elas me amam tanto se eu não mereço? Oh, se eu fosse sozinho e ninguém gostasse de mim e eu também não amasse ninguém! Não aconteceria nada disto! Mas será curioso ver se nesses futuros quinze ou vinte anos a minha alma já terá serenado, ao ponto de eu me pôr a choramingar de enternecimento perante as pessoas e a chamar de canalha a mim mesmo. Sim, é isto, é isto! É para isso que eles vão me deportar agora; é disso que eles precisam... Eles caminham todos pelas ruas, para um lado e para o outro, e são todos uns canalhas e uns bandidos por natureza; ou pior ainda: são uns idiotas! Mas tenta evitar o presídio e todos eles se sentirão possuídos de uma piedosa indignação! Oh, como eu aborreço a todos!

Ficou profundamente meditativo, pensando nisto: "Como seria possível finalmente se reconciliar com todos eles, sem segunda intenção, se reconciliar por uma autêntica convicção? E por que não? Com certeza tinha de ser assim. Será que vinte anos de contínua servidão não domariam uma pessoa definitivamente? A água acaba por romper a pedra. Mas por que, por que viver depois disso, para que ir para lá agora, quando eu sei que tudo isto será exatamente assim, como num livro, e não de outra maneira?". Seria talvez a centésima vez que fazia aquela pergunta desde a noite anterior, mas, no entanto, foi até lá.

CAPÍTULO VIII

Quando entrou na casa de Sônia, já escurecia. Sônia estivera todo o dia à espera dele, numa agitação extraordinária. Esperou-o juntamente com Dúnia. Esta fora vê-la de manhã, pois se lembrava das palavras que ouvira de Svidrigáilov no dia anterior: "Que Sônia sabia de tudo". Não nos demoraremos a contar pormenorizadamente o diálogo e as lágrimas das duas mulheres e até que ponto se sentiam irmanadas nos mesmos sentimentos. Nesse encontro Dúnia obteve pelo menos o consolo de saber que o irmão não estava só; para ela, para Sônia, antes de qualquer outra pessoa, ele tinha ido com a sua confissão; tinha procurado nela o ser humano quando este lhe fez falta, e agora ela também o acompanharia, conforme o destino ordenasse. Não lhe perguntara, mas sabia que seria assim. Olhava para Sônia com certa veneração, e a princípio, esta até se sentira incomodada com esse sentimento devoto com que era tratada. Sônia esteve quase a ponto de chorar; por seu lado, se considerava indigna de olhar sequer para Dúnia. Ficara gravada para sempre na sua alma, como uma das visões mais belas e sublimes da sua vida, a maneira tão gentil como Dúnia a acolhera no seu primeiro encontro, na casa de Raskólhnikov, saudando-a com tanta deferência e respeito.

Até que Dúnia acabou não suportando mais e deixou Sônia para ir esperar o irmão em sua casa; pensava que seria lá o primeiro lugar onde ele iria. Quando ficou sozinha, Sônia começou imediatamente a se afligir com ideia de que, com efeito, ele tivesse se suicidado. Era o mesmo que Dúnia receava também. Ambas tinham passado o dia inteiro a procurar se convencer mutuamente, com todo o gênero de razões, de que isso não era possível, e sentiram-se mais tranquilas enquanto estavam juntas. Mas agora, assim que se separaram, tanto uma como a outra não faziam mais do que pensar nisso. Sônia se lembrava de que no dia anterior Svidrigáilov tinha dito que só restavam dois caminhos a Raskólhnikov: Vladímirka ou... Além disso conhecia o seu orgulho, a sua altivez, o seu amor-próprio e a sua incredulidade. "Será que a falta de coragem e o medo da morte poderiam obrigá-lo a viver?", pensou finalmente, desolada. Entretanto, o sol já tinha se posto. Ela continuava de pé, triste, diante da janela, olhando atentamente para fora... mas daquela janela só podia se ver o grande paredão enegrecido da casa em frente. Até que finalmente, quando já estava convencida da morte do infeliz... ele entrou no quarto.

Um grito de alegria escapou do seu peito. Mas quando olhou atentamente o rosto dele, empalideceu de súbito.

– Bem! – disse Raskólhnikov sorrindo sardonicamente – vim por causa das tuas cruzes, Sônia. Foste tu mesma quem me disseste que fosse a uma encruzilhada; que tens, agora que tudo vai acabar? Tens medo?

Sônia olhou para ele estupefata. Parecia-lhe estranho aquele tom; um tremor frio lhe correu por todo o corpo, mas compreendeu imediatamente que tanto aquele tom de voz como aquelas palavras eram fingidos. Além disso, ele lhe falara, olhando a um canto, e parecia estar evitando lhe olhar francamente no rosto.

– Olha, Sônia, eu pensei que, de fato, talvez isso seja o mais vantajoso. Há uma circunstância... Mas isso demoraria muito para contar, e, além disso... para quê? Fica sabendo que só há uma coisa que me custa, me incomodam essas visões estúpidas, bestiais, que vão me rodear agora, fixar sobre mim os seus olhos fosforescentes, me oprimir com as suas perguntas tolas, às quais não terei outro remédio senão responder... e me apontar com o dedo... Arre! Olha, não penso ir falar com Porfíri, estou farto dele. Prefiro me dirigir ao meu amigo Pórokhov, que ficará espantado e conseguirá um triunfo na sua classe. Mas seria preciso ter mais sangue-frio; tenho tido muitas birras nestes últimos tempos, acreditas? Há pouco quase ameacei a minha irmã com o punho, só porque ela se virou para me olhar. É uma porcaria este estado de espírito! Ah, até onde eu cheguei! Bem, vamos ver, onde é que estão as cruzes?

Parecia fora do ar. Nem sequer conseguia ficar sossegado um momento no seu lugar, nem fixar a atenção em nada; os seus pensamentos se entrecruzavam, se confundiam; as suas mãos tremiam levemente.

Em silêncio, Sônia tirou duas cruzes de uma caixinha, uma de madeira de cipreste e a outra de cobre, se benzeu, benzeu-o, e depois pendurou no pescoço dele a cruz de cipreste.

– Isto é um símbolo, quer dizer que trarei esta cruz em cima de mim, he, he! Como se já não tivesse sofrido bastante até aqui! De madeira de cipreste; isto é, para o povo; de cobre.. esta era de Lisavieta, que a trazia... Me mostra, deixa-me vê-la! Ela estava com ela naquele momento? Eu também conheço duas cruzes semelhantes: uma de prata, e outra que tem uma imagenzinha. Naquele momento atirei-as no peito da velha. Afinal, também deviam pôr agora aquelas no pescoço... Mas, no fim das contas, não faço mais nada senão divagar, me esqueci do motivo que me trouxe, estou distraído! Olha, Sônia... eu vim com o fim especial de te dizer, para que fiques sabendo... Olha, é tudo... Foi só por isso que vim. Hum! No entanto eu queria dizer mais alguma coisa. Olha, tu mesma querias que eu fosse até lá; pois bem, irei para o presídio e o teu desejo vai ser atendido, mas por que choras? Que te aconteceu? Pronto, já chega; oh, como me custa suportar tudo isto! No entanto, um sentimento ia se formando nele; seu coração se confrangia quando olhava para ela: "Mas por que esta, esta?", pensou para si. "O que eu sou para ela? Por que chora, por que procede comigo como a minha mãe e Dúnia? Vai ser a minha ama!"

– Te benze, reza, ainda que seja apenas uma vez – implorou Sônia com voz trêmula, tímida.

– Oh, quantas vezes quiseres! E com a mais boa vontade, Sônia, a melhor vontade! Aliás, queria dizer alguma outra coisa.

Persignou-se várias vezes. Sônia pegou o lenço e colocou-o na cabeça. Era um lenço verde quadriculado, provavelmente o mesmo a que Marmieládov tinha se referido naquela vez, o lenço da família. Essa ideia passou pela cabeça de Raskólhnikov, mas ele não perguntou nada. De fato, ele mesmo sentia que estava muito distraído e que era presa de uma perturbação anormal. Isso o assustava. De súbito, sentiu-se impressionado por Sônia querer sair ao mesmo tempo que ele.

– Que é isso? Onde tu vais? Fica aqui, fica aqui! – exclamou com rancor e, quase colérico, dirigiu-se para a porta. – Não preciso de escolta! –, resmungou ao sair.

Sônia ficou parada no meio do quarto. Ele nem sequer se despediu dela; tinha se esquecido; uma dúvida dolorosa e teimosa se agitava na sua alma.

"Mas isto tem de ser assim, tudo isto tem de ser assim?", tornou a pensar, enquanto descia a escada. "Não seria possível ainda se deter e arranjar tudo de novo... não ir até lá?"

Mas, apesar de tudo, foi. De repente sentiu, de maneira definitiva, que não havia motivo para fazer perguntas. Quando se viu na rua, lembrou-se de que não se despedira de Sônia, que esta ficara no meio do quarto, com o seu lencinho verde, sem ousar se mexer perante a sua intimidação, e parou por um momento. Nesse instante, de súbito, um pensamento se tornou claro para ele... Parecia que estivera à espera até então para acabar de transtorná-lo.

"Mas, vamos ver: para que eu teria ido vê-la agora? Eu lhe disse que tinha ido por causa de uma coisa; mas que coisa? Afinal, nenhuma! Dizer a ela que 'ia para lá', seria para isso? Mas para que isso era preciso? Eu a amo? Não, não! Não acabei de sacudi-la agora como se fosse um cão? A cruz... Mas precisava eu, por acaso, que ela me desse a cruz? Oh, que baixo eu caí! Não, eu necessitava das suas lágrimas; o que eu precisava era ver o seu medo, ver como seu coração doía e se despedaçava! Eu precisava me agarrar a alguma coisa, pactuar, contemplar um ser humano! E tinha me atrevido a resumir em mim mesmo tantas ilusões, e sonhar tantas coisas de mim, eu, que sou um mendigo, insignificante e reles, reles!"

Ladeava o cais do canal e já faltava pouco. Mas quando chegou à ponte parou, e de repente virou para o lado e se dirigiu ao Feno.

Olhou avidamente para a direita e para a esquerda, contemplando com esforço todos os objetos e sem conseguir concentrar a atenção em nada; tudo lhe escapava. "E pronto, dentro de uma semana, dentro de um mês, me conduzirão, sabe-se lá para onde, dentro de um desses carros de presos, por esta mesma ponte. Como eu olharei então este canal? Vou me lembrar disto?", foi o pensamento que lhe atravessou a mente. "Ali está o letreito dessa loja: como vou ler então estas mesmas letras? Ali diz: 'Companhia'; bem, vou me lembrar, depois, daquele 'a', da letra 'a', e olhar dentro de um mês esse mesmo 'a'; como o verei então? O que sentirei e o que pensarei então? Meu Deus, como tudo isto tem de ser reles, todas estas minhas atuais... preocupações! Não há dúvida de que tudo isto deve ser curioso... no seu gênero... Ah, ha, ha; as coisas que eu penso! Estou me tornando criança, dando ares de corajoso perante mim mesmo; mas, vamos ver; por que eu sentiria vergonha? Hum! Sempre dão cada encontrão numa pessoa! Ali vai aquele gorducho... deve ser um alemão... acaba de me dar um encontrão. Como é que ele podia saber em quem é que deu o empurrão? Uma velha com uma criança me pede esmola, e é curioso pensar que deve me considerar mais feliz que ela! E não deixa de ser engraçado eu ter lhe dado esmola! Olhem, me resta apenas um *piatak* no bolso, de onde teria vindo isto? Vamos, vamos... tome lá, mãezinha!"

– Deus te guarde! – disse a voz chorosa da mendiga. Entrou no Feno. Achava muito desagradável para ele, de fato, se acotovelar com as pessoas, mas, no entanto, se dirigiu precisamente para o lugar onde havia mais gente. Teria dado tudo para estar sozinho, mas sabia muito bem que nem um momento sequer poderia ficar só. Entre as pessoas havia um ébrio que fazia algazarra; se esforçava por dançar, mas acabava sempre caindo de costas. Tinha-se formado um círculo à sua volta. Raskólhnikov abriu caminho entre as pessoas, contemplou o bêbado por momentos e, de repente, desatou num riso breve e entrecortado. Um minuto depois já tinha se esquecido dele e nem sequer o vira, apesar de ter olhado para ele. Afastou-se, finalmente, sem ter sequer apercebido o lugar em que se encontrava, mas quando saiu do meio daquela praça, operou-se nele de repente um movimento, apoderou-se dele subitamente uma sensação que o invadiu todo, no corpo e na alma. De repente se lembrou das palavras de Sônia: "Vai a uma encruzilhada, faz uma reverência às pessoas, beija a terra, porque também pecaste perante ela, e diz a todos em voz alta: 'Sou um assassino!'.". Todo ele tremia ao recordar isso. E a tal ponto se apoderou dele o sofrimento sem desabafo e o temor de todo aquele tempo, e sobretudo o das últimas horas, que se rendeu a toda aquela sensação, nova, plena. Uma espécie de ataque o acometeu de repente, uma centelha acendeu-se na sua alma e, subitamente, como um fogo, envolveu-o todo. De repente, tudo se enterneceu nele, e as lágrimas saltaram dos seus olhos. Estava de pé, e assim, tal como estava, tombou sobre a terra...

Pôs-se de joelhos no meio do terreno, fez uma vênia à terra e beijou essa terra suja com prazer e felicidade. Levantou-se e tornou a se ajoelhar outra vez.

– Olhem o que deu nele! – observou um rapazinho ao seu lado.

Ouviram-se risos.

– Naturalmente vai a Jerusalém e está se despedindo dos filhos e da pátria, e saúda todo mundo, a capital de São Petersburgo e o seu chão – acrescentou um operário meio embriagado.

– O rapaz ainda é novo! – respondeu um terceiro.

– E é de boa família! – observou um, com voz séria.

– Hoje já não se distingue quem é de boa família e quem não é.

Todos esses comentários e ditos coibiam Raskólhnikov, e a frase sou um assassino, talvez já pronta a brotar da sua boca, nela se extinguiu. Mas suportou tranquilamente todos esses dichotes e, sem olhar para ninguém, pôs-se a andar ao longo da ruela, em direção ao Comissariado. E uma só visão lhe vinha à mente pelo caminho, mas não lhe causava espanto. Já calculava que tinha de ser assim. Quando, no Feno, se prostrara sobre a terra pela segunda vez, quando se voltou para a direita, viu com assombro Sônia a cinquenta passos de distância. Ela estava escondida atrás de uma das barracas de madeira que havia na esplanada; e assim, portanto, ela o acompanhava em todo o seu calvário. Raskólhnikov sentia e compreendia naquele instante, talvez de uma vez por todas, que a partir de então Sônia estaria com ele eternamente e iria atrás dele nem que fosse até o fim do mundo, onde o destino o enviasse. Seu coração pulsou num rebate violento... Mas... já chegara ao lugar fatídico.

Atravessou o portão com bastante coragem. Era preciso subir até o terceiro andar. "Por enquanto, subamos", pensou. De maneira geral tinha a impressão de que dali até o momento fatal ainda faltava bastante, que ainda tinha muito tempo à sua frente – que ainda podia pensar em muitas coisas.

Outra vez a mesma imundície de então, os mesmos restos na escada de caracol; outra vez as portas dos andares abertas de par em par; outra vez as mesmas cozinhas, das quais exalavam vapores quentes e baforadas. Desde a outra vez que Raskólhnikov não voltava ali. Seus pés fraquejavam e pareciam lhe faltar, mas continuava caminhando. Parou um momento para respirar, para recobrar ânimo, para entrar como um homem. "Mas para quê? Para quê?", pensou, de repente, reparando no seu movimento, "já que tenho de esgotar este cálice, tanto faz! Quanto mais repugnante, melhor." Pela sua imaginação passou naquele momento a figura de Iliá Pietróvitch, o Pórokhov. "Mas vou falar com esse, de fato? Não podia falar com outro? Não podia falar com Nikodim Fomitch? Dar meia-volta de repente e ir ter com o próprio chefe do Comissariado a sua casa? Pelo menos a coisa seria tratada em família... Não, não! Com o Pólvora, com o Pólvora! Já que é preciso esgotá-lo, vamos esgotá-lo de uma vez."

Empurrou a porta do Comissariado, transido de frio e quase de maneira inconsciente. Mas, dessa vez, havia pouca gente, somente o porteiro e um ou outro homem do povo. A sentinela nem sequer o olhou da sua guarita. Raskólhnikov passou à segunda sala. "Talvez ainda seja possível não falar", lembrou-se. Ali, um indivíduo pertencente à classe dos empregados, vestido à paisana, escrevia alguma coisa à sua escrivaninha. A um canto estava sentado também outro escriturário. Zamiótov não estava. E Nikodim Fomitch também não devia estar.

– Ninguém está? – perguntou Raskólhnikov encarando o indivíduo do escritório.

– A quem procura?

– A... a... ah! Com o ouvido não ouvi, com os olhos não vi, é uma alma russa... conforme dizem num conto... de que já me esqueci. Os meus... respeitos! – gritou de repente uma voz conhecida.

Raskólhnikov estremeceu. Diante dele estava o Pólvora; saíra, de repente, da terceira sala. "E mesmo o destino", pensou Raskólhnikov, "por que ele estaria aqui?"

– A mim, a quem? – exclamou Iliá Pietróvitch; era evidente que se achava em excelente disposição de espírito e até um tanto inspirado. – Se é para tratar de algum assunto, então, ainda é cedo... Eu estou aqui por casualidade... Mas em que posso...? Confesso-lhe que... O quê? O quê? Desculpe...

– Raskólhnikov.

– Sim, é mesmo! Raskólhnikov! Mas o senhor pensava que eu havia me esquecido? Suponho que não vai me julgar capaz de... Rodion Ro... Ro... Rodiónitch, não é assim?

– Rodion Románovitch.

– É isso, é isso é isso! Rodion Románovitch, Rodion Románovitch! Era isso que eu queria dizer. Até tenho perguntado muitas vezes pelo senhor. Eu lhe confesso que sempre lamentei ter tido aquele incidente com você... Depois me explicaram, vim a saber que o senhor era um jovem literato e até um sábio... que, por assim dizer, fizera a sua estreia... Oh, meu Deus! E qual é o literato ou o sábio, que, a princípio, não tem as suas extravagâncias! Minha esposa e eu temos o maior respeito pela literatura, para a minha mulher, a literatura é uma verdadeiro paixão! A literatura e a arte! Tirando a nobreza, tudo o mais se pode adquirir com o talento, a ciência, a razão, o gênio! O chapéu... ora vejamos, é um exemplo; o que significa o chapéu? O chapéu é uma carapuça, eu os compro na casa de Zimmermann, mas aquilo que se esconde debaixo do chapéu e com o chapéu se cobre, não posso eu comprar! Eu, confesso, até pensei em ter uma conversa com o senhor, simplesmente reconsiderei e pensei que talvez o senhor... Mas, com isso tudo, não lhe perguntei: precisa de alguma coisa? Dizem que a sua família veio visitá-lo...

– Sim, a minha mãe e a minha irmã.

– Tive também a honra e a sorte de conhecer a sua irmã... Pessoa culta e encantadora. Confesso que lamentei ter-me excedido então com o senhor daquela maneira. Que fiasco! Mas o fato de eu ter lhe dirigido um certo olhar, por causa do seu desmaio... explicou-se depois cabalmente. Crueldade e fanatismo! Compreendo a sua indignação. Pretende mudar de casa por causa da chegada da sua família, não?

– Não... não, eu, simplesmente... Eu vinha para perguntar. Pensei que encontraria Zamiótov aqui.

– Ah, sim! Então, ficaram amigos? Ouvi dizer isso. Pois não, Zamiótov não está... não se encontra aqui. Olhe, ficamos sem Alieksandr Grigórievitch! Desde ontem que não o temos aqui... foi transferido... e, quando saiu, até se zangou com todos... Chegou até esse ponto a sua descortesia... Não passa de um cabeça de vento, esse rapaz; ainda chegou a alimentar esperanças, mas qual, vá lá uma pessoa se fiar na nossa brilhante juventude! Quer fazer o exame de não sei o que, só para se tornar importante e se vangloriar perante nós por ter feito o exame! Olhe, não é nada parecido com o seu amigo Razumíkhin, por exemplo! A sua carreira é científica e o senhor não se deixa abater pelas derrotas! Para o senhor, de todos estes atrativos da vida, pode-se dizer: *Nihil est*[17]; o senhor é um asceta, um monge, um retraído. Para o senhor, os livros,

17. Que nada significam.

a pena atrás da orelha, as investigações científicas... É a isso que a sua alma aspira! Eu também, até certo ponto... Leu as memórias de Livingstone?

– Não.

– Pois eu li. Aliás, agora, abundam muito os niilistas; muito bem, é compreensível; pode me dizer que tempos são estes em que vivemos? Se bem que, afinal de contas, eu posso... Porque suponho que não seja um niilista! Me responda com toda a franqueza, com toda a franqueza!

– N... não!

– Não, olhe, o senhor pode falar francamente comigo, não se retraia, é como se estivesse a sós consigo! Uma coisa é o serviço e outra... o senhor imaginava que eu ia dizer a "amizade"; pois não, não acertou! Não se trata da amizade, mas do sentimento de cidadão e do homem, do sentimento da humanidade e do amor do Altíssimo. Eu, por mais personagem oficial que possa ser, por mais funcionário que seja, sinto-me sempre, sempre obrigado a sentir em mim o cidadão e o homem e a deixar isso claro... O senhor falou de Zamiótov. Zamiótov ama escândalos à maneira dos franceses, em estabelecimentos indecorosos, quando tem no corpo um copo de champanhe ou de vinho do Don... É para que veja quem é o seu Zamiótov! Em compensação, eu ardo em zelo e sentimentos elevados, e, além disso, tenho um nome, um cargo, ocupo um posto. Tenho mulher e filhos. Cumpro o dever de cidadão e de homem, ao passo que ele, quem é?, deixe que lhe pergunte. Eu me comporto para com o senhor como com um homem enobrecido pela ilustração. Olhe, as parteiras diplomadas se multiplicaram excessivamente..

Raskólhnikov arqueou interrogativamente as sobrancelhas. As palavras de Iliá Pietróvitch, que, via-se bem, acabara de se levantar da mesa, soavam e passavam na sua frente como ruídos vagos. No entanto, compreendia alguma coisa de tudo aquilo; olhava interrogativamente e não sabia em que aquilo iria acabar.

– Refiro-me a essas mulheres de cabelo cortado – continuou o tagarela de Iliá Pietróvitch. – Eu pus o nome nelas de parteiras, e acho que é uma denominação muito apropriada. He, he! Introduzem-se na Academia, estudam anatomia; ora vamos ver, diga-me: se eu adoecer, vou chamar uma moça para me tratar? He... he! – Iliá Pietróvitch pôs-se a rir, muito satisfeito da sua esperteza.

– Suponhamos que se trata de uma ânsia intensa de se instruírem, mas que se instruam e pronto. Para que abusar? Por que ofender as pessoas decentes, como faz aqui esse vadio do Zamiótov? Por que ofender a mim, pode me dizer? É preciso ver como tem aumentado o número de suicidas... Nem pode imaginar. Toda essa gente gasta até os últimos cobres e depois se mata. Moças, rapazes, velhos... Ainda esta manhã recebemos uma comunicação referente a um certo cavalheiro recém-chegado a Petersburgo. Nil Pávlitch, parece-me... Nil Pávlitch! Como se chamava esse *gentleman* do qual nos anunciaram há pouco que deu um tiro na cabeça, no velho Petersburgo?

– Svidrigáilov... – responderam da outra sala com voz forte e indiferente.

Raskólhnikov teve um sobressalto.

– Svidrigáilov! Svidrigáilov se matou?

– O quê? Mas conhecia Svidrigáilov?

– Sim... conhecia... Chegara há pouco...

– Ah, sim, chegara há pouco. Perdera a mulher, era um homem de conduta licenciosa e, de repente, vai e mete uma bala na cabeça, e de uma maneira tão escandalosa que não é possível fazer uma ideia... Deixou no seu livro de apontamentos algumas palavras declarando que morria no uso pleno das suas faculdades e pedindo que ninguém fosse culpado da sua morte. Dizem que tinha dinheiro. Então o conhecia?

– Sim... conhecia... a minha irmã trabalhou na casa dele como preceptora...

– Ah, ah, ah! Então, o senhor podia nos dar pormenores acerca dele. Não levantara nenhuma suspeita?

– Eu o vi ontem... Tinha bebido... Eu não sabia de nada.

Raskólhnikov sentia que alguma coisa lhe caíra em cima e o oprimia.

– Parece que o senhor tornou a empalidecer. Temos uma atmosfera tão abafada aqui.

– Sim, estou com pressa – balbuciou Raskólhnikov. – Desculpe ter vindo incomodar...

– Oh, de maneira nenhum, tive muito prazer! Me deu muito gosto e me sinto contente por manifestar-lhe...

E Iliá Pietróvitch até lhe estendeu a mão.

– Eu queria unicamente... Vim para ver Zamiótov...

– Compreendo, compreendo, mas tive muito prazer.

– É... Tive muito gosto... Até à vista – disse Raskólhnikov com um sorriso.

Saiu, cambaleava. A cabeça rodava. Já nem sabia como é que se mantinha ainda de pé. Começou a descer a escada, apoiando a mão na parede. Pareceu-lhe que um porteiro, com um livrinho na mão, lhe deu um empurrão quando cruzou com ele, ao entrar no Comissariado; que um cãozinho ladrava em algum lugar, no andar inferior, e que uma mulher atirava uma pedra nele e gritava. Conseguiu chegar lá em baixo e descer a escada. Já na cava, quando ia saindo, viu que Sônia estava ali, pálida como uma morta, e que o olhava na maior ansiedade. Parou diante dela. O seu rosto exprimia algo de doloroso, lancinante e desolado. Ergueu os braços. Um vago sorriso perdido assomou aos lábios dele. Ficou parado, riu sarcasticamente e voltou para cima, outra vez para o Comissariado. Iliá Pietróvitch estava sentado e remexia nuns papéis. À frente dele estava o mesmo camponês que acabara de lhe dar aquele encontrão quando se encontrou com ele na escada.

– Ah... ah... ah! É o senhor outra vez! Esqueceu alguma coisa aqui? Que deseja?

Raskólhnikov, de lábios desmaiados, com o olhar fixo, se aproximou devagar, aproximou-se da mesa dele, apoiou uma mão sobre ela, quis dizer alguma coisa e não pôde: apenas se ouviram alguns sons incoerentes.

– O senhor está indisposto: uma cadeira! Aqui... sente-se nesta cadeira, sente-se. Água!

Raskólhnikov deixou-se cair na cadeira, mas sem afastar os olhos da cara desagradavelmente surpreendida de Iliá Pietróvitch. Olharam-se um ao outro por um momento e ficaram à espera. Trouxeram a água.

– É que eu... – começou Raskólhnikov.

– Beba a água.

Raskólhnikov desviou a água com a mão e devagar, mas distintamente disse:

– É que fui eu quem matou aquela velha viúva de um funcionário e a sua irmã Lisavieta, com uma machadinha, para roubá-la.

Iliá Pietróvitch abriu a boca. De todos os lados acudiu gente. Raskólhnikov repetiu a sua declaração.

Epílogo

CAPÍTULO I

Sibéria. Na margem de um rio, ampla e deserta, ergue-se uma cidade, um dos centros administrativos da Rússia; na cidade, uma fortaleza, um presídio. Há dois meses que já está preso nele o deportado de segunda classe, para as galeras, Rodion Raskólhnikov. Já decorreu cerca de um ano e meio desde o dia do seu crime.

O curso do seu processo não teve grandes dificuldades. O criminoso manteve firme, clara e exata a sua declaração, sem omitir nenhum pormenor nem atenuá-los a seu favor, sem falsear os fatos nem esquecer a menor circunstância. Contou até os mais insignificantes pormenores, toda a preparação e execução do crime, esclareceu o mistério do "penhor" (aquela tabuinha de madeira com o pedacinho de metal) que encontraram na mão da assassinada, contou minuciosamente como tirou as chaves da morta, que descreveu, assim como descreveu também a arca e o que continha; até enumerou alguns dos vários objetos que estavam guardados nela; explicou o enigma do assassinato de Lisavieta; descreveu a maneira como Kotch chegou e bateu à porta, e depois dele, o estudante, repetindo tudo o que disseram entre si; como ele, o criminoso, saiu depois para a escada e ouviu os gritos de Mikolka e de Mitka; como se escondeu no andar vazio e voltou depois para casa e, para terminar, indicou a pedra daquele pátio do Próspekt Vosniessiénski, debaixo da qual foram encontrados os objetos e o porta-moedas. Em resumo: o caso estava esclarecido. Entre outras coisas, os instrutores do processo e os juízes ficaram assombrados por ele ter escondido os objetos e o porta-moedas debaixo de uma pedra, sem aproveitar nada, e, sobretudo, por que não só não se lembrava com precisão de todos os objetos que tinha roubado, como até se enganou quanto ao seu número. A circunstância especial de que nem uma só vez ele tinha aberto a bolsinha e nem chegou a saber ao certo o dinheiro que continha pareceu-lhes inverossímil (na bolsinha havia trezentos e dezessete rublos de prata e três moedas de vinte copeques; por terem estado muito tempo debaixo da pedra, as notas de cima, as maiores, estavam muito deterioradas). Isso deu muito o que pensar. Por que o réu mentia precisamente neste pormenor, quando em tudo o mais as suas afirmações eram verdadeiras e espontâneas? Finalmente, alguns (principalmente entre os psicólogos) chegaram até a admitir a possibilidade de que, de fato, ele não tivesse examinado o porta-moedas, ignorando, portanto, o que continha, e, sem saber, o meteu debaixo da pedra; mas disto mesmo concluíram que o crime não podia ter sido cometido senão num estado ocasional de loucura, por assim dizer, de uma mórbida monomania de homicídio e de roubo, sem intenções posteriores nem cálculos de lucro. A esse respeito invocou-se a novíssima teoria, que então estava na moda, da alienação mental temporária, que frequentemente se esforçam por aplicar, nestes nossos tempos, a alguns delinquentes. Além disso, o recente estado de hipocondria de Raskólhnikov foi terminantemente testemunhado por muitos, pelo doutor Zósimov, pelos seus antigos camaradas, pela senhoria e pela criada. Tudo isso contribuiu grandemente para a conclusão de que Raskólhnikov não era de maneira nenhuma um assassino, um bandido ou um ladrão vulgar, mas alguma coisa diferente. Para o enorme desgosto dos que sustentavam esta tese, o próprio criminoso quase não fazia nada para se defender, e até a perguntas finais, como: "O que o teria, concretamente, inclinado ao homicídio e o que foi que o induziu a cometer o roubo?", respondeu com toda a clareza e com a mais brutal precisão que a causa de tudo fora a sua tristíssima situação, a sua miséria e desamparo, o desejo de dar os primeiros passos na vida com o auxílio, pelo menos, de três mil rublos, que esperava encontrar na casa da vítima. Decidira cometer também o crime devido ao seu desorientado e fraco caráter, irritado também pelas privações e pelos fracassos. E perguntado sobre o motivo por que se sentira impelido a se entregar, respondeu que o fizera por um sincero arrependimento. Tudo isto era quase brutal...

No entanto, a sentença foi mais benigna do que se poderia esperar, levando em conta o crime cometido, e talvez porque o réu não quis se justificar, e quis até agravar a sua culpa. Todas as circunstâncias estranhas e especiais do caso foram tomadas em consideração. A situação patológica e a miséria do criminoso, antes de cometer, não se prestava à mais leve dúvida. O fato de ele não ter feito uso do roubo se atribuiu em parte aos efeitos do arrependimento que ele sentiu, e em parte ao mau estado das suas faculdades mentais na época em que cometeu o crime. A circunstância do assassinato não premeditado de

Lisavieta serviu também de exemplo para corroborar a última hipótese: o homem comete os dois assassinatos e, ao mesmo tempo, esquece que deixou a porta aberta. Por fim, se apresenta para se entregar, quando o assunto já tinha se embrulhado extraordinariamente em consequência da falsa declaração de um fanático alucinado (Nikolai), e quando, além disso, não se tinham provas claras contra o verdadeiro culpado, apenas suspeitas (Porfíri Pietróvitch cumprira a sua palavra); tudo isso contribuiu definitivamente para atenuar a sorte do réu. Além disso, foram esclarecidas outras circunstâncias completamente inesperadas, que favoreciam muito o processado. O ex-estudante Razumíkhin foi arranjar testemunhas sabe-se lá onde e trouxe provas de que o criminoso Raskólhnikov, no tempo em que esteve na Universidade, ajudou um colega pobre e tuberculoso, mantendo-o em tudo que ele necessitava, durante quase meio ano. E quando ele morreu, foi buscar seu pai, que ainda era vivo mas já era velho e estava entrevado (o filho o sustentava com o seu trabalho desde os treze anos), fez pedidos e conseguiu interná-lo num hospital, e quando ele morreu, pagou o enterro. Todos estes testemunhos tiveram a sua influência na decisão dos magistrados. Até a senhoria, mãe da falecida noiva de Raskólhnikov, a viúva Zarnítsina, testemunhou também que quando viviam ainda na outra casa, na Cinco Esquinas, Raskólhnikov, por ocasião de um incêndio, de noite, retirou duas crianças pequeninas de um andar já atingido pelas chamas, sofrendo também queimaduras. Esse fato foi comprovado, muitas testemunhas o afirmaram. Em suma: o caso terminou com a condenação do réu a trabalhos forçados de segunda classe, por apenas oito anos, levando em consideração o fato de ele mesmo ter se denunciado e algumas circunstâncias atenuantes da sua culpa.

A mãe de Raskólhnikov adoeceu logo já no princípio do processo. Dúnia e Razumíkhin encontraram uma maneira de tirá-la de Petersburgo durante todo o tempo que durou o julgamento: Razumíkhin escolheu uma cidade perto da estrada de ferro e a pouca distância de Petersburgo, a fim de poder acompanhar regularmente todos os incidentes do processo e, ao mesmo tempo, poder se encontrar com mais frequência com Avdótia Románovna. A doença de Pulkhiéria Alieksándrovna era um pouco estranha, nervosa, e era acompanhada de uma espécie de alienação mental, senão completa, pelo menos parcial. Ao voltar do seu último encontro com seu irmão, Dúnia já encontrou a sua mãe muito doente, com febre e delirando. Nessa mesma noite, a moça e Razumíkhin combinaram o que iriam responder às perguntas da mãe a respeito do irmão, e até inventaram juntos uma história completa para lhe contar sobre a ida de Raskólhnikov a algum lugar afastado, nas fronteiras da Rússia, onde ia assumir uma função especial, que lhe traria dinheiro e fama. Mas ficaram impressionados porque nem então, nem depois, Pulkhiéria Alieksándrovna lhes perguntou qualquer coisa sobre o assunto. Pelo contrário, ela mesma inventou uma história sobre a súbita partida do filho; contava com lágrimas que ele fora se despedir dela e que lhe dera a entender, de maneira indireta, que ela era a única que sabia de seus motivos importantes e particulares e que, por causa dos muitos e poderosos inimigos que ele, Rodion, tinha, era obrigado a se esconder. Quanto à sua futura carreira, sem dúvida ele a tinha por indubitável e brilhante, desde o momento em que desaparecessem algumas circunstâncias hostis; afirmava a Razumíkhin que, com o tempo, o seu filho viria a ser um senhor muito importante, como se podia deduzir do seu artigo e do seu brilhante talento literário. Ela lia continuamente esse artigo, e às vezes o lia também em voz alta, faltando pouco para que dormisse com ele, e, no entanto, nunca perguntava onde é que Rodka estava agora, apesar de ser notório que todos evitavam falar com ela sobre isso.. o que poderia ter despertado suspeitas. Até que por fim começaram a ficar inquietos por causa do estranho silêncio de Pulkhiéria Alieksándrovna a respeito de certos pontos. Por exemplo, nem sequer se queixava de não receber cartas dele, ao passo que antes, quando vivia na aldeia, quase se poderia dizer que vivia da ilusão e da esperança de receber o mais breve possível uma carta do seu queridíssimo Rodka. Esta última circunstância já era inexplicável e inquietava muito Dúnia; ela chegou a pensar se a mãe não estava pressentindo algo de horrível no destino do seu filho e receava fazer perguntas para não saber alguma coisa ainda mais horrível. Em todo o caso, Dúnia via claramente que Pulkhiéria Alieksándrovna não estava em seu perfeito juízo.

Aliás, duas vezes ela deu tal rumo à conversa que se tornou impossível não lhe dizerem onde Rodka se encontrava atualmente. Quando as respostas eram forçosamente pouco satisfatórias e suspeitas, ela ficava de repente muito triste, severa e taciturna, o que se prolongava durante muito tempo. Dúnia percebeu, finalmente, que era difícil mentir, e reconsiderou, chegando à conclusão definitiva de que era melhor não falar sobre certos pontos, mas cada vez se tornava mais claro que a pobre mãe receava algo de horrível. Entre outras coisas, Dúnia se lembrou das palavras do irmão a respeito de que a mãe a ouvira delirar durante a noite, antes daquele dia fatal, depois da sua cena com Svidrigáilov. Teria ouvido então alguma coisa? Às vezes, passados alguns dias e até semanas de arredio e desconfiado silêncio, e de lágrimas tristes, a doente adquiria uma animação histérica e começava de repente a falar em voz alta, quase sem parar, sobre o seu filho, suas ilusões, seu futuro... Em certas ocasiões as suas fantasias tornavam-se muito estranhas. Eles a consolavam, davam razão a ela (é possível que ela mesma compreendesse que lhe davam razão para consolá-la), mas, apesar de tudo, continuava falando...

A sentença contra o réu foi proferida cinco meses depois da sua apresentação às autoridades. Razumíkhin ia vê-lo na prisão sempre que era possível. Sônia também. Até que finalmente chegou a hora da separação. Dúnia jurou ao irmão que a separação não seria eterna; Razumíkhin também. Na jovem e fogosa cabeça de Razumíkhin tinha se enraizado firmemente o plano de, depois de juntar algum dinheiro, se estabelecer na Sibéria, onde a terra é rica sob todos os aspectos e há falta de trabalhadores, gente e capital, ainda que fosse só no começo da carreira; iria se estabelecer na mesma povoação em que Rodka se encontrasse e... todos juntos, começariam uma nova vida. Na despedida, todos choraram. Raskólhnikov nos últimos dias parecia muito pensativo, perguntava muito pela mãe, estava constantemente inquieto por causa dela. Preocupava-se muito, o que assustava Dúnia. Quando soube pormenores sobre a doença da mãe, ficou muito sombrio. Fosse pelo que fosse, esteve muito pouco comunicativo com Sônia durante todo o tempo. Graças ao dinheiro que Svidrigáilov lhe deixara, há algum tempo que Sônia já se preparara para seguir a leva de presos em que ele iria. Raskólhnikov e ela nunca tinham tocado nisto, mas sabiam que assim seria. Na despedida, ele sorriu de uma maneira um tanto estranha ante a ardente convicção de sua irmã e de Razumíkhin a respeito da felicidade que havia de ser o seu futuro quando ele saísse do presídio, e teve o pressentimento de que a doença da mãe teria em breve um triste desenlace. Até que, finalmente, ele e Sônia se puseram a caminho.

Dois meses depois, Dúnia casou-se com Razumíkhin. A boda foi triste e íntima. Entre os convidados estavam Porfíri Pietróvitch e Zósimov. Nos últimos tempos, Razumíkhin tinha o aspecto de um homem de forte decisão. Dúnia acreditava cegamente, como não podia deixar de acreditar, que ele levaria a cabo todas as suas intenções; notava-se naquele homem uma vontade de ferro. Entre outras coisas, voltou a assistira às aulas na universidade, com o fim de acabar os seus estudos. A todo momento, faziam planos para o futuro; contavam ambos firmemente em emigrar, ao fim de cinco anos, para a Sibéria. Até lá, confiavam em Sônia.

Alvoroçada, Pulkhiéria Alieksándrovna felicitou a filha pelo seu casamento com Razumíkhin, mas, depois disso, começou a se mostrar ainda mais triste e preocupada. A fim de lhe proporcionar um momento agradável, Razumíkhin lhe contou, entre outras coisas, a história do estudante e do seu pai paralítico, assim como o fato de Rodka ter sofrido queimaduras e até ter ficado de cama, no ano anterior, por ter salvo da morte dois pequeninos. Estas duas notícias puseram o já transtornado juízo de Pulkhiéria Alieksándrovna num estado de entusiasmo frenético. Falava constantemente disso e entabulava conversação, a esse respeito, com qualquer pessoa, em plena rua (embora Dúnia a acompanhasse constantemente). Nos carros, nas lojas, sempre que encontrasse alguém que a escutasse, falava sobre o seu filho, o seu artigo, a maneira como ajudara um estudante e se queimara num incêndio etc. Dúnia já nem sabia como contê-la. Porque, além do perigo de tal entusiasmo, da sua exaltação doentia, havia também o risco de que alguém pudesse recordar o nome de Raskólhnikov por causa do processo recente e trazê-lo à baila. Pulkhiéria Alieksándrovna chegou até a se informar da moradia da mãe das duas crianças que tinham sido salvas no incêndio e queria a todo o custo ir até lá. A sua intranquilidade chegou finalmente a limites extremos. De repente punha-se a chorar, e caía com frequência num delírio que se agravava. No entanto, de manhã dizia, sem mais nem menos, que, segundo os seus cálculos, Rodka não tardaria a chegar, pois lembrava-se que, ao se despedir, dissera a ela que seria preciso esperar precisamente nove meses. Começou a arrumar a casa para que tudo estivesse pronto na sua chegada, e a preparar o quarto que estava destinado a ele (o que era seu), a limpar os móveis, a lavar e a pôr cortinas novas etc. Dúnia ficava muito inquieta, mas se calava e até a ajudava a arrumar o quarto para a chegada do irmão. Depois de um dia desassossegado, houve uma noite em que adoeceu, e na manhã seguinte estava com febre e delirava. Duas semanas depois morreu. No seu delírio escapavam-lhe palavras das quais se podia concluir que suspeitava mais da horrível sorte de seu filho do que poderiam supor.

Raskólhnikov ficou muito tempo sem saber da morte da mãe, apesar de ter começado a se corresponder com Petersburgo desde a sua partida para a Sibéria. Isso era feito por intermédio de Sônia, que escrevia escrupulosamente todos os meses para Petersburgo, para a morada de Razumíkhin, e recebia a resposta de Petersburgo. A princípio, as cartas de Sônia pareceram a Dúnia e a Razumíkhin um tanto secas e pouco satisfatórias, mas por fim concordaram ambos que seria impossível escrever melhor, porque, por aquelas cartas, no fim de contas, faziam uma completa e exata imagem da sorte do seu infeliz irmão. As cartas de Sônia respiravam a mais concreta realidade, a mais simples e clara descrição de todo o quadro da vida de Raskólhnikov como presidiário. Nelas mal afloravam as suas esperanças pessoais, não se detinha a interrogar os enigmas do futuro nem a descrever os seus sentimentos pessoais. Quanto às tentativas de explicação do estado moral dele e, em geral, de sua vida interior, só havia fatos, isto é, palavras de Rodka: notícias pormenorizadas do seu estado de saúde, do que se queixara na sua visita, o que lhe pedira, do que a encarregara etc. Dava essas notícias com todos os pormenores. Até que a imagem do infeliz irmão acabava se destacando e se tornava precisa e clara, não podia haver engano, porque se tratava de fatos verídicos. Mas Dúnia e seu marido... tiveram pouco consolo com essas notícias, sobretudo no princípio. Sônia dizia sempre que ele estava constantemente sombrio, taciturno, às vezes não demonstrava sequer interesse pelas notícias que lhe dava das cartas que recebia, outras vezes perguntava pela mãe, e quando, ao ver que ele quase adivinhava a verdade, lhe anunciou, por último, a sua morte, verificou, com grande assombro, que isso já não lhe causava grande impressão, pelo menos foi o que lhe pareceu, a avaliar pelo seu aspecto exterior. Dizia, entre outras coisas, que, apesar de aparentemente estar tão absorvido em si próprio e como que fechado para toda a gente... estava se adaptando, simples e francamente, à sua nova existência; que compreendia claramente a sua situação, que não esperava tão depressa nada de melhor, que não tinha loucas ilusões (como costuma ser próprio nesse estado), e quase não se espantava com nada no novo ambiente que o rodeava, tão pouco semelhante a todas as coisas anteriores. Dizia também que a sua saúde era satisfatória. Saía para trabalhar em tarefas que não repudiava nem pedia. Mostrara-se indiferente com a alimentação, que, tirando os domingos e os dias de festa, era tão ruim que acabara por aceitar, com prazer, algum dinheiro de Sônia para fazer chá todos os dias; quanto ao resto, pedia a ela que não se preocupasse, afirmando-lhe que todas essas inquietações dele não serviam senão para aborrecê-lo. Mais adiante dizia a Sônia que a sua situação no presídio era a mesma de todos; ela não vira o interior dos alojamentos, mas calculava que seriam estreitos, imundos e insalubres; que ele dormia nas esteiras, colocando um pedaço de feltro por baixo e sem desejar mais comodidade. Mas o fato de viver tão tosca e pobremente não obedecia a nenhum plano ou intenção premeditados, mas simplesmente a um descuido e indiferença por sua sorte. Sônia dizia francamente que ele, sobretudo no princípio, não só não se interessava pelas suas visitas, como até quase se mostrava aborrecido com ela, ficava sombrio e até grosseiro mas que, por fim, essas visitas tinham se transformado num hábito, quase numa necessidade, de maneira que ficava muito triste se algum dia ela estava doente e não podia visitá-lo. Encontrava-se com ele nos dias de festa nas portas do presídio ou no corpo da guarda, onde o chamavam por uns minutos; nos dias úteis, no lugar do trabalho, onde ela ia encontrá-lo, ou nas oficinas, nas olarias ou nos telheiros, nas margens do Irtich. De si mesma, Sônia contava que tinha feito alguns conhecimentos e conseguido algumas proteções, que trabalhava na costura e que, como na cidade não havia modistas, ela era indispensável em muitas casas, mas não dizia que graças a ela o diretor da prisão aliviava os trabalhos do presídio a Raskólhnikov etc. Finalmente chegou a notícia (Dúnia tinha notado uma comoção e inquietação especiais nas suas últimas cartas) de que ele estava se afastando de todos, de que não era estimado no presídio, de que passava dias inteiros sem falar e se tornara muito pálido. De repente, Sônia escreveu na sua última carta que ele estava gravemente doente e se encontrava no hospital, na enfermaria dos presos.

CAPÍTULO II

Há muito tempo que estava doente, mas nem os horrores da vida do presídio, nem os trabalhos, nem o rancho, nem a cabeça rapada, nem as roupas miseráveis conseguiram abatê-lo. Oh, que importavam a ele todos esses tormentos e mortificações! Pelo contrário, o trabalho lhe proporcionava até uma alegria. Esgotado pelo trabalho físico, conseguia pelo menos algumas horas de sono tranquilo. E o que significava para ele a comida... aquelas simples sopas de couve com baratas? Na sua vida anterior, quando era estudante, muitas vezes nem isso tinha. As suas roupas eram adequadas ao seu gênero de vida. Mal sentia as correntes. Teria de se envergonhar da cabeça rapada e de usar casaco de duas cores? Perante quem? Perante Sônia? Sônia o temia e, diante dela, não tinha por que se envergonhar.

Embora, no fim de contas... também se envergonhasse diante de Sônia, a qual fazia sofrer com a sua conduta depreciativa e grosseira. Mas não se envergonhava da cabeça rapada nem das correntes, o seu orgulho estava muito ferido e ficou doente deste orgulho ferido. Oh, como teria sido feliz se pudesse ter culpado a si mesmo! Teria suportado tudo, então, até a vergonha e a desonra. Mas julgava-se severamente, e a sua nítida consciência não via nenhum horror particular no seu passado, a não ser talvez, simplesmente, no fracasso, que poderia ter acontecido a qualquer um. Sobretudo sentia vergonha de que ele, Raskólhnikov, inábil e absurdamente, devido a uma sentença do destino cego, fosse obrigado a se conformar e se inclinar perante o absurdo dessa sentença, caso de alguma maneira quisesse estar tranquilo. Uma inquietação sem objetivo nem finalidade, no presente e no futuro, apenas um ininterrupto sacrifício que não conduziria a... eis o que lhe restava no mundo. E que importava que dentro de oito anos ele tivesse apenas trinta e dois anos e pudesse recomeçar a sua vida? Para que viver? A que aspirar? Para que se esforçar? Viver só por viver? Mas mil vezes antes já ele tinha estado disposto a dar a sua vida por uma ideia, por uma ilusão, até por um sonho. A simples existência sempre tinha significado pouco para ele, sempre aspirara a mais. Talvez só pela força do seu desejo chegara a se sentir então um homem ao qual era permitido mais do que aos outros.

Se o destino ao menos tivesse lhe enviado o arrependimento... um arrependimento lancinante que lhe devorasse o coração e lhe tirasse o sono, um arrependimento desses perante cujos espantosos sofrimentos uma pessoa pensa em se enforcar ou se atirar na água, oh, como teria se alegrado! Torturas e lágrimas, isso também era vida! Mas ele não se arrependia da sua culpa.

Quando muito teria se enfurecido pela sua estupidez, como se enfurecera antes pelas suas inábeis e desajeitadas ações, que o tinham levado ao presídio. Mas agora que tinha já caído em si, podia de novo, com toda a liberdade, julgar e rever todos os seus atos anteriores, e não os considerou de maneira nenhuma tão inábeis e estúpidos como tinham parecido antes, naquele tempo fatal.

"Em que, em que", pensava, "a minha ideia era mais estúpida que outras ideias e teorias que correm e se entrechocam pelo mundo, e assim continuarão fazendo, enquanto o mundo existir? É preciso encarar o caso com um olhar completamente independente, amplo e livre das influências cotidianas, para que a minha ideia já não pareça tão... absurda. Oh, negadores e sábios de meia tigela! Por que param no meio do caminho? Ora vejamos: por que a minha conduta lhes parece tão ignominiosa?", dizia consigo mesmo. "Por que fui um... criminoso? Que significa a sua criminalidade? A minha consciência está tranquila. É claro que houve um crime de pena capital; é claro que a letra da lei foi infringida e sangue foi derramado, pois bem... Tomem a minha cabeça pela letra da lei... e basta! É claro que, nesse caso, até muitos benfeitores da humanidade, que não receberam o poder por herança, mas o conquistaram, teriam merecido castigo desde os seus primeiros passos. Mas esses indivíduos seguiram adiante e depois tiveram razão, ao passo que eu não resisti e, portanto, não tinha direito a dar esse passo." Era unicamente nisto que ele se reconhecia culpado: em não ter persistido e em ter ido se denunciar.

Sofria também perante esta ideia: "Por que não se suicidara então? Por que estivera ali, à beira da água, e optara por ir se denunciar? Será que o desejo de viver era tão forte e fosse tão difícil vencê-lo? Mas Svidrigáilov, que temia tanto a morte, não o vencera?"

Fazia essa pergunta com dor e não podia compreender que naquele momento, quando estava à beira do rio, já pressentisse em si mesmo e nas suas convicções um erro profundo. Não compreendia que aquele pressentimento podia ser o anúncio de uma futura crise na sua vida, da sua futura ressurreição, da sua futura nova maneira de ver a vida.

Preferia ver nisso simplesmente o peso cego do instinto, do qual não pudera se desprender, e que também não tinha forças para rebaixar (devido à sua fraqueza e insignificância). Olhava para os seus companheiros de presídio e ficava espantado. Como todos eles amavam à vida, como a apreciavam! Parecia até que no presídio a amavam e estimavam ainda mais do que quando estavam livres. Quantos sofrimentos terríveis e mortificações não suportavam alguns deles, por exemplo, os vagabundos! Mas será que significava tanto assim, para eles, um pequeno raio de sol, um bosque calmo, uma fonte fresca, além, vislumbrada três anos atrás, e com a qual o vagabundo sonha como se sonhasse com um encontro com a sua amada, e a vê em sonhos com a relva verde à volta e um passarinho cantando numa árvore! Continuando as suas explorações, descobria exemplos ainda mais inexplicáveis.

No presídio, no ambiente que o rodeava, não reparava certamente em muitas coisas, e até não queria, de maneira nenhuma, reparar nelas. Vivia de olhos baixos, para ele, olhar era repugnante e odioso. Mas por fim muitas coisas começaram a lhe causar admiração, e, quase sem querer, ele começou a reparar naquilo em que, antes, nem sequer suspeitara. De maneira geral, o que mais o assombrou foi o tremendo, intransponível abismo que havia entre ele e todos os outros. Era como se todos eles fossem de outra nação. Ele e eles olhavam-se entre si com desconfiança e antipatia. Ele sabia e compreendia as razões gerais de semelhante desacordo, mas nunca teria pensado antes que essas razões fossem tão verdadeiramente fundas e fortes. No presídio havia também exilados poloneses, criminosos políticos. Estes consideravam toda aquela gente como uma reles população e os olhavam por cima do ombro, mas Raskólhnikov não os via assim: via claramente que aquela população, sob mais de um aspecto, era muito mais inteligente que os próprios poloneses. Havia russos ali que também desprezavam aquela gente: um ex-oficial e dois seminaristas. Raskólhnikov percebia claramente o seu erro. Não o queriam e todos o evitavam. Acabaram até por odiá-lo... Por quê? Não sabia. Desprezavam-no, riam dele, riam do seu crime aqueles que eram mais criminosos do que ele.

– Tu és um fidalgote! – diziam-lhe. – Não estava certo que tu saísses pela rua com uma machadinha! Isso não é próprio de um senhor!

Na segunda semana da quaresma foi a sua vez de fazer as devoções juntamente com os do seu alojamento. Foi à igreja e rezou em conjunto com os outros. Mas, sem que soubesse por que... armou-se uma briga! Caíram todos, com raiva, sobre ele.

– Tu és um ateu! Tu não acreditas em Deus! – gritavam-lhe.

– Temos que te matar.

Nunca falara com eles sobre Deus nem sobre a fé, mas queriam matá-lo por ser ateu; ele se calou e não fez objeção. Um dos presos se atirou sobre ele, furioso; Raskólhnikov esperou-o tranquilamente e em silêncio, não arqueou as sobrancelhas e nem sequer uma das suas feições se contraiu. A sentinela conseguiu intervir a tempo... Se não fosse isso, teria corrido sangue. Havia outro ponto que se tornara insolúvel para ele: por que todos amavam tanto Sônia? Ela não procurava a simpatia deles, eles a encontravam apenas de vez em quando, só nos pontos de trabalho, quando ela ia vê-lo por um minuto. E no entanto todos já a conheciam, sabiam que ela fora para lá atrás dele, sabiam como e onde vivia. Ela não lhes dava dinheiro nem lhes fazia serviços especiais. Somente uma vez, no Natal, levou um donativo para todo o presídio: pasteizinhos e empadões. Mas pouco a pouco entre eles e Sônia foram se estabelecendo relações um pouco mais estreitas, ela escrevia cartas para os pais deles e as colocava no correio.

Quando os pais ou as mães vinham à cidade, deixavam, por indicação deles, os objetos e até o dinheiro que lhes traziam nas mãos de Sônia. As mulheres deles e as noivas conheciam Sônia e a visitavam. E quando ela aparecia nos campos de trabalho, à procura de Raskólhnikov, ou se encontrava com a leva de presos que iam para o trabalho... todos lhe tiravam os gorros, todos se inclinavam. "Mátuchka, Sófia Siemiônovna, és a nossa mãe, terna e delicada!", diziam aqueles presidiários brutais, estigmatizados, à frágil e delicada criatura. Ela corria. E todos achavam graça na sua maneira de andar e se viravam para olhá-la, seguindo-a com os olhos, enquanto caminhava, e dizendo galanteios. Elogiavam-na até por ser tão pequenina, elogiavam-na sem nem mesmo saberem por quê. Iam falar com ela até para que os tratasse.

Ele ficou no hospital todo o final da quaresma e a semana da Paixão. Quando já estava restabelecido, recordou os seus sonhos dos momentos em que estivera com febre e delirando. Durante a sua doença, sonhou que o mundo todo estava condenado a ser vítima de uma terrível, inaudita e nunca vista praga que, originária das profundidades da Ásia, cairia sobre a Europa. Todos teriam que morrer, exceto alguns, muito poucos, escolhidos. Surgiram novas triquinas, seres microscópicos que se introduziam no corpo das pessoas, mas esses parasitas eram espíritos dotados de inteligência e de vontade. As pessoas que eram atacadas por eles tornavam-se imediatamente loucas. Mas nunca, nunca os homens se consideraram tão inteligentes e perseverantes como se consideravam os que eram atacados pela moléstia. Nunca consideraram mais infalíveis os seus dogmas, as suas conclusões científicas, as suas convicções e crenças morais. Aldeias inteiras, cidades e povos inteiros foram contagiados e enlouqueceram. Todos estavam alarmados e não se entendiam uns aos outros, todos pensavam ser os únicos senhores da verdade, e só sofriam ao verem a dos outros, e davam socos no peito, choravam e ficavam de braços caídos. Não sabiam a quem nem como julgar, não conseguiam entrar em acordo sobre o que era bom e o que era mau. Não sabiam a quem acusar nem a quem defender. Agrediam-se mutuamente, impelidos por um ódio insensato. Armavam-se contra os outros em exércitos inteiros, mas os exércitos, uma vez em marcha, começavam de repente a destroçarem a si mesmos, as fileiras se desfaziam, os guerreiros se lançavam uns contra os outros, mordiam-se e devoravam-se entre si. Nas cidades o alarme tocava o dia inteiro, todos eram chamados, mas quem os chamava e para que os chamavam ninguém sabia e todos andavam assustados. Abandonaram os ofícios mais comuns, porque cada qual preconizava a sua ideia, os seus métodos, e não conseguiam chegar a um acordo; a agricultura também foi abandonada. Em alguns lugares, homens reuniam-se em grupos, faziam certas combinações e juravam não se zangarem. Mas começavam imediatamente a fazer uma coisa completamente diferente da que tinham acabado de combinar, acusavam-se mutuamente, brigavam e se degolavam. Houve incêndios, fome. Tudo e todos se perderam. E essa tal peste crescia e cada vez avançava mais. Somente alguns homens conseguiram se salvar em todo o mundo, homens puros e escolhidos, destinados a dar início a uma nova linhagem humana e a uma nova vida, a renovar e a purificar a terra, mas ninguém via esses seres em parte alguma, ninguém ouvia a sua palavra e a sua voz.

Raskólhnikov aborrecia-se que esse delírio absurdo perdurasse tão triste e dolorosamente nas suas recordações, que demorasse tanto a se apagar a impressão desses desvarios febris. Decorreu a segunda semana depois da Páscoa, vieram dias tépidos, claros, primaveris; abriram a janela (gradeada, debaixo da qual passavam as sentinelas) na enfermaria dos presos. Durante todo o tempo da sua doença, Sônia só pôde vê-lo duas vezes na enfermaria; era sempre preciso pedir autorização, e isso era difícil. Mas ela costumava ir ao pátio do hospital, abaixo da janela, sobretudo ao escurecer, e às vezes só para estar ali um minuto e olhar, ainda que de longe, a janela da enfermaria. Uma vez, ao cair da tarde, Raskólhnikov, quase completamente restabelecido, dormia: quando acordou, aproximou-se inesperadamente da janela e, de súbito, viu Sônia ao longe, na porta do hospital. Estava ali e parecia esperar alguém. Houve alguma coisa que pareceu agitar o seu peito naquele instante, estremeceu e se apressou a se retirar da janela. No dia seguinte Sônia não foi, nem no outro, e percebeu que a esperava com ansiedade. Finalmente lhe deram alta. Quando voltou ao presídio, soube pelos presos que Sônia Siemiônovna estava doente e não podia sair de casa.

Ficou muito preocupado e mandou perguntar por ela. Não tardou a saber que a sua doença não era grave. Por sua vez, Sônia, ao saber que ele estava triste e se inquietava por causa dela, escreveu-lhe uma carta, a lápis, na qual lhe dizia que já estava muito melhor, que fora um simples resfriado, e que em breve, muito em breve, iria vê-lo no campo de trabalho.

Tornou a fazer um dia morno e claro. Na manhã seguinte, às seis, ele se encaminhou para o trabalho, na margem do rio, onde, debaixo de um telheiro, estava instalado o forno para o calcário, ao qual o tinham destinado. Enviaram para lá, ao todo, três operários. Um dos presos foi com a sentinela ao forte, buscar uma ferramenta, outro pôs-se a preparar a lenha para aquecer o forno. Raskólhnikov saiu do telheiro e dirigiu-se para a margem, sentou-se numa viga estendida ao longo do muro e ficou olhando o rio longo e deserto. Da margem elevada via-se um vasto espaço. Da outra margem longínqua mal chegava o eco de uma canção. Ali, na estepe infindável, banhada pelo sol, apareciam pontos negros quase imperceptíveis, as tendas dos nômades. Ao longe havia liberdade e viviam outras pessoas, completamente diferentes das dali; ali era como se o tempo tivesse parado e não tivesse passado o século de Abraão e dos seus rebanhos. Raskólhnikov permanecia sentado e olhava fixamente, sem desviar os olhos; o seu pensamento transformou-se em um desvario, numa contemplação, não pensava em nada, mas uma certa tristeza o comovia e afligia.

De repente, Sônia apareceu junto dele. Aproximou-se com um passo quase imperceptível e sentou-se ao seu lado. Ainda era muito cedo, corria ainda a frescura matinal. Ela usava uma capa pobre e velha e um lencinho verde. O seu rosto ainda mostrava sinais da doença, emagrecera, estava pálida, com as feições vincadas. Sorriu-lhe afetuosa e alegremente, mas, como de costume, estendeu-lhe timidamente a mão. Estendia-lhe sempre a mão com timidez, às vezes quase nem chegava a lhe dar a mão completamente, como se receasse um fracasso. Ele aceitava sempre a mão dela como se o fizesse de má vontade, parecia sempre pegá-la com contrariedade, e às vezes mantinha um silêncio obstinado durante todo o tempo da sua visita. E então ela tremia diante dele e ia embora profundamente triste. Mas, agora, as suas mãos não se soltaram; ele lhe lançou um olhar rápido, não disse nada e baixou os olhos. Estavam a sós, ninguém os via. A sentinela tinha-se afastado naquele momento.

Como aquilo aconteceu, nem eles mesmos sabiam, mas, de repente houve alguma coisa que pareceu se apoderar dele e fez com que ele se deitasse aos pés dela. Chorava e abraçava os seus joelhos. No primeiro momento ela ficou muito assustada e o seu rosto tornou-se pálido como o de uma morta. Saltou do seu lugar e, tremendo toda, ficou olhando para ele. Mas compreendeu tudo, imediatamente, naquele mesmo instante. Nos seus olhos brilhou uma infinita felicidade; compreendia, e para ela já não havia dúvida de que ele a amava, a amava infinitamente, e que chegara finalmente o momento.

Quiseram falar, mas não conseguiram. Havia lágrimas nos seus olhos. Estavam ambos pálidos e abatidos, mas naqueles rostos doentios e pálidos já brilhava a aurora de um futuro renovado, de uma plena ressurreição para uma nova vida. O amor os ressuscitava, o coração de um continha infinitas fontes de vida para o coração do outro. Resolveram esperar e ter paciência. Ainda lhes faltavam sete anos, e, até então, quantos sofrimentos insuportáveis e quanta felicidade infinita! Ele ressuscitara e sabia disso, sentia em todo o seu ser renovado, e ela... ela vivia unicamente da vida dele! Na noite desse mesmo dia, quando já tinham fechado os alojamentos, Raskólhnikov estava deitado nas esteiras e pensava nela. Nesse dia até lhe pareceu que todos os presos, que antes tinham sido seus inimigos, já o olhavam com outros olhos. Até falava com eles e eles respondiam afetuosamente. Agora recordava isso, mas não devia ser assim: não deveria talvez, agora, mudar tudo? Pensava nela. Lembrava-se de como a mortificara continuamente, destroçando-lhe o coração; recordava o seu rostinho pálido, mas agora essas recordações quase não o afligiam, sabia com que infinito amor ia recompensar as suas dores. E o que eram agora todos aqueles sofrimentos do passado? Tudo, até o seu crime, até a sua condenação e deportação lhe pareciam, nesta primeira exaltação, um fato exterior, alheio, como se não tivesse relação com ele. Aliás, nessa noite não conseguia pensar longa e fixamente em nada, concentrar o pensamento em coisa alguma, tão pouco conseguiria resolver, então, conscientemente, o que quer que fosse; a única coisa que fazia era sentir. Em vez da dialética surgia a vida, e na sua consciência devia se elaborar algo totalmente distinto.

*

Tinha o Evangelho debaixo da almofada. Pegou-o maquinalmente. Aquele livro era dela, pois era o mesmo em que lera o trecho da ressurreição de Lázaro. Nos primeiros tempos do presídio pensava que ela iria importuná-lo com a religião e que se poria a falar do Evangelho e a aborrecê-lo com o livreco. Mas, para o seu maior assombro, nem uma só vez ela lhe falou nisso, nem uma vez sequer lhe propôs o Evangelho. Foi ele quem lhe pediu, um pouco antes de ter adoecido, e ela o levou em silêncio. Até então ele nem sequer o abrira. E também não o abriu naquele momento, mas ocorreu-lhe um pensamento: "A crença dela não poderia, naquele momento, ser a dele também? Pelo menos os seus sentimentos, as suas aspirações...". Ela também passou comovida todo aquele dia e, à noite, voltou a ficar doente. Mas estava tão feliz que a sua felicidade quase a assustava. Sete anos, só sete anos! No princípio da sua felicidade, houve alguns momentos em que estiveram dispostos a considerar aqueles sete anos como sete dias. Ele nem sequer sabia que a vida nova não lhe seria dada de graça, mas que ainda teria de pagar muito caro por ela, pagar por ela com uma grande façanha no futuro...

Mas aqui já começa uma nova história, a história da gradual renovação de um homem, a história da sua transição progressiva de um mundo para outro, do seu contato com uma nova realidade, completamente ignorada até então. Isto poderia ser o tema de uma nova narrativa... mas a presente narrativa termina aqui.

FIM

Coleção L&PM POCKET

1275.**O homem Moisés e a religião monoteísta** – Freud
1276.**Inibição, sintoma e medo** – Freud
1277.**Além do princípio de prazer** – Freud
1278.**O direito de dizer não!** – Walter Riso
1279.**A arte de ser flexível** – Walter Riso
1280.**Casados e descasados** – August Strindberg
1281.**Da Terra à Lua** – Júlio Verne
1282.**Minhas galerias e meus pintores** – Kahnweiler
1283.**A arte do romance** – Virginia Woolf
1284.**Teatro completo v. 1: As aves da noite** ***seguido de*** **O visitante** – Hilda Hilst
1285.**Teatro completo v. 2: O verdugo** ***seguido de*** **A morte do patriarca** – Hilda Hilst
1286.**Teatro completo v. 3: O rato no muro** ***seguido de*** **Auto da barca de Camiri** – Hilda Hilst
1287.**Teatro completo v. 4: A empresa** ***seguido de*** **O novo sistema** – Hilda Hilst
1289.**Fora de mim** – Martha Medeiros
1290.**Divã** – Martha Medeiros
1291.**Sobre a genealogia da moral: um escrito polêmico** – Nietzsche
1292.**A consciência de Zeno** – Italo Svevo
1293.**Células-tronco** – Jonathan Slack
1294.**O fim do ciúme e outros contos** – Proust
1295.**A jangada** – Júlio Verne
1296.**A ilha do dr. Moreau** – H.G. Wells
1297.**Ninho de fidalgos** – Ivan Turguêniev
1298.**Jane Eyre** – Charlotte Brontë
1299.**Sobre gatos** – Bukowski
1300.**Sobre o amor** – Bukowski
1301.**Escrever para não enlouquecer** – Bukowski
1302.**222 receitas** – J. A. Pinheiro Machado
1303.**Reinações de Narizinho** – Monteiro Lobato
1304.**O Saci** – Monteiro Lobato
1305.**Memórias da Emília** – Monteiro Lobato
1306.**O Picapau Amarelo** – Monteiro Lobato
1307.**A reforma da Natureza** – Monteiro Lobato
1308.**Fábulas** ***seguido de*** **Histórias diversas** – Monteiro Lobato
1309.**Aventuras de Hans Staden** – Monteiro Lobato
1310.**Peter Pan** – Monteiro Lobato
1311.**Dom Quixote das crianças** – Monteiro Lobato
1312.**O Minotauro** – Monteiro Lobato
1313.**Um quarto só seu** – Virginia Woolf
1314.**Sonetos** – Shakespeare
1315(35).**Thoreau** – Marie Berthoumieu e Laura El Makki
1316.**Teoria da arte** – Cynthia Freeland
1317.**A arte da prudência** – Baltasar Gracián
1318.**O louco** ***seguido de*** **Areia e espuma** – Khalil Gibran
1319.**O profeta** ***seguido de*** **O jardim do profeta** – Khalil Gibran
1320.**Jesus, o Filho do Homem** – Khalil Gibran
1321.**A luta** – Norman Mailer
1322.**Sobre o sofrimento do mundo e outros ensaios** – Schopenhauer
1323.**Epidemiologia** – Rodolfo Sacacci
1324.**Japão moderno** – Christopher Goto-Jones
1325.**A arte da meditação** – Matthieu Ricard
1326.**O adversário secreto** – Agatha Christie
1327.**Pollyanna** – Eleanor H. Porter
1328.**Espelhos** – Eduardo Galeano
1329.**A Vênus das peles** – Sacher-Masoch
1330.**O 18 de brumário de Luís Bonaparte** – Karl Marx
1331.**Um jogo para os vivos** – Patricia Highsmith
1332.**A tristeza pode esperar** – J.J. Camargo
1333.**Vinte poemas de amor e uma canção desesperada** – Pablo Neruda
1334.**Judaísmo** – Norman Solomon
1335.**Esquizofrenia** – Christopher Frith & Eve Johnstone
1336.**Seis personagens em busca de um autor** – Luigi Pirandello
1337.**A Fazenda dos Animais** – George Orwell
1338.**1984** – George Orwell
1339.**Ubu Rei** – Alfred Jarry
1340.**Sobre bêbados e bebidas** – Bukowski
1341.**Tempestade para os vivos e para os mortos** – Bukowski
1342.**Complicado** – Natsume Ono
1343.**Sobre o livre-arbítrio** – Schopenhauer
1344.**Uma breve história da literatura** – John Sutherland
1345.**Você fica tão sozinho às vezes que até faz sentido** – Bukowski
1346.**Um apartamento em Paris** – Guillaume Musso
1347.**Receitas fáceis e saborosas** – José Antonio Pinheiro Machado
1348.**Por que engordamos** – Gary Taubes
1349.**A fabulosa história do hospital** – Jean-Noël Fabiani
1350.**Voo noturno** ***seguido de*** **Terra dos homens** – Antoine de Saint-Exupéry
1351.**Doutor Sax** – Jack Kerouac
1352.**O livro do Tao e da virtude** – Lao-Tsé
1353.**Pista negra** – Antonio Manzini
1354.**A chave de vidro** – Dashiell Hammett
1355.**Martin Eden** – Jack London
1356.**Já te disse adeus, e agora, como te esqueço?** – Walter Riso
1357.**A viagem do descobrimento** – Eduardo Bueno
1358.**Náufragos, traficantes e degredados** – Eduardo Bueno
1359.**Retrato do Brasil** – Paulo Prado
1360.**Maravilhosamente imperfeito, escandalosamente feliz** – Walter Riso
1361.**É...** – Millôr Fernandes
1362.**Duas tábuas e uma paixão** – Millôr Fernandes
1363.**Selma e Sinatra** – Martha Medeiros
1364.**Tudo que eu queria te dizer** – Martha Medeiros
1365.**Várias histórias** – Machado de Assis

lepmeditores

www.lpm.com.br
o site que conta tudo

IMPRESSÃO:

PALLOTTI
GRÁFICA

Santa Maria - RS | Fone: (55) 3220.4500
www.graficapallotti.com.br